新編元稹集第四册目録

元和四年己丑（809） 三十一歲（續）

◎ 竹 簟 (一)①

竹簟襯重茵,未忍都令卷②。憶昨初來日,看君自施展③。

録自《元氏長慶集》卷九

［校記］

（一）竹簟:本詩各本,包括楊本、叢刊本、《萬首唐人絕句》、《佩文齋詠物詩選》、《全詩》,均未見異文。

［箋注］

① 竹簟:詩人以竹簟爲題,抒發自己對七月病故妻子的哀悼與懷念。雖然祇有短短的二十個字,但在字裏行間,我們已經充分感受到詩人對韋叢的真摯愛意。 竹簟:竹席,夏天用的臥具。韓翃《送南少府歸壽春》:"淮風生竹簟,楚雨移茶灶。若在八公山,題詩一相報。"蘇軾《玉堂栽花周正孺有詩次韵》:"竹簟暑風招我老,玉堂花蕊爲誰春? 纖纖翠蔓詩催發,皎皎霜葩髮鬭新。"

② 重茵:指雙層的坐臥墊褥。《韓詩外傳》卷六:"又與子從君而東至阿,遭齊君重鞇而坐,吾君單鞇而坐。"《東觀漢記·祭遵傳》:"時遵有疾,詔賜重茵,覆以御蓋。"《宋史·趙普傳》:"已而太宗至,設重裀地坐堂中,熾炭燒肉。" 未忍:不忍心。常建《古意三首》一:"過客設祠祭,狐狸來坐邊。懷古未忍還,猿吟徹空山。"孟浩然《同王九題就師山房》:"江静棹歌歇,溪深樵語聞。歸途未忍去,携手戀清芬。"

卷：收，收起。《儀禮·公食大夫禮》：“有司卷三牲之俎，歸於賓館。”鄭玄注：“卷，猶收也，無遺之辭也。”王起《和李校書雨中自秘省見訪不遇》：“憶見青天霞未卷，吟玩瑤華不知晚。”

③ 憶昨初來日：這裏指韋叢跟隨元稹，於元和四年六月間來到洛陽而言，事情好像就發生在昨天一般，故言。　憶：回憶。庾信《奉和永豐殿下言志十首》八：“連盟翻滅鄭，仁義反亡徐。還思建鄴水，終憶武昌魚。”韓愈《送侯參謀赴河中幕》：“憶昔初及第，各以少年稱。君頤始生鬚，我齒清如冰。”　初來：新來，剛來。沈佺期《人日重宴大明宮賜綵縷人勝應制》：“千官黼帳杯前壽，百福香奩勝裏人。山鳥初來猶怯囀，林花未發已偷新。”李商隱《蝶三首》一：“初來小苑中，稍與璅闈通。遠恐芳塵斷，輕憂豔雪融。”看：觀察，估量。《晉書·刑法志》：“古人有言：善爲政者，看人設教。”吳兢《貞觀政要·論仁義》：“太宗曰：‘朕看古來帝王，以仁義爲治者，國祚延長。’”　君：這裏指詩人已經亡故的妻子韋叢。君，過去一般是對古代大夫以上、據有土地的各級統治者的通稱，有時也稱天子、諸侯之妻爲“君”。韓愈《黃陵廟碑》：“堯之長女娥皇，爲舜正妃，故曰君。”也用作對對方的尊稱，猶言您，表示尊敬。有時也對自己的妻子稱“君”。蘇軾《亡妻王氏墓誌銘》：“趙郡蘇軾之妻王氏，卒於京師……軾銘其墓曰：君諱弗，眉之青神人。”元稹、蘇軾這裏的用法相同。　施展：展開。白居易《和寄樂天》：“酣歌口不停，狂舞衣相拂。平生賞心事，施展十未一。”司馬光《上皇太后疏》：“雖內懷反哺之心，而無以施展，臣竊爲殿下惜之。”

[編年]

《年譜》“己丑庚寅在東都所作其他詩”欄內將本詩編入，沒有列舉理由。又在後面又補充道：“《竹簟》……似非江陵所作。元稹分務東臺時，韋叢隨至東都，所謂‘憶昨初來日，看君自施展’之‘君’指韋叢。此詩應是元稹貶江陵前在東都作。”《編年箋注》同意《年譜》意見：

《竹簟》……作於元和四、五年間。見下《譜》。《年譜新編》引述《竹簟》全詩後認爲:"'竹簟'未卷,説明天氣還不太冷,當是元和四年秋作。"

《年譜》雖指明本詩是元稹作於東都,但仍然没有言明作於東都監察御史任的具體時間。我們以爲此詩雖没有具體表明寫作時間,但仍流露出明顯的痕迹,詩云:"竹簟襯重茵,未忍都令卷。"竹簟到了應該卷起的時日,説明季候已到了深秋。根據元稹在東都監察御史任的起止時間——元和四年六七月至元和五年二月之間,以及韋叢病亡的時日——元和四年七月九日,我們可以斷定元和四年夏天韋叢隨同元稹來到洛陽,安置家中一切,包括鋪展竹簟;七月九日亡故之後,時間轉眼到了秋天,已用不到竹簟了,但詩人念及與妻子的深情,不忍馬上收起妻子親自鋪展的竹簟。此詩詩意已清清楚楚表明:作於元和四年的深秋,亦即九月間。

《年譜》"此詩應是元稹貶江陵前在東都作"的編年過於籠統,按照這種説法,自然也應該包括元和四年的冬季和元和五年的一二月在内,而這顯然是不可能的。《編年箋注》"作於元和四、五年間"的編年同樣籠統也更加模糊。而《年譜新編》的編年意見無疑是確切的,不過我們仍然要説明一下:一、我們發表在《寧夏社會科學》二〇〇三年第二期的《元稹詩文編年新探》,已經明確得出本詩"作於元和四年深秋",亦即九月間的結論,不知時隔一年半才出版的《年譜新編》引用了我們的結論卻又爲何不作任何説明? 二、還有非常重要的一點應該是:詩文編年並不是把屬於同一年的詩文,不分先後次序就隨隨便便放到同一年中就算完成了詩文的編年,而是應該根據同一年詩文的先後次序給予科學的、合理的排列,這是詩文編年非常重要的一點,是不可隨意不可忽視的一點。而《年譜》、《編年箋注》、《年譜新編》恰恰在這一非常重要的一點上犯有屢見不鮮的錯誤。以本詩《年譜新編》編年爲例,《年譜新編》將其編年在《除夜》之後,真是讓人丈二和尚摸不着頭腦。

◎ **擬醉**（與盧子蒙飲于竇晦之，醉後
賦詩共十九首，子蒙叙爲別卷，自此
至《狂醉》，皆是夕所賦）^{(一)①}

九月閑宵初向火，一樽清酒始行杯^②。憐君城外遙相
憶，冒雨冲泥黑地來^③。

録自《元氏長慶集》卷一六

［校記］

（一）擬醉：本詩各本，包括楊本、叢刊本、《萬首唐人絶句》、《全詩》
之詩題，未見異文，但《萬首唐人絶句》依照其體例，未引録題下注文。

［箋注］

① 擬：揣度，推測。《易·繫辭》："擬之而後言，議之而後動。"孔
穎達疏："聖人欲言之時，心擬度之而後言也。"揚雄《法言·孝至》：
"君子動則擬諸事，事則擬諸禮。"司馬光注："擬，度也。" 醉：飲酒過
量，神志不清。劉伶《酒德頌》："無思無慮，其樂陶陶。兀然而醉，豁
爾而醒。"韓愈《感春四首》四："數杯澆腸雖暫醉，皎皎萬慮醒還新。"
"與盧子蒙飲于竇晦之"五句：盧子蒙與竇晦之，都是元稹的朋友，這
時都在洛陽。時當九月，元稹與盧子蒙兩人都因喪妻而情緒低落，盧
子蒙自洛陽城外冒雨黑夜而來，作爲新單身漢的元稹無法招待自己
的朋友，於是另一個朋友竇晦之就成了當然的主人。過去的人們，其
中自然包括劉麟父子，一直以爲"十九首"是元稹一人所作，於是東拼
西凑，竭力尋找，却一直難以够數。我們以爲，所謂"十九首"，其實是
三人醉後一共賦詩十九首，"子蒙叙爲別卷"，別卷不可能衹有元稹一

人的詩篇,而同爲詩人的盧子蒙與竇晦之却無一篇一句? 由於元積詩篇的散佚散失,由於盧子蒙與竇晦之詩篇的散佚散失,今天已經無法知道元積究竟作了幾篇? 具體篇目又是哪些? 盧子蒙與竇晦之又作了哪些? 具體篇目又是什麼? 這就是所謂"十九首"真相。而且今天元積詩文集中的《狂醉》,從内容上來考察,也根本不是元積自己説的《狂醉》,元積自己説的《狂醉》,估計已經散失。

②　閑宵:閑空而無正事的夜晚。元積《贈呂二校書》:"七年浮世皆經眼,八月閑宵忽並牀。語到欲明歡又泣,傍人相笑兩相傷。"賈島《宿姚合宅寄張司業籍》:"閑宵因集會,柱史話先生。身愛無一事,心期往四明。"　向火:烤火。白居易《酬夢得窮秋夜坐即事見寄》:"焰細燈將盡,聲遙漏正長。老人秋向火,小女夜縫裳。"李群玉《與三山人夜話》:"靜談雲鶴趣,高會兩三賢。酒思彈琴夜,茶芳向火天。"樽:盛酒器。李白《前有樽酒行二首》一:"春風東來忽相過,金樽淥酒生微波。落花紛紛稍覺多,美人欲醉朱顏酡。"劉禹錫《缺題》:"故人日已遠,窗下塵滿琴。坐對一樽酒,恨多無力斟。"　清酒:清醇的酒。劉禹錫《酬樂天偶題酒瓮見寄》:"從君勇斷抛名後,世路榮枯見幾回? 門外紅塵人自走,瓮頭清酒我初開。"張籍《和長安郭明府與友人縣中會飲》:"一尊清酒兩人同,好在街西水縣中。自恨病身相去遠,此時閑坐對秋風。"　行杯:指傳杯飲酒。李白《與夏十二登岳陽樓》:"雁引愁心去,山銜好月來。雲間連下榻,天上接行杯。"王琦注:"傳杯而飲曰行杯。"羅隱《江亭别裴饒》:"行杯且待怨歌終,多病憐君事事同。衰鬢别來光景裏,故鄉歸去亂罹中。"

③　憐:喜愛,疼愛。白居易《翫半開花贈皇甫郎中》:"勿訝春來晚,無嫌花發遲。人憐全盛日,我愛半開時。"曾鞏《趵突泉》:"滋榮冬茹温常早,潤澤春茶味更真。已覺路傍行似鑒,最憐沙際湧如輪。"君:即盧子蒙,君是對對方的尊稱。張紘《和吕御史詠院中叢竹》:"聞君庭竹詠,幽意歲寒多。嘆息爲冠小,良工將奈何?"武平一《饟唐永

昌》:"聞君墨綬出丹墀,雙鳧飛來佇有期。寄謝銅街攀柳日,無忘粉署握蘭時。" 城外:都城之外,這裏指洛陽城外。王昌齡《梁苑》:"梁園秋竹古時烟,城外風悲欲暮天。萬乘旌旗何處在? 平臺賓客有誰憐?"張繼《楓橋夜泊》:"月落烏啼霜滿天,江楓漁父對愁眠。姑蘇城外寒山寺,夜半鐘聲到客船。" 相憶:相思,想念。《樂府詩集·飲馬長城窟行》:"長跪讀素書,書中竟何如? 上言加餐飯,下言長相憶。"杜甫《夢李白二首》一:"故人入我夢,明我長相憶。君今在羅網,何以有羽翼?" 冒雨:冒著大雨。賈島《望山》:"南山三十里,不見踰一旬。冒雨時立望,望之如朋親。"儲光羲《同王十三維偶然作十首》三:"野老本貧賤,冒雨鋤瓜田。一畦未及終,樹下高枕眠。" 冲泥:踏着泥濘的道路。白居易《酬韓侍郎張博士雨後遊曲江見寄》:"小園新種紅櫻樹,閑遶花行便當遊。何必更隨鞍馬隊,冲泥蹋雨曲江頭!"白居易《雨中携元九詩訪元八侍御》:"微之詩卷憶同開,假日多應不入臺。好句無人堪共詠,冲泥蹋水就君來。" 黑地:夜晚摸黑。王建《過喜祥山館》:"夜過深山算驛程,三回黑地聽泉聲。自離軍馬身輕健,得向溪邊盡足行。"曹唐《和周侍御買劍》:"青天露拔雲霓泣,黑地潛擎鬼魅愁。見説夜深星斗畔,等閑期克月支頭。"

[編年]

《年譜》編年本詩於元和五年"元稹赴江陵途中",其下云:"《擬醉》云:'……'與元稹赴江陵的季節不合……但……元稹明明説與《狂醉》是一個晚上寫成的。可見這五首詩,有詠眼前景(如《狂醉》),有詠過去事(如《同醉》)……或亦在'十九首'之中。"《編年箋注》對本詩没有編年説明,但排列在元稹出貶江陵途中詩《襄陽道》之後、元和五年六月十四日所作《泛江玩月十二韵》之前,也算是編年元稹貶赴江陵途中的詩篇吧! 未見《年譜新編》對本詩編年。

我們以爲,本詩應該作於元和四年九月間,當時元稹的妻子韋叢

剛剛亡故不久,盧子蒙也新喪了妻子,因此兩個單身漢在朋友竇晦之
家中借酒澆愁,於是才有了這篇詩歌。而《年譜》、《編年箋注》視"九
月閑宵初向火"而不見,硬是將發生在九月的事情拖到第二年的四月
來編年,豈不荒唐! 而《年譜新編》對不易編年的詩篇,竟然採取迴避
的態度。《年譜》、《編年箋注》、《年譜新編》這樣隨意編年如此隨便定
論,古人詩歌是不是一個可以讓人隨意打扮的小姑娘?

◎ 懼醉(答盧子蒙)(一)①

　　閒道秋來怯夜寒,不辭泥水爲杯盤②。殷勤懼醉有深
意,愁到醒時燈火闌③。

録自《元氏長慶集》卷一六

[校記]

　　(一)懼醉(答盧子蒙):楊本、叢刊本、《全詩》同,《石倉歷代詩
選》詩題同,下無注文。

[箋注]

　　① 懼醉:義同"怕酒"。元稹《遣病十首》四:"昔在痛飲場,憎人
病辭醉。病來身怕酒,始悟他人意。"白居易《對酒自勉》:"榮寵尋過
分,歡娛已校遲。肺傷雖怕酒,心健尚誇詩。"　懼:恐懼,害怕。
《詩·小雅·谷風》:"將恐將懼,維予與女。"《孟子·滕文公》:"公孫
衍、張儀豈不誠大丈夫哉! 一怒而諸侯懼,安居而天下熄。"戒懼。
《論語·述而》:"必也臨事而懼,好謀而成者也。"憂慮。韓愈《題歐陽
生哀辭後》:"凡愈之爲此文,蓋哀歐陽生之不顯榮於前,又懼其泯滅
於後也。"本詩的關鍵是最後一句,爲什麼害怕喝酒害怕喝醉,那就是

1515

酒醒之後更加痛苦更加憂愁。實際上，不喝酒無法打發憂愁，不喝醉難於忘記憂愁。詩人的痛苦詩人的憂愁是客觀存在，絕不是喝酒喝醉就能够解决的。

②聞道：聽説。杜甫《秋興八首》四："聞道長安似弈棋，百年世事不勝悲。王侯第宅皆新主，文武衣冠異昔時。"皇甫冉《送令狐明府》："行當臘候晚，共惜歲陰殘。聞道巴山遠，如何蜀路難！" 秋來：入秋以來。張諤《九日》："秋來林下不知春，一種佳遊事也均。絳葉從朝飛着夜，黄花開日未成旬。"王維《相思》："紅豆生南國，秋來發幾枝？願君多採擷，此物最相思。" 怯：害怕，畏懼。《朱子語類》卷一三二："虜人大敗，方有怯中國之意。"宋之問《渡漢江》："嶺外音書斷，經冬復歷春。近鄉情更怯，不敢問來人。" 夜寒：夜晚逼人的寒氣。張籍《宿邯鄲館寄馬磁州》："孤客到空館，夜寒愁卧遲。雖沾主人酒，不似在家時。"元稹《和樂天别弟後月夜作》："聞君别愛弟，明天照夜寒。秋雁拂檐影，曉琴當砌彈。" 不辭：不辭讓，不推辭。司馬相如《喻巴蜀檄》："是以賢人君子肝腦塗中原，膏液潤野草而不辭也。"張説《襄陽路逢寒食》："去年寒食洞庭波，今年寒食襄陽路。不辭着處尋山水，秪畏還家落春暮。" 泥水：帶泥土的水。孟郊《至孝義渡寄鄭軍事唐二十五》："咫尺不得見，心中空嗟嗟。官街泥水深，下脚道路斜。"元稹《遣行十首》六："暮欲歌吹樂，暗冲泥水情。稻花秋雨氣，江石夜灘聲。" 杯盤：杯與盤，亦借指酒肴。元稹《遣病十首》三："怕酒豈不閑？悲無少年氣。傳語少年兒，杯盤莫回避。"劉禹錫《和樂天洛下雪中宴集寄汴州李尚書》："洛城無事足杯盤，風雪相和歲欲闌。樹上因依見寒鳥，坐中收拾盡閑官。"

③殷勤：懇切叮嚀。章碣《春别》："柳陌雖然風嫋嫋，葱河猶自雪漫漫。殷勤莫厭貂裘重，恐犯三邊五月寒。"陸游《弋陽縣驛》："久客愁心端欲折，何時笑口得頻開？殷勤記着今朝事，破驛空廊葉作堆。" 深意：深刻的含意，深微的用意。《後漢書·李育傳》："嘗讀

《左氏傳》，雖樂文采，然謂不得聖人深意。”元稹《苦樂相倚曲》：“未有因由相決絶，猶得半年佯暖熱。轉將深意諭旁人，緝綴疵瑕遣潛説。”

醒時：酒醒之後。元稹《酒醒》：“飲醉日將盡，醒時夜已闌。暗燈風焰曉，春席水窗寒。”白居易《仇家酒》：“年年老去歡情少，處處春來感事深。時到仇家非愛酒，醉時心勝醒時心。”　　**燈火**：燃燒着的燈燭等照明物，亦指照明物的火光。楊巨源《秋夜閑居即事寄廬山鄭員外蜀郡符處士》：“墜葉寒擁砌，燈火夜悠悠。開琴弄清弦，窺月俯澄流。”蘇軾《水調歌頭》：“昵昵兒女語，燈火夜微明。恩冤爾汝來去，彈指泪和聲。”　　**闌**：將盡，將完。《史記·高祖本紀》：“酒闌，呂公因目固留高祖。”劉禹錫《同樂天和微之深春二十首》七：“何處深春好？春深刺史家。夜闌猶命樂，雨甚亦尋花。”又作晚、遲解。謝莊《宋孝武宣貴妃誄》：“白露凝兮歲將闌。”李善注：“闌，猶晚也。”

［編年］

《年譜》編年本詩於元和五年“元稹赴江陵途中作”，理由是：“……由此類推，《先醉》至《病醉》七首(按：《懼醉》亦在七首之内)，所詠雖非一時一事，或亦在‘十九首’之中。”《編年箋注》編年云：“《擬醉》題下注：‘與廬子蒙飲於竇晦之，醉後賦詩共十九首，子蒙叙爲別卷，自此至《狂醉》，皆是夕所賦’按所稱五首，或詠眼前景，或詠過去事，由此類推，疑《先醉》及以下六篇(按：《懼醉》亦在六篇之内)，亦在十九首之列，俱作於元和五年(八一○)貶江陵途中。見下《譜》。”《年譜新編》編年本詩“元和四年秋洛陽作”，理由是“詩云：‘聞道秋來怯夜寒。’”。

　　我們以爲“聞道秋來怯夜寒，不醉泥水爲杯盤”云云，正與《擬醉》“九月閑宵初向火……冒雨冲泥黑地來”所述相一致，兩詩應該是同一個晚上所作，亦即作於元和四年九月的某個晚上，地點在洛陽竇晦之的家中。《年譜》、《編年箋注》所謂作於元稹貶江陵途中云云，時間應該在元和五年的三月，與“秋來”無涉，無異於白日説夢而已。

《年譜新編》的編年意見確實與我們基本一致,但應該説明的是,關於本詩的編年,我們已經在《聊城師院學報》二〇〇〇年第六期的《元稹詩文編年新解》一文中得出了明確無誤的結論,現將我們的有關文字引録在下面,供大家辨別:"同樣《懼醉》題下注云'答盧子蒙',又有'聞道秋來怯夜寒,不辭泥水爲杯盤。殷勤懼醉有深意,愁到醒時燈火闌'之句,與《擬醉》的'九月閑宵初向火,一尊清酒始行杯。憐君城外遥相憶,冒雨冲泥黑地來'所述相同,也可以定爲同時之作。這就是今天見到並且能够確定的盧子蒙'叙爲別卷'的十九首詩歌的僅存者。"時過四年,於二〇〇四年十一月才出版的《年譜新編》一反與《年譜》、《編年箋注》保持一致的習慣做法而提出異見,而這"異見"顯然以他自己獨有的手法,採用了我們的勞動成果,但却又不作任何的説明,這實在是很不應該的。

◎ 勸 醉①

竇家能釀銷愁酒(一),但是愁人便與銷②。顧我共君俱寂寞(二),只應連夜復連朝③。

録自《元氏長慶集》卷一六

[校記]

(一)竇家能釀銷愁酒:楊本、叢刊本、《全詩》同,《萬首唐人絶句》作"寶家能釀銷愁酒",元稹在洛陽,曾經與盧子蒙多次光顧竇晦之家喝酒,"寶家"顯然是"竇家"之誤,不從不改。

(二)顧我共君俱寂寞:《萬首唐人絶句》同,楊本、叢刊本、《全詩》作"顧我共君俱寂寞",語義不通,不從不取。

[箋注]

① 勸醉:憂愁終日而無法解脫,衹能借酒澆愁,求得擺脫,不是酒徒,却勝於酒徒。元結《夜宴石魚湖作》:"醉昏能誕語,勸醉能忘情? 坐無拘忌人,勿限醉與醒。"元稹《酬樂天勸醉》:"神麴清濁酒,牡丹深淺花。少年欲相飲,此樂何可涯!"

② 竇家:即竇晦之家,排行十二,元稹的朋友。元稹《劉氏館集隱客歸和子元及之子蒙晦之》:"濕墊綠竹徑,寥落護岸冰。偶然沽市酒,不越四五升。"元稹《西歸絶句十二首》一〇:"寒窗風雪擁深爐,彼此相傷指白須。一夜思量十年事,幾人強健幾人無(宿竇十二藍田宅)?"元稹與盧子蒙在竇晦之家飲酒,供應酒菜自然是主人的職責與義務,故言"能釀銷愁酒"。 銷愁:亦作"消愁",消除憂愁。李白《宣州謝朓樓餞別校書叔雲》:"抽刀斷水水更流,舉杯消愁愁更愁。人生在世不稱意,明朝散髮弄扁舟。"白居易《對酒》:"未濟卦中休卜命,參同契裏莫勞心。無如飲此銷愁物,一餉愁銷直萬金。" 愁人:心懷憂愁的人。徐安貞《聞鄰家理箏》:"北斗橫天夜欲闌,愁人倚月思無端。忽聞畫閣秦箏逸,知是鄰家趙女彈。"張先《酒泉子》:"亭柳霜凋。一夜愁人窗下睡。繡幃風,蘭燭焰,夢遙遙。"

③ 顧我共君俱寂寞:此句意謂回顧我與您都是新近喪妻寂寞之極的苦悶之人。盧子蒙喪妻之事,有元稹自己《初寒夜寄盧子蒙子蒙近亦喪妻》可證:"月是陰秋鏡,寒爲寂寞資。輕寒酒醒後,斜月枕前時。倚壁思閑事,回燈檢舊詩。聞君亦同病,終夜遠相悲。" 寂寞:冷清,孤單。曹植《雜詩五首》四:"閑房何寂寞! 綠草被階庭。"貫休《偶然作》:"蟬聲引出石中蛩,寂寞門扃葉數重。誰道思山心不切,等閑盡出兩三峰?" 連夜:夜以繼日,徹夜。宋之問《廣州朱長史座觀妓》:"歌舞須連夜,神仙莫放歸。參差隨暮雨,前路濕人衣。"蘇軾《中秋月三首》三:"舒子在汶上,閉門相對清。鄭子向河朔,孤舟連夜行。" 連朝:猶連日。杜甫《奉贈盧參謀》:"説詩能累夜,醉酒或連

朝。藻翰唯牽率,湖山合動搖。"來鵠《寒食山館書情》:"獨把一杯山館中,每經時節恨飄蓬。侵階草色連朝雨,滿地梨花昨夜風。"

[編年]

《年譜》編年本詩云:"《擬醉》題下注:'與盧子蒙飲于竇晦之,醉後賦詩共十九首,子蒙敍爲別卷,自此至《狂醉》,皆是夕所賦。'《狂醉》云:'……'元和四、五年,元稹爲監察御史及東臺監察御史,故有'二年辜負兩京春'之句。貶謫江陵,途經襄陽,與盧、竇會飲,故有'峴亭今日顛狂醉'之句。可見《擬醉》至《狂醉》五首,皆元和五年元稹赴江陵途中作。"未見《編年箋注》編年本詩,也未見其說明理由,就直接排列在《襄陽道》之後、《泛江玩月十二韵》之前,也就是説《編年箋注》認同《年譜》的編年意見,《勸醉》爲元和五年元稹貶赴江陵途中所作。《年譜新編》編年本詩於元和四年的最後,沒有具體時日,也沒有説明理由。《年譜新編》一反常規,結論與《年譜》、《編年箋注》完全不同,而與我們在《聊城師院學報》二〇〇〇年第六期的《元稹詩文編年新解》一文中得出的結論基本相同。

我們以爲,《年譜》的編年理由是站不住腳的,首先元稹與從洛陽城外冒雨沖黑而來的盧子蒙在洛陽的竇晦之家相會而飲酒,怎麼突然之間盧子蒙也跟着元稹的出貶而出現在襄陽?而且連同竇晦之的"竇家"也一起搬往襄陽?"作於途中"的編年意見是錯誤的,荒唐的。我們以爲本詩與《擬醉》、《懼醉》、《任醉》作於同一個晚上,亦即作於元和四年九月的某個晚上,地點在洛陽竇晦之的家中,同飲之人有盧子蒙與竇晦之。

◎ 任　醉^①

　　本怕酒醒渾不飲^(一)，因君相勸覺情來^②。殷勤滿酌從聽醉，乍可欲醒還一杯^③？

録自《元氏長慶集》卷一六

［校記］

　　（一）本怕酒醒渾不飲：楊本、叢刊本、《古詩鏡·唐詩鏡》、《全詩》同，《萬首唐人絶句》作“本怕酒醉渾不飲”，語義不同，不改。《元稹集》、《編年箋注》失校。

［箋注］

　　① 任醉：怕酒醉不敢飲，怕酒醒也不敢飲，但終日憂愁又不得不飲，詩人的矛盾心情，正是在痛苦抉擇中顯露。張蠙《贈丘衙推》：“偶携童稺離青嶂，便被君侯换白衣。任醉賓筵莫深隱，綺羅絲竹勝漁磯。”歐陽修《采桑子》：“畫船載酒西湖好，急管繁弦。玉盞催傳。穩泛平波任醉眠。”

　　② 本怕：義同“生怕”，祇怕，唯恐。曹唐《勸劍》：“生怕雷霆號澗底，長聞風雨在床頭。垂情不用將閑氣，惱亂司空犯斗牛。”《宋名臣言行録外集》卷一三：“伯恭講論甚好，但每事要鶻圇説作一塊，又生怕人説異端俗學之非，護蘇氏尤力。”　酒醒：謂醉後醒過來。王正己《贈廖融》：“病起正當秋閣回，酒醒迎對夜濤寒。爐中藥熟分僧飯。枕上琴閑借客彈。”蘇軾《謁金門·秋感》：“孤負金尊緑醑。來歲今宵圓否。酒醒夢回愁幾許？夜闌還獨語。”　渾：副詞，簡直，幾乎。杜甫《春望》：“烽火連三月，家書抵萬金。白頭搔更短，渾欲不勝簪。”皮

日休《蘭後池三詠·浮萍》:"嫩似金脂膩似烟,多情渾欲擁紅蓮。明朝擬附南風信,寄與湘妃作翠鈿。" 相勸:互相勉勵,勸解,勸告。元稹《瘴塞》:"瘴塞巴山哭鳥悲,紅妝少婦斂啼眉。殷勤奉藥來相勸,云是前年欲病時。"蘇軾《岐亭五首》二:"又哀網中魚,開口吐微濕……相逢未寒溫,相勸此最急。"

③ 殷勤:頻繁,反復。《後漢書·陳蕃傳》:"天之於漢,恨之無已,故殷勤示變,以悟陛下。"楊巨源《折楊柳》:"水邊楊柳曲塵絲,立馬煩君折一枝。惟有春風最相惜,殷勤更向手中吹。" 乍可:祇可。元稹《蟲豸詩七篇·浮塵子三首》二:"乍可巢蚊睫,胡爲附蟒鱗……哀哉此幽物! 生死敵浮塵。"蔣捷《瑞鶴仙·鄉城見月》:"勸清光,乍可幽窗相伴,休照紅樓夜笛。怕人間、換譜伊凉,素娥未識。"又作寧可。駱賓王《代女道士王靈妃贈道士李榮》:"乍可匆匆共百年,誰便遙遙期七夕?"元稹《決絕詞》:"乍可爲天上牽牛織女星,不願爲庭中紅槿枝。"又作怎可解。張鷟《龍筋鳳髓判·考功》:"雞冠比玉,乍可依稀? 魚目參珠,曾何髣髴?"

[編年]

《年譜》編年意見同《勸醉》編年意見。未見《編年箋注》編年本詩,也未見其説明理由,就直接排列在《襄陽道》之後、《泛江玩月十二韵》之前,也就是説《編年箋注》認同《年譜》"元和五年元稹赴江陵途中作"編年意見。《年譜新編》編年意見同《勸醉》,也就是採用我們的結論,祇是採用之後没有説明而已,大概是"所見略同"吧!

我們以爲本詩的意境與《擬醉》、《懼醉》、《勸醉》相類,它們應該作於同一個晚上,亦即作於元和四年九月的某個晚上,地點在洛陽竇晦之的家中,同飲之人除了竇晦之,還應該有盧子蒙。

■ 狂　醉^{(一)①}

據元稹《擬醉》題注

[校記]

　　(一)狂醉：元稹本佚失詩所據元稹《擬醉》題注，除《元氏長慶集》馬本外，又見於《全詩》，文字未見異文。

[箋注]

　　① 狂醉：元稹《擬醉》題下注："與盧子蒙飲于竇晦之，醉後賦詩共十九首，子蒙叙爲別卷，自此至《狂醉》，皆是夕所賦。"元稹另有詩題爲《狂醉》的詩篇，但其内容顯然與《擬醉》作於元和四年九月洛陽竇晦之家中的情景不合："一自柏臺爲御史，二年辜負兩京春。峴亭今日顛狂醉，舞引紅娘亂打人。"元稹元和四年二月拜職監察御史，故"一自柏臺爲御史，二年辜負兩京春"兩句，明言此詩賦成於元和五年春天。而"峴亭今日顛狂醉"一句，表明詩篇應該賦作於元和五年元稹出貶江陵途經襄陽峴亭之時。而根據元稹《擬醉》的題注，元稹顯然有一首《狂醉》佚失，今據此而補。　狂醉：大醉。許棠《冬杪歸陵陽別業五首》三："雞犬唯隨鹿，兒童只衣襃。時因尋野叟，狂醉復狂歌。"李建勳《細雨遥懷故人》："我有近詩誰與和？憶君狂醉愁難破。昨夜南窗不得眠，閑階點滴迴燈坐。"

[編年]

　　未見《元稹集》採録，也未見《年譜》、《編年箋注》、《年譜新編》採録與編年。

我們以爲,本詩應該與《擬醉》、《懼醉》、《勸醉》、《任醉》賦作於同時,亦即亦即作於元和四年九月的某個晚上,地點在洛陽竇晦之的家中,同飲之人除了竇晦之,還應該有盧子蒙。

◎ 周先生(一)①

寥寥空山岑,泠泠風松林(二)②。流雲垂鱗光(三),懸泉揚高音③。希夷周先生,燒香調琴心④。神功盈三千,誰能還黃金⑤?

録自《元氏長慶集》卷六

[校記]

(一)周先生:楊本、叢刊本、《全詩》同,《唐音癸籤》作"贈周先生",各備一説,不改。

(二)泠泠風松林:原本作"冷冷風松林",楊本、叢刊本、《全詩》、《唐音癸籤》同,語義不佳。盧校宋本作"泠泠風松林",應從,據改。

(三)流雲垂鱗光:原本作"流月垂鱗光",楊本、叢刊本、《全詩》、《唐音癸籤》同,盧校宋本作"流雲垂鱗光",似勝,應從,據改。

[箋注]

① 周先生:元稹在洛陽的朋友,信奉道教,周姓,名不詳,白居易有詩《早冬遊王屋自靈都抵陽臺上方望天壇偶吟成章寄溫谷周尊師中書李相公》,揭示"周先生"是王屋山的一位道士。元稹《臺中鞫獄憶開元觀舊事呈損之兼贈周兄四十韵》、《韋氏館與周隱客杜歸和泛舟》、《劉氏館集隱客歸和子元及之子蒙晦之》、《寄隱客》、《同醉(吕子元庾及之杜歸和同隱客泛韋氏池)》中的"周兄"、"周隱客"、"隱客"等等均是指這位周姓的道教朋友,而"同隱客"是"周隱客"之刊誤。

先生：有多種的含義，這裏指稱道士。殷堯藩《中元日觀諸道士步虛》：“玄都開秘籙，白石禮先生。上界秋光净，中元夜氣清。”魏知古《玄元觀尋李先生不遇》：“羽客今何在？空尋伊洛間……神仙不可見，寂莫返蓬山。”關於本詩，《唐音癸籤》評云：“元微之贈周先生詩云：‘……’四十字用平聲字至三十九，古有四聲詩純用平聲者，此則偶然犯之，而調葉步虛，殊鏘然可誦。”

②　寥寥：廣闊，空曠。曹丕《善哉行三首》三：“寥寥高堂上，凉風入我室。”王若虛《哀雁詞》：“鳥之遠害，宜莫如鴻。浩浩長風，寥寥遠空。”　山岑：山峰。曹植《贈丁儀王粲》：“山岑高無極，涇渭揚濁清。”張九齡《在郡秋懷二首》二：“魚鳥好自逸，池籠安所欽？挂冠東都門，采蕨南山岑。”　泠泠：聲音清越貌。陸機《文賦》：“音泠泠而盈耳！”劉商《胡笳十八拍·第十二拍》：“破瓶落井空永沈，故鄉望斷無歸心。寧知遠使問姓名，漢語泠泠傳好音。”清凉貌。張九齡《祠紫蓋山經玉泉山寺》：“指塗躋楚望，策馬傍荆岑。稍稍松篁入，泠泠磵谷深。”松林：松樹之林。杜荀鶴《秋日懷九華舊居》：“吾道在五字，吾身寧陸沈……何當遂歸去，一徑入松林。”寒山《詩三百三首》二九九：“畫棟非吾宅，松林是我家。一生俄爾過，萬事莫言賒！”

③　流雲：流動的雲。崔湜《贈蘇少府赴任江南余時還京》：“流雲春窈窕，去水暮逶迤。行舟忽東泛，歸騎亦西馳。”張仲素《上元日聽太清宮步虛》：“舞鶴紛將集，流雲住未行。誰知九陌上，塵俗仰遺聲！”　鱗光：流雲所折射的鮮艷光彩，猶如鱗片。李賀《蜀國弦》：“凉月生秋浦，玉沙鱗鱗光。誰家紅泪客，不忍過瞿塘？”陸龜蒙《奉和襲美太湖詩二十首·投龍潭》：“名山潭洞中，自古多秘邃……鱗光焕水容，月色燒山翠。”　懸泉：瀑布，郭象《睽車志》卷六：“峻溪急流，懸泉瀉瀑，冲石走沙，聲如雷動。”張九齡《入廬山仰望瀑布水》：“絶頂有懸泉，喧喧出烟杪。不知幾時歲，但見無昏曉。”　高音：聲音響亮。楊巨源《贈侯侍御》：“敦詩揚大雅，映古酌高音。逃禍栖蝸舍，因醒解豸

簪。”元稹《答姨兄胡靈之見寄五十韵》:“迅拔看鵰舉,高音侍鶴鳴。所期人拭目,焉肯自伴盲!”

④ 希夷:《老子》:“視之不見名曰夷,聽之不聞名曰希。”河上公注:“無色曰夷,無聲曰希。”後因以“希夷”指虛寂玄妙。蕭統《謝敕參解講啓》:“至理希夷,微言淵奧,非所能鑽仰。”權德輿《奉和鄭賓客相公攝官豐陵扈從之作》:“莫究希夷理,空懷渙汗恩。”又指虛寂玄妙的境界。韓愈《順宗實録》:“臣聞上聖玄邈,獨超乎希夷;强名之極,猶存乎罔象。”錢起《奉和聖製登會昌山應制》:“睿想入希夷,真遊到具茨。”又謂清静無爲,任其自然。《北史・李行之傳》:“年將六紀,官歷四朝。道協希夷,事忘可否。”白居易《病中宴坐》:“外安支離體,中養希夷心。”這裏指道家、道士,但上述數説均通。 燒香:舊俗禮拜神佛的一種儀式,禮拜時把香點着插在香爐中,表示誠敬。《漢武帝内傳》:“帝乃盛以黄金之箱……安着柏梁臺上,數自齋戒,整衣服,親詣朝拜,燒香盥漱,然後執省之焉!”寒山《詩三百三首》六三:“若人逢鬼魅,第一莫驚懼……燒香請佛力,禮拜求僧助。” 琴心:書名,《黄庭内景經》的別名。《黄庭内景經・序》:“《黄庭内景》者,一名《太上琴心文》。”張仲深《金華洞》:“黄冠秀玉飄,琴心語胎仙。”

⑤ 神功:神靈的功力。《南史・謝惠連傳》:“〔靈運〕忽夢見惠連,即得‘池塘生春草’,大以爲工。常云:‘此語有神功,非吾語也。’”黄滔《大唐福州報恩定光多寶塔碑記》:“仲氏司徒自清源聞而感,鑄而資,雖從人力,悉類神功。” 黄金:道教仙藥名。葛洪《抱朴子・仙藥》:“仙藥之上者丹砂,次則黄金,次則白銀,次則諸芝。”寒山《三字詩六首》四:“寒山深,稱我心。純白石,勿黄金。泉聲響,撫伯琴。有子期,辨此音。”

[編年]

《年譜》編年本詩於“庚寅至甲午在江陵府所作其他詩”,理由是:

“《全詩》卷四〇一載元稹詩二十三首，第一首《寄吳士矩端公五十韵》題下注：‘此後並江陵士曹時作。’”又附録云：“錢謙益云：‘似東野，恐是誤編。’”但没有作出任何選擇，把問題推給讀者。《編年箋注》編年本詩云：“作於元和五年(八一〇)至九年(八一四)期間，元稹在江陵府士曹參軍任。見下《譜》。”《年譜新編》編年元和五年，引述本詩後云：“‘周先生’當爲周隱客。”錢謙益的懷疑没有證據，不足取。

　　我們以爲，根據《寄隱客》、《同醉(吕子元庚及之杜歸和同隱客泛韋氏池)》、《劉氏館集隱客歸和子元及之子蒙晦之》、《韋氏館與周隱客杜歸和泛舟》諸詩證實，此“周先生”就是“周隱客”，道教人士，與本詩一一相符。據此，可以認定本詩與上述各詩作於同時，亦即元稹任職監察御史分務東臺期間，以元和四年元稹初來洛陽接着妻子韋叢病故之後爲宜。

◎ **病醉**(戲作吳吟，贈盧十九經濟、

　　張三十四弘、辛大丘度)(一)①

　　醉伴見儂因酒病(二)，道儂無酒不相窺②。那知下藥還沽底，人去人來剩一巵③。

録自《元氏長慶集》卷一六

[校記]

　　（一）病醉(戲作吳吟，贈盧十九經濟、張三十四弘、辛大丘度)：原本作“病醉(戲作吳吟，贈盧十九經濟、張三十四弘、辛丈丘度)”，楊本、叢刊本、《全詩》同，《萬首唐人絶句》無此題注，這是《萬首唐人絶句》的通例，不從不改。　辛大丘度：原本、楊本、叢刊本、《全詩》均作“辛丈丘度”，岑仲勉《唐人行第録》：“又辛大丘度：元氏集一〇《病減

逢春期白二十二辛大不至》，又白氏集《代書詩一百韵》'笑勸迂辛酒'，原注：'辛大丘度性迂嗜酒'，元、白之同年也。"《編年箋注》："辛丈丘度，陶敏《全唐詩人名考》以爲乃'辛大丘度'之誤。"《全唐詩人名考》不注明先輩成果，很不應該；《編年箋注》以後爲先，失於詳察，同樣很不應該。我們查得《全詩》、《全唐詩録》白居易《代書詩一百韵寄微之》均作"辛大"，元稹《病減逢春期白二十二辛大不至十韵》確實作"辛大"；而且，一個與自己是同僚、被戲稱爲"迂辛"的人，怎麼可能是長輩的"辛丈"？再者，"丈"與"大"形近也易誤，據此改。

（二）醉伴見儂因酒病：楊本、叢刊本同，《全詩》、《萬首唐人絶句》作"醉伴見儂因病酒"，語義均通，不改。

［箋注］

① 病醉：飲酒迷酒，醉酒嗜酒。白居易《酬夢得見喜疾瘳》："暖臥摩綿褥，晨傾藥酒螺。昏昏布裘底，病醉睡相和。"張鎡《曉寢喜成》："人間一事最幽奇，病醉皆非半睡時。經紙屏低心正愜，木綿衾暖足慵移。"　吳吟：謂吟唱吳歌。《戰國策·秦策》："臣不知其思與不思。誠思，則將吳吟，今軫將爲王吳吟。"高誘注："吟，歌吟也。"王安石《東皋》："楚制從人笑，吳吟得自怡。東皋興不淺，遊走及芳時。"又指吳歌。陳師道《與魏衍寇國寶田從先二佺分韵得坐字》："吳吟未至慢，楚語不假些。懷遠已屢嘆，論昔先急唾。"吳歌的主要特點是用吳地的方言寫作或吟唱詩歌。　盧十九經濟、張三十四弘、辛大丘度：他們分別是盧子蒙、張弘、辛丘度，而十九、三十四、大則是他們在家族兄弟中的排行，唐人詩歌中經常見到。元稹《與楊十二巨源盧十九經濟同遊大安亭各賦二物各爲五韵探得松石》："片石與孤松，曾經物外逢。月臨栖鶴影，雲抱老人峰。"《唐會要·中書舍人》："（元和）十五年十月，諫議大夫鄭覃、崔郾、右補闕辛丘度、左拾遺韋瓘温會於閣中奏事，諫以上宴樂過度。"

②醉伴：酒友。白居易《同夢得和思黯見贈來詩中先叙三人同燕之歡次有嘆鬢髮漸衰嫌孫子催老之意因酬姸唱兼吟鄙懷》：“醉伴騰騰白與劉，何朝何夕不同遊？留連燈下明猶飲，斷送尊前倒即休。”趙嘏《贈別》：“水邊秋草暮萋萋，欲駐殘陽恨馬蹄。曾是管弦同醉伴，一聲歌盡各東西。”　儂：吳地方言，含義頗複雜，有“你”、“我”等不同含義。王維《贈吳官》：“江鄉鯖鮓不寄來，秦人湯餅那堪許？不如儂家任挑達，草屬撈蝦富春渚。”李白《橫江詞六首》：“人道橫江好，儂道橫江惡。一風三日吹倒山，白浪高於瓦官閣。”本詩應該理解爲“我”較爲合適。汪錂《春蕪記·宴賞》：“奴家生得好儀容，月殿姮娥也賽不過儂。”《紅樓夢》第二七回：“儂今葬花人笑痴，他年葬儂知是誰?”在其他場合，也有另外的含義：又指他，他們。《正字通·人部》：“儂，又他也。”渠儂：方言，他，她。高德基《平江記事》：“嘉定州去平江一百六十里，鄉音與吳城尤異，其並海去處，號三儂之地。蓋以鄉人自稱曰‘吾儂’、‘我儂’，稱他人曰‘渠儂’，問人曰：‘誰儂’。”又指你，如楊維楨《西湖竹枝詞》：“勸郎莫上南高峰，勸儂莫上北高峰。”這裏應該理解爲“你”較爲合適。　相窺：互相窺望。《孟子·滕文公》：“不待父母之命，媒妁之言，鑽穴隙相窺，踰牆相從，則父母國人皆賤之。”劉得仁《冬日駱家亭子》：“林積烟藏日，風吹水合池。恨無人此住，静有鶴相窺。”

③“那知下藥還沽底”兩句：意謂沒有想到一邊吃着解酒的藥，一邊却貪心地買光了酒家的全部存酒。結果這人來那人去，最後剩下一壺酒實在喝不下去了。　那知：哪裏知道，没有想到。吳士矩《飲後獻時相》：“一夕心期一種歡，那知疏散負杯盤。尊前數片朝雲在，不許馮公子細看。”方干《山中》：“愛山却把圖書賣，嗜酒空教僮僕賒。秪向階前便漁釣，那知枕上有雲霞?”　下藥：用藥。張籍《書懷寄王秘書》：“秪於觸目須防病，不擬將心更養愁。下藥遠求新熟酒，看山多上最高樓。”元稹《酬段丞與諸棋流會宿弊居見贈二十四韻》：“繁星收玉版，殘月耀冰池。僧請聞鐘粥，賓催下藥巵。”　沽底：意謂將酒家的

全部酒都一口氣買來。　沽:賣。《論語‧子罕》:"有美玉於斯,韞匵而藏諸?求善賈而沽諸?"獲取,獵取。葛洪《抱朴子‧勤求》:"況乎不好不求,求之不篤者,安可銜其沽以告之哉?"李頎《放歌行答從弟墨卿》:"雖沽寸禄已後時,徒欲出身事明主。"　底:最低下的地方,物體最下的部位,亦即酒缸的最底下。宋玉《高唐賦》:"俯視峥嶸,窒寥窈冥;不見其底,虚聞松聲。"庾信《遊山》:"澗底百重花,山根一片雨。"

[編年]

　　《年譜》編年本詩於元和五年"元稹赴江陵途中作"。《編年箋注》編年云:"作於元和五年貶赴江陵途中作。見下《譜》。"《年譜新編》編年元和五年"己丑、庚寅在洛陽所作其他詩",没有説明理由。

　　我們以爲,這是元稹在洛陽與盧子蒙等人相聚的另一次酒會,並非是元稹與盧子蒙、竇晦之相聚的那一次。因爲有盧子蒙在場,但竇晦之不僅没有擔當"主人"的角色,連飲酒也看不見了。飲酒的朋友中,多了張三十四弘、辛大丘度,而却没有了竇晦之,顯然是另外一次朋友聚會。而盧子蒙也不可能跟着元稹一路前行,出現在元稹貶江陵途中,所以我們認爲這次相聚一定還在洛陽,時間應該是元和四年秋冬之間。《年譜》、《編年箋注》"元和五年'元稹赴江陵途中作'"云云顯然是白日説夢,而《年譜新編》"元和五年'己丑、庚寅在洛陽所作其他詩'"云云也是籠統的説法,很不應該。

◎ 直　臺①

　　麋入神羊隊(一),烏驚海鷺眠②。仍教百餘日,迎送直廳前③。

　　　　　　　　　　　　　　　録自《元氏長慶集》卷一五

[校記]

（一）麋入神羊隊：楊本、叢刊本、《全詩》同,《萬首唐人絕句》作"糜入神羊隊",糜的語義有"粥"、"碎烂"、"毁坏"、"浪费"、"糜子"等項,與"麋"的語義風馬牛不相及,不從不改。

[箋注]

① 直臺：在東都御史臺值勤。　　直：當值,值勤。《晉書·庾瑈傳》："瑈爲侍中,直於省內。"張喬《秘省伴直》："待月當秋直,看書廢夜吟……縱欲抄前史,貧難遂此心。"

② 麋：麋俗稱四不像,又稱麋鹿,性情溫和,喜愛山林。崔道融《元日有題》："十載元正酒,相歡意轉深。自量麋鹿分,只合在山林。"韓常侍《爲御史銜命出關讞獄道中看華山有詩》："野麋蒙象暫如犀,心不驚鷗角駭雞。一路好山無伴看,斷腸烟景寄猿啼（御史出使,不得與人同行,故云無伴）。"詩人在這裏以麋鹿自喻,意即自己本性散漫喜愛山野,現在混迹於神羊之隊,亦即監察御史行列,天天審理案件,日日迎來送往,不勝其煩。　　神羊：獬豸的別稱,傳說中的異獸,其獨角能够辨別曲直邪惡,見人爭鬥,即以角觸不直者。用它製成帽子,名獬豸冠,是古代法官戴的帽子。元稹《答姨兄胡靈之見寄五十韻》："始效神羊觸,俄隨旅雁征。孤芳安可駐! 五鼎幾時烹?"元稹《送崔侍御之嶺南二十韻》："再礪神羊角,重開憲簡函（崔君前任已爲御史）。鞶纓驄趬趬,綬佩繡縿縿。"　　烏：鳥名,烏鴉,又稱"老鴰"、"老鴉",羽毛通體或大部分黑色。《詩·邶風·北風》："莫赤匪狐,莫黑匪烏。"朱熹集傳："烏,鴉,黑色。"王充《論衡·感虛》："〔秦王〕與之誓曰:'使日再中,天雨粟,令烏白頭,馬生角……乃得歸。'"　　鷺：鳥類的一科,嘴直而尖,頸長,飛翔時縮着頸,白鷺、蒼鷺較爲常見。李時珍《本草綱目·鷺》："鷺,水鳥也,林栖水食,群飛成序,潔白如雪,

頸細而長,脚青善翹,高尺餘,解指短尾,喙長三寸,頂有長毛十數莖。"《魏書·官氏志》:"以伺察者爲候官,謂之白鷺,取其延頸遠望。"後因以"鷺"指做監察御史一類的人。

③ 迎送:迎來送往。《顏氏家訓·風操》:"北人迎送並至門,相見則揖,皆古之道也。"鄭谷《題慈恩寺默公院》:"雖近曲江居古寺,舊山終憶九華峰。春來老病厭迎送,剗却牡丹栽野松。"范仲淹《上執政書》:"觀今之郡長,鮮克盡心,有尚迎送之勞,有貪燕射之逸。" 直廳:守廳。李觀《題處州直廳壁》:"十謁朱門九不開,利名淵藪且徘徊。自知不是公侯骨,夜夜江山入夢來。"

[編年]

未見《年譜》編年。《編年箋注》云:"此詩作於元和四年(八〇九)爲監察御史時。"《年譜新編》云:"元和四年秋作。"

詩題與詩中的"臺"、"廳"即是洛陽御史臺,"直"是值班當班的意思。元稹元和四年二月出任監察御史之後,隨即奉命出使東川,五六月間回來後即以監察御史的身份分務洛陽東臺,並沒有在西京御史臺停留多少時日,此詩不可能作於西京御史臺。元稹《臺中鞫獄憶開元觀舊事呈損之兼贈周兄四十韻》云:"歸來五六月,旱色天地殷。分司別兄弟,各各泪潸潸。"知元稹從東川返回洛陽在五六月間,分司當也在其時,亦即"六月"。從"六月"下推"百餘日",此詩當作於元和四年九月與十月之間。

《年譜新編》編年意見確實與我們大致一致,不過有一個情況應該説明:我們在《固原師專學報》二〇〇二年第四期發表的《元稹詩文編年淺述》裏已經作出"此詩當作於元和四年九月與十月之間"的結論,出版於二〇〇四年十一月的《年譜新編》應該看到拙稿,按照《年譜新編》著者一再提出"不要違反學術規範"的主張,至少應該説明一下才是。

◎ 祭亡妻韋氏文①

嗚呼！敍官閥，誌德行，具哀詞，陳薦奠，皆生者之事也，於死者何有哉②？然而死者爲不知也，故聖人有無知之論(一)。嗚呼！死而有知，豈夫人而不知予之心乎(二)？尚何言哉③！且曰人必有死，死何足悲？死且不悲，則壽夭貴賤，縗麻哭泣，藐爾遺稚，惸然鰥夫，皆死之末也，又何悲焉④？

況夫人之生也，選甘而味，借光而衣，順耳而聲，便心而使。親戚驕其意，父兄可其求(三)，將二十年矣！非女子之幸耶⑤？逮歸于我，始知賤貧，食亦不飽，衣亦不溫，然而不悔于色，不戚于言⑥。他人以我爲拙，夫人以我爲尊。置生涯於澆落，夫人以我爲適道。捐晝夜於朋宴，夫人以我爲狎賢，隱于辛中之言⑦。

嗚呼！成我者朋友，恕我者夫人，有夫如此其感也，非夫人之仁耶⑧？嗚呼歔欷，恨亦有之。始予爲吏，得祿甚微，當日前之戚戚(四)，每相緩以前期。縱斯言之可踐(五)，奈夫人之已而⑨。況携手於千里，忽分形而獨飛。昔慘悽於少別，今永逝與終離⑩。將何以解予懷之萬恨，故前此而言曰："死猶不悲。"嗚呼哀哉！惟神尚饗⑪！

録自《元氏長慶集》卷六〇

[校記]

（一）故聖人有無知之論：宋蜀本、叢刊本同，楊本作"故聖人以無知□□"，《全文》作"故聖人有無知□□"，不改，各備一説。

（二）豈夫人而不知予之心乎：宋蜀本、叢刊本、《全文》同，楊本作"豈無人而不知予之心乎"，語義不通，不從不改。

（三）父兄可其求：錢校宋本、《全文》同，楊本作"父兄何其求"，但旁有小字"可"，不改。

（四）當日前之戚戚：宋蜀本、盧校作"愧目前之戚戚"，楊本作"□日前之戚戚"，《全文》作"以日前之戚戚"，三說均可說通，不改，各備一說。

（五）縱斯言之可踐：宋蜀本、錢校宋本、叢刊本、《全文》同，楊本作"縱斯言之可□"，但旁有小字"踐"，不改。

［箋注］

① 祭：祭奠，以儀式追悼死者。《禮記·祭統》："祭者，所以追養繼孝也。"韓愈《送楊少尹序》："古之所謂鄉先生没而可以祭於社者，其在斯人歟！" 亡妻：已經亡故的妻子。獨孤及《祭亡妻博陵郡君文》："大曆八年二月十五日，檢校司封郎中兼舒州刺史獨孤及，謹以清酌菜菓之奠，祭于故博陵郡君之靈。"唐暄《贈亡妻張氏》："嶧陽桐半死，延津劍一沈。如何宿昔内，空負百年心！" 韋氏：即元稹的第一任妻子韋叢，韋夏卿的"季女"。韓愈有《監察御史元君妻京兆韋氏夫人墓誌銘》文，爲後世瞭解韋叢提供了可信的第一手資料，文云："夫人諱叢，字茂之，姓韋氏。其上七世祖父封龍門公，龍門之後世，率相繼爲顯官。夫人曾祖父諱伯陽，自萬年令爲大原少尹副留守北都，卒贈秘書監。其大王父迢，以都官郎爲嶺南軍司馬，卒贈同州刺史。王考夏卿以太子少保，卒贈左僕射。僕射娶裴氏皋女，皋爲給事中，皋父宰相耀卿。夫人於僕射爲季女，愛之，選婿得今御史河南元稹，稹時始以選校書秘書省中。其後遂以能直言策第一，拜左拾遺，果直言失官。又起爲御史，舉職無所顧。夫人固前受教於賢父母，得其良夫，又及教於先姑氏，率所事所言皆從儀法。年二十七，以元和

四年七月九日卒。卒三月，得其年之十月十三日，葬咸陽，從先舅姑兆。銘曰：詩歌碩人，爰叙宗親。女子之事，有以榮身。夫人之先，累公累卿。有赫外祖，相我唐明。歸逢其良，夫夫婦婦。獨不與年，而卒以殀。實生五子，一女之存。銘于好辭，以永於聞。"

②　嗚呼：嘆詞，表示悲傷。《書‧五子之歌》："嗚呼曷歸，予懷之悲。"葉適《厲領衛墓誌銘》："虜既卒叛盟，而君竟坐貶死。嗚呼！可哀也已！"　官閥：官階，門第。《後漢書‧鄭玄傳》："時汝南應劭亦歸於紹，因自贊曰：'故太山太守應中遠，北面稱弟子何如？'玄笑曰：'仲尼之門考以四科，回賜之徒不稱官閥。'"《新唐書‧張說傳》："吾聞儒以道相高，不以官閥爲先後。"　德行：道德品行。《易‧節》："君子以制數度，議德行。"孔穎達疏："德行謂人才堪任之優劣。"葛洪《抱朴子‧循本》："德行文學者，君子之本也。"　哀詞：亦作"哀辭"，文體名，古用以哀悼殀而不壽者，後世亦用於壽終者，多用韵語寫成。《後漢書‧楊修傳》："修所著賦、頌……哀辭、表、記、書凡十五篇。"《南史‧陳後主沈皇后傳》："及後主薨，后自爲哀辭，文甚酸切。"　薦奠：猶祭奠，祭祀的儀式，即向鬼神敬獻祭品。薛用弱《集異記‧李納》："〔王祐〕見納，納呼入臥內，問王祐，祐但以薦奠畢，擲樗蒲投具，得吉兆告納。"又引申作祭品。劉弇《謁文宣王文》："夫子，天地也，顧區區薦奠，何有哉！亦誠而已矣！"

③　"然而死者爲不知也"五句：典見《禮記‧檀弓》："孔子曰：之死而致死之，不仁而不可爲也。之死而致生之，不知而不可爲也。"元積本意謂人死之後，有知還是無知，一直是個爭論不休也搞不明白的問題。假如人能夠死而有知，怎麽我的夫人反而不知道我現在的哀痛之心？　死者：已死的人。李邕《銅雀妓》："西陵望何及？縣管徒在兹。誰言死者樂，但令生者悲？"李白《擬古十二首》一〇："生者爲過客，死者爲歸人。天地一逆旅，同悲萬古塵。"　不知：不知道，沒有知覺。王適《江濱梅》："忽見寒梅樹，開花漢水濱。不知春色早，疑是

弄珠人。"沈佺期《章懷太子靖妃挽詞》："送馬嘶殘日,新螢落晚秋。不知蒿里曙,空見隴雲愁。"　聖人:指品德最高尚、智慧最高超的人。《孟子·滕文公》："堯舜既没,聖人之道衰。"韓愈《原道》："古之時,人之害多矣!有聖人者出,然後教之以相生養之道。"　無知:没有知覺。《穀梁傳·僖公十六年》："石無知之物,鶂微有知之物。"蘇軾《興龍節集英殿宴教坊詞·問女童隊》："玉座天臨,雖仙凡之有隔;翠鬟雲合,豈草木之無知。"　有知:有知覺。《禮記·三年問》："凡生天地之間者,有血氣之屬,必有知。"范縝《神滅論》："人之質所以異木質者,以其有知耳!"　不知:不了解,不理解。賀知章《詠柳》："碧玉妝成一樹高,萬條垂下綠絲縧。不知細葉誰裁出?二月春風似剪刀。"崔國輔《渭水西別李崟》："隴右長亭堠,山陰古塞秋。不知嗚咽水,何事向西流?"

④　壽夭:長命與夭折。《莊子·應帝王》："鄭有神巫曰季咸,知人之死生存亡,禍福壽夭。"黃滔《祭林先輩》："誠壽夭靡移於夙契,且鬼神何害于善人。"　貴賤:富貴與貧賤,指地位的尊卑。《易·繫辭》："卑高以陳,貴賤位矣!"韓康伯注："天尊地卑之義既列,則涉乎萬物貴賤之位明矣!"辛延年《羽林郎》："男兒愛後婦,女子重前夫。人生有新故,貴賤不相踰。"　緦麻:粗麻布喪服。葛洪《抱朴子·譏惑》："余之鄉里,先德君子,其居重難,或並在衰老。於禮唯應緦麻在身,不成喪致毁者,皆過哀啜粥,口不經甘。"《新五代史·馬縞傳》："緦麻喪紀,所以別親疏,辨嫌疑。"　遺稚:猶遺孤。陶潛《祭從弟敬遠文》："呱呱遺稚,未能正言;哀哀嫠人,禮儀孔閑。"李中《哭舍弟二首》二:"舊詩傳海嶠,新塚枕江湄。遺稚嗚嗚處,黃昏繞縗帷。"　鰥夫:成年無妻或喪妻的人。潘岳《西征賦》："鰥夫有室,愁民以樂。"蘇軾《與朱鄂州書》："天麟言岳鄂間田野小人,例只養二男一女,過此輒殺之,尤諱養女,以故民間少女多鰥夫。"

⑤　甘:美味,美味的食物。《書·洪範》："稼穡作甘。"孔傳:"甘味生於百穀。"韓愈《送窮文》："飫於肥甘,慕彼糠糜。"　光:光亮,光

滑。《左傳·昭公二十八年》：“昔有仍氏生女黰黑而甚美，光可以鑒，名曰玄妻。”潘岳《西征賦》：“衛鬒髮以光鑒，趙輕體之纖麗。”　順耳：和順悅耳。曹丕《與吳質書》：“高談娛心，哀箏順耳。”庾信《竹杖賦》：“未見從心，先求順耳。”　便：順，順從。《史記·東越列傳》：“孝惠三年，舉高帝時越功，曰閩君搖功多，其民便附，乃立搖爲東海王。”錢起《早發東陽》：“數雁起前渚，千艘爭便潮。”　驕：通“嬌”，寵愛，嬌慣。韓愈《崔少府攝伊陽以詩及書見投因酬三十韵》：“歲窮寒氣驕，冰雪滑磴棧。”王安石《孤桐》：“歲老根彌壯，陽驕葉更陰。”　可：表示同意，許可。《史記·秦始皇本紀》：“制曰：‘可。’”《北齊書·楊愔傳》：“以帝仁慈，恐不可所奏，乃通啓皇太后，具述安危。”

⑥ 歸：古代謂女子出嫁。《易·漸》：“女歸，吉。”孔穎達疏：“女人……以夫爲家，故謂嫁曰歸也。”《詩·周南·桃夭》：“之子於歸，宜其室家。”　賤貧：卑賤貧困。《梁書·范縝傳》：“子良問曰：‘君不信因果，世間何得有富貴，何得有賤貧？’”《新唐書·魏元忠傳》：“志士在富貴與賤貧，皆思立功名以傳於後，然知己難而所遇罕。”　悔：悔恨，後悔。《淮南子·氾論訓》：“故桀囚於焦門，而不能自非其所行，而悔不殺湯於夏臺。”王昌齡《閨怨》：“忽見陌頭楊柳色，悔教夫婿覓封侯。”　戚：憂愁，悲傷。韓愈《祭十二郎文》：“恐旦暮死而汝抱無涯之戚也。”范仲淹《上執政書》：“不以一心之戚，而忘天下之憂。”

⑦ 拙：笨拙，遲鈍。《老子》：“大道若屈，大巧若拙，大辯若訥。”韓愈《爲裴相公讓官表》：“知事君以道，無憚殺身；慕當官而行，不求利己。人以爲拙，臣行不疑。”　尊：尊貴，高貴。《荀子·正論》：“天子者，執位至尊。”韓愈《讀〈荀〉》：“始吾讀孟軻書，然後知孔子之道尊。”引申爲高。《易·繫辭》：“天尊地卑，乾坤定矣！”虞翻注：“天貴，故尊；地賤，故卑。”　濩落：原謂廓落，引申謂淪落失意。韓愈《贈族姪》：“蕭條資用盡，濩落門巷空。”王昌齡《贈宇文中丞》：“僕本濩落人，辱當州郡使。”　適道：歸從道統。程顥《答横渠張子厚先生書》：

"人之情各有所蔽,故不能適道。"岳珂《桯史·丹稜巽巖》:"可與共學未可與適道,可與適道未可與立,可與立未可與權。" 朋宴:亦作"朋讌",聚朋宴飲。韓愈《順宗實錄》:"執誼因言成季等朋讌聚遊無度,皆譴斥之。"貢性之《清燕堂》:"江山深處畫堂深,朋宴曾聞屢盡籌。奕世衣冠惟望族,百年桑梓尚喬林。" 狎賢:接近親近賢達,義近"狎從",親密相從。《宋書·始安王休仁傳》:"我與建安年時相鄰,少便狎從。"義近"尊賢",尊敬賢者。《孟子·萬章》:"用下敬上,謂之貴貴;用上敬下,謂之尊賢。" 幸中:義近"幸有",本有,正有。杜甫《曲江三章章五句》三:"杜曲幸有桑麻田,故將移住南山邊。"賀鑄《望湘人》:"不解寄一字相思,幸有歸來雙燕。"

⑧ 成:成就,成績,成果。李白《化城寺大鐘銘》:"〔李公〕少蘊才略,壯而有成。"王安石《上田正言書》二:"今上接祖宗之成,兵不釋擐者蓋數十年,近世無有也。" 恕:寬宥,原諒。《戰國策·趙策》:"老臣病足,曾不能疾走,不得見久矣!竊自恕,而恐太后玉體之有所郤也,故願望見太后。"《隋書·鄭譯傳》:"俄而進上柱國,恕以十死。"仁:仁愛,相親,仁是古代一種含義極廣的道德觀念,其核心指人與人相互親愛,孔子以之作爲最高的道德標準。《禮記·中庸》:"仁者人也,親親爲人。"《論語·顏淵》:"樊遲問仁,子曰:'愛人。'"

⑨ 歔欷:悲泣,抽噎,嘆息。《楚辭·離騷》:"曾歔欷余鬱邑兮,哀朕時之不當。"蔡琰《悲憤詩》:"觀者皆歔欷,行路亦嗚咽。" 戚戚:憂懼貌,憂傷貌。《論語·述而》:"君子坦蕩蕩,小人長戚戚。"何晏集解引鄭玄曰:"長戚戚,多憂懼。"李清照《聲聲慢》:"尋尋覓覓,冷冷清清,悽悽慘慘戚戚。" 前期:對未來的預期,打算。沈約《別范安成》:"生平少年日,分手易前期。"韓愈《赴江陵途中寄贈王十二補闕李十一拾遺李二十六員外翰林三學士》:"失志早衰換,前期擬蜉蝣。"踐:履行,實現。《楚辭·天問》:"會鼂爭盟,何踐吾期?"劉禹錫《答饒州元使君書》:"有人民社稷,固可踐其言也。" 已而:用爲死亡的諱

稱。白居易《祭李侍郎文》:"嗚呼杓直,已而已而,哀哉尚饗!"范成大《榮木》:"逝其須臾,坐成四時。今我不學,殆其已而。"

⑩ 携手:手拉著手。《詩·邶風·北風》:"惠而好我,携手同行。"黃庭堅《新喻道中》:"一百八盤携手上,至今歸夢繞羊腸。"形容齊心。《孫子·九地》:"故善用兵者,携手若使一人,不得已也。"曹操注:"齊一貌也。" 分形:分離。鮑照《贈故人馬子喬六首》六:"雙劍將別離,先在匣中鳴。烟雨交將夕,從此遂分形。"韓愈《答張徹》:"首敘始識面,次言後分形。" 慘悽:亦作"慘淒",悲慘淒涼。《楚辭·九辯》:"心閔憐之慘悽兮,願一見而有明。"嵇康《琴賦》:"是故懷感者聞之,則莫不憯懍慘悽,愀愴傷心。" 少別:暫時分別。江淹《別賦》:"暫遊萬里,少別千年。惟世間兮重別,謝主人兮依然。"韋莊《嘆落花》:"飄紅墮白堪惆悵,少別穠華又隔年。" 永逝:永遠消逝,逝世。《史記·司馬相如列傳》:"精罔閬而飛揚兮,拾九天而永逝。"陳子昂《館陶郭公姬薛氏墓誌銘并序》:"哀淑人之永逝,感紺園之春時。願作青鳥長比翼,魂魄歸來遊故國。" 終離:死別。張籍《各東西》:"浮雲上天雨墮地,暫時會合終離異。我今與子非一身,安得死生不相棄?"

⑪ 萬恨:各種恨,一切恨。李白《留別曹南群官之江南》:"懷君路綿邈,覽古情淒涼。登岳眺百川,杳然萬恨長。"皇甫曾《哭陸處士》:"從此無期見,柴門對雪開。二毛逢世難,萬恨掩泉臺。" 尚饗:舊時用作祭文的結語,表示希望死者來享用祭品的意思。李翱《陵廟時日朔祭議》:"敬修時享,以申追慕,尚享!"蘇軾《祭歐陽文忠公文》:"蓋上以爲天下慟,而下以哭其私,嗚呼哀哉,尚享!"

[編年]

《年譜》編年本文於元和四年,沒有說明理由,但有譜文"七月,妻韋叢卒,年二十七"說明。《編年箋注》編年本文元和四年,指出:韋叢卒於"元和四年七月九日","此祭文約成於韋叢卒後不久"。《年譜新編》編年本文於元和四年"元稹分務東臺時作",沒有說明理由,但有譜文"七月九日,韋叢卒於洛陽"說明。

根據韓愈《監察御史元君妻京兆韋氏夫人墓誌銘》"年二十七,以元和四年七月九日卒。卒三月,得其年之十月十三日,葬咸陽,從先舅姑兆",本文確實應該作于元和四年七月九日之後,十月十三日之前,最大的可能是韋叢的靈柩啓靈離開洛陽前往咸陽洪瀆原之時,亦即元和四年的十月上旬,而編年"元和四年"、"約成於韋叢卒後不久"、"元稹分務東臺時作"的說法比較籠統。

本文的編年還有一個問題必須澄清:二〇〇四年十一月出版的《年譜新編》在元和四年"七月九日,韋叢卒於洛陽"之下有一大段文字,我們原文照錄如下:"韓愈《韋叢誌》云:'年二十七,以元和四年七月九日卒。'未言卒於何地。朱金城《白居易研究》云:'元和四年七月九日,元稹妻韋叢卒於長安靖安里第。'《唐五代文學編年史》同,或係沿襲《白居易研究》而來。實際上,韋叢卒於洛陽,證據如下:一、元稹《空屋題》云:'朝從空屋裏,騎馬入空臺。盡日推閑事,還歸空屋來。月明穿暗隙,燈燼落殘灰。更想咸陽道,魂車昨夜回。'韋叢已死,故云'空屋'。時元稹在東都,朝出'空屋',暮歸'空屋',韋叢如何可能卒於長安?元稹繫職東都,不得親撫靈柩歸葬元氏祖塋,故云'更想咸陽道,魂車昨夜回'。二、元稹《城外回謝子蒙見諭》:'十里撫枢別,一身騎馬回。寒烟半堂影,爐火滿庭灰。稚女憑人問,病夫空自哀。潘安寄新詠,仍是夜深來。'女兒年幼,當從其母,詩'稚女'在東都,韋叢生前亦當在東都;'城外'指東都城外無疑,惟韋叢卒於東都,元稹才可能'十里撫枢別,一身騎馬回'。三、元稹《竹簟》:'竹簟襯重茵,未忍都令卷。憶昨初來日,看君自施展。'本文:'況携手於千里,忽分形而獨飛。'詩與文均作於韋叢卒後不久。惟韋叢生前與元稹同在東都,才有'憶昨初來日'、'況携手於千里'之言。四、元稹《有唐武威段夫人墓誌銘》云：‘元和四年九月十九日，(段氏)暴疾終於(東都)履信第……(韋叢)決予之際，且以始終於敬爲託焉！’元稹繫職東都，如韋叢卒於長安，如何能有臨終囑託之言？”二〇〇八年十二月出版的《編年箋注(散文卷)》亦云：“周相録《元稹年譜新編》(以下簡稱周《譜》)定韋叢卒於洛陽。”其實，我們在《漳州師院學報·元稹的家庭》(二〇〇一年第二期，又見於二〇〇八年三月河南人民出版社出版的拙稿《元稹考論》、《元稹評傳》)上也有一段話，現在一字不差照録出來與大家分享：“《年譜》元和四年有三條譜文依次先後排列：其一，元稹使東川，往來途中，賦詩三十二首，白行簡寫爲《東川卷》，白居易作《酬和元九東川路詩十二首》。其二，七月，妻韋叢卒，年二十七歲。其三，元稹分務東臺。其二、其三排列的依據之一是元稹妻子韋叢‘元和四年七月九日卒’，依據之二是據元稹《論轉牒事》推算，‘可見七月二十二日，元稹已在東臺。’《年譜》在這裏給人的印象是：元稹從東川返回長安，與白居易、白行簡相聚，然後是妻子韋叢在長安不幸去世，接著是元稹到洛陽分務東臺。元稹是在長安料理完畢妻子的喪事之後才到洛陽分務東臺，還是到洛陽分務東臺之後妻子病故，這雖然衹是件微不足道的小事，但作爲一個人的年譜，在資料並不缺乏的情況下，却是無論如何都應該搞清楚的問題。我們以爲，韋叢病故的‘七月九日’，有韓愈的《韋叢墓誌》爲證，不應該成爲問題。‘七月二十二日，元稹已在東臺’的推論，也應該不錯；但是，‘七月二十二日’、‘七月九日’之前，元稹又在哪里？是長安，還是洛陽？我們以爲：元稹是六月底或七月九日之前到達洛陽的，韋叢卒在洛陽，理由是：其一，元稹詩《臺中鞫獄》云：‘歸來五六月，旱色天地殷。分司別兄弟，各各泪潸潸。’知元稹從東川返回長安在五六月間。其二，元稹文《論轉牒事》云‘七月五日’孟昇進喪柩由徐州運出，‘今月二十三日’到達洛陽都亭驛。以驛程計，‘今月’應是七月。又據白居易詩《寄元九》云：‘今春除御史，前月至東洛……蕙風晚香盡，槐雨餘花落。秋意一蕭條，離容兩寂寞。'從'蕙風'、'槐雨'、'秋雨'三句推測，白居易詩作於元和四年初秋，即七月或八月。據此，'前月'正應是'六月'或'七月'。其三，元稹詩《擬醉》注云：'與盧子蒙飲于寶晦之，醉後賦詩十九首。'詩云：'九月閑宵初向火，一尊清酒始行杯。憐君城外遙相憶，冒雨冲泥黑地來。'元和四年九月之時，元稹肯定在洛陽。詩中的'城外'應是洛陽城外，所以能'冒雨冲泥'黑夜而入洛陽城中。而《城外回謝子蒙見諭》卻云：'十里撫柩別，一身騎馬回。'據元稹詩《空屋題》題注，韋叢安葬在十月十三日。此城外者，也即盧子蒙所居之洛陽城外。既然韋叢之柩在洛陽，她卒也當在洛陽。這說明韋叢是跟隨元稹自長安赴洛陽任之後病卒的。《年譜》譜文的排列給人錯覺，誤導讀者。"學術研究中觀點相同本來很正常，結論一樣也沒有什麼奇怪，但我們二〇〇一年的論文在前，周相錄二〇〇四年十一月的專著在後，這樣簡單的問題楊軍先生不會分不清吧？《編年箋注》的做法不禁讓人對"上下其手"的成語有了更深的理解。

◎ 城外回謝子蒙見諭①

十里撫柩別⁽一⁾，一身騎馬回②。寒烟半堂影，爐火滿庭灰③。稚女憑人問，病夫空自哀④。潘安寄新詠，仍是夜深來⑤。

录自《元氏長慶集》卷九

[校記]

（一）十里撫柩別：蘭雪堂本、叢刊本、《全詩》同，而楊本原殘缺作"無柩"，可能是刊印造成不清晰所致，"撫"可能缺了半邊稱"無"，而"無柩"語義難通，不從不改。

[箋注]

① 城外：都市城外，這裏指洛陽城外。王勃《春莊》："山中蘭葉徑，城外李桃園。豈知人事靜，不覺鳥聲喧。"張說《相州冬日早衙》："城外宵鐘斂，閨中曙火殘。朝光曜庭雪，宿凍聚池寒。"　回謝：回復酬謝。白居易《官舍小亭閑望》："人心各自是，我是良在茲。回謝爭名客，甘從君所嗤。"王令《寄題韓丞相定州閱古堂》："締裾聯纓上廊廟，留與後世爲爲師。然後回謝閱古堂，彼合異代今一時。"　見諭：猶見教。曾鞏《與王介甫第三書》："《孟子》之書，韓愈以謂非軻自作，理恐當然。則所云'幸能著書者'，亦惟更詳之也。如何？幸復見諭。"義同"見教"，指教我。司馬相如《上林賦》："鄙人固陋，不知忌諱；乃今日見教，謹受命矣！"羅大經《鶴林玉露》卷一三："近因校文至澧陽，謁竹谷羅先生，以所著《畏說》見教，僕醒然若有所悟。"

② 十里撫柩：根據古代一般的禮儀，死者靈柩到墓地，即將下葬，親人各各撫摸靈柩，作最後的告別，然後掩土。洛陽與長安相距"八百五十里"，咸陽洪瀆原更在長安之西，元稹身爲監察御史分務東臺，不可能離開洛陽前往咸陽洪瀆原元氏家族的墓地安葬韋叢，祇能親自送韋叢靈柩到洛陽城外，撫柩而別，"十里"云云，是從履信坊到洛陽西邊城門距離的約數而已。李商隱《祭徐氏姊文》："不獲臨壙達誠，撫柩致奠。"歐陽修《蘇才翁挽詩二首》一："可惜英魂掩，惟餘醉墨傳。秋風衰柳岸，撫柩送歸船。"　一身：謂獨自一人。崔滌《望韓公堆》："韓公堆上望秦川，渺渺關山西接連。孤客一身千里外，未知歸日是何年！"王維《少年行四首》三："一身能擘兩雕弧，虜騎千重只似無。偏坐金鞍調白羽，紛紛射殺五單于。"

③ 寒烟：寒冷的烟霧。駱賓王《丹陽刺史挽詞三首》二："城郭三千歲，丘陵幾萬年。唯餘松柏壟，朝夕起寒烟。"王昌齡《潞府客亭寄崔鳳童》："蕭條郡城閉，旅館空寒烟。秋月對愁客，山鐘搖暮天。"元稹一爲喪事，一爲十月，感覺寒氣逼人，可以想見。　爐火：物體燃燒

1543

過後留下星星點點的殘火，本詩是指韋叢出殯之時燃燒的紙錢等物品造成的淒慘景象。盧溦《金燈》："疏莖秋擁翠，幽艷夕添紅。有月長燈在，無烟爐火同。"元稹《獨夜傷懷贈呈張侍御（張生近喪妻）》："爐火孤星滅，殘燈寸熖明。竹風吹面冷，檐雪墜階聲。" 爐：物體燃燒後剩下的東西，灰爐。《詩·大雅·桑柔》："民靡有黎，具禍以爐。"朱熹集傳："爐，灰爐也。"陸游《夜宴》："酒浪搖春不受寒，燭花垂爐忽堆盤。" 滿庭：整個庭院。薛稷《夜宴安樂公主新宅》："秦樓宴喜月裴回，妓筵銀燭滿庭開。坐中香氣排花出，扇後歌聲逐酒來。"李嘉佑《題王十九茆堂》："滿庭多種藥，入里作山家。終日能留客，凌寒亦對花。"

④ 稚女：幼女，少女。蕭衍《采菱曲·和云菱歌女解佩戲江陽》："河南稚女珠腕繩，金翠搖首紅顏興。"元稹《六年春遣懷八首》四："婢僕曬君餘服用，嬌痴稚女繞床行。玉梳鈿朵香膠解，盡日風吹瑇瑁箏。"這裏的"稚女"即元稹與韋叢留下的唯一女兒保子，《編年箋注》"稚女：韋叢生一女，其時五六歲"云云是錯誤的，韓愈《監察御史元君妻京兆韋氏夫人墓誌銘》"實生五子，一女之存"已經充分說明，韋叢前後生有五個子女，而保子僅僅是當時在世的"一女"。至於保子"其時五六歲"云云也是推測之語，韋叢與元稹結婚在貞元十九年，至元和四年病故，連頭帶尾前後不過七年，怎麼見得韋叢留下的保子就一定是結婚初期就出生的呢？從"稚女憑人問"、"嬌痴稚女繞床行"推知，保子應該是二歲上下較爲合理，元稹另有詩篇《答友封見贈》云："扶床小女君先識"，既然是"扶床"而行，年歲應該衹能在二歲之下。憑人：憑靠，依靠，倚仗。元稹《酬樂天書懷見寄》："天明作詩罷，草草隨所如。憑人寄將去，三月無報書。"元稹《張舊蚊幬》："獨有繢紗幬，憑人遠携得。施張合歡榻，展卷雙鴛翼。" 病夫：病人。劉禹錫《病中一二禪客見問因以謝之》："勞動諸賢者，同來問病夫。"柳宗元《與太學諸生詣闕留陽城司業書》："俞扁之門，不拒病夫。"邵雍《詔三下

答鄉人不起之意》:"幸逢堯舜爲眞主,且放巢由作外臣。六十病夫宜揣分,監司無用苦開陳。"　自哀:自己哀傷自己。劉滄《晚秋野望》:"秋盡郊原情自哀,菊花寂寞晚仍開。高風疏葉帶霜落,一雁寒聲背水來。"吳融《重陽日荆州作》:"萬里投荒已自哀,高秋寓目更徘徊。濁醪任冷難辭醉,黃菊因暄却未開。"

　　⑤ 潘安:即潘岳,這裏借指盧眞。杜甫《花底》:"紫萼扶千蕊,黃須照萬花……恐是潘安縣,堪留衛玠車。"李端《同苗員外宿薦福寺僧舍》:"潘安秋興動,凉夜宿僧房。倚杖雲離月,垂簾竹有霜。"　新詠:新近作的詩,這裏指盧貞的詩作。徐鉉《和印先輩及第後獻座主朱舍人郊居之作》:"獨坐公廳正煩暑,喜吟新詠見玄微。"王安石《詳定試卷》:"漢家故事眞當改,新詠知君勝弱翁。"　夜深:猶深夜。杜甫《玩月呈漢中王》:"夜深露氣清,江月滿江城。"戴叔倫《聽歌回馬上贈崔法曹》:"共待夜深聽一曲,醒人騎馬斷腸回。"

[編年]

　　《年譜》編年本詩於元和四年,沒有説明理由。《編年箋注》編年云:"《城外回謝子蒙見諭》……作於元和四年(八〇九)。見卞《譜》。"《年譜新編》編年云:"詩云:'十里撫柩別,一身騎馬回。'元和四年秋韋叢靈柩自洛陽運往長安時作。"

　　本詩應該作於《空屋題》之前,是元稹在洛陽送別妻子的靈柩回到家中時所作,計洛陽與洪瀆原之間的路程與時日,本詩賦作應該是在十月上旬之末。《年譜》與《編年箋注》的"元和四年"云云是籠統的,而《年譜新編》的"元和四年秋"云云更是錯誤的。還需要指出的是:《年譜新編》所云"韋叢靈柩自洛陽運往長安"是荒唐可笑的,韋叢的靈柩應該是運往長安之西的咸陽洪瀆原元氏家族的祖塋,不可能進入京城長安。

◎ 空屋題(十月十四日夜)①

朝從空屋裏,騎馬入空臺②。盡日推閑事,還歸空屋來③。月明穿暗隙,燈燼落殘灰⁽一⁾④。更想咸陽道,魂車昨夜回⑤。

錄自《元氏長慶集》卷九

[校記]

(一)燈燼落殘灰:楊本、叢刊本、《全詩》同,宋蜀本作"燈炧落殘灰"。燈炧,燈燭灰,詩詞中常常用來指殘燭,元稹《通州丁溪館夜別李景信三首》二:"離床別臉睡還開,燈炧暗飄珠簌簌。"晁補之《即事一首》:"倒床鼻息惡,喚起對殘炧。""燈炧"與"燈燼"的語義相似,不改。

[箋注]

① 空屋題:妻子亡故,靈柩前往祖塋安葬,原來恩恩愛愛的夫妻轉眼衹留下了詩人一個,先前熱熱鬧鬧的家庭氛圍頓時冷冷清清,詩人情不自禁寫下本詩,抒發個人的傷感。白居易有《感元九悼亡詩因爲代答三首·答騎馬入空臺》詩酬和,詩云:"君入空臺去,朝往暮還來。我入泉臺去,泉門無復開。鰥夫仍繫職,稚女未勝哀。寂寞咸陽道,家人覆墓回。"可與本詩並讀。

② 空屋:空無一人的房屋,這裏指元稹在洛陽的家。事實上,元稹這時在履信坊的家不可能空無一人,因爲韋叢的父親韋夏卿雖然已經病逝,韋叢的繼母段氏也在"元和四年九月十九日,暴疾終于履信第",但在履信坊家中,元稹的女兒保子還在哭喊著尋找媽媽,數目不會少的家人婢女也在。但在元稹的心目中,失去了愛妻,就是失去了一切,失去了整個世界,因此有"空屋"、"空臺"之感嘆。白居易《別元九後詠所

懷》:"相知豈在多,但問同不同。同心一人去,坐覺長安空。"感覺與元稹相同。韋應物《郊居言志》:"出去唯空屋,弊簀委窗間。何異林栖鳥,戀此復來還。"戴叔倫《屯田詞》:"新禾未熟飛蝗生,青苗食盡餘枯莖。捕蝗歸來守空屋,囊無寸帛瓶無粟。"　空臺:空無一人、無所事事的御史臺。事實上,洛陽的御史臺這時不可能是"空臺",有同僚,有衙役,還有許許多多永遠忙不完的案件,但愛妻離開自己而去,詩人已經無心辦案,滿眼忙碌的人影,詩人已經視而不見,對此感受,白居易體會較深,其《感元九悼亡詩因爲代答三首·答騎馬入空臺》詩云:"君入空臺去,朝往暮還來。我入泉臺去,泉門無復開。"

③ 盡日:猶終日,整天。江采蘋《謝賜珍珠(上在花萼樓,封珍珠一斛,密賜妃,妃不受)》:"桂葉雙眉久不描,殘妝和泪污紅綃。長門盡日無梳洗,何必珍珠慰寂寥?"李從謙《觀棋(後主燕閑,嘗與侍臣奕,從謙甫數歲,侍側,後主命賦《觀棋》詩)》:"竹林二君子,盡日竟沈吟。相對終無語,爭先各有心。"　閑事:閑雜的事務。馬湘《又詩二首》一:"省悟前非一息間,更抛閑事棄塵寰。徒誇美酒如瓊液,休戀嬌娥似玉顏。"翁承贊《晨興》:"自愛鮮飆生户外,不教閑事住心頭。披襟徐步一蕭灑,吟繞盆池想狎鷗。"

④ 月明:指月亮,月光。崔櫓《宿壽安山陰館聞泉》:"多愁鬢髮余甘老,有限年光爾莫催。緣憶舊遊相似處,月明山響子陵臺。"韋鵬翼《戲題盱眙邵明府壁》:"豈肯閑尋竹徑行,却嫌絲管好蛙聲。自從煮鶴燒琴後,背却青山卧月明。"　暗隙:不易被人注意的隙縫。劉禹錫《遊桃源一百韵》:"金行太元歲,漁者偶探賾。尋花得幽踪,窺洞穿暗隙。"盧汝弼《秋夕寓居精舍書事》:"疏檐看織蟏蛸網,暗隙愁聽蟋蟀聲。醉卧欲抛羈客思,夢歸偏動故鄉情。"　燈燼:燈心燃燒後剩下的炭灰。吴融《和諸學士秋夕禁直遇雪》:"大華積秋雪,禁闈生夜寒。硯冰憂詔急,燈燼惜更殘。"蘇軾《歲晚相與饋問歸寄子由·守歲》:"坐久燈燼落,起看北斗斜。明年豈無年?心事恐蹉跎。"　殘灰:燈

心燃燒後落下的炭灰。史鳳《鎖蓮燈》：“燈鎖蓮花花照疊，翠鈿同醉楚臺巍。殘灰剔罷携纖手，也勝金蓮送輦回。”唐無名氏《咸通十四年成都謠》：“咸通癸巳，出無所之。蛇去馬來，道路稍開。頭無片瓦，地有殘灰（是歲歲陰在巳，明年在午。巳，蛇也。午，馬也）。”

⑤ 咸陽：地名，《元和郡縣志·京兆府》：“咸陽縣……隋開皇九年改涇陽爲咸陽，大業三年廢入涇陽，縣城本杜郵也。武德元年置白起堡，二年置縣，又加營築焉！山南曰陽，水北曰陽，縣在北山之南、渭水之北，故曰咸陽。”元氏家族的墓地在咸陽，白居易《唐故武昌軍節度處置等使正議大夫檢校户部尚書鄂州刺史兼御史大夫賜紫金魚袋尚書右僕射河南元公墓誌銘并序》：“以六年七月十二日祔葬於咸陽縣奉賢鄉洪瀆原，從先宅兆也。”沈佺期《咸陽覽古》：“咸陽秦帝居，千載坐盈虚。版築林光盡，壇場雷聽疏。”王維《少年行四首》一：“新豐美酒斗十千，咸陽遊俠多少年。相逢意氣爲君飲，繫馬高樓垂柳邊。” 魂車昨夜回：韓愈《監察御史元君妻京兆韋氏夫人墓誌銘》：“以元和四年七月九日卒，卒三月，得其年之十月十三日葬咸陽。”與題下注“十月十四日夜”恰好相符。 魂車：古代謂死者衣冠之車，像死者生時乘坐之形，供出喪時用。《儀禮·既夕禮》：“薦車直東榮北輈。”鄭玄注：“薦，進也。進車者，象生時將行陳駕也，今時謂之魂車。”賈公彦疏：“以其神靈在焉，故謂之魂車也。”吳嘉紀《送瑤兒詩序》：“里中舊俗，歿之三日，家人隨親携酒治饌，設魂車焚祀里門外，謂之餞程。”王建《北邙行》：“洛陽城北復城東，魂車祖馬長相逢。車轍廣若長安路，蒿草少於松柏樹。”

［編年］

《年譜》編年本詩於元和四年，理由是：“題下注：‘十月十四日夜。’詩云：‘朝從空屋裏，騎馬入空臺。’”《編年箋注》編年云：“此詩……作於元和四年（八〇九）。見卞《譜》。”《年譜新編》引述題下注後編年云:"元和四年初冬作。"

我們以爲,元稹的題下注"十月十四日夜"以及韓愈《監察御史元君妻京兆韋氏夫人墓誌銘》,再加上"魂車昨夜回"之詩句,説得如此清楚明白,本詩毫無疑問應該作於元和四年十月十四日夜,而《年譜》、《編年箋注》的"元和四年"以及《年譜新編》的"元和四年初冬"的編年是籠統的粗疏的,也是不可取的。

◎ 初寒夜寄盧子蒙子蒙近亦喪妻(一)①

月是陰愁鏡(二),寒爲寂寞資②。輕寒酒醒後,斜月枕前時③。倚壁思閑事,回燈檢舊詩④。聞君亦同病,終夜遠相悲⑤。

録自《元氏長慶集》卷九

[校記]

(一)初寒夜寄盧子蒙子蒙近亦喪妻:楊本、《全詩》詩題爲"初寒夜寄盧子蒙",無"子蒙近亦喪妻"六字,而叢刊本、宋蜀本、《古詩鏡·唐詩境》也將六字作爲題注。諸多做法均可,不改。

(二)月是陰愁鏡:原本與楊本、叢刊本、《全詩》、《古詩鏡·唐詩境》作"月是陰秋鏡",宋蜀本作"月是陰愁鏡"。詩題"初寒夜",已經與"秋"無關,就秋天而言,"陰秋"尚可説通,而從全年來講,"陰秋"就無法切合,且"陰愁鏡"與下句"寂寞資"對舉,據宋蜀本改。

[箋注]

① 初寒:剛開始寒冷,即冬季剛剛開始之時。高適《同群公十月朝宴李太守宅》:"良牧徵高賞,褰帷問考槃。歲時當正月,甲子入初

1549

寒。"元稹《書異》:"孟冬初寒月,渚澤蒲尚青。飄蕭北風起,皓雪紛滿庭。" 盧子蒙:即盧真,元稹朋友。據詩題,也新近喪妻。元稹《貽蜀五首·盧評事子蒙》:"爲我殷勤盧子蒙,近來無復昔時同。懶成積疹推難動,禪盡狂心鍊到空。"白居易《覽盧子蒙侍御舊詩多與微之唱和感今傷昔因贈子蒙題於卷後》:"早聞元九詠君詩,恨與盧君相識遲。今日逢君開舊卷,卷中多道贈微之。"

② 陰愁:天氣陰暗,令人生愁。元稹《思歸樂》:"應緣此山路,自古離人征。陰愁感和氣,俾爾從此生。"范浚《四月十六日同弟侄效李長吉體分韵得首字》:"黃梅雨歇春歸後,搏黍哺雛鳩喚婦……雲容漠漠曉陰愁,麥信風前一搔首。" 寂寞:冷清,孤單。上官儀《高密長公主挽歌》:"霜處華芙落,風前銀燭侵。寂寞平陽宅,月冷洞房深。"張九齡《感遇十二首》一一:"至精無感遇,悲惋填心胸。歸來扣寂寞,人願天豈從?"

③ 輕寒:微寒。蕭綱《與蕭臨川書》:"零雨送秋,輕寒迎節。江楓曉落,林葉初黃。"元稹《遣春十首》一:"曉月籠雲影,鶯聲餘霧中。暗芳飄露氣,輕寒生柳風。" 酒醒:謂醉後醒過來。元稹《元和五年予官不了罰俸西歸三月六日至陝府與吳十一兄端公崔二十二院長思愴曩遊因投五十韵》:"冷飲空腹杯,因成日高醉。酒醒聞飯鐘,隨僧受遺施。"蘇軾《謁金門·秋感》:"孤負金尊綠醑。來歲今宵圓否。酒醒夢回愁幾許?夜闌還獨語。" 斜月:西斜的落月。《樂府詩集·秋歌十八首》八:"涼風開窗寢,斜月垂光照。中宵無人語,羅幌有雙笑。"張若虛《春江花月夜》:"斜月沉沉藏海霧,碣石瀟湘無限路。不知乘月幾人歸?落月遙情滿江樹。" 枕前:枕頭之前,枕頭之上。戎昱《聞笛》:"入夜思歸切,笛聲清更哀。愁人不願聽,自到枕前來。"劉商《古意》:"達曉寢衣冷,開帷霜露凝。風吹昨夜泪,一片枕前冰。"

④ 倚壁:靠着墻壁,依着房壁。姚合《病僧》:"三年病不出,苔蘚滿藤鞋。倚壁看經坐,聞鐘吃藥齋。"劉駕《秋夕》:"促織燈下吟,燈光

冷于水。鄉魂坐中去。倚壁身如死。”　閑事：無關緊要的事，跟自己沒有關係的事。鮑溶《擬古苦哉遠征人》：“去日始束髮，今來髮成霜。虛名乃閑事，生見父母鄉。”蘇軾《戲周正孺二絶》一：“折臂三公未可知，會當千鎰訪權奇。勸君鵞駱猶閑事，腸斷閨中楊柳枝。”閑雜的事務。盧綸《古艷詩二首》二：“自拈裙帶結同心，暖處偏知香氣深。愛捉狂夫問閑事，不知歌舞用黃金。”元稹《餘杭周從事以十章見寄詞調清婉難於遍酬聊和詩首篇以答來貺》：“擾擾紛紛旦暮間，經營閑事不曾閑。多緣老病推辭酒，少有功夫久羨山。”　回燈：重新掌燈。元稹《景申秋八首》五：“風頭難著枕，病眼厭看書。無酒銷長夜，回燈照小餘。”白居易《琵琶行》：“移船相近邀相見，添酒回燈重開宴。千呼萬喚始出來，猶抱琵琶半遮面。”　舊詩：過去寫的詩篇。元稹《郡務稍簡因得整比舊詩並連綴焚削封章繁委篋笥僅逾百軸偶成自嘆因寄樂天》：“近來章奏小年詩，一種成空盡可悲。書得眼昏朱似碧，用來心破髮如絲。”白居易《溢浦早冬》：“日西溢水曲，獨行吟舊詩。蓼花始零落，蒲葉稍離披。”

　　⑤ 聞君亦同病：與詩題“子蒙近亦喪妻”前後呼應。　聞君：聽説您。張説《奉酬韋祭酒嗣立偶游龍門北溪忽懷驪山別業呈諸留守之作》：“石澗泉虛落，松崖路曲回。聞君北溪下，想像南山隈。”張紘《和呂御史詠院中叢竹》：“聞君庭竹詠，幽意歲寒多。嘆息爲冠小，良工將奈何？”　同病：比喻遭遇相同。劉長卿《碧澗別墅喜皇甫侍御相訪》：“不爲憐同病，何人到白雲？”杜甫《送韋郎司直歸成都》：“竄身來蜀地，同病得韋郎。”　終夜：通宵，徹夜。盧綸《冬曉呈鄰里》：“終夜寢衣冷，開門思曙光。空階一叢葉，華室四鄰霜。”元稹《遣悲懷三首》三：“同穴窅冥何所望！他生緣會更難期。唯將終夜長開眼，報答平生未展眉。”　相悲：互相悲傷。盧照鄰《哭明堂裴主簿》：“締歡三十載，通家數百年……相悲共相樂，交騎復交筵。”孟浩然《永嘉上浦館逢張八子容》：“廨宇鄰鮫室，人烟接島夷。鄉園萬餘里，失路一相悲。”

[編年]

《年譜》編年元和四年，没有説明理由。《編年箋注》編年："《初寒夜寄盧子蒙》……作於元和四年（八〇九）。見下《譜》。"《年譜新編》編年："詩云：'月是陰秋鏡，寒爲寂寞資。'元和四年秋作。"

本詩云："寒爲寂寞資。"又云："輕寒酒醒後。"當是初冬季節的詩篇。而元稹妻子韋叢十月十三日安葬於咸陽洪瀆原祖塋，計其路程，韋叢的靈柩離開洛陽當在十月上旬，此詩當作於十月中旬韋叢的靈柩離開洛陽之後。《年譜新編》所云"元和四年秋作"的意見肯定是不合適的，而"陰秋"應該是"陰愁"。

◎ 楊子華畫三首^{(一)①}

楊畫遠於展，何言今在兹^②？依然古粧服，但感時節移^③。念君一朝意，遺我千載思^④。子亦幾時客，安能長苦悲^⑤？

皓腕卷紅袖，錦韝臂蒼鶪^⑥。故人斷弦心，稚齒從禽樂^⑦。當年惜貴遊^(二)，遺形寄丹雘^⑧。骨象或依稀，鉛華已寥落^⑨。似對古人民，無復昔城郭^⑩。予亦觀病身^(三)，色空俱寂寞^⑪。

顛倒世人心，紛紛乏公是^⑫。真賞畫不成^(四)，畫賞真相似^⑬。丹青各所尚，工拙何足恃^⑭？求此妄中情^(五)，哀哉子華子^{(六)⑮}！

録自《元氏長慶集》卷五

[校記]

（一）楊子華畫三首：楊本、宋蜀本、蘭雪堂本、叢刊本、《歷代題畫詩類》、《全詩》同，《聲畫集》作"楊子華畫"，並把三首詩篇合成一首。《石倉歷代詩選》選第一、第二兩首，題作"楊子華畫"，各備一説，不改。

（二）當年惜貴遊：叢刊本、《聲畫集》、《歷代題畫詩類》、《石倉歷代詩選》、《全詩》同，楊本作"當年昔貴遊"，"當年"與"昔"語義重複，不從不改。

（三）予亦觀病身：原本作"子亦觀病身"，楊本、叢刊本、《聲畫集》、《石倉歷代詩選》、《全詩》同，《歷代題畫詩類》作"予亦觀病身"，據改。

（四）真賞畫不成：宋蜀本、蘭雪堂本、叢刊本、《聲畫集》、《歷代題畫詩類》、《全詩》同，楊本、《全詩》注作"真貴畫不成"，語義難通，不從不改。

（五）求此妄中精：原本作"求此妄中精"，楊本、宋蜀本、蘭雪堂本、叢刊本、《聲畫集》、《全詩》同，《歷代題畫詩類》、《全詩》注作"求此妄中情"，《升庵集》、《丹鉛摘録》引録本組詩第三首亦作"求此妄中情"，據改。

（六）哀哉子華子：宋蜀本、蘭雪堂本、叢刊本、《歷代題畫詩類》同，楊本、《聲畫集》作"嗟哉子華子"，《升庵集》、《丹鉛摘録》引録本組詩第三首亦作"哀哉子華子"，各備一説，不改。

[箋注]

① 楊子華：北齊畫聖，以畫馬、龍、牡丹聞名當時，傳流後世。張彦遠《歷代名畫記》卷八："楊子華（中品上）：世祖時任直閣將軍員外散騎常侍，嘗畫馬於壁，夜聽蹄齧長鳴，如索水草。圖龍於素舒卷，輒

雲氣縈集。世祖重之,使居禁中,天下號爲畫聖。非有詔,不得與外人畫。時有王子冲善棋通神,號爲二絶(見《北齊史》)。"葛勝仲《跋陳去非右丞畫山水》:"觀此筆所謂'積雪帶餘暉','青峰出山後'、'夕嵐飛鳥還'等語,如在目中,信其詩畫同出於天機也。談者謂右丞詩合國風,畫山水,楊子華之聖,信然!"陳大章《詩傳名物集覽·贈之以勺藥》:"王立之《詩話》載:北齊楊子華有畫牡丹,白樂天、李群玉皆有詩,歐陽公《花譜》序,何謂無人形篇什耶?"彭大翼《山堂肆考·二史百家》:"《名畫記》:顧愷之、陸探微、張僧繇、北齊楊子華、隋董仲仁、展子奇(虔)、唐吳道子、鄭虔皆以畫名,顧、陸、張、吳爲五經,楊、鄭、董、展爲三史,餘畫爲百家。"

②"楊畫遠於展"兩句:意謂楊子華的畫的年代要比展子虔的畫年代更爲久遠,怎麽今天反而出現在我的面前? 展:即展子虔,北齊、北周、隋代畫家,《佩文齋書畫譜·展子虔》"展子虔,歷北齊、周、隋,在隋爲朝散大夫、帳內都督。有……《長安車馬人物圖》、《弋獵圖》……《王世充像》、北齊後主《幸晉陽圖》、《朱買臣覆水圖》,並傳於代(《歷代名畫記》)。展子虔作立馬有走勢,卧馬則腹有騰驤起躍勢(《廣川畫跋》)。子虔善畫臺閣,寫江山,遠近之勢尤工,有咫尺千里之趣(《宣和畫譜》)。"

③ 依然:依舊。《大戴禮記·盛德》:"故今之人稱五帝三王者,依然若猶存者,其法誠德,其德誠厚。"曹唐《劉阮再到天台不復見仙子》:"桃花流水依然在,不見當時勸酒人。" 粧:妝飾。司馬相如《上林賦》:"靚妝刻飾,便嬛綽約。"《古詩十九首·青青河畔草》:"娥娥紅粉妝,纖纖出素手。" 時節:時光,時候。孔融《論盛孝章書》:"歲月不居,時節如流。"《朱子語類》卷六九:"那時節無可做,只得恐懼。" 移:推移,推延。《南史·賀琛傳》:"〔賀琛〕每進見武帝,與語移晷刻,故省中語曰:'上殿不下有賀雅。'"《宣和遺事》後集:"俄有人進酒食,帝不復舉。移三時間,帝問左右曰:'可白元帥令吾歸宫矣? 所議事

既從，他無餘策。'"

④ 一朝：一時，一旦。《淮南子·道應訓》："使者謁之，襄子方將食而有憂色，左右曰：'一朝而兩城下，此人之所喜也；今君有憂色，何也？'"《魏書·劉靈助傳》："靈助本寒微，一朝至此，自謂方術堪能動衆。"　意：意思，見解。《易·繫辭》："書不盡言，言不盡意。"柳宗元《桐葉封弟辯》："吾意不然。"　千載：千年，形容歲月長久。包融《阮公嘯臺》："靜然荒榛門，久之若有悟。靈光未歇滅，千載知仰慕。"崔國輔《漂母岸》："後爲楚王來，黃金答母恩。事迹遺在此，空傷千載魂。"自楊子華時代至元稹在世之日，時間不過三百來年，此言"千載"，極言其歲月之久長。　思：懷念，想望。《史記·魏世家》："家貧則思良妻，國亂則思良相。"李白《靜夜思》："舉頭望明月，低頭思故鄉。"

⑤ 幾時：什麽時候。杜甫《天末懷李白》："鴻雁幾時到？江湖秋水多。"蘇軾《儋州二首》二："荔枝幾時熟？花頭今已繁。"　安：副詞，表示疑問，相當於"怎麽"、"豈"。《論語·先進》："安見方六七十如五六十而非邦也者？"韓愈《送惠師》："離合自古然，辭別安足珍！"　苦悲：即"悲苦"，悲哀痛苦。董仲舒《春秋繁露·郊祭》："父母之喪，至哀痛悲苦也。"葉適《莊夫人墓誌銘》："水村夜寂，蟹舍一漁火隱約，而立之執書循厓，且誦且思，聲甚悲苦。"

⑥ 皓腕：潔白的手腕，多用於形容女子之手腕。曹植《洛神賦》："攘皓腕於神滸兮，採湍瀨之玄芝。"韋莊《菩薩蠻》："壚邊人似月，皓腕凝雙雪。"　紅袖：女子的紅色衣袖。王儉《白紵辭五曲》二："情發金石媚笙簧，羅袿徐轉紅袖揚。"杜牧《書情》："摘蓮紅袖濕，窺淥翠蛾頻。"　韝：臂套，用皮製成，射箭、架鷹時縛於兩臂束住衣袖以便動作。《漢書·東方朔傳》："董君綠幘傅韝。"顏師古注引韋昭曰："韝形如射韝，以縛左右手，於事便也。"薛逢《俠少年》："綠眼胡鷹踏錦韝，五花驄馬白貂裘。"謂（鷹）架，臂套上蹲著鷹，手裏牽著狗。《隋書·劉昶女傳》："〔居士〕每韝鷹繼犬，連騎道中，毆擊路人，多所侵奪。"

1555

鶚:鳥名,雕屬,性凶猛,背褐色,頭頂頸後及腹部白色,嘴短腳長,趾
具銳爪,栖水邊,捕魚爲食,俗稱魚鷹。李時珍《本草綱目·鶚》:"鶚,
雕類也,似鷹而土黃色,深目好峙,雄雌相得,鷙而有別,交則雙翔,別
則異處。能翱翔水上捕魚食,江表人呼爲食魚鷹,亦唼蛇。《詩》云
'關關雎鳩,在河之洲',即此。"《漢書·鄒陽傳》:"臣聞鷙鳥累百,不
如一鶚。"劉禹錫《和僕射牛相公寓言二首》二:"雕鶚騰空猶逞俊,驊
騮齧足自無驚。"

⑦ 故人:舊交,老友。《史記·范雎蔡澤列傳》:"公之所以得無
死者,以綈袍戀戀,有故人之意,故釋公。"王維《送元二使安西》:"勸
君更盡一杯酒,西出陽關無故人。" 斷弦:古以琴瑟調和喻夫婦和諧,
故謂喪妻爲斷弦。徐彥伯《閨怨》:"暖手縫輕素,嚬蛾續斷弦。"鄭剛中
《答潼州宇文龍圖》:"自聞抱琴瑟斷絃之悲,日欲修慰。"謂失妻。白居
易《得甲去妻後妻犯罪請用子蔭贖罪甲怒不許判》:"王吉去妻,斷絃未
續;孔氏出母,疏綱將加。" 稚齒:年少,少年,兒童。《北史·隋煬帝
紀》:"回面内向,各懷性命之圖;黃髮稚齒,咸興酷毒之嘆。"梅堯臣《除
夕與家人飲》:"稚齒喜成人,白頭嗟更老。" 從禽:追逐禽獸,謂田獵。
《易·屯》:"即鹿無虞,以從禽也。"《三國志·棧潛傳》:"若逸于遊田,晨
出昏歸,以一日從禽之娛,而忘無垠之釁,愚竊惑之。"

⑧ 當年:往年,昔年。《晉書·文苑傳序》:"《翰林》總其菁華,
《典論》詳其藻絢,彬蔚之美,競爽當年。"鄭谷《贈下第舉公》:"見君失
意我惆悵,記得當年落第情。" 貴遊:指無官職的王公貴族,亦泛指
顯貴者。《周禮·地官·師氏》:"掌國中失之事以教國子弟,凡國之
貴遊子弟學焉!"鄭玄注:"貴遊子弟,王公之子弟。遊,無官司者。"韋
應物《長安道》:"貴遊誰最貴? 衛霍世難比。" 遺形:指遺留下來的
形貌、形體、形式。曹植《叙愁賦》:"觀圖像之遺形,竊庶幾乎英皇。"
高適《還京次睢陽祭張巡許遠文》:"思壯志於冥寞,問遺形於荊杞。"
丹雘:可供塗飾的紅色顏料。《書·梓材》:"若作梓材,既勤樸斲,惟

其塗丹臒。”孔穎達疏：“臒是彩色之名，有青色者，有朱色者。”周必大
《二老堂雜誌‧記恭請聖語》：“〔上〕從至翠寒堂，棟宇顯敞，不加丹
臒。”塗飾色彩。羅隱《讒書‧木偶人》：“其後徐之境以雕木爲戲，丹
臒之，衣服之。”

　　⑨ 骨象：亦作“骨像”，骨骼相貌。《文選‧曹植〈洛神賦〉》：“奇
服曠世，骨像應圖。”李善注：“《神女賦》曰：骨法多奇，應君之相。”呂
向注：“骨法人像，皆應圖相。”劉敞《啓疑》：“《語》曰：偃王好爲仁義而
不修武備，以亡其國。吾以此推之：文德柔，柔者筋象也；武備剛，剛
者骨象也。故貴文而廢武，亦不可以存國，猶有筋而無骨而不可以爲
人也。”　依稀：隱約，不清晰。謝靈運《行田登海口盤嶼山》：“依稀採
菱歌，彷彿含嚬容。”梅堯臣《至和元年四月二十日夜夢覺而録之》：
“滉朗天開雲霧閣，依稀身在鳳皇池。”　鉛華：指作畫、寫字用的顏
料，引申爲圖畫或文字。張彥遠《歷代名畫記‧論畫體工用拓寫》：
“武昌之扁青，蜀郡之鉛華。”劉商《酬道芬寄畫松》：“聞道鉛華學沈
寧，寒枝淅瀝葉青青。一株將比囊中樹，若箇年多有茯苓?”　寥落：
稀疏，稀少。《文選‧謝朓〈京路夜發〉》：“曉星正寥落，晨光復泱漭。”
李善注：“寥落，星稀之貌也。”谷神子《博異志‧崔無隱》：“漸暮，遇寥
落三兩家，乃欲寄宿耳!”衰落，衰敗。陶潛《和胡西曹示顧賊曹》：“悠
悠待秋稼，寥落將賖遲。”

　　⑩ “似對古人民”兩句：這裏化用“遼鶴”的典故，指遼東丁令威
得仙化鶴歸故里之事。遼東人丁令威，學道後化鶴歸遼，徘徊空中而
言曰：“有鳥有鳥丁令威，去家千年今始歸。”劉禹錫《遙和白賓客分司
初到洛中戲呈馮尹》：“冥鴻何所慕? 遼鶴乍飛迴。”周邦彥《點絳脣‧
傷感》：“遼鶴歸來，故鄉多少傷心地!”　人民：百姓，平民，指以普通
百姓爲主體的社會基本成員。《詩‧大雅‧抑》：“質爾人民，謹爾侯
度，用戒不虞。”楊衒之《洛陽伽藍記‧聞義里》：“九月中旬入鉢和
國……人民服飾，惟有氈衣。”泛指人類。《神異經‧西南荒經》：“知

天下鳥獸言語，土地上人民所道，知百穀可食，草木咸苦，名曰'聖'。"
李冗《獨異志》卷下："昔宇宙初開之時，只有女媧兄妹二人在昆侖山，
而天下未有人民。" 無復：指不再有，没有。葛洪《抱朴子·對俗》：
"不死之事已定，無復奄忽之慮。"崔善爲《答王無功九日》："摘來還泛
酒，獨坐即徐斟。王弘貪自醉，無復覓楊林。" 城郭：泛指城市。《史
記·萬石張叔列傳》："城郭倉庫空虚，民多流亡。"蘇軾《雷州八首》
六："殺牛撾鼓祭，城郭爲傾動。"

⑪ 病身：體弱多病之身。張籍《感春》："遠客悠悠任病身，誰家
地上又逢春？"白居易《彭蠡湖晚歸》："何必爲遷客，無勞是病身。"
色空：佛教語。"色"與"空"的並稱，謂物質的形相及其虛幻的本性。
王維《謁璿上人詩序》："色空無礙，不物物也；嘿語無際，不言言也。"
佛教語，"色即是空"的略語，謂一切事物皆由因緣所生，虛幻不實。
白居易《感悟妄緣題如上人壁》："弄沙成佛塔，鏘玉謁王宫。彼此皆
兒戲，須臾即色空。" 寂寞：冷清，孤單。曹植《雜詩五首》四："閑房
何寂寞？綠草被階庭。"李朝威《柳毅傳》："山家寂寞兮難久留，欲將
辭去兮悲綢繆。"

⑫ 顛倒：上下、前後或次序倒置。酈道元《水經注·河水》："夫
《琴操》以爲孔子臨狄水而歌矣！曰：狄水衍兮風揚波，船楫顛倒更相
加。"《文心雕龍·定勢》："效奇之法，必顛倒文句，上句而抑下，中辭
而出外，回互不常。" 世人：世間的人，一般的人。《楚辭·漁父》：
"世人皆濁我獨清，衆人皆醉我獨醒。"李頎《古行路難》："世人逐勢爭
奔走，瀝膽墮肝惟恐後。" 紛紛：亂貌。李白《新林浦阻風寄友人》：
"紛紛江上雪，草草客中悲。明發新林浦，空吟謝朓詩。"韋應物《送孫
徵赴雲中》："前鋒直指陰山外，虜騎紛紛翦應碎。匈奴破盡看君歸，
金印酬功如斗大。" 公是：即成語"公是公非"，公認的是非。劉禹錫
《天論》："人能勝乎天者，法也。法大行，則是爲公是，非爲公非，天下
之人蹈道必賞，違之必罰。"李翱《答皇甫湜書》："故欲筆削國史，成不

刊之書。用仲尼褒貶之心,取天下公是公非爲本。"

⑬真賞:確能賞識,也指真能賞識的人。《南史·王曇首傳》:"知音者希,真賞殆絶。"會心的欣賞。范仲淹《與諫院郭舍人書》:"又嘉江山滿前,風月有舊,真賞之際,使人愉然。"指值得欣賞的景物。蔡文恭《奉和夏日遊山應制》:"悠然動睿思,息駕尋真賞。"　畫賞:義近"賞畫",對畫作的品賞。葛勝仲《幽居書懷六首》六:"清時駕鷺正充庭,何事抽簪喜退耕? 百步穿楊防偶蹶,一庖賞畫保先成。"王旭《瓊花圖》一:"后土祠前玉一株,國香曾嘆世間無。春風十里揚州路,爭似題詩賞畫圖!"　相似:相類,相像。《易·繫辭》:"與天地相似,故不違。"蕭統《採蓮曲》:"桂楫蘭橈浮碧水,江花玉面兩相似。"

⑭丹青:指畫像,圖畫。杜甫《過郭代公故宅》:"迥出名臣上,丹青照臺閣。"楊倫箋注:"丹青,謂畫像也。"陸游《遊錦屏山謁少陵祠堂》:"涉江親到錦屏上,却望城郭如丹青。"　尚:尊崇,重視。俞文豹《吹劍四録》:"三代而後,言學者與漢、唐,漢尚傳注,唐尚詞章。"引申爲仰慕。張衡《思玄賦》:"尚前良之遺風兮,恫後辰而無及。"愛好,盛行。陳鴻《長恨歌傳》:"秋七月,牽牛織女相見之夕,秦人風俗,是夜張錦繡,陳飲食,樹瓜華,焚香於庭,號爲乞巧,宮掖間尤尚之。"　工拙:猶言優劣。元稹《酬竇校書二十韻》:"麗句慚虛擲,沉機懶强牽。粗酬珍重意,工拙定相懸。"白居易《常樂里閑居偶題十六韻兼寄劉十五公與王十一起呂二炅呂四潁崔十八玄亮元九稹劉三十二敦質張十五仲元時爲校書郎》:"工拙性不同,進退迹遂殊。幸逢太平代,天子好文儒。"　何足:猶言哪里值得。《史記·秦本紀》:"〔百里傒〕謝曰:'臣亡國之臣,何足問!'"干寶《搜神記》卷一六:"穎心愴然,即寤,語諸左右,曰:'夢爲虛耳! 亦何足怪!'"　恃:依賴,憑藉。《左傳·僖公二十六年》:"室如懸罄,野無青草,何恃而不恐?"《文心雕龍·祝盟》:"忠信可矣,無恃神焉!"

⑮妄:虛罔,不實。《列子·周穆王》:"一覺一寐,以爲覺之所爲

者實,夢之所見者妄。"韓愈《誰氏子》:"神仙雖然有傳説,知者盡知其妄矣!" 情:本性。《孟子·告子》:"乃若其情,則可以爲善矣!乃所謂善也。"《淮南子·本經訓》:"天愛其精,地愛其平,人愛其情。"高誘注:"情,性也。" 哀哉:表示哀嘆的習慣用語。孟雲卿《傷時二首》一:"大方載群物,生死有常倫。虎豹不相食,哀哉人食人!"李白《過四皓墓》:"紫芝高詠罷,青史舊名傳。今日併如此,哀哉信可憐!"子:六朝時,文臣死後無封爵而得謐號者稱"子"。錢大昕《十駕齋養新録·沈恭子》:"予按《南史》:'沈炯,字初明……以疾卒于吴中,贈侍中,謐恭子。'六朝文臣無封爵而得謐者,例稱子,如任昉稱敬子、周宏正稱簡子之類,不一而足。"孟浩然《書懷貽京邑同好》:"執鞭慕夫子,捧檄懷毛公。感激遂彈冠,安能守固窮!"于鵠《哭劉夫子》:"近問南州客,云亡已數春。痛心曾受業,追服恨無親。"

[編年]

　　未見《年譜》編年本詩,《編年箋注》將本詩列入"未編年詩",未見《年譜新編》編年本詩,也未見列入"無法編年作品"欄内。

　　本詩有"皓腕卷紅袖"之句,當然是讚美楊子華流傳下來的一幅美女圖,而詩人對美人畫如此留意,顯然是借此起興,懷念剛剛病故的妻子韋叢,"骨象或依稀,鉛華已寥落"云云就透露了其中的消息。本詩"故人斷弦心"中的"故人",應該是指盧子蒙,當時盧子蒙也剛剛喪偶。元稹《初寒夜寄盧子蒙子蒙近亦喪妻》:"聞君亦同病,終夜遠相悲。"本詩云:"予亦觀病身,色空俱寂寞。"又云:"稚齒從禽樂。"從流露的情感來看,應該與元稹自己《城外回謝子蒙見諭》"稚女憑人問,病夫空自哀"相一致。元稹《城外回謝子蒙見諭》、《初寒夜寄盧子蒙子蒙近亦喪妻》賦詠於元和四年的十月十四日之後之中旬,本詩也應該作於同時。

◎ 劉頗詩(并序)^{(一)①}

　　昌平人劉頗，其上三世有義烈。頗少落行陣，二十解屬文，舉進士科試不就，負氣。狹路間病罷車蔽柩，盡碎之，罄囊酬直而去^②。南歸唐州，爲吏所軋，勢不支，氣屈，自火其居，出契書投火中，縣是以氣聞^③。予聞風四五年而後見，因以詩許之^④。

　　一言感激士，三世義忠臣^⑤。破甕嫌妨路，燒莊耻屬人^⑥。迴分遼海氣，閑蹋洛陽塵^⑦。儻使權由我，還君白馬津^⑧。

録自《元氏長慶集》卷一四

[校記]

　　（一）劉頗詩：本詩存世各本，包括楊本、叢刊本、《全詩》諸本在內，未見異文。

[箋注]

　　① 劉頗：元稹的朋友，長慶三年五月病故。元稹與劉頗交往甚多，有《寄劉頗二首》，其一：“平生嗜酒顛狂甚，不許諸公占丈夫。唯愛劉君一片膽，近來還敢似人無？”其二：“前年碣石烟塵起，共看官軍過洛城。無限公卿因戰得，與君依舊綠衫行。”元稹《唐故使持節萬州諸軍事萬州刺史賜緋魚袋劉君墓誌銘》對劉頗的生平介紹頗詳盡，這裏僅僅引録其中有關本詩的內容：“保極，諱頗，姓劉氏，漢燕王子孫之在其國者，皆稱昌平人……年十四五，始讀書……試一不中，遂不復試，復田於唐……

三十餘試授秘書省校書郎，復以協律郎從事於郿。元和初，高崇文方下蜀，宰相杜黃裳以君爲大理評事，晝於軍，後爲壽安主簿。"《元和郡縣志·河南府》："壽安縣（畿東北至府七十六里），本漢宜陽縣地，後魏分新安，置甘棠縣。隋開皇三年以縣屬熊州，十六年改爲穀州，仁壽四年改名壽安縣，貞觀七年改屬河南府。"元稹本詩即作于劉頗任職壽安縣主簿之時，時元稹在洛陽，以監察御史分務東臺。

②昌平：縣名，今屬北京市。《舊唐書·地理志》："幽州大都督府：隋爲涿郡，武德元年改爲幽州總管府，管幽、易、平、檀、燕、北燕、營、遼等八州。幽州領薊、良鄉、潞、涿、固安、雍奴、安次、昌平等八縣。" 三世：指祖孫三代。《禮記·曲禮》："去國三世。"鄭玄注："三世，自祖至孫。"《論語·季氏》："陪臣唯執國命，三世希不失矣！" 義烈：忠義節烈。《宋書·胡藩傳》："卿此侄當以義烈成名。"皮日休《陵母頌》："使千百小人如女子忠貞義烈者，未之有也。"重義輕生的人。《三國志·臧洪傳》："今王室將危，賊臣未梟，此誠天下義烈報恩效命之秋也。"曾鞏《寄歐陽舍人書》："至於通材達識，義烈節士，嘉言善狀，皆見於篇，則足爲後世法。" 行陣：行伍，舊指軍隊。《韓非子·外儲説》："夫好顯巖穴之士而朝之，則戰士怠於行陣。"《後漢書·公孫述傳》："漢祖無前人之迹，立錐之地，起於行陣之中，躬自奮擊，兵破身困者數矣！" 屬文：撰寫文章。《漢書·劉歆傳》："歆字子駿，少以通《詩》、《書》能屬文召，見成帝，待詔宦者署，爲黃門郎。"《文選·陸機〈文賦〉》："每自屬文，尤見其情。"李善注："屬，綴也。" 進士：科舉時代稱殿試考取的人。張説《太子少傅蘇公神道碑》："及長，博通經史，尤善屬詞。年十八，進士高第，補寧州參軍。"姚合《寄舊山隱者》："名在進士場，筆毫爭等倫。" 不就：不能完成。《史記·禮書》："今上即位，招致儒術之士，令共定儀，十餘年不就。"曾鞏《陳書目錄序》："思廉遂受詔爲《陳書》，久之猶不就。" 負氣：憑恃意氣，不肯屈居人下。《晉書·苻堅載記》："特進樊世，氐豪也，有大勳於苻氏，負

氣倨傲。"韋應物《贈舊識》:"少年遊太學,負氣蔑諸生。"　狹路:窄小的路。《吳子·料敵》:"險道狹路,可擊。"劉琨《重贈盧諶》:"狹路傾華蓋,駭駟摧雙輈。"　病:憂慮。《論語·衛靈公》:"君子病無能焉!不病人之不己知也。"韓愈《唐故江西觀察使韋公墓誌銘》:"諸軍歲旱,種不入土,募人就功,厚與之直而給其食,業成,人不病饑。"　甓車:裝載陶器的車子。暫無其他書證。　蔽:屏障,障礙。《左傳·昭公十八年》:"葉在楚國,方城外之蔽也。"杜預注:"爲方城外之蔽障。"韓愈《江南西道觀察使王公神道碑》:"祛蔽於目,釋負於躬。"　柩:已裝尸體的棺材。《禮記·問喪》:"三日而斂,在床曰尸,在棺曰柩。"韓愈《祭郴州李使君文》:"憶交酬而迭舞,莫單杯而哭柩。"　罄囊:竭盡囊中所有。馮贄《雲仙雜記·迷香洞》:"馮垂客於鳳,罄囊有銅錢三十萬,盡納,得至迷香洞。"蘇舜欽《浩然堂記》:"君遂周訪城中物境之嘉者,又得閭南之圃焉!罄囊中所有,日夜自營,緝築堂其間,取孟子養浩然之氣以命名。"　酬直:償還所值價錢。白居易《牡丹》:"貴賤無常價,酬直看花數。"《新唐書·李朝隱傳》:"成安公主奪民園,不酬直。"

③唐州:州郡名,劉頗的父親劉騫曾歷職唐州刺史,劉頗在唐州有祖居。《元和郡縣志·唐州》:"《禹貢》:豫州之域,春秋時爲楚地,秦爲南陽郡地,自漢迄宋,皆同。後魏太和中於此置東荆州,理比陽,故地其後改爲淮州。隋開皇五年又改爲顯州,貞觀九年改爲唐州。"吏:古代對官員的通稱。《國語·周語》:"王乃使司徒咸戒公卿、百吏、庶民。"韋昭注:"百吏,百官。"白居易《使官吏清廉策》:"臣聞爲國者,皆患吏之貪,而不知去貪之道也;皆欲吏之清,而不知致清之由也。"指官府中的胥吏或差役。《玉臺新詠·古詩〈爲焦仲卿妻作〉》:"君既爲府吏,守節情不移。"杜甫《石壕吏》:"暮投石壕村,有吏夜捉人。"　火:焚燒,焚毀。《左傳·宣公十六年》:"夏,成周宣榭火,人火之也。"韓愈《原道》:"人其人,火其書,廬其居。"　契書:契據,契約。薛用弱《集異記·賈人妻》:"此居處五百緡自置,契書在屏風中。"陳

亮《論牧馬草地》："人户多稱父祖世業,失却契書,無憑照驗。"

④ 聞風:聽到音訊或傳聞。韋應物《答裴處士》:"禮賢方化俗,聞風自款關。況子逸群士,栖息蓬蒿間。"劉禹錫《平蔡州三首》三:"四夷聞風失匕筋,天子受賀登高樓。" 四五年:四年或五年,計其時日,"聞風"劉頗之事應該在元和初年,元稹當時在西京爲左拾遺,據元稹《唐故使持節萬州諸軍事萬州刺史賜緋魚袋劉君墓誌銘》記載,那時劉頗正以"大理評事"的身份參與平定西川劉闢之事。

⑤ 一言:一句話,一番話。《左傳·僖公二十八年》:"楚一言而定三國,我一言而亡之。"魏徵《述懷》:"季布無二諾,侯嬴重一言。"感激:感奮激發。《後漢書·許升妻傳》:"升感激自屬,乃尋師遠學,遂以成名。"吳曾《能改齋漫錄·議論》:"天下之事,多成於貧賤感激之中,或敗於富貴安樂之際,理無可疑也。"引申指激動,有生氣。杜甫《觀公孫大娘弟子舞劍器行序》:"〔張旭〕自此草書長進,豪蕩感激。" 義忠:即"忠義",忠貞義烈。《後漢書·桓典傳》:"獻帝即位,三公奏典前與何進謀誅閹官,功雖不遂,忠義炳著。"崔融《西征軍行遇風》:"夙齡慕忠義,雅尚存孤直。"

⑥ "破瓮嫌妨路"兩句:即本詩詩序"狹路間病罷車蔽柩,盡碎之,罄囊酬直而去。南歸唐州,爲吏所軋,勢不支,氣屈,自火其居,出契書投火中"數句之意。元稹《唐故使持節萬州諸軍事萬州刺史賜緋魚袋劉君墓誌銘》更有詳盡的描述:"唐刺史願得君爲婿,君不願爲刺史婿,刺史怒,暴租其田。君乃大集里中諸老曰:'刺史謂田足以累我耶?'由是火其居,出契書投火中,盡畀諸老田,棄去汝上,讀書賦詩,厚自期待,刺史陸長源器異之。"

⑦ 迥:副詞,表示程度深,爲甚或全之義。杜甫《冬日洛城北謁玄元皇帝廟》:"翠柏深留景,紅梨迥得霜。"曹唐《劉晨阮肇遊天台》:"樹入天台石路新,雲和草静迥無塵。" 遼海:指渤海遼東灣。杜甫《後出塞五首》四:"雲帆轉遼海,粳稻來東吳。"仇兆鰲注:"《北史·來護兒傳》:

'遼東之役，護兒率樓船指滄海，入自浿水。'時護兒從江都進兵，則當出成山大洋，轉登萊，向遼海也。"這裏以"遼海"借指昌平，讚揚劉頗的"義烈"之直氣。　洛陽塵：意謂洛陽權貴違反李唐皇規的種種不法之事。元稹《表奏》有具體的描述："無何，外蒞東都臺。天子久不在都，都下多不法，百司皆牢獄：有栽接吏械人逾歲而臺府不得而知者，予因飛奏絕百司專禁錮。河南尉判官，予劾之，忤宰相旨。監徐帥死於軍，徐帥郵傳其柩，柩至洛，其下歐訴主郵吏，予命吏徙柩於外，不得復乘傳。浙西觀察使封杖決安吉令至死，河南尹誣奏書生尹太階請死之，飛龍使誘趙實家逃奴爲養子，田季安盜娶洛陽衣冠女，汴州沒入死商錢且千萬，滑州賦於民以千授於人以八百，朝廷饋東師，主計者誤命牛車四千三十乘飛芻越太行……類是數十事，或移或奏，皆止之。"

　　⑧ 儻使：倘使，倘若。孟雲卿《途中寄友人》："儻使長如此，便堪休去程。"僖宗朝北省官《寄兄》："涉江今日恨偏多，援筆長籲欲奈何？倘使淚流西去得，便應添作錦江波。"唐代無名氏《霜菊》："騷人有遺詠，陶令曾盈掬。儻使懷袖中，猶堪襲餘馥。"　權：權柄，權力。《穀梁傳·襄公三年》："故雞澤之會，諸侯始失正矣！大夫執國權。"王建《寄賀田侍中東平功成》："府中獨拜將軍貴，門下兼分宰相權。唐史上頭功第一，春風雙節好朝天。"　白馬：古代用白馬爲盟誓或祭祀的犧牲。《史記·呂太后本紀》："高帝刑白馬盟曰：'非劉氏而王，天下共擊之！'"趙曄《吳越春秋·越王無餘外傳》："禹乃東巡，登衡嶽，血白馬以祭。"這裏借喻元稹對劉頗的承諾，元稹《唐故使持節萬州諸軍事萬州刺史賜緋魚袋劉君墓誌銘》："予爲監察御史時，始與君更相許與爲將相。予果爲相而不能毫髮加於君，非命也，予罪也！抑不能專善善惡惡之柄耶？不然何二世死忠之家。既生如是之傑。而卒不能成就之！"可爲本句注解。

[編年]

《年譜》編年本詩於元和四年，沒有説明理由，但有譜文"識劉頗。時劉頗爲河南府壽安縣主簿"説明理由："元稹《劉頗詩》序云：'昌平人劉頗……予聞風四五年而後見'，詩云：'閑蹋洛陽塵。'這條材料説明元、劉相識於東都。《唐故使持節萬州諸軍事萬州刺史賜緋魚袋劉君墓誌銘》云：'保極諱頗，姓劉氏……元和初……後爲壽安主簿。適烏重胤以懷汝之師來伐蔡，請君爲監察御史、判懷汝營田事。'又云：'予爲監察御史時，始與君更相許與爲將相。'烏重胤於元和五年四月壬申始'爲懷州刺史、河陽三城懷州節度使'，劉頗爲壽安主簿，當在元和五年四月之前。唐壽安縣屬河南府，'東北至府七十六里'。元、劉相識，當在本年或稍後。"《編年箋注》編年："此詩作于元和四年（八〇九）。見下《譜》。"未見《年譜新編》編年本詩，不知何故。

我們以爲，《年譜》、《編年箋注》的編年理由可取，但編年本詩於"元和四年"的結論仍然顯得粗疏。元稹元和四年七月至元和五年二月以監察御史分務東臺，但元和五年元稹因爲較真，已經得罪權貴重臣，日子已經很不好過，心情也較爲灰暗，元稹《辛夷花》就是這種心情的真實流露："問君辛夷花，君言已斑駁。不畏辛夷不爛開，顧我筋骸官束縛。縛遣推囚名御史，狼籍囚徒滿田地。明日不推緣國忌，依前不得花前醉。"所以元和五年元稹不可能説出"儻使權由我，還君白馬津"這樣豪志滿懷的話語，故元和五年應該排除。而元和四年，元稹在洛陽祇有半年，因此籠統説元和四年也是不合適的。

元稹《寄劉頗二首》有句云："前年碣石烟塵起，共看官軍過洛城。"説明劉頗在洛陽與元稹相見，應該在"官軍過洛城"之時。而吐突承璀討伐河朔叛鎮離開長安在十月二十七日，"官軍過洛城"之時應該在十一月初。《舊唐書·憲宗紀》："（元和四年）冬十月癸酉朔……癸未……以神策左軍中尉吐突承璀爲鎮州行營招討處置等使，以龍武將軍趙萬敵爲神策先鋒將，内官宋惟澄、曹進玉、馬朝江等爲行營館驛糧料等使……己丑，詔軍進討……己亥，吐突承璀軍發京師，上御通化門勞遣之。"本詩序："予聞風四五年而後見，因以詩許之"，賦詠本詩之時，元稹與劉顗正在洛陽相聚，故我們以爲，本詩應該作於元和四年十一月初。

● 有唐武威段夫人墓誌銘^{(一)①}

　　唐少保贈僕射韋公幼子左千牛珮母曰段夫人，家本武威人也。其四代祖褒國公、揚州都督、贈輔國大將軍諱志玄，有戰功在國史。大將軍生曾祖宣州長史，諱弘珪。弘珪生大父鄜州刺史，諱懷本。懷本生王父衢州司田參軍，諱炭。夫人，司田炭之第二女也^②。

　　先是僕射裴夫人早世，女抱子幼，思所以仁之者，實命夫人主視之^(二)。始長安令至於都留守，持門户主婚嫁者殆十五歲^③。當貴大之家，處謙謙之勢，然而不怨不偪^(三)，禮得其宜，信難矣！居僕射喪^(四)，益不失，非盛勛烈之後^(五)，其孰能如此哉^④？

　　元和四年九月十九日，暴疾終于履信第，享年四十。定其年十二月二日，葬于河南縣龍門鄉之午橋村^⑤。凡韋氏之族姻，聞其喪，莫不親者悲，疏者嘆，豈不善處其身哉^(六)！故僕射諸子暨諸女，皆服兄弟之母服，而哀有加焉^⑥！

　　始，余亡妻生不月而先夫人殁，免水火之災，成習柔之性，用至於粧櫛、針組、書誡、琴瑟之事無遺訓，誠有以賴焉^⑦！是以余妻之言於余曰："離則思，思則夢，夢則悲，疾則泣，戀戀然余不知其異所親矣！"決余之際^(七)，且以始終於敬爲託焉^(八)！今日之誌，其終乎^⑧？

銘曰:母以子貴,貴稱夫人^(九)。人本乎祖,祖盛厥勛。昔我稚室,實懷其仁^(一〇)。仁莫之報,没而有云^(一一)。今復已矣^(一二)!報之斯文⑨。

録自洛陽近年新出土墓誌實物

[校記]

(一)有唐武威段夫人墓誌銘:原本作"唐左千牛韋珮母段氏墓誌銘",楊本、叢刊本、《全文》同,此據洛陽近年新出土墓誌實物,下署"監察御史元稹述",而洛陽近年新出土墓誌實物見本書最前面的第二幅書影。新出土的本文是原稿,《元氏長慶集》所載原本正文是後來的修改稿。兩者出入較大,幾乎可以視爲兩篇並不完全相同的文稿。現僅擇要校勘不同之點,并全文抄録原本如下,僅供讀者參考,原本題曰《唐左千牛韋珮母段氏墓誌銘》,正文云:"唐少保贈僕射韋公幼子左千牛珮母曰武威段氏,故衢州司田參軍炭之第二女也。其四代祖褒國公、揚州都督、贈輔國大將軍,生曾祖宣州長史,諱玄珪。生大父鄜州刺史,諱懷本。先是僕射裴夫人早世,女抱子幼,思所以仁之者,命主養之。始長安令,至於都留守,持門户主婚嫁者殆十五歲。當貴大之家,處謙謙之勢,然而不怨不德,禮得其宜,信難矣!今僕射喪,益不失,非盛勛烈之後,其孰能如此哉!元和四年九月十九日,暴疾,終于履信第,享年四十。定其年十二月二日,葬于河南縣龍門鄉之午橋村。凡韋氏之族姻,聞其喪,莫不親者悲,疏者嘆,不亦善處其身哉!故僕射諸子泪諸女,皆服兄弟之母服,而哀有加焉!始予亡妻生不月,而先夫人殁。免水火之裁,成習柔之性,用至於粧櫛、針組、書誡、琴瑟之事無遺訓,誠有以賴焉!是以予妻之言於予曰:'離則思,思則夢,夢則悲,疾則泣,戀戀然予不知其異所親矣!'決予之際,切以始終於敬爲託焉!今日之誌,其終乎?銘曰:母以子貴,貴必因人。人本乎祖，祖盛厥勛。昔我稚室，懷其仁。仁莫之報，没没而有云。今復泯矣！報之斯文。"出土之志與集刊之志的文字大致相當，前者爲408字，後者是369字。但出土之志與集刊之志的不同之點很多，主要之點可以歸納如下：一、標題不同，"誌"作"有唐武威段夫人墓誌銘"，"集"作"唐左千牛韋珮母段氏墓誌銘"，這是關鍵區别之點；二、稱呼不同，"誌"稱"唐少保贈僕射韋公幼子左千牛珮母曰段夫人"，"集"稱"唐少保贈僕射韋公幼子左千牛珮母曰武威段氏"，兩者的不同，仍然是"段夫人"與"段氏"之别；三、對段氏祖先描繪的不同，"誌"有"其四代祖褒國公、揚州都督、贈輔國大將軍諱志玄，有戰功在國史。大將軍生曾祖宣州長史，諱弘珪。弘珪生大父鄜州刺史，諱懷本。懷本生王父衢州司田參軍，諱炭"，"集"已經大大簡略，僅作"故衢州司田參軍炭之第二女也，其四代祖褒國公、揚州都督、贈輔國大將軍，生曾祖宣州長史，諱玄珪。生大父鄜州刺史，諱懷本。"無緣無故刪除了"有戰功在國史"一句。四、"誌"有"實命夫人主視之"，"集"略去"夫人"兩字，僅作"命主養之"。且"主視"與"主養"的真實含義並不相同：主是主宰，主持，掌管之意。《墨子·尚賢》："今王公大人之君人民，主社稷，治國家，欲修保而勿失。"顏之推《顏氏家訓·治家》："婦主中饋，惟事酒食衣服之禮耳！"視是監視，督察，一般不需親歷親爲。韓愈《曹成王碑》："一吏軌民，使令家聽户視，奸宄無所宿。"陸游《老學庵筆記》卷一："吕好問爲右丞，特賜金帶。高宗面諭曰：'此帶朕自視上方工爲之。'蓋特恩也。"養是奉養，事奉之意，必須親歷親爲。《公羊傳·文公十三年》："生以養周公，死以爲周公主。"曾鞏《天長縣君黄氏墓誌銘》："始殿中府君與其配福清縣太君鄭氏皆春秋高，安其鄉里，不肯出，屯田府君乃從事漳州、泉州興化軍，踰二十年，終養而後去。""養"亦作古代役卒的通稱。《管子·輕重乙》："五乘者有伍養。"馬非百新詮："伍養者，謂有廝養之卒五人也。"《史記·秦始皇本紀》："雖監門之養，不觳於此。"司馬貞索隱："養，即卒也。"由此可見，"主視"與"主養"所涵蓋的褒貶之義並不相同，區別明顯："主視"者是主人身份，而"主養"者，則顯然是奴僕身份；五、"誌"作"不怨不偪"，"集"作"不怨不德"。不怨是不埋怨，不責怪。《書·康誥》："爽惟天其罰殛我，我其不怨。"元結《欸乃曲》："誰能聽欸乃？欸乃感人情。不恨湘波深，不怨湘水清。"不偪就是不逼迫，偪，同"逼"。嵇康《與山巨源絕交書》："禹不偪伯成子高，全其節也。"韓愈《唐故河南少尹李公墓志銘》："公至十二日，錡反，公將左右與賊戰州門，不勝。賊呼入，公端立，責以義，皆斂兵立，不逼。"不德的義項較多，其一是不修德行，缺乏德行。《書·伊訓》："爾惟不德罔大，墜厥宗。"孔穎達疏："爾惟不德，謂不修德爲惡也。"《漢書·文帝紀》："人主不德，布政不均，則天示之災以戒不治。"其二是不施恩德。《左傳·文公十七年》："德，則其人也；不德，則其鹿也，鋌而走險，急何能擇？"其三是不感激。銀雀山漢墓竹簡《孫臏兵法·行篡》："貨多則辨，辨則民不德其上。"《韓非子·外儲說》："以功受賞，臣不德君。"以上均是貶義，其中祇有不自以爲有德是褒義。《老子》："上德不德，是以有德；下德不失德，是以無德。"《韓非子·解老》："德則無德，不德則在有德。"一字之差，一褒一貶，意在其中；六、"誌"作"母以子貴，貴稱夫人"，語義明確。"集"作"母以子貴，貴必因人"，仍然在回避"夫人"這一關鍵性字眼，"貴必因人"一句，褒貶之義在句外。"集"前前後後共刪除四處"夫人"，其用意不言自明。其他細微差異還有不少，這裏不一一細列，讀者可以仔細核對。

（二）實命夫人主視之：宋蜀本、盧校同，馬本作"命主養之"，《全文》同，楊本、叢刊本作"命主□之"，各備一說，不改。

（三）然而不怨不偪：宋蜀本同，馬本作"然而不怨不德"，楊本、叢刊本、《全文》同，各備一說，不改。

（四）居僕射喪：馬本作"今僕射喪"，楊本、叢刊本、《全文》同，宋蜀本、盧校作"合僕射喪"，各備一說，不改。

（五）非盛勛烈之後：馬本、楊本、叢刊本、《全文》同，宋蜀本、盧校作“夫非盛勛烈之後”，各備一説，不改。

（六）豈不善處其身哉：馬本作“不亦善處其身哉”，楊本、叢刊本、《全文》同，各備一説，不改。

（七）“始”十七句：“余”，馬本均作“予”，楊本、叢刊本、《全文》同，兩字可通，不改。

（八）且以始終於敬爲託焉：宋蜀本、盧校同，馬本作“切以始終於敬爲託焉”，楊本、叢刊本、《全文》同，各備一説，不改。

（九）貴稱夫人：馬本作“貴必因人”，楊本、叢刊本、《全文》同，宋蜀本、盧校作“貴必有因”，各備一説，不改。

（一〇）實懷其仁：馬本作“懷其仁”，顯脱一字，楊本、叢刊本同，《全文》作“没懷其仁”，不從不改。

（一一）没而有云：《全文》同，馬本作“没没而有云”，顯衍一字，楊本、叢刊本同，不從不改。

（一二）今復已矣：馬本、楊本、叢刊本、《全文》作“今復泯矣”，各備一説，不改。

[箋注]

① 有：助詞，無義，作名詞詞頭。元稹《有唐贈太子少保崔公墓誌銘》：“公諱俊，字德長，以孝公爲從祖父，則其官族可知也。”白居易《如信大師功德幢記》：“有唐東都臨壇開法大師，長慶四年二月十三日，終於聖善寺華嚴院，春秋七十有五。”　武威：地名，地當今甘肅武威。《元和郡縣志·涼州》：“……隋大業三年改爲武威郡，廢總管。隋末喪亂，陷於寇賊，武德二年討平李軌，改爲涼州，置河西節度使……管縣五：姑臧、神烏、昌松、嘉麟、天寶。”王貞白《古悔從軍行》：“憶昔仗孤劍，十年從武威。論兵親玉帳，逐虜過金微。”皎然《塞下曲二首》二：“都護今年破武威，風沙萬里鳥空飛。旆竿瀚海掃雲出，鐔

1571

騎天山蹋雪歸。" 段氏:本文墓主,韋夏卿的妻妾,元稹第一任妻子韋叢的後母。 夫人:對已婚婦女的尊稱。《史記·刺客列傳》:"市行者諸衆人皆曰:'……夫人不聞與?何敢來識之也?'"趙曄《吳越春秋·王僚使公子光傳》:"適會女子擊綿於瀨水之上,筥中有飯,子胥遇之,謂曰:'夫人,可得一餐乎?'"

② 唐少保贈僕射韋公:即韋夏卿,元稹的岳丈,事迹見呂溫《故太子少保贈尚書左僕射京兆韋府君神道碑》,兩《舊唐》有傳,其《新唐書·韋夏卿傳》:"韋夏卿字雲客,京兆萬年人。少邃於學,善文辭。大曆中,與弟正卿同舉賢良方正,皆策高等。授高陵主簿,累遷刑部員外郎。時仍歲旱蝗,詔以郎官宰畿甸,授奉天令,課第一,改長安令。轉吏部員外郎、郎中,擢給事中,出爲常、蘇二州刺史。徐州節度使張建封疾甚,詔夏卿爲徐泗行軍司馬,且代之。未至,而建封卒,徐軍立其子愔爲留後,召夏卿爲吏部侍郎。時從弟執誼在翰林,嘗受人金,有所干請,密以金內夏卿懷中,夏卿毀懷不受,曰:'吾與爾賴先人遺德,致位及此,顧當是哉?'執誼大慚。轉京兆尹、太子賓客,檢校工部尚書,爲東都留守,辭疾,改太子少保,卒,年六十四,贈尚書左僕射,謚曰獻。" 千牛:禁衛官千牛備身、千牛衛的省稱,掌執千牛刀,爲君王護衛。《北史·楊義臣傳》:"時義臣尚幼,養於宮中,未弱冠,奉詔宿衛如千牛者數年,賞賜甚厚。"《新唐書·蘇詵傳》:"詵子震,以蔭補千牛。" 韋珮:僅見於本文,其他文獻無涉。元稹岳丈韋夏卿之兒子,其母即段氏。 "其四代祖褒國公"四句:"褒國公"即段志玄,生平事迹見《舊唐書·段志玄傳》:"段志玄,齊州臨淄人也。父偃師,隋末爲太原郡司法書佐,從高祖起義,官至郢州刺史。志玄從父在太原,甚爲太宗所接待。義兵起,志玄募得千餘人,授右領大都督府軍頭。從平霍邑,下絳郡,攻永豐倉,皆爲先鋒,歷遷左光祿大夫。從劉文靜拒屈突通於潼關,文靜爲通將桑顯和所襲,軍營已潰,志玄率二十騎赴擊,殺數十人而還,爲流矢中足,慮衆心動,忍而不言,更入賊

陣者再三。顯和軍亂，大軍因此復振，擊，大破之。及屈突通之遁，志玄與諸將追而擒之，以功授樂遊府驃騎將軍。後從討王世充，深入陷陣，馬倒，爲賊所擒。兩騎夾持其髻，將渡洛水，志玄踊身而奮，二人俱墮馬，馳歸，追者數百騎，不敢逼。及破竇建德，平東都，功又居多，遷秦王府右二護軍，賞物二千段。隱太子建成、巢刺王元吉競以金帛誘之，志玄拒而不納，密以白太宗，竟與尉遲敬德等同誅建成、元吉。太宗即位，累遷左驍衛大將軍，封樊國公，食實封九百戶。文德皇后之葬也，志玄與宇文士及分統士馬出肅章門。太宗夜使宮官至二將軍所，士及開營内使者，志玄閉門不納，曰：‘軍門不可夜開！’使者曰：‘此有手敕！’志玄曰：‘夜中不辨真僞。’竟停使者至曉。太宗聞而嘆曰：‘此真將軍也！周亞夫無以加焉！’十一年，定世封之制，授金州刺史改封褒國公。十二年，拜右衛大將軍。十四年，加鎮軍大將軍。十六年，寢疾，太宗親自臨視，涕泣而別，顧謂曰：‘當與卿子五品。’志玄頓首固請迴授母弟志感，太宗遂授志感左衛郎將。及卒，上爲發哀，哭之甚慟，贈輔國將軍、揚州都督。陪葬昭陵，謚曰忠壯。十七年正月，詔圖形於凌烟閣。”　戰功：戰爭中所立的功勞。《周禮・夏官・司勳》：“治功曰力，戰功曰多。”王讜《唐語林・政事》：“一朝謂監軍從事曰：‘崇文，河北一健兒，偶然際會，累立戰功。’”　國史：原指當代人修纂的本朝實録和本朝歷史，後泛指一個朝代的歷史。《後漢書・班固傳》：“既而有人上書顯宗，告固私改作國史者，有詔下郡，收固繫京兆獄。”司空圖《商山二首》一：“清溪一路照羸身，不似雲臺畫像人。國史數行猶有志，只將談笑繼英塵。”　弘珪：文獻無記載，僅見本文，不見其他文獻記載。　懷本：《册府元龜・符瑞》有記載：“（開元二十一年）六月庚子，眉州獻寶鼎，重七百斤，無耳，足有篆文數字。時渝州刺史段懷本奏：‘此鼎到陳州界之對溪驛，雲霧暗合，有白虹逼鼎，臣恐淪失，不勝驚懼，請至合州取陸路至京。’許之。”開元二十一年爲公元七三三年，距元和四年（809）計七十七年，如果減去段氏“享年四十",疑段懷本即是段氏的祖父。又《元和姓纂》卷九"齊郡鄒平縣段氏":"懷本,洛州太守。"據《舊唐書·地理志》:"鄜州……天寶元年改爲洛交郡,乾元元年復爲鄜州。"疑"洛州"當爲"洛交"之誤。　段炰:未見文獻記載,僅見於本文。

③裴夫人:韋夏卿之原配妻子,元稹原配妻子韋叢之生母,亦即給事中裴皋之女,宰相裴耀卿之孫女。呂溫《故太子少保贈尚書左僕射京兆韋府君神道碑》:"夫人河東裴氏,侍中耀卿之孫,給事中皋之女。德門鍾美,淑聞充塞。蓁榮早落,著兆叶期。即以是年五月二十一日合葬於萬年縣高平鄉少陵原,禮也。"韓愈《監察御史元君妻京兆韋氏夫人墓誌銘》:"僕射娶裴氏皋女,皋爲給事中,皋父宰相耀卿。"　早世:過早地死去。《左傳·昭公三年》:"則又無禄,早世殞命,寡人失望。"韓愈《與崔群書》:"僕家不幸,諸父諸兄皆康强早世,如僕者又可以圖於久長哉?"從下文"余亡妻生不月而先夫人殁"來看,懷疑這位裴夫人死於産後感染。　抱:用手臂圍持。《公羊傳·僖公二年》:"虞公抱寶牽馬而至。"韓愈《赴江陵途中寄贈三學士》:"弱妻抱稚子,出拜忘慚羞。"意謂韋叢尚在懷抱之中,亦即《有唐武威段夫人墓誌銘》所云:"始予亡妻生不月,而先夫人殁……"　幼:年紀小,未長成的。《儀禮·喪服》:"夫死,妻稺,子幼。"鄭玄注:"子幼,謂年十五已下。"《禮記·曲禮》:"人生十年曰幼,學。"元稹貞元二十年(804)二十六歲時詩《陪韋尚書丈歸履信宅因贈韋氏兄弟》:"紫垣騶騎入華居,公子文衣護錦輿。眠閣書生復何事?也騎羸馬從尚書。"詩中的"韋氏兄弟",即本文中的"子"。　仁:保,養。《老子》:"天地不仁,以萬物爲芻狗;聖人不仁,以百姓爲芻狗。"王弼注:"天地任自然,無爲無造,萬物自相治理,故不仁也。"蔣錫昌校詁引《周語》韋注謂:"是'仁'有保養之意。'天地不仁',言天地不保養萬物,而任其自保自養;'聖人不仁',言聖人不保養百姓,而任其自保自養:此皆無爲而任其自然也。"揚雄《太玄·太玄數》:"性仁,情喜。"范望注:"長養萬物曰仁。"

主:主宰,主持,掌管。李紳《贈韋金吾》:"自報金吾主禁兵,腰間寶劍重橫行。"范祖禹《右千牛衛將軍妻王氏墓誌銘》:"性溫恭節儉,奉身不華,主中饋,戒殺生物。"　視:監視,督察。《國語·晉語》:"叔魚生,其母視之。"韋昭注:"視,相察也。"《史記·李將軍列傳》:"嘗深入匈奴二千餘里,過居延視地形,無所見虜而過。"而元稹《唐左千牛韋珮母段氏墓誌銘》作"主養",養是奉養,事奉之意。《公羊傳·文公十三年》:"生以養周公,死以爲周公主。"曾鞏《天長縣君黃氏墓誌銘》:"始殿中府君與其配福清縣太君鄭氏皆春秋高,安其鄉里,不肯出,屯田府君乃從事漳州、泉州興化軍,踰二十年,終養而後去。"亦作古代役卒的通稱。《管子·輕重乙》:"五乘者有伍養。"馬非百新詮:"伍養者,謂有廝養之卒五人也。"《史記·秦始皇本紀》:"雖監門之養,不慼於此。"司馬貞索隱:"養,即卒也。"由此可見,"主視"與"主養"涵蓋的褒貶之義並不相同。　"始長安令至於都留守"兩句:元稹兩個"段氏""墓誌銘"均云:"予亡妻生不月而先夫人歿,免水火之灾,成習柔之性……"韋叢從生不滿月到出嫁元稹,一直都得到段氏的照料,而韋叢與元稹結婚在貞元十九年(803)二十一歲,病故在元和四年(809)二十七歲,無論從哪一個角度推算,都不應該是"殆十五歲"。呂溫《故太子少保贈尚書左僕射京兆韋府君神道碑》歷述韋夏卿履歷:"公由是前後歷奉天、長安二縣令……檢校工部尚書兼御史大夫,充東都留守、東都畿汝州都防禦使。"知此"殆十五歲"是指韋夏卿從長安令到東都留守的歷職時間,不是段氏照料韋夏卿一家老小的時間,幸請讀者注意辨別。　門户:家庭,户口。《樂府詩集·隴西行》:"健婦持門户,亦勝一丈夫。"《顏氏家訓·後娶》:"異姓寵則父母被怨,繼親虐則兄弟爲讎。家有此者,皆門户之禍也。"王利器集解:"門户,猶今言家庭。"　婚嫁:嫁娶。《顏氏家訓·後娶》:"前妻之子,每居己生之上,宦學婚嫁,莫不爲防焉!"杜荀鶴《題田家翁》:"田翁真快活,婚嫁不離村。"

④ 貴大：位尊勢大。《呂氏春秋・諭大》："故小之定也必恃大，大之安也必恃小，小大貴賤，交相爲恃，然後皆得其樂；定賤小在於貴大。"《三國志・廖立傳》："坐自貴大，臧否群士，公言國家不任賢達而任俗吏，又言萬人率者皆小子也，誹謗先帝，疵毀衆臣。" 謙謙：謙遜貌。《易・謙》："謙謙君子，卑以自牧也。"劉向《列女傳・有虞二妃》："二女承事舜於畎畝之中，不以天子之女故而驕盈怠嫚，猶謙謙恭儉，思盡婦道。" 怨：埋怨，責怪。《書・康誥》："爽惟天其罰殛我，我其不怨。"舊題李陵《答蘇武書》："苟怨陵以不死，然陵不死，罪也。"偪：逼迫，威脅。《國語・晉語》："於是呂甥、冀芮畏偪，悔納文公，謀作亂。"韋昭注："畏見偪害，故謀作亂。"嵇康《與山巨源絕交書》："近諸葛孔明不偪元直以入蜀，華子魚不强幼安以卿相，此可謂能相終始，真相知也。" 居喪：猶守孝，處在直系尊親的喪期中。《左傳・襄公三十一年》："居喪而不哀，在慼而有嘉容，是謂不度。"《禮記・曲禮》："居喪未葬，讀喪禮；既葬，讀祭禮；喪復常，讀樂章。" 勳烈：功業，功勳。《後漢書・吕强傳》："歷事二主，勳烈獨昭。"元稹《崔蕘檢校都官員外郎兼侍御史》："崔蕘等自元和以來，有大勳烈於天下。"

⑤ 元和四年九月十九日：據韓愈《監察御史元君妻京兆韋氏夫人墓誌銘》："年二十七，以元和四年七月九日卒，卒三月，得其年之十月十三日，葬咸陽，從先舅姑兆。"知元稹妻子韋叢病故，與其後母段氏段夫人病故，前後相差僅僅七十九天。韋叢還停柩在家，其後母段夫人已經病故；韋叢出葬之時，段夫人還停柩在家。 暴疾：突然發病。《後漢書・梁懂傳》："何熙軍到五原曼柏，暴疾，不能進。"韓愈《貞曜先生墓誌銘》："〔先生〕挈其妻行，之興元，次於閿鄉，暴疾卒。"履信第：即履信坊，洛陽的坊名。《類說・定命錄》："《夢娶婦》：崔元綜任益州參軍，欲娶婦。忽夢人云：'此家女非君之婦，君婦今日始生。'乃夢中相隨，至東京履信坊道北屋下，見一婦人生女，云：'此君婦也！'崔寤，殊不信之，俄而所議女暴亡。後官至四品，年五十八，乃

婚韋涉妹,年始十九,乃履信坊居住。尋勘歲月,正所夢之日生也。"履信坊爲韋夏卿當時私宅所在。元稹有《陪韋尚書丈歸履信宅因贈韋氏兄弟》詩,詩題中的"韋尚書"即韋夏卿。　享年四十:據韓愈《監察御史元君妻京兆韋氏夫人墓誌銘》韋叢元和四年病故時二十七歲推算,武威段氏夫人僅僅比韋叢年長十三歲。又據吕温《故太子少保贈尚書左僕射京兆韋府君神道碑》,韋夏卿"以元和元年三月十二日薨於東都履信里之私第,享年六十有四"推算,韋夏卿年長武威段氏夫人計有二十七歲,兩人的結合可謂是四十歲的"老夫"與十三歲的"少妻"之間的婚姻。　葬于河南縣龍門鄉之午橋村:據吕温《故太子少保贈尚書左僕射京兆韋府君神道碑》,韋夏卿與其夫人河東裴氏"合葬於萬年縣高平鄉少陵原",而武威段氏夫人却安葬在河南縣龍門鄉,段氏不僅没有能够與韋夏卿合葬,而且也没有與韋夏卿葬埋在同一地點,幸請讀者注意當時的社會風氣。

⑥ 族姻:家族和姻親。《左傳·襄公二十六年》:"雖楚有材,晉實用之,子木曰:'夫獨無族姻乎?'"楊伯峻注:"族,同宗;姻,親戚。"權德輿《唐故東京安國寺契微和尚塔銘》:"故中外族姻,遍沐其化,漸漬饒益,可勝道哉!"　喪:人死。《書·金縢》:"武王既喪,管叔及其群弟乃流言於國。"孔傳:"武王死。"陶潛《歸去來兮辭序》:"尋程氏妹喪于武昌。"　親:親近,親密。《淮南子·覽冥訓》:"是故君臣乖而不親,骨肉疏而不附。"杜甫《奉簡高三十五使君》:"交情老更親,天涯喜相見。"　疏:疏遠,不親近。《荀子·修身》:"諂諛者親,諫争者疏。"《韓詩外傳》卷九:"與人以實,雖疏必密;與人以虛,雖戚必疏。"　善處:妥善處理,善於處理。《國語·晉語》:"君子曰:善處父子之間矣!"杜甫《送張二十參軍赴蜀州因呈楊五侍御》:"皇華吾善處,於汝定無嫌。"　臮:同"暨"。《漢書·叙傳》:"舜亦以命禹,臮於稷契,咸佐唐虞。"《陳書·高祖紀》:"西都失馭,夷狄交侵,乃臮天成,輕弄龜鼎,慄慄黔首,若崩厥角。"　兄弟:哥哥和弟弟。《爾雅·釋親》:"男

子先生爲兄,後生爲弟。"《詩・小雅・常棣》:"凡今之人,莫如兄弟。"
鄭玄箋:"人之恩親,無如兄弟之最厚。"姐妹,古代姐妹亦稱兄弟。
《孟子・萬章》:"彌子之妻與子路之妻,兄弟也。"《明史・費宏傳》:
"宏從弟編修案,其妻與濠妻,兄弟也。" 母服:居母喪所穿的喪服。
《資治通鑑・唐文宗太和八年》:"時仲言有母服,難入禁中,乃使衣民
服,號王山人。"高登《上書乞納官贖罪歸葬親》:"又寧忍視爲人之子
而不得以爲母服耶?"

⑦ 亡妻:已經故世的妻子。獨孤及《祭亡妻博陵郡君文》:"維大
曆八年二月十五日,檢校司封郎中兼舒州刺史獨孤及,謹以清酌菜果
之奠,祭於故博陵郡君之靈……"元稹《祭亡妻韋氏文》:"況携手於千
里,忽分形而獨飛。昔慘悽於少別,今永逝與終離,將何以解予懷之
萬恨?"這裏指元稹的妻子韋叢,本年剛剛亡故。《編年箋注》:"韋叢
出生不滿月而生母歿,是段夫人撫育教養至於成年,此與元稹少年經
歷頗類似。"史實是:元稹雖然八歲喪父,但母親健在,直到元稹三科
及第,官拜左拾遺之後才病故。這樣的經歷,與韋叢自小不得生母撫
養而長大成人有什麼"類似"? 建議著者自己先理清頭緒再開導別
人。 先夫人:已經亡故的母輩。權德輿《唐故成德軍節度營田副使
正議大夫趙州別駕贈壽州都督河間尹府君神道碑銘》:"乃三月丁酉,
有詔贈澄之先人正議大夫趙州別駕鏒爲壽州都督,先夫人吳郡陸氏
爲吳郡太夫人。"劉禹錫《東都留守令狐楚家廟碑》:"凡以子貴承澤降
命書告第者,始贈尚書祠部郎中,再贈禮部尚書,三加右僕射,四進太
保,五爲上公,先夫人亦四徙封。" 水火:謂水深火熱,比喻艱險困難
的境地,包括嬰兒如果無人照料就無法存活的困難。《管子・法法》:
"蹈白刃,受矢石,入水火,以聽上令。"《孟子・梁惠王》:"簞食壺漿以
迎王師,豈有他哉? 避水火也。" 柔:靈活,靈巧。《莊子・山木》:
"此筋骨非有加急而不柔也,處勢不便,未足以逞其能也。"陳鼓應今
注:"不柔,不靈活。"李商隱《爲絳郡公上崔相公啓》:"相公鹽梅調味,

舟楫濟時。晉水擒凶，韓都蕩梗。以不剛不柔貞百度，以無偏無黨定九流。”　粧：妝飾。司馬相如《上林賦》：“靚妝刻飾，便嬛綽約。”《古詩十九首·青青河畔草》：“娥娥紅粉妝，纖纖出素手。”　櫛：梳理頭髮。韋應物《寄盧庚》：“亂髮思一櫛，垢衣思一浣。”陸游《時雨》：“衰髮短不櫛，愛此一雨涼。”　針組：猶縫紉。盧郚《姚婆墓誌》：“才能言而知孝道，才能行而服規繩，才能誦而諷女儀，才能持而秉針組。”馬祖常《蔡州妓趙氏詩》：“婆娑起問神祠前，祝願生身事針組。”　書：字，文字。《史記·項羽本紀》：“項籍少時學書，不成，去；學劍，又不成。項梁怒之，籍曰：‘書足以記姓名而已，劍一人敵，不足學，學萬人敵。’”杜甫《客從》：“珠中有隱字，欲辨不成書。”　誡：囑告。《史記·項羽本紀》：“梁乃出，誡籍持劍居外待。”教令。《荀子·強國》：“發誡布令而敵退，是主威也。”　琴瑟：樂器，琴和瑟，亦偏指琴瑟的一種。陸機《擬西北有高樓》：“佳人撫琴瑟，纖手清且閑。”杜甫《錦樹行》：“飛書白帝營斗粟，琴瑟几杖柴門幽。”　無遺：沒有脫漏或遺漏。董仲舒《春秋繁露·玉英》：“此亦《春秋》之義，善無遺也。”王讜《唐語林·方正》：“明年，懿宗崩，京兆尹薛逢毀之無遺。”　訓：教誨，教導。《書·高宗肜日》：“乃訓于王。”孔傳：“祖已既言，遂以道訓諫王。”《孟子·萬章》：“三年，以聽伊尹之訓己也，復歸於亳。”趙岐注：“以聽伊尹之教訓己，故復得歸之於亳。”　賴：依靠，憑藉。陶潛《贈羊長史》：“得知千載外，正賴古人書。”樂朋龜《西川青羊宮碑銘》：“苗人未格，方資益贊之謀；扈氏延誅，正賴允師之力。”

⑧　離：離開，分開。《史記·太史公自序》：“神大用則竭，形大勞則敝，形神離則死。”錢起《鑾駕避狄歲寄別韓雲卿》：“關山慘無色，親愛忽驚離。”　思：懷念，想望。《史記·魏世家》：“家貧則思良妻，國亂則思良相。”李白《靜夜思》：“舉頭望明月，低頭思故鄉。”　夢：做夢。《左傳·僖公二十八年》：“晉侯夢與楚子搏。”李白《夢遊天姥吟留別》：“我欲因之夢吳越，一夜飛度鏡湖月。”　悲：哀痛，傷心。《古

詩十九首·西北有高樓》："上有絃歌聲，音響一何悲！"溫庭筠《玉蝴蝶》："搖落使人悲，斷腸誰得知？"　疾：患病。《史記·扁鵲倉公列傳》："簡子疾，五日不知人。大夫皆懼，於是召扁鵲。"劉晝《新論·貴言》："夫人之將疾者，必不甘魚肉之味。"　泣：無聲流淚或低聲而哭。《易·屯》："得敵，或鼓或罷，或泣或歌。"蘇軾《前赤壁賦》："舞幽壑之潛蛟，泣孤舟之嫠婦。"　戀戀：依依不捨，亦指依依不捨之情。《後漢書·何進傳》："惟受恩累世，今當遠離宮殿，情懷戀戀。"裴鉶《傳奇·陶尹二君》："吾與子邂逅相遇，那無戀戀耶？"　親：親生，嫡親。《淮南子·繆稱訓》："誠能愛而利之，天下可從也；弗愛弗利，親子叛父。"蘇軾《東坡志林·趙高李斯》："扶蘇親始皇子，秦人戴之久矣！"　決：通"訣"，辭別，訣別。《史記·外戚世家》："姊去我西時，與我決於傳舍中。"洪邁《夷堅丙志·王八郎》："吾與汝不可復合，今日當決之。"始終：自始至終，一直。王建《山中寄及第故人》："既爲參與辰，各願不相望。始終名利途，慎勿罷咨咪！"元稹《別李三》："鮑叔知我貧，烹葵不爲薄。半面契始終，千金比然諾。"　托：託付，請托。《呂氏春秋·貴生》："惟不以天下害其生者也，可以託天下。"高誘注："託，付。"韓愈《鳳翔隴州節度使李公墓誌銘》："嗣子元立與其昆弟四人請銘於韓氏曰：'先人嘗有託於夫子也！'"　終：事物的結局，與"始"相對。《詩·大雅·蕩》："靡不有初，鮮克有終。"元稹《鶯鶯傳》："始亂之，終棄之，固其宜矣！"

⑨ 母以子貴：古禮，庶子繼位，其母亦因之顯榮，故稱。《公羊傳·隱公元年》："桓何以貴？母貴也。母貴則子何以貴？子以母貴，母以子貴。"何休注："禮，妾子立則母得爲夫人。"《漢書·王莽傳》："《春秋》之義，母以子貴，丁姬宜上尊號。"　厥：代詞，其，表示領屬關係。《書·伊訓》："古有夏先後方懋厥德，罔有天災。"韓愈《祭柳子厚文》："遍告諸友，以寄厥子，不鄙謂余，亦托以死。"　勛：功勛，功勞。沈佺期《塞北二首》一："海氣如秋雨，邊烽似夏雲。二庭無歲月，百戰

有功勛。"王維《老將行》:"願得燕弓射天將,耻令越甲鳴吳軍。莫嫌
舊日雲中守,猶堪一戰取功勛。"　稚:幼小,年幼。《易·序卦》:"物
生必蒙,故受之以蒙。蒙者,蒙也,物之稚也。物稚不可不養也。"《穀
梁傳·僖公十年》:"晉獻公伐虢,得驪姬,獻公私之。有二子,長曰奚
齊,稚曰卓子。"　室:妻子。《禮記·曲禮》:"人生十年曰幼,學;二十
曰弱,冠;三十曰壯,有室。"鄭玄注:"有室,有妻也,妻稱室。"孔穎達
疏:"壯有妻,妻居室中,故呼妻爲室。"李肇《唐國史補》卷下:"初,越
人不工機杼,薛兼訓爲江東節制,乃募軍中未有室者,厚給貨幣,密令
北地娶織婦以歸。"　懷:懷念,思念。《詩·周南·卷耳》:"嗟我懷
人,寘彼周行。"曹操《苦寒行》:"延頸長嘆息,遠行多所懷。"　仁:仁
慈,厚道。《論語·泰伯》:"君子篤於親,則民興於仁;故舊不遺,則民
不偷。"何晏集解:"君能厚於親屬,不遺忘其故舊,行之美者,則民皆
化之,起爲仁厚之行,不偷薄。"《孟子·告子》:"惻隱之心,仁也。"
没:通"歿",死。《論語·學而》:"父在,觀其志;父没,觀其行。"錢起
《哭空寂寺玄上人》:"燈續生前火,爐添没後香。"　泯:死的婉稱。
《三國志·張昭傳》:"泯没之後,有可稱述。"任昉《爲范始興作求立太
宰碑表》:"昔晉氏初禁立碑,魏舒之亡,亦從班列。而阮略既泯,故首
冒嚴科,爲之者竟免刑戮,致之者反蒙嘉嘆。"　報:報效,報答。《逸
周書·命訓》:"極罰則民多詐,多詐則不忠,不忠則無報。"韓愈《縣齋
有懷》:"祇緣恩未報,豈謂生足藉!"

[編年]

　《年譜》編年本文於元和四年:"碑主段氏是韋夏卿妾。《志》云:
'元和四年九月十九日,暴疾,終于履信第……定其年十二月二日,葬
于河南縣龍門鄉之午橋村。'"《編年箋注》據《年譜》同樣的理由,編
年:"則此《墓誌銘》成於已終未葬之際。"《年譜新編》僅僅引述"元和
四年九月十九日,暴疾終于履信第"一句,未引"定其年十二月二日,

葬于河南縣龍門鄉之午橋村”另一句,就編年元和四年。

在縷析兩篇“段氏”墓誌銘的異同之後,在決定本文編年之前,首先就要判斷元稹這兩篇關於段氏的墓誌銘,究竟孰先孰後? 目前學術界有兩種完全不同的意見:程章燦先生《從〈有唐武威段夫人墓誌銘〉看元稹爲人》(見《中國典籍與文化》一九九五年第三期)認爲先有《有唐武威段夫人墓誌銘》,爲元稹所撰;後有《唐左千牛韋珮母段氏墓誌銘》,爲元稹所改。程文解釋元稹尊段氏爲“段夫人”的原因云:“我注意到《有唐武威段夫人墓誌銘》有意突出段氏爲韋氏一家所作的貢獻,和韋氏子女與段氏的融洽關係,並特別強調韋叢(她是韋氏子女最年幼的)是受段氏撫養教育成人的,與段氏感情極深。尤其需要提到的是墓誌中的這一段話:‘決余之際,且以始終於敬爲托焉。’……基於對亡妻的愛戀追懷,而感激段氏的撫育之恩,從而在撰寫墓誌時稱之爲夫人,是很有可能的。”程文解釋元稹後來改“段夫人”爲“段氏”的原因云:“但這畢竟是基於一時情感而不合乎禮法的,隨著時間的推移,韋夫人的話漸漸遙遠了,淡漠了,當日熾熱的情感降溫以後,理性的想法隨之占了上風,而世俗對此恐怕也難免嘖有煩言。從另一方面的立場説,突然稱段氏爲夫人,意味著不通過正常程式而將段氏上升爲韋夏卿繼室的地位,這恐怕不是父親官至給事中、祖父貴爲侍中宰相的裴夫人一家、著名大族河東裴氏所願意看到吧。假如爲此而開罪於裴家,這樣的後果顯然不是元稹所樂意承擔的。逝者已矣,墓誌既已埋入地底,當然沒有挖出來刊改的道理,好在長閉幽冥,當代人已看不到了。但文集是流傳很廣的,而且會傳之後世,要不要修改呢? 權衡利弊,理性的、現實的、老於仕途、本來就具有趨炎附勢習性的元稹戰勝了感性的、浪漫的、詩人的元稹,於是我們看到了這篇墓誌的兩種不同版本。”

周相録先生《元稹真的是一個勢利小人嗎——〈從《有唐武威段夫人墓誌銘》看元稹爲人〉商榷》(見《中國典籍與文化》二〇〇九年第十二期)認爲:先有《唐左千牛韋珮母段氏墓誌銘》,爲元稹原作,是墓誌刻石之前元稹所作的草稿；其後才有埋入墓室的《有唐武威段夫人墓誌銘》。周文云："因此，較程先生的推測更爲合理的是，元稹起草誌文時，考慮到段氏爲妾的事實，由于其時不太明瞭韋氏子女之態度，故僅在題中稱'段氏'。而到了韋氏子女手中，由于裴出子女'感激段氏的撫育之恩'，也由于其子韋珮爲左千牛而'母以子貴，禮有明文'，以及段氏爲'盛勳烈之後'，遂讓元稹或徑自作了一些改動。因此，我的結論與程先生的正相左：集本誌爲元稹原作，而新出誌則經過了韋氏族人（或韋氏族人要求元稹）的修改，兩本誌文的差異無法證明元稹人品低劣。"

　　我們以爲，周相錄的意見是完全荒謬的，根本站不住脚的，理由如下：一、段夫人安葬在元和四年十二月二日，《有唐武威段夫人墓誌銘》也自然一併埋入地下。如果韋夏卿與韋夏卿原配裴夫人的子女要改動墓誌銘，將"韋珮母段氏"改爲"武威段夫人"的話，這是一個人人都願意看到的結果，除了韋夏卿與原配裴夫人的子女之外，還應該包括韋珮及其段氏所出的弟妹們，自然也應該包括墓誌銘的作者元稹，兩個"段氏墓誌銘"都提到段氏對元稹妻子韋叢的諸多照顧就充分説明了這一點。而當時元稹正在洛陽，任職監察御史分務東臺，居住在韋夏卿的家中，這樣人人都皆大歡喜的修改，爲什麽不讓當時的執筆人元稹自己修改？爲什麽非要瞞著元稹偷偷進行？而且，韋叢的靈柩就一直停放在韋家，在韋叢十月十四日安葬咸陽洪瀆原之前，元稹一直生活在韋家，居住在韋夏卿當年爲元稹韋叢夫婦另辟的單獨小院，此後也不見元稹搬出韋家另覓居所的記載，此事想隱瞞元稹也是很困難的。元稹《醉醒》："積善坊中前度飲，謝家諸婢笑扶行。今宵還似當時醉，半夜覺來聞哭聲。"又《空屋題（十月十四日夜）》："朝從空屋裏，騎馬入空臺。盡日推閒事，還歸空屋來。"諸多詩歌就是這種推論的有力證據。二、周文認爲先有草稿《唐左千牛韋珮母段氏墓誌銘》，後有埋入墓室的《有唐武威段夫人墓誌銘》。周文的結論著實使人耳目一新,但這樣的結論有一個問題周文必須回答,不過恐怕也回答不了:既然《有唐武威段夫人墓誌銘》是韋夏卿與韋夫人所出子女或元稹的修改稿,而這個修改稿本來就是韋夏卿與韋夫人所出子女、韋夏卿與段氏所出子女都樂意看到的,同時也是元稹以及其亡妻韋叢生前願意看到的墓誌銘;而且,這個修改之後的《有唐武威段夫人墓誌銘》,必須在元和四年十二月二日安葬段氏之時一併埋入墓中,當時元稹正在洛陽,他無疑應該參加段氏的葬禮,元稹肯定應該看到經過修改之後的《有唐武威段夫人墓誌銘》,那末元稹結集之時,爲何不將《有唐武威段夫人墓誌銘》收入自己的《元氏長慶集》?爲什麼還要堅持已經不被裴出之韋氏子女與段出之韋氏子女所認可、自己不滿意、韋叢如果地下有知肯定也不滿意的《唐左千牛韋珮母段氏墓誌銘》留在《元氏長慶集》之中?

程章燦的意見也不可取:一、程章燦先生"先有《有唐武威段夫人墓誌銘》,後有《唐左千牛韋珮母段氏墓誌銘》"意見的大方向雖然可取,但我們認爲:元稹迫於世俗的壓力而不得不修改《有唐武威段夫人墓誌銘》爲《唐左千牛韋珮母段氏墓誌銘》的意見則並無可靠的論證,難於取信於人;元稹修改墓誌的"事實"既然難於成立,因此所謂元稹因修改墓誌而成"勢利小人"的結論也就無從談起。二、程文"理性的、現實的、老於仕途、本來就具有趨炎附勢習性的元稹戰勝了感性的、浪漫的、詩人的元稹,於是我們看到了這篇墓誌的兩種不同版本"云云,不見程文提出任何證據,恐怕祇能算作推測之言。元稹撰寫《有唐武威段夫人墓誌銘》之時,正在監察御史分務東臺任上,從事的是極爲嚴肅的公務,白居易《唐故武昌軍節度處置等使正議大夫檢校戶部尚書鄂州刺史兼御史大夫賜紫金魚袋尚書右僕射河南元公墓誌銘并序》:"時有河南尉離局從軍職,尹不能止;監軍使死,其柩乘傳入鄲,郵吏不敢詰;內園司械繫人逾年,臺府不得知;飛龍使匿趙氏亡命奴爲養子,主不敢言;浙右帥封杖杖安吉令至死,子不敢愬……凡此者數十事，或奏或劾或移，歲餘皆舉正之。內外權寵臣無奈何，咸不快意。"一個代表皇上執法的監察御史，正被"咸不快意"的"內外權寵臣"虎視眈眈，豈可採用"感性的、浪漫的、詩人的"隨意之舉？在處理自己或親族有關禮法之事，豈能越過禮法的紅綫，授人以柄？三、其實在唐代，達官貴人"以妾爲妻"的記載屢見不鮮，死後升格爲"夫人"的也不少見。《册府元龜》卷九四六："李晟爲太尉，貞元六年晟妾杜氏贈鄭國夫人。初，晟無正室，側室王氏特封晉國夫人。王氏無子，而杜氏生子，願有詔爲嫡子。及杜之卒也，追贈之詔云：'晟亡妻杜氏……'"同卷《册府元龜》又云："李齊運貞元中爲禮部尚書，以妾衛氏爲正室，齊運冕服以備其禮。"同卷《册府元龜》還云："杜佑爲淮陽節度使，喪妻，升嬖妾李氏爲正室，封密國夫人。"而母以子貴，历史上也不乏其例，《舊唐書・后妃傳》："至德元年，肅宗即位於靈武。二載五月，玄宗在蜀誥曰：'……蓋母以子貴，德以謚尊，故妃弘農楊氏……宜於彼追册爲元獻太后。'"《舊唐書・楊發傳》："伏以鄭太后本琅邪王妃，薨後已祔琅邪邸廟。其後母以子貴，將升祔太廟。"《舊唐書・禮儀志》："時宰臣奏：'改造改題，並無所據，酌情順理，題則爲宜。況今士族之家，通行此例，雖尊卑有異，而情理則同，望就神主改題，則爲通允。'依之。""士族之家，通行此例"云云，揭示了当时"妾母因子貴"而私改名号的世風，可見元稹尊稱段氏爲"段夫人"，祇不過追隨世風而已，並非是一點根據也沒有。四、元稹看到段氏在韋家不是主母似同主母的作用，考慮段氏對韋叢勝如己出的照顧，出於自己愛妻韋叢的臨終囑託，所以在《有唐武威段夫人墓誌銘》中以"段夫人"稱之。元稹當時已經顧及裴夫人所出子女的感受，故在題目"段夫人"之前加上"武威"兩字，在正文"段夫人"之前加上"珮母曰"三字，以與被尊稱的"裴夫人"有所區別。而且古時的"夫人"，本來就有"對已婚婦女的尊稱"的含義在內。《史記・刺客列傳》："市行者諸衆人皆曰：'……夫人不聞與？何敢來識之也？'"趙曄《吳越春秋・王僚使公子光傳》："適會女子擊綿於瀨水之上，筥中有飯，子胥遇之，謂曰：'夫人，可得一餐乎？'"就是這樣的例證。元稹稱段氏爲"段夫人"，應該説並無過分的地方。五、順便説一句，程文認爲："由於段氏未爲韋氏誕育子女，所以，她的名分直至死，也没有明確。"這明顯屬於誤判，兩個墓誌銘中都提及的"韋珮"，不正是段氏與韋夏卿的子女嗎？另外，"韋叢（她是韋氏子女中最年幼的）"云云也是不對的，韋叢應該是韋夏卿與裴夫人子女中最年幼的一個。段氏被四十歲的韋夏卿收寵時祇有十三歲，正在妙齡，此後豈能没有一兒半女？而且，韋珮雖然肯定是段氏與韋夏卿的兒子，但不一定是他們兩人最小的兒女。在段氏與韋夏卿共同生活的二十四年中，很可能還有比韋珮更小的子女存在，韋叢是韋夏卿與裴夫人的最小子女，但又應該比韋夏卿與段氏所生子女如韋珮年長，因此元稹《陪韋尚書丈歸履信宅因贈韋氏兄弟》詩題中的"韋氏兄弟"，既可能包含韋夏卿與裴夫人的男性子女，也可能包含韋夏卿與段氏的男性子女在内，而韋珮，祇是因爲在段氏所出的子女最爲年長，故段氏以"韋珮母"被稱。

我們以爲，元稹不可能修改自己撰寫的《有唐武威段夫人墓誌銘》：一、元稹並非是三歲小孩，他在撰寫《有唐武威段夫人墓誌銘》之時，已經將有關問題考慮得比較周全。歷史的事實是：段氏的墓誌銘是當著韋夏卿闔家之面公開埋入墓中的，並非是瞞著韋家上下偷偷摸摸進行的，因此我們揣測元稹在動筆之前，還定然徵求了韋裴所出子女與韋段所出子女的意見，得到他們認可之後才動筆並最終刻石埋入墓中。既然已經徵得韋家的同意，爲什麽元稹還要像一個不守信用之徒那樣出爾反爾地進行修改？何況，《有唐武威段夫人墓誌銘》已經被埋入地下，要想改動也難以做到了。因此在元稹在世之日，他不可能違背初衷，改動自己經過深思熟慮寫成的《有唐武威段夫人墓誌銘》。何況，元稹在撰寫《有唐武威段夫人墓誌銘》之後數月，就被朝廷召回，並在敷水驛遭到宦官的毒打，接著出貶江陵、通州等地,十年之後,才回到長安。這段時間内,元稹爲自己的政治前途而掙扎,已經無暇顧及所謂開罪他人的問題。直到元和十五年夏秋之際祭祀庾侍郎太夫人,亦即庾承宣的母親韋氏的時候,也許又再次接觸到這個話題,但那時元稹已經平步青雲,正在節節高升,已經不必顧忌他人的壓力,尤其是故世已經多年的"庾侍郎太夫人"的壓力。

二、元稹在世之日,曾將自己的詩文進行過八次整理,但前七次,不是詩歌,就是公用性質的文章和代替皇上宣言的制誥,或向朋友、座主、宰相、皇上進獻,或代皇上下達,像《有唐武威段夫人墓誌銘》這樣的私人性質文章,一般不會包含在内。祇有第八次,亦即長慶四年十二月結集《元氏長慶集》之時,以時間爲起止點,從貞元九年至長慶四年十二月之間的文章悉數收入,才有可能收入如《有唐武威段夫人墓誌銘》這樣純粹屬於私人性質的文章。而長慶年間,元稹自翰林承旨學士而宰相而浙東觀察使,地位已經高過"給事中"、"侍中宰相",至少是不分上下吧!似無必要顧慮"開罪"裴夫人的娘家"裴家"以及庾太夫人的庾家。裴家的榮耀已經成爲英語中的"過去時",而元稹的榮耀才是英語中的"現在進行時",因此所謂迫於壓力而不得不修改的說法也就並不存在。何况,對一個需要在官場上出頭露面的官僚來說,因迫於他人壓力而修改自己的文章,向權勢屈服,常常會被人嗤之以鼻,程文就是現代版的一個最好例證,相信稍有頭腦的人都不會幹出這樣貽笑時人見嗤後人的蠢事,元稹自然也不例外。

　　而《唐左千牛韋玭母段氏墓誌銘》早在宋代宣和年間就客觀存在於《元氏長慶集》之中,那末,這篇墓誌銘又是何人何時所改?元稹《祭禮部庾侍郎太夫人文》:"外孫女婿、朝議郎、守尚書祠部郎中、知制誥元稹,謹以清酌嘉蔬之奠,敢昭告於庾氏太夫人、扶風郡太君韋氏之靈……"這位"庾侍郎太夫人"被稱爲"韋氏",應該是韋夏卿的"姨"輩,則韋叢應該是《祭禮部庾侍郎太夫人文》之祭主"韋氏"的"侄孫女",元稹因韋叢的關係自然而然是這位祭主"韋氏"的"侄孫女婿"。自元稹與韋叢結婚之後,元稹、韋叢與庾承宣(字及之)、庾敬休(字順之)就保持著密切的來往。作爲旁證,元稹元和元年所作《聽庾及之彈烏夜啼引》就揭示了元稹、韋叢與庾承宣(字及之)之間的親密關係。庾承宣的再從兄弟是庾敬休,字順之,多次出現在元稹的詩歌中,如《永貞二年正月二日上御丹鳳樓赦天下予與李公垂庾順之閑行曲江不及盛觀》、《寄庾敬休》就是其中的例子。而韋夏卿的原配"裴夫人",則應該是這位"庾太夫人"的"侄媳婦",侄子韋夏卿已經作古,當時在世的"庾太夫人"理應關心"侄媳婦"的名位,不能讓"段氏墓誌銘"亂了"禮法"。根據元稹《祭禮部庾侍郎太夫人文》"稹也幼婿,時惟外孫。合姓異縣,謫任遐藩"的表述,文中的"幼婿"不應該是韋叢,因爲韋叢與元稹結合在長安而不是在"異縣",元稹時任校書郎而不是"謫任遐藩",元稹"侄孫女婿"也不能等於"外孫女婿";元稹任職"朝議郎、守尚書祠部郎中、知制誥元稹"在元和十五年,那時韋叢已經故世十二年,不應該再出現在祭祀庾太夫人的現場。元和十五年時,元稹年四十二歲,韋叢已經故世,以其卒年元和四年二十七歲計,應該已三十八歲,不應該再稱爲"幼婿"。這名"幼婿"應該是指裴淑,她元和十年時待字閨中,在"異縣"興元與元稹結婚,當時的年齡應該在十六歲至二十歲間,至元和十五年,應該在二十一歲至二十五歲間,還是可以稱"幼婿"的年齡,故我們以爲裴淑是"禮部庾侍郎太夫人"的外孫女。裴淑的母親應該是出自庾家的"庾夫人",與裴鄖結婚後生下裴淑。從韋叢的方面看,元稹是庾太夫人的侄孫女婿;從裴淑的方面看,元稹又是庾太夫人的外孫女婿;元稹對庾太夫人來說,是雙料的"孫女婿"。而這個雙料的"孫女婿"因此而引來了雙重的麻煩。元稹草擬《有唐武威段夫人墓誌銘》之時,儘管作了方方面面的考量,也應該徵求了韋裴子女的意見,否則《有唐武威段夫人墓誌銘》難以埋入墓中。但即使這樣,仍然不爲一個被忽略的關鍵角色——庾太夫人韋氏所接受。因爲一般來説,自己的兄長或弟弟韋夏卿已經作古,庚太夫人韋氏就定然不會出席原來衹是韋夏卿與韋叢母韋氏夫婦"小妾"段氏的葬禮。庚太夫人韋氏病故於元和十一年至十三年的夏天,自段氏元和四年冬天安葬之後,庚太夫人韋氏聽説在墓誌銘中尊段氏爲"段夫人",庚太夫人韋氏的不滿想來是在所難免。元稹元和十年第三次結婚,與元稹結婚的女子是裴淑,又恰巧正是這位庚太夫人亦即"韋氏"的外孫女。庚太夫人韋氏對元稹《有唐武威段夫人墓誌銘》的不滿,也多多少少通過裴淑透露給了元稹。或者在元和十五年夏秋元稹裴淑夫婦在長安拜祭庚太夫人之時,就已經有所耳聞。處在這種尷尬境地的元稹,想起段氏對韋叢不是親母勝似親母的照顧,想起韋叢臨終情真意切的囑託,面對自己認定的文本《有唐武威段夫人墓誌銘》,不能因爲庚太夫人韋氏的不滿而改變初衷,何況庚太夫人韋氏已經作古,更何況自己所撰的墓誌已經徵得韋裴子女和韋段子女的同意,堅持不改應該是元稹的本意。或許,修改段氏墓誌銘之事,也不一定與韋裴所出子女有關,因爲在程序上,元稹撰寫"段夫人"墓誌銘之前,應該徵求過他們的意見,他們表面上也應該是同意了的。但事情並未就此了結,元稹謝世之後,元稹的繼配裴淑尚在人世,白居易《唐故武昌軍節度處置等使正議大夫檢校户部尚書鄂州刺史兼御史大夫賜紫金魚袋尚書右僕射河南元公墓誌銘并序》:"今夫人河東裴氏,賢明知禮,有輔佐君子之勞,封河東郡君……裴夫人、韋氏長女暨諸孤等號護廬襄,以六年七月十二日祔葬於咸陽縣奉賢鄉洪瀆原,從先宅兆也。"白居易《修香山寺記》:"去年秋,微之將薨,以墓誌文見託。既而元氏之老,狀其臧獲輿馬綾帛洎銀鞍玉帶之物,價當六七十萬,爲謝文之贄來致於予。予念平生分,文不當辭,贄不當納。自秦至洛,往返再三。訖不得已,回施茲寺。"這兩條材料説明,元稹病故之後,元稹大女兒保子已經出嫁,小兒子道保尚幼,元稹家中的一切事物,都應該是裴淑作主。庚太夫人家,根據庚太夫人韋氏生前的意見,不願意稱段氏爲"武威段夫人",一直耿耿於懷,這時以唐代社會禮儀爲藉口,認爲尊段氏爲"夫人"有違禮制,要求元積的繼配裴淑修改,裴淑因而同意自己的外婆,亦即庾太夫人韋氏生前的意見,在已經結集的《元氏長慶集》中,對《有唐武威段夫人墓誌銘》作了修改,成了我們今天看到的《唐左千牛韋珮母段氏墓誌銘》。裴淑認爲這樣做,既滿足了庾太夫人韋氏生前的想法,也對得起故世多年的自己的母親"裴夫人",是一件兩全其美的事情。這並非完全是個人無端的揣測,因爲有一個問題仍然在不停地質詢大家:如果是元積修改,他將"武威段夫人"改稱爲"韋珮母段氏"的同時,爲什麼也將段志玄"有戰功在國史"一句刪除?刪除此句,不僅沒有必要,也完全不應該,因爲歷史的史實本來就是這樣,並非是元積杜撰。我們以爲這樣的修改最大可能是庾太夫人家人根據庾太夫人韋氏生前的不滿所爲,因爲段氏四代祖段志玄"陪葬昭陵"、"圖形於凌烟閣"的耀眼光環,據《舊唐書·韋夏卿傳》、《舊唐書·裴耀卿傳》以及關於庾承宣的記載,不僅是韋夏卿家族所沒有,也是裴耀卿家族所沒有的,庾承宣在長慶及其後雖然活躍於政壇,但也不見其有"陪葬昭陵"、"圖形於凌烟閣"的耀眼光環。也許因爲這個原因,故而改文之人連帶也將"有戰功在國史"一句刪去。另外,我們衹要認真比照《有唐武威段夫人墓誌銘》與《唐左千牛韋珮母段氏墓誌銘》,就會發現前者對段氏感情真摯,行文流暢,而後者處處打壓段氏,文字忽褒忽貶,明顯出於兩人之手。而《有唐武威段夫人墓誌銘》文題下有"監察御史元積述"字樣,那末《唐左千牛韋珮母段氏墓誌銘》"忽褒忽貶"的文字則顯然不應該出於元積之手,裴淑有可能就是修改"段氏墓誌銘"的另外一人。裴淑雖然是女子,但從其《答微之》"侯門初擁節,御苑柳絲新。不是悲殊命,唯愁別近親。黃鶯遷古木,朱履從清塵。想到千山外,滄江正暮春"可以看出她也初通文墨,但文字功夫畢竟有限,又受制於順命外婆"韋夫人"之勢力的無形打壓,故在《唐左千牛韋珮母段氏墓誌銘》中忽褒忽貶,不知所以。而裴淑父親所在的裴郿一族,除了裴淑父親裴郇的涪州刺史以及裴乂的福建觀察使外,不見有其他驕人的家世,這也許也是"有戰功在國史"一句被無故删除的由來。如果我們的推論能够成立,那末程文"同一篇文章的兩種不同版本,文字出入竟如此之多,除了經過作者本人修訂外,不能有别的解釋"的見解,似乎也可有别的可能别的解釋。

如果讀者認可我們關於"段氏墓誌銘"的意見,那末《有唐武威段夫人墓誌銘》應該撰成於段氏安葬前夕,亦即元和四年十一月中下旬。撰文的地點,自然在洛陽履信坊韋夏卿的家中,元稹當時正以監察御史的身份分務東臺。既然《唐左千牛韋珮母段氏墓誌銘》的修改並非出於元稹之手,修改《有唐武威段夫人墓誌銘》而成《唐左千牛韋珮母段氏墓誌銘》的時間,肯定是在元稹病故之後,裴淑病故之前,而裴淑很可能就是將《有唐武威段夫人墓誌銘》修改成《唐左千牛韋珮母段氏墓誌銘》的修改者。

◎ 臺中鞫獄憶開元觀舊事呈損之兼贈周兄四十韵[①]

憶在開元觀,食柏練玉顏[②]。疏慵日高卧,自謂輕人寰[③]。李生隔墻住,隔墻如隔山[④]。怪我久不識,先來問驕頑[⑤]。十過乃一往,遂成相往還[⑥]。以我文章卷[(一)],文章甚端斕[⑦]。因言辛庚輩,亦願訪贏孱[(二)][⑧]。既迴數子顧,展轉相連攀[⑨]。驅令選科目,若在闤與闤[⑩]。學隨塵土墜,漫數公卿關[⑪]。惟恐壞情性,安能懼謗訕[⑫]?還招辛庚李,静處杯巡環[⑬]。進取果由命,不由趨險艱[⑭]。穿楊二三子,弓矢次第彎[⑮]。推我亦上道,再聯朝士班[⑯]。二月除御史,三月使巴蠻(按獄東川)[(三)][⑰]。蠻民詁謪訴,嚙指明痛瘝[⑱]。憐蠻不解語,爲發昏帥奸（劾奏節度使嚴礪違詔過賦數百萬）（四）⑲。歸來五六月，旱色天地殷⑳。分司（時礪黨擠公俄分司東都）別兄弟（五），各各泪潸潸㉑。哀哉劇部職，惟數贓罪鍰㉒。死款依稀取，鬪辭方便删㉓。道心常自愧，柔髮難久鬒㉔。折支望車乘，支痛誰置患㉕？奇哉乳臭兒，緋紫裪被間㉖。漸大官漸貴，漸富心漸慳㉗。鬧裝彎頭觿（環有舌者）（六），静拭腰帶斑㉘。鶻子繡絲韝，狗兒金油鐶㉙。香湯洗驄馬，翠篋籠白鷴㉚。月請公主封（七），冰受天子頒㉛。開筵試歌舞，別宅寵妖嫻㉜。坐卧摩錦褥（八），捧擁綖（艾草，可以深綠，因以名綖）絲鬟（九）㉝。旦夕不相離，比翼若飛鸞㉞。而我亦何苦，三十身已鰥㉟。愁吟心骨顫，寒卧支體㿏㊱。居處雖幽静，尤悔少愉懶（與懶同）（一〇）㊲。不如周道士，鶴嶺臨潼灣㊳。繞院松瑟瑟，通畦水潺潺㊴。陽坡自尋蕨，村沼看漚菅㊵。窮通兩未遂，營營真老閑㊶。

録自《元氏長慶集》卷五

［校記］

（一）以我文章卷：楊本、叢刊本、《全詩》、《全唐詩録》同，宋蜀本作"似我文章卷"，語義不佳，不改。

（二）亦願訪嬴屏：原本作"亦願放嬴屏"，楊本、叢刊本、《全詩》同，《全唐詩録》作"亦願效嬴屏"，語義均不佳，據宋蜀本改。

（三）三月使巴蠻（按獄東川）：楊本、叢刊本、宋蜀本、《全詩》、《全唐詩録》各本均無注文，爲馬元調所加。

（四）爲發昏帥奸：《全詩》、《全唐詩録》同，楊本、叢刊本作"爲發昏師奸"，語義不通，不從不改。（劾奏節度使嚴礪違詔過賦數百萬）：楊本、叢刊本、宋蜀本、《全詩》、《全唐詩録》各本均無注文，爲馬元調所加。

（五）分司（時碼黨擠公俄分司東都）別兄弟：楊本、叢刊本、宋蜀本、《全詩》《全唐詩録》各本均無注文，爲馬元調所加。

（六）鬧裝彎頭觿（環有舌者）：楊本、叢刊本、宋蜀本、《全詩》、《全唐詩録》各本均無注文，爲馬元調所加。

（七）月請公主封：宋蜀本、蘭雪堂本、叢刊本、《全唐詩録》同，楊本作"月請公主俸"，《全詩》作"月請公王封"，《全詩》注作"月請公王俸"，語義不同，不改。

（八）坐卧摩錦褥：原本作"坐卧摩綿褥"，楊本、叢刊本、《全詩》、《全唐詩録》同，據《全詩》注改。

（九）捧擁綬（艾草，可以深緑，因以名綬）絲鬢：楊本、叢刊本、宋蜀本、《全詩》、《全唐詩録》各本均無注文，爲馬元調所加。

（一〇）尤悔少愉懶（與懶同）：楊本、叢刊本、宋蜀本、《全詩》、《全唐詩録》各本均無注文，爲馬元調所加。

［箋注］

① 臺：古代中央政府的官署，常指御史臺。任昉《奏彈劉整》："輒攝整亡父舊使奴海蛤到臺辨問。"《北史·元仲景傳》："孝莊時，兼御史中尉，京師肅然。每向臺，恒駕赤牛，時人號'赤牛中尉'。"這裏指東京洛陽的御史臺，元稹時以監察御史的身份分務東臺。　鞫獄：審理案件。《魏書·廣川王略傳》："性明敏，鞫獄稱平。"《舊唐書·職官志》："凡鞫獄官與被鞫人有親屬讎嫌者，皆聽更之。"　開元觀：《長安志·道德坊》："開元觀：本隋秦王浩宅，武后朝置永昌縣，神龍元年縣廢，遂爲長寧公主宅，景雲元年置道士觀，開元五年金仙公主居之，改爲女冠觀，十年改爲開元觀。"楊憑《長安春夜宿開元觀》："霓裳下晚烟，留客杏花前。遍問人寰事，新從洞府天。"元稹《開元觀閑居酬吳士矩侍御三十韻》："静習狂心盡，幽居道氣添。神編啓黄簡，秘籙

捧朱篋。" 舊事：往事。白居易《得湖州崔十八使君書兼寄微之》："故情歡喜開書後，舊事思量在眼前。"蘇軾《和子由蠶市》："詩來使我感舊事，不悲去國悲流年。" 呈：送上，呈報。《晉書·石季龍載記》："邃以事爲可呈呈之，季龍恚曰：'此小事，何足呈也。'時有所不聞，復怒曰：'何以不呈？'"《周書·宗懍傳》："使制《龍川廟碑》，一夜便就，詰朝呈上。"如果用在平常人之間，常常是一種表示尊重對方的謙語。岑參《首春渭西郊行呈藍田張二主簿》："迴風度雨渭城西，細草新花踏作泥。秦女峰頭雪未盡，胡公陂上日初低。"杜甫《送孔巢父謝病歸遊江東兼呈李白》："巢父掉頭不肯住，東將入海隨烟霧。詩卷長留天地間，釣竿欲拂珊瑚樹。" 損之：即李宗閔，字損之，年輕時是元稹朋友，元稹《酬翰林白學士代書一百韵》詩注："先是穆員盧景亮同年應制，俱以詞直見黜。予求獲其策，皆手自寫之，置在筐篋，樂天、損之輩常詛予篋中有不第之祥而又哂予決高第之僭也。"白居易《夢與李七庾三十三同訪元九》："損之在我左，順之在我右……同過靖安里，下馬尋元九。"李宗閔後來成了牛黨之牛李集團的首魁之一，多次迫害元稹，元稹出貶武昌軍節度使，即是他排擠的結果。 周兄：即周隱客，元稹的朋友，元稹有多篇詩歌涉及：《韋氏館與周隱客杜歸和泛舟》、《劉氏館集隱客歸和子元及之子蒙晦之》、《寄隱客》，曾經住王屋山，白居易《早冬遊王屋自靈都抵陽臺上方望天壇偶吟成章寄溫谷周尊師中書李相公》詩中的"周尊師"即是其人，下文的"周道士"亦即元稹詩中的"周隱客"、白居易詩中的"周尊師"，此人與李宗閔也有來往，白居易詩云："嘗聞此遊者，隱客與損之。各抱貴仙骨，俱非泥垢姿。"本詩詩題有"臺中鞠獄"字樣，但實際上詩篇並沒有涉及"臺中鞠獄"，通篇都是"憶開元觀舊事呈損之兼贈周兄"，而"開元觀舊事"就是元稹年輕時在長安的一段經歷。難能可貴的是，詩篇中反映出來元稹"漸大官漸貴，漸富心漸慳"的社會認識，爲同期，特別是如元稹這般年輕詩人所罕見，幸請讀者注意。

②食柏：服食柏樹葉實，傳説可以延年成仙。《太平御覽》卷九五四引劉向《列仙傳》：“赤鬚子好食柏實，齒落更生。”又《太平廣記》卷三五引《化源記》：柏葉仙人田鸞求長生術，入華山，“見黄冠自山而出，鸞遂禮謁，祈問隱訣。黄冠舉頭指柏樹示之曰：‘此即長生藥也。’”田鸞乃取柏葉曬乾爲末服之，隱居於嵩陽，活至一百二十三歲，“無疾而終，顏色不改，蓋屍解也……臨終異香滿室，空中聞音樂聲，及造仙都赴仙約耳！”後遂以“食柏”表示修仙學道者的生活。　玉顏：形容不老的容顏。李白《感遇四首》三：“昔予聞姮娥，竊藥駐雲髮。不自嬌玉顏，方希鍊金骨。”韋應物《玉女歌》：“海畔種桃經幾時？千年開花千年子。玉顏眇眇何處尋？世上茫茫人自死。”

③疏慵：疏懶，懶散。白居易《遊藍田山卜居》：“擬求幽僻地，安置疏慵身。本性便山寺，應須旁悟真。”賈島《題青龍寺鏡公房》：“樹老因寒折，泉深出井遲。疏慵豈有事？多失上方期。”　高卧：安卧，悠閑地躺著。《晉書·陶潛傳》：“嘗言夏月虚閑，高卧北窗之下，清風颯至，自謂羲皇上人。”盧照鄰《山林休日田家》：“南澗泉初冽，東籬菊正芳。還思北窗下，高卧偃羲皇。”　自謂：自己以爲。吳少微《怨歌行》：“城南有怨婦，含情傍芳叢。自謂二八時，歌舞入漢宫。”祖詠《古意二首》一：“夫差日淫放，舉國求妃嬪。自謂得王寵，代間無美人。”輕：輕視，鄙視。《莊子·秋水》：“我嘗聞少仲尼之聞，而輕伯夷之義者。”曹丕《典論·論文》：“文人相輕，自古而然。”　人寰：人間，人世。鮑照《舞鶴賦》：“去帝鄉之岑寂，歸人寰之喧卑。”白居易《長恨歌》：“迴頭下望人寰處，不見長安見塵霧。”

④李生：就是李宗閔，生是“先生”的省稱，指有才學的人，亦爲讀書人的通稱。韓翃《送夏侯校書歸上都》：“後輩傳佳句，高流愛美名。青春事賀監，黄卷問張生。”杜甫《不見》：“不見李生久，佯狂真可哀。世人皆欲殺，吾意獨憐才。”　隔墻：猶隔壁。劉懷一《贈右臺監察鄧茂遷左臺殿中》：“入仕光三命，遷榮歷二臺。隔墻欽素躅，對問

限清埃。"戴叔倫《旅次寄湖南張郎中》:"閉門茅底偶爲鄰,北阮那憐南阮貧! 却是梅花無世態,隔墙分送一枝春。"

⑤ 驕頑:幼稚可爱的頑童。驕,通"嬌"。虞世南《北堂書鈔》卷二九:"驕頑之虎,見利無親。"羅隱《西塞山》:"嶺梅乍暖殘粧恨,沙鳥初晴小隊閑。波闊魚龍應混雜,壁危猿狖正驕頑。" 先來:先行過來。吕温《題陽人城》:"忠驅義感即風雷,誰道南方乏武才? 天下起兵誅董卓,長沙子弟最先來。"元稹《青雲驛》:"已怪杜鵑鳥,先來山下啼。纔及青雲驛,忽遇蓬蒿妻。"

⑥ 過:來訪,前往拜訪。《詩·召南·江有汜》:"子之歸,不我過。"《史記·魏公子列傳》:"臣有客在市屠中,願枉車騎過之。" 往:去。《易·繫辭》:"寒往則暑來,暑往則寒來,寒暑相推,而歲成焉!"《詩·小雅·采薇》:"昔我往矣! 楊柳依依。今我來思,雨雪霏霏。"往還:交遊,交往。《魏書·劉廞傳》:"靈太后臨朝,又與太后兄弟往還相好,後令廞以詩賦授弟元吉。"盧崇道《新都南亭别郭大元振》:"竹徑女蘿蹊,蓮洲文石堤。静深人俗斷,尋翫往還迷。"

⑦ 文章:才學。《後漢書·韓棱傳》:"肅宗嘗賜諸尚書劍,唯此三人特以寶劍……壽明達有文章,故得漢文。"漢文,寶劍名。韓愈《河南府法曹參軍盧府君夫人苗氏墓誌銘》:"夫人年若干,嫁河南法曹盧府君,諱貽,有文章德行。" 卷:通"婘",美好貌。《詩·陳風·澤陂》:"有美一人,碩大且卷。"毛傳:"卷,好貌。"陸德明釋文"卷,本又作'婘'。"馬瑞辰通釋:"卷,即'婘'之通借。" 文章:文辭或獨立城篇的文字。《史記·儒林列傳序》:"臣謹案詔書律令下者,明天人分際,通古今之義,文章爾雅,訓辭深厚,恩施甚美。"杜甫《偶題》:"文章千古事,得失寸心知。" 褊斕:色彩錯雜鮮明貌。劉禹錫《白鷹》:"毛羽褊斕白綍裁,馬前擎出不驚猜。輕抛一點入雲去,喝殺三聲掠地來。"鄒浩《次韵和師稷清明懷鄉之什》:"掃盡人間冰雪寒,魚龍鱗甲動褊斕。向來協氣無蹤迹,從此氤氲滿世還。"

⑧　辛：即元稹校書郎任的朋友辛丘度，亦即元稹《病减逢春期白二十二辛大不至十韵》中的的“辛大”。　　庾：即庾敬休，字順之，是元稹的遠房親戚。元稹《永貞二年正月二日上御丹鳳樓赦天下予與李公垂庾順之閑行曲江不及盛觀》詩題中的“庾順之”就是本詩中的“庾”。元和四年元稹按御東川，有《使東川·清明日》詩也提到與庾敬休在京城的歡遊的情景，序曰：“行至漢上，憶與樂天、知退、杓直、拒非、順之輩同遊。”元稹《祭禮部庾侍郎太夫人文》文題中提及的“庾侍郎”，就是庾敬休的兄長庾敬宣。　　贏屢：指瘦弱者，這裏是詩人自寓。劉攽《次韵和裴庫部喜雪歌》：“四時平分氣升降，當冬宜藏反宣暢。玄冥贏屢失其職，驟弛威權避威仰。”王阮《代胡倉進聖德惠民詩》：“略救朝昏急，終非肺腑便。聲音中改變，形質外贏屢。”

⑨　迴：掉轉，返回。《楚辭·離騷》：“迴朕車以復路兮，及行迷之未遠。”王逸注：“迴，旋也。”謝惠連《隴西行》：“窮谷是處，考槃是營。千金不迴，百代傳名。”　　子：古代對男子的尊稱或美稱。《左傳·昭公十二年》：“鄉人或歌之曰：‘我有圃，生之杞乎！從我者子乎？去我者鄙乎？倍其鄰者恥乎？’”楊伯峻注：“子爲男子之美稱，意爲順從我者不失爲男子漢。”《穀梁傳·宣公十年》：“秋，天王使王季子來聘，其曰王季，王子也；其曰子，尊之也。”范寧注：“子者，人之貴稱。”顏真卿《謝陸處士》：“群子遊杼山，山寒桂花白。”　　顧：探望，訪問。《國語·晉語》：“嘗祝死，范宣子謂獻子曰：‘鞅乎！昔者吾有嘗祝也，吾朝夕顧焉！以相晉國，且爲吾家。’”韋昭注：“顧，問也。”《三國志·諸葛亮傳》：“此人可就見，不可屈致也，將軍宜枉駕顧之！”　　展轉：形容經過多種途徑，非直接的。《後漢書·趙岐傳》：“岐與新除諸郡太守數人俱爲賊邊章等所執，賊欲脅以爲帥，岐詭辭得免，展轉還長安。”李賢注引《決録注》：“岐還至陳倉，復遇亂兵，裸身得免，在草中十二日不食。”《舊唐書·張琇傳》：“各申爲子之志，誰非徇孝之夫，展轉相繼，相殺何限。”　　連攀：互相聯接。王績《古意六首》五：“連攀八九樹，偃

塞二三行。枝枝自相糾，葉葉還相當。”義近“連結”，銜接，連接。王充《論衡·超奇》：“采掇傳書以上書奏記者爲文人，能精思著文連結篇章者爲鴻儒。”蘇軾《八陣磧》：“英雄不相干，禍難久連結。”

⑩“驅令選科目”兩句：元稹對自己不得不參加科舉考試，曾有多次的表述，如：《寄吳士矩端公五十韻》：“荒狂歲云久，名利心潛逼。時輩多得途，親朋屢相救。”《元和五年予官不了罰俸西歸三月六日至陝府與吳十一兄端公崔二十二院長思愴曩游因投五十韻》：“無端矯情性，漫學求科試。”《上令狐相公詩啓》：“某初不好文章，徒以仕無他技，强由科試。” 驅令：猶逼令。元稹《連昌宮詞》：“明年十月東都破，御路猶存禄山過。驅令供頓不敢藏，萬姓無聲淚潛墮。”司空圖《白菊雜書四首》三：“狂才不足自英雄，僕妾驅令學販春。侯印幾人封萬户？儂家只辦買孤峰。” 科目：指唐代以來分科選拔官吏的名目。顧炎武《日知録·科目》：“唐制取士之科，有秀才，有明經，有進士，有俊士，有明法，有明字，有明算，有一史、有三史，有開元禮，有道舉，有童子；而明經之别，有五經，有三經，有學究一經，有三禮，有三傳；有史科，此歲舉之常選也。其天子自詔曰制舉……見於史者凡五十餘科，故謂之科目。”趙匡《舉選議》：“今選司並格之以年數，合格者判雖下劣，一切皆收。如未合格而應科目者，才有小瑕，莫不見棄。故無能之士，禄以例臻；才俊之流，坐成白首。”趙彦衛《雲麓漫鈔》卷六：“唐科目至繁，《唐書志》多不載。” 閈：市區的門，後亦借指市區。張衡《西京賦》：“爾乃廓開九市，通閈帶閬。”崔豹《古今注·都邑》：“閈者，市之門也。” 閬：市垣。《文選·張衡〈西京賦〉》：“爾乃廓開九市，通閈帶閬。”薛綜注：“閬，市營也。”崔豹《古今注·都邑》：“閬者市之垣也。”市巷。《文選·左思〈蜀都賦〉》：“闤闠之裏。”劉逵注：“闠，市巷也。”

⑪ 塵土：指塵世，塵事。沈亞之《送文穎上人遊天台》：“莫説人間事，崎嶇塵土中。”張端義《貴耳集》卷下：“及作舍人學士，日奔走於

塵土中,聲利擾擾。"　漫數公卿關:唐代參加科舉考試的舉子,常常要將自己的詩文作品事先送達有關的朝廷大臣,意在爲自己揚名,博取科舉及第的先聲,當時稱爲"行卷"。元稹貞元十八年九月撰作的《鶯鶯傳》,就是"行卷"性質的作品。　漫:隨意,胡亂。杜甫《聞官軍收河南河北》:"卻看妻子愁何在,漫卷詩書喜欲狂。"吳騫《扶風傳信錄序》:"漫書數語,以引其端。"　數:分辨,詳察。《詩·小雅·巧言》:"往來行言,心焉數之。"朱熹集傳:"數,辨也。"辛棄疾《新荷葉·再和趙德莊韵》:"細數從前,不應詩酒皆非。"　公卿:三公九卿的簡稱。《儀禮·喪服》:"公卿大夫室老士貴臣。"《論語·子罕》:"出則事公卿,入則事父兄。"

⑫ 惟恐:祇怕。《孟子·離婁》:"侮奪人之君,惟恐不順焉!惡得爲恭儉?"李頎《古行路難》:"世人逐勢爭奔走,瀝膽隳肝惟恐後。"情性:本性。《荀子·性惡》:"故順情性則不辭讓矣!辭讓則悖於情性矣!"韓愈《上張僕射第二書》:"馬之與人,情性殊異。"　安能:怎麼能够。劉長卿《送袁處士》:"種荷依野水,移柳待山鶯。出處安能問?浮雲豈有情!"李白《夢遊天姥吟留别》:"安能摧眉折腰事權貴,使我不得開心顏!"　謗訕:詆謗譏刺。《漢書·淮陽憲王劉欽傳》:"王舅張博數遺王書,非毁政治,謗訕天子。"韓愈《崔十六少府攝伊陽以詩及書見授因酬三十韵》:"白頭趨走裏,閉口絶謗訕。府公舊同袍,拔擢宰山澗。"

⑬ 招:訪求,邀請。《書·説命》:"惟説式克欽承,旁招俊乂,列於庶位。"李白《九日登山》:"因招白衣人,笑酌黄花菊。"　李:即李宗閔損之。　静處:清净、安静之處。常建《塞下曲四首》一:"玉帛朝回望帝鄉,烏孫歸去不稱王。天涯静處無征戰,兵氣銷爲日月光。"陸游《山園雜詠》:"百年竟向愁邊老,萬事元輸静處看。"　巡環:謂繞桌依次輪流。桑世昌《再叙》:"回文詩圖……巡環反覆,窈窕縱横,各能妙暢。"

⑭ 進取:努力上進,立志有所作爲。《論語·子路》:"狂者進取,狷者有所不爲也。"李咸用《秋日送嚴湘侍御歸京》:"知君有路昇霄

漢，獨我無由出薜蘿。雖道危時難進取，到逢清世又如何？” 命：天命，命運。《易·乾》：“乾道變化，各正性命。”孔穎達疏：“命者，人所稟受若貴賤夭壽之屬是也。”朱熹本義：“物所受爲性，天所賦爲命。”嵇康《釋難宅無吉凶攝生論》：“夫命者，所稟之分也。” 不由：不容。竇鞏《新營別墅寄家兄》：“懶性如今成野人，行藏由興不由身。莫驚此度歸來晚，買得山居正值春。”元稹《靖安窮居》：“喧静不由居遠近，大都車馬就權門。野人住處無名利，草滿空階樹滿園。” 險艱：險阻艱難。《北齊書·段榮傳》：“吾昔與卿父冒涉險艱，同獎王室，建此大功。”杜甫《彭衙行》：“憶昔避賊初，北走經險艱。”

⑮ 穿楊：謂射箭能于遠處命中楊柳的葉子，極言射技之精，語本《戰國策·西周策》：“楚有養由基者，善射，去柳葉者百步而射之，百發百中。”薛業《晚秋贈張折衝》：“位以穿楊得，名因折桂還。”後來泛指技藝高超。《北史·崔賾傳》：“況復桑榆漸暮，藜藿屢空；舉燭無成，穿楊盡棄。”辛文房《唐才子傳引》：“故章句有焦心之人，聲律至穿楊之妙。”本詩是比喻科舉考試。 二三：約數，不定數，表示較少的數目，猶言幾。《國語·吳語》：“〔越王〕曰：‘勾踐用帥二三之老，親委重罪，頓顙於邊。’”皎然《詠小瀑布》：“瀑布小更奇，潺湲二三尺。”這裏指包括詩人在內的及第者，在拜職之後紛紛遭受挫折。如詩人，即因進諫得罪宰相杜佑而被出貶爲河南尉，最後因元稹母親鄭氏驚嚇去世，中途回家奔喪守制。《舊唐書·元稹傳》：“二十八，應制舉才識兼茂明於體用科，登第者十八人，稹爲第一，元和元年四月也。制下，除右拾遺。稹性鋒鋭，見事風生，既居諫垣，不欲碌碌自滯，事無不言，即日上疏……”其中的“右拾遺”，應該是“左拾遺”。 弓矢：弓箭。《易·繫辭》：“弓矢者器也，射之者人也。”杜甫《喜聞官軍已臨賊境二十韵》：“戈鋋開雪色，弓矢向秋毫。”借指武藝、文藝。《顔氏家訓·省事》：“音樂在數十人下，弓矢在千百人中。” 次第：依次。劉禹錫《秋江晚泊》：“暮霞千萬狀，賓鴻次第飛。”陸游《書事》：“聞道興

圖次第還,黃河依舊抱潼關。”　彎:彎曲,這裏喻指自己和他人官場初試牛刀,最終以失敗告終。李嶠《弓》:“遙彎落雁影,虛引怯猿聲。徒切烏號思,攀龍遂不成。”丁澤《上元日夢王母獻白玉環》:“似見霜姿白,如看月彩彎。”

⑯推:推舉。范仲淹《舉李宗易向約堪任清要狀》:“累次爲郡,皆有理績,推舉甚衆,未蒙獎擢。”鄭獬《論求遺逸狀》:“臣兩奉詔音,俾推舉可任繁劇及過累沉廢之士……”這裏指元稹因宰相裴垍的推舉,在母親服喪期滿之後,出任監察御史,再次成爲皇帝身邊的一名官員。　上道:出發上路,啓程。李密《陳情表》:“郡縣逼迫,催臣上道。州司臨門,急於星火。”王行先《爲王大夫奏元誼防秋表》:“臣某言:洛州元誼等防秋將士,以今月日盡發上道訖。”　朝士:朝廷之士,泛稱中央官員。陸賈《新語·懷慮》:“戰士不耕,朝士不商,邪不奸直,圓不亂方。”張九齡《劾牛仙客疏》:“昔韓信淮陰一壯夫,羞與絳灌爲伍。陛下必用仙客,朝士所鄙,臣實恥之。”

⑰“二月除御史”兩句:元稹元和四年二月拜監察御史史書不可能有明確記載,但元稹《彈奏劍南東川節度使狀》文云:“臣昨奉三月一日敕,令往劍南東川,詳覆瀘州監官任敬仲贓犯。”既然“三月一日”已經接到出使東川的敕令,其拜職監察御史的時間應該在三月之前,但也不可能早於元和三年十一月拜職,因爲其時元稹尚在母喪服中。二月:時間用語,二月間。袁暉《二月閨情》:“二月韶光好,春風香氣多。園中花巧笑,林裏鳥能歌。”賀知章《詠柳》:“碧玉妝成一樹高,萬條垂下綠絲縧。不知細葉誰裁出?二月春風似剪刀。”　除:拜官,授職。《漢書·景帝紀》:“列侯薨及諸侯太傅初除之官,大行奏謚、誄、策。”顏師古注引如淳曰:“凡言除者,除故官就新官也。”韓愈《舉張正甫自代狀》:“右臣蒙恩除尚書兵部侍郎。”　御史:官名,春秋戰國時期列國皆有御史,爲國君親近之職,掌文書及記事。秦設御史大夫,職副丞相,位甚尊;並以御史監郡,遂有糾察彈劾之權,蓋因近臣使作

耳目。漢以後，御史職銜累有變化，職責則專司糾彈，而文書記事乃歸太史掌管。《史記・蕭相國世家》："秦御史監郡者與從事，常辨之。何乃給泗水卒史事，第一。"王讜《唐語林・補遺》："御史主彈奏不法，肅清內外。唐興，宰輔多自憲司登鈞軸，故謂御史為宰相。"　三月：時間用語，三月間。袁暉《三月閨情》："三月春將盡，空房妾獨居。蛾眉愁自結，鬢髮沒情梳。"崔顥《行路難》："君不見建章宮中金明枝，萬萬長條拂地垂。二月三月花如霰，九重幽深君不見。"　使：出使。《論語・子路》："使於四方，不辱君命。"《史記・屈原賈生列傳》："是時屈原既疏，不復在位，使於齊。"　巴：古族名，國名，其族主要分佈在今川東、鄂西一帶。陳子昂《白帝城懷古》："日落滄江晚，停橈問土風。城臨巴子國，臺沒漢王宮。"杜甫《諸葛廟》："久遊巴子國，屢入武侯祠。竹日斜虛寢，溪風滿薄帷。"　蠻：荒野遙遠，不設法制的地方，我國古代對長江中游及其以南地區少數民族的泛稱。《書・禹貢》："五百里荒服，三百里蠻，二百里流。"孔傳："以文德蠻來之，不制以法。"孔穎達疏："鄭云，蠻者聽從其俗，羈縻其人耳！故云蠻。"《漢書・賈捐之傳》："《詩》云：'蠢爾蠻荊，大邦為讎。'言聖人起則後服，中國衰則先畔，動為國家難，自古而患之久矣！何況乃復其南方萬里之蠻乎！"　按獄：斷獄。《新唐書・徐有功傳》："與皇甫文備同按獄，誣有功縱逆黨。"孫升《孫公談圃》卷上："一日，禁中遣馮宗道按獄，止貶黃州團練副使。"

⑱ 蠻民：泛指未開化的少數民族。蘇天爵《故梧州幕府王長卿墓誌銘》："叙州僻在遐荒，蠻民甫定，事多無法，君稍為疏櫛滯務，衆口咸譽之，由是聲名益盛。"鄭元祐《忠孝感惠顯聖王廟碑》："夫吳自泰伯以來，隱約荆蠻，謂其城邑不過三里，而縱民畔耨其間。則文身斷髮，自同俚俗，電電與居，不異蠻民。"　詀諵：低聲碎語。元積《送崔侍御之嶺南二十韻》："蛛懸絲繚繞，鵲報語詀諵。再礪神羊角，重開憲簡函。"程敏政《訥軒為富溪宗人道宣》："白圭重三復，金人亦三

緘。如何嗇夫輩,利口矜詀諵?"　嚙指:咬指頭,形容極爲痛心。干寶《搜神記》卷一一:"曾子從仲尼在楚而心動,辭歸問母,母曰:'思爾齧指。'孔子曰:'曾參之孝,精感萬里。'"《後漢書·蔡順傳》:"順少孤,養母。嘗出求薪,有客卒至,母望順不還,乃嚙其指,順即心動,棄薪馳歸。"李賢注:"噬,嚙也。"後用"嚙指"表達母親對兒子的渴念和兒子對母親的孝思與眷顧,這裏指"蠻民"的痛苦不已。　痛癏:病痛,疾苦。方以智《通雅》卷四九:"通喚呻喚轉爲生含:《小顏正俗匡謬》曰:太原俗呼痛而呻吟爲通喚。《周書》:痛癏是其義,江南謂呻喚,關中謂呻恫,今江北謂痛楚作聲爲生含。"

⑲　解語:會説話。司空圖《杏花》:"解笑亦應兼解語,只應慵語倩鶯聲。"《新五代史·馬胤孫傳》:"孔昭序解語,是朝廷無解語人也!"　昏帥:昏庸貪婪的將帥,義近"賊帥",《陳書·高祖紀》:"嶺南叛渙,湘郢結連,賊帥既擒,凶渠傳首。"《隋書·刑法志》:"其獲賊帥及士人惡逆,免死付冶,聽將妻入役,不爲年數。"　奸:奸邪,罪惡。《左傳·僖公二十四年》:"棄德崇奸,禍之大者也。"《漢書·趙廣漢傳》:"郡中盜賊,閭里輕俠,其根株窟穴所在,及吏受取請求銖兩之奸,皆知之。"

⑳　歸來:回來。《楚辭·招魂》:"魂兮歸來!反故居些!"李白《長相思》:"不信妾腸斷,歸來看取明鏡前。"　五六月:時間用語,五六月間。白居易《別行簡(時行簡辟盧坦劍南東川府)》:"梓州二千里,劍門五六月。豈是遠行時,火雲燒棧熱。"齊己《苦熱中江上懷爐峰舊居》:"舊寄爐峰下,杉松繞石房。年年五六月,江上憶清凉。"這是指元和四年的五六月,元稹結束東川的按御,外加山南西道的辦案,最後回到西京長安,請讀者記住這個時間,對正確理解元稹本詩以及其他詩篇大有裨益。　旱色:乾旱無雨的景象。《古今事文類聚·人旱解》:"及召術人至,而旱色如故。太守怒亟,命擒之,術人遁去矣!"黃庶《喜雨上文相公》:"忽窺庭民有旱色,輒寢廢飯忘巾篛。"

天地：天和地。《荀子·天論》："星隊木鳴，國人皆恐……是天地之變、陰陽之化，物之罕至者也。"《莊子·天地》："天地雖大，其化均也。" 殷：深紅或赤黑色。《左傳·成公二年》："自始合，而矢貫余手及肘，余折以御，左輪朱殷，豈敢言病！"杜預注："殷，音近烟，今人謂赤黑爲殷色。"白居易《遊悟真寺》："白珠垂露凝，赤珠滴血殷。"

㉑ 分司：唐宋之制，中央官員在陪都任職者，稱爲分司。白居易《達哉樂天行》："達哉達哉白樂天，分司東都十三年。"陸游《簡鄰里》："獨坐空齋如自訟，小鐫殘俸類分司。" 兄弟：同一家族中的兄長與胞弟，劉禹錫《送太常蕭博士棄官歸養赴東都》："兄弟盡駕鴦，歸心切問安。貪榮五綵服，遂挂兩梁冠。"元稹離開長安前往洛陽，與自己的兄長元秬告別。也常常泛稱意氣相投或志同道合的人，亦以稱友情深篤的人，如元稹把李復禮拒非看作兄弟，元稹《遣行十首》五："塞上風雨思，城中兄弟情。北隨鵶立位，南送雁來聲。" 各各：個個，每一個。《後漢書·趙熹傳》："帝延集内戚讌會，歡甚，諸夫人各各前言：'趙熹篤義多恩，往遭赤眉出長安，皆爲熹所濟活。'帝甚嘉之。"《隋書·房暉遠傳》："學生皆持其所短，稱己所長，博士各各自疑，所以久而不決也。" 潸潸：淚流不止貌。歐陽修《書懷感事寄梅聖俞》："詔書走東下，丞相忽南遷。送之伊水頭，相顧淚潸潸。"李新《盧舍郎僧舍留別》二："筯尖側側度朝暉，別淚潸潸漬客衣。兒女慇懃憐我老，登山臨水送將歸。"

㉒ 哀哉：表示悲痛感嘆之辭。《左傳·哀公十六年》："嗚呼哀哉！尼父，無自律。"《後漢書·侯霸傳》："未及爵命，奄然而終。嗚呼哀哉！" 劇部：重要部門，重要地方。《新唐書·楊漢公傳》："同州，太宗興王地，陛下爲人子孫，當精擇守長付之，漢公既以墨敗，陛下容可舉劇部私貪人？"曾鞏《張頡知均州制》："嶺之西南，桂爲劇部。外有溪居海聚之民壤錯内屬，拊巡填守，詎可屬非其人？"這裏指監察御史分司的東臺，別人眼中的清閑之地，元稹卻把它看作維護皇權威

嚴、維護國家利益的重地。　　贓罪：指貪污受賄罪。《南齊書·蕭惠基傳》：“典籤何益孫贓罪百萬，棄市，惠朗坐免官。”元稹《西州院》：“文案床席滿，卷舒贓罪名。”

㉓死款：義近“死罪”，應該判處死刑的罪行。《左傳·昭公二年》：“有死罪三，何以堪之？不速死，大刑將至。”韓愈《順宗實錄》：“天下應犯死罪者，特降從流。”　依稀：隱約，不清晰。謝靈運《行田登海口盤嶼山》：“依稀採菱歌，彷彿含嚬容。”《文心雕龍·指瑕》：“字以訓正，義以理宣，而晉末篇章，依希其旨。”　鬥辭：亦作“鬭辭”，辯訟之辭。李燾《六朝通鑑博議·受魏封爵》：“吳之稱藩於魏也，兵未嘗一日加吳。使吳因其暇時，保養休息練兵秣馬，俟其陳留王之怨起於內，諸葛亮之兵攻於外，鬥辭交汩，疾起而躡之，則天下可圖。惜其能示弱以緩敵，而謀之不深；卑身以驕人，而持之不久。”　方便：指便宜行事。楊衒之《洛陽伽藍記·龍華寺》：“綜形貌舉止甚似昏主，其母告之，令自方便。綜遂……始爲寶卷追服三年喪。”《樂府詩集·團扇郎》：“動搖郎玉手，因風托方便。”

㉔道心：佛教語，菩提心，悟道之心。慧皎《高僧傳·釋道溫》：“義解足以析微，道心未易可測。”《壇經·般若品》：“自若無道心，闇行不見道。”　自愧：自我羞愧。劉長卿《見秦系離婚後出山居作》：“豈知偕老重，垂老絕良姻。郗氏誠難負，朱家自媿貧。”李白《遊太山六首》一：“稽首再拜之，自愧非仙才。曠然小宇宙，棄世何悠哉！”柔髮：義近“寡髮”，頭髮稀少。《易·說卦》：“其於人也爲寡髮，爲廣顙。”孔穎達疏：“寡，少也。”周紫芝《竹坡詩話》：“方回寡髮，功父指其髻謂曰：‘此真賀梅子也。’”　黰：黑，黑色。《史記·天官書》：“黰然黑色甚明。”沈遼《走筆奉酬正夫即次元韻》：“終日無人踐茅菅，冠帶不修衣袂黰。”

㉕折支：彎腰，支，通“肢”。《南史·任昉傳》：“南荊之跋扈、東陵之巨猾，皆爲匍匐委蛇，折支舐痔。”《舊唐書·張柬之傳》：“扇動酋

渠,遣成朋黨,折支諂笑,取媚蠻夷。" 車乘:乘坐的車或作戰的車。《左傳·莊公二十二年》:"《詩》曰:'翹翹車乘,招我以弓。豈不欲往?畏我友朋。'"楊伯峻注:"此逸詩……引者之意蓋以車乘指齊桓公。"《後漢書·蔡邕傳》:"及碑始立,其觀視及摹寫者,車乘日千餘兩,填塞街陌。" 支:"肢"的古字。《易·坤》:"君子黃中通理,正位居體,美在其中而暢於四支。"《顏氏家訓·勉學》:"〔田鵬鸞〕爲周軍所獲,問齊主何在,紿云:'已出,計當出境。'疑其不信,歐捶服之,每折一支,辭色愈屬,竟斷四體而卒。"

㉖ 乳臭兒:對無所作爲而又好高騖遠之年輕人的蔑稱。白居易《悲哉行》:"沉沉朱門宅,中有乳臭兒……手不把書卷,身不擐戎衣。"覺範《送覺海大師還廬陵省親》:"坐令乳臭兒,高論不少懼。" 緋紫:指紅色和紫色官服,古時高官所服。白居易《李彤授檢校工部郎中充鄭滑節度副使王源中授檢校刑部員外郎充觀察判官各兼侍御史賜緋紫制》:"敕:萬年令李彤、侍御史王源中等……臺郎憲吏、金印銀章加乎爾身,無忝我命!"《新唐書·車服志》:"開元初……百官賞緋紫,必兼魚袋。" 襁褓:義同"繈褓",背負幼兒的布帶和布兜。《漢書·衛青傳》:"臣青子在繈緥中,未有勤勞,上幸裂地封爲三侯,非臣待罪行間所以勸士力戰之意也。"《文選·嵇康〈幽憤詩〉》:"哀煢靡識,越在繈緥。"李善注:"張華《博物志》曰:'繈,織縷爲之,廣八寸,長丈二,以約小兒於背上。'韋昭《漢書注》曰:'緥,若今時小兒腹衣。'"

㉗ "漸大官漸貴"兩句:意謂官位越來越大,他們的爵禄也越來越高。那些有權有勢有錢的達官貴人之家,越是有錢,他們對待無助的窮人越是吝嗇。 大:與"小"相對。沈佺期《酬蘇員外味道夏晚寓直省中見贈》:"並命登仙閣,分曹直禮闈。大官供宿膳,侍史護朝衣。"杜甫《草堂》:"鄰舍喜我歸,酤酒攜胡蘆。大官喜我來,遣騎問所須。" 貴:地位顯要。《論語·里仁》:"子曰:富與貴,是人之所欲也。不以其道得之,不處也。"《漢書·金日磾傳》:"日磾兩子貴,及孫則衰

矣!" 慳:吝嗇。《宋書・王玄謨傳》:"劉秀之儉吝,呼爲老慳。"陸游《懷昔》:"澤國氣候晚,仲冬雪猶慳。"

㉘ 彎頭:馬籠頭。《樂府詩集・木蘭詩》:"東市買駿馬,西市買鞍韉。南市買彎頭,北市買長鞭。"杜甫《前出塞九首》二:"走馬脱彎頭,手中挑青絲。" 腰帶:古代官員束在腰間的皮帶,反插或下插垂頭,視官階高下,分別以金、玉、犀、銀、銅、鐵爲飾。《類說》卷三五引劉存《事始》:"古有革帶反插垂頭,秦二世制名腰帶,唐高祖詔令向下插垂頭,取順下之義。"元稹《酬樂天得稹所寄紵絲布白輕庸製成衣服以詩報之》:"溢城萬里隔巴庸,紵薄綈輕共一封。腰帶定知今瘦小,衣衫難作遠裁縫。"

㉙ 鷂子:鷂的俗稱。《樂府詩集・企喻歌辭》:"鷂子經天飛,群雀兩向波。"段成式《酉陽雜俎續集・支諾皋》:"和子驚懼,乃棄鷂子拜祈之。" 鐔:原來指刀把上的裝飾品,這裏指栓牽鷂子的用"繡綫"製成的彩綫末端的裝飾品。暫無書證。 狗:即犬。《爾雅・釋畜》:"未成豪,狗。"郝懿行義疏:"狗,犬通名,若對文則大者名犬,小者名狗。"陶潛《歸園田居六首》一:"狗吠深巷中,雞鳴桑樹巔。" 鐶:環,泛指圓圈形物,這裏指拴狗的環兒,"金油"是對環兒色彩的描繪。《戰國策・齊策》:"軍之所出,矛戟折,鐶弦絕。"姚宏注:"鐶,刀鐶。"揚雄《太玄・周》:"帶其鈎鐢,錘以玉鐶。"

㉚ 香湯:調有香料的熱水。沈約《齊禪林寺尼淨秀行狀》:"又嘗請聖僧浴器盛香湯。"韓偓《詠浴》:"再整魚犀攏翠簪,解衣先覺冷森森。教移蘭燭頻羞影,自試香湯更怕深。" 驄馬:青白色相雜的馬。鮑照《結客少年場行》:"驄馬金絡頭,錦帶佩吳鈎。"李賀《浩歌》:"青毛驄馬參差錢,嬌春楊柳含細烟。" 翠簀:簀青。皮日休《酒篘》:"翠簀初織來,或如古魚器。新從山下買,靜向甑中試。" 白鷴:鳥名,又稱銀雉,雄鳥的冠及下體純藍黑色,上體及兩翼白色,故名。謝惠連《雪賦》:"皓鶴奪鮮,白鷴失素。"李白《和盧侍御通塘曲》:"青蘿嫋嫋

挂烟樹,白鷗處處聚沙堤。"

㉛"月請公主封"兩句:意謂月月領取與公主一樣多的俸禄,同時一次次接受天子"冰頒"的賞賜。 公主:帝王、諸侯之女的稱號。高承《事物紀原·公主》:"《春秋公羊傳》曰:天子嫁女於諸侯,至尊不自主婚,必使同姓者主之,謂之公主,蓋周事也。《史記》曰:公叔相魏,尚魏公主,文侯時也,蓋僭天子之女也。《春秋指掌碎玉》曰:天子嫁女,秦漢以來,使三公主之,故呼公主也。"馮鑒《續事始》卷一〇:"漢制天子女爲公主,姊妹曰長公主,帝姑爲大長公主。" 封:帝王以爵位、土地、名號等賜人。《左傳·昭公二十九年》:"實列受氏姓,封爲上公。"杜預注:"爵上公。"《舊唐書·玄宗楊貴妃傳》:"有姊三人,皆有才貌,玄宗並封國夫人之號。" 頒冰:古代帝王夏天賞賜冰塊給群臣。《周禮·天官·凌人》:"夏,頒冰,掌事。"鄭玄注:"暑氣盛,王以冰頒賜,則主爲之。"《大戴礼记·夏小正》:"頒冰,頒冰也者,分冰以授大夫也。"在唐代,這種制度仍然存在,李德裕《述夢詩四十韻》就有"荷静蓬池鱠,冰寒郢水醪(每學士初上賜食,皆是蓬萊池魚鱠。夏至後頒賜冰及燒香酒,以酒味稍濃,每和水而飲,禁中有郢酒坊也)"的記載,元稹《奉和浙西大夫李德裕述夢四十韻》也有"冰井分珍果,金瓶貯御醪"的話語。 天子:古以君權爲神所授,故稱帝王爲天子。胡皓《大漠行》:"但得將軍能百勝,不須天子築長城。"丁仙芝《戲贈姚侍御》:"新披驄馬隴西駒,頭戴獬豸急晨趨。明光殿前見天子,今日應彈佞倖夫。"

㉜開筵:設宴,擺設酒席。《晉書·車胤傳》:"謝安遊集之日,輒開筵待之。"韓愈《岳陽樓別竇司直》:"開筵交履舄,爛漫倒家釀。"歌舞:歌唱和舞蹈。《新唐書·於闐傳》:"人喜歌舞,工紡績。"林升《題臨安邸》:"山外青山樓外樓,西湖歌舞幾時休?" 別宅:猶別第,正宅以外的住宅。《晉書·裴楷傳》:"〔裴楷〕嘗營別宅,其從兄衍見而悦之,即以宅與衍。"郭祥正《青山記》:"當塗有山曰青山,又曰謝公山。齊謝玄

暉守宣城時建別宅於此山，而每經遊焉！" 妖嫻：閑雅。柳宗元《酬韶州裴曹長使君寄道州呂八大使》："空勞慰顓頊，妍唱劇妖嫻。"集注引童宗說曰："妖嫻，謂閑雅。"語義不通，疑是"妖姬"之誤，妖姬是美女，多指妖艷的侍女、婢妾。陳叔寶《玉樹後庭花》："妖姬臉似花含露，玉樹流光照後庭。"韓愈《齪齪》："妖姬坐左右，柔指發哀彈。"

㉝ 坐卧：坐和卧，坐或卧，常指日常起居。沈約《齊故安陸昭王碑文》："獨居不御酒肉，坐卧泣涕霑衣。"李頎《題璿公山池》："指揮如意天花落，坐卧閑房春草深。" 褥：坐卧的墊具。楊蔭深《事物掌故叢談·褥》："褥有二種：一種用於床上，俗稱墊被；一種用於椅或車上，俗稱坐墊或墊子，古則又稱爲茵。"《後漢書·張禹傳》："乃詔禹金宮中，給帷帳床褥。"高承《事物紀原·褥》："《黄帝内傳》曰：'王母爲帝列七寶登員之床，敷華茸净光之褥。'疑二物此其起爾。" 捧擁：簇擁。杜甫《山寺》："使君騎紫馬，捧擁從西來。"猶尊奉。《朱子語類》卷三："某一番歸鄉里，有所謂五通廟，最靈怪，衆人捧擁，謂禍福立見。"綹絲鬟：疑與"墮馬鬟"、"倭墮鬟"、"十八鬟"、"四枝鬟"、"湘娥鬟"一樣，是唐代女子的一種髮式，具體不詳。李賀《美人梳頭歌》："纖手却盤老鴉色，翠滑寶釵簪不得。春風爛漫惱嬌慵，十八鬟多無氣力。"元稹《叙詩寄樂天書》："又有以干教化者，近世婦人，暈淡眉目，綰約頭鬟，衣服修廣之度及匹配色澤尤劇怪艷，因爲艷詩百餘首，詞有今古，又兩體。"可見元稹與當時的文人一樣，對女子的髮式也比較注意。

㉞ 旦夕：日夜，每天。劉向《列女傳·鄒孟軻母》："孟子懼，旦夕勤學不息。"蘇軾《藥誦》："自今日以往，旦夕食淡麵四兩。" 相離：互相分離。《列子·天瑞》："渾淪者，言萬物相渾淪而未相離也。"班固《白虎通·諫諍》："子諫父不去者，父子一體而分，無相離之法，猶火去木而滅也。" 比翼：翅膀挨著翅膀飛翔。《楚辭·卜居》："寧與黄鵠比翼乎？將與雞鶩爭食乎？"《韓詩外傳》卷五："南方有鳥名曰鶼，比翼而飛，不相得不能舉。" 飛鷥：飛翔的鷥鳥。王粲《贈蔡子篤詩》："翼翼飛鷥，載飛

載東。"李白《古風》二七:"焉得偶君子,共乘雙飛鸞。"

㉟ 何苦:有何苦衷,有什麼不得已的理由。《史記·黥布列傳》:"〔上〕與布相望見,遙謂布曰:'何苦而反?'"蘇軾《上神宗皇帝書》:"罷之而天下悅,人心安,興利除害,無所不可,則何苦而不罷!"用反問的語氣表示不值得。《史記·高祖本紀》:"吾以義兵從諸侯誅殘賊,使刑餘罪人擊殺項羽,何苦乃與公挑戰!" 三十身已鰥:元稹的妻子韋叢病故於元和四年七月九日,當時元稹三十一歲,所謂"三十身已鰥"是詩歌的約略語言。韓愈《監察御史元君妻京兆韋氏夫人墓誌銘》:"夫人諱叢,字茂之,姓韋氏……年二十七,以元和四年七月九日卒,卒三月,得其年之十月十三日葬咸陽,從先舅姑兆。" 鰥:成年無妻或喪妻的人。《書·堯典》:"有鰥在下,曰虞舜。"孔傳:"無妻曰鰥。"《孟子·梁惠王》:"老而無妻曰鰥。"

㊱ 愁吟:哀吟。薛能《西縣作》:"從此漸知光景異,錦都迴首盡愁吟。"戴復古《題徐京伯通判北征詩卷》:"此志無人共,愁吟兩髩絲。" 心骨:猶心,内心。元稹《連昌宮詞》:"我聞此語心骨悲,太平誰致亂者誰?"黄庭堅《鷓鴣天·明日獨酌自嘲呈史應之》:"萬事令人心骨寒,故人墳上土新乾。" 顫:身體顫動。《淮南子·説山訓》:"故寒者顫,懼者亦顫。"白居易《畫竹歌》:"蕭郎蕭郎老可惜,手顫眼昏頭雪色。自言便是絶筆時,從今此竹尤難得。" 寒臥:偃臥於寒床冷被之中。劉弇《古風謝汪都講示惜惜吟》:"青螺仙女暮成炊,絲竹夫人寒臥壁。"姜特立《代陳公實上通守王剛父四首》四:"洗甲通盟後,同庚緩帶秋。邊聲寒臥鼓,海色静明樓。" 支體:指整個身體,亦僅指四肢。《吕氏春秋·孝行》:"能全支體以守宗廟,可謂孝矣!"元稹《思歸樂》:"君看趙工部,八十支體輕。" 痹:肢體麻痹。柳宗元《酬韶州裴曹長史君寄道州吕八大使因以見示二十韵》:"在亡均寂寞,零落間悍鰥。夙志隨憂盡,殘肌觸瘴痹。"《景岳全書·述古》:"驚氣所致,爲潮涎,爲目窠,爲口噤,爲痴癇,爲不省人事,爲僵仆,久則爲痹。"

㊲ 居處：指住所，住處。《後漢書·袁安傳》：“居處仄陋，以耕學爲業。”《太平廣記》卷一六五引龐元英《談藪》：“〔長孫道生〕雖爲三公，而居處卑陋，出鎮之後，子頗加修葺。” 幽静：寂静，清静。宋玉《神女賦》：“既姽嫿於幽静兮，又婆娑乎人間。”蘇舜欽《上范希文書》：“況夫體幽静則謀精而威，氣張鋭則令煩而墮。” 尤：尤其，格外。《史記·樗里子甘茂列傳論》：“方秦之强時，天下尤趨謀詐哉！”歐陽修《醉翁亭記》：“其西南諸峰，林壑尤美。” 悔：悔恨，後悔。《詩·召南·江有汜》：“不我以，其後也悔。”王昌齡《閨怨》：“忽見陌頭楊柳色，悔教夫婿覓封侯。” 愉懰：義近“愉佚”，安逸，快樂。《荀子·性惡》：“骨體膚理好愉佚，是皆生於人之情性者也。”韓愈《送高閑上人序》：“往時張旭善草書，不治他伎，喜怒窘窮，憂悲愉佚，怨恨思慕……必於草書焉發之。”

㊳ 不如：比不上。《易·屯》：“君子幾不如舍，往吝。”《顏氏家訓·勉學》：“諺曰，積財千萬，不如薄伎在身。” 鶴嶺：仙道所居的山嶺。蕭綱《應令詩》：“臨清波兮望石鏡，瞻鶴嶺兮睇仙莊。”李商隱《上鄭州李舍人狀》：“且縈塵累，不獲觀光鶴嶺；贊禮鹿堂，空吟有待之詩。” 潼灣：小地名，據白居易《早冬遊王屋自靈都抵陽臺上方望天壇偶吟成章寄溫谷周尊師中書李相公》詩，疑在“周尊師”亦即“周道士”居留過的王屋山，具體不詳。

㊴ 瑟瑟：指碧綠色。白居易《暮江吟》：“一道殘陽鋪水中，半江瑟瑟半江紅。”陸游《携一尊尋春湖上》：“花梢已點猩猩血，水面初生瑟瑟紋。” 畦：泛指田園。《文選·顏延之〈陶徵士誄序〉》：“灌畦鬻蔬，爲供魚菽之祭。”呂向注：“畦，園。”謝朓《和沈祭酒行園》：“霜畦紛綺錯，秋町鬱蒙茸。” 潺潺：水流貌。曹丕《丹霞蔽日行》：“谷水潺潺，木落翩翩。”流水聲。孟郊《吊盧殷》：“百泉空相吊，日久哀潺潺。”

㊵ 陽坡：向陽的山坡。杜甫《秦州雜詩二十首》一三：“瘦地翻宜粟，陽坡可種瓜。”仇兆鰲注引杜田曰：“毛文錫《茶譜》：‘宣州宣城縣

有塢如山,其東爲朝日所燭,號曰陽坡。'"王安石《文師種松》:"陽坡風暖雪初融,度谷遥看積翠重。" 蕨:多年生草本植物,生在山野,嫩葉可食,俗稱蕨菜。根莖含澱粉,俗稱蕨粉,可供食用或釀造。也供藥用,有清熱利尿之效,亦泛指其他的蕨類植物。《詩·召南·草蟲》:"陟彼南山,言采其蕨。"陸璣疏:"蕨,山菜也,周秦曰蕨,齊魯曰虌,初生似蒜,莖紫黑色,可食。"謝靈運《酬從弟惠連》:"山桃發紅萼,野蕨漸紫苞。" 沼:水池。《詩·小雅·正月》:"魚在於沼,亦匪克樂。"司馬相如《上林賦》:"日出東沼,入乎西陂。" 漚菅:水浸茅草使柔韌。《詩·陳風·東門之池》:"東門之池,可以漚菅。"《左傳·哀公八年》:"拘鄫人之漚菅者。"

㊶ 窮通:困厄與顯達。《莊子·讓王》:"古之得道者,窮亦樂,通亦樂,所樂非窮通也。"《吕氏春秋·高義》:"然則君子之窮通,有異乎俗者也。" 未遂:指没有成功或未能如願。鍾嶸《詩品·總論》:"近彭城劉士章,俊賞之士,疾其淆亂,欲爲當世詩品,口陳標榜,其文未遂,感而作焉!"劉滄《春晚旅次有懷》:"東西未遂歸田計,海上青山久廢耕。" 營營:勞而不知休息,忙碌。《莊子·庚桑楚》:"全汝形,抱汝生,無使汝思慮營營。"鍾泰發微:"營營,勞而不知休息貌。"范仲淹《與韓魏公書》:"吾輩須日夜營營,以備將來。" 閑:閑暇。《楚辭·九歌·湘君》:"交不忠兮怨長,期不信兮告余以不閑。"王逸注:"閑,暇也。"韓愈《把酒》:"擾擾馳名者,誰能一日閑?"

[編年]

《年譜》編年本詩於"元和四年冬作",理由是:"詩云:'三十身已鰥。'又云:'寒卧支體膚。'"《編年箋注》未對本詩編年,但編排在作於"元和四年(八〇九)冬或明年春"的《盧十九子蒙吟盧七員外洛川懷古六韵命余和》之後,想來本詩也應該作於"元和四年(八〇九)冬或明年春"。《年譜新編》編年本詩於"元和四年",理由是:"詩云:'而我亦何苦,三十身已鰥。愁吟心骨顫,寒臥支體席。'"

　　我們以爲《年譜》的編年大致不錯,但還可以補充證據。詩中提到的"損之"就是李宗閔,當時正在洛陽,韓愈《迕杜兼題名》:"河南尹水陸運使杜兼、尚書都官員外郎韓愈、水陸運判官洛陽縣尉李宗閔、水陸運判官伊闕縣尉牛僧孺、前同州韓城縣尉鄭伯義,元和四年九月二十二日,大尹給事奉詔祠濟瀆回,愈與二判官於此迎候,遂陪遊宿。愈題。"詩中提及的"周兄"就是"周隱客",據白居易後來的詩篇《早冬遊王屋自靈都抵陽臺上方望天壇偶吟成章寄溫谷周尊師中書李相公》揭示,他應該住在王屋山,這是本詩編年不可缺少也應該提及的材料。又據本詩提及的"三十身已鰥"、"寒臥支體席",再結合韋叢病故以及元和四年十月十三日夜出殯安葬的情況以及元稹元和四年應該在洛陽的情況,本詩即應該作於元和四年的冬天,亦即元和四年十月十三日之後的冬天。而《年譜新編》編年"元和四年"則顯得籠統,而《編年箋注》將本詩編年元和五年則有所不妥,元和五年,元稹在洛陽停留的時間祇有兩個月不到,被召回京在即,而且也與"寒臥支體席"的情景不符。

◎ 遣悲懷三首(一)①

　　謝公最小偏憐女,自嫁黔婁百事乖(二)②。顧我無衣搜藎(草名)篋(三),泥他沽酒拔金釵③。野蔬充膳甘長藿,落葉添薪仰古槐④。今日俸錢過十萬,與君營奠復營齋⑤。

　　昔日戲言身後意,今朝皆到眼前來⑥。衣裳已施行看盡,針綫猶存未忍開⑦。尚想舊情憐婢僕,也曾因夢送錢財⑧。誠知此恨人人有,貧賤夫妻百事哀⑨。

　　閑坐悲君亦自悲,百年都是幾多時⑩?鄧攸無子尋知命,潘岳悼亡猶費詞⑪。同穴窅冥何所望？他生緣會更難期⑫。唯將終夜長開眼,報答平生未展眉⑬。

録自《元氏長慶集》卷九

[校記]

（一）遣悲懷三首:《全詩》同,楊本、叢刊本、《古詩鏡·唐詩鏡》作"三遣悲懷",《全唐詩録》作"遣悲懷",語義相類,不改。《雲溪友議》、《錢通》無題,僅録以備考。

（二）自嫁黔婁百事乖:楊本、叢刊本、《全唐詩録》同,《雲溪友議》、《錢通》、《全詩》作"嫁與黔婁百事乖",語義相類,不改。

（三）顧我無衣搜藎篋:宋蜀本、叢刊本同,《雲溪友議》、《錢通》作"顧我無衣搜畫篋",僅備一説,不改。而楊本作"顧我無衣搜盡篋",語義難通,不改。

[箋注]

① 遣:排除,抒發。《晉書·王浚傳》:"吾始懼鄧艾之事,畏禍及,不得無言,亦不能遣諸胸中,是吾禍也。"元稹《白氏長慶集序》:"夫以諷諭之詩長於激,閑適之詩長於遣。" 悲懷:悲哀,憂傷。《史記·張釋之馮唐列傳》:"〔漢文帝〕使慎夫人鼓瑟,上自倚瑟而歌,意慘悽悲懷。"孟郊《哭李觀》:"神理本窅窅,今來更茫茫。何以蕩悲懷?萬事付一觴。"憂傷的情懷。劉楨《贈五官中郎將四首》三:"秋日多悲懷,感慨以長嘆。"令狐楚《立秋日悲懷》:"清曉上高臺,秋風今日來。又添新節恨,猶抱故年哀。"關於本組詩,白居易有《感元九悼亡詩因爲代答三首·答謝家最小偏憐女》酬和,詩云:"嫁得梁鴻六七年,詩書愛酒日高眠。雨荒春圃唯生草,雪壓朝廚未有烟。身病憂來緣女少,家貧忘却爲夫賢。誰知厚俸今無分,枉向秋風吹紙錢。"本組詩是

我國古代衆多悼亡詩篇中的名篇,潘岳《悼亡詩三首》以及蘇軾的《江城子·十年生死兩茫茫》可以與之並駕齊驅,一起揚名後世,同時受到讀者由衷的讚美。而劉逸生先生在評析元稹《遣悲懷三首》時却認爲詩雖寫得極好,但詩人的感情却並不真實。因爲元稹在悼亡前妻後不久即續娶小妾,文云:"如果單從詩來看,元稹對妻子的感情,可以説得上十分深摯,並且他還善於把這種感情用淺近流暢的藝術語言抒述出來。照理説,這些詩是能够打動讀者的,假如讀者不去尋根究底的話。可惜,正如他對於崔鶯鶯的愛情那樣,説他完全没有真情實意,似乎過分武斷;説他的愛情真有那麼堅貞,却更不是那麼一回事。近人陳寅恪在《元白詩箋證稿》中,就指出説:'所謂常開眼者,自比鰥魚,即自誓終鰥之義。其後娶繼配裴淑,已違一時情感之語,亦可不論。唯韋氏亡後未久,裴氏未娶以前,已納妾安氏……是韋氏亡後不過二年,微之已納妾矣。'……'詩以言志',一般説是反映自己的思想感情的,但有時未必就不會誇大。也許元稹在悲哀的時候,的確有過這樣一種想法,所以他才會這樣寫下來。然而一時情感衝動的話,是未必能够經得起事實的考驗的。"在這位評論者看來,似乎元稹三十一歲喪妻以後只有終身不娶,才有資格寫出情真意切的悼亡作品。繩之于唐代的婚姻習俗,以此僅僅苛求元稹顯然是不合情理的。清代蘅塘退士在評論這三首詩篇時説:"古今悼亡詩充棟,終無能出此三首範圍者。"我們以爲蘅塘退士的態度遠比這位二十世紀的當代人要寬容許多,同時眼光也高明許多,觀點也進步許多。順便在這裏説一句,宋代蘇軾在妻子王弗亡故四年之後續娶妻妹王閏之爲妻,蘇軾後來也有悼亡名篇《江城子·十年生死兩茫茫》悼亡前妻。這首詞被時人與後代評爲"情真意切"之作,不見有人以續娶妻妹爲由批評蘇軾的感情並不真實。我們還要説一句,蘇軾除了與妻妹王閏之的婚姻以外,還有與侍妾朝雲的戀情:朝雲本爲錢塘妓,姓王,蘇軾官錢塘時納爲妾。初不識字,後從軾學書,並略通佛理。軾貶官惠州,數妾散去，獨朝雲相隨。蘇軾有《朝雲詩并引》："世謂樂天有鸞駱馬放楊柳枝詞，嘉其主老病，不忍去也。然夢得有詩云：'春盡絮飛留不得，隨風好去落誰家？'樂天亦云：'病與樂天相伴住，春隨樊子一時歸。'則是樊素竟去也。予家有數妾，四五年相繼辭去，獨朝雲者隨予南遷，因讀《樂天集》，戲作此詩。朝雲姓王氏，錢塘人，嘗有子曰幹兒，未期而夭云。"詩云："不似楊枝別樂天，恰如通德伴伶玄。阿奴絡秀不同老，天女維摩總解禪。經卷藥爐新活計，舞衫歌扇舊因緣。丹成逐我三山去，不作巫陽雲雨仙。"朝雲病故，蘇軾有《朝雲墓誌銘》悼念這位紅粉知己："東坡先生侍妾曰朝雲，字子霞，姓王氏，錢塘人。敏而好義，事先生二十有三年，忠敬若一。紹聖三年七月壬辰卒于惠州，年三十四，八月庚申葬之豐湖之上栖禪山寺之東南。生子遯，未期而夭。蓋常從比丘尼義沖學佛法，亦粗識大意。且死，誦《金剛經》四句偈以絶。銘曰：'浮屠是瞻，伽藍是依。如汝宿心，惟佛之歸。'"我們對蘇軾一直欽佩不已，讚賞有加，並沒有一點半星批評蘇軾用情不專的意思。在這裏提及衹是想說明：古往今來的評論家，針對同樣的情況，在不同作家身上則有完全不同的評價，這難道是公平的嗎？這難道是公正的嗎？

② 謝公最小偏憐女：此句由於詩歌諸多規則的原因，是"謝公偏憐最小女"的倒裝。韋叢是韋夏卿與夫人裴氏最小的女兒，韓愈《監察御史元君妻京兆韋氏夫人墓誌銘》："夫人于僕射爲季女，愛之，選婿得今御史河南元稹。" 謝公：有指謝安、謝靈運、謝朓、謝景初等多種説法，這裏借指元稹的岳丈韋夏卿，這在元稹的其他詩篇中也能見到，如《韋居守晚歲常言退休之志因署其居曰大隱洞命予賦詩因贈絶句》："謝公潛有東山意，已向朱門啓洞門。大隱猶疑戀朝市，不如名作罷歸園。"又如稱韋夏卿之家爲"謝家"，元稹《醉醒》："積善坊中前度飲，謝家諸婢笑扶行。今宵還似當時醉，半夜覺來聞哭聲。" 黔婁：劉向《列女傳》："魯黔婁妻者，魯黔婁先生之妻也。先生死，曾子

哭之畢，曰：'何以爲謚？'其妻曰：'以康爲謚。'曾子曰：'先生在時食不充口，衣不蓋形，死則手足不斂，何樂於此而謚爲康耶？'其妻曰：'昔先生君嘗欲授之政，以爲國相，辭而不受，是有餘貴也。君嘗賜之粟三十鍾，辭而不受，是有餘富也。彼先生者，甘天下之淡味，安天下之卑位，不戚戚於貧賤，不忻忻於富貴，求仁得仁，求義得義，其謚曰康，不亦宜乎？'"劉向《列女傳·魯黔婁妻》認爲黔婁是春秋魯人。《漢書·藝文志》、皇甫謐《高士傳·黔婁先生》則説是齊人，魯人與齊人，地域相連，本來容易混淆，不必較真。隱士，不肯出仕，家貧，死時衾不蔽體。陶潛《詠貧士七首》四："安貧守賤者，自古有黔婁……朝與仁義生，夕死復何求？"後作爲貧士的代稱。顧況《贈朱放》："野客歸時無四鄰，黔婁別久案常貧。漁樵舊路不堪入，何處空山猶有人？" 百事：各種事務，事事。《史記·淮陰侯列傳》："審豪犛之小計，遺天下之大數，智誠知之，決弗敢行者，百事之禍也。"劉禹錫《陪崔大尚書及諸閣老宴杏園》："更將何面上春臺，百事無成老又催？唯有落花無俗態，不嫌憔悴滿頭來。"

③ 顧：視，看。《韓非子·外儲説》："乘白馬而過關，則顧白馬之賦。"王先慎集解："顧，視也。"《文心雕龍·辨騷》："每一顧而掩涕，嘆君門之九重，忠怨之辭也。" 無衣：沒有衣着。《詩·秦風·無衣》："豈曰無衣？與子同袍。"《東觀漢記·崔湜傳》："民冬月無衣，積細草而臥其中。" 蓋篋：用蓋草編織的箱子。《歷代詩話》："王之蓋臣，吳旦生曰……余按蓋，草名所以染朱者，則蓋臣亦取其忠赤之義。元稹詩：顧我無衣搜蓋篋，亦是一朱篋云耳。今本妄改作畫篋，可笑！《本草》唐注云：蓋草生平澤溪澗之側，荆襄人鬻以染黃，色極鮮好。"王士禎《悼亡詩二十六首(哭張宜人作)》六："樵蘇絶爨未知愁，林下風期矢白頭。廿載無衣搜蓋篋，不曾悔却嫁黔婁。" 泥：軟求，軟纏。白居易《湖中自照》："重重照影看容鬢，不見朱顏見白絲。失却少年無處覓，泥他湖水欲何爲？"《老殘遊記》第一七回："翠環仍泥著不肯去，

眼看著人瑞,有求救的意思。" 沽酒:買酒。《論語·鄉黨》:"沽酒、市脯,不食。"韓愈《贈崔立之評事》:"墙根菊花好沽酒,錢帛縱空衣可準?" 金釵:婦女插于髮髻的金製首飾,由兩股合成。鮑照《擬行路難十八首》九:"還君金釵玳瑁簪,不忍見之益愁思。"温庭筠《懊惱曲》:"兩股金釵已相許,不令獨作空成塵。"

④ 野蔬:不是人工種植的野菜,山間與野地所産的蔬菜。王維《濟州過趙叟家宴》:"荷鋤修藥圃,散帙曝農書。上客搖芳翰,中厨饋野蔬。"羅隱《雪》:"撅凍野蔬和粉重,掃庭松葉帶酥燒。寒窗呵筆尋詩句,一片飛來紙上銷。" 膳:飯食。《左傳·閔公二年》:"太子奉冢祀、社稷之粢盛,以朝夕視君膳者也。"沈既濟《任氏傳》:"列燭置膳,舉酒數觴。" 藿:豆葉,嫩時可食。《詩·小雅·白駒》:"皎皎白駒,食我場藿。"劉向《九嘆·湣命》:"掘荃蕙與射干兮,耘藜藿與襄荷。"落葉:飄落在地上的樹葉。修睦《落葉》:"雨過閑田地,重重落葉紅。翻思向春日,肯信有秋風!"黄陵美人《寄紫蓋陽居士》:"落葉栖鴉掩廟扉,菟絲金縷舊羅衣。渡頭明月好携手,獨自待郎郎不歸。" 古槐:年代久遠的槐樹。段懷然《挽湧泉寺僧懷玉》:"我師一念登初地,佛國笙歌兩度來。唯有門前古槐樹,枝低只爲挂銀臺。"張籍《法雄寺東樓》:"汾陽舊宅今爲寺,猶有當時歌舞樓。四十年來車馬絶,古槐深巷暮蟬愁。"

⑤ 今日俸錢過十萬:關於元稹在東臺監察御史任上的俸錢,陳寅恪有諸多考證,《年譜》也有不着邊際的考證,我們以爲"今日俸錢過十萬"云云,不必理解爲元稹當時的月俸錢,而應解釋爲是元稹通過日積月累的方法而積存起來的俸禄餘數,相當於今日生活花費之後留存下來的餘錢。 俸錢:官吏所得的薪金。韋應物《寄李儋元錫》:"身多疾病思田里,邑有流亡愧俸錢。聞道欲來相問訊,西樓望月幾回圓?"岑參《贈酒泉韓太守》:"太守有能政,遙聞如古人。俸錢盡供客,家計常清貧。" 營奠:設祭。朱慶餘《哭胡遇》:"題處舊詩休

更讀,買來新馬憶曾騎。不應隨分空營奠,終擬求人與立碑。"方干
《哭喻鳧先輩》:"日夜役神多損壽,先生下世未中年。撰碑縱托登龍
伴,營奠應支賣鶴錢。"　營齋:設齋食以供僧道,請爲死者超度靈魂。
《南齊書·劉瓛傳》:"子良遣從瓛學者彭城劉繪、順陽范縝將厨于瓛
宅營齋。"《法苑珠林》卷七六:"留一萬錢物寄諧,請爲營齋。"

　　⑥ 昔日:往日,從前。宋之問《河陽》:"昔日河陽縣,氛氳香氣
多。曹娘嬌態盡,春樹不堪過。"李白《送韓侍御之廣德》:"昔日繡衣
何足榮! 今宵貰酒與君傾。暫就東山賒月色,酣歌一夜送泉明。"
戲言:開玩笑。白居易《和答詩十首·答桐花》:"受君雨露恩,不獨含
芳榮。戒君無戲言,剪葉封弟兄。"李翱《答獨孤舍人書》:"足下書中
有無見怨懟以至疏索之説,蓋是戲言,然亦似未相悉也。"　身後:死
後。儲光羲《同王十三維偶然作十首》八:"耽耽銅鞮宫,遥望長數
里……莫問身後事,且論朝夕是。"李白《行路難三首》三:"吳中張翰
稱達生,秋風忽憶江東行。且樂生前一杯酒,何須身後千載名!"　今
朝:指目前,現今。薛稷《奉和幸安樂公主山莊應制》:"曲閣交映金精
板,飛花亂下珊瑚枝。借問今朝八龍駕,何如昔日望仙池!"沈佺期
《陪幸太平公主南莊詩》:"往往花間逢彩石,時時竹裏見紅泉。今朝
扈蹕平陽館,不羨乘槎雲漢邊。"　眼前:目下,現時。韓愈《早春雪中
聞鶯》:"朝鶯雪裏新,雪樹眼前春。帶澀先迎氣,侵寒已報人。"蘇軾
《次韵參寥寄少遊》:"巖栖木石已皤然,交舊何人慰眼前?"

　　⑦ 衣裳:古時衣指上衣,裳指下裙,後亦泛指衣服。《詩·齊
風·東方未明》:"東方未明,顛倒衣裳。"毛傳:"上曰衣,下曰裳。"崔
國輔《秦女卷衣》:"雖入秦帝宫,不上秦帝床。夜夜玉窗裏,與他卷衣
裳。"李白《清平調詞三首》一:"雲想衣裳花想容,春風拂檻露華濃。
若非群玉山頭見,會向瑤臺月下逢。"本詩是指韋叢病故之後遺留下
來的衣服。　針綫:指縫紉與刺繡的成品。崔顥《七夕》:"長安城中
月如練,家家此夜持針綫。仙裙玉佩空自知,天上人間不相見。"元稹

《江陵三夢》一:"不道間生死,但言將別離。分張碎針綫,襬疊故幨幌。"本詩是指韋叢生前所作的縫紉與刺繡的成品。

⑧ 舊情:舊日的情誼、愛意。蕭綱《半路溪》:"摘贈蘭澤芳,欲表同心句。先將動舊情,恐君疑妾妒。"白居易《何處難忘酒七首》二:"何處難忘酒,天涯話舊情。青雲俱不達,白髮遞相驚。" 婢僕:謂男女奴僕。《顔氏家訓·後娶》:"況夫婦之義,曉夕移之,婢僕求容,助相説引,積年累月,安有孝子乎?"白居易《續古詩十首》七:"我本幽閑女,結髮事豪家。豪家多婢僕,門內頗驕奢。" 錢財:金錢財物。《莊子·徐無鬼》:"錢財不積,則貪者憂。"王建《新嫁娘詞三首》一:"鄰家人未識,床上坐堆堆。郎來傍門戶,滿口索錢財。"

⑨ 人人:每個人,所有的人。黄滔《放榜日》:"吾唐取士最堪誇,仙榜標名出曙霞……歲歲人人來不得,曲江烟水杏園花。"懷素《題張僧繇醉僧圖》:"人人送酒不曾沾,終日松間挂一壺。草聖欲成狂便發,真堪畫入醉僧圖。" 貧賤:貧苦微賤。《史記·魯仲連鄒陽列傳》:"魯連逃隱於海上,曰:'吾與富貴而詘于人,寧貧賤而輕世肆志焉!'"崔顥《長安道》:"莫言貧賤即可欺,人生富貴自有時。"

⑩ 自悲:自我悲傷。張循之《巫山》:"流景一何速!年華不可追。鮮佩安所贈?怨咽空自悲。"岑參《郡齋閑坐》:"頃來廢章句,終日披案牘。佐郡竟何成?自悲徒碌碌。" 百年:一生,終身。陶潛《擬古九首》二:"生有高世名,既没傳無窮。不學狂馳子,直在百年中。"杜甫《登高》:"無邊落木蕭蕭下,不盡長江滾滾來。萬里悲秋常作客,百年多病獨登臺。"

⑪ 鄧攸無子尋知命:《晉書·鄧攸傳》:"鄧攸,字伯道,平陽襄陵人……(途中)遇賊,掠其牛馬,步走,擔其兒及其弟子綏,度不能兩全,乃謂其妻曰:'吾弟早亡,唯有一息,理不可絶!止應自棄我兒耳!幸而得存,我後當有子。'妻泣而從之。乃棄之,其子朝棄而暮及,明日攸繫之於樹而去……攸棄子之後,妻不復孕。過江納妾,甚寵之。

訊其家屬，說是北人遭亂。憶父母姓名，乃攸之甥。攸素有德行，聞之感恨，遂不復畜妾，卒以無嗣。時人義而哀之，爲之語曰：‘天道無知，使鄧伯道無兒。’弟子綏服攸喪三年。”　潘岳悼亡猶費詞：據《晉書・潘岳傳》，古時著名的美男子，“少時常挾彈出洛陽道，婦人遇之者皆聯手縈繞，投之以果，遂滿載以歸。時張載甚醜，每行，小兒以瓦石擲之，委頓而反。”但潘岳中年喪妻，三十二歲已經頭白，有《悼亡詩三首》傳名後世，元稹本詩，與潘岳之詩齊名後世。潘岳《悼亡詩三首》其一云：“荏苒冬春謝，寒暑忽流易。之子歸窮泉，重壤永幽隔。私懷誰克從？淹留亦何益？僶俛恭朝命，回心反初役。望廬思其人，入室想所歷。幃屏無髣髴，翰墨有餘迹。流芳未及歇，遺挂猶在壁。悵怳如或存，周遑忡驚惕。如彼翰林鳥，雙棲一朝只。如彼遊川魚，比目中路析。春風緣隙來，晨溜承檐滴。寢息何時忘？沉憂日盈積。庶幾有時衰，莊缶猶可擊。”其二云：“皎皎窗中月，照我室南端。清商應秋至，溽暑隨節闌。凜凜涼風升，始覺夏衾單。豈曰無重纊，誰與同歲寒？歲寒無與同，朗月何朧朧！輾轉眄枕席，長簟竟床空。床空委清塵，室虛來悲風。獨無李氏靈，髣髴覩爾容。撫衿長嘆息，不覺涕沾胸。沾胸安能已？悲懷從中起。寢興目存形，遺音猶在耳。上慚東門吳，下愧蒙莊子。賦詩欲言志，此志難具紀。命也可奈何！長戚自令鄙。”其三云：“曜靈運天機，四節代遷逝。淒淒朝露凝，烈烈夕風厲。奈何悼淑儷，儀容永潛翳。念此如昨日，誰知已卒歲？改服從朝政，哀心寄私制。茵幬張故房，朔望臨爾祭。爾祭詎幾時？朔望忽復盡。衾裳一毀撤，千載不復引。亹亹期月周，戚戚彌相愍。悲懷感物來，泣涕應情隕。駕言陟東阜，望墳思紆軫。徘徊墟墓間，欲去復不忍。徘徊不忍去，徙倚步踟躕。落葉委埏側，枯荄帶墳隅。孤魂獨煢煢，安知靈與無？投心遵朝命，揮涕強就車。誰謂帝宮遠？路極悲有餘。”爲了進一步瞭解元稹的這三首名著，我們特地把蘇軾的悼亡名篇《江城子》也錄在下面，以期讀者一併領略：“十年生死兩茫茫。

不思量。自難忘。千里孤墳，無處話淒涼。縱使相逢應不識，塵滿面，鬢如霜。夜來幽夢忽還鄉。小軒窗。正梳妝。相顧無言，惟有淚千行。料得年年斷腸處，明月夜，短松岡。"讀者可以與元稹詩篇並讀。

⑫ 同穴：《詩·王風·大車》："榖則異室，死則同穴。謂予不信，有如曒日！"後以"同穴"指夫妻合葬，亦用以形容夫婦相愛之堅。潘岳《寡婦賦》："要吾君兮同穴，之死矢兮靡佗。"陳子昂《唐故袁州參軍李府君妻清河張氏墓誌銘》："永惟同穴之儀，仰遵歸祔之典。" 窅冥：幽暗貌。綦毋潛《宿太平觀》："夕到玉京寢，窅冥雲漢低。魂交仙室蝶，曙聽羽人雞。"孟雲卿《汴河阻風》："大河噴東注，群動皆窅冥。白霧魚龍氣，黑雲牛馬形。" 他生：來生，下一世。李商隱《馬嵬二首》一："海外徒聞更九州，他生未卜此生休……如何四紀爲天子，不及盧家有莫愁？"王安石《北山道人栽松》："陽坡風暖雪初融，度谷遙看積翠重。磊砢拂天吾所愛，他生來此聽樓鐘。" 緣會：相會的緣分。陶弘景《冥通記》卷二："幸藉緣會，得在山宅。"元稹《僧如展及韋載同遊碧澗寺賦詩予落句云他生莫忘靈山座滿壁人名後會稀展共吟他生之句因話釋氏緣會所以莫不淒然久之不十日而展公長逝驚悼返覆則他生豈有兆耶其間展公仍賦黃字五十韵飛札相示予方屬和未畢自此不復撰成徒以四韵爲識》："重吟前日他生句，豈料踰旬便隔生。會擬一來身塔下，無因共繞寺廊行。"白居易《同微之贈別郭虛舟煉師五十韵》："始知緣會間，陰騭不可移。藥灶今夕罷，詔書明日追。"難期：難以期待。劉長卿《重推後却赴嶺外待進止寄元侍郎》："却訪巴人路，難期國士恩。白雲從出岫，黃葉已辭根。"李白《送張舍人之江東》："白日行欲暮，滄波杳難期。吳洲如見月，千里幸相思。"

⑬ 終夜：通宵，徹夜。元稹《初寒夜寄盧子蒙》："倚壁思閑事，回燈檢舊詩。聞君亦同病，終夜遠相悲。"錢珝《江行無題一百首》三六："睡穩葉舟輕，風微浪不驚。任君蘆葦岸，終夜動秋聲。" 開眼：睜

眼。杜甫《湖城東遇孟雲卿復歸劉顥宅宿宴飲散因爲醉歌》：“疾風吹塵暗河縣，行子隔手不相見。湖城城東一開眼，駐馬偶識雲卿面。”白居易《戲醉客》：“莫言魯國書生懦，莫把杭州刺史欺。醉客請君開眼望，綠楊風下有紅旗。”指醒着，未入睡。汪元量《湖州歌九十八首》三八：“青天澹澹月荒荒，兩岸淮田盡戰場。宮女不眠開眼坐，更聽人唱哭襄陽。”　報答：酬報。《宋書·吳逵傳》：“逵時逆取鄰人夫直，葬畢，衆悉以施之，逵一無所受，皆備力報答焉！”杜甫《江畔獨步尋花七絕句》三：“江深竹静兩三家，多事紅花映白花。報答春光知有處，應湏美酒送生涯。”報謝恩惠，今多指用實際行動來表示感謝。《南史·江革傳》：“卿荷國厚恩，已無報答，乃爲虜立銘，孤負朝廷。”白居易《缽塔院如大師》：“百千萬刧菩提種，八十三年功德林。若不秉持僧行苦，將何報答佛恩深？”　平生：一生，此生，有生以來。《陳書·徐陵傳》：“歲月如流，平生幾何？晨看旅雁，心赴江淮；昏望牽牛，情馳揚越。”韓愈《遣興聯句》：“平生無百歲，歧路有四方。”　展眉：謂因喜悦而眉開。元稹《晴日》：“多病苦虛羸，晴明强展眉。讀書心緒少，閒卧日長時。”白居易《寄元九》：“唯有元夫子，閑來同一酌。把手或酣歌，展眉時笑謔。”

［編年］

《年譜》編年本組詩於元和四年，沒有明確元和四年的何時。《編年箋注》同意《年譜》意見，亦編年於元和四年，理由是“見下《譜》”，同樣沒有明確元詩作於元和四年何時。《年譜新編》編年於元和五年“元稹貶江陵時所作詩”，理由是：“白居易酬和爲《答謝家最小偏憐女》（元和五年），一般酬和。元詩其三云‘閑坐悲君亦自悲’，‘自悲’當因謫官江陵事。”

《年譜》對陳寅恪之説有所駁正：陳寅恪先生根據元稹詩中《遣悲懷三首》第一首中“今日俸錢過十萬”的詩句及元稹的任職經歷，

結合唐代各級官員的俸祿情況，將《遣悲懷三首》第一首繫年："今本第一首作於元和十二年微之以通州司馬權知州務時。"《年譜》在元和四年《遣悲懷三首》條下"辨證"欄內對此提出批評：元和五年白居易有《答謝家最小偏憐女》，即是酬和元稹《遣悲懷三首》第一首的，足以推翻《遣悲懷三首》第一首作於元和十二年的説法；進而批評陳寅恪先生"似乎忘記了元稹分務東臺一事……沒有注意元稹《東臺去》詩，也就沒有發現'監察御史'與'監察御史分務東臺'二職的俸料錢不同，錯誤地斷定'謝公最小偏憐女'這首詩不是元稹分務東臺時作。"

我們以爲《年譜》舉出白居易酬和詩篇賦成於元和五年作爲有力反證駁斥陳寅恪的"第一首作於元和十二年"的説法，並據此證明元稹的"謝家最小偏憐女"作於元稹監察御史分務東臺任內。我們認爲這個結論雖然不錯，但所舉證據却並不嚴密。元稹元和四年六月以後前往洛陽分務東臺，元和五年三月初元稹已離開東臺監察御史任，三月二十四日在出貶江陵士曹參軍途中投宿在曾峰館，元和五年的大部分時間元稹是滯留在江陵士曹參軍任上，因此不能説白居易的酬詩作於元和五年，元稹的原詩就一定作於監察御史分務東臺任內。而元稹的《東臺去》詩云："陶君喜不遇，予每爲君言。今日東臺去，澄心在陸渾。旋抽隨日俸，並買近山園。千萬崔兼白，殷勤承主恩。"詩題下注云："僕每爲崔白二學士話陶先生喜不遇之事。且曰僕得分務東臺，即足以買山家。"元稹詩及注的本意僅僅是説自己因失去君王信寵，遠離長安到洛陽去任職，政治上再也不會有遠大的前程，祇好也祇能學學陶老先生耕種南山之野的舉動，分司東臺以後打算省吃簡用，積存下多餘的俸祿，購買些貧瘠的山田爲自己即將退隱山林作些準備；而我的好朋友崔群和白居易啊，你們能够留在京城爲君王驅使，可千萬千萬要努力供職，不能像我一樣不求政治上的前程。這樣的詩意，根本無法證明《年譜》所索求的"今日俸錢過十萬"是監察御史分務東臺的月俸錢"大大增加"的假設。還有元稹作《東臺去》詩篇時韋叢尚在人世,如果説監察御史分務東臺時元稹俸禄"大大增加"了的話,韋叢應該知道這一消息,詩人也不必在《遣悲懷三首》中重行告知。而所謂"'監察御史'與'監察御史分務東臺'二職的俸料錢不同"的説法,《年譜》僅僅舉出並不能成立的元稹本人的孤證,沒有舉出其他有力的旁證加以説明,我們仍持懷疑的態度。

　　我們以爲"今日俸錢過十萬"云云,不是元稹當時的月俸錢,而是元稹積餘的俸禄總數,詩句是詩人對妻子韋叢真情流露的知心話語:"今日我家多餘的俸錢積累起來已有十萬之多,不似您在世時那樣困迫。"韋叢生前長期過着"顧我無衣搜畫篋,泥他沽酒拔金釵。野蔬充膳甘長藿,落葉添薪仰古槐"的貧困生活,現在家中有了多餘的錢財,這自然是元稹——詩人自稱"黔婁"——首先要告訴妻子的事情。同時也與下兩首"也曾因夢送錢財"、"貧賤夫妻百事哀"、"唯將終夜長開眼,報答平生未展眉"等詩句前後呼應。我們以爲陳寅恪先生和《年譜》對"今日俸錢過十萬"的解釋過於刻板,並沒有真正理解元稹詩歌的原意。元稹在江陵士曹參軍任上,一年的俸禄大概是"三十九萬錢":元稹《遣病十首》二:"三十九萬錢,資予養頑瞑。"句下原注云:"歲入之大率。"當然元稹監察御史任上的俸禄與江陵士曹參軍的俸禄不完全相同,但可以作爲本詩的一種參考。如果按照陳寅恪元稹一個月俸禄"過十萬"的説法,元稹一年的收入似乎應該是一百二十萬以上,這似乎不太可能吧?

　　元稹妻子韋叢病故於元和四年七月九日,詩人悲傷、哀痛之情溢於言表,他對妻子的悼亡詩篇一篇跟着一篇。本組詩有句云:"衣裳已施行看盡。"衣裳的施送應該是根據季節的變遷而行,自然是先夏衣,後秋衣與冬衣,既然已經施送完畢,表明韋叢故世已經有一段時間。而妻子韋叢亡故之後,元稹先在洛陽,後奉詔回歸長安,接着又被貶謫江陵,仕途變遷不斷,生活動盪不定,而"針綫猶存未忍開"云云，又説明當時元稹還没有離開洛陽，時間不是太長，故我們以爲本組詩應該作於元和四年的冬天。

至於《年譜新編》所云"'自悲'當因謫官江陵事"，也難於成立。元和四年與元和五年之間，元稹需要"自悲"，值得"自悲"，可以"自悲"的事情實在太多，非特"謫官江陵"一件。還有既然元詩作於元和五年的江陵，那麼白居易酬詩自然應該在其後，但《年譜新編》没有明確何時，讓人不解。

◎ 答友封見贈(一)①

荀令香銷潘簟空，悼亡詩滿舊屏風②。扶床小女君先識，應爲些些似外翁(二)③。

録自《元氏長慶集》卷九

[校記]

（一）答友封見贈：楊本、叢刊本、《全詩》同，《萬首唐人絶句》作"答友封"，意思表達没有原本清楚，不從不改。《元稹集》、《編年箋注》失校。

（二）應爲些些似外翁：楊本、叢刊本、《全詩》同，《萬首唐人絶句》作"應爲些些自外翁"，兩處表達相似，但意思表達没有原本清楚，不改。《元稹集》、《編年箋注》失校。

[箋注]

① 友封：即元稹的朋友竇鞏，字友封，時在洛陽。竇鞏原作已經散佚散失。《舊唐書·竇鞏傳》："鞏字友封，元和二年登進士第。袁滋鎮滑州，辟爲從事。滋改荆、襄二鎮，皆從之掌管記之任。平盧薛

平又辟爲副使。入朝拜侍御史,歷司勳員外、刑部郎中。元稹觀察浙東,奏爲副使,檢校秘書少監兼御史中丞,賜金紫。稹移鎮武昌,鞏又從之。鞏能五言詩,昆仲之間,與牟詩俱爲時所賞重。性溫雅,多不能持論,士友言議之際,吻動而不發,白居易等目爲'囁嚅翁'。終于鄂渚,時年六十。"元稹《酬友封話舊敘懷十二韵》:"風波千里別,書信二年稀。乍見悲兼喜,猶驚是與非。"《唐詩紀事‧竇鞏傳》:"鞏字友封,元稹節度武昌,辟爲御史中丞,充副使。雅裕有名于時,平居與人言,若不出口,世號'囁嚅翁',卒於武昌。"　見贈:贈送。元稹《酬樂天秋興見贈本句云莫怪獨吟秋興苦比君校近二毛年》:"勸君休作悲秋賦,白髮如星也任垂。畢竟百年同是夢,長年何異少何爲?"白居易《酬張十八訪宿見贈》:"昔我爲近臣,君常稀到門。今我官職冷,唯君來往頻。"

②荀令:即漢代的荀彧,歷官尚書令,風度翩翩,其衣服常常散發濃香,後來常常賦詠宰相的風度典故。《後漢書‧荀彧傳》:"荀彧,字文若,潁川潁陰人……南陽何顒名知人,見彧而異之曰:'王佐才也!'中平六年,舉孝廉,再遷亢父令。董卓之亂,棄官歸鄉里,同郡韓融時將宗親千餘家避亂密西山中。彧謂父老曰:'潁川,四戰之地也。天下有變,常爲兵衝。密雖小,固不足以扞大難,宜亟避之!'鄉人多懷土不能去。會冀州牧同郡韓馥遣騎迎之,彧乃獨將宗族從馥,留者後多爲董卓將李傕所殺略焉……時曹操在東郡,彧聞操有雄略……從操,操與語,大悦曰:'吾子房也!'……彧乃勸操曰:'昔晉文公納周襄王而諸侯景從,漢高祖爲義帝縞素而天下歸心。自天子蒙塵,將軍首唱義兵,徒以山東擾亂,未遑遠赴,雖禦難於外,乃心無不在王室……若不時定,使豪桀生心,後雖爲慮,亦無及矣!'操從之……遂以彧爲侍中光禄大夫,持節參丞相軍事。至濡須,彧病留壽春,操饋之食,發視之,乃空器也,於是飲藥而卒,時年五十。"這裏指代韋夏卿。　香銷:暗喻人亡物故。施肩吾《起夜來》:"香銷連理帶,塵覆合

歡杯。懶臥相思枕,愁吟起夜來。"武元衡《經嚴秘校維故宅》:"掩淚山陽宅,生涯此路窮。香銷芸閣閉,星落草堂空。"韋夏卿病故於元和元年年初,故言"香銷"。　　潘簟:這裏借用潘岳的詩句,《悼亡詩二首》二云:"輾轉眄枕席,長簟竟床空。床空委清塵,室虛來悲風。"宋祁《懷縢秘校書》:"解職青袍困,驚年素髮多⋯⋯此時潘簟冷,爭奈近秋何!"　　悼亡詩滿舊屏風:元稹的妻子韋叢病故於元和四年的七月九日,詩人悲痛不已,有多篇悼亡詩追念自己的妻子,如《夜閑》、《感小株夜合》、《醉醒》、《追昔時》、《空屋題》、《初寒夜寄盧子蒙》、《城外回謝子蒙見諭》、《諭子蒙》、《遣悲懷三首》等,故言。　　悼亡:悼念亡者。潘岳因妻死,作《悼亡詩三首》,後因稱喪妻爲悼亡。顏延之《宋文皇帝元皇后哀策文》:"撫存悼亡,感今懷昔。"孫逖《故程將軍妻南陽郡夫人樊氏挽歌》:"白日期偕老,幽泉忽悼亡。"　　屏風:室內陳設,用以擋風或遮蔽的器具,上面常有字畫與詩詞。《史記・孟嘗君列傳》:"孟嘗君待客坐語,而屏風後常有侍史,主記君所與客語,問親戚居處。"李白《觀元丹丘坐巫山屏風》:"昔遊三峽見巫山,見畫巫山宛相似。疑是天邊十二峰,飛入君家彩屏裏。"

③ 扶床小女君先識:元稹與韋叢以及他們的女兒保子來到洛陽之時,竇鞏正在洛陽。元稹的妻子病故,作爲元稹親密的朋友,沒有道理不首先前往吊念的道理,故言"君先識"。而此時"小女""扶床"而行走,年齡應該在一周歲左右,爲韋叢生前留下的唯一的年歲較小的女兒。顧況《棄婦詞》:"記得初嫁君,小姑始扶床。今日君棄妾,小姑如妾長。"元稹《哭女樊四十韻》:"等閑迷過影,遙戲誤啼聲。浣紙傷餘畫,扶床念試行。"　　小女:女兒中之年齡最小者,元稹當時身邊僅有一女,也可以算作"女兒中之年齡最小者"。《漢書・孝宣許皇后傳》:"霍光夫人顯欲貴其小女,道無從。"干寶《搜神記》卷一六:"吳王夫差小女名曰紫玉,年十八,才貌俱美。"年幼的女兒,元稹的女兒才能"扶床"而行,年齡應該在一歲左右,稱"年幼的女兒"不算過分。杜

甫《北征》：“床前兩小女，補綴才過膝。”對他人稱己女的謙詞。白居
易《贈內子》：“白髮長興嘆，青娥亦伴愁。寒衣補燈下，小女戲床頭。”
些些：少許，一點兒。元稹《生春二十首》二：“屋上些些薄，池心旋旋
融。自悲銷散盡，誰假入蘭叢？”葛長庚《賀新郎·肇慶府送談金華張
月窗》：“小立西風楊柳岸，覺衣單、略説些些話。重把我，袖兒把。”
似：像，類似。《左傳·襄公三十一年》：“趙孟將死矣！其言偷，不似
民主。”元稹《酬樂天東南行詩一百韻》：“夷音啼似笑，蠻語謎相呼。”
外翁：外祖父。白居易《談氏小外孫玉童》：“外翁七十孫三歲，笑指琴
書欲遣傳。自念老夫今耄矣！因思稚子更茫然。”謝翱《山居》：“宿火
石中取，人烟隔斷霞。盜侵鄰壤粟，女寄外翁家。”本詩指元稹的岳
丈、保子的外祖父韋夏卿。

[編年]

　　《年譜》編年本詩於元和六年，理由是：“陳《箋》《艷詩及悼亡詩》
云：‘其第三十二首《答友封見贈》，疑亦此時所作。’孝萱案：元詩有
‘扶床小女君先識’之句，當是元和六年春，竇鞏經江陵，在元稹家中
作客時唱和。”《編年箋注》編年云：“竇鞏元和六年春赴黔州竇群處，
途經江陵府，與元稹相會，二人唱和，當在其時。見下《譜》。”《年譜新
編》亦編年元和六年，以“扶床”句爲證。

　　我們以爲，《年譜》、《編年箋注》、《年譜新編》忘記了一個重要的
事實，那就是竇鞏元和四五年間在洛陽與元稹相聚，現有多篇詩篇可
以爲證，他們既然在洛陽唱和，見到元稹的女兒自然在情理之中。元
和五年元稹奉詔西歸時，竇鞏在洛陽的惠和坊送別，元稹《送友封二
首》二“惠和坊當時別”就是最好的證據。而《年譜新編》以“扶床”句
爲證，更是站不住脚的荒謬之見。保子毫無疑問應該出生於元和四
年七月九日其母韋叢亡故之前，至元和六年的春天，保子至少應該是
二十個月的孩子了，豈有二十個月大的孩子走路還要“扶床”而行的

道理？現實生活中，誰見過這樣的孩子？除了偏癱有病的孩子，二十個月的孩子應該滿地亂跑了，如果還要"扶床而行"，顯然不符合生活的常理。而這却正好證明我們的編年結論：本詩應該作於元和四年的冬天，地點在洛陽，當時保子至少在半歲以上，一歲左右，故走路還需要"扶床"而行。但到了這年的除夕，元稹《除夕》詩中的保子已經能够在大人的看護下"撩亂火堆邊"了。

◎ 答子蒙^{(一)①}

報盧君，門外雪紛紛^②。紛紛門外雪，城中鼓聲絶^③。强梁御史人覷步，安得夜開沽酒户^④？

録自《元氏長慶集》卷二六

［校記］

（一）答子蒙：本詩各本，包括楊本、叢刊本、《全詩》，均未見異文。

［箋注］

① 子蒙：即盧真，元稹朋友，當時正在洛陽，剛剛喪妻不久，此篇是回答盧子蒙要求夜飲的作品。元稹《城外回謝子蒙見論》："十里撫柩別，一身騎馬回。寒烟半堂影，燼火滿庭灰。"白居易《覽盧子蒙侍御舊詩多與微之唱和感今傷昔因贈子蒙題於卷後》："早聞元九詠君詩，恨與盧君相識遲。今日逢君開舊卷，卷中多道贈微之。"

② 盧君：即詩題中的"子蒙"，亦即盧真，與元稹交往頗多，晚年是白居易組織的"七老會"、"九老會"的成員之一。　君：是對他人的尊稱。褚亮《在隴頭哭潘學士》："隴底嗟長別，流襟一慟君。何言幽

咽所，更作死生分？"元稹《諭子蒙》："撫稚君休感，無兒我不傷。片雲離岫遠，雙鶯念巢忙。"　門外：家門之外，本詩的家是指元稹在洛陽履信坊與韋叢臨時組成的小家，是從岳丈韋夏卿宅院中分隔而成。王維《班婕妤三首》二："宮殿生秋草，君王恩幸疏。那堪聞鳳吹？門外度金輿。"王縉《與盧員外象過崔處士興宗林亭》："身名不問十年餘，老大誰能更讀書？林中獨酌鄰家酒，門外時聞長者車。"　紛紛：衆多貌。陶潛《勸農六章》三："紛紛士女，趨時競逐。桑婦宵征，農夫野宿。"劉希夷《江南曲八首》八："冠蓋星繁江水上，冲風摽落洞庭淥。落花兩袖紅紛紛，朝霞高閣洗晴雲。"

③ 城中：都市之中。崔國輔《襄陽曲二首》二："少年襄陽地，來往襄陽城。城中輕薄子，知妾解秦箏？"李昂《賦戚夫人楚舞歌》："定陶城中是妾家，妾年二八顔如花。閨中歌舞未終曲，天下死人如亂麻。"　鼓聲：這裏指巡卒巡夜時擊打巡鼓發出的聲音。李忱《題涇縣水西寺》："大殿連雲接爽溪，鐘聲還與鼓聲齊。長安若問江南事，説道風光在水西。"楊巨源《大堤曲》："月落星微五鼓聲，春風搖蕩窗前柳……無端嫁與五陵少，離別烟波傷玉顔。"

④ 强梁：强幹果决。《莊子·應帝王》："陽子居見老耼，曰：'有人于此向疾强梁，物徹疏明，學道不倦。如是者，可比明王乎？'"成玄英疏："假且有人素性聰達，神智捷疾，猶如回應，涉事理務，强幹果决，鑒物洞徹，疏通明敏，學道精勤，曾無懈倦。如是之人，可得將明王聖帝比德否乎？"杜牧《題商山四皓廟一絶》："吕氏强梁嗣子柔，我於天性豈恩讐？南軍不袒左邊袖，四老安劉是滅劉。"　御史：官名，春秋戰國時期列國皆有御史，爲國君親近之職，掌文書及記事。秦設御史大夫，職副丞相，位甚尊，並以御史監郡，遂有糾察彈劾之權，蓋因近臣使作耳目。漢以後，御史職銜累有變化，職責則專司糾彈，而文書記事乃歸太史掌管。《史記·蕭相國世家》："秦御史監郡者與從事，常辨之。何乃給泗水卒史事，第一。"王讜《唐語林·補遺》："御史

主彈奏不法，肅清內外。唐興，宰輔多自憲司登鈞軸，故謂御史爲宰相。" 覷步：事先或當時刺探。朱翌《猗覺寮雜記》卷上："京師以探刺者爲覷步，唐有此語：'强梁御史人覷步，安得夜開沽酒户？'"文彥博《奏西京漕河事》："稍遠，須至更差官覷步。" 安得：怎麼能够。元稹《放言五首》四："安得心源處處安？何勞終日望林巒。玉英惟向火中冷，蓮葉元來水上乾。"白居易《新製布裘》"安得萬里裘，蓋裹週四垠？穩暖皆如我，天下無寒人！" 沽酒：賣酒。白居易《杭州春望》："濤聲夜入伍員廟，柳色春藏蘇小家。紅袖織綾誇柿蒂，青旗沽酒趁梨花。"李賀《答贈》："露重金泥冷，杯闌玉樹斜。琴堂沽酒客，新買後園花。"

[編年]

《年譜》編年云："元詩有'門外雪紛紛'、'强梁御史人覷步'等句，元和四年冬作。"《編年箋注》云："此詩作於元和四年（八〇九）冬，元稹時任監察御史，分司東臺。見下《譜》。"《年譜新編》編年於"己丑以前在洛陽所作其他詩"："詩云：'强梁御使人覷步，安得夜開沽酒户？'元和四年前未爲御使時作。"

細細體味本詩詩意，是元稹身爲監察御史，擔負東都洛陽的諸多治安責任，其中包括晚上不得開門賣酒之類的監督。而此時盧真前來，正值家中滴酒也無，爲回答盧真要求夜飲的想法，詩人以此作答，意謂自己不能執法犯法。而篇中"門外雪紛紛，紛紛門外雪"的描述，正是嚴冬時刻，元稹身爲監察御史而又大雪紛飛之時刻，僅有元和四年冬天，《年譜》與《編年箋注》的編年意見可取。

而《年譜新編》的編年意見讓人無法理解，"己丑以前"爲元和四年以前，元稹確實不在監察御史任上，但元稹在長安因母喪守制，不在洛陽，如何在洛陽與盧子蒙飲酒？當然，元稹在校書郎任上，也曾多次來過洛陽，與居住岳丈韋夏卿家中的妻子小聚，但在身爲東都留

守的岳丈家,豈能家無點酒招待朋友之理? 韋叢豈能不近情理讓丈
夫面臨如此尷尬? 祇有在岳丈亡故之後,妻子亡故之後,繼岳母亡故
之後,單身漢的元稹才會如此狼狽,家中點酒也無,而且身爲監察御
史,又不能破壞自己正在監督執行的夜晚不能賣酒買酒的規定。另
外,《年譜新編》引録元稹《答子蒙》詩篇時誤用"御使"一詞,編年時也
採用"御使"一詞,查遍《舊唐書》、《新唐書》、《資治通鑑》以及《全詩》,
並無"御使"的記載,説明唐代並無"御使"官職,想來大概是《年譜新
編》的新發明吧!

◎ 爲河南府百姓訴車狀^{(一)①}

河南府應供行營般糧草等車,准敕糧料使牒,共顧四千
三十五乘^(二)。每乘每里脚錢三十五文,約計從東都至行營
所八百餘里,錢二千八文。共給鹽利虛估匹段,絹一匹約估
四千已上,時估七百文。紬一匹,約估五千,時估八百文^(三),
約計二十八千,得紬、絹共六匹,折當實錢四千五百
已來^{(四)②}。

五百乘,準敕供懷州已來載草。

右件草,準元敕令於河次收貯,待河開般運,送至行營。
續準度支奏,令差河南、鄭滑、河陽等道車共一千乘般載③。
今據每車强弱相兼,用牛四頭,每頭日食草各三束,計一十二
束。從武德界至行營約六百里,車行一十二日程,往來二十
四日,并停住約三十餘日。計每車須食草三百六十束,料及
人糧在外④。若自齎持,每車更須四乘車別載緣路糧草^(五)。
若於纍路旋買,計一千車每頓須買草六千餘束。州縣店肆,

1633

必無祇供得辦⑤。

況今年河路元不甚凍，及至裝車般載，至發時已是來年正月上旬已後，即水路自然去得，只校旬日之間，實恐虛成其敝⑥。

三千五百三十五乘，准糧料使及東都、河陰兩院牒般載軍糧。

右件軍糧，伏據中書門下奏稱，若併羅貯，恐事平之後無支用處，且令收羅來年春季糧料⑦。今據邢、洺、魏、博等州和羅⁽六⁾，已合支得累月。即前件糧，亦合得春水路般載⑧。

以前兩件車，準敕並令和雇。今據度支河陰四段十乘估價，召雇一乘不得，今府司還是據戶科配⁽七⁾。況河南府耕牛素少，昨因軍過宰殺及充遞車，已無大半。今若更發四千餘車，約計用牛一萬二千頭。假令估價並得實錢，百姓悉皆願去，亦須草木盡化爲牛，方能充給頭數⁽八⁾⑨。

今假令府司排戶差遣，十分發得一二，即來歲春農必當盡廢，百姓見坐流亡。河南府既然，即鄭滑、河陽亦是小處⑩。假使凶豎即擒，伏恐饑荒薦至。萬一尚稽天討，不知何以供求⑪？

積忝在官司，備知利害。伏以事非職任，不敢上言。仰荷陶甄，冀裨萬一。無任冒昧狂愚之至，伏聽詳察處分，謹錄狀上⑫。

錄自《元氏長慶集》卷三八

[校記]

（一）爲河南府百姓訴車狀：原本作"爲河南府百姓訴車"，叢刊

本同,《全文》作"爲河南百姓訴車",楊本卷前文題亦作"爲河南百姓
訴車",據楊本、盧校正文題補。

（二）共顧四千三十五乘:楊本、叢刊本、《全文》作"共雇四千三
十五乘","顧"與"雇"通,不改。《編年箋注》:"雇:原作'顧',據楊本、
《全文》改。"大可不必。

（三）時估八百文:原本誤作"時估八百里",據楊本、盧校、叢刊
本、《全文》改。《編年箋注》誤原本之"里"爲"裏",校勘粗疏所致。

（四）折當實錢四千五百已來:原本作"折當實錢四千五百",蘭
雪堂本、叢刊本同,據楊本、盧校、《全文》補。

（五）每車更須四乘車別載緣路糧草:楊本、叢刊本、《全文》同,
盧校作"每車更須四乘車別載沿路糧草",兩字均可説通,各備一説,
不改。

（六）今據邢、洺、魏、博等州和糴:原本作"今據邢、洺、魏、博等
州和糴",據楊本、叢刊本、《全文》改。

（七）今府司還是據户科配:楊本、叢刊本同,《全文》作"令府司
還是據户科配",各備一説,不改。

（八）方能充給頭數:楊本、叢刊本作"然可充給頭數",《全文》作
"然後可充給頭數",各備一説,不改。

［箋注］

①　河南府:李唐的東都,即洛陽。《元和郡縣志·河南府》:"顯
慶二年置東都,則天改爲神都,神龍元年復爲東都,開元元年改洛州,
爲河南府,天寶元年改東都爲東京,至德元年復爲東都……管縣二十
六:洛陽、河南、偃師、緱氏、鞏、伊闕、密、王屋、長水、伊陽、河陰、陽
翟、潁陽、告成、登封、福昌、壽安、澠池、永寧、新安、陸渾、河陽、溫、濟
源、河清、氾水。"張九齡《敕處分縣令》:"敕:新除河南府密縣令張稷
等:令長之任,黎庶尤切。比嘗選衆,未盡得人。"白居易《自罷河南已

換七尹每一入府悵然舊遊因宿內廳偶題西壁兼呈韋尹常侍》："每日
河南府,依然似到家。杯嘗七尹酒,樹看十年花。" 百姓:民眾。
《書·泰誓》："百姓有過,在予一人。"孔穎達疏:"此'百姓'與下'百姓
懍懍'皆謂天下眾民也。"《論語·顏淵》："百姓足,君孰與不足? 百姓
不足,君孰與足?" 訴:告訴,訴說。《左傳·僖公五年》："晉侯使士
蔿爲二公子築蒲與屈,不慎,寘薪焉! 夷吾訴之,公使讓之。"白居易
《琵琶行》："絃絃掩抑聲聲思,似訴平生不得意。"

② 行營:出征時的軍營,亦指軍事長官的駐地辦事處。庾信《詠
畫屛風詩二十五首》一五："淺草開長埒,行營繞細廚。"劉長卿《寄李
侍郎中丞行營五十韵》："吳山依重鎮,江月帶行營。"本文所謂的行
營,就是李唐征討叛鎮王承宗的軍營。《舊唐書·憲宗紀》："(元和四
年十月)癸未,詔:'成德軍節度使王承宗頃在苫廬,潛窺戎鎮。而內
外以事君之禮,判而必誅;分土之儀,專則有辟。朕念其先祖嘗有茂
勳,貸以私恩,抑於公議。使臣旁午以告諭,孽童俯伏以陳誠,願獻兩
州,期無二事。朕亦收其後效,用以曲全,授節制於舊疆,齒勳賢於列
位。況德、棣本非成德所管,昌朝又是承宗懿親,俾撫近鄰,斯誠厚
澤,外雖兩鎮,內是一家。而承宗象恭懷奸,肖貌稔惡,欺裴武於得位
之後,囚昌朝於授命之中。加以表疏之間,悖慢斯甚,義士之所興嘆,
天地之所不容。恭行天誅,蓋示朝典,承宗在身官爵,並宜削奪。'以
神策左軍中尉吐突承璀爲鎮州行營招討處置等使,以龍武將軍趙萬
敵爲神策先鋒將,內官宋惟澄、曹進玉、馬朝江等爲行營館驛糧料等
使。京兆尹許孟容與諫官面論,征伐大事不可以內官爲將帥,補闕獨
孤郁其言激切。詔旨祇改處置爲宣慰,猶存招討之名。"《新唐書·吐
突承璀傳》:"王承宗叛,承璀揣帝銳征討,因請行。帝見其果敢,自喜
謂可任,即詔承璀爲行營招討處置使,以左右神策及河中、河南、浙
西、宣歙兵從之。內寺伯宋惟澄、曹進玉爲館驛使,自河南、陝、河陽,
惟澄主之。京、華、河中至太原,進玉主之。又詔內常侍劉國珍、馬朝

江分領易、定、幽、滄等州糧料使。於是諫官李鄘、許孟容、李元素、李夷簡、呂元膺、穆質、孟簡、獨孤郁、段平仲、白居易等，衆對延英，謂古無中人位大帥，恐爲四方笑。帝乃更爲招討宣慰使，爲御通化門慰其行。"元稹本文矛頭所向，表面上是指向時爲户部尚書、判度支的李元素，但實際上是指向那些根本不懂糧草運送却充任"行營館驛糧料使"的宦官"宋惟澄、曹進玉、馬朝江"們，因爲據《新唐書·吐突承璀傳》記載，李元素也是反對以宦官爲統帥爲糧料使的。本文即是上述朝官與宦官爭鬥的繼續，希望讀者給予相當的關切。《年譜》："元稹所劾之'主計者'爲李元素。"值得商榷。　糧料使：官名。韓愈《唐故朝散大夫商州刺史除名徙封州董府君墓誌銘》："以能拜尚書度支員外郎，遷倉部郎中萬年令。兵誅恒州，改度支郎中，攝御史中丞，爲糧料使。"牛僧孺《崔相國群家廟碑》："未幾，改檢校左庶子，充河西隴右糧料使。"　顧：通"雇"，雇賃。《漢書·晁錯傳》："斂民財以顧其功。"顔師古注："顧，若今言雇賃也。"洪邁《夷堅丙志·錢爲鼠鳴》："族祖家日以三十錢顧之舂穀，凡歲餘得錢十四千。"　脚錢：搬運費的舊稱。裴耀卿《請置武牢洛口等倉疏》："今若且置武牢、洛口等倉，江南船至河口，即却還本州，更得其船充運，並取所減脚錢，更運江淮，變造義倉，每年剩得一二百萬石。"蘇軾《論綱梢欠折利害狀》："蓋祖宗以來，通許綱運攬載物貨，既免徵税，而脚錢又輕，故物貨通流。"　已來：多，餘，表示約數。張鷟《遊仙窟》："一時俱坐。即喚香兒取酒。俄爾中間，擎一大鉢，可受三升已來。"蘇軾《東坡志林·陰丹訣》："日取其乳一升，少只半升已來亦可。"下文"懷州已來"之"已來"，語義同此，亦即爲"等州"。

　　③乘：量詞，用以計算車子。《漢書·原涉傳》："賓客車數十乘，共送涉至獄。"楊衒之《洛陽伽藍記·景興尼寺》："帝給步挽車一乘，遊於市里。"　懷州：州郡名，在洛陽之北，即今河南沁陽。《元和郡縣志·河北道》："懷州：今爲河陽三城懷州節度使理所……管縣五：河

内、武陟、武德、修武、獲嘉。"岑参《送懷州吴别駕》:"灞上柳枝黄,壚頭酒正香。春流飲去馬,暮雨濕行裝。"耿湋《和王懷州觀西營秋射得寒字》:"謝公親校武,草碧露漫漫。落葉停高駕,空林滿從官。" 元:本來,向來,原來。王魯復《詣李侍郎》:"文字元無底,功夫轉到難。"吴曾《能改齋漫録·事始》:"本朝試進士詩賦題,元不具出處。" 次:近旁,旁邊。《史記·吕太后本紀》:"趙王幽死,以民禮葬之長安民家次。"《南齊書·顧歡傳》:"母亡,水漿不入口六七日,廬於墓次,遂隱遁不仕。" 般運:搬運。張九齡《西幸改期請宣付史館狀》:"臣今日面奉進止,西幸有日,般運已去。"陸贄《冬至大禮大赦制》:"如山路險阻,車乘難通,仍召貧人,令其般運,以米充脚價,務於全活流庸。"度支:官署名,魏晉始置,掌管全國的財政收支,長官爲度支尚書。楊巨源《胡二十拜户部兼判度支》:"清機果被公材撓,雄拜知承聖主恩。廟略已調天府實,國征方覺地官尊。"徐鉉《奉酬度支陳員外》:"古來賢達士,馳騖唯群書。非禮誓弗習,違道無與居。" 河南:即河南府,府治今洛陽。《元和郡縣志·河南府》:"管縣二十六:洛陽、河南、偃師、緱氏、鞏、伊闕、密、王屋、長水、伊陽、河陰、陽翟、潁陽、告成、登封、福昌、壽安、澠池、永寧、新安、陸渾、河陽、温、濟源、河清、氾水。"王維《河南嚴尹弟見宿弊廬訪别人賦十韻》:"上客能論道,吾生學養蒙。貧交世情外,才子古人中。"王昌齡《次汝中寄河南陳贊府》:"汝山方聯延,伊水纔明滅。遥見入楚雲,又此空館月。" 鄭滑:即鄭滑節度使府,府治滑州,管滑州、鄭州。滑州即今河南滑縣,鄭州即今河南鄭州。《元和郡縣志·河南府》:"(滑州)管縣七:白馬、韋城、衛南、胙城、靈昌、酸棗、匡城……(鄭州)管縣七:管城、滎陽、滎澤、原武、陽武、新鄭、中牟。"馬總《代鄭滑李僕射乞朝覲表》:"臣聞古之郡國,皆有邸第,列在京師,出命守藩,入令述職,所謂百谷朝海,衆星拱辰。"柳道倫《唐前義成軍節度鄭滑等州觀察使檢校吏部尚書兼御史大夫李公二州慰思述》:"彼思者誰?思李公也。所慰者何?慰邦人也。

曷以思之？政成而惠及也。曷以慰之？刻石而播美也。"　河陽：即河陽三城懷州節度使府，治懷州，即今河南沁陽。《元和郡縣志·河南府》："（懷州）管縣五：河內、武陟、武德、修武、獲嘉。"杜甫《石壕吏》："老嫗力未衰，請從吏夜歸。應急河陽役，猶得備晨炊。"元稹《夏陽亭臨望寄河陽侍御堯》："望遠音書絶，臨川意緒長。殷勤眼前水，千里到河陽。"

④ 相兼：合併，混算。元稹《雜憶五首》四："山榴似火葉相兼，亞拂摶階半拂檐。憶得雙文獨披掩，滿頭花草倚新。"蘇舜欽《上集賢文相書》："遂與同監院劉巽，出俸錢十緡，又於尋常公用賣故紙錢四五十索，相兼使用。"　武德：縣名，在今河南省沁陽之東，溫縣之北，爲當時翻越太行山至河北的捷徑之一。《元和郡縣志·懷州》："武德縣……隋開皇十六年改州爲邢邱縣，遙取古邢丘爲名也。大業二年改邢邱爲安昌縣，取安昌侯張禹國城爲名也。武德二年，改爲武德縣。太行山在縣北五十里，沁水北去縣二里，安昌故城在縣東十三里，即張禹所封國城也，故大斛關在縣北一百六里太行山上。"

⑤ 齎持：攜帶，攜持。《史記·李斯列傳》："秦王乃拜斯爲長史，聽其計，陰遣謀士齎持金玉以游説諸侯。"周捨《上雲樂》："復有奇樂章，齎持數萬里。"　累路：猶沿途。韓翃《魯中送從事歸滎陽》："累路盡逢知己在，曾無對酒不高歌。"王讜《唐語林·德行》："後數年，公尉開封。書生兄弟齎洪州牒來，累路尋生行止，至宋州知李爲主喪事，專詣開封，請金之所在。"

⑥ 河路：河道，水路。王勃《河陽橋代竇郎中佳人答楊中舍》："披風聽鳥長河路，臨津織女遙相妒。判知秋夕帶啼還，那及春朝携手度！"《宋史·食貨志》："自是江汴之舟，混轉無辨，挽舟卒有終身不還其家老死河路者。"　來年：明年。《孟子·滕文公》："戴盈之曰：'什一，去關市之征，今茲未能，請輕之，以待來年，然後已，何如？'"韓愈《御史臺上論天旱人饑狀》："今瑞雪頻降，來年必豐。"　旬日：十

天,亦指較短的時日。李肇《唐國史補》卷下:"長慶初,李尚書絳議置郎官十人,分判南曹,吏人不便。旬日出爲東都留守,自是選曹成狀,常亦速畢也。"《資治通鑑·唐文宗太和七年》:"後旬日,宣出,除覃御史大夫。"

⑦ 河陰院:李唐在黄河南岸存放錢幣、物質的國庫。《舊唐書·憲宗紀》:"(元和七年)十一月丙辰朔,乙丑,詔田興以魏博請命,宜令司封郎中、知制誥裴度往彼宣慰,賜三軍賞錢一百五十萬貫,以河陰院諸道合進內庫物充。"《舊唐書·文宗紀》:"(開成元年七月)丙申,湖南觀察使盧周仁進羨餘錢一十萬貫,御史中丞歸融彈其違制進奉,詔以周仁所進錢於河陰院收貯。" 糴:買進穀物。《公羊傳·莊公二十八年》:"臧孫辰告糴於齊。"何休注:"買穀曰糴。"杜甫《醉時歌》:"日糴太倉五升米,時赴鄭老同襟期。" 貯:儲存,收藏。《吕氏春秋·樂成》:"我有田疇,而子產賦之;我有衣冠,而子產貯之。"劉禹錫《唐故相國李公集紀》:"元和初,憲宗遵聖祖故事,視有宰相器者貯之內庭,繇是釋筆硯而操化權者十八九。" 支用:支付使用。韓愈《論變鹽法事宜狀》:"平叔請令州府差人自糴官鹽,收實估匹段,省司準舊例支用,自然獲利一倍以上。"《宋史·職官志》:"雜物庫,掌受內外雜輸之物,以備支用。" 收糴:收購糧食。陸贄《貞元九年冬至大禮大赦制》:"宜委諸州府長吏,每年以當管回殘餘羨錢物,穀賤時收糴,各隨便近貯納。"白居易《禮部試策第五道》:"竊聞壽昌常平,今古稱便。國朝典制,亦有斯倉。開元之二十四年,又於京城大置,賤則加價收糴,貴則終年出糶,所以時無艱食,亦無傷農。"

⑧ 邢:邢州,州郡名,府治地當今河北邢臺市。《元和郡縣志·河北道》:"邢州,以邢國爲名也。大業三年改爲襄國郡,武德元年改爲邢州,置總管。二年,陷竇建德,四年討平之。又爲劉黑闥所陷,五年擒之,依舊爲邢州……管縣九:龍岡、堯山、鉅鹿、沙河、平鄉、南河、任、内丘、青山。"竇牟《奉使至邢州贈李八使君》:"獨占龍岡部,深持

虎節居。盡心敷吏術，含笑掩兵書。"李山甫《賀邢州盧員外》："紫泥飛詔下金鑾，列象分明世仰觀。北省諫書藏舊草，南宮郎署握新蘭。"洺：即洺州，州郡名，府治地當今河北邯鄲市東北。《元和郡縣志·河北道》："武德元年又改爲洺州，兼置總管。二年陷於竇建德，四年討平，又爲建德舊將劉黑闥所陷，尋討平之，六年罷總管，復爲洺州……管縣八：永年、雞澤、洺水、肥鄉、清漳、曲周、臨洺、平恩。"王建《送於丹移家洺州》："憶昔門館前，君當童子年。今來見成長，俱過遠所傳。"孟郊《寄洺州李大夫》："自從薊師反，中國事紛紛。儒道一失所，賢人多在軍。"　魏：即魏州，州郡名，府治地當今河北魏縣東。《元和郡縣志·河北道》："魏州，今爲魏博節度使理所……武德四年討平竇建德，改置魏州。其年又陷劉黑闥，五年平黑闥，置總管府，七年改爲都督府，貞觀六年罷都督，復爲州……管縣八：貴鄉、元城、魏、館陶、冠氏、朝城、莘、昌樂。"王建《送魏州李相公》："百代功勛一日成，三年五度換雙旌。閑來不對人論戰，難處長先自請行。"姚合《寄狄拾遺時爲魏州從事》："君嘗相勸勉，苦語毒胸臆。百年心知同，誰限河南北！"　博：即博州，州郡名，府治地當今山東聊城市。《元和郡縣志·河北道》："博州……隋開皇三年置郡，十六年於今理置博州，大業三年省。隋亂，宇文化及弒逆，自江都舉兵至此。竇建德攻陷其城，復自據。武德四年討平竇建德，重置博州……管縣六：聊城、武水、堂邑、清平、博平、高唐。"李嶠《授崔抱成均司業制》："鸞臺：太中大夫、使持節博州諸軍事、守博州刺史崔抱，懷才抱器，悅禮敦詩，博究毀陵，深窮壞壁。"孫逖《授嚴正誨博州司馬制》："頗有吏能，累遷官守。況所效職，必聞其政……可博州司馬，借緋魚袋如故。"　和糴：古時官府以議價交易爲名向民間強制徵購糧食，始於北魏。《魏書·食貨志》："又收內郡兵資與民和糴，積爲邊備。"《新唐書·高力士傳》："和糴不止，則私藏竭，逐末者衆。"　累月：多月，接連幾月。杜審言《秋夜宴臨津鄭明府宅》："行止皆無地，招尋獨有君。酒中堪累月，身外

1641

即浮雲。"韋應物《夏夜憶盧嵩》:"故人南北居,累月間徽音。人生無閑日,歡會當在今。"

⑨ 和雇:古代官府出價雇用人力。魏徵《十漸疏》:"雜匠之徒,下日悉留和雇;正兵之輩,上番多別驅使。"蘇轍《論雇河夫不便札子》:"兼訪聞河上人夫亦自難得,名爲和雇,實多抑配。" 估價:物品大抵估計的價格。張廷珪《論萊州置監牧及和市牛羊奴婢表》:"頃者諸州雖定估價,既緣並市,則雖平準,如其簡擇,事須賄求,侵刻之端,從此而出。"陸贄《請減京東水運收脚於沿邊州鎮儲蓄軍糧事宜狀》:"且又虛張估價,不務準平。" 府司:猶官府。李迪《對矜射判》:"府司既曰回優,少翁如何不伏?"《舊五代史·羅貫傳》:"及貫授命,持本朝事體,奉全義稍慢,部民爲府司庇護者,必奏正之。" 科配:謂官府攤派正項賦稅外的臨時加稅。《舊唐書·裴耀卿傳》:"車駕東巡,州當大路,道里綿長,而户口寡弱,耀卿躬自條理,科配得所。"《舊五代史·梁太祖紀》:"所在長吏放雜差役,兩稅外不得妄有科配。"

⑩ 差遣:派遣。《魏書·于烈傳》:"﹝咸陽王禧﹞曾遣家僮傳言于烈曰:'須舊羽林、虎賁執仗山入,領軍可爲差遣。'"《舊唐書·職官志》:"凡衞士,各立名簿。其三年以來征防差遣,仍定優劣爲三第。" 流亡:因在本鄉、本國不能存身而逃亡流落在外。《詩·大雅·召旻》:"瘨我饑饉,民卒流亡。"鄭玄箋:"病國中以饑饉,令民盡流移。"《新五代史·王周傳》:"涇州張彦澤爲政苛虐,民多流亡。"

⑪ 凶豎:凶惡的小人。《後漢書·竇武傳》:"當是時,凶豎得志,士大夫皆喪其氣矣!"沈佺期《答魑魅代書寄家人》:"凶豎曾驅策,權豪豈易當?"這裏指叛亂的王承宗。 饑荒:穀物、果子等歉收或沒有收成。《逸周書·文傳》:"天有四殃,水旱饑荒。"按,《爾雅·釋天》:"穀不熟爲饑,蔬不熟爲饉,果不熟爲荒。"《三國志·管輅傳》:"昔饑荒之世,當有利其數升米者。" 薦至:接連而來。薦,通"洊"。《史記·曆書》:"少暤氏之衰也,九黎亂德,民神雜擾,不可放物,禍菑薦

至，莫盡其氣。"孫逖《爲宰相賀平原郡鑄尊容鑪上有紫雲等瑞表》：
"在前古而未聞，不崇朝而薦至。稠疊之慶，名言所難。"　天討：上天
的懲治。《書·皋陶謨》："天討有罪，五刑五用哉！"後以王師征伐爲
"天討"，意謂禀承天意而行。《後漢書·光武帝紀贊》："神旌乃顧，遞
行天討。"楊炯《青州刺史齊貞公宇文公神道碑》："魯伯禽始得征伐，
周穆王遂行天討。"

⑫ 忝：羞辱，有愧於。《漢書·敘傳》："陵不引決，忝世滅姓。"顏
師古注："忝，辱也。"韓愈《順宗實錄》："戀建皇極，以熙庶功，無忝我
高祖、太宗之休命。"常用作謙詞。《後漢書·楊賜傳》："臣受恩偏特，
忝任師傅，不敢自同凡臣，括囊避咎。"　官司：普通官吏，百官。《左
傳·隱公五年》："若夫山林川澤之實，器用之資，皂隸之事，官司之
守，非君所及也。"杜預注："小臣有司之職，非諸侯之所親也。"《漢
書·王莽傳》："祝宗卜史，備物典策，官司彝器。"顏師古注："官司，百
官也。"官府，多指政府的主管部門。葛洪《抱朴子·酒誡》："人有醉
者相殺，牧伯因此輒有酒禁，嚴令重申，官司搜索。"　利害：利益與損
害。《易·繫辭》："情偽相感而利害生。"韓康伯注："情以感物則得
利，偽以感物則致害也。"《史記·龜策列傳》："先知利害，察於禍福。"
指形勢的便利與險要。《韓非子·初見秦》："秦之號令賞罰，地形利
害，天下莫若也。"　職任：指官員的職位和職責。《史記·秦始皇本
紀》："秦聖臨國，始定刑名，顯陳舊章，初平法式，審別職任，以立恆
常。"范仲淹《答安撫王內翰書》："某處事疏略，忤朝廷意，既去職任，
而常懷國家之憂。"　上言：進呈言辭。《韓非子·外儲說》："王登爲
中牟令，上言於襄主曰：'中牟有士曰中章、胥己者，其身甚修，其學甚
博，君何不舉之？'"韓愈《薦士》："上言愧無路，日夜惟心禱。"　仰荷：
敬領，承受。白居易《自江州司馬授忠州刺史仰荷聖澤聊書鄙誠》：
"炎瘴拋身遠，泥塗索腳難。網初鱗撥刺，籠久翅摧殘。"蘇軾《和王鞏
並次韻六首》一："吉人終不死，仰荷天地德。"　陶甄：指權位或掌握

權位的人。陸龜蒙《奉和襲美二游詩・徐詩》:"君抱王佐圖,縱步凌陶甄。"王禹偁《獻僕射相公二首》二:"五年黄閣掌陶甄,憂國翻成兩鬢斑。"請讀者注意,元稹本文因"事非職任,不敢上言",没有直接向朝廷進言,而是轉向房式建議。結果房式貪冒他人之功,以自己的名義向朝廷建言。《舊唐書・房式傳》:"轉河南尹,時討王承宗於鎮州,配河南府饋運車四千兩,式表以凶旱,人貧力微,難以徵發。憲宗可其奏,既免力役,人懷而安之。"《新唐書・房式傳》大概已經看到本文,已經發現了其中的謬誤,故改寫爲:"改河南尹,會討王承宗,鎮州索餉車四千乘,民不能具。式建言:歲凶人勞,不任調發。又御史元稹亦言:賊未禽而河南民先困。詔可。"但仍然没有還歷史的本來面目,記了房式的頭功。

[編年]

《年譜》編年本文元和四年"元稹分務東臺時作",大段引用本文,但没有説明編年的理由。《編年箋注》與《年譜》相似,也大段引録本文。不僅没有説明編年理由,而且也没有明確本文撰成於何時,但編排在"元和五年"之下,第一篇是《論浙西觀察使封杖决殺縣令事》,第二篇是《論轉牒事》,第三篇即是本文,依照《編年箋注》的編排之意,本文應該作於元和五年無疑。《年譜新編》編年本文於元和四年,也没有説明編年理由。但在元和五年有譜文"'主計者'誤命河南府、鄭滑、河陽等道'科配'牛車四千餘乘爲鎮州行營運送糧草"説明,同一件事情被莫名其妙分在兩年,不知出於何種考慮?

元稹以監察御史分務東臺起自元和四年七月,終於元和五年二月,《年譜》、《年譜新編》對本文編年於"分務東臺時",前後跨越兩個年頭,我們以爲過於籠統,而《編年箋注》編年元和五年的判斷則肯定是錯誤的。

元稹《表奏》:"無何,分蒞東都臺,天子久不在都,都下多不法者……朝廷饋東師，主計者誤命牛車四千三百乘飛芻越太行。"《表奏》所述即是本文所奏之事，可證本文確實作於元稹分務東臺之時。又據《舊唐書·憲宗紀》，元和四年十月削奪成德軍節度使王承宗在身官爵，命神策左軍中尉吐突承璀爲鎮州行營招討處置等使，内官宋惟澄、曹進玉、馬朝江爲行營館驛糧料使前往征討，所謂"朝廷饋東師"即指此事，時間是在元和四年十月之後。又本文"况今年河路元不甚凍，及至裝車般運，至發時已是來年正月上旬已後，即水路自然去得，只校旬日之間"，"來歲春農必當盡廢"云云，合上述前後材料推之，本文應作於元和四年冬天將去而元和五年春天將來之時。據此，本文應該作於元和四年的年末，地點在洛陽，元稹當時以監察御史的身份分務東臺。

◎ 除　夜①

憶昔歲除夜，見君花燭前②。今宵祝文上，重迭叙新年③。閑處低聲哭，空堂背月眠④。傷心小兒女(一)，撩亂火堆邊⑤。

録自《元氏長慶集》卷九

[校記]

（一）傷心小兒女：《全詩》同，楊本、叢刊本、《歲時雜詠》作"傷心小男女"，男女本來就有"兒女"的義項，兩者可通。如杜甫《歲晏行》："况聞處處鬻男女，割慈忍愛還租庸。"又如曾鞏《越州趙公救灾記》："棄男女者，使人得收養之。"但元稹這時身邊僅有保子一個女兒，稱"兒女"者更佳。

[箋注]

① 除夜：即除夕。李世民《除夜》：“歲陰窮暮紀，獻節啓新芳。冬盡今宵促，年開明日長。”張説《岳州守歲》：“除夜清樽滿，寒庭燎火多。舞衣連臂拂，醉坐合歡歌。”本詩的除夜，是指元和四年的除夜，元稹當時在洛陽。

② 歲除：年終，舊俗於臘歲（冬至後三戌之後）前一日擊鼓驅疫，謂之逐除，故謂歲除。孟浩然《歲暮歸南山》：“不才明主棄，多病故人疏。白髮催年老，青陽逼歲除。”戴叔倫《建中癸亥歲奉天除夜宿武當山北茅平村》：“歲除日又暮，山險路仍新。驅傳迷深谷，瞻星記北辰。”也謂一年的最後一天。孟浩然《除夜樂城逢張少府》：“雲海泛甌閩，風潮泊島濱。何知歲除夜，得見故鄉親！”岑參《玉關寄長安李主簿》：“東去長安萬里餘，故人何惜一行書！玉關西望堪腸斷，況復明朝是歲除！” 君：對自己妻子的敬稱，這裏指元稹的原配妻子韋叢，她與元稹貞元十九年結婚，元和四年亡故，一起生活了六個年頭，共生育了五個子女，僅僅留下女兒保子，韋叢病故之後，在“悼亡詩滿舊屏風”之時，保子還祇是“扶床小女”，看來應該是最小的女兒了。花燭：猶彩燭，舊多用於結婚或者逢年過節時候，上面多用龍鳳圖案等做裝飾，故稱。蕭綱《詠人棄妾》：“昔時嬌玉步，含羞花燭邊。豈言心愛斷，銜啼私自憐！”封演《封氏聞見記·花燭》：“近代婚嫁有障車、下婿、却扇，及觀花燭之事……上自皇室，下至士庶，莫不皆然。”秦觀《念奴嬌》“千門明月，天如水，正是人間佳節。開盡小梅春氣透，花燭家家羅列。”

③ 今宵：今夜。徐陵《走筆戲書應令》：“此日乍殷勤，相嫌不如春。今宵花燭淚，非是夜迎人。”雍陶《宿嘉陵驛》：“離思茫茫正值秋，每因風景却生愁。今宵難作刀州夢，月色江聲共一樓。”這裏指除夕之夜。 祝文：古代祭祀神鬼或祖先的文辭。《文心雕龍·祝盟》：“昔伊耆始蠟，以祭八神，其辭云：‘土反其宅，水歸其壑，昆蟲毋作，草

木歸其澤。'則上皇祝文，爰在茲矣！"元稹《幽州平告太廟祝文》："維長慶元年歲次辛醜，五月丙申朔，十四日己酉，孝曾孫嗣皇帝臣諱恒，敢昭告于太祖景皇帝……"李商隱《祭桂州城隍神祝》："維大中元年，歲次丁卯，八月甲午朔，二十七日庚申，桂州管內都防禦觀察處置等使、正議大夫，使持節桂州諸軍事，守桂州刺史兼御史中丞、上柱國、賜紫金魚袋鄭某謹遣直官、攝功曹參軍、文林郎守陽朔縣令莊敬質，謹以旨酒庶羞之奠，祭於城隍之神……"　新年：一年之始，指元旦及其後的幾天。吳自牧《夢粱錄·正月》："正月朔日，謂之元旦，俗呼爲新年。一歲節序，此爲之首。"庾信《春賦》："新年鳥聲千種囀，二月楊花滿路飛。河陽一縣並是花，金谷從來滿園樹。"白居易《繡婦嘆》："連枝花樣繡羅襦，本擬新年餉小姑……針頭不解愁眉結，綫縷難穿淚臉珠。"

④　閑處：沒有人的空閑地方。元稹《景申秋八首》一："詠詩閑處立，憶事夜深行。濩落尋常慣，淒涼別爲情。"姚合《憶山》："閑處無人到，乖疏稱野情。日高搔首起，林下散衣行。"　低聲：壓低聲音，詩人所以如此，就是怕女兒聽到自己的哭聲。朱慶餘《近試上張籍水部》："洞房昨夜停紅燭，待曉堂前拜舅姑。裝罷低聲問夫婿，畫眉深淺入時無？"馮袞《戲酒妓》："醉眼從伊百度斜，是他家屬是他家。低聲向道人知也，隔坐剛拋豆蔻花。"　空堂：空曠寂寞的廳堂。司馬相如《長門賦》："日黃昏而望絕兮，悵獨托於空堂。懸明月以自照兮，徂清夜於洞房。"阮籍《詠懷詩十七首》一七："獨坐空堂上，誰可與歡者。出門臨永路，不見行車馬登。"　背月：背對月光。李嘉佑《送舍弟》："老兄鄙思難儔匹，令弟清詞堪比量。疊嶂入雲藏古寺，高秋背月轉南湘。"李昌符《秋中夜坐》："空庭吟坐久，爽氣入荷衣。病葉先秋落，驚禽背月飛。"

⑤　傷心：心靈受傷，形容極其悲痛。司馬遷《報任少卿書》："故禍莫憯於欲利，悲莫痛於傷心。"陸游《沈園》："城上斜陽畫角哀，沈園

非復舊池臺。傷心橋下春波綠,曾是驚鴻照影來。" 小兒女:這裏指元稹與韋叢的女兒保子,當時祇能"扶床"而行,至多祇有一周歲,還不太明白人生的道理,故有"撩亂火堆邊"的舉動,小兒女的懵懂,令詩人傷感也讓元稹落淚。 撩亂:紛亂,雜亂。王昌齡《從軍行四首》三:"琵琶起舞換新聲,總是關山舊別情。撩亂邊愁彈不盡,高高秋月下長城。"韋應物《答重陽》:"城郭連榛嶺,鳥雀噪溝叢。坐使驚霜鬢,撩亂已如蓬。" 火堆:燃燒的火叢。白居易《玉泉寺南三里澗下多深紅躑躅繁艷殊常感惜題詩以示遊者》:"玉泉南澗花奇怪,不似花叢似火堆。今日多情唯我到,每年無故爲誰開?"劉過《東能仁禮老》:"三千世界初無礙,十二時辰得自如。牛糞火堆煨芋熟,時時拾得懶殘餘。"

[編年]

《年譜》編年本詩於元和四年,理由是:"陳《箋》《艷詩及悼亡詩》云:'……及第拾三首《除夜》云:"……"則皆微之於元和四年所作之悼亡詩也。'"《編年箋注》云:"《除夜》……作於元和四年(八〇九)。見下《譜》。"《年譜新編》引述本詩全文後云:"元和四年末洛陽作。"我們以爲,《年譜》與《編年箋注》編年"元和四年"沒有展開證據,也不够明確。《年譜新編》編年意見"年末"大致不錯,但尚欠精確,而且也沒有展開證據與理由。

更讓人難以理解的是:《年譜》在《除夜》之後編入:《答子蒙》、《盧十九子蒙吟盧七員外洛川懷古六韵命余和》、《臺中鞫獄憶開元觀舊事呈損之兼贈周兄四十韵》、《劉頗詩》、《望雲騅馬歌》等詩篇五篇,《編年箋注》在《除夜》之後編入:《答子蒙》、《盧十九子蒙吟盧七員外洛川懷古六韵命余和》、《臺中鞫獄憶開元觀舊事呈損之兼贈周兄四十韵》、《直臺》、《劉頗詩》、《望雲騅馬歌》、《燈影》、《行宫》、《智度師二首》、《合衣寢》、《竹簟》、《醉行》、《聽庾及之彈烏夜啼引》等詩篇十四篇,《年譜新編》在本詩《除夜》之後,又依次編入《臺中鞫獄憶開元觀舊事呈損之兼贈周兄四十韻》、《望雲雛馬歌》、《竹簟》、《聽庾及之彈烏夜啼引》、《直臺》、《雨後》、《封書》、《擬醉》、《懼醉》、《勸醉》、《任醉》十一篇詩歌。在《年譜》、《編年箋注》、《年譜新編》三位著者的精心導演下,元稹在《除夜》之後,竟然能夠寫出如許詩篇,著著實實讓我們與讀者一起大開了眼界。

　　本詩詩題云"除夜",自然應該作於除夕之夜;但究竟是哪一年的除夕之夜呢? 尚需對詩文作出分析與判斷。本詩云:"憶昔歲除夜,見君花燭前。"明確傳遞了結婚之後以來的除夕之夜,詩人都是與妻子韋叢一起度過的。而下面的詩文却是:"閑處低聲哭,空堂背月眠。傷心小兒女,撩亂火堆邊。"顯然是妻子亡故之後的淒慘景象,這種淒淒慘慘的氣氛,以妻子亡故之後的第一年除夕之夜最甚。元稹的妻子韋叢亡故於元和四年的七月九日,故此詩當作於元和四年的除夕之夜,"今宵祝文上,重迭叙新年"云云,明白無誤地告訴讀者:這是元和四年妻子剛剛亡故的第一個除夕之夜才有的情景。

元和五年庚寅(810) 三十二歲

◎ 論浙西觀察使封杖決殺縣令事⁽一⁾①

浙西觀察使、潤州刺史韓皋，去年七月封杖決湖州安吉縣令孫澥，四日致死②。

右，御史臺奏，得東臺狀，訪聞有前件事，先牒湖州勘得報稱："孫澥先準使牒差攝烏程縣令日，判狀追村正沈朏，不出正帖不用印。"⁽二⁾奉觀察使七月十六日牒："決孫澥臀杖十下，仍差衙前虞候安士文監決第三等杖。"二十二日，安士文到科決③。

孫澥官忝字人，一邑父母，白狀追攝，過犯絕輕，科罰所施，合是本州刺史④。且觀察使職在六條訪察，事有不法，即合具狀奏聞，封杖決人，不知何典？數日致死，又託以痾疾。爲念冤魂，有傷和氣⑤。其湖州刺史受命專城，過於畏懦，受使司軍將科決縣令致死，寢而不言，並請准科，以明典憲⑥。其諸道觀察使輒封杖決巡內官吏，典法無文，伏望嚴加禁斷，庶使遐方士子，免有銜冤⑦。

敕：封杖決人，殊非文法。因此致死，有足矜嗟。韓皋備歷中外，合遵典憲⁽三⁾。有此乖越⁽四⁾，良所憮然，罰一月俸料⑧。據決孫澥月日，是舊刺史辛秘離任之後，新刺史范傳正未到之時，俱無愆尤⁽五⁾，不可議罰。餘依⑨。

録自《元氏長慶集》卷三八

[校記]

（一）論浙西觀察使封杖決殺縣令事：楊本、叢刊本、《全文》同，盧校作"論浙西觀察使封杖決殺縣令事狀"，各備一説，不改。

（二）不出正帖不用印：叢刊本、《全文》同，楊本誤作"不出正帖不用耶"，不從不改。

（三）合遵典憲：楊本、叢刊本同，《全文》作"合尊典憲"，各備一説，不改。

（四）有此乖越：楊本、叢刊本、《全文》同，盧校作"行此乖越"，各備一説，不改。

（五）俱無愆尤：蘭雪堂本、叢刊本、《全文》同，楊本誤作"俱無愆充"，不從不改。

[箋注]

① 浙西觀察使：《舊唐書·地理志》："浙江西道節度使：治潤州，管潤、蘇、常、杭、湖等州，或爲觀察使。"《舊唐書·憲宗紀》："(元和)五年春正月壬寅朔，己巳，浙西觀察使韓皋以杖決安吉令孫澥致死，有乖典法，罰一月俸料。"　觀察使：官名，唐於諸道置觀察使，位次於節度使。中葉以後，多以節度使兼領其職。無節度使之州，亦特設觀察使，管轄一道或數州，並兼領刺史之職。凡兵甲財賦民俗之事無所不領，謂之都府，權任甚重。韓愈《歐陽生哀辭》："今上初，故宰相常袞爲福建諸州觀察使，治其地。"《新唐書·百官志》："節度使封郡王，則有奏記一人；兼觀察使，又有判官、支使、推官、巡官、衙推各一人。"封杖：猶"封刀"，謂授予使者誅殺大權，猶如民間俗稱的"尚方寶劍"，常以黃綾封裹，故稱。《舊唐書·第五琦傳》："(賀蘭)進明未有戰功，玄宗大怒，遣中使封刀促之，曰：'收地不得，即斬進明之首。'"《新唐書·甄濟》："禄山反，使蔡希德封刀召之，曰：'即不起，斷其頭見

我。'" 決殺：打殺，多指將犯人打死。張鷟《朝野僉載》卷六："〔韓朝宗〕見故刑部尚書李乂，朝宗參見，云：'何爲決殺人？'朝宗訴云：'不是朝宗打殺人，縣令重決，由患天行病自卒，非朝宗過。'"樂史《楊太真外傳》："公主泣奏之，上令決殺楊家奴一人。" 縣令：一縣之行政長官，周有縣正，掌縣之政令。春秋時縣邑之長稱宰、尹、公、大夫，其職同。秦漢縣萬戶以上者稱令，不及萬戶者稱長，晉隋因之。唐時縣置令，縣有赤、畿、望、緊、上、中、下七等，不分令長。《史記·司馬相如列傳》："至蜀，蜀太守以下郊迎，縣令負弩矢先驅，蜀人以爲寵。"韓愈《贈崔復州序》："縣令不以言，連帥不以信，民就窮而斂愈急，吾見刺史之難爲也。"這裏指湖州安吉縣令孫瀚。

②韓皋：韓滉之子，弟爲韓洄，均爲唐代著名的歷史人物。《舊唐書·韓皋傳》："皋字仲聞……改京兆尹，奏鄭鋒爲倉曹，專掌錢穀。鋒苛刻剝下爲事，人皆咨怨。又勸皋搜索府中雜錢，折糴百姓粟麥等三十萬石進奉，以圖恩寵。皋納其計，尋奏鋒爲興平縣令。及貞元十四年，春夏大旱，粟麥枯槁，畿內百姓累經皋陳訴，以府中倉庫虛竭，憂迫惶惑，不敢實奏。會唐安公主女出適右庶子李愬，內官中使於愬家往來，百姓遮道投狀，內官繼以事上聞。德宗下詔曰：'……正議大夫、守京兆尹、賜紫金魚袋韓皋……奏報失實，處理無方，致令閭井不安，囂然上訴……宜加懲誡，以勖守官，可撫州司馬，員外置同正員，馳驛發遣。'……入爲東都留守，元和八年六月，加檢校吏部尚書，兼許州刺史，充忠武軍節度等使……（元和十五年）十二月，以銓司考科目人失實，與刑部侍郎知選事李建罰一月俸料。長慶元年正月，正拜尚書右僕射。二年四月，轉左僕射，赴尚書省上事……其年以本官東都留守，行及戲源驛，暴卒，年七十九，贈太子太保，太和元年諡曰貞。"在長慶二年的三四月間，韓皋參與了所謂的"元稹謀刺裴度案"的審理，導致元稹罷相，出爲同州刺史。《舊唐書·元稹傳》："時王廷湊、朱克融連兵圍牛元翼於深州，朝廷俱赦其罪，賜節鉞，令罷兵，俱

不奉詔。積以天子非次拔擢，欲有所立以報上。有和王傅于方者，故司空頔之子，干進於積，言有奇士王昭、王友明二人，嘗客於燕、趙間，頗與賊黨通熟，可以反間而出元翼，仍自以家財資其行，仍賂兵、吏部令史爲出告身二十通，以便宜給賜。積皆然之，有李賞者，知于方之謀，以積與裴度有隙，乃告度云：‘于方爲積所使，欲結客王昭等刺度。’度隱而不發，及神策軍中尉奏于方之事，乃詔三司使韓皋等訊鞫，而害裴事無驗，而前事盡露，遂俱罷積、度平章事，乃出積爲同州刺史，度守僕射，諫官上疏，言責度太重積太輕，上心憐積，止削長春宮使。”韓皋後來對元稹的所作所爲，應該與本文提及的元稹舉奏韓皋，并“罰一月俸料”有前後因果的關係，幸請讀者關注。　去年七月：韓皋“封杖決湖州安吉縣令孫澥，四日致死”的事情，發生在“去年七月”，亦即元和四年七月元稹剛剛到達洛陽分務東臺之時，而韓皋直到元和五年一月二十八日才被科罰，估計是御史臺覺得節度使擅自“封杖決人，殊非文法。因此致死，有足矜嗟”，但處罰重臣韓皋又覺得事關重大，故而遲疑不決，拖拖拉拉，直至第二年。

③ 御史臺：官署名，專司彈劾之職。西漢時稱御史府，東漢初改稱御史臺，又名蘭臺寺。梁及後魏、北齊或謂之南臺，後周則稱司憲。隋及唐皆稱御史臺，惟唐一度改稱憲臺或肅政臺，不久又恢復舊稱。高適《九曲詞三首》一：“許國從來徹廟堂，連年不爲在疆場。將軍天上封侯印，御史臺中異姓王。”陸贄《冬至大禮大赦制（貞元元年十一月）》：“御史臺朝廷紀綱，尚書省治化根本，百度得失，繫乎其人。”　東臺：唐時東都御史臺的省稱。趙璘《因話錄·徵》：“武后朝，御史臺有左右肅政之號，當時亦謂之左臺、右臺，則憲府未曾有東西臺之稱，惟俗間呼在京爲西臺，東都爲東臺。”白居易《代書一百韵寄微之》：“南國人無怨，東臺吏不欺。”自注：“微之使東川，奏冤八十餘家，詔從而平之，因分司東都。”湖州：州郡名，屬浙西觀察使管轄，下有烏程縣。《元和郡縣志·湖州》：“管縣五：烏程、長城、安吉、武康、德清……烏程縣：本秦舊縣，《越絕》

云：'始皇至會稽，徙於越之人於烏程。'《吳興記》云：'吳景帝封孫皓爲
烏程侯，及皓即位，改葬父和於此，遂立爲吳興郡。"宋之問《餞湖州薛司
馬》："別駕促嚴程，離筵多故情。交深季作友，義重伯爲兄。"李白《答湖
州迦葉司馬問白是何人》："青蓮居士謫仙人，酒肆藏名三十春。湖州司
馬何須問，金粟如來是後身。" 村正：猶村長。《舊唐書·職官志》："百
戶爲里，五里爲鄉。兩京及州縣之郭內，分爲坊，郊外爲村。里及坊村
皆有正，以司督察。"杜甫《東西兩川説》："村正雖見面，不敢示文書取
索。"李紳《虎不食人》："霍山縣多猛獸，頃常擇肉於人。每至採茶及樵
蘇，常遭唉食，人不堪命。自太和四年至六年，遂無侵暴，雞犬不鳴，深
山窮谷，夜行不止。得攝令和僎狀，稱潛山縣鄉村正趙珍夜歸，中路與
虎同行至家，竟無傷害之意。" 帖：官府文書，公文。《樂府詩集·〈木
蘭詩〉》："昨夜見軍帖，可汗大點兵。"杜甫《新安吏》："府帖昨夜下，次
選中男行。" 虞候：古官名，宇文泰相西魏，始置虞候都督，後因設虞
候之官，職掌不盡相同。隋爲東宮禁衛官，掌偵察、巡邏，唐代後期有都
虞候，爲軍中執法的長官。韓愈《華嶽題名》："……左廂都押衙、兼都虞
候、左衛將軍、兼御史中丞、密國公高承簡，元和十一年八月。"李德裕
《請准兵部依開元二年軍功格置跳盪及第一第二功狀》："今請獲賊都
頭，賞絹三百匹，獲正兵馬使，賞絹一百五十匹，獲副兵馬使、都虞候，賞
絹一百匹……"

　　④ 字人：撫治百姓。《後漢書·吳延史盧趙傳贊》："吳翁溫愛，
義幹剛烈。延史字人，風和恩結。"《資治通鑑·唐代宗大曆十二年》：
"縣令，字人之官。" 父母：亦即"父母官"，舊時稱州縣地方官。王禹
偁《贈浚儀朱學士》："西垣久望神仙侶，北部休誇父母官。"亦省作"父
母"。王禹偁《謫居感事》："萬家呼父母，百里撫惸嫠。" 白狀：即没
有經過正當程序、没有加蓋官印的公文，亦即上文所説的"不出正帖
不用印"的公文。余靖《乙爲給事中制敕有不可者遂於黃敕後批之吏
曰宜別連白紙乙曰別以白紙乃是文狀豈曰批敕耶有司劾以非事君之

道無人臣之禮》:"初啓紫泥之封,未敢奉詔;若連白狀之尾,不如無書。"周麟之《論華泉司弊札子》:"至有一吏,用白狀,就信州借請數百千。"　追攝:勾取,追捕。徐鉉《稽神錄・潘襲》:"潘襲爲建安令,遣一手力,齎牒下鄉,有所追攝。"蘇頌《同兩制論祖無擇對獄》:"國朝推鞫之制,命官犯贓罪,亦先勘干連人,證驗分明,方得追攝。其餘有犯,如事狀明白,三次拒抗,即勒令參對。"　過犯:猶過錯。韓愈《曹成王碑》:"觀察使嘻媚不能出氣,誣以過犯,御史助之,貶潮州刺史。"張述《爲鄭滑李僕射辭官表》:"雖齷齪廉謹,曾無異績;而毫厘過犯,未污簡書。"　科罰:刑罰,處罰。《後漢書・仇覽傳》:"其剽輕遊恣者,皆役以田桑,嚴設科罰。"張鷟《遊仙窟》:"斷章取意,唯須得情。若不愜當,罪有科罰。"

　　⑤ 六條:漢制,刺史班行六條詔書,以考察下屬官吏。《漢書・百官公卿表》:"武帝元封五年初置部刺史。"顏師古注引《漢官典職儀》:"刺史班宣,周行郡國,省察治狀,黜陟能否,斷治冤獄,以六條問事,非條所問,即不省。一條,強宗豪右田宅踰制,以強凌弱,以衆暴寡。二條,二千石不奉詔書遵承典制,倍公向私,旁詔守利,侵漁百姓,聚斂爲奸。三條,二千石不卹疑獄,風厲殺人,怒則任刑,喜則淫賞,煩擾刻暴,剝截黎元,爲百姓所疾,山崩石裂,祅祥訛言。四條,二千石選署不平,苟阿所愛,蔽賢寵頑。五條,二千石子弟恃怙榮勢,請託所監。六條,二千〔石〕違公下比,阿附豪強,通行貨賂,割損正令也。"後因以指考察官吏的職務和職權。《南史・宋江夏文獻王義恭傳》:"義恭既至,勸孝武即位。授太尉、錄尚書六條事,假黃鉞。"《舊唐書・哀帝紀》:"左僕射裴樞、右僕射崔遠……須離八座之榮,尚付六條之政,勉思咎己,無至尤人。"　訪察:通過訪問和觀察進行調查。《隋書・高麗傳》:"有何陰惡,弗欲人知? 禁制官司,畏其訪察?"顏真卿《論百官論事疏》:"故其出使,天下事無巨細得失,皆令訪察,迴日奏聞,所以明四目達四聰也。"　痢疾:由痢疾桿菌或阿米巴原蟲所引

起的腸道傳染病。權德輿《賈相公陳乞表》:"近染痢疾,綿歷旬時。"呂頤浩《與向伯恭書》:"某大病之後,氣血虛弱。初感寒瘧,繼作痢疾。一夏伏枕,僅存皮骨。" 冤魂:冤屈而死的鬼魂。《後漢書·袁譚傳》:"放兵鈔突,屠城殺吏,冤魂痛於幽冥,創痍被於草棘。"杜甫《去秋行》:"戰場冤魂每夜哭,空令野營猛士悲。"這裏指安吉縣令孫澥。 和氣:指能導致吉利的祥瑞之氣。王充《論衡·講瑞》:"瑞物皆起和氣而生。"《朱子語類》卷一○六:"自古救荒只有兩説:第一是感召和氣,以致豐穰;其次只有儲蓄之計。"

⑥ 專城:指任主宰一城的州牧、太守等地方長官。王充《論衡·辨祟》:"居位食祿,專城長邑以千萬數,其遷徙日未必逢吉時也。"白居易《忠州刺史謝上表》:"豈意天慈,忽加詔命,特從佐郡,寵授專城。" 畏懦:膽怯與軟弱。《史記·東越列傳》:"是時漢使大農張成、故山州侯齒將屯,弗敢擊,却就便處,皆坐畏懦誅。"《漢書·武帝紀》:"匈奴入雁門,太守坐畏懦棄市。" 寢:隱蔽。《陳書·樊毅傳》:"會施文慶等寢隋兵消息,毅計不行。"元稹《鶯鶯傳》:"誠欲寢其詞,則保人之奸,不義。" 典憲:法典,典章。《後漢書·應劭傳》:"逆臣董卓,蕩覆王室,典憲焚燎,靡有孑遺,開辟以來,莫或茲酷。"《舊唐書·羅希奭傳》:"不唯輕侮典憲,實亦隳壞紀綱。"

⑦ 典法:典章法規。《管子·君臣》:"是故主畫之,相守之;相畫之,官守之;官畫之,民役之;則又有符節、印璽、典法、筴籍以相揆也。"《新唐書·閻立德傳》:"遷尚衣奉御,制袞冕六服,腰輿、傘扇,咸有典法。" 無文:沒有文字記述。《書·洛誥》:"周公曰:'王肇稱殷禮,祀於新邑,咸秩無文。'"孔傳:"言王當始舉殷家祭祀,以禮典祀於新邑,皆次秩不在禮文者而祀之。"蔣防《連州廖先生碑銘》:"仙書無文,仙語無詞;以心傳心,天地不知。" 伏望:表希望的敬詞,多用於下對上。元稹《同州刺史謝上表》:"伏望恕臣死罪,特留聖覽!臣此表並臣手疏,並請留中不出。"王禹偁《滁州謝上表》:"伏望陛下思直

木先伐之義，考衆惡必察之言。」　禁斷：禁止，使不再發生，禁絕。《三國志・武帝紀》：「禁斷淫祀，奸宄逃竄，郡界肅然。」《北史・魏高祖孝文帝紀》：「又諸巫覡假稱神鬼，妄説吉凶，及委巷諸非墳典所載者，嚴加禁斷。」　遐方：猶遠方。揚雄《長楊賦》：「是以遐方疏俗，殊鄰絶黨之域，自上仁所不化，茂德所不綏，莫不蹻足抗首，請獻厥珍。」白居易《題郡中荔枝詩》：「已教生暑月，又使阻遐方。」　士子：士大夫官僚階層。沈約《奏彈孔稚珪違制啓假事》：「臣聞禁憲有章，士子攸慎；守官有典，觸網斯及。蓋所以崇威闡法，下肅上尊。」學子，讀書人。杜甫《別董頲》：「士子甘旨闕，不知道里寒。」　銜冤：含冤，謂冤屈無從申訴。《宋書・索虜傳論》：「偏城孤將，銜冤就虜。」杜甫《哭台州鄭司户蘇少監》：「流慟嗟何及！銜冤有是夫。道消詩發興，心息酒爲徒。」

⑧ 敕：古時自上告下之詞，漢時凡尊長告誡後輩或下屬皆稱敕，南北朝以後特指皇帝的詔書。元稹《謝准朱書撰田弘正碑文狀》：「魏博節度使李愬請與田弘正立德政碑。右，臣伏奉今月二十四日敕，令臣撰前件碑文者。」白居易《薛戎贈左散騎常侍制》：「敕：夫有名於時，有功於國，盡忠以事上，遺愛而及下，則必生享寵禄，歿加褒崇。」此以下文字，非元稹文字，是中央政府的御史臺代表皇上下達的詔命。文法：法制，法規。《史記・李將軍列傳》：「程不識孝景時以數直諫爲太中大夫，爲人廉，謹於文法。」王安石《送吳伸純守儀真》：「久爲漢吏知文法，當使淮人服教條。」　矜嗟：憐憫嘆息。徐陵《爲貞陽侯答王太尉書》：「上黨王深自矜嗟，不傳首級，更蒙封樹，飾棺厚殯，務從優禮。」彭汝礪《病題桐江》：「嘆息醫工拙，矜嗟舊疾牢。衰容雖凍雀，烈氣尚驚濤。」　中外：朝廷内外，中央和地方。《漢書・元帝紀》：「以用度不足，民多復除，無以給中外繇役。」劉義慶《世説新語・言語》：「孔融被收，中外惶怖。」　乖越：差錯。劉知幾《史通・書志》：「此昔人所以言有乖越，後進所以事反精審也。」《通典・選舉》：「書者非理人之

具,但字體不至乖越,既爲知書。" 憮然:恨然貌。盧綸《送寧國夏侯丞》:"謝守通詩宴,陶公許醉過。憮然俆離阻,年鬢兩蹉跎。"陳鴻《長恨歌傳》:"妃既出,上憮然。"驚愕貌。《後漢書·禰衡傳》:"時衡出,還見之,開省未周,因毁以抵地,表憮然爲駭。"李賢注:"憮然,怪之也。" 俸料:唐宋官員除俸禄外,又給食料、厨料等,折成錢鈔謂之料錢,二者合稱"俸料"。趙元一《奉天録》卷二:"(朱)泚以國家府庫之殷,重賞應在京城公卿家屬。皆月給俸料,以安其心。"孔平仲《續世説·汰侈》:"王起富於文學,而理家無法,俸料入門,即爲僕妾所有。"

⑨ 辛秘:曾任職湖州刺史。《舊唐書·辛秘傳》:"辛秘,隴西人……元和初,拜湖州刺史。"原任刺史未及與新任刺史交替而匆匆離任,比較少見,故安吉縣令在無刺史主持的特殊情况下,僅用一紙白狀,就自行委派下屬到烏程縣提取人犯,也屬不合程序之舉。大約韓皋也正因爲這個空隙,而匆匆忙忙親自出面辦案,同樣屬於不應有的失誤。而問題的焦點却是隨隨便便把一個朝廷命官活活打死,"又託以痢疾",欺瞞上司,確實應該懲辦。 范傳正:曾任職湖州刺史,爲辛秘的後任。《舊唐書·范傳正傳》:"范傳正,字西老,南陽順陽人也……自比部員外郎出爲歙州刺史,轉湖州刺史。"《吳興志》:"范傳正,元和四年八月自歙州刺史拜。六年二月二十一日遷蘇州刺史。"據本文所述,封杖決湖州安吉縣令孫澥事在元和四年七月,范傳正八月到湖州任,確實與范傳正無涉。 愆尤:過失,罪咎。張衡《東京賦》:"卒無補於風規,祇以昭其愆尤。"李白《古風》一八:"功成身不退,自古多愆尤。" 議罰:謂議定其罪給以處罰。《前漢紀·孝宣紀》:"延壽嘗出臨,上車,騎吏一人後至,敕功曹議罰。"朱熹《學校貢舉私議》:"其行義有虧,學術無取,舉者亦當議罰。"

[編年]

《年譜》編年本文於元和四年,理由是引述本文的大段文字以及元稹《表奏(有序)》"浙西觀察使封杖決安吉令至死"一句,沒有作任何的分析。《編年箋注》編年:"撰於元和五年(八一〇)正月初。"主要根據就是《舊唐書‧憲宗紀》:"五年春正月壬寅朔,己巳,浙西觀察使韓皐以杖決安吉令孫澥致死,有乖典法,罰一月俸料。"《年譜新編》編年本文於元和四年,根據同《編年箋注》,仍然是《舊唐書‧憲宗紀》,特地有"元稹元和四年論奏"八字説明,但沒有作出爲何是"元稹元和四年論奏"的分析。

我們以爲,《舊唐書‧憲宗紀》"(元和)五年春正月壬寅朔,己巳,浙西觀察使韓皐以杖決安吉令孫澥致死,有乖典法,罰一月俸料"的記載,祇是御史臺或者説朝廷考慮再三對韓皐作出的處罰日月,不是元稹撰成本文的日月。據本文所述,觀察使韓皐封杖發生在元和四年"七月十六日","二十二日安士文到科決",孫澥之死更在其後,亦即"四日"之後的七月二十六日。白居易《唐故武昌軍節度處置等使正議大夫檢校户部尚書鄂州刺史兼御史大夫賜紫金魚袋尚書右僕射河南元公墓誌銘并序》有"浙右帥封杖杖安吉令至死,子不敢愬"之句,估計此事正式擺上元稹的官案應該比較遲,期間元稹又"先牒湖州勘得報稱",一來二去,時間應該接近年末,等到元稹疊成文案上報長安御史臺,應該在元和五年年初,與本文所云"去年七月"的口吻相合,而朝廷發出"罰一月俸料"的詔令在正月二十八日,扣除元稹向長安報送本文所需的路程時間,元稹撰成本文應該在元和五年的正月上中旬,地點在洛陽,元稹時以監察御史的身份分務東臺。

◎ 辛夷花(問韓員外)[①]

問君辛夷花,君言已斑駁[②]。不畏辛夷不爛開,顧我筋骸官束縛[③]。縛遣推囚名御史[一],狼籍囚徒滿田地[④]。明日不推緣國忌，依前不得花前醉⑤。韓員外家好辛夷，開時乞取三兩枝⑥。折枝爲贈君莫惜，縱君不折風亦吹⑦。

録自《元氏長慶集》二六

[校記]

（一）縛遣推囚名御史：楊本、叢刊本、《全詩》、《淵鑑類函》、《佩文齋廣群芳譜》同，《全芳備祖集》作"縛遣推囚名刺史"，明顯有誤，不從不改。

[箋注]

① 辛夷花：植物名，指辛夷樹或它的花。辛夷樹屬木蘭科，落葉喬木，高數丈，木有香氣。花初出枝頭，苞長半寸，而尖鋭儼如筆頭，因而俗稱木筆。及開則似蓮花而小如盞，紫苞紅焰，作蓮及蘭花香，亦有白色者，人又呼爲玉蘭，今多以"辛夷"爲木蘭的別稱。《楚辭·湘夫人》："桂棟兮蘭橑，辛夷楣兮藥房。"洪興祖補注："《本草》云：辛夷，樹大連合抱，高數仞。此花初發如筆，北人呼爲木筆。其花最早，南人呼爲迎春。"王安石《烏塘》："烏塘渺渺渌平堤，堤上行人各有携。試問春風何處好？辛夷如雪柘岡西。"　韓員外：即韓愈，元稹的朋友。韓愈"元和四年九月二十二日"前後以"尚書都官員外郎"的職銜奉職洛陽，正好與元稹在洛陽相逢。韓愈《迓杜兼題名》："河南尹水陸運使杜兼、尚書都官員外郎韓愈、水陸運判官洛陽縣尉李宗閔、水陸運判官伊闕縣尉牛僧孺、前同州韓城縣尉鄭伯義，元和四年九月二十二日，大尹給事奉詔祠濟瀆回，愈與二判官於此迎候，遂陪遊宿。愈題。"元稹與韓愈，在長安都在靖安坊居住，是同坊的鄰居，《長安志·靖安坊》："西南隅崇敬尼寺，寺東樂府、咸宜公主宅，韓國正穆公主廟、太子賓客崔倫宅、門下侍郎同中書門下平章事武元衡宅、尚書

吏部侍郎韓愈宅、刑部侍郎劉伯芻宅、郴州司馬李宗閔宅。"請參閱拙稿《元稹考論・〈鶯鶯傳〉寫作時間淺探》。不久之前，也就是安葬韋叢的元和四年十月十三日之前，韓愈應元稹的請求，爲韋叢撰寫《監察御史元君妻京兆韋氏夫人墓誌銘》，文中對元稹評價極高，文云："稹時始以選校書秘書省中，其後遂以能直言策第一。拜左拾遺，果直言失官；又起爲御史，舉職無所顧。"此後元稹與韓愈兩個還有進一步的交往，如《與史館韓郎中書》，讓我們以後再作介紹吧！

　　② 斑駁：色彩錯雜貌。江淹《青苔賦》："遂能崎屈上生，斑駁下布。異人貴其貞精，道士悦其迥趣。"胡之驥注："《初學記》曰：苔名圓蘚，一名綠錢。或青或紫，故曰斑駁。"白居易《睡後茶興憶楊同州》："信脚繞池行，偶然得幽致。婆娑綠陰樹，斑駁青苔地。"

　　③ 爛開：盛開。馮贄《雲仙雜記・爭春館》："揚州太守圃中有杏花數十畡，每至爛開，張大宴，一株令一倡倚其旁，立館曰爭春。"司馬光《早春寄景仁二首》一："辛夷花爛開，故人殊未來。愁看柳漸綠，忍更折殘梅。" 筋骸：猶筋骨。《禮記・禮運》："故禮義也者，人之大端也，所以講信修睦，而固人之肌膚之會，筋骸之束也。"白居易《別行簡》："漠漠病眼花，星星愁鬢雪。筋骸已衰憊，形影仍分訣。" 束縛：約束，限制。《呂氏春秋・論人》："意氣宣通，無所束縛，不可收也。"元稹《酬鄭從事四年九月宴望海亭次用舊韵》："憶年十五學構廈，有意蓋覆天下窮。安知四十虛富貴，朱紫束縛心志空。"

　　④ 縛遣：抓捕、遣送犯人。《文獻通考・刑考》："元微之詩云：'縛遣推囚名御史，狼藉囚徒滿田地，明日不推緣國忌。'又可證也。"吳寬《莫處士傳》："里有葛琬者，勇而酗酒，嘗疢處士臂，諸子執之，將送於官。處士曰：'此其人何足與較者，釋其縛遣！" 推囚：審問犯人。白居易《酬和元九東川路詩・山枇杷花二首》："葉如裙色碧紗淺，花似芙蓉紅粉輕。若使此花兼解語，推囚御史定違程。"蘇軾《和蔡準郎中見邀游西湖三首》一："君不見錢塘遊宦客，朝推囚，暮決獄，

不因人喚何時休！” 狼籍：亦作“狼藉”，縱橫散亂貌。《史記·滑稽列傳》：“日暮酒闌，合尊促坐，男女同席，履舄交錯，杯盤狼藉。”元稹《夜坐》：“螢火亂飛秋已近，星辰早沒夜初長。孩提萬里何時見？狼籍家書臥滿床。” 田地：地方，處所。元稹《苦雨》：“江瘴氣候惡，庭空田地蕉。煩昏一日內，陰暗三四殊。”陸龜蒙《奉酬苦雨見寄》：“松篁交加午陰黑，別是江南烟靄國……不如驅入醉鄉中，只恐醉鄉田地窄。”

⑤ 國忌：舊指帝、后的忌日。《唐律·國忌作樂》：“諸國忌廢務日作樂者，杖一百。”洪邁《容齋隨筆·國忌休務》：“蓋唐世國忌休務，正與私忌義等。”審問案件自然應該屬於“休務”之列，飲酒也應該屬於“作樂”範圍，也在嚴令禁止之列。監察御史不僅應該遵守，而且還有監督別的官府與官員遵守的責任，故有“依前不得花前醉”之句。明日，這裏是指唐德宗或者是唐順宗的忌日，亦即正月十九日或者正月二十三日，詩句中的“明日”，應該是正月十九日或者正月二十三日。王禹偁《吳江縣寺留題》：“幽鷺靜翹青草碧，病僧閒說夜濤寒。晨齋施笋惟溪叟，國忌行香秖縣官。”魏野《贈安邑知縣方寺丞》：“尋常少往還，門靜似居山。書爲家傳秘，琴因國忌閑。”

⑥ 乞取：求得。王建《乞竹》：“乞取池西三兩竿，房前栽着病時看。亦知自惜難判割，猶勝橫根引出欄。”范仲淹《依韵答青州富資政見寄》：“偉望能令中國重，奇謀曾壓北方強。故人待看調元後，乞取優遊老洛陽。” 三兩枝：少數幾枝。白居易《送陝府王大夫》：“金馬門前回劍佩，鐵牛城下擁旌旗。他時萬一爲交代，留取甘棠三兩枝。”鄭谷《重陽夜旅懷》：“强插黃花三兩枝，還圖一醉浸愁眉。半床斜月醉醒後，惆悵多於未醉時。”

⑦ 折枝：折取草莖或樹枝，喻指輕而易舉。元稹《折枝花贈行》：“櫻桃花下送君時，一寸春心逐折枝。別後相思最多處，千株萬片繞林垂。”薛能《金縷衣》：“勸君莫惜金縷衣，勸君惜取少年時。花開堪

折直須折，莫待無花空折枝。”

[編年]

　　《年譜》編年元和五年，並在譜文中以“向韓愈索辛夷花”爲題引述本詩，作爲元稹事迹與編年理由。《編年箋注》云：“元和五年（八一〇），元稹爲東臺監察御史，向韓愈索辛夷花。見下《譜》。”《年譜新編》亦編年元和五年“在洛陽作”，並在譜文中未作任何説明就引録《年譜》譜文作爲元稹生平事迹與編年理由，原因不詳。

　　我們的編年意見與《年譜》、《編年箋注》、《年譜新編》大致相同，不過我們認爲應該就《年譜》已經引述的編年綫索再作進一步的探索，將編年更具體化更明確化。本詩云“明日不推緣國忌”，而《舊唐書·德宗紀》：“（貞元）二十一年春正月，辛未朔，御含元殿受朝貢。是日，上不康……癸巳，會群臣于宣政殿，宣遺詔：皇太子宜於樞前即位。是日，上崩于會寧殿，享壽六十四。”據此推算，“癸巳”應該是正月二十三日。《舊唐書·順宗紀》：“元和元年正月丙寅朔，皇帝率百寮上太上皇尊號曰應乾聖壽。甲申，太上皇崩于興慶宮之咸寧殿，享年四十六歲。”據此推算，“甲申”應該是元和元年正月十九日。宋人胡仔《漁隱叢話·韓退之》：“苕溪漁隱曰：《感春》詩：‘辛夷花高開最先。’洪慶善注云：‘辛夷高數丈，江南地暖，正月開；北地寒，二月開。初發如筆，北人呼爲木筆，其花最早；南人呼爲迎春。’余觀木筆、迎春自是兩種，木筆色紫，迎春色白；木筆叢生，二月方開；迎春樹高，立春已開。然則辛夷，乃此花耳！”有史書爲證，有辛夷花爲證，本詩應該作於元和五年之正月十八日，或者是正月二十二日，地點自然是洛陽，當時韓愈也在洛陽。

● 盧十九子蒙吟盧七員外
洛川懷古六韵命余和^(一)①

聞道盧明府，閑行咏洛神②。浪圓疑靨笑，波鬥憶眉嚬③。蹀躞橋頭馬，空濛水上塵④。草芽猶犯雪，冰岸欲消春⑤。寓目終無限，通辭未有因⑥。子蒙將此曲，吟似獨眠人⑦。

録自《才調集》卷五

［校記］

（一）盧十九子蒙吟盧七員外洛川懷古六韵命余和：本詩各本，包括叢刊本、《全詩》在内，未見異文。

［箋注］

① 盧十九子蒙吟盧七員外洛川懷古六韵命余和："聞道盧明府"等十二句，劉本《元氏長慶集》、馬本《元氏長慶集》均未見，但《才調集》卷五、《全詩》卷四二二採録，故據補。　盧七員外：即詩中的"盧明府"，排行爲七，其餘不詳。從詩題看，應該與盧十九子蒙有一定關係，或許是盧氏家族中的兄弟行，是盧子蒙的兄長。"盧明府"大約當時是洛川附近某縣的縣令，《唐人行第録》、《年譜》、《編年箋注》斷定其爲洛陽縣令，但没有出示根據。揣摩詩題及詩文含義，這位"盧明府"不在元稹與盧子蒙賦詠詩歌的現場，否則盧子蒙也不必"命余和"，元稹也可以直接與盧七員外亦即盧明府唱和，詩題也不必如此繞一大彎子，詩文也不必用"聞道"開篇。盧七員外的原唱主題是洛川懷古，共六韵，已經散失。吕温《二月一日是貞元舊節有感絶句寄

黔南寶三洛陽盧七(一作寄寶三任黔南,盧七任洛陽)》:"同事先皇立玉墀,中和舊節又支離。今朝各自看花處,萬里遥知掩泪時。"爲我們提供了有用的證據。　洛川:洛水,即今河南省洛河。劉希夷《洛川懷古》:"萋萋春草緑,悲歌牧征馬。行見白頭翁,坐泣青竹下。"李隆基《途經華嶽》:"飾駕去京邑,鳴鑾指洛川。循途經太華,回蹕暫周旋。"

②　聞道:聽説。崔顥《雁門胡人歌》:"山頭野火寒多燒,雨裏孤峰濕作烟。聞道遼西無鬥戰,時時醉向酒家眠。"杜甫《秋興八首》四:"聞道長安似弈棋,百年世事不勝悲。王侯第宅皆新主,文武衣冠異昔時。"　盧明府:即詩題中的"盧七員外"。　明府:漢魏以來對郡守牧尹的尊稱,又稱明府君。《漢書·韓延壽傳》:"今旦明府早駕,久駐未出,騎吏父來至府門,不敢入。"《後漢書·張湛傳》:"明府位尊德重,不宜自輕。"李賢注:"郡守所居曰府。明者,尊高之稱。《前書》韓延壽爲東郡太守,門卒謂之明府,亦其義也。"漢代亦有以"明府"稱縣令,唐以後多用以專稱縣令。《後漢書·吳祐傳》:"國家制法,囚身犯之。明府雖加哀矜,恩無所施。"王先謙集解引沈欽韓曰:"縣令爲明府,始見於此。"杜甫《北鄰》:"明府豈辭滿,藏身方告勞。青錢買野竹,白幘岸江皋。"崔峒《送陸明府之盱眙》:"陶令之官去,窮愁慘別魂……滄浪摇山郭,平蕪到縣門。"　閑行:漫步。張籍《與賈島閑遊》:"水北原南草色新,雪消風暖不生塵。城中車馬應無數,能解閑行有幾人?"白居易《魏王堤詩》:"花寒懶發鳥慵啼,信馬閑行到日西。何處未春先有思?柳條無力魏王堤。"　洛神:傳説中的洛水女神,即宓妃,後詩文中常用以指代美女。酈道元《水經注·洛水》:"昔王子晉好吹鳳笙,招延道士,與浮丘同遊伊洛之浦,含始又受玉雞之瑞於此水,亦洛神宓妃之所在也。"温庭筠《蓮花》:"緑塘摇灩接星津,軋軋蘭橈入白蘋。應爲洛神波上襪,至今蓮蕊有香塵。"洛神宓妃之説,見曹植《〈洛神賦〉序》:"黄初三年,余朝京師,還濟洛川。古人有言,斯

水之神，名曰宓妃。"

③ 浪圓：波浪迴旋往復，一個漩渦跟着一個漩渦。薛蕙《幕府山泉》："聲兼松韵爽，寒浸月華鮮。列籍依沙净，浮杯逐浪圓。"吴雯《汴水九日二首》一："風猶吹野馬，日不暖鳴蟬。冷蕊侵籬濕，晴沙裹浪圓。" 靨笑：微笑。溫庭筠《牡丹二首》二："水漾晴紅壓迭波，曉來金粉覆庭莎……欲綻似含雙靨笑，正繁疑有一聲歌。"謝邁《江神子》："舞罷歌餘，花困不勝春。問着些兒心底事，才靨笑，又眉顰。" 波鬥：波浪前後相追逐，一浪高過一浪。彭汝礪《和館閣諸公遊池韵》"高柳去隨波鬥綠，啼鶯未與燕爲期。春晴豈但群公樂，萬物紛紛總自私。"義近"波蕩"，亦作"波盪"，水波摇盪，蕩漾。張衡《西京賦》："光炎燭天庭，嚻聲震海浦。河渭爲之波盪，吴嶽爲之陁堵。"李白《白頭吟》："錦水東北流，波蕩雙鴛鴦。雄巢漢宮樹，雌弄秦草芳。" 眉顰：皺眉貌。李嶠《倡婦行》："消息如瓶井，沈浮似路塵。空餘千里月，照妾兩眉顰。"貫休《讀劉得仁賈島集二首》二："桂枝何所直？陋巷不勝貧……伊余吟亦苦，爲爾一眉顰。"

④ 蹀躞：馬行貌。賈至《白馬》："白馬紫連錢，嘶鳴丹闕前。聞珂自蹀躞，不要下金鞭。"皎然《長安少年行》："翠樓春酒蝦蟆陵，長安少年皆共矜。紛紛半醉綠槐道，蹀躞花驄驕不勝。" 空蒙：迷茫貌，縹緲貌。謝朓《觀朝雨》："朔風吹飛雨，蕭條江上來……空蒙如薄霧，散漫似輕埃。"杜甫《渼陂西南臺》："高臺面蒼陂，六月風日冷……仿像識鮫人，空蒙辨魚艇。"

⑤ 草芽：冒寒破土而出的青草嫩芽。李端《早春夜望》："舊雪逐泥沙，新雷發草芽。曉霜應傍鬢，夜雨莫催花。"韓愈《春雪》："新年都未有芳華，二月初驚見草芽。白雪却嫌春色晚，故穿庭樹作飛花。"犯雪：冒寒頂雪而出。皇甫冉《韋中丞西廳海榴》"海花爭讓候榴花，犯雪先開内史家。末客朝朝鈴閣下，從公步履玩年華。"元稹《生春二十首》一○："何處生春早？春生梅援中。蕊排難犯雪，香乞擬來風。"

冰岸：留有冰雪的河岸或湖岸。元稹《生春二十首》八："何處生春早？春生冰岸中。尚憐扶臘雪，漸覺受東風。"周權《涮江觀潮》："闐闐霹靂駕群龍，高擊瓊崖卷冰岸。初疑大鯨噓浪來，瀛洲銀山雪屋爛。"消春：抵消春天的氣息。白居易《想歸田園》："戀他朝市求何事？想取丘園樂此身。千首惡詩吟過日，一壺好酒醉消春。"周濆《廢宅》："牢落畫堂空鎖塵，荒凉庭樹暗消春。豪家莫笑此中事，曾見此中人笑人。"

⑥ 寓目：猶過目，觀看。李治《登驪山高頂寓目》："四郊秦漢國，八水帝王都。閭閻雄里閈，城闕壯規模。"趙中虛《遊清都觀尋沈道士得芳字》："寓目雖靈宇，遊神乃帝鄉。道存真理得，心灰俗累忘。"無限：没有窮盡，謂程度極深，範圍極廣。元稹《酬段丞與諸棋流會宿見贈》："分作終身癖，兼從是事隳。此中無限興，唯怕俗人知。"謝逸《柳梢青·離別》："無限離情，無窮江水，無邊山色。"　通辭：傳達話語。《儀禮·士昏禮》："下達納采。"賈公彦疏："未行納采已前，男父先遣媒氏女氏之家，通辭往來，女氏許之，乃遣使者行納采之禮。"《宋書·江夏文獻王義恭傳》："大明時，資供豐厚，而用常不足，賒市百姓物，無錢可還。民有通辭求錢者，輒題後作'原'字。"　有因：有緣故，有原因。韋應物《路逢崔元二侍御避馬見招以詩見贈》："見招翻局蹐，相問良殷勤。日日吟趨府，彈冠豈有因！"劉禹錫《秋齋獨坐寄樂天兼呈吳方之大夫》："纖草數莖勝静地，幽禽忽至似嘉賓。世間憂喜雖無定，釋氏消磨盡有因。"

⑦ 似：與，給。賈島《劍客》："十年磨一劍，霜刃未曾試。今日把似君，誰有不平事？"晏幾道《長相思》："欲把相思説似誰，淺情人不知。"　獨眠：夜晚獨自睡覺，一般喻指失偶之人。崔珏《孤寢怨》："花飛織錦處，月落擣衣邊。燈暗愁孤坐，床空怨獨眠。"韋應物《園林晏起寄昭應韓明府盧主簿》："田家已耕作，井屋起晨烟。園林鳴好鳥，閑居猶獨眠。"

［編年］

《年譜》編年本詩云："元詩云：'草芽猶犯雪，冰岸欲消春……子蒙將此曲，吟似獨眠人。'元和四年冬或五年初春作。"《編年箋注》云："此詩作於元和四年（八〇九）冬或明年春，元稹時爲東臺監察御史。見下《譜》。"《年譜新編》編年元和五年"在洛陽作"，沒有説明具體的時間也沒有説明編年的理由。

本詩云："草芽猶犯雪，冰岸欲消春。"明顯是一首初春的詩篇，《年譜》與《編年箋注》所謂"元和四年冬"作、"此詩作於元和四年（八〇九）冬"的説法是錯誤的，不可取的。而"洛川"、"洛神"這些詞語，又表明此詩應該賦詠於洛陽。而本詩又云："子蒙將此曲，吟似獨眠人。"表明此詩應該作於元稹妻子韋叢病故之後，也應該作於盧子蒙喪偶之際。結合元稹與盧子蒙的生平，此詩應該作於元稹與盧子蒙都是"獨眠人"的元和五年初春。

◎ 聽庾及之彈烏夜啼引 (一)①

　　君彈烏夜啼，我傳樂府解古題②。良人在獄妻在閨，官家欲赦烏報妻③。烏前再拜泪如雨，烏作哀聲妻暗語④。後人寫出烏啼引，吳調哀弦聲楚楚⑤。四五年前作拾遺，諫書不密丞相知⑥。謫官詔下吏驅遣，身作囚拘妻在遠⑦。歸來相見泪如珠，唯説閑宵長拜烏⑧。君來到舍是烏力，妝點烏盤邀女巫⑨。今君爲我千萬彈，烏啼啄啄泪瀾瀾⑩。感君此曲有深意，昨日烏啼桐葉墜⑪。當時爲我賽烏人，死葬咸陽原上地⑫。

録自《元氏長慶集》卷九

[校記]

（一）聽庾及之彈烏夜啼引：本詩各本，包括楊本、叢刊本、《石倉歷代詩選》、《全詩》，均無異文。

[箋注]

① 聽庾及之彈烏夜啼引：程大昌《演繁露·烏鬼》：“《元稹集》十三《聽庾及之彈烏夜啼引》曰：‘四五年前作拾遺，謫官詔下吏遣驅。身作拘囚妻在遠，歸来相見泪如珠。惟説閑宵長拜烏，君來到舍是烏力，妝點烏盤邀女巫。當時爲我賽烏人，死葬咸陽原上地。’案稹此詩，即是其妻爲稹賽烏而得還家者。則唐人祀賽烏鬼，有自來矣！”庾及之：即庾承宣，及之是其字，元稹的朋友之一，元稹妻子韋叢是庾承宣母親韋氏的侄孫女，元稹則是庾承宣母親韋氏的侄外孫女婿。他的再從兄弟是庾敬休，字順之，多次出現在元稹白居易的唱和詩歌中，如《永貞二年正月二日上御丹鳳樓赦天下予與李公垂庾順之閑行曲江不及盛觀》就是比較著名的一篇。與元稹關係非常密切，其中《寄庾敬休》詩云：“小來同在曲江頭，不省春時不共遊。”可見一斑。庾家與元稹妻子韋叢以及元稹第三任妻子裴淑都有着親戚關係，元稹在《祭禮部庾侍郎太夫人文》中自稱“外孫女婿、朝議郎、守尚書祠部郎中、知制誥元稹”，其中的“外孫女”就是裴淑，而文題中的“禮部庾侍郎”就是庾承宣及之。庾承宣元和後期擔任禮部侍郎，主持進士考試，長慶中爲尚書左丞、陝虢觀察使，大和及其後歷官京兆尹、吏部侍郎、太常卿等職，是中唐時期活躍的人物。 烏夜啼：樂府清商曲辭《西曲歌》名。《舊唐書·音樂志》：“《烏夜啼》，（南朝）宋臨川王義慶所作也。元嘉十七年，徙彭城王義康於豫章。義慶時爲江州，至鎮，相見而哭，爲帝所怪，徵還宅，大懼。妓妾夜聞烏啼聲，扣齋合云：‘明日應有赦。’其年更爲南兗州刺史，作此歌……今所傳歌似非義慶

本旨。"又爲琴曲名,即《烏夜啼引》,與《西曲歌》義同事異。又説爲琴曲名,即《烏夜啼引》,與《西曲歌》義同事異。《樂府詩集·烏夜啼引》引唐李勉《琴説》:"《烏夜啼》者,何晏之女所造也。初,晏繫獄,有二烏止於舍上。女曰:'烏有喜聲,父必免。'遂撰此操。"張籍《烏夜啼引(何晏繫獄,有二烏止於舍上,其女曰:'烏有喜聲,父必免,遂作此操)》:"秦烏啼啞啞,夜啼長安吏人家。吏人得罪囚在獄,傾家賣產將自贖。少婦起聽夜啼烏,知是官家有赦書。下床心喜不重寐,未明上堂賀舅姑。少婦語啼烏,汝啼慎勿虚!借汝庭樹作高巢,年年不令傷爾雛。"後世所見《烏夜啼》,内容多爲男女戀情,與此已有不同。如李白《烏夜啼》:"黄雲城邊烏欲栖,歸飛啞啞枝上啼。機中織錦秦川女,碧紗如烟隔窗語。停梭悵然憶遠人,獨宿孤房淚如雨。"劉商《烏夜啼》:"繞樹啞啞驚復栖,含烟碧樹高枝迷。月明露濕枝亦滑,城上女墻西月低。愁人出户聽烏啼,團團明月墮墻西。月中有桂樹,日中有伴侶。何不上天去,一聲啼到曙?"胡奎《烏夜啼》:"烏夜啼,城上頭。城中少婦彈箜篌,起聞烏啼生遠愁。烏不能言解烏意,願烏啼時赦書至。"

　　② 君:對對方的尊稱,猶言您。沈佺期《送韋商州弼》"會府應文昌,商山鎮國陽。聞君監郡史,暫罷尚書郎。"王維《贈李頎》:"聞君餌丹砂,甚有好顔色。不知從今去,幾時生羽翼?"這裏是指庾承宣及之。　我傳樂府解古題:詩人在這裏所言,是指元和三年與四年之間的《和李校書新題樂府十二首序》,提出"雅有所謂,不虚爲文","病時之尤急","直其詞以示後"的主張。《編年箋注》認爲:"'我傳'句:元稹有《樂府古題序》,綜論古今詩歌同異之旨,是研究樂府詩之重要文獻。"元稹的《樂府古題序》(又稱《樂府(有序)》)確實詳細而獨到論述了樂府詩歌的情況,是我國文學批評史上不可多得的重要文獻。但那是元和十二年五月之前才撰成的作品,而本詩作於元和五年一二月間,不可能在元和五年年初就提前預支,基本的史實絕不應該混

淆,認真嚴肅應該是學術研究最起碼的條件,對讀者忠誠負責應該是最基本的要求。

③"良人在獄妻在閨"兩句:事見本詩上引關於"烏夜啼"故事本事。　良人:古時女子對丈夫的稱呼。《孟子·離婁》:"齊人有一妻一妾而處室者,其良人出,必饜酒肉而後反。"趙岐注:"良人,夫也。"《和李校書新題樂府十二首·上陽白髮人》:"醉酣直入卿士家,閨闈不得偷回避。良人顧妾心死別,小女呼爺血垂淚。"白居易《對酒示行簡》:"復有雙幼妹,笄年未結褵。昨日嫁娶畢,良人皆可依。"　官家:公家,官府。《三國志·張既傳》:"斬首獲生以萬數。"裴松之注引魚豢《魏略》:"牢獄之中,非養親之處,且又官家亦不能久爲人養老也。"白居易《秋居書懷》:"丈室可容身,斗儲可充腹。況無治道術,坐受官家祿。"王安石《河北民》:"家家養子學耕織,輸與官家事夷狄。"舊時對官吏、尊貴者及有權勢者的尊稱。《太平御覽》卷三九六引裴啓《語林》:"〔桓溫〕於北方得一巧作老婢,乃是劉越石妓女。一見溫入,潸然而泣。溫問其故,答曰:'官家甚似劉司空。'"

④"烏前再拜淚如雨"兩句:事見本詩所引"烏夜啼"本事。　再拜:拜了又拜,表示恭敬,古代的一種禮節。杜甫《有客》:"幽棲地僻經過少,老病人扶再拜難。豈有文章驚海內,漫勞車馬駐江干?"張籍《短歌行》:"與君相逢不寂寞,衰老不復如今樂。玉卮盛酒置君前,再拜願君千萬年。"　哀聲:悲哀的聲音。《孔子家語·顏回》:"哀聲有似於此,謂其往而不返也。"李白《在潯陽非所寄內》:"聞難知慟哭,行啼入府中……相見若悲嘆,哀聲那可聞?"　暗語:暗示着某種意思的話或動作。舒岳祥《桐乳》:"桐乳深藏鳥,苔花暗語蟲。誰能借修竹,爲我宿清風?"張英《雙鬟曲十首》六:"宮衣覆著麝蘭香,蓮燭雙擎夜轉長。暗語仙郎添半臂,黃金鴛瓦滿新霜。"

⑤後人:子孫,後裔。《書·太甲》:"旁求俊彥,啓迪後人。"蔡沈集傳:"而又旁求俊彥之士,以開導子孫。"後世的人。常建《古意三

首》一："氣盡呼青天，愁淚變楚竹。蛾眉喪湘川，後人立爲廟。"後面
的人，後繼的人。孫逖《送李補闕攝御史充河西節度判官》："昔年叨
補袞，邊地亦埋輪。官序慚先達，才名畏後人。" 吳調：吳歌的曲調，
其聲多纏綿哀怨。白居易《重答汝州李六使君見和憶吳中舊遊五首》
一："爲憶娃宮與虎丘，玩君新作不能休。蜀箋寫出篇篇好，吳調吟時
句句愁。"程敏政《塘西行樂詞二首》二："主權官清樂事多，歙州山木
蔽官河。憑誰爲譜新吳調，翻作塘西估客歌？" 哀弦：悲涼的弦樂
聲。曹丕《善哉行》："哀弦微妙，清氣含芳。"杜甫《題柏大兄弟山居屋
壁二首》一："江漢終吾老，雲林得爾曹。哀弦繞白雪，未與俗人操。"
楚楚：形容憂戚，淒苦。《魏書·高宗紀論》："既而國釁時艱，朝野楚
楚。"呂勝己《謁金門·聞鶯聲作》："可惜娟娟楚楚。同伴彩雲歸去。
居士心如泥上絮。那能無恨處。"

⑥ 四五年前作拾遺：元稹元和元年因制科第一的名次登第，拜
職左拾遺，至元和五年賦詠本詩，正應該是"四五年前"。 拾遺：官
名，唐武則天時置左右拾遺，掌供奉諷諫，後來隨設隨罷。王維《臨高
臺送黎拾遺》："相送臨高臺，川原杳何極。日暮飛鳥還，行人去不
息。"高適《人日寄杜二拾遺》："人日題詩寄草堂，遙憐故人思故鄉。
柳條弄色不忍見，梅花滿枝空斷腸。" 諫書：向君主進諫的奏章。
《漢書·王式傳》："臣以三百五篇諫，是以亡諫書。"韓翃《送夏侯校書
歸上都》："暮雪重裘醉，寒山匹馬行。此回將詣闕，幾日諫書成？"
丞相：古代輔佐君主的最高行政長官。戰國秦悼武王二年始置左右
丞相，秦以後各朝，時廢時設。張說《五君詠五首·蘇許公瓌》："朱戶
傳新戟，青松拱舊塋。淒涼丞相府，餘慶在玄成。"杜甫《蜀相》："丞相
祠堂何處尋？錦官城外柏森森。映階碧草自春色，隔葉黃鸝空好
音。"本詩指的是唐德宗、唐順宗、唐憲宗三朝宰相杜佑，元稹元和元
年作爲一名諫官，隨時隨地舉奏發生在朝廷內外不合朝規的事情。
元稹曾針對李唐朝廷朝令夕改的現狀獻上《論追制表》，以"追之是則

授之非，授之是則追之非"嚴密的非此即彼的論證方法，提出"以非爲是者罰必加，然後人不敢輕其舉；以是爲非者罪必及，然後下不敢用其私"的處置意見，讓人無言對答也無法回避。《新唐書·元稹傳》云："于時論俊、高弘本、豆盧靖等出爲刺史，閱旬追還詔書，稹諫：'詔令數易，不能信天下。'"從正面給予介紹和評價，但上引《新唐書·元稹傳》還是回避了一個非常重要的史實，那就是對蘇州刺史杜兼的追改。請注意元稹《論追制表》文中"又以杜兼爲蘇州刺史，行未半途復改郎署。臣不知誰請于陛下而授之？誰請于陛下而追之？追之是則授之非，授之是則追之非。以非爲是者罰必加，然後人不敢輕其舉；以是爲非者罪必及，然後下不敢用其私。此先王所以不令而人從不言而人信，豈異事哉，率是道也"的一段文字，而"舉而授"杜兼者是宰相杜佑，"請而追"杜兼者還是宰相杜佑。元稹因與三朝宰相杜佑較真，種下了自己被貶斥的河南尉的禍因。而《新唐書·杜兼傳》文云："元和初入爲刑部郎中，改蘇州刺史。比行，上書言李錡必反，留爲吏部郎中，尋擢河南尹。佑素善兼，終始倚爲助力。"參照元稹的《論追制表》的舉奏與《新唐書·杜兼傳》的記載，結合"元和初"亦即元和七年前杜佑在相位的史實，人們不難得出與我們同樣的結論：元稹實實在在得罪了宰相杜佑，使杜佑處在無言以對的尷尬境地，惱羞成怒的杜佑最終將元稹貶逐出京。元稹元和元年的《華之巫》，就是以類似楚辭的手法揭露杜佑奸惡面目的詩篇。

　　⑦ 謫官：貶官另任新職，這裏指將元稹出貶河南尉。李白《贈從弟南平太守之遙二首》二："謫官桃源去，尋花幾處行？秦人如舊識，出戶笑相迎。"杜甫《所思》："苦憶荆州醉司馬，謫官樽俎定常開。九江日落醒何處？一柱觀頭眠幾回？"　驅遣：驅使，差遣。施肩吾《春日美新綠詞》："前日萌芽小於粟，今朝草樹色已足。天公不語能運爲，驅遣羲和染新綠。"寒山《詩三百三首》一："驅遣除惡業，歸依受真性。今日得佛身，急急如律令。"唐代的謫官，一旦詔命下達，必須立

即赴任,不得延誤,並有吏役負責一路護送,故言"身作囚拘","吏驅遣"。　囚拘:受束縛,也比喻受束縛的人。韓愈《同冠峽》:"維舟山水間,晨坐聽百鳥……羈旅感和鳴,囚拘念輕矯。"柳宗元《讀書》:"道盡即閉口,蕭散捐囚拘。巧者爲我拙,智者爲我愚。"　妻在遠:當時元稹的岳丈韋夏卿出任東都留守,韋叢正在東都洛陽韋夏卿身邊,而元稹貶任河南縣尉,從長安出發,但來不及到任,就因母親病故而中途返回長安,故言。韋叢原先在洛陽父親韋夏卿的家中等待元稹赴任河南尉,接著也聽到了婆婆鄭氏病故的惡耗,隨即也從洛陽奔回長安。　在遠:在遠方。高適《哭單父梁九少府》:"常時祿且薄,歿後家復貧。妻子在遠道,弟兄無一人。"王建《江陵即事》:"寺多紅藥燒人眼,地足青苔染馬蹄。夜半獨眠愁在遠,北看歸路隔蠻溪。"

⑧歸來:回來。《楚辭·招魂》:"魂兮歸來!反故居些!"李白《長相思》:"不信妾腸斷,歸來看取明鏡前。"這裏是指韋叢從洛陽回到長安,與元稹一起爲元稹母親鄭氏守制。　相見:彼此會面,這裏指韋叢與元稹相見于長安家中。《禮記·曲禮》:"諸侯未及期相見曰遇。"賀知章《回鄉偶書二首》一:"少小離鄉老大回,鄉音難改鬢毛衰。兒童相見不相識,笑問客從何處來?"　泪如珠:眼淚如串串珍珠,連綫而下。這眼泪,大約既有韋叢的,也應該有元稹自己的,母親的突然病故,元稹的傷心痛哭應該在意料之中。李白《有所思》:"長鯨噴湧不可涉,撫心茫茫泪如珠。西來青鳥東飛去,願寄一書謝麻姑。"黃滔《辭相府》:"匹馬忍辭藩屏去?小才寧副廟堂求。今朝拜別幡幢下,雙泪如珠滴不休。"　唯説:祇是説,這裏指韋叢對元稹的哭訴。李涉《過襄陽上于司空頔》:"方城漢水舊城池,陵谷依然世自移。歇馬獨來尋故事,逢人唯説峴山碑。"韋莊《題穎源廟》:"曾是巢由栖隱地,百川唯説穎源清。微波乍向雲根吐?去浪遙冲雪嶂橫。"　閑宵:寂寞無聊的夜晚。岑參《范公叢竹歌》:"盛夏儵儵叢色寒,閑宵摵摵葉聲乾。"元稹《鶯鶯傳》:"自去秋以來,常忽忽如有所失。於諠嘩之

下，或勉爲語笑。閑宵自處，無不泪零。”　長：常常，經常。《莊子·
秋水》：“吾長見笑於大方之家。”賈島《落第東歸逢僧伯陽》：“曉去長
侵月，思鄉動隔春。”　拜烏：向烏鴉禮拜，事見烏夜啼本事。

　　⑨ “君來到舍是烏力”兩句：意謂你之所以能夠借着母親病故的
原因，不到貶地又回到長安家中，這完全是神烏保佑你的結果，我們
趕緊打理禮品答謝神烏吧！這些話語是韋叢對元稹説的話，“君”是
韋叢對元稹的稱呼。　妝點：裝飾，打扮。陳叔寶《三婦艷詞十一首》
二：“小婦初妝點，回眉對月鉤。”謂點綴。馮贄《雲仙雜記·白羊妝點
芳草》：“午橋莊小兒坡，茂草盈里。晉公每使數群羊散於坡上，曰：
‘芳草多情，賴此妝點。’”　烏：鳥名，烏鴉，又稱“老鴰”、“老鴉”。羽
毛通體或大部分黑色。《詩·邶風·北風》：“莫赤匪狐，莫黑匪烏。”
朱熹集傳：“烏，鴉。黑色。”王充《論衡·感虛》：“〔秦王〕與之誓曰：
‘使日再中，天雨粟，令烏白頭，馬生角……乃得歸。’”　烏盤：祭神時
裝祭物的盤子。除元稹本詩的書證外，暫時没有找到其他合適的書
證。　女巫：古代以歌舞迎神、掌占卜祈禱的女官。《周禮·春官·
女巫》：“掌歲時祓除釁浴，旱暵則舞雩；若王后吊，則與祝前；凡邦之
大烖，歌哭而請。”也指以裝神弄鬼、搞迷信活動爲職業的女人。李賀
《神弦》：“女巫澆酒雲滿空，玉爐炭火香冬冬。”白行簡《三夢記》：“竇
夢至華岳祠，見一女巫黑而長，青裙素襦，迎路拜揖，請爲之祝神。”

　　⑩ “今君爲我千萬彈”兩句：意謂今天你反反復復爲我彈着烏夜
啼之曲，聽着烏鴉不停地啄取食物的聲音，我感動，我悲傷，泪流滿
面。　君：對對方的尊稱，猶言您，亦用在人姓名後表示尊敬。這裏
指庾及之，韋叢的親戚。李商隱《夜雨寄北》：“君問歸期未有期，巴山
夜雨漲秋池。何當共剪西窗燭，卻話巴山夜雨時。”羅隱《酬章處士見
寄》：“中原甲馬未曾安，今日逢君事萬端。亂後幾回鄉夢隔，別來何
處路行難？”　千萬：形容數目極多。韓愈《秋懷詩十一首》三：“茫茫
出門路，欲去聊自欺。歸還閱書史，文字浩千萬。”梅堯臣《送何濟川

學士知漢州》："當時迎長卿，書史傳未悉。車馳及緣負，千萬今可詰。" 彈：用手指撥弄琴弦等樂器。《禮記·檀弓》："和之而不和，彈之而不成聲。"劉義慶《世說新語·雅量》："嵇中散臨刑東市，神氣不變，索琴彈之。"這裏是指庾承宣及之。 啄啄：禽鳥取食貌。韓愈《嗟哉董生行》："家有狗乳出求食，雞來哺其兒。啄啄庭中拾蟲蟻，哺之不食鳴聲悲。"高啓《三鳥》："啄啄有餘粟，歲宴諒不飢。"象聲詞，叩門聲。韓愈《剝啄行》："剝剝啄啄，有客至門。我不出應，客去而嗔。"瀾瀾：泪流貌。義同"闌干"，眼泪縱橫散亂貌，交錯雜亂貌。趙曄《吳越春秋·勾踐入臣外傳》："王與夫人嘆曰：'吾已絕望，永辭萬民，豈料再還，重復鄉國。'言竟掩面，涕泣闌干。"韋應物《登蒲塘驛沿路見泉谷村墅忽想京師舊居追懷昔年》："存殁闊已永，悲多歡自疏。高秩非爲美，闌干泪盈裾。"

⑪ 深意：深刻的含意，深微的用意。《後漢書·李育傳》："嘗讀《左氏傳》，雖樂文采，然謂不得聖人深意。"元稹《苦樂相倚曲》："未有因由相決絕，猶得半年佯暖熱。轉將深意諭旁人，緝綴疵瑕遺潛說。"昨日：過去，以前。李元紘《綠墀怨》："寶屋粘花絮，銀箏覆網羅。別君如昨日，青海雁頻過。"丘爲《湖中寄王侍御》："少別如昨日，何言經數秋？應知方外事，獨往非悠悠。"

⑫ 當時爲我賽烏人：這裏是指元稹已經亡故的妻子韋叢。韋叢病故於元和四年七月九日，詩人賦詠此詩之時的元和五年一二月間，韋叢已經離開了人世。 當時：指過去發生某件事情的時候。《韓詩外傳》卷一："臣先殿上絕纓者也，當時宜以肝膽塗地。負日久矣，未有所致。今幸得用於臣之義，尚可爲王破吳而强楚。"曹唐《劉阮再到天台不復見仙子》："草樹總非前度色，烟霞不似昔年春。桃花流水依然在，不見當時勸酒人。" 賽烏：謂祭祀烏鬼以求福佑。程大昌《演繁露·烏鬼》："按稹此詩，即是其妻爲稹賽烏而得還家者，則唐人賽烏鬼自有來矣！"《能改齋漫録·烏鬼》："元微之酬樂天詩：'病賽烏稱

鬼,巫占瓦代龜。'注云:'南人染病並賽烏鬼,因悟杜子美詩'家家養烏鬼,頓頓食黃魚'之意。沈存中以烏鬼爲鸕鷀,不知又何所據也?"
死葬咸陽原上地:韋叢病故之後,於元和四年十月十三日安葬在元氏家族祖墳咸陽洪瀆原。   葬:掩埋屍體。《易·繫辭》:"古之葬者,厚衣之以薪,葬之中野,不封不樹,喪期无數。後世聖人易之以棺椁,蓋取諸《大過》。"《新唐書·高承簡傳》:"承簡夷其丘,庀家財以葬。"

[編年]

《年譜》"己丑庚寅在東都所作其他詩"欄内將本詩編入,没有列舉爲何將此詩編入元和四年與五年的理由。《年譜》在後面補充道:"《聽庚及之彈烏夜啼引》尤非江陵所作。庚及之是元稹分務東臺時往還之友,未隨元稹到江陵也。此詩有'四五年前作拾遺'之句,元稹於元和元年爲左拾遺,至元和五年正是五年。此詩亦是元稹貶江陵前在東都作。"《編年箋注》認爲:"此詩⋯⋯作於元和四五年間。見下《譜》。"《年譜新編》編年元和四年冬天,引述元詩之後云:"自元和元年下推四五年,爲元和四五年,而五年三月即被召回長安,其在洛陽惟過一個冬天,故詩當爲元和四年冬作。"

《年譜》、《編年箋注》雖然標明本詩是元稹在東都所作,但也没有具體的寫作時間,仍然顯得有點籠統。《年譜新編》斷言爲"冬天",没有足够的理由加以説明。本詩云:"四五年前作拾遺,諫書不密丞相知。"元稹元和元年爲左拾遺,彈劾對杜兼的追制,從元和元年下推"四五年",正是元和五年。而元稹在洛陽任職監察御史,祇到元和五年二月,三月六日已經在回京途中的陝州,有元稹《元和五年予官不了罰俸西歸三月六日至陝府與吳十一兄端公崔二十二院長思愴曩游因投五十韵》可證。我們以爲,此詩可以斷定爲元和五年一二月間所作。

◎ 夢 井①

夢上高高原,原上有深井②。登高意枯渴,願見深泉冷③。
徘徊繞井顧(一),自照泉中影④。沈浮落井瓶,井上無懸綆⑤。
念此瓶欲沈,荒忙爲求請⑥。遍入原上村,村空犬仍猛⑦。還
來繞井哭,哭聲通復哽⑧。哽噎夢忽驚,覺來房舍靜⑨。燈焰
碧朧朧,泪光凝冏冏(二)⑩。鐘聲夜方半(三),坐臥心難整⑪。忽
憶咸陽原,荒田萬餘頃⑫。土厚壙亦深,埋魂在深埂⑬。埂深
安可越?魂通有時逞⑭。今宵泉下人,化作瓶相憬(四)⑮。感此
涕汍瀾,汍瀾涕沾領⑯。所傷覺夢間,便覺死生境(五)⑰。豈無
同穴期?生期諒綿永⑱。又恐前後魂(六),安能兩知省⑲?尋環
意無極,坐見天將映⑳。吟此夢井詩,春朝好光景㉑。

録自《元氏長慶集》卷九

[校記]

(一)徘徊繞井顧:楊本、叢刊本同,《全詩》作"裴回繞井顧"。
"裴回"有彷徨貌、徘徊不進貌、徐行貌、留戀貌等多種義項,與"徘徊"
的義項基本相同,不改。

(二)泪光凝冏冏:楊本、叢刊本同,《全詩》作"泪光疑冏冏",語
義難通,不從不改。

(三)鐘聲夜方半:原本與叢刊本、《全詩》均作"鍾聲夜方半",雖
然兩字相通,但遵照習慣,仍然據楊本改。

(四)化作瓶相憬:《全詩》同,楊本、叢刊本作"化作瓶相誓",宋
蜀本作"化作瓶相警",語義均難説通,不從。而"憬"是"獷"的被通假

字,含有遠行之義,與本句一一切合,不改。《元稹集》與《編年箋注》均脫漏與馬本參校,沒有採用"化作瓶相慜"這一合理的説法。

（五）便覺死生境:楊本、叢刊本、《全詩》同,宋蜀本作"便隔死生境",兩説均可説通,不改。

（六）又恐前後魂:楊本、叢刊本、《全詩》同,錢校作"久恐前後魂",語義不及"又恐前後魂",不從不改。

［箋注］

① 夢:做夢。《左傳·僖公二十八年》:"晉侯夢與楚子搏。"李白《夢遊天姥吟留別》:"我欲因之夢吳越,一夜飛度鏡湖月。湖月照我影,送我至剡谿。"　井:原指古代王侯的墓穴,後來借指一般死者的墳墓,這裏指詩人妻子韋叢的墳墓。杜甫《蘇端薛復筵簡薛華醉歌》:"如澠之酒常快意,亦知窮愁安在哉！忽憶雨時秋井塌,古人白骨生青苔,如何不飲令心哀！"仇兆鰲注引張綖曰:"井是貴者之墓,猶今言金井也,楚人皆謂楚王墳爲井上。"韓愈《記宜城驛》:"此驛置在古宜城内,驛東北有井,傳是昭王井。有靈異,至今人莫汲。"

② 高原:海拔較高、地形起伏較小的大片高地。王維《田園樂七首》五:"山下孤烟遠村,天邊獨樹高原。一瓢顏回陋巷,五柳先生對門。"高高原,意謂非常非常之高。元稹《遣興十首》一:"嚴霜九月半,危蒂幾時客？況有高高原,秋風四來迫。"　深井:深埋地下的墳墓。柳宗元《東門行》:"安陵誰辨削礪工？韓國詎明深井里？絶咽斷骨那下補？萬金寵贈不如土！"齊己《昇天行》:"五三仙子乘龍車,堂前碾爛蟠桃花。回頭却顧蓬山頂,一點濃嵐在深井。"這裏指韋叢的墳墓。

③ 枯渴:乾渴。白居易《昆明春》:"往年因旱池枯竭,龜尾曳塗魚煦沫。詔開八水注恩波,千介萬鱗同日活。"齊己《贈持法華經僧》:"受持身心苟精潔,尚能使煩惱大海水枯竭。"　深泉:深淵。按,唐人避高祖李淵諱,改"淵"爲"泉"。項斯《贈别》:"魚在深泉鳥在雲,從來

只得影相親。他時縱有逢君處,應作人間白髮身。"唐無名氏《驪龍》:
"大壑長千里,深泉固九重。奮鬐雲乍起,矯首浪還衝。"

④ 徘徊:猶彷徨,遊移不定貌。《漢書·高后紀》:"產不知祿已
去北軍,入未央宮欲為亂。殿門弗內,徘徊往來。"顏師古注:"徘徊猶
彷徨,不進之意也。"向秀《思舊賦》:"惟古昔以懷今兮,心徘徊以躊
躇。" 繞:圍繞,環繞。《莊子·說劍》:"繞以渤海,帶以常山。"曹操
《短歌行》:"繞樹三匝,何枝可依?" 自照:自己映照自己。杜甫《倦
夜》:"重露成涓滴,稀星乍有無。暗飛螢自照,水宿鳥相呼。"杜甫
《夜》:"露下天高秋水清,空山獨夜旅魂驚。疏燈自照孤帆宿,新月猶
懸雙杵鳴。"本詩是想像之詞。 泉:泉下,指人死後埋葬的地方。潘
岳《悼亡詩三首》一:"之子歸窮泉,重壤永幽隔。私懷誰克從?淹留
亦何益?"白居易《十年三月三十日別微之於灃上十四年三月十一日
夜遇微之於峽中停舟夷陵三宿而別言不盡者以詩終之因賦七言十七
韻以贈且欲記所遇之地與相見之時為他年會話張本也》:"生涯共寄
滄江上,鄉國俱拋白日邊。往事渺茫都似夢,舊游零落半歸泉。"
影:人或物體因遮住光綫而投下的暗像或陰影。李白《月下獨酌四首
(長安)》一:"花間一壺酒,獨酌無相親。舉懷邀明月,對影成三人。"
張先《天仙子》:"沙上並禽池上暝。雲破月來花弄影。重重翠幕密遮
燈,風不定。人初靜。明日落紅應滿徑。吳興菽文補作簾。"這裏是
作者想像自己死後與韋叢一起埋入地下的樣子,屬於想像之詞。

⑤ 沈浮:亦作"沉浮",在水上忽上忽下。語出《詩·小雅·菁菁
者莪》:"泛泛楊舟,載沈載浮。"葛洪《抱朴子·正郭》:"無故沈浮于波
濤之間,倒屣於埃塵之中,邀集京邑,交關貴遊。"曹松《岳陽晚泊》:
"湖影撼山朵,日陽燒野愁。白波爭起倒,青嶼或沈浮。" 井瓶:在井
上用於汲水的工具。崔備《清溪路中寄諸公》:"野笋資公膳,山花慰
客心。別來無資訊,可謂井瓶沈。"程俱《次韵江司兵寄示所和趙司錄
相從飲鮮嘲之句》:"鴟夷與井瓶,憂樂殊初終。具當從所好,迕彎若

爲容?"　綆:繩索,汲水器上的繩索。《荀子·榮辱》:"短綆不可以汲深井之泉。"貫休《行路難》:"君不見道旁廢井生古木,本是驕奢貴人屋。幾度美人照影來,素綆銀瓶濯纖玉。"

⑥ 荒忙:慌忙,荒,通"慌"。干寶《搜神記》卷一六:"度當時荒忙出走,視其金枕在懷,乃無異變。"華岳《驟雨》:"牧童家住溪西曲,侵早騎牛牧溪北。荒忙冒雨急渡溪,雨勢驟晴山又綠。"　求請:即請求,説明要求,希望得到滿足。《漢書·宣帝紀》:"虛閭權渠單于請求和親。"趙元一《奉天録》卷三:"三軍賈勇,請求死鬥。"蘇舜欽《論宣借宅事》:"今兹醫卜庸流,濫有求請,煩瀆天聽。"

⑦ 遍入:四處進進出出。甄龍友《水調歌頭》:"爛醉蓬萊方丈,遍入華嚴法界,試問夜何如? 北斗轉魁柄,東海欲飛烏。"義近"入遍"。司空曙《早夏寄元校書》:"獨遊野徑送芳菲,高竹林居接翠微。綠岸草深蟲入遍,青蘋花盡蝶来稀。"　村空:即空村,村中空無一人。杜甫《後出塞五首》五:"中夜間道歸,故里但空村。惡名幸脱免,窮老無兒孫。"陳與義《衡岳道中四首》一:"世亂不妨松偃蹇,村空更覺水潺湲。非無拄杖終傷老,負此名山四十年。"

⑧ 還來:歸來,回來。王維《既蒙宥罪旋復拜官伏感聖恩竊書鄙意兼奉簡新除使君等諸公》:"花迎喜氣皆知笑,鳥識歡心亦解歌。聞道百城新佩印,還來雙闕共鳴珂。"杜甫《課小豎鉏斫舍北果林枝蔓荒穢淨訖移床三首》三:"日斜魚更食,客散鳥還來。寒水光難定,秋山響易哀。"　繞井:圍着井臺。元結《登白雲亭》:"長山繞井邑,登望宜新晴。州渚曲湘水,縈回隨郡城。"杜甫《見螢火》:"却繞井欄添個個,偶經花蕊弄輝輝。滄江白髮愁看汝,來歲如今歸未歸?"

⑨ 哽噎:悲痛氣塞,泣不成聲。王逸《九思·遭厄》:"思哽饐兮詰詘,涕流瀾兮如雨。"原注:"饐,一作咽。"《南史·張譏傳》:"每歲時,輒對帕哽噎不能勝。"　覺來:睡夢中醒來。錢起《夢尋西山準上人》:"言忘心更寂,迹滅雲自起。覺來縷上塵,如洗功德水。"韓愈《苟

藥》:"浩態狂香昔未逢,紅燈爍爍綠盤籠。覺來獨對情驚恐,身在仙宮第幾重?"

⑩ 燈焰:燈燭的火焰。白居易《宿東林寺》:"經窗燈焰短,僧爐火氣深。索落廬山夜,風雪宿東林。"梅堯臣《韓玉汝遺油》:"目睛須藉外物光,日月不到卑蔀居。君能置以清油壺,暝照文字燈焰舒。"朧朧:微明貌。夏侯湛《秋可哀》:"月翳翳以隱雲,星朧朧以投光。"嚴仁《鷓鴣天》:"寒淡淡,曉朧朧。黃雞催斷丑時鐘。紫騮嚼勒金銜響,衝破飛花一道紅。" 冏冏:光明貌。江淹《效孫綽雜述》:"冏冏秋月明,憑軒詠堯老。浪迹無蚩妍,然後君子道。"韓愈《秋懷十一首》六:"蟲鳴室幽幽,月吐窗冏冏。喪懷若迷方,浮念劇含梗。" 泪光:泪珠在微暗的光綫下閃閃發光。許渾《金谷桃花》:"花在舞樓空,年年依舊紅。泪光停曉露,愁態倚春風。"周朴《秋夜不寐寄崔溫進士》:"歸鄉憑遠夢,無夢更思鄉。枕上移窗月,分明是泪光。"

⑪ 鐘:梵語意譯,佛寺懸挂的鐘,多用作報時、報警、集合的信號,與作爲樂器的鐘有所區別。庾信《陪駕幸終南山和宇文内史》:"戍樓鳴夕鼓,山寺響晨鐘。"王勃《净慧寺碑》:"九乳仙鐘,獨鳴霜雪。"泛指擊以報時的鐘。《舊唐書·天文志》:"又立二木人于地平之上,前置鐘鼓以候辰刻,每一刻自然擊鼓,每辰則自然撞鐘。"嚴仁《鷓鴣天》:"寒淡,曉朧朧。黃雞催斷丑時鐘。" 坐臥:時坐時臥。李頎《題璿公山池》:"指揮如意天花落,坐臥閑房春草深。此外俗塵都不染,惟餘玄度得相尋。"元稹《感夢》"不省別時語,但省涕淋漓。覺來身體汗,坐臥心骨悲。"

⑫ 咸陽原:元氏家族的墓地在咸陽原,故言。張籍《將軍行》:"當朝受詔不辭家,夜向咸陽原上宿。戰車彭彭旌旗動,三十六軍齊上隴。"元稹《聽庾及之彈烏夜啼引》:"感君此曲有深意,昨日烏啼桐葉墜。當時爲我賽烏人,死葬咸陽原上地。" 荒田:荒廢没有耕種的農田。劉希夷《晚憩南陽旅舘》:"途窮人自哭,春至鳥還歌。行路新

知少,荒田古徑多。"劉長卿《奉使至申州傷經陷没》:"歸人失舊里,老
將守孤城。廢戍山烟出,荒田野火行。"

⑬　壙:墓穴。李賀《感諷五首》三:"月午樹無影,一山唯白曉。
漆炬迎新人,幽壙螢擾擾。"曹鄴《始皇陵下作》:"壘壘壙中物,多於養
生具。若使山可移,應將秦國去。"　魂:魂魄,魂靈,這裏指韋叢的遺
體與靈魂。皎然《王昭君》:"自倚嬋娟望主恩,誰知美惡忽相翻!黃
金不買漢宮貌,青冢空埋胡地魂。"鮑溶《悲哉行》:"朗朗哭前歌,絳旌
引幽魂。來爲千金子,去卧百草根。"　埂:坑,小坑。《玉篇·土部》:
"埂,小坑也。"這裏指韋叢的埋葬之處。

⑭　"埂深安可越"兩句:意謂妻子的棺槨埋葬得非常非常深,我
的肉體怎麽可以深入其中?但我對妻子深厚的愛意,有時可以使我
的靈魂與妻子的靈魂一起溝通交流。　越:度過,跨過,穿越。《楚
辭·天問》:"阻窮西征,巖何越焉?"王逸注:"越,度也。"韓愈《許國公
神道碑銘》:"汝能越吾界而爲盜邪?"　逞:快心,稱願,滿意。《左
傳·昭公二十五年》:"魯君失民矣,焉得逞其志?"韓愈《祭郴州李使
君文》:"逞英心於縱博,沃煩腸以清酎。"引申指達到目的。羅隱《昇
仙橋》:"價自友朋得,名因婦女知。直須論運命,不得逞丈詞。"

⑮　今宵:今夜。徐陵《走筆戲書應令》:"今宵花燭淚,非是夜迎
人。舞席秋來卷,歌筵無數塵。"雍陶《宿嘉陵驛》:"離思茫茫正值秋,
每因風景卻生愁。今宵難作刀州夢,月色江聲共一樓。"　泉下人:已
經死去的人,這裏指元稹的妻子韋叢。李白《門有車馬客行》:"借問
宗黨間,多爲泉下人。生苦百戰役,死托萬鬼鄰。"白居易《哭諸故人
因寄元八》:"彼皆少於我,先爲泉下人。我今頭半白,焉得身久存?"
泉下:黃泉之下,指人死後埋葬之處,迷信指陰間。《周書·晉蕩公護
傳》:"死若有知,冀奉見於泉下爾!"熊孺登《寒食野望》:"拜掃無過骨
肉親,一年惟此兩三辰。冢頭莫種有花樹,春色不關泉下人。"　憬:
"獷"的被通假字,遠行貌,亦指遠。《詩·魯頌·泮水》:"憬彼淮夷,

來獻其琛。"毛傳:"憬,遠行貌。"王融《三月三日曲水詩序》:"宮鄰昭泰,荒憬清夷。"

⑯ 汍瀾:淚疾流貌。《後漢書·馮衍傳》:"淚汍瀾而雨集兮,氣滂浡而雲披。"韓愈《齪齪》:"大賢事業異,遠抱非俗觀。報國心皎潔,念時涕汍瀾。" 領:指被子的被頭。《禮記·喪大記》:"紟五幅,無紞。"鄭玄注:"紞,以組類爲之,綴之領側,若今被識矣!生時襌被有識,死者去之,異於生也。"孔穎達疏:"領爲被頭,側謂被旁,識謂記識,言綴此組類於領及側,如今被之記識。"

⑰ 覺夢間:醒着和睡夢之間。長孫佐輔《代別後夢別》:"別中還夢別,悲後更生悲。覺夢俱千里,追隨難再期。"元稹《夢遊春七十韵》:"雖云覺夢殊,同是終難駐。憁緒竟何如?梦絲不成絢。" 死生:死亡和生存。《易·繫辭》:"原始反終,故知死生之説。"《史記·魯仲連鄒陽列傳》:"今死生榮辱,貴賤尊卑,此時不再至,願公詳計而無與俗同。"也可理解爲偏義複詞,指死亡。高適《燕歌行》:"山川蕭條極邊土,胡騎憑陵雜風雨。戰士軍前半死生,美人帳下猶歌舞。"蘇軾《佺安節遠來夜坐三首》二:"畏人默坐成痴鈍,問舊驚呼半死生。"

⑱ 同穴:《詩·王風·大車》:"穀則異室,死則同穴。謂予不信,有如皦日!"後以"同穴"指夫妻合葬,亦用以形容夫婦相愛之堅。潘岳《寡婦賦》:"要吾君兮同穴,之死矢兮靡佗。"陳子昂《唐故袁州參軍李府君妻清河張氏墓誌銘》:"永惟同穴之儀,仰遵歸祔之典。" 生期:活着的期限。元稹《百牢關》:"天上無窮路,生期七十間。那堪九年内,五度百牢關!"鮑溶《途中旅思二首》一:"生期三萬日,童耄半虛擲。修短命半中,憂歡復相敵。" 綿永:綿遠久遠。范純仁《慈聖光獻皇后挽詞二首》二:"帝圖綿永合無涯,天降真人動魯沙。兩奉離明來繼業,久膺舜養似重華。"許翰《論宦官》:"自春秋以來,國家昌大世祚綿永者,惟漢與唐。至於我宋,方建萬世之統,此近古之三代也。"元稹以韋叢過早謝世,自己不得馬上與妻子在地府團圓爲恨,詩人對

妻子的深情,以此可見一斑。

　　⑲ 前後:指一前一後。陳子昂《入東陽峽與李明府舟前後不相及》:"東岩初解纜,南浦遂離群。出没同洲島,沿回異渚濆。"柳宗元《朗州寶常員外寄劉二十八詩見促行騎走筆酬贈》:"賜環留逸響,五馬助征騑。不羨衡陽雁,春來前後飛。" 魂:魂魄,魂靈,這裏是指韋叢與元積自己死後的靈魂。《易·繫辭》:"精氣爲物,遊魂爲變。"潘岳《馬汧督誄》:"死而有靈,庶慰冤魂。" 知省:知所省察或省悟。《漢書·五行志》:"定公二年五月,兩觀災……定公不知省。"韓維《奉同原甫槐陰行》:"昏然百事不知省,空復春葉零秋華。"可見詩人對亡故妻子韋叢的一片深情。

　　⑳ 尋環:迴圈。嵇康《聲無哀樂論》:"今復煩尋環之難,敢不自一竭邪?"李商隱《戲贈張書記》:"古木含風久,平蕪盡日閑。心知兩愁絶,不斷若尋環。" 無極:無窮盡貌,無邊際貌。枚乘《七發》:"太子方富於年,意者久耽安樂,日夜無極。"元積《奉和寶容州》:"禁林聞道長傾鳳,池水那能久滯龍? 自嘆風波去無極,不知何日又相逢?" 坐見:猶言眼看着,徒然看着。盧思道《聽鳴蟬篇》:"故鄉已超忽,空庭正蕪没。一夕復一朝,坐見凉秋月。"陳子昂《登澤州城北樓宴》:"復來登此國,臨望與君同。坐見秦兵壘,遙聞趙將雄。" 晒:明,明亮。揚雄《法言·先知》:"知其道者其如視,忽眇緜作晒。"王念孫《讀書雜誌餘編·法言》:"《一切經音義》五引《三蒼》云:'晒,著明也。'"《金石續編·唐孫文才石碑像銘》:"建毫倫於額上,晒萬字於胸衿。"

　　㉑ 春朝:春天的早晨,亦泛指春天。賈誼《新書·保傅》:"三代之禮:天子春朝朝日,秋暮夕月,所以明有敬也。"元積《酬樂天三月三日見寄》:"常年此日花前醉,今日花前病裏銷。獨倚破簾閑悵望,可憐虛度好春朝。" 光景:陽光。《楚辭·九章·惜往日》:"慚光景之誠信兮,身幽隱而備之。"洪興祖補注:"《説文》云:景,光也。"王安石

《白雲》:"西風來吹欲消散,落日起望心悠然。願回羲和借光景,常使
秀色留檐邊。"

[編年]

　　未見《年譜》、《年譜新編》編年本詩。《編年箋注》云:"此詩元和
五年作於洛陽。"

　　元稹妻子韋叢元和四年七月九日病故於洛陽,十月十三日安葬
於元氏家族祖墳咸陽洪瀆原,而本詩云:"忽憶咸陽原,荒田萬餘頃。
土厚壙亦深,埋魂在深埝。埝深安可越? 魂通有時遑。今宵泉下人,
化作瓶相憬。"知本詩應該作於元和四年十月十三日之後的歲月。而
本詩又云:"吟此夢井詩,春朝好光景。"知本詩應該作於春天的洛陽。
而元稹自洛陽被召回京在三月初,三月三日已經在前往長安途中的
三泉驛,有《三泉驛》可證。三月六日在陝州與吳十一士則、崔二十二
韶相會,有《元和五年予官不了罰俸西歸三月六日至陝府與吳十一兄
端公崔二十二院長思愴曩遊因投五十韵》可證。故據此可以推定:本
詩應該作於元和五年的一二月間。

◎ 廳前柏^{(一)①}

　　廳前柏,知君曾對羅希奭②。我本癲狂耽酒人,何事與
君為對敵③? 為對敵,洛陽城中花赤白④。花赤白,囚漸多,
花之赤白奈爾何⑤?

録自《元氏長慶集》卷二六

[校記]

　　(一)廳前柏:本詩各本,包括楊本、叢刊本、《全詩》,均無異文。

[箋注]

① 廳前柏：漢御史府中列植柏樹，常有野鳥數千栖居其上，事見《漢書・朱博傳》："(御史臺)府中列柏樹，常有野鳥數千栖宿其上，晨去暮來，號曰'朝夕鳥'。"後因以柏臺稱御史臺。宋之問《和姚給事寓直之作》："柏臺遷鳥茂，蘭署得人芳。禁静鐘初徹，更疏漏漸長。"元稹《元和五年予官不了罰俸西歸三月六日至陝府與吳十一兄端公崔二十二院長思愴曩遊因投五十韻》："去歲又登朝，登爲柏臺吏。臺官相束縛，不許放情志。"

② 羅希奭：唐代著名的酷吏，也曾在洛陽御史臺辦理過案件，審理過犯人，直面御史臺内的柏樹，故元稹有"知君曾對羅希奭"之句打趣揶揄自己。《舊唐書・羅希奭傳》："爲吏持法深刻，天寶初右相李林甫引與吉溫持獄，又與希奭姻婭，自御史臺主簿再遷殿中侍御史……下獄事皆與溫鍛煉，故時稱'羅鉗吉網'，惡其深刻也。"宋祁《李邕傳》："宰相李林甫素忌邕，因傅以罪詔，刑部員外郎祁順之、監察御史羅希奭就郡杖殺之。"呂夏卿《唐書直筆》卷四："周興、萬國俊、來子珣、王弘義、羅希奭(案以上五人，《舊書》入酷吏，《新書》仍存王弘義，以周興、萬國俊、來子珣，附來俊臣，以羅希奭附吉溫。)"

③ 癲狂：謂因酒而興奮，以致言語行動失常的現象。耿定向《里中三異傳》："余故與程、羅兩君交善，時相往反，因晤之，聆其言貌，若癲狂然，間出語有中吾衷者。"《醫宗金鑒・癲癇總括》："經言癲狂本一病，狂乃陽邪癲是陰。" 耽酒：謂極好飲酒。《魏書・裴叔業傳》："〔柳遠〕性粗疏無拘檢，時人或謂之'柳癲'。好彈琴，耽酒，時有文詠。"盧仝《嘆昨日三首》二："天下薄夫苦耽酒，玉川先生也耽酒。薄夫有錢恣張樂，先生無錢養恬漠。"陸游《晚泊松滋渡口》："看鏡不堪衰病後，繫船最好夕陽時。生涯落魄惟耽酒，客路蒼茫自詠詩。"

④ 對敵：面對敵人，對敵人作戰。《南史・蕭確傳》："確每臨陣對敵，意甚詳贍。"李世民《宴中山》："對敵六奇舉，臨戎八陣張。斬鯨

澄碧海,卷霧掃扶桑。"仇敵,對頭。韓琦《次韻答滑州梅龍圖以詩酒
見寄二首》一:"對敵公如論酒兵,病夫雖劣敢先登。如將壓境求詩
戰,即豎降旗示不勝。"梅堯臣《依韻和張中樂寺丞見贈》:"惠詩何勁
敏! 對敵射銅鏃。穿楊有舊手,驚雀無全目。"

⑤ 赤白:紅色與白色。張華《博物志》卷三:"越地深山有鳥如
鳩,青色,名曰冶鳥,穿大樹作巢如升器,其戶口徑數寸,周飾以土堊,
赤白相次。"元稹《遊三寺回呈上府主嚴司空時因尋寺道出當陽縣奉
命覆視縣囚牽於遊行不暇詳究故以詩自誚爾》:"貪緣稽首他方佛,無
暇精心滿縣囚。莫責尋常吐茵吏,書囊赤白報君侯。"

[編年]

《年譜》編年元和五年"在東都作",理由是:"詩有'洛陽城中花赤
白,花赤白,囚漸多'等句,當是東臺作。(參閱《同醉》:'柏樹臺中推
事人'。)"《編年箋注》云:"此詩作於元和五年(八一〇),元稹時爲東
臺監察御史。見下《譜》。"《年譜新編》引述本詩以後云:"元和五年
春""元稹在洛陽作"。

我們的編年意見與《年譜》、《編年箋注》、《年譜新編》的編年意見
大致相同,不過元稹在東臺監察御史任前後兩個年頭,是元和四年還
是元和五年? 元稹元和四年七月到洛陽任,那時的洛陽正是鮮花盛
開的季節。"花赤白"所吟是不是指那個時候的花花草草? 李益《聽
唱赤白桃李花》:"赤白桃李花,先皇在時曲。欲向西宮唱,西宮宮樹
綠。"元稹的"花赤白"蓋來源於唐玄宗時的這一首曲子,赤白的特定
含義是指桃李花,如此"花赤白"應該指春天的花,本詩應該是春天的
詩。結合元稹元和五年三月初前離開洛陽的事實,可以進一步肯定
是元和五年一二月間的詩篇。而元和五年春天,元稹在先洛陽,後在
長安,最後在江陵,應該提出確鑿的證據,斷定賦詩的地點。除了"洛
陽城中"、"廳前柏"之外,我們還應該結合元稹本年春天的行程來考

察：元稹三月三日之前離開洛陽，三月三日來到洛陽西面壽安縣境內的三泉驛，詩人有《三泉驛》："三泉驛內逢上巳，新葉趨塵花落地。"詩人在路上已經看到"花落地"的景象，那麼他在洛陽城內時的桃李花應該已經盛開，所以可以確定賦詩的地點應該在洛陽無疑。

◎ 同醉（呂子元庾及之杜歸和周隱客泛韋氏池）(一)①

柏樹臺中推事人，杏花壇上煉形真(二)②。心源一種閑如水，同醉櫻桃林下春③。

錄自《元氏長慶集》卷一六

［校記］

（一）杜歸和：楊本、叢刊本、《全詩》同，盧校宋本作"杜常和"，據元稹本詩別本以及元稹其他詩篇涉及，應該是"杜歸和"，作"杜常和"者誤，不取不改。　周隱客：楊本、叢刊本、《全詩》作"同隱客"，因爲放在各位朋友之末，故如以"同"作爲連接詞，語義亦通。但據元稹其他詩篇揭示，此"隱客"姓周，且據本詩題注對其他朋友的稱呼均連姓帶名，以及元稹《劉氏館集隱客歸和子元及之子蒙晦之》詩題中統一不稱姓的習慣，本詩詩注之"同隱客"，擬應是"周隱客"爲是，徑改。泛韋氏池：楊本、叢刊本、《全詩》同，盧校宋本作"同泛韋氏池"，語義亦通，但遵從原本，不改。

（二）杏花壇上煉形真：錢校、叢刊本、《全詩》、楊本均作"杏花壇上煉真形"，與原本異。《元稹集》指出："'真'與下聯'春'均協真韵。"有理，《元稹集》據此徑改，但失校於馬本，同時首句之"人"與"真"、"春"也同協真韵。

［箋注］

① 同醉：多人一起飲酒，一起酒醉。趙冬曦《和張燕公耗磨日飲》一：“上月今朝減，流傳耗磨辰。還將不事事，同醉俗中人。”孟浩然《和賈主簿弁九日登峴山》：“楚萬重陽日，群公賞宴來。共乘休沐暇，同醉菊花杯。”　吕子元庚及之杜歸和周隱客：元稹在洛陽的四位朋友，元稹有其他詩文提及他們，請參閱。　吕子元：元稹的朋友，吏部乙科同年，行二。曾經入王屋山做過道士，文宗時還在人世。《佩文齋書畫譜·書家傳·唐吕子元》：“道士吕子元（文宗時人）：《靈寶院記》，太和三年，雲水道士吕子元書兼篆額（劉大彬《茅山志》）。”倪濤《六藝之一録》：“道士：吕子元（文宗時人），《茅山靈寶院記》，雲水道士吕子元書兼篆額。”元稹有《酬哥舒大少府寄同年科第》詩涉及：“前年科第偏年少，未解知羞最愛狂。九陌爭馳好鞍馬，八人同着綵衣裳（同年科第：宏詞吕二炅、王十一起、拔萃白二十二居易、平判李十一復禮、吕四頻、哥舒大煩、崔十八玄亮逮不肖，八人皆奉榮養）。”韓愈也有《河南少尹李公墓誌銘（李素也，據史，李素無傳，于〈李錡傳〉附見焉）》提及：“吕氏子炅，棄其妻，著道士衣冠，謝母曰：‘當學仙王屋山。’去數月，復出，間詣公。公立之府門外，使吏卒脱道士冠，給冠帶，送付其母。”又有《誰氏子（吕子炅，河南人元和中棄其妻，著道士服，謝母曰：‘當學仙王屋山。’去數月，復出，見河南少尹李素，素立之府門，使吏卒脱道士服，給冠帶，送付其母。公時爲河南令，作此詩有願往教誨不從而誅之語，至是素始歸之，事見《李素墓誌》）》詳細論及：“非痴非狂誰氏子？去入王屋稱道士。白頭老母遮門啼，挽斷衫袖留不止。翠眉新婦年二十，載送還家哭穿市。或云欲學吹鳳笙，所慕靈妃媲蕭史。又云時俗輕尋常，力行險怪取貴仕。神仙雖然有傳説，知者盡知其妄矣！聖君賢相安可欺？乾死窮山竟何俟？嗚呼余心誠豈弟！願往教誨究終始。罰一勸百政之經，不從而誅未晚耳！誰其友親能哀憐，寫吾此詩持送似？”　庚及之：即庚承宣，及之是其

字,元稹的朋友之一,元稹妻子韋叢是庾承宣母親韋氏的侄孫女,元稹則是庾承宣母親韋氏的侄外孫女婿。元稹《聽庾及之彈烏夜啼引》:"今君爲我千萬彈,烏啼啄啄淚瀾瀾。感君此曲有深意,昨日烏啼桐葉墜。"《舊唐書·穆宗紀》:"(長慶二年)十一月丁巳朔,丁卯,尚書左丞庾承宣爲陝虢觀察使。"　杜歸和:元稹在洛陽時候的朋友,陸渾人,是一名詩人,除本詩外,元稹另有《劉氏館集隱客歸和子元及之子蒙晦之》詩涉及,其餘不詳。　周隱客:元稹在洛陽時結識的道教朋友,長年修煉在王屋山,是一個不愛仕途的道士。在元稹現存的詩篇中,有多篇涉及這位朋友,如《劉氏館集隱客歸和子元及之子蒙晦之》、《寄隱客》、《臺中鞫獄憶開元觀舊事呈損之兼贈周兄四十韻》等,白居易也有《早冬遊王屋自靈都抵陽臺上方望天壇偶吟成章寄溫谷周尊師中書李相公》詩,可以參閱。　泛:謂乘船浮行。陸雲《答車茂安書》:"東臨巨海,往往無涯,氾船長驅,一舉千里。"杜甫《閬州奉送二十四舅使自京赴任青城》:"秦嶺愁回馬,涪江醉泛船。青城漫污雜,吾舅意淒然。"　韋氏池:池名,在洛陽履信坊元稹岳丈韋夏卿宅,故稱韋氏池,但其時韋夏卿已經病故。韋氏池在元稹的詩篇中多次出現,是元稹婚後與韋叢影雙捉對的歡樂之地,同時也是元稹喪失愛妻之後影單魂孤的傷心之地。元稹《追昔遊》:"謝傅堂前音樂和,狗兒吹笛膽娘歌。花園欲盛千場飲,水閣初成百度過。醉摘櫻桃投小玉,懶梳叢鬢舞曹婆。再來門館唯相弔,風落秋池紅葉多。"元稹《韋氏館與周隱客杜歸和泛舟》:"天色低澹澹,池光漫油油。輕舟閑繳繞,不遠池上樓。"兩篇詩歌中的"池"就是洛陽履信坊韋夏卿家中的"韋氏池"。

② 柏樹臺:即柏臺,御史臺的別稱。漢御史府中列植柏樹,常有野鳥數千栖其上,事見《漢書·朱博傳》,後因以柏臺稱御史臺。張九齡《酬趙二侍御使西軍贈兩省舊僚之作》:"忽枉兼金訊,非徒秣馬功。氣清蒲海曲,聲滿柏臺中。"陸游《賀蔣尚書出知婺州啓》:"未移桑蔭之淹,入總柏臺之峻。國方增九鼎之重,身已如一葉之輕。"　推事:

勘斷案件。張鷟《朝野僉載》卷五:"敕令能推事人勘當取實。"曹鄴《奉命齊州推事畢寄本府尚書》:"州民言刺史,蠹物甚於蝗。受命大執法,草草是行裝。" 杏花壇:即杏壇。原來指孔子聚徒授業講學處。《莊子·漁父》:"孔子遊乎緇帷之林,休坐乎杏壇之上。弟子讀書,孔子弦歌鼓琴。"後人因莊子寓言,在山東省曲阜市孔廟大成殿前,爲之築壇、建亭、書碑、植杏。北宋時,孔子四十五代孫道輔監修曲阜祖廟,將大殿北移,於其舊基築壇,環植杏樹,即以"杏壇"名之。壇上有石碑,碑篆"杏壇"二字爲金代翰林學士党懷英所書。明代隆慶間重修,並築方亭。清乾隆於其中立《杏壇贊》御碑。後來也稱其他的授書傳業之所爲杏花壇,杜甫《八哀詩·故著作郎貶台州司户滎陽鄭公虔》:"空聞紫芝歌,不見杏壇丈。"王建《送司空神童》:"杏花壇上授書時,不廢中庭趁蝶飛。暗寫五經收部秩,初年七歲著衫衣。"又傳說三國吳董奉在杏林修煉成仙,葛洪《神仙傳·董奉》:"奉居山不種田,日爲人治病,亦不取錢,病重愈者,使栽杏五株,輕者一株。如此數年,計得十萬餘株,郁然成林,乃使山中百禽群獸遊戲其下,卒不生草,常如芸治也。後杏子大熟,于林中作一草倉,示時人曰:'欲買杏者,不須報奉,但將穀一器置倉中,即自往取一器杏去。'……奉每年貨杏得穀,旋以賑救貧乏,供給行旅不逮者,歲二萬餘斛。"後因用以稱道家修煉處,這裏指周隱客而言。白居易《尋王道士藥堂因有題贈》:"行行覓路緣松嶠,步步尋花到杏壇。白石先生小有洞,黃芽姹女大還丹。"宋無《遊三茅華陽諸洞四首》四:"淡染雲霞五色衣,杏壇朝罷對花披。" 煉形真:道家的修煉方法。義近"修真",道教謂學道修行爲修真。李隆基《送道士薛季昌還山》:"洞府修真客,衡陽念舊居。"義近"尋真",皇甫冉《同裴少府安居寺對雨》:"共結尋真會,還當退食初。鑪烟雲氣合,林葉雨聲餘。"魏野《尋隱者不遇》:"尋真誤入蓬萊島,香花不動松花老。探芝何處未歸來,白雲滿地無人掃。"

③ 心源:猶心性,佛教視心爲萬法之源,故稱。元稹《度門寺》:

"心源雖了了，塵世苦憧憧……他生再來此，還願總相逢。"邵雍《暮春吟》："梁間新燕未調舌，天末歸鴻已著行。自問心源無所有，答云疏懶味偏長。"　一種：一樣，同樣。劉長卿《喜晴》："曉日西風轉，秋天萬里明。湖天一種色，林鳥百般聲。"孟浩然《春意》："春情多艷逸，春意倍相思。愁心極楊柳，一種亂如絲。"　櫻桃：果木名，落葉喬木，花白色而略帶紅暈，春日先葉開放，核果多爲紅色，味甜或帶酸。李時珍《本草綱目·櫻桃》："櫻桃樹不甚高。春初開白花，繁英如雪，葉團，有尖及細齒，結子一枝數十顆。"孫逖《和詠廨署有櫻桃》："上林天禁裏，芳樹有紅櫻。江國今來見，君門春意生。"崔興宗《和王維敕賜百官櫻桃》："未央朝謁正逶迤，天上櫻桃錫此時。朱實初傳九華殿，緗花舊雜萬年枝。"

［編年］

　　《年譜》編年本詩"元和五年元稹赴江陵途中作"。《編年箋注》編年元和五年，排列在《襄陽道》之後、《泛江玩月十二韵》之前，意即作於元稹貶赴江陵途中。《年譜新編》引述題下注之後編年本詩"元和五年春""元稹在洛陽作"。

　　我們在這裏將發表在《聊城師院學報》二〇〇〇年第六期《元稹詩文編年新解》直接抄在下面，供各位參考，也算是我們的編年意見："《年譜》在元和五年'詩編年'條下《襄陽道》、《襄陽爲盧竇紀事》兩詩之後、元和五年六月十四日所作《泛江玩月十二韵》之前，亦即元稹貶赴江陵途中編入……《同醉》……《同醉》詩有'柏樹臺中推事人'以及'同醉櫻桃林下春'詩句，根據元稹元和四年七月到東都洛陽御史臺分務，不久韋氏病故以及元和五年春天離開洛陽的事實，可以確定爲元和五年春天作於洛陽，它應是與編在別卷的《劉氏館集隱客歸和子元及子子蒙晦之》、《韋氏館與周隱客杜歸和泛舟》爲同時之作，即作於元和五年春天；令人不解的是《年譜》的結論却是：'以上詩，元稹在東都作。'而且《年譜》還在《韋氏館與周隱客杜歸和泛舟》後面注云：'元稹《同醉》自注："呂子元、庾及之、杜歸和同隱客泛韋氏池。"可以證明《韋氏館與周隱客杜歸和泛舟》是元和五年春元稹分務東臺時作。'兩相對照，《年譜》豈不是自相矛盾自相抵捂？《編年箋注》的盲目跟進，同樣顯得讓人無法理解。

本詩："柏樹臺中推事人……同醉櫻桃林下春。"説明元稹在"柏樹臺"亦即在監察御史任，時間是"櫻桃林下春"的春天。元稹以監察御史分務東臺在元和四年六月至元和五年二月，這期間祇有一個春天，那就是元和五年的春天，而且還不包括三月在内，本詩即賦成於其時，地點在洛陽。

我們現在想請教《年譜》、《編年箋注》的著者，《同醉》詩究竟是元稹作於洛陽，還是作於元稹貶赴江陵途中作於襄陽？雖然兩地都有一個"陽"字，僅僅祇是一字之差，可相距卻有千里之遙。我們還想問一問《年譜新編》的著者，我們在您的大著《年譜新編》二〇〇四年十一月出版之前四年已經發表了與您同樣的編年意見，得出了與您同樣的編年結論，在資訊非常發達的今天，您不可能沒有看到吧？卻不知爲何引用之後不加任何説明？

◎ 先　醉①

今日樽前敗飲名(一)，三杯未盡不能傾②。怪來花下長先醉，半是春風蕩酒情③。

録自《元氏長慶集》卷一六

[校記]

（一）今日樽前敗飲名：楊本、叢刊本、《古詩鏡·唐詩境》、《全

1694

詩》、《佩文齋詠物詩選》同，《萬首唐人絕句》作“今日尊前敗飲名”。
尊：古盛酒器，用作祭祀或宴享的禮器。早期用陶製造，後多以青銅
澆鑄製造。鼓腹侈口，高圈足，形制較多，常見的有圓形及方形，盛行
於商及西周。“尊”字亦作“樽”、“罇”。《說文·酋部》：“尊，酒器也。”
段玉裁注：“凡酒必實於尊，以待酌者。”朱駿聲通訓：“尊爲大名，彝爲
上，卣爲中，罍爲下，皆以待祭祀賓客之禮器也。”《禮記·明堂位》：
“泰，有虞氏之尊也；山罍，夏後氏之尊也；著，殷之尊也；犧象，周尊
也。”後來也泛指一般盛酒器。元稹《有酒十章》五：“有酒有酒香滿
尊，君寧不飲開君顏。”而樽的主要義項就是盛酒器。李白《前有樽酒
行二首》一：“春風東來忽相過，金樽淥酒生微波。”兩字相通，不改。

[箋注]

① 先醉：先其他酒友而醉。韓翃《送客還江東》：“一壺先醉桃枝
簟，百和初熏苧布衣。君到新林江口泊，吟詩應賞謝玄暉。”劉禹錫
《酬令狐相公杏園花下飲有懷見寄》：“未飲心先醉，臨風思倍多。三
春看又盡，兩地欲如何？”這是一首没有明確飲酒酒友的詩篇，《年
譜》、《編年箋注》認爲元稹與盧子蒙、竇晊之一起飲酒，共有詩篇十九
首，但拼湊半天，祇有十二首。一會兒説這些是在洛陽的竇晊之家飲
酒之後所作，一會兒又説“元稹赴江陵途中作”，連他們自己都糊塗，
都無法搞清楚，讀者又怎麼能夠從如夢囈一般的語言中領悟當時的
歷史真相？

② 今日：本日，今天。陰行先《和張燕公湘中九日登高》：“山棠
紅葉下，岸菊紫花開。今日桓公座，多愧孟嘉才。”趙彦昭《苑中人日
遇雪應制》：“始見青雲干律吕，俄逢瑞雪應陽春。今日回看上林樹，
梅花柳絮一時新。”　樽前：宴席之上，酒杯之前。權德輿《埇橋達奚
四于十九陳大三侍御夜宴叙各賦二韵》：“滿樹鐵冠瓊樹枝，罇前燭下
心相知。明朝又與白雲遠，自古河梁多別離。”劉禹錫《和樂天春詞依

憶江南曲拍爲句》二："春過也，笑惜艷陽年。猶有桃花流水上，無辭竹葉醉樽前。惟待見青天。" 飲名：飲酒的名聲。宋祁《同賦飲舫》："飲有乘舟樂，舟因得飲名。能招習池客，便載景山鐺。"文同《不飲自嘲》："能詩何水曹，眼不識杯鐺。而我豈解吟？亦得不飲名。" 傾：指傾瀉，這裏指飲酒。王安石《九井》："山川在理有崩竭，丘壑自古相虛盈。誰能保此千歲後，天柱不折泉常傾？"張孝祥《六州歌頭》："聞道中原遺老，常南望、羽葆霓旌。使行人到此，忠憤氣填膺。有淚如傾。"

③ 怪來：難怪。韋應物《休暇日訪王侍御不遇》："九日驅馳一日閑，尋君不遇又空還。怪來詩思清入骨，門對寒流雪滿山。"許棠《訪潘叔明》："一室寬於養鶴籠，荻簾疏透雪花風。怪來几案無寒色，春在題詩卷子中。" 花下：開放的鮮花之前之下。孫逖《奉和崔司馬遊雲門寺》："繫馬清溪樹，禪門春氣濃。香臺花下出，講坐竹間逢。"元稹《仁風李著作園醉後寄李十》："朧明春月照花枝，花下鶯聲是管兒。却笑西京李員外，五更騎馬趁朝時。" 長：常常，經常。項斯《落第後歸覲喜逢僧再陽》："相逢須強笑，人世別離頻。去曉長侵月，歸鄉動隔春。"李端《冬夜集張尹後閣》："應門常吏在，登席舊寮稀。遠客長先醉，那知亞相威！" 春風：春天的風。元稹《鶯鶯傳》："春風多屬，強飯爲嘉。"白居易《寒食夜有懷》："寒食非長非短夜，春風不熱不寒天。可憐時節堪相憶，何況無燈各早眠！" 酒情：飲酒的情趣。曹唐《長安客舍叙邵陵舊宴寄永州蕭使君五首》四："木魚金鑰鎖春城，夜上紅樓縱酒情。竹箭水繁更漏促，桐花風軟管弦清。"辛棄疾《臨江仙·侍者阿錢將行賦錢字以贈之》："一自酒情詩興懶，舞裙歌扇闌珊。"

[編年]

《年譜》編年本詩於元和五年"元稹赴江陵途中作"："《先醉》至《病醉》七首，所詠雖非一時一事，或亦在'十九首'之中。"《編年箋注》："疑《先醉》及以下六篇，亦在十九首之列，俱作於元和五年（八一

○）貶江陵途中。見卞《譜》。"《年譜新編》編年本詩於元和五年"元稹在洛陽作"，除引述本詩的"怪來花下長先醉，半是春風蕩酒情"之外，沒有説明其他的編年理由。

我們以爲這是元稹在洛陽又一次與朋友喝酒時賦詠的詩篇，但不是與盧子蒙一起在竇晦之家中那一次，也不是在韋氏館那一次，同樣也不是劉氏館與隱客、歸和、子元、及之、子蒙、晦之那一次。因爲詩篇都涉及到春天，所以就編排在元和五年的春天，地點不言而喻是洛陽，當然所謂的春天，衹是包含一月與二月，三月初元稹已經在西歸京師的途中。

◎ 獨　醉①

　　一樹芳菲也當春，漫隨車馬擁行塵(一)②。桃花解笑鶯能語，自醉自眠那藉人③？

録自《元氏長慶集》卷一六

［校記］

（一）漫隨車馬擁行塵：楊本、叢刊本、《全詩》、《佩文齋詠物詩選》同，《萬首唐人絶句》作"慢隨車馬擁行塵"，語義相類，不改。

［箋注］

① 獨醉：獨自一人喝悶酒，最容易醉倒。李白《流夜郎永華寺寄尋陽群官》："朝別淩烟樓，賢豪滿行舟。暝投永華寺，賓散予獨醉。"韋應物《臺上遲客》："始霽郊原緑，暮春啼鳥稀。徒然對芳物，何能獨醉歸？"《年譜》、《編年箋注》認爲本詩在"十九首"之列，亦即"與盧子蒙飲于竇晦之，醉後賦詩共十九首，子蒙叙爲別卷，自此至《狂醉》，皆

是夕所賦”之列，但我們不禁要問，據元稹《擬醉》的詩序，應該是元稹與盧子蒙、竇晦之一起飲酒，至少應該是三人，但本詩題曰“獨醉”，不知《年譜》、《編年箋注》該如何破解自己漏洞百出的話語？

　　② 芳菲：花草盛美，這裏主要是指樹上的花。沈佺期《芳樹》：“何地早芳菲？宛在長門殿。夭桃色若綬，穠李光如練。”李頎《送人尉閩中》：“可嘆芳菲日，分爲萬里情。閶門折垂柳，御苑聽殘鶯。”當春：正當春天。孟浩然《和張丞相春朝對雪》：“迎氣當春至，承恩喜雪來。潤從河漢下，花逼艷陽開。”杜甫《春夜喜雨》：“好雨知時節，當春乃發生。隨風潛入夜，潤物細無聲。”　漫隨：漫不經心地隨着。羅隱《省試秋風生桂枝》：“涼吹從何起？中霄景象清。漫隨雲葉動，高傍桂枝生。”徐弦《柳枝詞十二首》六：“濛濛堤畔柳含烟，疑是陽和二月天。醉裏不知時節改，漫隨兒女打鞦韆。”　車馬：車和馬，古代陸上的主要交通工具。李白《門有車馬客行》：“門有車馬客，金鞍耀朱輪。謂從丹霄落，乃是故鄉親。”孟浩然《大堤行》：“大堤行樂處，車馬相馳突。歲歲春草生，踏青二三月。”　行塵：行走時揚起的塵埃，常用以形容遠行者。江淹《別賦》：“驅征馬而不顧，見行塵之時起。”王維《觀別者》：“車從望不見，時時起行塵。”

　　③ “桃花解笑鶯能語”兩句：意謂挑花也能理解人們的笑意，黃鶯也能向人們向春天問好，而我却獨自一人喝酒獨自一人睡覺，又算是什麼人呢？　桃花：桃樹所開的花。《文心雕龍·物色》：“灼灼狀桃花之鮮，依依盡楊柳之貌。”張志和《漁父》一：“西塞山前白鷺飛，桃花流水鱖魚肥。青篛笠綠簑衣，斜風細雨不須歸。”　解笑：明白理解觀賞者的笑意，擬人化的手法。李敬方《勸酒》：“不向花前醉，花應解笑人。只憂連夜雨，又過一年春。”司空圖《杏花》：“詩家偏爲此傷情，品韻由來莫與爭。解笑亦應兼解語，只應憕語倩鶯聲。”　解：明白，理解。《莊子·天地》：“大惑者，終身不解。”成玄英疏：“解，悟也。”《三國志·賈詡傳》：“〔曹操〕又問詡計策，詡曰：‘離之而已。’太祖曰：

'解。'"張説《江中誦經》："實相歸懸解,虛心暗在通。澄江明月内,應是色成空。"　自醉:獨自飲酒獨自醉酒。崔善爲《答王無功九日》:"摘來還泛酒,獨坐即徐杯。王弘貪自醉,無復覓楊林。"杜甫《戲題寄上漢中王三首》一:"西漢親王子,成都老客星……不能隨皁蓋,自醉逐浮萍。"　自眠:獨自入睡。王維《李處士山居》:"背嶺花未開,入雲樹深淺。清晝猶自眠,山鳥時一囀。"顧況《宜城放琴客歌》:"佳人玉立生此方,家住邯鄲不是倡……服藥不如獨自眠,從他更嫁一少年。"那藉:哪裏算是,哪裏需要。唐宋及以前尚無合適的書證,僅引《御製詩五集·暖》爲證:"雪後已看半月過,旼旼暖旭上窗多。冰消那藉人工鑿?氣煦都欣物意和。"

[編年]

　　《年譜》編年本詩於元和五年"元稹赴江陵途中作"。《編年箋注》編年意見同《年譜》。《年譜新編》編年元和五年"元稹在洛陽作",然後引述本詩全文,沒有編年理由的説明。

　　這是元稹獨自一人喝悶酒的凄慘情景,與詩人在洛陽喪妻之後的灰暗心緒相合,也與元稹在東臺審察案件得不到朝廷有力支持而產生消極情緒有關,因爲詩篇描寫了春天的景色:"一樹芳菲也當春。"又云:"桃花解笑鶯能語。"應該作於元和五年的春天,亦即元和五年的一二月間,但與盧子蒙、寶晦之他們没有牽涉。

◎ 宿 醉(一)①

　　風引春心不自由,等閑冲席飲多籌②。朝來始向花前覺,度却醒時一夜愁③。

録自《元氏長慶集》卷一六

[校記]

（一）宿醉：本詩各本，包括楊本、叢刊本、《萬首唐人絕句》、《古詩鏡·唐詩鏡》、《全詩》，均無異文。

[箋注]

① 宿醉：謂經宿尚未全醒的餘醉。沈佺期《奉和春日幸望春宮應制》："林香酒氣元相入，鳥囀歌聲各自成。定是風光牽宿醉，來晨復得幸昆明。"白居易《洛橋寒食日作十韻》："宿醉頭仍重，晨遊眼乍明……三年過寒食，盡在洛陽城。"醉酒而卧，人間之事渾然不知，早晨醒來，餘醉未消，但昨日一時的許多憂愁已經成爲過去，像天上的烏雲一樣煙消雲散。作者的這種消極心態，與詩人的種種遭遇與挫折有關，如妻子的病故、審案的受阻等。

② 春心：春景所引發的意興或情懷。《楚辭·招魂》："目極千里兮傷春心，魂兮歸來哀江南。"王逸注："言湖澤博平，春時草短，望見千里，令人愁思而傷心也。"杜甫《送賈閣老出汝州》："西掖梧桐樹，空留一院陰。艱難歸故里，去住損春心。" 自由：由自己作主，不受他人或時空的限制和拘束。《玉臺新詠·古詩〈爲焦仲卿妻作〉》："吾意久懷忿，汝豈得自由？"劉商《胡笳十八拍》七："寸步東西豈自由？偷生乞死非情願。" 等閑：輕易，隨便。白居易《新昌新居書事四十韻因寄元郎中張博士》："等閑栽樹木，隨分占風烟。逸致因心得，幽期遇境牽。"朱熹《春日》："勝日尋芳泗水濱，無邊光景一時新。等閑識得東風面，萬紫千紅總是春。"無端，平白。劉禹錫《竹枝詞》："長恨人心不如水，等閑平地起波瀾。" 冲席：事先没有約定，無意之間撞見的酒席。岳珂《病中午後登山閑步遙見園亭有翠帟張欄處久而識之爲張孝顯成趣軒蓋與緹屏油幙高會予病不得冲宴悵惘移時因以中孚澤所網鮮鯿侑以棠漵家醞並成四絕呈在席諸人》："冲席丞郎酒斛籌，

不關無面見春鷗。五鯖見説妨齋禁，留待明朝大白浮。"　籌：量詞，
猶個，義同籌子，籌碼，記數的用具，這裏是酒籌。白居易《同李十一
醉憶元九》："花時同醉破春愁，醉折花枝當酒籌。忽憶故人天際去，
計程今日到涼州。"韓愈《祭河南張員外文》："衡陽放酒，熊咆虎嗥。
不存令章，罰籌蝟毛。"

　　③ 朝來：早晨。包融《和陳校書省中玩雪》："芸閣朝來雪，飄颻
正滿空。褰開明月下，校理落花中。"祖詠《贈苗發員外》："宿雨朝來
歇，空山天氣清。盤雲雙鶴下，隔水一蟬鳴。"　花前：衆多鮮花之前
之下。盧僎《十月梅花書贈》："一向花前看白髮，幾回夢裏憶紅顏。
紅顏白髮雲泥改，何異桑田移碧海！"崔敏童《宴城東莊》："一年始有
一年春，百歲曾無百歲人。能向花前幾回醉？十千沽酒莫辭貧。"
醒時：清醒的時刻。王績《醉後》："阮籍醒時少，陶潛醉日多。百年何
足度？乘興且長歌。"李白《月下獨酌四首》一："我歌月裴回，我舞影
零亂。醒時同交歡，醉後各分散。"　一夜：一個夜晚，一整夜。江淹
《哀千里賦》："魂終朝以三奪，心一夜而九摧。徒望悲其何及，銘此恨
於黃埃。"元稹《夢成之》："燭暗船風獨夢驚，夢君頻問向南行。覺來
不語到明坐，一夜洞庭湖水聲。"

［編年］

　　《年譜》編年本詩於元和五年"元稹赴江陵途中作"。《編年箋注》
的編年意見與《年譜》同。《年譜新編》編年元和五年"元稹在洛陽
作"，理由是："詩云：'風引春心不自由……朝來始向花前覺……'"

　　我們以爲本詩與上詩《獨醉》爲前後之作，一個人飲酒實在無聊，
於是在不知不覺中進入夢鄉，夢中的美景與人間現實迥異，醒來之後
輕鬆異常，把過去的煩惱都忘記得乾乾净净。詩中披露的是春天的
資訊："風引春心"、"朝來始向花前覺"云云，是詩篇作於春天的確切
資訊，故我們編年本詩於元和五年春天一二月間。《年譜》、《編年箋

注》"元稹赴江陵途中作"的意見是不可取的,而《年譜新編》編年元和五年"元稹在洛陽作"的意見仍然是籠統的,它應該排除元和五年的三月三日以後的歲月。

◎ 羨 醉①

綺陌高樓競醉眠,共期憔悴不相憐(一)②。也應自有尋春日,虛度而今正少年③。

録自《元氏長慶集》卷一六

[校記]

(一)共期憔悴不相憐:楊本、叢刊本、《萬首唐人絶句》、《全詩》同,但《元稹集》、《編年箋注》均云:"'期':疑當作'欺'。""共欺憔悴不相憐",主語是飲酒的少年,那麼被"欺"的又是誰呢?語義不通。原詩意思通順,不從不改。

[箋注]

① 羨醉:羨慕醉後能够忘記憂愁,快樂無比。林希逸《梯颷惠酒且有和篇用韵爲謝》:"入甖渾如琥珀紅,誰家釀法似渠工?爲憐漁父鳴鞭送,儘有醒人羨醉翁。"義近"陶醉",崔曙《九日登仙臺》:"且欲近尋彭澤宰,陶然共醉菊花杯。"本謂酣暢地飲酒而醉,後以"陶醉"謂沉醉於某種事物或境界裏面。

② 綺陌:繁華的街道,亦指風景美麗的郊野道路。蕭綱《登烽火樓》:"陟峰試遠望,鬱鬱盡郊京。萬邑王畿曠,三條綺陌平。"劉滄《及第後宴曲江》:"景露光明遠岸晚,空山翠墜芳洲。歸時不省花間醉,綺陌香車似水流。" 高樓:高大的有多層的房屋。王維《和使君五郎

西樓望遠思歸》：“高樓望所思，目極情未畢。枕上見千里，窗中窺萬室。”崔顥《長門怨》：“君王寵初歇，棄妾長門宮。紫殿青苔滿，高樓明月空。”　醉眠：酒醉之後，不知不覺而眠。岑參《送胡象落第歸王屋別業》：“野花迎短褐，河柳拂長鞭。置酒聊相送，青門一醉眠。”盧綸《春詞》：“北苑羅裙帶，塵衢錦繡鞾。醉眠芳樹下，半被落花埋。”　共期：共同約定。張說《河上公》：“濟北神如在，淮南藥未成。共期終莫遂，寥落兩無成。”李群玉《廣州重別方處士之封川久約同遊羅浮期素秋而行二首》二：“願回陵潮檝，且著登山屐。共期羅浮秋，與子醉海色。”　期：邀約，約定。《詩·鄘風·桑中》：“期我乎桑中，要我乎上宮，送我乎淇之上矣！”《史記·留侯世家》：“與老人期，後，何也？”憔悴：困頓，這裏指因喝酒過量而困頓。《戰國策·燕策》：“西困秦三年，民憔瘁，士罷弊。”元稹《贈別楊員外巨源》：“憶昔西河縣下時，青衫顇領宦名卑。揄揚陶令緣求酒，結托蕭娘只在詩。”　相憐：相互憐愛，相互憐惜。《列子·楊朱》：“古語有之：‘生相憐，死相捐。’”王建《寄杜侍御》：“破除心力緣書癖，傷瘦花枝爲酒顛。今日總來歸聖代，丈人先達幸相憐。”

③ 自有：本來就有。謝偃《樂府新歌應教》：“撩亂垂絲昏柳陌，參差濃葉暗桑津。上客莫畏斜光晚，自有西園明月輪。”盧照鄰《山莊休沐》：“玉軫臨風奏，瓊漿映月攜。田家自有樂，誰肯謝青溪？”　尋春：游賞春景。陳子昂《晦日宴高氏林亭》：“尋春遊上路，追宴入山家。主第簪纓滿，皇州景望華。”惠洪《意行入古寺見鄧生之富以谷量牛馬寺舊藉余賦詩》：“清明雨過快晴天，古寺尋春亦偶然。濃笑春風窮似我，也將柳絮當榆錢。”　虛度：白白地度過。武元衡《南徐別業早春有懷》：“花枝入户猶含潤，泉水侵階乍有聲。虛度年華不相見，離腸懷土併關情。”元稹《酬樂天三月三日見寄》：“常年此日花前醉，今日花前病裏銷。獨倚破簾閑悵望，可憐虛度好春朝。”　少年：古稱青年男子，與老年相對。子蘭《短歌行》：“日月何忙忙？出没住不得。

使我勇壯心,少年如頃刻。"齊己《懷金陵李推官僧自牧》:"秣陵長憶共吟遊,儒釋風騷道上流。蓮幕少年輕謝朓,雪山真子鄙湯休。"

[編年]

《年譜》編年本詩於元和五年"元稹赴江陵途中作"。《編年箋注》認爲:"作於元和五年(八一〇)貶江陵途中。"《年譜新編》編年本詩於元和五年"元稹在洛陽作",引述"也應自有尋春日,虛度而今正少年"作爲理由。

我們以爲本詩應該作於元稹在洛陽之時,時當春日絢麗,正是無所事事之人高眠的時候。詩人的心情是複雜的:既爲高眠之人白白浪費時間而惋惜,又羨慕他們心中無憂愁肩上無壓力的瀟灑,更爲詩人自己的憂愁而傷感愁悶。春天正是高眠之時,此詩作於春天,亦即元和五年的春天一二月之間。

◎ 韋氏館與周隱客杜歸和泛舟^{(一)①}

天色低澹澹,池光漫油油②。輕舟閒繳繞,不遠池上樓③。時物欣外獎,真元隨內修④。神恬津藏滿,氣委支節柔⑤。衆處豈自異?曠懷誰我儔⑥?風車籠野馬,八荒安足遊⑦?開顏陸渾杜,握手靈都周⑧。持君寶珠贈,頂戴頭上頭⑨。

録自《元氏長慶集》卷五

[校記]

(一)韋氏館與周隱客杜歸和泛舟:本詩各本,包括楊本、叢刊本、《全詩》,均無異文。

［箋注］

① 韋氏館：即洛陽履信坊韋夏卿住宅中的樓館，據元稹《韋居守晚歲常言退休之志因署其居曰大隱洞命予賦詩因贈絶句》詩所示，住宅內有大隱洞，估計內有池塘之勝。　周隱客：元稹年輕時遊歷天壇時結識的朋友，修煉在王屋山，一個不愛仕途的道士。在元稹現存的詩篇中，有多篇涉及這位朋友，如《劉氏館集隱客歸和子元及之子蒙晦之》《寄隱客》《臺中鞫獄憶開元觀舊事呈損之兼贈周兄四十韵》等，白居易也有《早冬遊王屋自靈都抵陽臺上方望天壇偶吟成章寄溫谷周尊師中書李相公》詩，可以參閱。　杜歸和：元稹在洛陽的朋友，詩人，陸渾人，元稹另有《劉氏館集隱客歸和子元及之子蒙晦之》詩涉及，其餘不詳。　泛舟：行船，坐船遊玩。班固《西都賦》：“泛舟山東，控引淮湖，與海通波。”杜甫《放船》：“送客蒼溪縣，山寒雨不開。直愁騎馬滑，故作泛舟回。”

② 天色：天空的顏色。岑參《與鄂縣群官泛渼陂》：“萬頃浸天色，千尋窮地根。舟移城入樹，岸闊水浮村。”蘇軾《過萊州雪後望三山》：“東海如碧環，西北卷登萊。雲光與天色，直到三山回。”　澹澹：形容顏色淺淡。杜甫《行次鹽亭縣聊題四韵奉簡嚴遂州蓬州兩使君諮議諸昆季》：“馬首見鹽亭，高山擁縣青。雲溪花澹澹，春郭水泠泠。”徐鉉《寒食日作》：“東風不好事，吹落滿庭花。過社紛紛燕，新晴澹澹霞。”　池光：池塘水面泛起的光亮。韓愈《盆池五首》五：“池光天影共青青，拍岸纔添水數瓶。且待夜深明月去，試看涵泳幾多星？”張籍《早春閑遊》：“樹影新猶薄，池光晚尚寒。遙聞有花發，騎馬暫行看。”　油油：流動貌，常用來形容雲、水。《史記·司馬相如列傳》：“自我天覆，雲之油油。”裴駰集解引《漢書音義》：“油油，雲行貌。”白居易《對琴酒》：“泠泠秋泉韵，貯在龍鳳池。油油春雲心，一杯可致之。”

③ 輕舟：輕快的小船。孫逖《尋龍湍》：“仙穴尋遺迹，輕舟愛水

鄉。溪流一曲盡,山路九峰長。”李白《早發白帝城》:“朝辭白帝彩雲間,千里江陵一日還。兩岸猿聲啼不住,輕舟已過萬重山。” 繳繞:圍繞,纏繞。元稹《江邊四十韻》:“總無籬繳繞,尤怕虎咆哮。”引申爲曲折迂回。元稹《野節鞭》:“此遺不尋常,此鞭不容易。金堅無繳繞,玉滑無塵膩。” 池上樓:池塘旁邊的樓房。儲光羲《題陸山人樓》:“暮聲雜初雁,夜色涵早秋。獨見海中月,照君池上樓。”孟浩然《九日懷襄陽》:“峴山不可見,風景令人愁。誰采籬下菊? 應閑池上樓。”

④ 時物:時節景物。韋應物《復理西齋寄丘員外》:“海隅雨雪霽,春序風景融。時物方如故,懷賢思無窮。”杜甫《故著作郎貶台州司户滎陽鄭公虔》:“劇談王侯門,野税林下鞅。操紙終夕酣,時物集遐想。” 外奬:外在的奬勵。李適《九月十八賜百寮追賞因書所懷》:“至樂非外奬,浹歡同中誠。庶敦朝野意,永使風化清。”薛據《西陵口觀海》:“林巘幾遭回,亭皋時偃仰。歲晏訪蓬瀛,真遊非外奬。”柳宗元《法華寺石門精舍三十韻》:“道異誠所希,名賓匪餘伎。超摅藉外奬,俯默有内朗。” 真元:這裏指人的元氣。曹鄴《寄嵩陽道人》:“三山浮海倚蓬瀛,路入真元險盡平。華表千年孤鶴語,人間一夢晚蟬鳴。”應物《題化城寺》:“平川不見龍行雨,幽谷遙聞虎嘯風。偶與遊人論法要,真元浩浩理無窮。” 内修:運用自身的力量修煉内部的功力。《史記·申不害傳》:“申不害者,京人也,故鄭之賤臣,學術以干韓昭侯。昭侯用爲相,内修政教,外應諸侯。”張九齡《感遇十二首》五:“衆情累外物,恕己忘内修。感嘆長如此,使我心悠悠。”

⑤ 神:精神,心神。李山甫《下第卧疾盧員外召游曲江》:“眼前何事不傷神? 忍向江頭更弄春。桂樹既能欺賤子,杏花争肯採閑人?”杜甫《題鄭縣亭子》:“巢邊野雀群欺燕,花底山蟲遠趁人。更欲題詩滿青竹,晚来幽獨恐傷神。” 恬:淡泊,淡漠。《晉書·謝鯤傳》:“莫不服其遠暢,而恬於榮辱。”儲光羲《奉和韋判官獻侍郎叔除河東採訪使》:“恬淡輕黜陟,優游邈千載。乾象變台衡,群賢盡交泰。”

津：生物的體液。孫思邈《存神煉氣銘》："此法不服氣，不咽津，不辛苦，要吃但吃，須休即休，自在自由，無阻無礙。"元稹《和樂天贈吳丹》："委氣榮衛和，咽津顏色好。"　藏：隱匿。張説《贈崔公》："昔遘高皇去，今從太子遊。行藏惟聖節，福禍在人謀。"《雲笈七簽》卷一一一："戢此靈鳳羽，藏我華龍麟。"　氣：中國古代哲學概念，主觀唯心主義者用以指主觀精神。宋代及以後的客觀唯心主義者認爲"氣"是一種在"理"(即精神)之後的物質。樸素唯物主義者則用以指形成宇宙萬物的最根本的物質實體。《易·繫辭》："精氣爲物，遊魂爲變。"孔穎達疏："'精氣爲物'者，謂陰陽精靈之氣。"王充《論衡·自然》："天地合氣，萬物自生。"　委：懈倦，疲憊。《楚辭·嚴忌〈哀時命〉》："欿愁悴而委惰兮，老冉冉而逮之。"王逸注："委惰，懈倦也。"嵇康《卜疑集》："吾寧發憤陳誠，讜言帝庭，不屈王公乎？將卑懦委隨，承旨倚靡爲面從乎？"　支節：四肢。《尉繚子·攻權》："將帥者，心也；群下者，支節也。其心動以誠，則支節必力；其心動以疑，則支節必背。"《漢書·王莽傳》："軍人分裂莽身，支節肌骨臠分。"指四肢關節。張仲景《傷寒論·太陽病》："傷寒六七日，發熱，微惡寒，支節煩疼，微嘔。"元稹《苦雨》："安得飛廉車，礋裂雲將軀？又提精陽劍，蛟螭支節屠。"

⑥ 衆處：與衆人相處，與大家合處。楊士奇《郭興文像贊》："其稟恂恂，其儀温温，有慤其存，有斐其文，懿詩書之華胄，雖衆處而不群。"毛奇齡《復王草堂四疑書》："向使紛紛者既無常事又無常食，群萃而衆處，則其不可問非自今矣！"　自異：不同於衆人，有別於他人。羊士諤《郡中端居有懷袁州王員外使君》："憶作同門友，承明奉直廬。禁闈人自異，休澣迹非疏。"元稹《分水嶺》："朝同一源出，暮隔千里情。風雨各自異，波瀾相背驚。"　曠懷：豁達的襟懷。元稹《遣書》："密竹有清陰，曠懷無塵滓。況乃秋日光，玲瓏曉窗裏。"白居易《酬楊八》："君以曠懷宜静境，我因蹇步稱閑官。閉門足病非高士，勞作雲

心鶴眼看。” 儔:輩,同類。王符《潛夫論·忠貴》:“此等之儔,雖見貴于時君,然上不順天心,下不得民意。”也指伴侶。韓愈《送窮文》:“子飯一盂,子啜一觴,携朋挈儔,去故就新。”

⑦ 風車:這裏指傳説中駕風而行的車子。蕭繹《金樓子·雜記》:“高蒼梧叔能爲風車,可載三十人,日行數百里。”李商隱《燕臺詩四首·秋》:“風車雨馬不持去,蠟燭啼紅怨天曙。” 野馬:獸名,一種野生的馬。《逸周書·王會》:“請令以橐駝、白玉、野馬、騊駼、駃騠、良弓爲獻。”朱右曾校釋:“野馬,如馬而小,出塞外。”目前我國北方仍有出產,國務院規定列爲保護動物,嚴禁捕獵。也是貉的俗稱。陳禹謨《四書名物考》:“楚蜀界中多貉,俗名野馬。”也指野性不馴的馬。韓愈《招揚之罘》:“野馬不識人,難以駕車蓋。”也指野外蒸騰的水氣。《莊子·逍遙遊》:“野馬也,塵埃也,生物之以息相吹也。”郭象注:“野馬者,遊氣也。”成玄英疏:“此言青春之時,陽氣發動,遙望藪澤之中,猶如奔馬,故謂之野馬也。”本詩數種説法均可説通。 八荒:八方荒遠的地方。《漢書·項籍傳贊》:“併吞八荒之心。”顏師古注:“八荒,八方荒忽極遠之地也。”顏真卿《贈裴將軍》:“將軍臨八荒,烜赫耀英材。劍舞若遊電,隨風縈且回。”

⑧ 開顏:笑容滿面。李咸用《酬蘊微》:“白衣經亂世,相遇一開顏。得句禪思外,論交野步間。”羅隱《送人歸湘中兼寄舊知》:“青溪烟雨九華山,亂後應同夢寐間。萬里分飛休掩袂,兩句相見且開顏。”陸渾:唐時地名,也稱瓜州,原指今甘肅敦煌一帶。春秋時秦晉二國使居於其地之“允姓之戎”遷居伊川,以陸渾名之。宋之問《初到陸渾山莊》:“授衣感窮節,策馬凌伊關。歸齊逸人趣,日覺秋琴閑。”元稹《使東川·慚問囚》:“各待陸渾求一尉,共資三徑便同休。那知今日蜀門路,帶月夜行緣問囚。” 握手:執手,拉手,古時在離別、會晤或有所囑託時,皆以握手表示親近或信任。《東觀漢記·馬援傳》:“援素與述同鄉里,相善,以爲至當握手迎如平生。”元結《別王佐卿序》:

"在少年時,握手笑別,雖遠不恨。"　靈都:道教聖地的場所,在王屋山,白居易《早冬游王屋自靈都抵陽臺上方望天壇偶吟成章寄溫谷周尊師中書李相公》提供了這方面的資訊:"霜降山水清,王屋十月時。石泉碧漾漾,岩樹紅離離。朝爲靈都遊,暮有陽臺期。飄然世塵外,鸞鶴如可追。忽念公程盡,復慚身力衰。天壇在天半,欲上心遲遲。嘗聞此遊者,隱客與損之。各抱貴仙骨,俱非泥垢姿。二人相顧言,彼此稱男兒。若不爲松喬,即須作皋夔。今果如其語,光彩雙葳蕤。一人佩金印,一人翳玉芝。我來高其事,詠嘆偶成詩。爲君題石上,欲使故山知。"白居易詩篇中的"損之"即李宗閔損之,他後來成爲"中書李相公"。而白居易所稱的"隱客"、"周尊師",即元稹詩篇中的"隱客"、"周隱客"。

⑨ 寶珠:花名,山茶的一種,亦稱"寶珠茶"、"寶珠山茶"。《廣群芳譜·山茶》:"有鶴頂茶、瑪瑙茶、寶珠茶、楊妃茶、焦萼白寶珠……不可勝數,就中寶珠爲佳。"花名,茉莉花的一種,即寶珠小荷花。《廣群芳譜·茉莉》:"有草本者,有木本者,有重葉者,惟寶珠小荷花最貴。"王十朋《末利花》:"日莫園人獻寶珠,化成千億小芙蕖。使君燕寢無沉麝,疑比清香自有餘。"　頂戴:謂雙手持物舉過頭頂,表示致敬。李白《戲贈杜甫》:"飯顆山頭逢杜甫,頂戴笠子日卓午。借問別來太瘦生,總爲從前作詩苦。"鮑溶《述德上太原嚴尚書綬》:"天王委管鑰,開閉秦北門。頂戴日月光,口宣雨露言。"

[編年]

　　《年譜》編年本詩於元和五年,理由是:"元稹《同醉》自注:'呂子元、庾及之、杜歸和同隱客泛韋氏池。'可以證明《韋氏館與周隱客杜歸和泛舟》是元和五年春元稹分務東臺時作。"《編年箋注》云:"此詩……作於元和五年(八一○)春分務東臺時。詳卜《譜》。"《年譜新編》編年本詩於元和五年"元稹在洛陽作",没有列舉理由。《年譜新編》引用了我們四年前的編年結論，但却没有作任何説明，説詳《同醉》編年。

元稹《同醉》其題注云："吕子元、庚及之、杜歸和同隱客泛韋氏池。"其中"同隱客"應該是"周隱客"爲宜。據此可知：可以肯定《同醉》與本詩所述是同一件事情，發生在洛陽的"韋氏池"。而《同醉》詩云："柏樹臺中推事人……同醉櫻桃林下春。"所述是春天，時元稹是"柏樹臺中推事人"，亦即監察御史。元稹在洛陽的監察御史任祇有一個春天，那就是元和五年的春天。還要説明的是，元稹元和五年三月初就離開洛陽，所以所謂的春天其實祇包含一二月，這就是本詩賦詠的具體時間。

◎ 劉氏館集隱客歸和子元及之子蒙晦之①

濕墊綠竹徑(一)，寥落護岸冰②。偶然沽市酒，不越四五升③。詩客愛時景，道人話升騰④。笑言各有趣，悠哉古孫登⑤。

録自《元氏長慶集》卷五

[校記]

（一）濕墊綠竹徑：楊本、叢刊本、《全詩》作"濕墊緣竹徑"，與下句"寥落護岸冰"對讀，作"濕墊綠竹徑"是，不改。《元稹集》作"濕墊緣竹徑"，没有與馬本對校，失校。《編年箋注》的底本是楊本，依據馬本改作"濕墊綠竹徑"，這無可非議，但没有出校説明却是不應該的。

[箋注]

① 劉氏館：宅院名，在洛陽，其餘不詳。　　隱客：即周隱客，修煉

於王屋山。　　歸和:杜歸和。　　子元:即呂炅,字子元,行二,元稹吏部乙科同年,元稹有《酬哥舒大少府寄同年科第》詩涉及:"前年科第偏年少,未解知羞最愛狂。九陌爭馳好鞍馬,八人同着綵衣裳(同年科第:宏詞呂二炅、王十一起、拔萃白二十二居易、平判李十一復禮、呂四頻、哥舒大煩、崔十八玄亮逮不肖,八人皆奉榮養)。"韓愈《河南少尹李公墓誌銘(李素也,據史,李素無傳,于〈李錡傳〉附見焉)》:"呂氏子炅,棄其妻,著道士衣冠,謝母曰:'當學仙王屋山。'去數月,復出,間詣公。公立之府門外,使吏卒脫道士冠,給冠帶,送付其母。"《誰氏子(呂氏子炅,河南人元和中棄其妻,著道士服,謝母曰:'當學仙王屋山。'去數月,復出,見河南少尹李素,素立之府門,使吏卒脫道士服,給冠帶,送付其母。公時爲河南令,作此詩有願往教誨不從而誅之語,至是素始歸之,事見〈李素墓誌〉)》:"非痴非狂誰氏子? 去入王屋稱道士。白頭老母遮門啼,挽斷衫袖留不止。翠眉新婦年二十,載送還家哭穿市。或云欲學吹鳳笙,所慕靈妃媲蕭史。又云時俗輕尋常,力行險怪取貴仕。神仙雖然有傳說,知者盡知其妄矣! 聖君賢相安可欺? 乾死窮山竟何俟? 嗚呼余心誠豈弟! 願往教誨究終始。罰一勸百政之經,不從而誅未晚耳! 誰其友親能哀憐,寫吾此詩持送似?"　　及之:即庾承宣,庾敬休的再從兄弟,他元和後期擔任禮部侍郎,主持進士考試,長慶中爲尚書左丞、陝虢觀察使,大和及其後歷官京兆尹、吏部侍郎、太常卿等職,元稹有《聽庾及之彈烏夜啼引》詩提及。　　子蒙:即盧真,元稹在洛陽結識的朋友,經常出現在元稹的詩歌中。　　晦之:即竇晦之,也是元稹在洛陽結識的朋友。以上都是元稹的朋友,當時都在洛陽。

②濕墊:潮濕。楊衒之《洛陽伽藍記·景寧寺》:"江左假息,僻居一隅,地多濕墊。"元稹《蟲豸詩序》:"始辛卯年,予掾荆州之地,洲渚濕墊,其動物宜介。"　　竹徑:竹林中的小路。王勃《宇文德陽宅秋夜山亭宴序》:"琴亭酒榭磊落乘烟,竹徑松扉參差向月。"常建《題破

山寺後禪院》：“竹徑通幽處，禪房花木深。” 寥落：稀疏，稀少。《文選·謝朓〈京路夜發〉》：“曉星正寥落，晨光復泱漭。猶沾餘露團，稍見朝霞上。”李善注：“寥落，星稀之貌也。”劉長卿《孫權故城下懷古兼送友人歸建業》：“寥落幾家人？猶依數株柳。威靈絕想像，蕪沒空林藪。” 岸冰：春天在岸邊殘留的冰塊。翁宏《湘江吟》：“風回山火斷，潮落岸冰高。”司馬光《和君貺任少師園賞梅二首》一：“風日雖寒晝景長，探春遠訪白蓮莊。岸冰猶在水先綠，柳葉未生條已黃。”

③ 偶然：間或，有時候。元稹《六年春遣懷八首》五：“伴客銷愁長日飲，偶然乘興便醺醺。怪來醒後旁人泣，醉裏時時錯問君。”蘇軾《和子由澠池懷舊》：“人生到處知何似？應似飛鴻踏雪泥。泥上偶然留指爪，鴻飛那復計東西！” 沽市酒：購買市場上出賣的酒。林廷棉《安寧夜坐候周少參盛僉憲二公》：“雞聲比屋秋臨水，雁影冲寒夜度城。欲典客衣沽市酒，對床無寐話心盟。”吳自牧《夢粱錄·中秋》：“雖陋巷貧窶之人，解衣市酒，勉強迎歡，不肯虛度。” 越：超過，從後面趕到前面。《孔子家語·五儀解》：“篤行通道，自強不息，油然若將可越而不可及者，君子也。”勝過，超過。曹植《責躬詩》：“超商越周，與唐比蹤。”蘇軾《薦布衣陳師道狀》：“文詞高古，度越流輩。” 升：容量單位，常常用作量酒的單位。《墨子·號令》：“賜酒日二升，肉二斤。”朱翌《猗覺寮雜記》卷上：“淮以南，酒家以升計；淮以北，以角計。”

④ 詩客：詩人。耿湋《春日遊慈恩寺寄暢當》：“遠草光連水，春篁色離塵。當從庾中庶，詩客更何人？”白居易《朝歸書寄元八》：“禪僧與詩客，次第來相看。要語連夜語，須眠終日眠。” 時景：指春景。劉商《送王永二首》二：“綿衣似熱夾衣寒，時景雖和春已闌。誠知暫別那惆悵，明日藤花獨自看。”蘇軾《無題》：“仰首看紅日，紅日走如箭。年光與時景，頃刻互衰變。” 道人：道教徒，道士。李白《送通禪師還南陵隱静寺》：“道人制猛虎，振錫還孤峰。他日南陵下，相期谷

口逢。"韋應物《幽居》："青山忽已曙，鳥雀繞舍鳴。時與道人偶，或隨樵者行。"也作佛教徒和尚解。葉夢得《避暑録話》卷下："晉宋間佛學初行，其徒猶未有僧稱，通曰道人，其姓則皆從所授學。"白居易《題天竺南院贈閑元旻清四上人》："白衣一居士，方袍四道人。地是佛國土，人非俗交親。"但本詩則是指道教徒。　升騰：修道成仙。孟賓于《題梅仙館》："仙界路遙雲縹緲，古壇風冷葉蕭騷。後來豈合言淹滯，一尉升騰道最高。"

⑤　笑言：謂又說又笑，邊說邊笑。韓愈《自袁州還京行次安陸先寄隨州周員外》："行行指漢東，暫喜笑言同。雨雪離江上，蒹葭出夢中。"白居易《東亭閑望》："綠桂爲佳客，紅蕉當美人。笑言雖不接，情狀似相親。"　悠哉：悠然自得貌。李白《尋山僧不遇作》："已有空樂好，況聞青猨哀。了然絶世事，此地方悠哉！"杜甫《野望因過常少仙》："野橋齊度馬，秋望轉悠哉。竹覆青城合，江從灌口來。"　孫登：《晉書·孫登傳》："孫登字公和，汲郡共人也。無家屬，於郡北山爲土窟居之，夏則編草爲裳，冬則被髮自覆。好讀《易》，撫一弦琴。見者皆親樂之性，無恚怒人。或投諸水中，欲觀其怒，登既出便大笑。時時遊人間，所經家或設衣食者，一無所受，辭去皆捨棄。嘗往宜陽山，有作炭人見之，知非常人，與語，登亦不應。文帝聞之，使阮籍往觀。既見與語，亦不應。嵇康又從之遊三年，問其所圖，終不答。康每嘆息，將別，謂曰：'先生竟無言乎？'登乃曰：'子識火乎？火生而有光而不用其光，果在於用光。人生而有才而不用其才，而果在於用才。故用光在乎得薪，所以保其耀。用才在乎識真，所以全其年。今子才多識寡，難乎免於今之世矣！子無求乎？'康不能用，果遭非命，仍作《幽憤詩》曰：'昔慚柳下，今愧孫登。'或謂登以魏晉去就易生嫌疑，故或嘿者也。竟不知所終。"杜甫《贈特進汝陽王二十韻》："淮王門有客，終不媿孫登。"元稹《放言五首》四："甯戚飯牛圖底事？陸通歌鳳也無端。孫登不語啓期樂，各自當情各自歡。"

［編年］

《年譜》編年本詩元和五年"元稹在東都作"。《編年箋注》云："作於元和五年(八一〇)春分務東臺時。詳卞《譜》。"《年譜新編》亦編年元和五年"元稹在洛陽作",没有説明理由。《年譜新編》引用了我們四年前的編年結論,但却没有作任何説明,説詳《同醉》編年。

我們以爲,本詩與《韋氏館與周隱客杜歸和泛舟》、《同醉》作於同時,亦即元和五年春天一二月間,理由見《韋氏館與周隱客杜歸和泛舟》、《同醉》編年意見,地點在洛陽。

■ 酬樂天見元九悼亡詩見寄^{(一)①}

據白居易《見元九悼亡詩因以此寄》

［校記］

（一）酬樂天見元九悼亡詩見寄:元稹本佚失詩所據白居易《見元九悼亡詩因以此寄》,見《白氏長慶集》、《白香山詩集》、《全詩》,未見異文。

［箋注］

① 酬樂天見元九悼亡詩見寄:白居易《見元九悼亡詩因以此寄》:"夜泪聞鎖明月幌,春腸遥斷牡丹庭。人間此病治無藥,唯有楞伽四卷經。"今未見元稹酬答,據補。 酬:詩文贈答。李群玉《洞庭驛樓雪夜燕集奉贈前湘州張員外》:"目窮衡巫表,興盡荆吴秋。擲筆落郢曲,巴人不能酬。"張耒《屋東》:"溪聲夜漲寒通枕,山色朝晴翠染衣。賴有西鄰好詩句,賡酬終日自忘飢。" 悼亡:悼念亡者。晉代潘岳因妻死,作《悼亡》詩三首,後因稱喪妻爲悼亡。顔延之《宋文皇帝

1714

元皇后哀策文》："撫存悼亡,感今懷昔。"孫逖《故程將軍妻南陽郡夫
人樊氏挽歌》："白日期偕老,幽泉忽悼亡。國風猶在詠,江漢近
南陽。"

[編年]

　　未見《元稹集》採錄,也未見《年譜》、《編年箋注》、《年譜新編》採
錄與編年。

　　朱金城先生《白居易集箋校》編年白居易詩於元和五年。元稹妻
子韋叢病故於元和四年七月九日,而白居易詩有"春腸遥斷牡丹庭"
之句,應該賦成於元和五年春天,時元稹應該還在洛陽監察御史任,
白居易的詩篇是寄往洛陽的。元稹見此,應該有酬和之篇,地點在
洛陽。

● 櫻桃花(一)①

　　櫻桃花,一枝兩枝千萬朵②。花磚曾立摘花人,窣破羅
裙紅似火③。

録自《才調集》卷五

[校記]

　　(一)櫻桃花:本詩存世各本,包括叢刊本、《歷代詩餘》、《全詩》
在內,均未見異文。

[箋注]

　　① 櫻桃花:"櫻桃花"等四句,劉本《元氏長慶集》、馬本《元氏長
慶集》均未見,但《才調集》卷五、《全詩》卷四二二、《歷代詩餘》卷一一

二採録,故據補。沈雄《古今詞話・詞辨》:“此亦長短句,比《章臺柳》少疊三字,然不可列於古風。”劉毓盤《詞史》亦謂:“《詞譜》未收應補,兹從之列入。”《歷代詩餘・詞話》:“元稹歌曰:‘櫻桃花,一枝兩枝千萬朵。花磚曾立采花人,窣破羅裙紅似火。’此亦長短句,比《章臺柳》少疊三字(《古今詞話》)。”又《歷代詩餘序》:“唐興,古詩而外,創爲近體,而五七言絕句,或傳於伶人,顧他詩不盡協於樂部。其間如李白之《清平調》、《憶秦娥》、《菩薩鬘》、劉禹錫之《浪淘沙》、《竹枝詞》,洎溫庭筠、韋莊之徒相繼有作,而新聲迭出,時皆被諸管弦,是詩之流而爲詞已權輿於唐矣!”在爲數屈指的唐代詞人中,元稹實際已經名列其中。世人不可僅僅以文章、詩篇讚譽元稹,他在詞作方面也應該有一席之地。　　櫻桃:果木名,落葉喬木,品種很多,産於我國各地。李時珍《本草綱目・櫻桃》:“櫻桃樹不甚高,春初開白花,繁英如雪,葉團,有尖及細齒,結子一枝數十顆。”《史記・司馬相如列傳》:“樗棗楊梅,櫻桃蒲陶。”司馬貞索隱:“張揖曰:‘一名含桃。’《吕氏春秋》:‘爲鶯鳥所含,故曰含桃。’《爾雅》云爲荆桃也。”元稹《折枝花贈行》:“櫻桃花下送君時,一寸春心逐折枝。別後相思最多處,千株萬片繞林垂。”

②“櫻桃花”兩句:意謂櫻桃花開放之時,繁花如雪,僅僅一二枝就有千萬朵之多,一樹之多,一園之盛,不難想見。劉禹錫《和樂天宴李美周中丞宅賞櫻桃花》:“櫻桃千萬枝,照耀如雪天。王孫宴其下,隔水疑神仙。”皮日休《夜看櫻桃花》:“纖枝瑶月弄圓霜,半入鄰家半入墙。劉阮不知人獨立,滿衣清露到明香。”

③ 花磚:表面有花紋的磚,唐時内閣北廳前階有花磚道,冬季日至五磚,爲學士入值之候。白居易《待漏入閣書事奉贈元九學士閣老》:“衙排宣政仗,門啓紫宸關。彩筆停書命,花磚趁立班。”王禹偁《賀畢翰林新入》:“閑步花磚喜復悲,所悲君較十年遲。”這裏指花園中華麗的磚道。　　摘花人:採花折枝之人。蕭繹《詠霧》:“乍若輕烟散,時如佳氣新。不妨鳴樹鳥,時蔽摘花人。”楊凝《唐昌觀玉蕊花》:

"瑤華瓊蕊種何年？蕭史秦嬴向紫烟。時控綵鸞過舊邸，摘花持獻玉皇前。" 窣：拂。曹唐《長安客舍叙邵陵舊宴寄永州蕭使君五首》三："粉堞彤軒畫障西，水雲紅樹窣璿題。"黃庭堅《兩同心》："恐舞罷、隨風飛去，顧阿母、教窣珠裙。" 羅裙：絲羅製造的裙子，多泛指婦女衣裙。江淹《別賦》："攀桃李兮不忍別，送愛子兮霑羅裙。"白居易《琵琶行》："鈿頭雲篦擊節碎，血色羅裙翻酒污。"

[編年]

《年譜》編年本詩於元和五年，沒有說明理由。但在同類艷詩之後，《年譜》補充說："王《辨》云：'仆家有微之作《元氏古艷詩》百餘篇。'如其言非假，元稹'艷詩'宋時尚完整。今所可見者，《才調集》卷五所載元稹詩五十七首。《全詩》卷四二二轉載時，删《初除浙東妻有阻色因以四韵曉之》一首（載別卷），增《古艷詩二首》（抄自王《辨》）。其中有具體寫作時間可考者，已分別繫於各年之下，雖無具體寫作時間可考，而大致可定爲元和七年前所作者，并繫於《夢遊春七十韵》之後，以便于讀者研究。"《編年箋注》編年本詩："作于元和五年（八一〇）。見下《譜》。"《年譜新編》編年本詩於"元和五年前所作其他詩"欄內，沒有說明理由。

我們以爲，本詩"櫻桃花"四句，與元稹《仁風李著作園醉後寄李十》"朧明春月照花枝，花下音聲是管兒"兩句一一符合，故本詩應該爲了管兒所作。元稹《琵琶歌》："去年御史留東臺，公私蹙促顔不開。今春制獄正撩亂，晝夜推囚心似灰。暫輟歸時尋著作，著作南園花拆蕚。臙脂耀眼桃正紅，雪片滿溪梅已落。是夕青春值三五，花枝向月雲含吐。著作施罇命管兒，管兒久別今方睹。"元稹奉詔回京離開洛陽在元和五年三月三日之前，詩人來到洛陽西面壽安縣境內的三泉驛，其《三泉驛》"三泉驛內逢上巳，新葉趨塵花落地"可證。三月六日已經在陝府亦即華州，元稹《元和五年予官不了罰俸西歸三月六日至陝府與吳十一兄端公崔二十二院長思愴曩游因投五十韵》可證。計其時日,元稹《琵琶歌》中的"是夕青春值三五",詩中没有洛陽常常見到的元宵節熱鬧非凡的景象描寫,應該指元和五年二月十五日的晚上,地點應該是洛陽仁風坊李著作園,本詩應該賦成於《琵琶歌》中的"是夕青春值三五"之時,亦即元和五年二月十五日之時。

雖然我們也編年本詩於元和五年,但我們與《年譜》、《編年箋注》含糊不清的"元和五年"編年有很大的區别,幸請讀者注意辨别:我們不僅具體指明本詩在洛陽仁風坊的李著作園所詠,具體時間是在元和五年的二月十五日夜,而且我們有充分的理由。而《年譜》、《編年箋注》既没有説清賦詠的地點是在洛陽,還是江陵,具體時間是在年初還是春夏、年末,所謂的理由也是荒唐可笑的。至於《年譜新編》的"元和五年前",究竟"前"到哪年哪月,恐怕連著者自己也説不清楚,自然離開史實也就更遠。更爲重要的是,《年譜》、《編年箋注》、《年譜新編》祇指證本詩是"艷詩",不是"詞作",而没有指出元稹本詩是爲管兒而作,這是最大的失誤。

◎ 寄隱客①

　　我年三十二,鬢有八九絲②。非無官次第,其如身早衰③。今人誇貴富,肉食與妖姬④。而我俱不樂,貴富亦何爲⑤!況逢多士朝,賢俊若布棋⑥。班行次第立。朱紫相參差⑦。謨猷密勿進,羽檄縱横馳⑧。監察官甚小,發言無所裨(一)⑨。小官仍不了,譴奪亦已隨⑩。時或不之棄,得不自棄之⑪。陶君喜不遇,顧我復何疑⑫!潛書周隱士,白雲今有期⑬。

録自《元氏長慶集》卷五

[校記]

（一）發言無所裨：宋蜀本、叢刊本、蘭雪堂本、《全詩》均同，楊本作“發言無所稗”，語義難通，不從不改。

[箋注]

① 寄：托人遞送。杜甫《述懷》：“自寄一封書，今已十月後。反畏消息來，寸心亦何有！”陸游《南窗睡起》：“風度簾旌紅浪颭，窗明香岫碧雲橫。閑情賦罷憑誰寄？悵望壺天白玉京。”估計周隱客當時已經不在洛陽，根據白居易《早冬遊王屋自靈都抵陽臺上方望天壇偶吟成章寄溫谷周尊師中書李相公》所示，周隱客很可能已經回到王屋山去了，而元稹預料自己受到“譴奪”之後，將不得不離開洛陽，故有“潛書”“周隱士”、“靈都周”之舉動。　隱客：元稹在遊歷天壇時結識的朋友，道士，周姓，元稹在洛陽以監察御史分務東臺時，周隱客曾在洛陽與元稹等人多次相聚。周隱客後來又與白居易有交往，白居易有《早冬游王屋自靈都抵陽臺上方望天壇偶吟成章寄溫谷周尊師中書李相公》可證。所謂隱客，是指隱身於仕途之外的人。黃滔《贈明州霍員外》：“海日旗邊出，沙禽角外歸。四明多隱客，閑約到岩扉。”黃滔《壬癸歲書情》：“故園招隱客，應便笑無成。謁帝逢移國，投文值用兵。”元稹這首詩歌在很大層面上是詩人宦場失意時的牢騷話語，不能當作元稹思想的構成部分，更不能將它作爲元稹思想的主流。所有這些都説明元稹追求佛道嚮往歸隱而寫的作品並非出於本心，而是在無可奈何情況下尋找精神安慰的寄託而已。

② 我年三十二：元稹出生在唐代宗大曆十四年，至“三十二”歲，時當元和五年。元稹《叙詩寄樂天書》：“又不幸年三十二，時有罪譴棄，今三十七矣！”元稹《誨侄等書》：“告侖等：吾謫竄方始，見汝未期，粗以所懷，貽誨於汝……然而吾生三十二年矣！知衣食之所自。”

鬢：臉旁邊靠近耳朵的頭髮。李益《立秋前一日覽鏡》：“萬事銷身外，生涯在鏡中。唯將滿鬢雪，明日對秋風。”杜牧《郡齋獨酌》：“前年鬢生雪，今年須帶霜。時節序鱗次，古今同雁行。” 八九：八個或九個，表示數目不多。司馬相如《子虛賦》：“吞若雲夢者，八九於其胸中，曾不蒂芥！”高瑾《三月三日宴王明府山亭得哉字》：“暮春元巳，春服初裁。童冠八九，於洛之隈。”李白《感時留別從兄徐王延年從弟延陵》：“兄弟八九人，吳秦各分離。大賢達機兆，豈獨慮安危！”元稹《酬翰林白學士代書一百韻并序（此後江陵時作）》在“甯牛終夜永，潘鬢去年衰”句下注云：“予今年始三十二，去歲已生白髮。”所述情景，應該與本詩一一相符。

③ 次第：猶常態。李白《寄東魯二稚子》：“齊肩雙行桃樹下，撫背復誰憐？念此失次第，肝腸日憂煎。”王建《白紵歌二首》二：“夜天曈曈不見星，宮中火照西江明。美人醉起無次第，墮釵遺佩滿中庭。”猶規則，規矩。劉禹錫《宿誠禪師山房題贈二首》二：“視身如傳舍，閱世甚東流。法爲因緣立，心從次第修。” 其如：怎奈，無奈。劉長卿《硤石遇雨宴前主簿從兄子英宅》：“縣城蒼翠裏，客路兩崖開……雖欲少留此，其如歸限催。”歐陽修《漁家傲》六：“愁倚畫樓無計奈。亂紅飄過秋塘外。料得明年秋色在。香可愛。其如鏡裏花顏改。” 早衰：未老先衰，過早衰老。白居易《寄同病者》：“三十生二毛，早衰爲沈屙。四十官七品，拙宦非由他。”蘇軾《次韻答頓起二首》二：“早衰怪我遽如許，苦學憐君太瘦生。茆屋擬歸田二頃，金丹終擲雪千莖。”

④ 今人：當代人，與“古人”相對。韓愈《與馮宿論文書》：“但不知直似古人，亦何得於今人也？”王維《不遇詠》：“且此登山復臨水，莫問春風動楊柳。今人昨人多自私，我心不説君應知。” 貴富：猶富貴。王符《潛夫論·忠貴》：“貴富太盛，則必驕佚而生過。”韓愈《圬者王承福傳》：“將貴富難守，薄功而厚饗之者邪？抑豐悴有時，一去一來而不可常者邪？”也指富貴者。《墨子·尚賢》：“故古者聖王，甚尊

尚賢,而任使能,不黨父兄,不偏貴富,不嬖顏色。"《史記·貨殖列傳》:"女子則鼓鳴瑟,跕屣,遊媚貴富,入後宮,遍諸侯。"　肉食:指高位厚禄,亦泛指做官的人。《左傳·莊公十年》:"肉食者鄙,未能遠謀。"杜預注:"肉食,在位者。"陳子昂《感遇詩三十八首》二九:"肉食謀何失!藜藿緬縱橫。"　妖姬:美女,多指妖艷的侍女、婢妾。陳叔寶《玉樹後庭花》:"妖姬臉似花含露,玉樹流光照後庭。"韓愈《齪齪》:"妖姬坐左右,柔指發哀彈。"

　　⑤"而我俱不樂"兩句:意謂財富、官位、美女,都不是我追求的目標,我又能幹什麼?我又可以怎麼樣呢?　樂:喜愛,喜歡。《易·繫辭》:"是故君子所居而安者,《易》之序也;所樂而玩者,爻之辭也。"孔穎達疏:"言君子愛樂而習玩者,是六爻之辭也。"《後漢書·光武帝紀》:"我自樂此,不爲疲也。"　貴富:猶富貴。《國語·吳語》:"民之惡死而欲貴富以長没也,與我同。"王符《潛夫論·忠貴》:"貴富太盛,則必驕佚而生過。"

　　⑥多士:古指衆多的賢士,也指百官。《詩·大雅·文王》:"濟濟多士,文王以寧。"盧諶《答魏子悌》:"多士成大業,群賢濟弘績。"賢俊:才德出衆的人。《漢書·元帝紀》:"延登賢俊,招顯側陋。"司空圖《有感二首》二:"古來賢俊共悲辛,長是豪家據要津。從此當歌唯痛飲,不須經世爲閑人。"　布棋:如圍棋在棋盤上佈置棋子,把守着各個節點,没有空閑的地方。司馬光《柏梯寺》:"衆壑如翻浪,鄰州若布棋。何當遂栖隱,身世兩相遺?"蘇轍《八陣磧(在夔州)》:"乘高望遺迹,磊磊六十四。遥指如布棋,就視不知處。"

　　⑦班行:朝班的行列,朝官的位次。張籍《夏日閑居》:"閑對臨書案,看移曬藥床。自憐歸未得,猶寄在班行。"黄庭堅《次韵宋楙宗僦居甘泉坊雪後書懷》:"漢家太史宋公孫,漫逐班行謁帝閽。"　次第:次序,順序。薛能《牡丹四首》一:"富貴助開筵,蜀水爭能染?巫山未可憐,數難忘次第。"皎然《送至洪沙彌赴上元受戒》:"野寺鐘聲

遠,春山戒足寒。歸來次第學,應見後心難。” 朱紫:唐代高級官員的服色或服飾,謂紅色、紫色官服。白居易《偶吟》:“久寄形於朱紫內,漸抽身入蕙荷中。”孫光憲《北夢瑣言》卷七:“唯大賢忽爲人縶維,官至朱紫。” 參差:紛紜繁雜貌,錯雜貌。韋應物《途中寄楊邈裴緒示褒子》:“蕭蕭陟連岡,莽莽望空陂。風截雁嘹唳,雲慘樹參差。”杜牧《阿房宮賦》:“釘頭磷磷,多於在庾之粟粒。瓦縫參差,多於周身之帛縷。”

⑧ 謨猷:謀略。裴度《奉酬中書相公至日圜丘攝事合於中書後閣宿齋移止於集賢院叙懷見寄之作》:“翼亮登三命(趙公三拜中書侍郎平章事),謨猷本一心。致齋移秘府,祇事見冲襟。”蘇舜欽《杜公求退第四表》:“臣實以量狹而位已過,器重而力不任,謨猷若斯,陛下所盡悉。” 密勿:勤勉努力。《詩‧小雅‧十月之交》:“黽勉從事,不敢告勞。”王先謙《詩三家義集疏》謂“魯‘黽勉’作‘密勿’。”《漢書‧劉向傳》:“君子獨處守正,不撓衆枉,勉强以從王事……故其詩曰:‘密勿從事,不敢告勞。’”顏師古注:“密勿,猶黽勉從事也。”也可作機要、機密解。《三國志‧杜恕傳》:“與聞政事密勿大臣,甯有懇懇憂此者乎?”李德裕《謝賜讓官批答狀》:“承籲俞之命,或慮闕遺;奉密勿之機,實憂不逮。” 羽檄:古代軍事文書,插鳥羽以示緊急,必須迅速傳遞。《史記‧韓信盧綰列傳》:“陳豨反,邯鄲以北皆豨有,吾以羽檄徵天下兵,未有至者,今唯獨邯鄲中兵耳!”裴駰集解:“魏武帝《奏事》曰:‘今邊有小警,輒露檄插羽,飛羽檄之意也。’推其言,則以鳥羽插檄書,謂之羽檄,取其急速若飛鳥也。”左思《詠史詩八首》一:“邊城苦鳴鏑,羽檄飛京都。” 縱橫:交錯貌。崔顥《江畔老人愁》:“衣冠士子陷鋒刃,良將名臣盡埋没。山川改易失市朝,衢路縱橫填白骨。”韋應物《春宵燕萬年吉少府中孚南館》:“始見斗柄回,復茲霜月霽。河漢上縱橫,春城夜迢遞。”

⑨ 發言:發表意見。《史記‧滑稽列傳》:“武帝時有幸倡郭舍人

者,發言陳辭雖不合大道,然令人主和説。"元稹《陽城驛》:"問公何能爾? 忠信先自修。發言當道理,不顧黨與讎。"也作發表的意見解。袁宏《後漢紀·明帝紀》:"臣伏見皇太子仁厚寬明,發言高遠,卓然絶異,非人所能及也。"温庭筠《過孔北海墓二十韻》:"珪玉埋英氣,山河孕炳靈。發言驚辨囿,攄翰動文星。"　無所裨:即"無裨",無補,無助。韓愈《廣宣上人頻見過》:"三十六旬長擾擾,不衝風雨即塵埃。久慚朝士無裨補,空愧高僧數往來。"柳宗元《爲劉同州謝上表》:"臣初奉綸言,震抃無極,及臨所部,驚懼逾深。投軀莫報于乾坤,陳力無裨於造化。"

⑩ 小官:職位低的官,又作舊時官吏對己的謙稱。岑參《太一石鱉崖口潭舊廬招王學士》:"偶逐干禄徒,十年皆小官。抱板尋舊圃,敝廬臨迅湍。"高適《送崔録事赴宣城》:"大國非不理,小官皆用才。欲行宣城印,住飲洛陽杯。"　譴奪:責其罪而革其官。康海《制策》:"今有一級之勞,而大家右族訶譴奪去,不敢仰視,將何所養以自奮乎?"陸深《沈母龔孺人墓誌銘》:"武宗朝奉使,忤權閹重譴奪官。會友松訃聞還,孺人倚門而泣。"

⑪ 時:時代,時世,本詩有暗喻當局之意。《墨子·兼愛》:"吾非與之並世同時,親聞其聲,見其色也。"白居易《與元九書》:"始知文章合爲時而著,歌詩合爲事而作。"時勢,時局。鮑照《代出自薊北門行》:"時危見臣節,世亂識忠良。"王安石《次韻舍弟常州官舍應客》:"霜雪紛紛上鬢毛,憂時自悔目空蒿。"　不之棄:即不棄,不遺棄,不嫌棄。李白《送蔡山人》:"我本不棄世,世人自棄我。一乘無倪舟,八極縱遠柂。"戎昱《上湖南崔中丞》:"山上青松陌上塵,雲泥豈合得相親? 舉世盡嫌良馬瘦,唯君不棄卧龍貧。"　得不:能不,豈不。李德裕《次柳氏舊聞》:"志忠晚乃謬計耳! 其初立朝,得不爲賢相乎?"貫休《懷劉得仁》:"詩名動帝畿,身謝亦因詩。白日只如哭,皇天得不知?"　自棄:自甘落後,不求上進。《孟子·離婁》:"吾身不能居仁由

義,謂之自棄也。"杜甫《送李卿曄》:"暮景巴蜀僻,春風江漢清。晉山(介山在綿上,以子推自比)雖自棄,魏闕尚含情。"

⑫ 陶君喜不遇:《晉書·陶潛傳》:"郡遣督郵至縣,吏白應束帶見之,潛嘆曰:'吾不能爲五斗米折腰,拳拳事鄉里小人邪!'義熙二年解印去縣。乃賦《歸去來》,其辭曰:'歸去來兮,田園將蕪胡不歸?既自以心爲形役,奚惆悵而獨悲?悟已往之不諫,知來者之可追。實迷途其未遠,覺今是而昨非……"後用以指不遇歸隱的典故。元積《東臺去(僕每爲崔、白二學士話陶先生喜不遇之事,且曰:'僕得分司東臺,即足以買山家)》:"陶君喜不遇,予每爲君言。今日東臺去,澄心在陸渾。"元積《歸田(時三十七)》:"陶君三十七,挂綬出都門。我亦今年去,商山浙岸村。" 顧我復何疑:意謂反省我自己,還有什麼好猶豫的? 顧:反省。《書·康誥》:"用康乃心,顧乃德。"孔傳:"用是誠道安汝心,顧省汝德,無令有非。" 疑:遲疑,猶豫。《書·大禹謨》:"任賢勿貳,去邪勿疑。"蔡沈集傳:"去邪不能果斷,謂之疑。"元積《授田布魏博節度使制》:"提挈義旅,勤勞王家,冒白刃而不疑,推赤心而自信。"

⑬ 潛書:暗暗寫信寄給別人。劉敞《新晴二首》二:"未得獻天子,潛書報近鄰。"董嗣杲《思隱二首》二:"從今舉步防輕蹈,更演潛書急掩扉。" 周隱士:即詩題中的"隱客"。 白雲:喻歸隱。陶弘景《詔問山中何所有賦詩以答》:"山中何所有?嶺上多白雲。只可自怡悅,不堪持寄君。"錢起《藍田溪與漁者宿》:"一論白雲心,千里滄州趣。" 有期:有了日期。白居易《贈寫真者》:"迢遞麒麟閣,圖功未有期。區區尺素上,焉用寫真爲?"姚合《送孫山人》:"林中愁不到,城外老應遲。喧寂一爲別,相逢未有期。"

[編年]

《年譜》編年本詩於元和五年貶謫江陵時,理由是:"詩云:'我年三十二。'又云：'監察官甚小……譴奪亦已隨。'是貶謫江陵口吻。"
《編年箋注》云："元和五年(八一〇)春，元稹從東臺奉召還西京，旋貶
江陵士曹參軍。尋繹詩意，此詩疑成於貶江陵前夕。"《年譜新編》引
述本詩的部分詩句之後認爲："是奪俸西歸時語氣。"

　　根據對本詩"監察官甚小，發言無所裨。小官仍不了，譴奪亦已
隨"的體味，元稹當時還在監察御史任上，但已經接到罰俸西歸的詔
命。"時或不之棄，得不自棄之"表明，詩人並不知道自己即將被貶謫
江陵的結局，但在潛意識裏已經預感到不妙的結局正在前面等待着
他，故有這兩句自嘲的詩句，同時也做好了被迫罷官被迫歸田的思想
準備："陶君喜不遇，顧我復何疑！"而"潛書周隱士，白雲今有期"云云
表明，詩人即將離開洛陽，但還沒有離開洛陽，故暗地告知周姓隱客
朋友："我們早先經常談論的歸隱打算，現在快有準確的可以預期的
日子了。"我們以爲本詩應該作於元和五年元稹在洛陽監察御史任
上，當時詩人已經接到罰一季俸禄、立即歸京的詔命，是即將西歸京
師、但還沒有離開東臺監察御史任的時刻，具體時間應該是元和五年
的二月中下旬。

◎ 憶　醉①

　　自嘆旅人行意速，每嫌杯酒緩歸期②。今朝偏遇醒時
別⁽一⁾，泪落風前憶醉時③。

　　　　　　　　　　　　　　　　録自《元氏長慶集》卷一六

[校記]
　　(一)今朝偏遇醒時別：原本作"今朝偏偶醒時別"，楊本、叢刊本
同，語義難通，據《萬首唐人絶句》、《全詩》改。

［箋注］

① 憶醉：回憶酒醉時刻，嚮往酒醉時刻。楊凝《戲贈友人》："湘陰直與地陰連，此日相逢憶醉年。美酒非如平樂貴，十升不用一千錢。"姚合《九日寄錢可復》："靜愁惟憶醉，閑悶不勝眠。惆悵東門別，相逢知幾年？"

② 自嘆：自感自怨。宋之問《別之望後獨宿藍田山莊》："鶺鴒有舊曲，調苦不成歌。自嘆兄弟少，常嗟離別多。"元稹《江陵三夢》一："撫稚再三囑，淚珠千萬垂。囑云唯此女，自嘆總無兒。" 旅人：客居在外的人。謝靈運《登上戍石鼓山》："旅人心長久，憂憂自相接。故鄉路遙遠，川陸不可涉。"又解作旅行在途的人，奔走在外的人。唐代無名氏《雜詩十九首》一六："無定河邊暮角聲，赫連臺畔旅人情。函關歸路千餘里，一夕秋風白髮生。"李士元《登單于臺》："馬散眠沙磧，兵閑倚戍樓。殘陽三會角，吹白旅人頭。" 行意：猶行色，指出發前後的神態、情景或氣派。呂溫《宗禮欲往桂州苦雨因以戲贈》："農人辛苦綠苗齊，正愛梅天水滿堤。知汝使車行意速。但令驄馬著郭泥。"釋重顯《送親禪者》："萬木帶秋聲，古今念暌別。我有贈行意，臨行爲君說。" 歸期：歸來的日期。元稹《劉二十八以文石枕見贈仍題絕句以將厚意因持壁州鞭酬謝兼廣爲四韻》："歌昈彩霞臨藥灶，執陪仙仗引爐烟。張騫却上知何日？隨會歸期在此年。"李商隱《夜雨寄北》："君問歸期未有期，巴山夜雨漲秋池。何當共剪西窗燭，却話巴山夜雨時？"

③ 今朝：今日。白居易《井底引銀瓶》："瓶沉簪折知奈何，似妾今朝與君別。憶昔在家爲女時，人言舉動有殊姿。"皎然《送路少府使京兼覲侍御兄》："國賦推能吏，今朝發貢湖。佇瞻雙闕鳳，思見柏臺烏。" 醒時：酒醒之時，酒醒之後。杜甫《三絕句》一："楸樹馨香倚釣磯，斬新花蕊未應飛。不如醉裏風吹盡，可忍醒時雨打稀？"元稹《酒醒》："飲醉日將盡，醒時夜已闌。暗燈風焰曉，春席水窗寒。" 醉時：

酒醉之時。張説《醉中作》:"醉後樂無極,彌勝未醉時。動容皆是舞,
出語總成詩。"張謂《春園家宴》:"竹裏登樓人不見,花間覓路鳥先
知……山簡醉時歌一曲,參差笑殺郢中兒。"

[編年]

　　《年譜》在元和五年"詩編年"條下《襄陽道》、《襄陽爲盧竇紀事》
兩詩之後、元和五年六月十四日所作《泛江玩月十二韵》之前,亦即在
元稹貶赴江陵途中編入本詩,理由是:"《擬醉》題下注:'與盧子蒙飲
于竇晦之,醉後賦詩十九首,子蒙叙爲別卷。自此至《狂醉》,皆是夕
所賦。'《狂醉》云:'一自柏臺爲御史,二年辜負兩京春。峴亭今日顛
狂醉,舞引紅娘亂打人。'元和四五年,元稹爲監察御史及東臺監察御
史,故有'二年辜負兩京春'之句。貶謫江陵,途經襄陽,與盧、竇會
飲,故有'峴亭今日顛狂醉'之句。可見《擬醉》至《狂醉》五首,皆元和
五年元稹赴江陵途中作。"《編年箋注》也抄録《擬醉》題下注,以及《年
譜》的判斷,隨同《年譜》意見:"疑《先醉》及以下六篇,亦在十九首之
列,俱作於元和五年(八一〇)貶江陵途中。見卞《譜》。"《年譜新編》
編年本詩於元和五年"己丑、庚寅在洛陽所作其他詩",没有説明
理由。

　　我們以爲,詩人在詩中自稱"旅人",表明了洛陽對詩人來説,衹
是一個不宜停留的客鄉:妻子病故此地,詩人在洛陽已經没有家的概
念;現在又奉詔西歸,洛陽的東臺已經不是自己的任職之地。在這樣
狼狽的情景下,快快離開本來應該是上策。但回憶自己與朋友們在
洛陽度過的七八個月生涯,常常在醉眼朦朧中度過,難捨難分在所不
免,希望像往日大醉不醒的情景再次出現,清醒着與朋友分別實在太
痛苦也太難過了。本詩是作於元稹接到回京的詔命之後,與洛陽的
朋友告別時所賦詠之篇,時間是元和五年的二月底,地點在洛陽。

● 憶 事①

夜深閑到戟門邊,却繞行廊又獨眠⁽一⁾②。明月滿庭池水
綠⁽二⁾,桐花垂在翠簾前⁽三⁾③。

錄自《才調集》卷五

[校記]

（一）却繞行廊又獨眠:《全詩》、《唐詩品彙》、《全唐詩録》同,叢
刊本、《唐音》作"柳繞行廊又獨眠",語義不同,不改。

（二）明月滿庭池水綠:《全詩》、《唐詩品彙》同,叢刊本、《唐音》、
《全唐詩録》作"明月滿庭池水淥",語義不同,各備一説,不改。

（三）桐花垂在翠簾前:叢刊本、《唐音》、《全詩》同,《唐詩品彙》、
《全詩》注、《全唐詩録》作"桐花垂在繡簾前",語義不同,各備一説,
不改。

[箋注]

① 憶事:"夜深閑到戟門邊"等四句,劉本《元氏長慶集》、馬本
《元氏長慶集》均未見,但《才調集》卷五、《全唐詩録》卷六七、《唐音》
卷一二、《唐詩品彙》卷五二、《全詩》卷四二二、《歷代詩餘》卷一一二
等採録,故據補。　憶:回憶。庾信《奉和永豐殿下言志十首》八:"還
思建鄴水,終憶武昌魚。"韓愈《送侯參謀赴河中幕》:"憶昔初及第,各
以少年稱。"　事:事情,指人類生活中的一切活動和所遇到的一切現
象。《禮記·大學》:"物有本末,事有終始。"毛熙震《河滿子》:"緬想
舊歡多少事,轉添春思難平。"

② 夜深:猶深夜。杜甫《玩月呈漢中王》:"夜深露氣清,江月滿

江城。"戴叔倫《聽歌回馬上贈崔法曹》："共待夜深聽一曲，醒人騎馬斷腸迴。"　戟門：在唐代，王侯官宦之家按照規定的等級立戟爲門，引申指顯貴之家或顯赫的官署。綦毋潛《送宋秀才》："冠古積榮盛，當時數戟門。舊交丞相子，繼世五侯孫。"元稹《奉誠園（馬司徒舊宅）》："蕭相深誠奉至尊，舊居求作奉誠園。秋來古巷無人掃，樹滿空牆閉戟門。"本詩的"戟門"，係指原東都留守韋夏卿的住宅之門。行廊：即走廊，上面有頂的走道。元稹《和友封題開善寺》："古匣收遺施，行廊畫本朝。"歐陽修《浙川縣興化寺廊記》："興化寺新修行廊四行，總六十四間。"　獨眠：獨自孤眠。劉長卿《賦得》："家住層城臨漢苑，心隨明月到胡天。機中錦字論長恨，樓上花枝笑獨眠。"李端《長門怨》："金壺漏盡禁門開，飛燕昭陽侍寢回。隨分獨眠秋殿裏，遙聞語笑自天來。"

③ 明月：光明的月亮。宋玉《神女賦》："其少進也，皎若明月舒其光。"張若虛《春江花月夜》："春江潮水連海平，海上明月共潮生。"滿庭：整個庭院。李嘉祐《題王十九茆堂》："滿庭多種藥，入里作山家。終日能留客，凌寒亦對花。"杜甫《倦夜》："竹涼侵臥內，野月滿庭隅。重露成涓滴，稀星乍有無。"　桐花：桐樹的花。孫昌胤《清明》："清明暮春裏，悵望北山陲。燧火開新焰，桐花發故枝。"白居易《桐花》："春令有常候，清明桐始發。何此巴峽中，桐花開十月？"　翠簾：綠色的簾幕。溫庭筠《定西番》："羅幕翠簾初捲，鏡中花一枝。腸斷塞門，消息雁來稀。"韋莊《謁金門》："樓外翠簾高軸，倚遍闌干幾曲？"

[編年]

《年譜》編年本詩於元和五年，題後附錄："王驥德云：'又微之別有《感事》一首："富貴年皆長，風塵舊轉稀。白頭方見絕，遙爲一霑衣。"《憶事》一首：'……'二詩真爲崔作無疑，性之顧不及，何耶？'"《編年箋注》編年："……《憶事》……諸篇，俱作于元和五年（八一〇），元稹時在江陵士曹任。見下《譜》。"《年譜新編》編年本詩於貞元十六年,理由是:全文引録本詩之後説:"回憶與崔鶯鶯戀愛時事,故暫繫於本年。"

我們以爲,王驥德所舉《感事》"富貴年皆長,風塵舊轉稀。白頭方見絶,遙爲一霑衣"之句,是元稹《感事三首》之三,題下注云:"此後並是學士時詩",亦即長慶元年元稹爲翰林承旨學士之時的詩篇,不知王驥德根據什麼把本詩與《感事》生拉硬扯在一起?《年譜》也竟然信以爲真,并鄭重其事介紹給讀者!本詩中的"戟門",又如何與《鶯鶯傳》中鄭氏母女居住的普救寺聯繫起來?《年譜新編》既然全文引録本詩,不知有没有認真讀過?

我們以爲,本詩中的"戟門",就是韋夏卿在洛陽履信坊的住宅之門。韋叢病故于元和四年七月九日,有韓愈爲她作的"墓誌銘"爲證,當時的桐花已經結果,故元和四年可以排除在外。元稹離開洛陽在二月底,桐花已經開始開放,正是賦詠本詩的時間。元和四年一月,元稹的岳丈韋夏卿亡故;七月九日,夫人韋叢亡故;九月十九日,韋叢的繼母段氏也亡故,但元稹仍居住在洛陽履信坊韋夏卿的舊居中。"獨眠"之夜,難以入睡。元和五年二月,元稹接到回歸西京的詔令,詩人在離開洛陽的前夕,徘徊在他與韋叢一起生活過的故宅,感慨萬千,寫下本詩,本詩也是元稹悼亡韋叢"數十首"悼亡詩篇之一。據此,本詩應該賦詠於詩人元和五年二月底離開洛陽的前夕,地點在洛陽履信坊韋夏卿的住宅。

■ 分務東臺奏章移文二十七篇^{(一)①}

據元稹《表奏(有序)》

［校記］

（一）分務東臺奏章移文二十七篇：本佚失諸多文篇所據元稹《表奏(有序)》，又見楊本、叢刊本、《舊唐書·元稹傳》、《冊府元龜·自述》、《全文》、《唐故武昌軍節度處置等使正議大夫檢校户部尚書鄂州刺史兼御史大夫賜紫金魚袋尚書右僕射河南元公墓誌銘并序》、《英華》，文字基本相同，表述數字之“數十事”三字，諸多文獻前後一致。

［箋注］

① 分務東臺奏章移文二十七篇：本佚失文篇所據元稹《表奏(有序)》文云：“無何，外莅東都臺。天子久不在都，都下多不法，百司皆牢獄：有裁接吏械人逾歲而臺府不得而知之者，予因飛奏絶百司專禁錮；河南尉判官，予劾之，忤宰相旨；監徐帥死於軍，徐帥郵傳其柩，柩至洛，其下歐詬主郵吏，予命吏徙柩於外，不得復乘傳；浙西觀察使封杖決安吉令至死；河南尹誣奏書生尹太階，請死之；飛龍使誘趙實家逃奴爲養子；田季安盜娶洛陽衣冠女；汴州没入死商錢且千萬；滑州賦於民以千，授於人以八百；朝廷饋東師，主計者誤命牛車四千三十乘飛芻越太行……類是數十事，或移或奏，皆止之。貞元以來不慣用文法，内外寵臣皆暗嗚。會河南尹房式詐諼事發，奏攝之，前所暗嗚者皆叫噪，宰相素以劾判官事相銜，乘是黜予江陵掾。”白居易《唐故武昌軍節度處置等使正議大夫檢校户部尚書鄂州刺史兼御史大夫賜紫金魚袋尚書右僕射河南元公墓誌銘并序》云：“朝廷病東諸侯不奉法，東御史府不治事，命公分臺而董之。時有河南尉離局從軍職，尹不能止；監軍使死，其柩乘傳入郵，郵吏不敢詰；内園司械繫人踰年，臺府不得知；飛龍使匿趙氏亡命奴爲養子，主不敢言；浙右帥封杖杖安吉令至死，子不敢懟……凡此者數十事，或奏或劾或移，歲餘皆舉

正之。内外權寵臣無奈何,咸不快意。會河南尹有不如法事,公引故事奏而攝之,甚急,先是不快者乘其便相噪嗾,坐公專恣作威,黜爲江陵士曹掾。"元稹自述與白居易《唐故武昌軍節度處置等使正議大夫檢校户部尚書鄂州刺史兼御史大夫賜紫金魚袋尚書右僕射河南元公墓誌銘并序》涉及的事情較多,今分理如下:一、已經有文篇在元稹詩文集内的:"監徐帥死於軍,徐帥郵傳其柩,柩至洛,其下歐訴主郵吏,予命吏徙柩於外,不得復乘傳"之事,即元稹詩文集内之《論轉牒事》;"浙西觀察使封杖決安吉令至死"之事,即元稹詩文集内之《論浙西觀察使封杖決殺縣令事》;"朝廷饋東師,主計者誤命牛車四千三十乘飛蒭越太行"之事,即元稹詩文集内之《爲河南府百姓訴車狀》;二、没有文篇在元稹詩文集内的:"有栽接吏械人逾歲而臺府不得而知之者,予因飛奏絶百司專禁錮"之事;"時有河南尉離局從軍職,尹不能止"之事;"河南尹誣奏書生尹太階,請死之"之事;"飛龍使誘趙實家逃奴爲養子"之事;"田季安盜娶洛陽衣冠女"之事;"汴州没入死商錢且千萬"之事;"滑州賦於民以千,授於人以八百"之事;"會河南尹有不如法事,公引故事奏而攝之"之事。這八件,均有具體内容,元稹當時"或移或奏"、"或奏或劾或移"。所謂"奏",是臣子上帝王的文書。蔡邕《獨斷》:"凡群臣上書於天子者,有四名:一曰章,二曰奏,三曰表,四曰駁議。"《文選·陸機〈文賦〉》:"奏平徹以閑雅。"李善注:"奏以陳情叙事,故平徹閑雅。"指書以陳事的簡牘。《太平廣記》引劉義慶《幽明録·王矩》:"矩至長沙,見一人長丈餘,著白布單衣,將奏在岸上,呼:'矩奴子過我!'矩省奏,爲杜靈之。"所謂"劾",是揭發罪行的文狀。《後漢書·范滂傳》:"滂覩時方艱,知意不行,因投劾去。"《新唐書·崔隱甫傳》:"浮屠惠範倚太平公主脅人子女,隱甫劾狀,反爲所擠,貶邛州司馬。"所謂"移",是古文體之一,與牒相類,多用於不相統屬的官署之間。《後漢書·光武帝紀》:"〔更始元年〕於是置僚屬,作文移,從事司察,一如舊章。"《文心雕龍·檄移》:"劉歆之《移太常》,

辭剛而義辨，文移之首也；陸機之《移百官》，言約而事顯，武移之要者也。故檄移爲用，事兼文武。"元稹《爲河南府百姓訴車狀》就是典型的移文，元稹因"事非職任，不敢上言"，没有直接向朝廷進言，而是轉向房式建議。結果房式以自己的名義向朝廷建言。《舊唐書·房式傳》有記載："轉河南尹，時討王承宗於鎮州，配河南府饋運車四千兩，式表以凶旱，人貧力微，難以徵發。憲宗可其奏，既免力役，人懷而安之。"《新唐書·房式傳》説得更爲清楚："改河南尹，會討王承宗，鎮州索餉車四千乘，民不能具。式建言：歲凶人勞，不任調發。又御史元稹亦言：賊未禽而河南民先困。詔可。"故"奏"、"劾"、"移"，都應該是文字性質的文篇。但今天元稹集内不見，佚失應該是唯一的解釋。而且，元稹、白居易都認爲類如的事件有"數十事"之多，按照正常的理解，"數十"至少應該在三十之上。陶淵明《桃花源記》："漁人……復行數十步，豁然開朗，土地平曠，屋舍儼然，有良田美池桑竹之屬，阡陌交通，雞犬相聞。"蕭統《答湘東王求文集及詩苑英華書》："又往年因暇搜採英華，上下數十年間未易詳悉，猶有遺恨。"據此，元稹"或移或奏"、"或奏或劾或移"的"數十事"，今僅有三篇文篇存世，其餘的，至少有二十七篇文稿已經佚失。

[編年]

　　未見《元稹集》採録，也未見《年譜》、《編年箋注》、《年譜新編》採録與編年。

　　我們以爲，元稹已經佚失的二十七文篇，均撰成於元稹以監察御史身份分務東臺期間，起元和四年七月，終於元和五年二月底，均撰成於洛陽。

◎ 三泉驛 (一)①

三泉驛内逢上巳，新葉趨塵花落地②。勸君滿盞君莫

辭,別後無人共君醉③。洛陽城中無限人,貴人自貴貧
自貧④。

録自《元氏長慶集》卷二六

[校記]

（一）三泉驛:本詩所在之各本,包括楊本、叢刊本、《全詩》,均無
異文。

[箋注]

① 三泉驛:驛站名,在洛陽與長安之間。《太平廣記·李全質》:
"泊太和歲初,大水全質已爲天平軍裨將……開成初,銜命入關,回宿
壽安縣。夜未央而情迫,時復昏晦,不得已而出逆旅,三數里而大雨,
回亦不可,須臾馬旁見一人,全質詰之:'誰歟?'對曰:'郵牒者。'更於
馬前行,寸步不可睹其人,每以其前路導之,或曰樹,或曰椿,或曰險,
或曰培塿,或曰溝,全質皆得免咎,久而至三泉驛憩焉!"而壽安縣在
洛陽之西南洛水南岸,今河南宜陽之地,是西出洛陽的第一縣。陸游
有多篇詩歌涉及,如《上巳小飲追憶乾道中嘗以是日病酒留三泉江月
亭淒然有感》:"零落殘花一兩枝,綠陰庭院燕差池。隔墻笑語秋千
散,惆悵三泉驛裏時(元微之詩'三泉驛内逢上巳')。"又《頻夜夢至南
鄭小益之間慨然感懷》:"身似庵居老病僧,罷參不復繫行縢。夢中忽
在三泉驛,庭樹鳴梟鬼弄燈。"又《三泉驛舍》:"殘鐘斷角度黃昏,小驛
孤燈早閉門。霜氣峭深摧草木,風聲浩蕩卷郊原。故山有約頻回首,
末路無歸易斷魂。短鬢蕭蕭不禁白,强排幽恨近清罇。"

② 上巳:舊時節日名,漢以前以農曆三月上旬巳日爲"上巳",魏
晉以後定爲三月三日,不必取巳日。晉宋范蔚宗所撰《後漢書·禮儀
志》記載云:"是月上巳,官民皆潔於東流水上,曰洗濯祓除,去宿垢

疢，爲大潔。"魏晉以後，"上巳日"改爲三月三日。宋人吳自牧《夢粱録》："三月三月三日上巳之辰，曲水流觴故事起于晉時。唐朝賜宴曲江，傾都禊飲踏青亦是此意……杜甫《麗人行》云：'三月三日天氣新，長安水邊多麗人。'形容此景，至今令人愛慕。"元和五年三月"辛丑朔"，"上巳日"應該是三月五日，根據新的規定，上巳之節應該在三月三日。　　新葉趨塵花落地：意謂時逢三月三日，才出的新葉因爲緊靠行人來往不息的驛路，已經沾滿了揚起的路塵，一些春天開放的花朵，有的已經枯萎，有的已經落地。耿湋《贈興平鄭明府》："深情先結契，薄宦早趨塵。貧病休何日？艱難過此身。"皎然《尋天目徐君》："獨鶴天邊俱得性，浮雲世上共無情。三花落地君猶在，笑撫安期昨日生。"　　新葉：春天剛剛萌發的新葉。王建《杜中丞書院新移小竹》："嫩綠卷新葉，殘黃收故枝。色經寒不動，聲與靜相宜。"范傳正《賦得春風扇微和》："暖暖當遲日，微微扇好風。吹搖新葉上，光動淺花中。"　　趨：追逐。《管子·宙合》："爲臣者不忠而邪，以趨爵禄。"王安石《江上二首》二："何言萬里客，更作百身憂。補敗今誰恤？趨生我自羞。"　　塵：飛揚的灰土。《左傳·成公十六年》："甚囂，且塵上矣！"韓愈《春雪映早梅》："誰令香滿座，獨使淨無塵？逐吹能爭密，排枝巧妒新。"　　花落地：花朵掉落在地。劉長卿《送嚴士元》："細雨濕衣看不見，閑花落地聽無聲。日斜江上孤帆影，草綠湖南萬里情。"皎然《尋天目徐君》："獨鶴天邊俱得性，浮雲世上共無情。三花落地君猶在，笑撫安期昨日生。"

③ "勸君滿盞君莫辭"兩句：意謂我們偶然相逢於道途之中，我勸你滿飲杯酒你最好不要推辭，別後我西去長安你東往洛陽，一路之上恐怕再也不會遇到熟悉的朋友與你同席共杯。此兩句可與王維《渭城曲》異曲同工："渭城朝雨浥輕塵，客舍青青柳色新。勸君更盡一杯酒，西出陽關無故人。"　　勸：勸導，勸說。《書·顧命》："柔遠能邇，安勸大小庶邦。"孔傳："勸使爲善。"孫星衍疏："勸者，《廣雅·釋

詁》云：教也。"王維《送元二使安西》："渭城朝雨裛輕塵，客舍青青柳色新。勸君更盡一杯酒，西出陽關無故人。" 辭：推辭，辭謝。《孟子·萬章》："爲貧者，辭尊居卑，辭富居貧。"陸游《老學庵筆記》卷三："晏景初尚書請僧住院，僧辭以窮陋不可爲。"

④ "洛陽城中無限人"兩句：雖然我們並不知道與元稹西行途中相聚隨即相別東去的朋友到底是誰，但詩人酒醉之後吐露"洛陽城中無限人，貴人自貴貧自貧"的真言却是千真萬確的，這應該就是元稹當時的真實思想。而在當時，元稹能夠有這樣的思想，無疑是十分可貴的。 貴人：顯貴的人。《穀梁傳·襄公二十九年》："賤人，非所貴也；貴人，非所刑也；刑人，非所近也。"《史記·汲鄭列傳》："弘爲丞相，乃言上曰：'右內史界部中多貴人宗室，難治，非素重臣不能任，請徙黯爲右內史。'" 自：自然，當然。《史記·田單列傳》："即墨人從城上望見，皆涕泣，俱欲出戰，怒自十倍。"齊己《還黃平素秀才卷》："如君好風格，自可繼前賢。"又作本來解。王充《論衡·問孔》："人之死生自有長短，不在操行善惡也。"杜甫《古柏行》："扶持自是神明力，正直原因造化工。" 貴：地位顯要。《論語·裏仁》："子曰：富與貴，是人之所欲也。不以其道得之，不處也。"蘇轍《劉昌祚加恩制》："貴當益恭，老當益壯。" 貧：缺少財物，貧困。與"富"相對。《書·洪範》："六極……四曰貧。"孔傳："困於財。"白居易《酬皇甫賓客》："性慵無病常稱病，心足雖貧不道貧。"

[編年]

《年譜》沒有對本詩編年，想來是遺漏。《編年箋注》云："周相錄考證此詩作於元和五年。"《年譜新編》編年本詩於元和五年"元稹西歸途中所作詩"，沒有説明編年理由，但有譜文"三日經三泉驛"之論證。

我們以爲，元稹有《元和五年予官不了罰俸西歸三月六日至陝府

與吳十一兄端公崔二十二院長思愴曩遊因投五十韵》詩,時在"三月
六日",而陝府即陝州,府治在今三門峽市,地在壽安縣亦即三泉驛之
西。元稹在三泉驛内"逢上巳",亦即三月三日,計其路程,自三泉驛
至陝府,三日應該趕到。兩兩相較,結合本詩"三泉驛内逢上巳"之
語,本詩應該作於元和五年三月三日元稹自洛陽西歸長安途經三泉
驛之時。

◎ 元和五年予官不了罰俸西歸（時公分司東都,劾河南尹房式,詔薄式罪,召公還京）三月六日至陝府與吳十一兄端公崔二十二院長思愴曩遊因投五十韵(一)①

小年閑愛春,認得春風意②。未有花草時,先釀曉窗睡③。霞朝澹雲色,霽景牽詩思④。漸到柳枝頭,川光始明媚⑤。長安車馬客,傾心奉權貴⑥。晝夜塵土中,那言早春至⑦?此時我獨遊,我遊有倫次⑧。閑行曲江岸,便宿慈恩寺⑨。扣林引寒龜,疏叢出幽翠⑩。淩晨過杏園,曉露凝芳氣⑪。初陽好明淨,嫩樹憐低庳⑫。排房似綴珠,欲啼紅臉淚⑬。新鶯語嬌小,淺水光流利⑭。冷飲空腹杯,因成日高醉⑮。酒醒聞飯鐘,隨僧受遺施⑯。餐罷還復游,過從上文記⑰。行逢二月半,始足遊春騎⑱。是時春已老,我遊亦云既⑲。藤開九華觀,草結三條隧⑳。新笋踊犀株(二),落梅翻蝶翅㉑。名倡繡轂車,公子青絲轡㉒。朝士遇旬休(三),豪家得春賜㉓。提攜好音樂,剪鏟空田地㉔。同占杏花園,喧闐各叢萃㉕。顧予煩寢興,復往散憔悴㉖。倦僕色肌羸,寒驢行跋

1737

痹㉗。春衫未成就,冬服漸塵膩㉘。傾蓋吟短草,書空憶難字㉙。遥聞公主笑,近被王孫戲㉚。邀我上華筵,横頭坐賓位㉛。那知我年少,深解酒中事㉜!能唱犯聲歌,偏精變籌義㉝。含詞待殘拍,促舞遞繁吹㉞。叫噪擲投盤,生獰攝觥使㉟。逡巡光景晏,散亂東西異㊱。古觀閉閑門,依然復幽閟㊲。無端矯情性,漫學求科試(四)㊳。薄藝何足云,虚名偶頻遂㊴。拾遺天子前,密奏升平議㊵。召見不須臾,憸庸已猜忌㊶。朝陪香案班,暮作風塵尉(元和元年爲左拾遺,尋出爲河南尉)㊷。去歲又登朝(元和四年母喪服闋,拜御史),登爲柏臺吏㊸。臺官相束縛,不許放情志㊹。寓直勞送迎,上堂煩避諱㊺。分司在東洛,所職尤不易㊻。罰俸得西歸,心知受朝庇㊼。常山攻小寇,淮右擇良帥㊽。國難身不行,勞生欲何爲㊾?吾兄諳性靈,崔子同臭味㊿。投此挂冠詞,一生還自恣(51)。

録自《元氏長慶集》卷五

[校記]

(一)元和五年:楊本、叢刊本、《全詩》同,《石倉歷代詩選》作"元和二年",誤。　時公分司東都,劾河南尹房式,詔薄式罪,召公還京:楊本、叢刊本、《全詩》無,此爲原本獨有,屬於馬元調所爲,爲有利於讀者瞭解詩意,給予保留。

(二)新笋踴犀株:楊本、叢刊本、《全詩》同,宋蜀本作"新笋踴犀林",語義不順,不從。而"犀株"即犀角,與新出土竹荀非常形似。李賀《惱公》:"犀株防膽怯,銀液鎮心忪。"王琦匯解引《游宦紀聞》:"犀中最大者曰墮羅犀,一株有重七八斤者。"不改。

(三)朝士遇旬休:宋蜀本、蘭雪堂本、叢刊本同;楊本、《全詩》作

"朝士還旬休",語義難通,不從不改。

（四）漫學求科試:楊本、叢刊本、《全詩》同,宋蜀本作"漫有求科試",語義難通,不從不改。

［箋注］

① 元和五年予官不了罰俸西歸:此事有史書爲證,《舊唐書·元稹傳》:"使還,令分務東臺。浙西觀察使韓皋封杖決湖州安吉令孫澥,四日内死。徐州監軍使孟昇卒,節度使王紹傳送昇喪柩還京,給券乘驛,仍於郵舍安喪柩,稹並劾奏以法。河南尹房式爲不法事,稹欲追攝,擅令停務,既飛表聞奏,罰式一月俸,仍召稹還京。"《資治通鑑·憲宗元和五年》:"河南尹房式有不法事,東臺監察御史元稹奏攝之(唐制:御史分司東都,謂之東臺。攝,收也),擅令停務,朝廷以爲不可,罰一季俸,召還西京。"原本詩題注文估計即據此而來。不了:未完,没完。《晉書·庾純傳》:"旦有小市井事不了,是以後來。"《初刻拍案驚奇》卷三〇《王大使威行部下　李參軍冤報生前》:"〔王翁夫妻〕雖不知這些情頭,曉得冤債不了,驚怖恍惚成病,不多時,兩個多死了。"常置動詞後,強調動作的不可能。韋應物《溫泉行》:"出身天寶今年幾? 頑鈍如錘命如紙。作官不了却來歸,還是杜陵一男子。"罰俸:舊時官吏因過誤而停發薪俸若干時日的一種處分。白居易《論左降獨孤朗等狀(長慶元年十二月十一日奏)》:"伏惟宸鑒,更賜裁量,免至貶官。各令罰俸,感恩知失,亦足戒懲。"周必大《條具弊事(紹興三十二年十二月九日)》:"每季必取舉職者一人,或遷秩,或賜金,以示勸;又取曠職者一人,或貶秩,或罰俸,以示沮。夫以萬官之衆,三月之久,豈無勤惰宜黜陟者? 若臣言可采,乞命有司斟酌條具而施行之。"　西歸:向西歸還,歸向西方。何遜《臨行與故遊夜别》:"歷稔共追隨,一旦辭群匹。復如東注水,未有西歸日。"孟郊《感懷八首》五:"舉才天道親,首陽誰採薇? 去去荒澤遠,落日當西歸。"這裏

指元稹自洛陽向西回歸長安。　陝府：即陝州，府治在今三門峽市。《元和郡縣志·陝州》：“武德元年改爲陝州，廣德元年改爲大都督府……管縣八：陝、硤石、靈寶、夏、安邑、平陸、芮城、垣。”竇鞏《陝府賓堂覽房杜二公仁壽年中題紀手迹》：“仁壽元和二百年，濛籠水墨淡如烟。當時憔悴題名日，漢祖龍潛未上天。”盧綸《送陝府王司法》：“東門雪覆塵，出送陝城人。粉郭朝喧市，朱橋夜掩津。”　吳十一兄：即吳士矩，排行十一，元稹的姨兄。除本詩外，元稹還有《開元觀閑居酬吳士矩侍御三十韵（十八時作）》、《清都春霽寄胡三吳十一》、《寄吳士矩端公五十韵》酬和，白居易也有《京使回累得南省諸公書因以長句詩寄謝蕭五劉二元八吳十一韋大陸郎中崔二十二牛二李七庾三十二李六李十楊三樊大楊十二員外》提及。　端公：唐代對侍御史的別稱。李肇《唐國史補》：“外郎御史遺補相呼爲院長，上可兼下，下不可兼上，唯侍御史相呼爲端公。”《通典·職官》：“侍御史之職……臺內之事悉主之，號爲臺端。他人稱之曰端公。”　崔二十二：即崔韶，字虞平，行二十二。不少文獻中常常誤爲“崔二十”，亦即崔瑨，也是元稹的朋友。關於“崔二十二”，除本詩之外，元稹《使東川·駱口驛二首序》、《使東川·郵亭月序》涉及。白居易除《京使回累得南省諸公書因以長句詩寄謝蕭五劉二元八吳十一韋大陸郎中崔二十二牛二李七庾三十二李六李十楊三樊大楊十二員外》提及外，還有《商山路有感并序》：“前年夏，予自忠州刺史除書歸闕，時刑部李十一侍郎、户部崔二十（二）員外亦自澧、果二郡守徵還，相次入關，皆同此路。今年予自中書舍人授杭州刺史，又由此途出。二君已逝，予獨南行。追嘆興懷，慨然成詠。後來有與予朽直虞平遊者，見此短什，能無惻惻乎？儻未忘情，請爲繼和。長慶二年七月三十日題於内鄉縣南亭云。”詩云：“爾憶昨徵還日，三人歸路同。此生都是夢，前事旋成空。朽直泉埋玉，虞平燭過風。唯殘樂天在，頭白向江東。”　院長：唐代御史、拾遺的別稱。李肇《唐國史補》：“宰相相呼爲元老，或曰堂老。兩省相呼爲閣老，尚書丞郎郎中相呼爲曹長，外郎御史遺補相呼爲院長。"韋迢有《早發湘潭寄杜員外院長》詩，詩題中的"杜員外院長"即杜甫，杜甫曾任拾遺，故稱其爲院長。　　愴：悲傷。《西京雜記》卷二："武帝欲殺乳母，乳母告急於東方朔……朔在帝側曰：'汝宜速去，帝今已大，豈念汝乳哺時恩耶！'帝愴然，遂舍之。"謝靈運《擬魏太子"鄴中集"詩序》："撰文懷人，感往增愴。"元稹《遣行十首》四："已愴朋交別，復懷兒女情。"　　曩：先時，以前。《莊子·齊物論》："曩子行，今子止；曩子坐，今子起。"成玄英疏："曩，昔也，向也。"《顏氏家訓·勉學》："銓衡選舉，非復曩者之親；當路秉權，不見昔時之黨。"　　遊：遊樂，遊蕩。《宋書·謝靈運傳》："是遊是憩，倚石構草。"韓愈《送溫處士赴河陽軍序》："士大夫之去位而巷處者，誰與嬉遊？"

　　② 小年：唐人一般以"十六七歲"爲小年，杜甫《醉歌行（別從侄勤落第歸）》："陸機二十作文賦，汝更小年能綴文……只今年才十六七，射策君門期第一。"唐人李隱有《焦封》文，敘述"開元初"人焦封"客游於蜀"，遇一"年約十七八"的女子向焦封獻詩云："妾失鴛鴦伴，君方萍梗遊。小年歡醉後，只恐苦相留。"可見唐人詩文中的"小年"擬應"十六七"或"十七八"爲宜；元稹現存詩文中也有數處提及"小年"：其《連昌宮詞》詩云："宮邊老翁爲余泣，小年進食曾因入。"據詩中提供的材料，老翁進入連昌宮的"明年"句下注云："天寶十三年，禄山破洛陽。"因此老翁進入連昌宮應在天寶十二載（753），距元稹吟賦此詩的元和十三年（818）已有六十六年之久，而以其"子"及"孫"均能耕種"宮前道"計，老翁之"子"至多六十多歲，而老翁至多也在八十歲上下。在"人生七十古來稀"的當時，八十歲的老翁已十分罕見，據此推算老翁的"小年"當在十五六歲左右。　　認得：能够確定某一人或事物是這個人或事物而不是別的。劉禹錫《秋日題竇員外崇德里新居》："莫言堆案無餘地，認得詩人在此間。"元稹《贈嚴童子》："衛瓘諸孫衛玠珍，可憐雛鳳好青春。解拈玉葉排新句，認得金環識舊身。"

春風：春天的風。宋玉《登徒子好色賦》：“瘝春風兮發鮮榮，絜齋俟兮惠音聲。”元稹《鶯鶯傳》：“春風多厲，强飯爲嘉。”

③ 花草：泛指可供觀賞的花和草。李白《登金陵鳳凰臺》：“吴宫花草埋幽徑，晉代衣冠成古丘。”王安石《鍾山即事》：“澗水無聲繞竹流，竹西花草弄春柔。” 醲：味濃的酒。《淮南子·主術訓》：“肥醲甘脆，非不美也。”指酒味濃厚，濃烈。許渾《春醉》：“酒醲花一樹，何暇卓文君！” 曉窗：清晨光照下的窗户。王建《春詞》：“良人朝早半夜起，櫻桃如珠露如水。下堂把火送郎回，移枕重眠曉窗裹。”元稹《遣晝》：“密竹有清陰，曠懷無塵滓。况乃秋日光，玲瓏曉窗裹。”

④ 霞朝：彩霞映照的早晨。何遜《看伏郎新婚》：“霧夕蓮出水，霞朝日照梁。何如花燭夜，輕扇掩紅妝！”宋璟《蒲津迎駕》：“雉上黄雲送，關中紫氣迎。霞朝看馬色，月曉聽雞鳴。” 淡云：顔色淡淡的雲。杜甫《院中晚晴懷西郭茅舍》：“幕府秋風日，夜清澹雲疏。雨過高城葉，心朱實看時。”李商隱《席上作》：“淡雲輕雨拂高唐，玉殿秋來夜正長。料得也應憐宋玉。一生惟事楚襄王。” 霽景：雨後晴明的景色。陳子昂《晦日宴高氏林亭詩序》：“山河春而霽景華，城闕麗而年光滿。”唐彦謙《蒲津河亭》：“宿雨清秋霽景澄，廣亭高樹向晨興。”詩思：做詩的思路、情致。韋應物《休暇日訪王侍御不遇》：“九日驅馳一日閑，尋居不遇又空還。怪來詩思清人骨，門對寒流雪滿山。”包佶《對酒贈故人》：“月送人無盡，風吹浪不回。感時將有寄，詩思澀難裁。”

⑤ 柳枝：柳樹的枝條。岑參《送懷州吴別駕》：“灞上柳枝黄，壚頭酒正香。春流飲去馬，暮雨濕行裝。”陳翃《龍池春草》：“青春光鳳苑，細草遍龍池。曲渚交蘋葉，回塘惹柳枝。” 川光：波光水色。岑參《林卧》：“偶得魚鳥趣，復兹水木凉。遠峰帶雨色，落日摇川光。”沈亞之《宿後自華陽行次昭應寄王直方》：“川光如戲劍，帆態似翔雲。爲報東園蝶，南枝日已曛。” 明媚：鮮明可愛。鮑照《芙蓉賦》：“爍彤

輝之明媚，粲雕霞之繁悅。”齊己《寄廬嶽僧》：“烟霞明媚棲心地，苔蘚縈紆出世蹤。莫問江邊舊居寺，火燒兵劫斷秋鐘。”

⑥ “長安車馬客”兩句：應該與元稹《三泉驛》“洛陽城中無限人，貴人自貴貧自貧”兩句並讀，是元稹思想的閃光點，見出元稹的思想高於當時士人，特別是與統治集團內部下層成員的思想境界高出許多，值得後來研究元稹思想的人們重視。　車馬客：指貴客。杜甫《閬州東樓筵奉送十一舅往青城》：“雖有車馬客，而無人世喧。”戴叔倫《同兗州張秀才過王侍御參謀宅賦十韵》：“逢迎車馬客，邀結風塵友。”　傾心：盡心，誠心誠意。《後漢書·章德竇皇后》：“後性敏給，傾心承接，稱譽日聞。”元稹《華之巫》：“使我傾心事爾巫，吾寧驅車守吾道。”　權貴：舊時指官高勢大的人。《漢書·嚴彭祖傳》：“彭祖爲宣帝博士，至河南、東郡太守。以高第入爲左馮翊，遷太子太傅，廉直不事權貴。”李白《夢遊天姥吟留別》：“安能摧眉折腰事權貴，使我不得開心顏！”

⑦ 晝夜：白日和黑夜。《論語·子罕》：“逝者如斯夫，不舍晝夜！”張九齡《登荆州城望江二首》二：“東望何悠悠，西來晝夜流。歲月既如此，爲心那不愁？”元稹《人道短》：“天道晝夜回轉不曾住，春秋冬夏忙。”　塵土：細小的灰土。張華《博物志》卷六：“徐州人謂塵土爲蓬塊，吳人謂跋跌。”指塵世，塵事。沈亞之《送文穎上人遊天台》：“莫説人間事，崎嶇塵土中。”喻庸俗骯髒或指庸俗骯髒的事物。葉適《故大宗丞兼權度支郎官高公墓誌銘》：“〔高公〕爲人穎邁肅潔，如琅玕玉樹，無塵土意。”　那言：豈知，豈料。竇庠《太原送穆質南遊》：“那言苦行役，值此遠徂征。莫話心中事，相看氣不平。”元稹《酬別致用》：“昨來竄荆蠻，分與平生隳。那言返爲遇，獲見心所奇。”　早春：初春。李涉《過招隱寺》：“每憶中林訪惠持，今來正遇早春時。”花蕊夫人《宮詞》二九：“早春楊柳引長條，倚岸綠堤一面高。”

⑧ 獨遊：獨自遊玩。《後漢書·橋玄傳》：“玄少子十歲，獨遊門

次，卒有三人持杖執之……就玄求貨，玄不與。"杜牧《秋晚與人期游樊川不至》："邀侶以官解，泛然成獨遊。"也指獨自出遊者。李中《秋雨》："疏篷誰斷夢，荒徑獨遊稀。" 倫次：條理次序。《北齊書·馮子琮傳》："〔馮子琮〕擢引非類，以爲深交；縱其子弟，官位不依倫次。"趙翼《甌北詩話·李青蓮詩》："《古風》五十九首非一時之作，年代先後，亦無倫次。"

⑨ 閑行：漫步。張籍《與賈島閑遊》："城中車馬應無數，能解閑行有幾人？"白居易《魏王堤》："花寒懶發鳥慵啼，信馬閑行到日西。" 曲江：水名，即曲江池，在長安，是唐代著名的風景名勝之地。高適《同薛司直諸公秋霽曲江俯見南山作》："南山郁初霽，曲江湛不流。"白居易《曲江亭晚望》："曲江岸北憑欄干，水面陰生日腳殘。塵路行多綠袍故，風亭立久白須寒。" 慈恩寺：唐代寺院名，貞觀二十二年（648）李治（高宗）爲太子時，就隋無漏寺舊址爲母文德皇后追福所建，故名慈恩寺。唐玄奘自印度學佛歸國，曾住此從事佛經翻譯工作達八年之久，並倡議在寺旁建雁塔，用以收藏從印度帶回的經像。寺在全盛時有十餘院，室一千八百九十七，僧三百人。自神龍始，進士登科，皇帝均賜宴曲江上，題名雁塔。舊寺在陝西長安東南曲江北，宋時已毀，僅存雁塔（即大雁塔）。楊廉《奉和九月九日登慈恩寺浮圖應制》："萬乘臨真境，重陽眺遠空。慈雲浮雁塔，定水映龍宮。"儲光羲《同諸公登慈恩寺塔》："金祠起真宇，直上青雲垂。地静我亦閑，登之秋清時。"

⑩ 寒龜：龜是爬行動物的一科，身體長圓而扁，背腹都有硬甲，四肢短，趾有蹼，頭、尾和四肢都能縮入甲殼内，多生活在水邊，吃植物或小動物，生命力強，耐饑渴，性凉，也被稱爲寒龜。司空曙《奉和常舍人晚秋集賢院即事寄徐薛二侍郎》："池接天泉碧，林交御果紅。寒龜登故葉，秋蝶戀疏叢。"白居易《樂天寄重和晚達冬青一篇因成再答》："風雲變化饒年少，光景蹉跎屬老夫。秋隼得時凌汗漫，寒龜飲

氣受泥塗。" 幽翠:深綠,指蔥蘢的草木。王昌齡《緱氏尉沈興宗置酒南溪留贈》:"林色與溪古,深篁引幽翠。"莊南傑《陽春曲》:"芳草綿延鎖平地,蟲蝶雙雙舞幽翠。"

⑪ 凌晨:天快亮的時候,清晨。韋應物《凌霧行》:"秋城海霧重,職事凌晨出。浩浩合元天,溶溶迷朗日。"徐敞《白露爲霜》:"早寒青女至,零露結爲霜。入夜飛清景,凌晨積素光。" 杏園:園名,故址在今陝西省西安市郊大雁塔南,唐代新科進士賜宴之地。王定保《唐摭言·慈恩寺題名遊賞賦詠雜記》:"神龍已來,杏園宴後,皆於慈恩寺塔下題名,同年中推一善書者紀之。"賈島《下第》:"下第隻空囊,如何住帝鄉?杏園啼百舌,誰醉在花旁?"馮宿《酬白樂天劉夢得》:"臨岐有愧傾三省,別酌無辭醉百杯。明歲杏園花下集,須知春色自東來。"曉露:清晨的露水。韋應物《曉至園中憶諸弟崔都水》:"景清神已澄,事簡慮絕牽。秋塘遍衰草,曉露洗紅蓮。"顧況《黃菊灣》:"時菊凝曉露,露華滴秋灣。仙人釀酒熟,醉裏飛空山。" 芳氣:芬香的氣味。駱賓王《帝京篇》:"桂枝芳氣已銷亡,柏梁高宴今何在?春去春來苦自馳,爭名爭利徒爾爲?"王良士《奉陪武相公西亭夜宴陸郎中》:"芳氣襲猗蘭,青雲展舊歡。仙來紅燭下,花發彩毫端。"

⑫ 初陽:古謂冬至一陽始生,因以冬至至立春以前的一段時間爲初陽。《玉臺新詠·古詩〈爲焦仲卿妻作〉》:"往昔初陽歲,謝家來貴門。"也指初春。李世民《正日臨朝》:"條風開獻節,灰律動初陽。"也指朝陽,晨輝。溫庭筠《正見寺曉別生公》:"初陽到古寺,宿鳥起寒林。"周邦彥《蘇幕遮》:"葉上初陽乾宿雨,水面清圓,一一風荷舉。"明淨:明亮貌。元稹《遣春十首》四:"低迷籠樹烟,明淨當霞日。陽焰波春空,平湖漫疑溢。"元稹《南昌灘》:"渠江明淨峽逶迤,船到明灘拽篷遲。檜竅動搖妨作夢,巴童指點笑吟詩。" 嫩樹:還沒有長大的小樹。白居易《早冬》:"老柘葉黃如嫩樹,寒櫻枝白是狂花。"姚合《遊春十二首》八:"嫩樹行移長,幽禽語旋飛。同來皆去盡,冲夜獨行歸。"

低庳:低矮。皮日休《通玄子栖賓亭記》:"夫賓之來也,不逾於邑,邑距是十里,至是者不爲易矣! 其延之,旦不晡乎? 晡不夕乎? 則俟賓之所,果不可低庳。"

⑬ "排房似綴珠"兩句:意謂滿樹的花蕾如串串彩色的珍珠交錯其間,似乎是即將滾落的紅色淚珠。胡寅《酬諸同官見和三首》二:"蘭塘清暑瞰稀稠,早見排房結子羞。照水華燈宜獨夜,熏香翠被欲爭秋。"元稹《春分投簡陽明洞天作》:"凝風花氣度,新雨草芽蘇。粉壞梅辭萼,紅含杏綴珠。"殷堯藩《潭州席上贈舞柘枝妓》:"姑蘇太守青娥女,流落長沙舞柘枝。坐滿繡衣皆不識,可憐紅臉淚雙垂。"

⑭ 新鶯:初春的啼鶯。李白《侍宴宜春苑奉詔賦龍池柳色初青聽新鶯百囀歌》:"始向蓬萊看舞鶴,還過茝若聽新鶯。新鶯飛繞上林苑,願入簫韶雜鳳笙。"吕敞《龜兹聞鶯》:"邊樹正參差,新鶯復陸離。嬌非胡俗變,啼是漢音移。" 嬌小:形容聲音柔細。李白《江夏行》:"憶昔嬌小姿,春心亦自持。爲言嫁夫婿,得免長相思?"元稹《酬翰林白學士代書一百韵》:"山岫當街翠,墙花拂面枝。鶯聲愛嬌小,燕翼玩逶迤。" 淺水:淺淺的水流。戴叔倫《感懷二首》一:"尺帛無長裁,淺水無長流。水淺易成枯,帛短誰人收?"司空曙《江村即事》:"釣罷歸來不繫船,江村月落正堪眠。縱然一夜風吹去,只在蘆花淺水邊。"流利:靈活而不凝滯。《宋史·律曆志》:"徵聲抑揚流利,從下而上。"

⑮ 空腹:空著的肚子。白居易《閑居》:"空腹一盞粥,饑食有餘味。"寒山《詩》一五五:"空腹不得走,枕頭須莫眠。" 高醉:猶"困醉",酣醉,大醉。嵇康《家誡》:"見醉熏熏便止,慎不當至困醉,不能自裁也。"猶"極醉",大醉。韓愈《唐故河東節度觀察使滎陽鄭公神道碑文》:"公與賓客朋遊,飲酒必極醉。投壺博弈,窮日夜,若樂而不厭者。"

⑯ 酒醒:謂酒醉之後醒過來。元稹《初寒夜寄廬子蒙》:"月是陰愁鏡,寒爲寂寞資。輕寒酒醒後,斜月枕前時。"蘇軾《謁金門·秋

愁》："酒醒夢回愁幾許？夜闌還獨語。"　飯鐘：寺院告知僧衆吃飯的鐘聲。陳泰《信國公詩》："傳燈有記貝書在，飛錫無聲霜井圓。石壁倚雲僧入室，飯鐘縈樹鵲通禪。"劉辰翁《贈韓道録序》："聞隔院飯鐘，悟日已晚。"　遺施：猶饋送，饋送的東西。《玉臺新詠·古詩〈爲焦仲卿妻作〉》："人賤物亦鄙，不足迎後人，留待作遺施，於今無會因。"也指饋送施捨之錢物。元稹《和友封題開善寺十韵》："古匣收遺施，行廊畫本朝。"

⑰"餐罷還復遊"兩句：意謂吃飽了之後，還是一如既往閑遊，又到老地方遊玩。這是因爲元稹當時實在是無所事事，祇能如此消磨時間，迷茫、惆悵，是當時元稹内心世界的基本面。　過：到達，前往。張仲景《金匱要略·肺痿肺癰咳嗽上氣病》："熱之所過，血爲之凝滯。"韓愈《過襄城》："郾城辭罷過襄城，潁水嵩山刮眼明。"

⑱二月半：按其時候推算，應該是二十四節氣的春分，春分，此日太陽直射赤道，南北半球晝夜長短平分，故稱。《逸周書·周月》："春三月中氣：驚蟄，春分，清明。"董仲舒《春秋繁露·陰陽出入》："至於仲春之月，陽在正東，陰在正西，謂之春分。春分者，陰陽相半也，故晝夜均而寒暑平。"蘇頲《慈恩寺二月半寓言》："二月韶春半，三空霽景初。獻來應有受，滅盡竟無餘。"韓愈《同冠峽（貞元十九年貶陽山后作）》："南方二月半，春物亦已少。維舟山水間，晨坐聽百鳥。"　春騎：春水盈滿，舟行迅疾如跑馬，因以"春騎"喻舟船。黄庭堅《送舅氏野夫之宣城二首》二："晚樓明宛水，春騎簇昭亭。"韓琦《垂蘿洞》："池北如趨紫府家，亭臺高下景無涯。垂楊不絆遊春騎，曲水時飄出洞花。"

⑲春已老：謂晚春。岑參《河西春暮憶秦中》："渭北春已老，河西人未歸。邊城細草出，客館梨花飛。"蘇軾《望江南·暮春》"春已老，春服幾時成？曲水浪低蕉葉穩，舞雩風軟紵羅輕。酣詠樂升平。"既：指終了。韓愈《進學解》："言未既，有笑於列者曰：'先生欺余

哉!'"李綱《理財論》:"取之不竭,用之不既。"

⑳ 九華觀:《長安志·通義坊》:"西北隅右羽林大將軍邠國公李思訓宅(本左光禄大夫李安遠宅,武太后時高平王武重規居焉!神龍中又爲中宗女成安公主宅,又爲思訓所居,思訓善畫),後爲九華觀(開元一十八年蔡國公主舍宅立,即思訓宅)。"武元衡《題故蔡國公主九華觀上池院》:"朱門臨九衢,雲水靄仙居。曲沼天波接,層臺鳳舞餘。"權德輿《九華觀宴餞崔十七叔判官赴義武幕兼呈書記蕭挍書》"炎光三伏晝,洞府宜幽步。宿雨潤芝田,鮮風搖桂樹。" 隧:通"遂",郊外之地。《史記·魯周公世家》:"魯人三郊三隧。"裴駰集解引王肅曰:"邑外曰郊,郊外曰隧。"《左傳·襄公二十五年》:"初,陳侯會楚子伐鄭,當陳隧者,井堙木刊。"

㉑ 新笋:剛剛出土的竹子嫩芽。元稹《酬樂天東南行詩一百韵》:"祖竹叢新笋,孫枝壓舊梧。晚花狂蛺蝶,殘蒂宿茱萸。"李涉《頭陀寺看竹》:"寺前新笋已成竿,策馬重來獨自看。可惜班皮空滿地,無人解取作頭冠。" 犀株:即犀角,角計數以株爲量,故稱。犀牛角可入藥,也可製造器皿。《漢書·南粵王趙佗傳》:"謹北面因使者獻白璧一雙,翠鳥千,犀角十。"左思《蜀都賦》:"拔象齒,戾犀角。"這裏比喻剛剛出土的竹芽。 落梅:即《梅花落》,古笛曲名。李嶠《又送別》:"岐路方爲客,芳尊暫解顏。人隨轉蓬去,春伴落梅還。"李白《司馬將軍歌》:"羌笛橫吹阿嚲回,向月樓中吹落梅。"

㉒ 名倡:著名的倡優。蕭綱《雞鳴高樹巔》:"碧玉好名倡,夫婿侍中郎。"王琚《美女篇》:"東鄰美女實名倡,絕代容華無比方。濃纖得中非短長,紅素天生誰飾妝?" 轂:原指車輪的中心部位,周圍與車輻的一端相接,中有圓孔,用以插軸,引申爲車輪。《楚辭·九歌·國殤》:"操吳戈兮被犀甲,車錯轂兮短兵接。"王安石《秋日在梧桐》:"秋日在梧桐,轉陰如急轂。" 公子:古代稱諸侯之庶子,以別於世子,亦泛稱諸侯之子。韓愈《答呂毉山人書》:"夫信陵戰國公子,欲以

取士聲勢傾天下而然耳！”這裏尊稱有權勢地位的人，稱富貴人家的子弟。《史記·貨殖列傳》：“游閑公子，飾冠劍，連車騎，亦爲富貴容也。”　青絲：指馬韁繩。王僧孺《古意》：“青絲控燕馬，紫艾飾吳刀。”杜甫《前出塞九首》二：“走馬脱轡頭，手中挑青絲。”　轡：這裏借指馬，與上句的“車”對舉。《文選·左思〈吳都賦〉》：“飛輕軒而酌綠醽，方雙轡而賦珍羞。”李周翰注：“雙轡則四馬也。”《新唐書·劉沔傳》：“開成三年，突厥劫營田，沔發吐渾、契苾、沙陀部萬人擊之，賊一轡無返者。”

㉓　朝士：朝廷之士，泛稱中央官員。陸賈《新語·懷慮》：“戰士不耕，朝士不商，邪不奸直，圓不亂方。”張九齡《劾牛仙客疏》：“昔韓信淮陰一壯夫，羞與絳灌爲伍。陛下必用仙客，朝士所鄙，臣實耻之。”　旬休：旬假。武元衡《旬假南亭寄熊郎中》：“旬休屏戎事，凉雨北窗眠。江城一夜雨，萬里繞山川。”李建勳《薔薇》詩之二：“彩箋鸞檻旬休日，欲召親賓看一場。”　豪家：指有錢有勢的人家。《管子·輕重甲》：“吾國之豪家遷封食邑而居者，君章之以物，則物重；不章以物，則物輕。”封演《封氏聞見記·除蠹》：“蜀漢風俗，縣官初臨，豪家必先饋餉，令丞以下皆與之平交。”　春賜：應該是皇帝在年初對重要臣僚的賞賜。《唐詩紀事·張説》：“人日迎春賜彩花詩云……”而所謂的“彩花詩”就是《奉和春日幸望春宮》，詩云：“別館芳菲上苑東，飛花澹蕩御筵紅。城臨渭水天河静，闕對南山雨露通。繞殿流鶯凡幾樹，當蹊亂蝶許多叢。春園既醉心和樂，共識皇恩造化同。”

㉔　“提携好音樂”兩句：意謂携帶著一些樂器，尋找一塊合適的地方。　提携：牽扶，携帶。李白《空城雀》：“嗷嗷空城雀，身計何戚促……提携四黄口，飲乳未嘗足。”陸游《小市》：“暫憩軒窗仍汛掃，遠遊書劍亦提携。”　音樂：古代音、樂有别。《禮記·樂記》：“凡音之起，由人心生也。人心之動，物使之然也，感於物而動，故形於聲。聲相應，故生變，變成方，謂之音。比音而樂之，及干戚、羽旄，謂之樂。”

後渾稱"音樂",指用有組織的樂音表達人們的思想感情、反映社會生活的一種藝術。《三國志·周瑜傳》:"瑜少精意於音樂,雖三爵之後,其有闕誤,瑜必知之,知之必顧。"這裏是携帶從事娛樂活動必備的樂器。　　田地:地方,處所。張祜《桂花曲》:"可憐天上桂花孤,試問姮娥更要無? 月宮幸有閑田地,何不中央種兩株?"陸龜蒙《奉酬苦雨見寄》:"欲窮玄,鳳未白。欲懷仙,鯨尚隔。不如驅入醉鄉中,只恐醉鄉田地窄。"

㉕ 杏花園:即杏園,園名,在長安大雁塔之南,是唐代人們遊覽之地。元積《酬白樂天杏花園》:"劉郎不用閑惆悵,且作花間共醉人。算得貞元舊朝士,幾人同見太和春?"黃滔《寄同年崔學士》:"半因同醉杏花園,塵忝鴻爐與鑄顔。已脫素衣酬素髮,敢持青桂愛青山?"喧闃:喧嘩,熱鬧。杜甫《鹽井》:"君子慎止足,小人苦喧闃。我何良嘆嗟? 物理固自然。"蘇軾《竹枝歌》:"水濱擊鼓何喧闃,相將扣水求屈原。屈原已死今千載,滿船哀唱似當年。"　　叢萃:聚集。徐幹《中論·審大臣》:"變故暴至而不惑,真偽叢萃而不迷。"孟棨《本事詩·情感》:"一畝之宫,而花木叢萃,寂若無人。"

㉖ 寢興:睡下和起床,泛指日夜或起居。潘岳《悼亡詩三首》二:"寢興目存形,遺音猶在耳。"權德輿《病中寓直代書題寄》:"寢興勞善祝,疏懶愧良箴。寂寞聞宮漏,那堪直夜心?"　　憔悴:憂戚,煩惱。《後漢書·清和王慶傳》:"楊失志憔悴,卒於家。"皇甫枚《三水小牘·飛烟傳》:"企望寬懷,毋至憔悴。"

㉗ 倦僕:疲倦不堪的僕人。強至《若師院詠笋》:"戢戢新芽迸舊林,纔生有節便虛心……失灌要須防倦僕,偷餐切莫聽饞禽。"梅堯臣《仲春同師直至壟山雪中宿穰亭》:"與子乘羸馬,夜投山家宿……烹雞賴主人,吠犬憎倦僕。"　　肌羸:神色憔悴貌。魏彦深《鷹賦》:"晝不離手,夜便火宿,微加其毛,少減其肉,肌羸腸瘦,心和性熟,念絕雲霄,志在馳逐。"黃榦《再辭知潮州申省》:"今夏復于腰腹之間結爲瘕

塊,上下攻擊,痛楚難堪,行動寢處常須擁護,呻吟困瘁,食少肌羸,自恐大期將至,豈堪復走道途?"　蹇驢:跛蹇駑弱的驢子。《楚辭·東方朔〈七諫·謬諫〉》:"駕蹇驢而無策兮,又何路之能極?"王逸注:"蹇,跛也。"杜光庭《虯髯客傳》:"忽有一人,中形,赤髯如虯,乘蹇驢而來。"　跛:足瘸。《易·履》:"跛能履,不足以與行也。"《北史·李諧傳》:"因瘦而舉頤,因跛而緩步,因謇而徐言,人言李諧善用三短。"痹:這裏指驢足屈伸不利。包佶《近獲風痹之疾題寄所懷》:"病夫將已矣!無可答君恩。衾枕同羈客,圖書委外孫。"白居易《春暖》:"風痹宜和暖,春來腳較輕。鶯留花下立,鶴引水邊行。"

㉘ 春衫:春天穿用的衣服。岑參《送魏四落第還鄉》:"東歸不稱意,客舍戴勝鳴。臘酒飲未盡,春衫縫已成。"錢起《故王維右丞堂前芍藥花開悽然感懷》:"芍藥花開出舊欄,春衫掩泪再來看。主人不在花長在,更勝青松守歲寒。"　冬服:冬季禦寒的衣服。《韓非子·顯學》:"墨者之葬也,冬日冬服,夏日夏服,桐棺三寸,服喪三月,世主以爲儉而禮之。"韋應物《軍中冬燕》:"是時冬服成,戎士氣益振。虎竹謬朝寄,英賢降上賓。"　塵膩:猶言污濁。元稹《野節鞭》:"此遺不尋常,此鞭不容易。金堅無繳繞,玉滑無塵膩。"元稹《祭亡友文》:"君雖促齡,實大其志。呼吸風雲,擺落塵膩。"

㉙ 傾蓋:指初次相逢或訂交。儲光羲《貽袁三拾遺謫作》:"傾蓋洛之濱,依然心事親。"蘇軾《臺頭寺送宋希元》:"相從傾蓋只今年,送別南臺便黯然。入夜更歌金縷曲,他時莫忘角弓篇(是日與宋君同栽松寺中)!"　短草:初春剛剛出土的嫩草。杜甫《雨不絕》:"鳴雨既過漸細微,映空搖揚如絲飛。階前短草泥不亂,院裏長條風乍稀。"沈亞之《春色滿皇州》:"風軟遊絲重,光融瑞氣浮。鬥雞憐短草,乳燕傍高樓。"　書空:用手指在空中虛劃字形。書空之典出於劉義慶《世說新語·黜免》:"殷中軍被廢,在信安終日恒書空作字。揚州吏民尋義逐之,竊視,唯作'咄咄怪事'四字而已。"李公佐《謝小娥傳》:"余遂請齊

公書於紙，乃憑檻書空，凝思默慮。" 難字：筆劃較多或形近難以辨識的字。杜甫《漫成二首》二："仰面貪看鳥，回頭錯應人。讀書難字過，對酒滿壺頻。"鄭獬《汴河夜行》："大兒燈下尋難字，小女窗間學剪裳。自笑病夫無所事，一尊身世兩相忘。"

㉚ 遙聞：遠遠聽到。王琚《美女篇》："遙聞行佩音鏘鏘，含嬌欲笑出洞房。二八三五閨心切，褰簾卷幔迎春節。"王維《奉和聖製御春明樓臨右相園亭賦樂賢詩應制》："複道通長樂，青門臨上路。遙聞鳳吹喧，暗識龍興度。" 公主：帝王、諸侯之女的稱號。高承《事物紀原·公主》："《春秋公羊傳》曰：天子嫁女于諸侯，至尊不自主婚，必使同姓者主之，謂之公主。蓋周事也。《史記》曰：公叔相魏，尚魏公主，文侯時也，蓋僭天子之女也。《春秋指掌碎玉》曰：天子嫁女，秦漢以來，使三公主之，故呼公主也。"《史記·孫子吳起列傳》："田文既死，公叔爲相，尚魏公主，而害吳起。"馮鑒《續事始》卷一〇："漢制天子女爲公主，姊妹曰長公主，帝姑爲大長公主。" 王孫：王的子孫，後泛指貴族子弟。劉希夷《代悲白頭翁》："此翁白頭真可憐，伊昔紅顏美少年。公子王孫芳樹下，清歌妙舞落花前。"武平一《夜宴安樂公主宅》："王孫帝女下仙臺，金榜珠簾入夜開。遽惜瓊筵歡正洽，唯愁銀箭曉相催。"

㉛ 華筵：豐盛的筵席。杜甫《劉九法曹鄭瑕邱石門宴集》："能吏逢聯璧，華筵直一金。"《敦煌曲子詞·浣溪沙》："喜睹華筵獻大賢，謌歡共過百千年。" 橫頭：正面兩側的位置，或長方形物體較短兩側的位置。齊己《賀孫支使郎中遷居》："別認公侯禮上才，築金何啻舊燕臺。地連東閣橫頭買，門對西園正面開。"梅堯臣《和王景彝正月十四日夜有感》："燈光暖熱夜催春，天半樓開飲近臣。馳道橫頭起山岳，露臺周匝簇車輪。" 賓位：賓客的席位。《韓非子·外儲說》："趙武所薦四十六人於其君，及武死，各就賓位，其無私德若此也。"韓愈《與袁相公書》："伏聞賓位尚有闕員，幸蒙不以常輩知遇，恒不自知愚且

賤,思有論薦。”

　　㉜　年少：年輕。《戰國策·趙策》：“寡人年少,蒞國之日淺,未嘗得聞社稷之長計。”韓愈《論淮西事宜狀》：“恐其年少,未能理事。”猶少年。《三國志·先主傳》：“好交結豪傑,年少争附之。”王讜《唐語林·政事》：“其後補署,悉用年少。”　深解：深刻理解。諸葛亮《又與張裔蔣琬書》：“姜伯約甚敏於軍事,既有膽義,深解兵意。”朱熹《答江夢良史》：“然更在勉其學業,雖未能深解義理,且得多讀經史,博通古今,亦是一事。不可只念時文,爲目前苟簡之計也。”

　　㉝　犯聲：指詞曲變調。沈括《夢溪筆談·樂律》：“隋柱國鄭譯始條具七均,輾轉相生,爲八十四調,清濁混淆,紛亂無統,競爲新聲。自後又有犯聲、側聲、正殺、寄殺、偏字、傍字、雙字、半字之法,從變之聲,無復條理矣!”鄭善夫《葉古厓集序》：“吾閩詩病在萎腇多陳言,陳言犯聲,萎腇犯氣。”　籌：籌碼,記數的用具,這裏指酒籌,飲酒時用以記數或行令的籌子。嵇含《南方草木狀·越王竹》：“越王竹,根生石上,若細荻,高尺餘,南海有之。南人愛其青色,用爲酒籌云。”白居易《同李十一醉憶元九》：“花時同醉破春愁,醉折花枝當酒籌。忽憶故人天際去,計程今日到梁州。”

　　㉞　含詞：即將出口的詞句。徐鉉《夢遊三首》二：“蘸甲遞觴纖似玉,含詞忍笑膩于檀。錦書若要知名字,滿縣花開不姓潘。”黃之雋《古意》中二五：“夾幕繞房深似洞,含詞忍笑膩于檀。畫圖省識春風面,穩稱菱花子細看。”　殘拍：没有打完的拍子。劉禹錫《和樂天柘枝》：“鼓催殘拍腰身軟,汗透羅衣雨點花。畫筵曲罷辭歸去,便隨王母上烟霞。”張祜《李家柘枝》：“紅鉛拂臉細腰人,金繡羅衫軟著身。長恐舞時殘拍盡,却思雲雨更無因。”　促舞：舞蹈動作之一,具體内容不詳。蕭綱《賦樂府得大垂手》：“垂手忽苕苕,飛燕掌中嬌。羅衣恣風引,輕帶任情摇。詎似長沙地,促舞不回腰!”元稹《驃國樂》：“驃之樂器頭象駝,音聲不合十二和。促舞跳趫筋節硬,繁辭變亂名字

訛。" 繁吹:響亮但鼓樂聲。李適《豐年多慶九日示懷》:"皎潔暮潭色,芬敷新菊叢。芳尊滿衢室,繁吹凝烟空。"韓愈《幽懷》:"凝妝耀洲渚,繁吹蕩人心。間關林中鳥,亦知和爲音。"

㉟ 叫噪:喧鬧,喧叫。《後漢書·馬援傳》:"援陳軍向山,而分遣數百騎繞襲其後,乘夜放火,擊鼓叫噪,虜遂大潰。"温庭筠《春日野行》:"雨漲西塘金堤斜,碧草芊芊晴吐芽。野岸明媚山芍藥,水田叫噪官蝦蟆。" 擲投盤:投擲骰子的盤子。骰子:賭具,也用以占卜、行酒令或作遊戲,多以獸骨製成,爲小正方塊,六面分刻一、二、三、四、五、六點,一、四塗以紅色,餘塗黑色。擲之視所見點數或顏色爲勝負,故又稱投子、色子,相傳爲曹植創制。温庭筠《新添聲楊柳枝詞二首》一:"玲瓏骰子安紅豆,入骨相思知不知。"陸游《老學庵筆記》卷三:"群蠻聚博其上,骰子亦以骨爲之,長寸餘而圓,狀若牌子,折竹爲籌,以記勝負。" 生獰:兇猛,兇惡。李賀《猛虎行》:"乳孫哺子,教得生獰。"李覯《俞秀才山風亭小飲》:"雨意生獰雲彩黑,秋容細碎樹枝紅。" 觥使:宴席上掌管酒令的人。元稹《病臥聞幕中諸公徵樂會飲因有戲呈三十韻》:"紅娘留醉打,觥使及醒差。"自注:"酒中觥使,席上右職。"

㊱ 逡巡:徘徊不進貌,滯留貌。《後漢書·隗囂傳》:"舅犯謝罪文公,亦逡巡於河上。"李賢注:"逡巡,不進也。"拖延貌,遷延貌。白居易《重賦》:"里胥迫我納,不許暫逡巡。"遲疑貌,猶豫貌。獨孤及《直諫表》:"陛下豈遲疑于改作,逡巡於舊貫,使大議有所壅,而率土之患,日甚一日。" 光景:猶言時間,日子。戎昱《湖南春日二首》一:"自憐春日客長沙,江上無人轉憶家。光景却添鄉思苦,檐前數片落梅花。"馮贄《雲仙雜記·掃露明軒》:"王施避巢寇,入天台山,主人賀理,給以牛粥。施謝曰:'公乃命司,延我光景,當爲掃露明軒,永爲下吏。'" 散亂:零亂,雜亂,這裏指人影散亂。《六韜·火戰》:"吾三軍恐怖,散亂而走,爲之奈何?"賈誼《過秦論》:"然陳涉率散亂之衆數

百，奮臂大呼，不用弓戟之兵，鉏櫌白梃，望屋而食，橫行天下。” 東西異：東西南北，各不相同，這裏指散去的人們東西南北，各自回家。杜甫《奉漢中王手札》：“悲秋宋玉宅，失路武陵源。淹薄俱崖口，東西異石根。”韓愈《早赴街西行香贈盧李二中舍人》：“天街東西異，祇命遂成遊。月明御溝曉，蟬吟堤樹秋。”

㊲ 古觀：建築年代久遠的寺觀，這裏指清都觀，當時元稹寓居於此讀書。元稹有多篇詩歌涉及開元觀，如《清都夜境（自此至〈秋夕〉七首，並年十六至十八時作）》詩云：“夜久連觀靜，斜月何晶熒！寥天如碧玉，歷歷綴華星。”《開元觀閑居酬吳士矩侍御三十韻（十八時作）》，詩云：“静習狂心盡，幽居道氣添。神編啓黃簡，秘籙捧朱籤。”《清都春霽寄胡三吳十一》詩云：“蕊珠宮殿經微雨，草樹無塵耀眼光。白日當空天氣暖，好風飄樹柳陰凉。”《臺中鞫獄憶開元觀舊事呈損之兼贈周兄四十韻》，詩云：“憶在開元觀，食柏練玉顏。疏慵日高臥，自謂輕人寰。” 幽閟：猶幽深。李綱《次韵俞祖仁寒翠亭翠字韵》：“愛奇走山林，蠟屐窮幽閟。蕭然岩壑趣，乃在經行内。”辛文房《唐才子傳‧夏侯審》：“初于華山下多買田園爲別墅，水木幽閟，雲烟浩渺。”

㊳ 無端：謂無由産生。陸機《君子行》：“福鍾恒有兆，禍集非無端。”唐彥謙《柳》：“楚王江畔無端種，餓損宮娥學不成。” 矯：使曲的變直。《易‧説卦》：“坎爲水，爲溝瀆，爲隱伏，爲矯輮，爲弓輪。”孔穎達疏：“使曲者直爲矯，使直者曲爲輮，水流曲直故爲矯輮也。”《漢書‧嚴安傳》：“今天下鍛甲摩劍，矯箭控弦，轉輸軍糧，未見休時，此天下所共憂也。”顏師古注：“矯，正曲使直也。” 情性：本性。《韓非子‧五蠹》：“人之情性，莫先于父母，父母皆見愛而未必治也。”韓愈《上張僕射第二書》：“馬之與人，情性殊異。”性格。《文心雕龍‧原道》：“雕琢情性，組織辭令，木鐸起而千里應，席珍流而萬世響。”以上各説，均可説通。 漫：副詞，聊，姑且。唐彥謙《高平九日》：“偶逢佳節牽詩興，漫把芳樽遣客愁。”徐鉉《柳枝》：“醉裏不知時節改，漫隨兒

女打秋千。" 科試：科舉考試。元稹《酬樂天東南行詩一百韻》："謫居今共遠，榮路昔同趨。科試銓衡局，銜參典校厨（書判同年，校正同省）。"白居易《代書詩一百韻寄微之》："憶在貞元歲，初登典校司。身名同日授，心事一言知（貞元中，與微之同登科第，俱授秘書省校書郎，始相識也）。"

㊴ 薄藝：淺薄的技藝，這是元稹的自謙。姚合《寄陝府内兄郭同端公》："相府執文柄，念其心專精。薄藝不退辱，特列爲門生。"李商隱《今月二日不自量度輒以詩一首四十韻干瀆尊嚴伏蒙仁恩俯賜披覽獎踰其實情溢於辭顧惟疏蕪曷用酬戴輒復五言四十韻詩獻上亦詩人詠嘆不足之義也》："早歲乖投刺，今晨幸發蒙。遠途哀跛鱉，薄藝獎雕蟲。" 何足：猶言哪裏值得。《史記·秦本紀》："〔百里傒〕謝曰：'臣亡國之臣，何足問！'"干寶《搜神記》卷一六："穎心愴然，即寤，語諸左右，曰：'夢爲虛耳，亦何足怪！'" 虛名：與實際不符的聲譽。《鶡冠子·度萬》："虛名相高，精白爲黑。"杜甫《暮秋枉裴道州手劄率爾遣興寄近呈蘇渙侍御》："久客多枉友朋書，素書一月凡一束。虛名但蒙寒温問，泛愛不救溝壑辱。" 偶頻遂：偶然頻頻遂了自己的心願，這裏指元稹參加的貞元九年（793）參加的明經科考試，這年元稹十五歲，第一次登第。元稹後來又參加了貞元十九年（803）的吏部乙科的考試，一共八人及第，與白居易成爲同年，又一起拜校書郎，成爲同僚。元和元年（806），元稹參加了名爲才識兼茂明於體用的制科考試，及第十八人，元稹名列第一，白居易再一次成爲元稹的同年。偶：偶然，偶爾。《列子·楊朱》："鄭國之治，偶耳，非子之功也。"范攄《雲溪友議》卷四："偶臨御溝，見一紅葉。"這裏是詩人的謙辭。 頻：屢次，接連。《列子·黄帝》："數月，意不已，又往從之。列子曰：'汝何去來之頻？'"韓愈《論天旱人饑狀》："今瑞雪頻降，來年必豐。"遂：完成，成功。《墨子·修身》："功成名遂，名譽不可虛假，反之身者也。"《漢書·胡母生傳》："弟子遂者，蘭陵褚大，東平嬴公，廣川段

仲,温吕步舒。"顏師古注:"遂,謂名位成達者。"

　⑩拾遺:補正別人的缺點過失。《史記·汲鄭列傳》:"臣願爲中郎,出入禁闥,補過拾遺,臣之願也。"《後漢書·胡廣傳》:"臣職在拾遺,憂深責重,是以焦心,冒昧陳聞。"又爲官名,唐武則天時置左右拾遺,掌供奉諷諫。元稹制科及第之後,官拜左拾遺之職,前後上奏章,論及李唐的重大國政,如《論教本書》就是其中最爲著名的一篇。天子:古以君權爲神所授,故稱帝王爲天子。《史記·五帝本紀》:"於是帝堯老,命舜攝行天子之政,以觀天命。"高適《燕歌行》:"男兒本自重橫行,天子非常賜顏色。"　密奏:秘密奏章。沈約《梁武帝集序》:"懷君人之大德,有事君之小心,爲下奉上,形於辭旨,雖密奏忠規,遺稿必削,而國謨藩政,存者猶多。"王建《宮詞一百首》四六:"御池水色春來好,處處分流白玉渠。密奏君王知入月,喚人相伴洗裙裾。"　升平:太平。《漢書·梅福傳》:"使孝武帝聽用其計,升平可致。"顏師古注引張晏曰:"民有三年之儲曰升平。"沈約《南郊恩詔》二:"仰尋先烈,思致升平。"

　⑪召見:君王或上司命臣民或下屬來見面。《戰國策·秦策》:"秦昭王召見,與語,大説之,拜爲客卿。"孔融《薦禰衡表》:"陛下篤慎,取士必須效試,乞令衡以褐衣召見。"　須臾:片刻,短時間。《荀子·勸學》:"吾嘗終日而思矣,不如須臾之所學也!"儲光羲《牧童詞》:"同類相鼓舞,觸物成謳吟。取樂須臾間,寧問聲與音?"　憸庸:義同"憸人",小人,奸佞的人,奸佞、邪僻而又得朝廷信用的重臣。《書·冏命》:"爾無昵於憸人,充耳目之官。"司馬光《王廣淵札子》:"夫端士進者,治之表也;憸人進者,亂之階也。"本詩的"憸庸"指杜佑。　猜忌:懷疑別人對自己不利而心懷不滿。《後漢書·申屠剛傳》:"平帝時,王莽專政,朝多猜忌。"《文心雕龍·指瑕》:"近代辭人,率多猜忌。"元稹《酬翰林白學士代書一百韻》揭示了杜佑的"憸庸"猜忌的惡劣本質:"誓欲通愚謇,生憎效喔咿。佞存真妾婦,諫死是男

兒。便殿承偏召，權臣懼撓私。廟堂雖稷契，城社有狐狸。似錦言應巧，如弦數易欺。”

㊷ 香案：放置香爐燭臺的條桌，這裏借喻代表皇權的朝廷。《新唐書·儀衛志》：“朝日，殿上設黼扆、躡席、熏爐、香案。”元稹《連昌宮詞》：“上皇偏愛臨砌花，依然御榻臨階斜。蛇出燕巢盤鬥拱，菌生香案正當衙。” 風塵：宦途，官場。葛洪《抱朴子·交際》：“馳騁風塵者，不戀建德業，務本求己。”沈遘《五言送劉泌歸建州》：“東都宦遊客，風塵厭已久。” “朝陪香案班”兩句：關於元稹的這段經歷，詩注已經涉及：“元和元年爲左拾遺，尋出爲河南尉。”元稹自己以及白居易在其他的詩篇中也已經説得非常清楚：白居易《代書詩一百韻寄微之》：“東垣君諫諍，西邑我馳驅（元和元年同登制科，微之拜拾遺，予授盩厔尉）。”元稹《酬翰林白學士代書一百韻》：“敢嗟身暫黜，所恨政無毗（予元和元年任拾遺，八月三日延英對，九月十三貶授河南尉）。”

㊸ 去歲：即元和四年，本詩作於元和五年，故言。 登朝：進用於朝廷。《漢書·敘傳》：“賈生矯矯，弱冠登朝。”王翰《奉和聖製送張尚書巡邊》：“登朝身許國，出閫將辭家。”《宋史·劉熙古傳》：“歷官十八，登朝三十餘年，未嘗有過。”此亦即元稹詩注所云：“元和四年母喪服闋，拜御史。” 柏臺：御史臺的別稱。漢代御史府中列植柏樹，常有野鳥數千栖其上，故以柏臺稱御史臺，事見《漢書·朱博傳》。李嶠《奉和幸長安故城未央宮應制》：“宸心千載合，睿律九韶開。今日聯章處，猶疑上柏臺。”苑咸《送大理正攝御史判涼州別駕》：“天子念西疆，咨君去不違。垂銀棘庭印，持斧柏臺綱。”

㊹ 臺官：唐宋御史臺長官的統稱。皇甫冉《雜言迎神詞二首序》：“弟爲臺官，羈旅京師，秉筆爲迎神送神詞，以應其聲，亦寄所懷也。”李肇《唐國史補·御史爭驛廳》：“元和中，元稹爲監察御史，與中使爭驛廳，爲其所辱，始救節度觀察使：臺官與中使先到驛者處上廳。” 束縛：約束，限制。元稹《辛夷花（問韓員外）》：“不畏辛夷不爛

開,顧我筋骸官束縛。縛遣推囚名御史,狼籍囚徒滿田地。"白居易《紫藤》:"下如蛇屈盤,上若繩縈紆。可憐中間樹,束縛成枯株。" **情志**:感情志趣。《古詩十九首·東城高且長》:"蕩滌放情志,何爲自結束?"《隋書·文學傳序》:"然則文之爲用,其大矣哉!上所以敷德教於下,下所以達情志於上。"

㊺ **寓直**:寄宿於别的署衙當值,後泛稱夜間於官署值班。潘岳《秋興賦》:"余春秋三十有二,始見二毛,以太尉掾兼虎賁中郎將,寓直於散騎之省。"李匡乂《資暇集》卷中:"'寓直'二字,出於潘岳之爲武賁中郎將。晉朝未有將校省,故寄直散騎省。"宋之問《和姚給事寓直之作》:"曉河低武庫,流火度文昌。寓直光輝重,乘秋藻翰揚。" **送迎**:送往迎來。《左傳·僖公二十二年》:"婦人送迎不出門,見兄弟不踰閾。"《史記·淮陰侯列傳》:"信嘗過樊將軍噲,噲跪拜送迎,言稱臣。" **上堂**:入堂,登堂。《禮記·曲禮》:"將上堂,聲必揚。"顏延之《秋胡行》:"上堂拜嘉慶,入室問何之。"朱熹《十六日下山各賦一篇仍迭和韻》:"遊子上堂慈母笑,豈知行李尚天涯。" **避諱**:回避,避忌。《淮南子·要略》:"故言道而不明終始,則不知所仿依;言終始而不明天地四時,則不知所避諱。"張鷟《遊仙窟》:"下官起,諮請曰:'十娘有一思事,亦擬申論,猶自不敢即道,請五嫂處分。'五嫂曰:'但道,不須避諱。'"

㊻ **"分司在東洛"兩句**:元稹所言,得到史書的證實,《新唐書·元稹傳》:"俄分司東都,時浙西觀察使韓皋杖安吉令孫澌,數日死;武甯王紹護送監軍孟升(進)喪乘驛,内喪郵中,吏不敢止;内園擅繫人踰年,臺不及知;河南尹誣殺諸生尹太階;飛龍使誘亡命奴爲養子;田季安盜取洛陽衣冠女;汴州没入死賈錢千萬……凡十餘事,悉論奏。會河南尹房式坐罪,稹舉劾,按故事追攝,移書停務。詔薄式罪,召稹還。次敷水驛,中人仇士良夜至,稹不讓,中人怒,擊稹敗面。宰相以稹年少輕樹威,失憲臣體,貶江陵士曹參軍,而李絳、崔群、白居易皆

論其枉。" 分司:唐宋之制,中央官員在陪都(洛陽)任職者,稱爲分司。白居易《達哉樂天行》:"達哉達哉白樂天,分司東都十三年。"陸游《簡鄰里》:"獨坐空齋如自訟,小鐫殘俸類分司。" 東洛:指洛陽,漢、唐時以洛陽爲東都,故稱。東洛又稱東都,指歷代王朝在原京師以東的都城,但不同時期有不同含義:商代指商丘,在殷(殷墟)之東,故址在今河南省商丘縣。《左傳·定公四年》:"封畛土略……取於相土之東都,以會王之東搜。"楊伯峻注:"相土,殷商之祖。《太平御覽》八二引《竹書紀年》云:'後相即位,居商丘。'則相土之東都爲今河南商丘縣。"一説指帝丘(今河南省濮陽縣)。西周時期指洛邑,故址在今河南省洛陽市西,在鎬京之東。《左傳·昭公三十二年》:"昔成王合諸侯城成周,以爲東都,崇文德焉!"東漢都洛陽,在西漢京都長安之東,班固有《東都賦》。隋唐時指洛陽,時京都在長安。《隋書·煬帝紀》:"〔大業五年春正月〕戊子,上自東都還京師。"《新唐書·高宗紀》:"〔顯慶二年十二月〕丁卯,以洛陽宮爲東都。"南唐指廣陵,在建康之東,故址在今江蘇省揚州市。陸游《南唐書·烈祖紀》:"〔昇元元年〕以建康爲西都,廣陵爲東都。"韓愈《縣齋有懷》:"求官去東洛,犯雪過西華。"錢仲聯集釋引王元啓曰:"公於貞元十六年冬及明年冬,自洛再往京師。" 所職:所任的職務。殷仲文《解尚書表》:"乞解所職,待罪私門。"韓愈《南内朝賀歸呈同官(唐長安有三内:皇城在西北隅謂之西内,東内曰大明宮,在西内之東,南内曰興慶宮,在東内之南)》:"君恩太山重,不見酬稗稊。所職事無多,又不自提撕。" 不易:艱難,不容易。《論語·子路》:"爲君難,爲臣不易。"杜甫《木皮嶺》:"季冬携童稚,辛苦赴蜀門。南登木皮嶺,艱險不易論。"

㊼ 罰俸:官吏因過誤而停發薪俸若干時日的處分。李商隱《爲濮陽公謝罰俸狀》:"右臣伏準御史臺牒,奉恩旨,以臣不先覺察妖賊賀蘭進興等,宜罰兩月俸料者……"《舊唐書·張薦傳》:"〔逢吉〕罷

相，裴度發其事，逢吉坐罰俸。”　西歸：向西歸還，歸向西方。《詩·檜風·匪風》：“誰將西歸？懷之好音。”孟郊《感懷》五：“去去荒澤遠，落日當西歸。”因元稹當時在東都洛陽，奉命回西京長安，故言。　心知受朝庇：意謂心裏清楚地知道自己受到皇帝的恩澤與朝廷的庇護。這是詩人的違心之言，但在當時，詩人不得不發此違心之言，這是封建時代臣子必須具備的愚忠。所有臣子都是如此，絕非元稹一人。心知：心中明白。嚴維《丹陽送韋參軍》：“丹陽郭裏送行舟，一別心知兩地秋。日晚江南望江北，寒鴉飛盡水悠悠。”李咸用《送進士劉松》：“滔滔皆魯客，難得是心知。到寺多同步，遊山未失期。”　受：得到，得。沈約《難范縝神滅論》：“刀則唯刃獨利，非刃則不受利名。”酈道元《水經注·淄水》：“〔淄水〕東逕巨淀縣故城南……縣東南則巨淀湖，蓋以水受名也。”　朝：指以帝王爲首的中央政府。《莊子·徐無鬼》：“招世之士興朝，中民之士榮官。”成玄英疏：“推薦忠良，招致人物之士，可以興於朝廷也。”《漢書·蕭望之傳》：“朝無爭臣則不知過，國無達士則不聞善。”　庇：保護，保佑。《宋書·武帝紀》：“其名賢先哲，見優前代，或立德著節，或寧亂庇民，墳塋未遠，並宜灑掃。”韋應物《冬夜宿司空曙野居因寄酬贈》：“南北與山鄰，蓬庵庇一身。繁霜疑有雪，荒草似無人。”

㊽ 常山攻小寇：這裏指元和四年河北王承宗叛亂，唐憲宗派宦官頭目吐突承璀率領唐軍討伐一事，《資治通鑑·元和四年》：“上欲革河北諸鎮世襲之弊，乘王士真死，欲自朝廷除人；不從則興師討之……中尉吐突承璀欲希上意，奪裴垍權，自請將兵討之……上遣中使諭王承宗，使遣薛昌朝還鎮，承宗不奉詔。冬十月癸未，制削奪承宗官爵，以左神策中尉吐突承璀爲左右神策、河中、河陽、浙西、宣歙等道行營兵馬使招討處置等使……己亥，吐突承璀將神策兵發長安，命恒州四面藩鎮各進兵招討。”詩中的“常山”即“恒山”，應該是元稹後來結集時爲了避諱唐穆宗李恒的名字才改的。劉長卿《奉和李大

夫同吕評事太行苦熱行兼寄院中諸公仍呈王員外》:"朝辭羊腸阪,夕望貝丘郭。漳水斜繞營,常山遥入幕。"韓愈《送石洪處士赴河陽幕得起字(洪字濬川,洛陽人。元和五年烏重裔爲河陽節度使,辟爲參謀)》:"風雲入壯懷,泉石別幽耳。鉅鹿師欲老,常山險猶恃(時冀鎮王承宗反,以軍討之無功,遂赦承宗)。" 淮右擇良帥:這裏指元和四年淮南吴少陽叛亂,朝廷爲是否討伐、是否承認吴少陽議論不休,《資治通鑑·元和四年》:"初,吴少誠寵其大將吴少陽,名以從弟,署爲軍職,出入少誠家如至親,累遷申州刺史。少誠病,不知人,家僮鮮于熊兒詐以少誠命召少陽攝副使、知軍州事。少誠有子元慶,少陽殺之。十一月己巳,少誠薨,少陽自爲留後……上以河朔方用兵,不能討吴少陽。三月己未,以少陽爲淮西留後。" 淮:水名,即淮河,我國大河之一,源出河南省桐柏山,東流經河南、安徽等省到江蘇省入洪澤湖。洪澤湖以下,主流出三河經高郵湖由江都縣三江營入長江,全長約1000公里,流域面積18.7萬平方公里。下游原有入海河道,公元1194年黄河奪淮後,河道淤高,遂逐漸以入江爲主。《書·禹貢》:"導淮自桐柏。"《孟子·滕文公》:"水由地上行,江、淮、河、漢是也。"以指兩淮地區。陳亮《中興論》:"控引京洛,側睨淮蔡。" 右:西邊,取面向南,則右爲西。"淮右",這裏指淮西地區。《儀禮·士虞禮》:"陳三鼎於門外之右。"鄭玄注:"門外之右,門西也。"劉昌詩《蘆浦筆記·資政莊節王公家傳》:"陝右民號難理,公至,開布威信,不兩月,大治,民皆悦服。" 擇:挑選。《書·洪範》:"稽疑,擇建立葡筮人。"孔傳:"當選擇知卜筮人而建立之。"韓愈《南海神廟碑》:"方地數千裏,不識盜賊;山行海宿,不擇處所。" 良帥:優秀的領軍將領。陸贄《虔王申光隨蔡等州節度使制》:"朕其永懷,慘若焚灼。思得良帥,代予安人。釋其危疑,彰我信惠。以親而授,其在于兹。"元稹《箭鏃》:"君王責良帥,此禍誰爲端? 帥言發硎罪,不使刃稍刜。"

⑭ "國難身不行"兩句:元稹有《寄劉頗二首》二:"前年碣石烟塵

起,共看官軍過洛城。無限公卿因戰得,與君依舊綠衫行。"兩詩中流露的思想,應該是前後一致的。那就是建功立業的雄心與報國無門的惆悵無可奈何地糾結在一起,這是元稹的悲哀,也是時代的悲哀。國難:國家的危難。《漢書·翟方進傳》:"方今宗室衰弱,外無强蕃,天下傾首服從,莫能亢扞國難。"《南史·徐文盛傳》:"〔文盛〕聞國難,乃召募得數萬人來赴,元帝以爲秦州刺史,加都督,授以東討之略。"不行:不施行。《書·吕刑》:"上下比罪,無僭亂辭,勿用不行。"孔傳:"無聽僭亂之辭以自疑,勿用折獄,不可行。"崔國輔《長樂少年行》:"遺却珊瑚鞭,白馬驕不行。章臺折楊柳,春日路旁情。"　勞生:《莊子·大宗師》:"夫大塊載我以形,勞我以生,佚我以老,息我以死。"後以"勞生"指辛苦勞累的生活。張喬《江南別友人》:"勞生故白頭,頭白未應休。"王禹偁《惠山寺留題》:"勞生未了還東去,孤棹寒蓬宿浪花。"　何爲:幹什麽。韋述《晚渡伊水》:"光陰逝不借,超然慕疇昔。遠游亦何爲? 歸來存竹帛。"祖詠《答王維留宿》:"四年不相見,相見復何爲? 握手言未畢,却令傷別離。"

⑩ 吾兄:指吳十一士矩。　諳:熟悉,知道。《後漢書·虞延傳》:"延進止從容,占拜可觀,其陵樹株蘗,皆諳其數,俎豆犧牲,頗曉其禮。"韓愈《黃家賊事宜狀》:"比者所發諸道南討兵馬,例皆不諳山川,不伏水土。"　性靈:内心世界,泛指精神、思想、情感等。《晉書·樂志》:"夫性靈之表,不知所以發於詠歌;感動之端,不知所以關於手足。"孟郊《怨别》:"沉憂損性靈,服藥亦枯槁。"也作性情解。元稹《有鳥二十章》二:"有鳥有鳥毛似鶴,行步雖遲性靈惡。主人但見閑慢容,許占蓬萊最高閣。"徐鉉《病題》:"性靈慵懶百無能,唯被朝參遣夙興。聖主優容恩未答,丹經疏闊病相陵。"　崔子:這裏指崔二十二韶,"子"是古時對男子的尊稱。請讀者注意:這個"崔子"不是元稹在江陵任的同事崔二十琯,崔二十琯後來出任嶺南,在元稹詩篇中即成了"崔侍御",幸請讀者注意辨别,不要混爲"同一人"。　同:相同,一

樣。《易·睽》：“天地睽而其事同也。”司馬光《功名論》：“然則人主有賢不能知，與無賢同；知而不能用，與不知同；用而不能信，與不用同。” 臭味：比喻志趣。蔡邕《玄文先生李休碑》：“凡其親昭朋徒，臭味相與，大會而葬之。”司馬光《太博同年葉兄紓以詩及建茶爲貺家有蜀箋二軸輒敢綴詩二章獻於左右亦投桃報李之意也》：“閩山草木未全春，破額真茶採擷新。雅意不忘同臭味，先分嘗昔桂堂人。”

⑤ 挂冠：袁宏《後漢紀·光武帝紀》：“〔逢萌〕聞王莽居攝，子宇諫，莽殺之。萌會友人曰：‘三綱絕矣！禍將及人。’即解衣冠，挂東都城門，將家屬客於遼東。”又陶弘景於齊高帝作相時，曾被引爲諸王侍讀。他家貧，求作縣令不得，乃脫朝服挂神武門，上表辭祿，見《南史·陶弘景傳》。後因以“挂冠”指辭官、棄官。沈約《和左丞庾杲之移病》：“挂冠若東都，山林寧復出。”李頎《題綦母校書別業》：“常稱挂冠吏，昨日歸滄洲。行客暮帆遠，主人庭樹秋。” 自恣：放縱自己，不受約束。《後漢書·梁冀傳》：“少爲貴戚，逸遊自恣。”韓愈《秋懷詩十一首》二：“白露下百草，蕭蘭共雕悴……寒蟬暫寂寞，蟋蟀鳴自恣。”投此挂冠詞：請讀者注意，元稹這時萌生“挂冠”思想，與監察御史任上以及元和十年的“歸田”思想一脈相承：白居易《昔與微之在朝日因蓄休退之心迨今十年淪落老大追尋前約且結後期》：“往子爲御史，伊余忝拾遺……常于榮顯日，已約林泉期……歲晚青山路，白首期同歸。”元稹《寄隱客》：“我年三十二，鬢有八九絲……疑潛書周隱士，白雲今有期。”元稹《歸田（時三十七）》：“陶君三十七，挂綬出都門。我亦今年去，商山浙岸村。冬修方丈室，春種桔槔園。千萬人間事，從茲不復言。”

[編年]

《年譜》編年元和五年“元稹回西京時作”，在譜文“經陝州，晤吳士矩、崔韶”條下引述本詩“分司在東洛，所職尤不易。罰俸得西歸，心知受朝庇"四句,大概算是理由吧!《編年箋注》云:"此詩作於西歸途中。"《年譜新編》編年元和五年"元稹西歸途中所作詩",也在譜文"六日經陝州,晤吳士矩、崔韶"條下引述本詩"分司在東洛"以下四句作爲理由,與《年譜》相同。

我們以爲,本詩編年元和五年"回西京時"、"西歸途中",確實是對的,但還不够精確,根據本詩詩題所示,可以進一步編年元和五年三月六日元稹西歸途經陝州之時。

◎ 東西道^{(一)①}

天皇開四極,便有東西道②。萬古閱行人,行人幾人老③?顧我倦行者,息陰何不早④?少壯塵事多,那言壯年好⑤?

錄自《元氏長慶集》卷五

[校記]

(一)東西道:本詩各本,包括楊本、叢刊本、《全詩》,均無異文。

[箋注]

① 東西道:泛指東西方向的道路,但從"天皇開四極"來體味,也應該喻指所有方向的道路。于鵠《古挽歌》:"雙轍出郭門,綿綿東西道。送死多於生,幾人得終老?"温庭筠《東郊行》:"鬥雞臺下東西道,柳覆班騅蝶縈草。坱圠韶容鑠澹愁,青筐葉盡蠶應老。"

② 天皇:天帝。《後漢書·張衡傳》:"叫帝閽使辟扉兮,覿天皇于瓊宫。"李賢注:"天皇,天帝也。"《雲笈七簽》卷二三:"上朝天皇,還老反嬰。"又說是古帝名,傳說中國遠古三皇之首。《史記·秦始皇本

紀》:"古有天皇,有地皇,有泰皇。"徐夤《喜雨上主人尚書》:"天皇攘袂救神龍,雨我公田兆歲豐。幾日淋漓侵暮角,數宵滂沛徹晨鐘。"四極:四方極遠之地。《楚辭·離騷》:"覽相觀於四極兮,周流乎天余乃下。"朱熹集注:"四極,四方極遠之地。"楊炯《遂州長江縣先聖孔子廟堂碑》:"歷三辰而玉步,照四極而金聲。坐於緇帷之林,浮於亶州之海。"

③ 萬古:猶遠古。《宋書·顧覬之傳》:"皆理定於萬古之前,事徵於千代之外。"葛洪《抱朴子·勖學》:"故能究覽道奧,窮測微言,觀萬古如同日,知八荒若戶庭。"猶萬代,萬世,形容經歷年代的久遠。《北齊書·文宣帝紀》:"〔高洋〕詔曰:'朕以虛寡,嗣弘王業,思所以讚揚盛績,播之萬古。'"杜甫《戲爲六絕句》二:"爾曹身與名俱滅,不廢江河萬古流。" 行人:出行的路人,出征的人。《管子·輕重己》:"十日之内,室無處女,路無行人。"杜甫《兵車行》:"車轔轔,馬蕭蕭,行人弓箭各在腰。" 老:疲憊,困乏。《國語·晉語》:"且楚師老矣! 必敗,何故退?"韋昭注:"老,罷也。圍宋久,其師罷病。"陸游《老學庵筆記》卷九:"今據大江之險以老彼師,則有可勝之理。"

④ 倦行:厭倦仕途。雍陶《蜀路倦行因有所感》:"亂峰碎石金牛路,過客應騎鐵馬行。白日欲斜催後乘,青雲何處問前程?" 息陰:猶息影。謝靈運《還舊園作見顏范二中書》:"衛生自有經,息陰謝所牽。"李善注:"息陰即息影。"竇參《湖上閑居》:"避影將息陰,自然知音稀。"息影,語本《莊子·漁父》:"不知處陰以休影,處靜以息迹,愚亦甚矣!"後因以"息影"謂歸隱閑居。白居易《重題香爐峰下草堂東壁》:"喜入山林初息影,厭趨朝市久勞生。"

⑤ 少壯:年輕力壯。《樂府詩集·長歌行》:"少壯不努力,老大徒傷悲。"杜甫《垂老別》:"憶昔少壯日,遲回竟長嘆。"年輕力壯的人。陸龜蒙《奉酬襲美先輩吳中苦雨一百韵》:"霜戈驅少壯,敗屋棄羸耋。" 塵事:塵俗之事。陶潛《辛丑歲七月赴假還江陵夜行塗中》:

"閑居三十載,遂與塵事冥。詩書敦宿好,林園無俗情。"陳子昂《酬暉上人夏日林泉》:"林臥對軒窗,山陰滿庭戶。方釋塵事勞,從君襲蘭杜。"　壯年:壯盛之年,多指三四十歲,一般指三十歲。元稹《遣病十首》五:"壯年等閑過,過壯年已五。華髮不再青,勞生竟何補?"劉禹錫《薦處士嚴瑟狀》:"未逢知己,已過壯年。汩没風塵,有足悲者。"

[編年]

　　不見《年譜》編年。《編年箋注》將本詩列入"未編年詩"。《年譜新編》編年本詩於元和五年"元稹西歸途中所作詩",然後引述本詩作爲理由。

　　古人以三十爲壯年,故詩中的"壯年"已透露出本詩是詩人三十歲上下的作品。元和四年元稹出任監察御史,受命出使東川,平反東川八十八家百姓的冤案,彈劾貪贓枉法的東川節度使嚴礪。回朝之後又緊接著以監察御史身份分務東臺,進行更加艱巨複雜的鬥爭,第二年奉調回京,這首詩就是作於元和五年三月詩人自洛陽返回京城途中,時詩人三十二歲,正是"壯年"。還應該補充的是:所謂"途中",應該是發生"敷水驛事件"之前的"途中"。因爲奉詔回京,預感要發生麻煩,因此有"少壯塵事多,那言壯年好"的牢騷;但絕不是在敷水驛被宦官毒打之後的情狀,詩中並沒有吐露這方面的資訊。據我們根據各方面材料考證,元稹出貶江陵在三月十七日。又據白居易《和答詩十首序》:"五年春,微之從東臺來。不數日,又左轉爲江陵士曹掾。詔下日,會予下內直歸,而微之已即路,邂逅相遇於街衢中。"元稹從洛陽到達長安應該在三月十四日左右,故本詩賦成於途中,應該在三月十四日前。從詩歌平和的心態來看,以敷水驛事件之前最爲可能。

　　另外,我們還要指出:《年譜新編》雖然也編年本詩於元和五年"元稹西歸途中所作詩",意見與我們一樣,但我們發表於《廣西師大學報》二○○一年第二期的《元積詩文編年別解》中已經明確本詩編年於"元和五年二月詩人自洛陽返回京城途中",我們的意見發表在先,出版於二○○四年十一月的《年譜新編》應該看到,因爲我們記得《年譜新編》的著者還曾經撰文與我們商榷發表在《元積詩文編年別解》中的某一首詩篇的編年問題。《年譜新編》在發表同樣意見時,既然已經看到了他人的結論,就不應該簡單地推行"拿來主義",起碼應該有所說明才符合"學術規範"吧!

◎ 郵　竹①

　　庭有蕭蕭竹,門有闐闐騎⁽一⁾②。囂靜本殊途,因依偶同寄③。亭亭乍干雲,嫋嫋亦垂地⁽二⁾④。人有異我心⁽三⁾,我無異人意⑤。

録自《元氏長慶集》卷八

[校記]

　　(一)門有闐闐騎:楊本、叢刊本、《佩文齋詠物詩選》、《全詩》同,《英華》作"門有田田騎",語義不同,各備一說,不改。

　　(二)嫋嫋亦垂地:楊本、叢刊本、《佩文齋詠物詩選》、《全詩》同,《英華》作"裊裊亦垂地",語義不同,各備一說,不改。

　　(三)人有異我心:楊本、叢刊本、《佩文齋詠物詩選》、《全詩》同,《英華》作"人無異我心",語義不同,各備一說,不改。

[箋注]

　　① 郵竹:栽種在驛站庭院的竹叢,詩人藉以抒發自己不平的情感。楊浚《贈李郎中》:"仙郎早朝退,直省卧南軒。院竹自成賞,階庭

1768

寂不喧。"李益《竹窗聞風寄苗發司空曙》:"微風驚暮坐,臨牖思悠哉。開門復動竹,疑是故人來。"　郵:驛站,古時設在沿途,供出巡的官員、傳送文書的小吏和旅客歇宿的館舍,馬傳曰置,步傳曰郵。《孟子·公孫丑》:"孔子曰:'德之流行,速於置郵而傳命。'"孫奭疏:"郵,驛名。"韓愈《請上尊號表》:"置郵傳命,未足以諭,以非常之功,襲尋常之號。"　竹:一種多年生的禾本科木質常綠植物,莖圓柱形,中空,直而有節,性堅韌,可用作建築材料及製造各種器物,葉四季常青,經冬不凋。嫩芽即笋,可食。《詩·衛風·淇奧》:"瞻彼淇奧,綠竹猗猗。"韓愈《題百葉桃花》:"百葉桃花晚更紅,窺窗映竹見玲瓏。"

②庭:堂前之地,院子。《楚辭·劉向〈九嘆·思古〉》:"甘棠枯於豐草兮,藜棘樹於中庭。"王逸注:"堂下謂之庭。"白居易《晚秋閑居》:"秋庭不埽携藤杖,閑踏梧桐黃葉行。"　蕭蕭:稀疏。牟融《遊報本寺》:"茶烟裊裊籠禪榻,竹影蕭蕭掃徑苔。"李綱《摘鬢間白髮有感》:"蕭蕭不勝梳,擾擾僅盈搦。"　門:門前,門口。《論語·憲問》:"子擊磬於衛,有荷蕢而過孔氏之門者。"杜甫《絕句四首》三:"窗含西嶺千秋雪,門泊東吳萬里船。"　闐闐:衆多、旺盛貌。《詩·小雅·采芑》:"伐鼓淵淵,振旅闐闐。"高亨注:"闐闐,兵勢衆盛貌。"歐陽詹《福州南澗寺上方石像記》:"萬物闐闐,各由襲沿。"形容聲音洪大。《楚辭·九辯》:"屬雷師之闐闐兮,通飛廉之衙衙。"賈曾《餞張尚書赴朔方序》:"聽闐闐之去鼓,目悠悠之轉斾。"　騎:騎的馬。《戰國策·趙策》:"趙地方三千里,帶甲數十萬,車千乘,騎萬匹。"王融《三月三日曲水詩序》:"重英曲騷之飾,絕景遺風之騎。"指車馬。《楚辭·遠遊》:"騎膠葛以雜亂兮,斑漫衍而方行。"姜亮夫校注:"騎,車騎也。"

③囂:亦作"嚻",喧嘩。《左傳·成公十六年》:"在陳而嚻,合而加嚻。"杜預注:"嚻,喧嘩也。"曾鞏《救災議》:"强者既囂而動,則弱者又隨而聚矣!"　静:寂靜,無聲。《楚辭·九章·懷沙》:"眴兮杳杳,孔静幽默。"王逸注:"野甚清净,漠無人聲。"王籍《入若耶溪》:"蟬噪

林逾静,鳥鳴山更幽。" 殊途:亦作"殊塗",異途,不同途徑。《易·繫辭》:"天下同歸而殊塗,一致而百慮。"袁郊《甘澤謠·圓觀》:"真信士矣! 與公殊途,慎勿相近。俗緣未盡,但願勤修,勤修不墮,即遂相見。" 因依:倚傍,依託。阮籍《詠懷八十二首》八:"迴風吹四壁,寒鳥相因依。"辛棄疾《新荷葉·和趙德莊韻》:"南雲雁少,錦書無個因依。" 寄:寄居,使寄居。曹丕《燕歌行七解》一:"群燕辭歸鵠南翔,念君客遊多思腸。慊慊思歸戀故鄉,君何淹留寄他方?"劉克莊《玉樓春·戲林推》:"年年躍馬長安市,客舍似家家似寄。"

④亭亭:高聳貌。《文選·張衡〈西京賦〉》:"干雲霧而上達,狀亭亭以苕苕。"薛綜注:"亭亭、苕苕,高貌也。"傅玄《短歌行》:"長安高城,層樓亭亭。"直立貌,獨立貌。劉楨《贈從弟三首》二:"亭亭山上松,瑟瑟谷中風。"歐陽修《鷺鷥》:"灘驚浪打風兼雨,獨立亭亭意愈閑。" 干雲:高入雲霄。何晏《景福殿賦》:"飛閣干雲,浮階乘虛。"秦觀《長相思》:"鐵甕城高,蒜山渡闊,干雲十二層樓。" 嫋嫋:亦作"嬝嬝",輕盈纖美貌。左思《吳都賦》:"藹藹翠幄,嫋嫋素女。"蕭衍《白紵辭二首》二:"纖腰嫋嫋不任衣,嬌態獨立特爲誰?"搖曳貌,飄動貌。《玉臺新詠·古樂府〈皚如山上雪〉》:"竹竿何嫋嫋! 魚尾何蓰蓰!"鮑照《在江陵嘆年傷老》:"翩翩燕弄風,嫋嫋柳垂道。"吹拂貌。《楚辭·九歌·湘夫人》:"嫋嫋兮秋風,洞庭波兮木葉下。"劉長卿《石梁湖有寄》:"瀟瀟清秋暮,嫋嫋涼風發。" 垂地:低垂觸地。李端《早春雪夜寄盧綸兼呈秘書元丞》:"聞君隨謝朓,春夜宿前川。看竹雲垂地,尋僧月滿田。"韓愈《庭楸》:"庭楸止五株,共生十步間……下葉各垂地,樹顛各雲連。"

⑤人:別人,他人。《書·秦誓》:"人之有技,若己有之;人之彥聖,其心好之,不啻若自其口出。"《文心雕龍·書記》:"辭者,舌端之文,通己於人。" 異:區別,分開。《禮記·樂記》:"樂者爲同,禮者爲異。"鄭玄注:"異謂別貴賤。"陸賈《新語·道基》:"異是非,明好惡,檢

奸邪,消佚亂。"不相同。《論語•子張》:"異乎吾所聞。"賈誼《過秦論》:"仁義不施,攻守之勢異也。"　心:古人以心爲思維器官,故後沿用爲腦的代稱。《國語•周語》:"夫民慮之於心,而宣之於口,成而行之,胡可壅也?"《孟子•告子》:"心之官則思。"思想、意念、感情的通稱。《易•繫辭》:"二人同心,其利斷金。"杜甫《秋興八首》一:"叢菊兩開他日淚,孤舟一繫故園心。"　意:胸懷,內心。《漢書•高帝紀》:"寬仁愛人,意豁如也。"《玉臺新詠•古詩〈爲焦仲卿妻作〉》:"吾意久懷忿,汝豈得自由!"情意,感情。韓愈《答呂毉山人書》:"吾待足下,雖未盡賓主之道,不可謂無意者。"王安石《舟夜即事》:"山泉如有意,枕上送潺湲。"

[編年]

　　未見《年譜》編年本詩,《編年箋注》列入"未編年詩",《年譜新編》編年本詩於元和五年"元稹貶江陵時所作詩"欄內,在引述本詩全文之後,認爲:"'郵竹'指驛站庭院中之竹。疑元和五年作。"

　　我們以爲,如本詩描述的情景,各地驛站之中隨處可見,確實難於編年。如元稹元和四年出使東川,兩次奔馳在途,肯定住宿過類如的驛站。元和十年貶謫通州,也定然有同樣的經歷。元和五年,元稹貶謫江陵,沿途的驛站自然也是一樣的。《年譜新編》"疑元和五年作",不是不可以,但沒有舉出能够服人的理由。還有,元稹貞元末、元和初多次來往於長安洛陽之間,沿途的驛站也一定有修竹叢叢的景色。我們以爲,編年本詩的關鍵所在,在于最後兩句:"人有異我心,我無異人意。"元和五年,元稹爲了懲治洛陽違反皇規的權貴重臣,依據皇規,雷厲風行,決不手軟,特別是懲辦杜佑的親信杜兼,宰相杜佑借口將元稹召回長安,聽候處理,這就是所謂的"人有異我心"。元稹感到自己忠心爲皇家辦事,並無他意私心,這就是所謂的"我無異人意"。所以我們認爲,本詩應該作于元稹元和五年自洛陽回歸西京的途中，大約與《東西道》爲前後詩，疑即是元稹西歸途中剛剛投宿敷水驛時所作，是夜即發生了衆所周知的敷水驛事件，具體時間應該在元和五年的三月十日到達長安之前。

◎ 誨姪等書①

告崙等：吾謫竄方始，見汝未期，粗以所懷，貽誨於汝②。汝等心志未立，冠歲行登，古人譏十九童心，能不自懼(一)③？吾不能遠諭他人，汝獨不見吾兄之奉家法乎？吾家世儉貧，先人遺訓常恐置産怠子孫，故家無樵蘇之地，爾所詳也④！吾竊見吾兄自二十年來，以下士之禄，持窘絶之家，其間半是乞丐羈游，以相給足。然而吾生三十二年矣！知衣食之所自⑤。始東都爲御史時，吾常自思，尚不省受吾兄正色之訓，而況於鞭笞詰責乎⑥！嗚呼！吾所以幸而爲兄者，則汝等又幸而爲父矣(二)！有父如此，尚不足爲汝師乎⑦？

吾尚有血誠，將告于汝：吾幼乏岐嶷，十歲知方，嚴毅之訓不聞，師友之資盡廢⑧。憶得初讀書時，感慈旨一言之嘆，遂志于學。是時尚在鳳翔，每借書於齊倉曹家，徒步執卷，就陸姊夫師授，栖栖勤勤，其始也若此⑨。至年十五，得明經及第，因捧先人舊書於西窗下，鑽仰沉吟(三)，僅於不窺園井矣！如是者十年，然後粗霑一命，粗成一名⑩。及今思之，上不能及烏鳥之報復，下未能減親戚之饑寒，抱釁終身(四)，偷活今日⑪。故李密云："生願爲人兄，得奉養之日長！"吾每念此言，無不雨涕⑫。

汝等又見吾自爲御史來，效職無避禍之心，臨事有致命之志，尚知之乎⑬？吾此意，雖吾弟兄未忍及此，蓋以往歲忝職諫官，不忍小見，妄干朝聽(五)⑭。讁棄河南，泣血西歸，生死無告⑮。不幸餘命不殞，重戴冠纓，常誓效死君前，揚名後代，歿有以謝先人於地下耳⑯！嗚呼！及其時而不思，既思之而不及，尚何言哉⑰！

今汝等父母天地，兄弟成行，不於此時佩服詩書以求榮達，其爲人耶？其曰人耶？吾又以吾兄所職易涉悔尤，汝等出入游從，亦宜切慎！吾誠不宜言及於此⑱。吾生長京城，朋從不少(六)，然而未嘗識倡優之門，不曾於喧嘩縱觀，汝信之乎⑲？吾終鮮姊妹，陸氏諸生，念之倍汝。小婢子等既抱吾歿身之恨，未有吾克己之誠，日夜思之，若忘生次。汝因便録吾此書寄之(七)，庶其自發。千萬努力，無棄斯須。積付崙、鄭等⑳。

録自《元氏長慶集》卷三〇

[校記]

（一）能不自懼：楊本、叢刊本、《全文》同，盧校宋本作"能不皇懼"，各備一説，不改。

（二）則汝等又幸而爲父矣：原本作"則汝等乂幸而爲父矣"，據《全文》改。楊本、叢刊本作"則汝所以得而爲父矣"，各備一説，不從不改。

（三）鑽仰沉吟：楊本、叢刊本、《全文》同，盧校宋本作"鑽仰沉研"，各備一説，不改。

（四）抱釁終身：《全文》同，楊本、叢刊本作"抱蠧終身"，語義難通，不從不改。

（五）妄干朝聽：叢刊本、《全文》同，楊本作"不忍小見，妄于朝聽"，語義難通，不從不改。

（六）朋從不少：叢刊本、《全文》同，楊本作"則從不少"，語義難通，不從不改。

（七）汝因便録吾此書寄之：楊本、叢刊本、《全文》同，盧校宋本作"汝因使録吾此書寄之"，語義相類，不改。

［箋注］

① 誨：教導，訓誨。《詩·小雅·綿蠻》："飲之食之，教之誨之。"白居易《讀張籍古樂府》："讀君學仙詩，可諷放佚君。讀君董公詩，可誨貪暴臣。" 侄：古時女子稱兄弟的子女爲侄。《儀禮·喪服傳》："侄者何也？謂我姑者，我謂之侄。"《新唐書·狄仁傑傳》："且姑侄與母子孰親？"晉以後男子始稱兄弟之子爲侄。潘岳《哀永逝文》："嫂侄兮惝惶，慈姑兮垂矜。"《顏氏家訓·風操》："兄弟之子已孤……北土人多呼爲侄。案《爾雅》、《喪服經》、《左傳》，侄名雖通男女，並是對姑之稱，晉世以來始呼叔侄，今呼爲侄，於理爲勝也。" 書：指書信。《左傳·昭公六年》："叔向詒子産書……復書曰：若吾子之言。僑不才，不能及子孫，吾以救世也。"杜甫《春望》："烽火連三月，家書抵萬金。"宋人馬廷鸞《書二侄分關後》略引元稹本文作爲自己誨侄子文章的開頭，可以參讀："昔唐相元微之《誨侄等書》曰：'吾不能遠喻他人，汝獨不見吾兄之奉家法乎？吾兄半生羈游以相給足，吾受吾兄正色之訓，感慈旨一言，遜志於學，粗成一名，吾之所得以爲兄者，則汝之所得以爲父，有父如此，尚不足爲汝師乎？今端巽端常，父母俱逝，子然獨立於世，變艱難之中，不得已析薄貲以持寒門，此吾兄苦學所積也。'今將以微之所以誨侄者誨之：蓋吾曾祖太師盤山翁無兄弟，吾祖太師和公，兄弟五人，而和公獨當家事。諸祖意向不齊，而和公一意包容，保持門户，迄無間言。吾之二父信公朝奉公，兄弟纔二人。和

公既逝，吾所後信公，養母訓弟，以至協比婚姻，而吾以弟之子爲兄之子，則其孝友可知也。二公授館人門藉束脩以養其親，朝奉公病，信公親治藥具，親攜褻器，以扶持之，生徒皆以爲訝，信公正色曰：'吾弟相依爲命者也！'聞者心服。信公薨，朝奉公泣血而哭之，如哭其父，葬之如葬其父，鄉人嘖嘖嗟悼，至今猶有能言之者。吾兄弟之相與，已不如先人多矣！然亦粗有可言者：吾兄弟三人幼孤，奮身力學，丙午與兄偕薦，次年偕上春官。兄以耘人之財，給我束上。吾獨登第，食貧五年，兄假館養母，育我至吾娶婦之後。有孤妹未嫁，吾捐薗財，兄捐脯資，相與聘送。吾登朝以至叨竊政路，勢利薰人，兄未嘗以一事累我，我未嘗以一辭望兄。吾抱疾去位，兄終年奔走，扶持而歸。旬日而兄遷謝，此吾所爲終天之痛也！汝等觀吾兄弟相處，豈有貲産之可析乎？豈有血氣之可爭乎？豈有僕妾之爲雀鼠，妻子之爲風雨乎？蓋吾家三世以推梨遜棗爲習尚，以易衣并食爲活計，以同肝共膽爲命脈。今區區薄産，關約所載，悉公悉實，無毫髮可指顧，此尺寸曾何足道！惟是友睦一事，乃吾家萬金良藥。汝兄弟尚能守之，吾有以見兄於地下，是受汝之賜也！否則，無以見先兄於地下矣！努力，努力！勉之，勉之！"

②崙：包括後面的"鄭"，都是元積侄子之名，時年二十以下，其餘未詳。元積有兄弟三人，連同本人是兄弟四人。其中仲兄元秬有子四人：元易簡、元從簡、元行簡、元弘簡，都有名字，與"崙"、"鄭"均不符。《編年箋注》："推知元積貽書之侄爲其兄元秬之子易簡、從簡輩。"我們以爲不確，不僅名字不符，而且兄弟四人，爲何祇叮囑其中的兩人？還有元秬年長元積二十七歲，元秬的兒女應該大致與元積同年，元積當年三十二歲，元秬的兒女也已經年過二十，如何還有"汝等心志未立，冠歲行登，古人譏十九童心"的話語？而且當時元秬尚在人世，元積如何可以越過兄長教誨他的子女？不合情理。元沂早年"官阻于蔡"，其有無子女不得而知。元積病故在元積之後，白居易

《唐故武昌軍節度處置等使正議大夫檢校户部尚書鄂州刺史兼御史大夫賜紫金魚袋尚書右僕射河南元公墓誌銘并序》中曾提及"侄御史臺主簿某等",不知其中是否有元稹的兒子。除此而外,元稹叔父元霄有兩個兒子,其一是後來拜職"建州蒲城縣尉"的元莫之,但他身後無子,僅有一女,又夭折於其生前。元稹《唐故建州蒲城縣尉元君墓誌銘》:"夫人濮陽吳氏,賢善恭幹。生一女,女亦惠和,夭君前累月。嗚呼!吳夫人可謂生人太苦矣!"但元莫之還有一個兄長,元稹《唐故建州蒲城縣尉元君墓誌銘》:"太夫人曰:'吾有爾兄養足矣!爾其遂行!'"疑元崙、元鄭都是元莫之兄長的兒子。元稹《使東川·漢江笛(三月十五日夜,於西縣白馬驛南樓聞笛,悵然,憶得小年曾與從兄長楚寫〈漢江聞笛賦〉而有懷耳!)》:"小年爲寫游梁賦,最説漢江聞笛愁。今夜聽時在何處?月明西縣驛南樓。"在元稹家族的譜系中,未見"元楚"其人,但有兩個情況值得注意:一、元稹叔父元霄有子兩人,其一在《唐故建州浦城縣尉元君墓誌銘》中有記載:"君諱某,字莫之。有魏昭成皇帝十七世而生某官某,君即某官之次子也。少孤,母曰渤海封夫人,提捧教訓,不十四五,其心卓然。讀書爲文,舉進士。每歲抵刺史以上,求與計去,且取衣食之資以供養,意義漸聞於朋友間。無何,宗侄義方觀察福建,子幼道遠,自孤其行。拜言勤求,請君俱去。太夫人曰:'吾有爾兄養足矣!爾其遂行!'旋授建州浦城尉。宗侄之心腹耳目之重,以至閨門之令,盡寄於君。上下無怨,誠且盡也。又無何,宗侄觀察鄜坊,君亦俱去,心腹耳目之寄皆如初。宗侄殁,子公慶號駭迷謬無所據,君自始至卒任持之。公慶事公,雖及喜愠不敢專……(元和)十五年八月二日,終于京城南,享年五十八。"據卒年推算,浦城縣尉元君應該出生於寶應二年(763),病卒於元和十五年(820)八月,自然是出生於大曆十四年(779)的元稹之兄長。浦城縣尉是"次子",他應該有一個兄長,自然更是元稹的"兄長",這位"兄長"未見名及字,疑即元稹的"從兄長元楚"。二、元稹《唐故京兆府盩

屋縣尉元君墓誌銘》另有記載:"唐螯屋縣尉諱某,字某,姓元氏,於有
魏昭成皇帝爲十四世孫。曾曰尚食奉御某,祖曰綿州長史、贈太子賓
客某,父曰都官郎中、岳州刺史某,母曰某望閣夫人,妻曰隴西李氏
女,子曰某,曰某,女曰某。君始以蔭入仕,四仕爲螯屋尉。丁太夫人
憂,遂不復仕。享年五十五,以疾歿於衢州。元和十五年四月某日,
歸祔於咸陽縣之某鄉某里。"這位"螯屋縣尉元君"也不見提及名與
字;據"螯屋縣尉元君"的"卒年""元和十五年"推算,他也是元稹的兄
長,也可能成爲元稹的"從兄長元楚"。兩者必居其一,如果一定要指
定一個的話,根據"浦城縣尉"的父親元霄是元稹嫡親叔叔來看,個人
比較傾向於"浦城縣尉"的兄長是元稹的"從兄長元楚"。"從兄長元
楚"的年齡不僅長於元稹,也自然長於"浦城縣尉",亦即出生應該在
"浦城縣尉"出生的寶應二年(763)之前。這位"從兄長元楚",這位沒
有留下名字而且也不見其他記載的"爾兄",估計就是元崙、元鄭的父
親。他是否曾經拜職一官半職,是否還在人世,不得而知。而"爾兄"
與元稹一樣,他們的祖父都是南頓丞元悱,元稹與"爾兄"之間的關係
應該較其他兄弟與子侄關係更爲親切,正因爲如此,所以元稹在出貶
江陵之前,感到責任未盡,放心不下,故匆匆忙忙離家之際,特地留下
本文,一再加以叮囑,以示關懷。　讁竄:貶讁放逐。吳兢《上中宗皇
帝疏》:"洎陛下龍興,恩被骨肉,搜讁竄於炎障,復衣冠於庭闕,萬國
歡心,孰不慶倖?"李白《感時留別從兄徐王延年從弟延陵》:"大臣小
嗜嗚,讁竄天南垂。"　未期:無期,謂不知何日。張衡《歸田賦》:"徒
臨川以羨魚,俟河清乎未期。"劉義慶《世說新語·規箴》:"王公攝其
次曰:'後面未期,亦欲盡所懷?願公勿復談!'"這裏元稹指自己不知
何日結束貶讁,再次見到自己的子侄,故言。　貽:贈送,給予。
《詩·邶風·靜女》:"靜女其孌,貽我彤管。"曹植《朔風詩》:"子好芳
草,豈忘爾貽。繁華將茂,秋霜悴之。"
　　③ 心志:意志,志氣。《墨子·非命》:"是故昔者三代之暴王,不

繆其耳目之淫，不慎其心志之辟。”蘇轍《辭召試中書舍人第二狀》：“憂患以來，筆硯都廢，今雖勉強，心志已衰。” 冠歲：古代男子二十歲行冠禮，因稱二十歲爲冠歲。江淹《齊太祖高皇帝誄》：“於鑠冠歲，騰華流藝。”《舊唐書·崔胤傳》：“冠歲名升於甲乙，壯年位列於公卿。” 行：副詞，將，將要。《商君書·算地》：“民勝其地務開。地勝其民者事徠，開則行倍。”高亨注：“行，將也。”吳曾《能改齋漫録·記事》：“〔旁舍生〕乃謀于妻，以女鬻于商人，得錢四十萬，行與父母訣，此所以泣之悲也。” 登：達到。《陳書·宣帝紀》：“軍士年登六十，悉許放還。”范仲淹《宋故太子賓客分司西京謝公神道碑銘》：“無復鬥兵於中原者，登九十載。” 十九童心：《春秋質疑·附録》：“昭公年十九而有童心，居喪而不感，穆叔不欲立之。”《左氏釋·三易衰衰衽如故衰》：“此言昭公嬉戲無度，衣衽易垢，所謂猶有童心也，左氏可謂善狀矣！” 童心：孩子氣，兒童般的心情。《左傳·襄公三十一年》：“於是昭公十九年矣！猶有童心。”陸游《園中作》：“花前自笑童心在，更伴群兒竹馬嬉。”

④ 家法：治家的禮法。《宋書·王弘傳》：“弘明敏有思致，既以民望所宗，造次必存禮法，凡動止施爲及書翰儀體，後人皆依做之，謂爲王太保家法。”歐陽修《太子太師致仕杜祁公墓誌銘》：“自唐滅，士喪其舊禮，而一切苟簡，獨杜氏守其家法。” 儉貧：貧乏節儉。元稹《和樂天初授户曹喜而言志》：“君言養既薄，何以榮我門？披誠再三請，天子憐儉貧。”元稹《告贈皇考皇妣文》：“始亡兄某得尉興平，然後衣服飲食之具粗有准常，而猶卑薄儉貧，給不暇足。” 先人：祖先。葛洪《抱朴子·自叙》：“又累遭兵火，先人典籍蕩盡。”韓愈《感二鳥賦》：“幸生天下無事時，承先人之遺業。” 遺訓：前人留下或死者生前所說的有教育意義的話。《國語·周語》：“賦事行刑，必問於遺訓，而咨於故實。”韋昭注：“遺訓，先王之教也。”元稹《夏陽縣令陸翰妻河南元氏墓誌銘》：“將訣之際，子號女泣，問其遺訓。” 樵蘇：指日常生

計。《南齊書·東昏侯紀》:"郊郭四民皆廢業,樵蘇路斷,吉凶失時。"曹松《己亥歲二首(僖宗廣明元年)》一:"澤國江山入戰圖,生民何計樂樵蘇!"憑君莫話封侯事,一將功成萬骨枯。

　　⑤ 下士:官名,古代天子、諸侯都設有士,分上士、中士、下士,秦以後亦沿用。《禮記·王制》:"王者之制禄爵,公、侯、伯、子、男,凡五等,諸侯之上大夫卿、下大夫、上士、中士、下士,凡五等。"劉知幾《史通·史官建置》:"唯周建六官,改著作之正郎爲上士,佐郎爲下士。"窘絕:艱困,窮盡。楊億《故信州玉山令府君神道表》:"以至下茶蓼之苦,荷清白之謀,世故紛綸,家徒窘絕,未遑射策……"楊億《宋故推忠協謀佐理功臣光禄大夫尚書右僕射兼門下侍郎同中書門下平章事監修國史上柱國隴西郡開國公食邑三千八百户食實封一千二百户贈太尉中書令諡曰文靖李公墓誌銘》:"公承清白之訓,持窘絕之家,有原憲貧病之憂,茂張仲孝友之德。"　乞丐:乞求,請求。葛洪《抱朴子·仙藥》:"瞿謝受更生活之恩,乞丐其方,仙人告之曰:'此是松脂耳!'"元結《與李相公書》:"即日辭命擔囊,乞丐復歸海濱。"　羈遊:羈旅無定。王讜《唐語林·賞譽》:"憖駐車留書,叙羈遊之困。"陸游《寒夜》:"羈遊少歡樂,短景極忽忙。"　給足:豐富充裕。《淮南子·兵略訓》:"甲堅兵利,車固馬良,畜積給足,士卒殷軫,此軍之大資也。"柳宗元《弘農令府君石表辭》:"衣食給足,故人不札夭。教厲明具,故俗不爭奪。"

　　⑥ 始東都爲御史時:指元稹元和四年至元和五年初以監察御史分務東都御史臺之事。　東都:歷代王朝在原京師以東的都城,隋唐時指洛陽,時京都在長安。《隋書·煬帝紀》:"〔大業五年春正月〕戊子,上自東都還京師。"《新唐書·高宗紀》:"〔顯慶二年十二月〕丁卯,以洛陽宮爲東都。"　正色:謂神色莊重、態度嚴肅。《公羊傳·桓公二年》:"孔父正色而立於朝。"《漢書·叙傳》:"寬饒正色,國之司直。"鞭笞:鞭打,杖擊。《韓非子·外儲説》:"使王良操左革而叱咤之,使

造父操右革而鞭笞之，馬不能行十里，共故也。"元稹《唐故朝議郎侍御史内供奉鹽鐵轉運河陰留後河南元君墓誌銘》："教諸子無鞭笞之責，而亦不至於不令。" 詰責：責問。《漢書·翟方進傳》："咸詰責方進，冀得其處，方進心恨。"葉適《朝請大夫提舉江州太平興國宮陳公墓誌銘》："上蹙然，遂極論踰數刻，因以公語詰責執政。"

⑦ 嗚呼：嘆詞，表示讚美或慨嘆。《漢書·武帝紀》："麟鳳在郊藪，河洛出圖書。嗚虖，何施而臻此與！"顏師古注："虖讀曰呼，嗚呼，嘆辭也。"韓愈《柳子厚墓誌銘》："嗚呼！士窮乃見節義。" "吾所以幸而爲兄者"兩句：意謂有這樣仁慈的兄長，正是我作弟弟的感到非常幸運的地方；有這樣慈愛的父輩，也是你們作子輩的感到十分幸運的時刻。 師：學習，效法。嵇康《與山巨源絕交書》："阮嗣宗口不論人過，吾每師之，而未能及。"韓愈《答劉正夫書》："師其意，不師其辭。"

⑧ 血誠：猶赤誠，謂極其真誠的心意。《宋書·謝晦傳》："去年送女遣兒，闔家俱下，血誠如此，未知所愧。"白居易《爲宰相讓官表》："此所以重陳手疏，再瀝血誠，乞迴此官，別授能者。" 岐嶷：《詩·大雅·生民》："誕實匍匐，克岐克嶷。"朱熹集傳："岐嶷，峻茂之狀。"後多以"岐嶷"形容幼年聰慧。《東觀漢記·馬客卿傳》："馬客卿幼而岐嶷，年六歲，能接應諸公，專對賓客。"楊衒之《洛陽伽藍記·追光寺》："略生而岐嶷，幼則老成，博洽群書。" 知方：知禮法，語本《論語·先進》："可使有勇，且知方也。"劉寶楠正義引鄭玄曰："方，禮法也。"《後漢書·桓譚傳》："天下知方，而獄無怨濫矣！"謂知道正確的行爲方向。《荀子·君道》："尚賢使能，則民知方。"王先謙集解："知方，皆知所向。" "嚴毅之訓不聞"兩句：元稹八歲喪父，故難聞父親嚴毅的教訓；叔父與父親病故之後，家徒四壁，没有能力延師就教，最後由母親鄭氏親自教授書詩。 嚴毅：嚴屬剛毅。《漢書·王嘉傳》："嘉爲人剛直嚴毅有威重，上甚敬之。"蘇洵《族譜後錄》："祖母嚴毅，居家肅然

多才略。"　師友：老師和朋友，亦泛指可以請益的人。《荀子·修身》："庸衆駑散，則刼之以師友。"楊倞注："言以師友去其舊性也。"《後漢書·李膺傳》："膺性簡亢，無所交接，惟以同郡荀淑、陳寔爲師友。"

⑨　慈旨：慈母的教誨。元稹《夏陽縣令陸翰妻河南元氏墓誌銘》："肆我伯姊，穆其嚴風，柔以慈旨，於人爲克肖矣！"李德裕《宣懿皇太后祔太廟制》："朕祇奉慈旨，載深感咽，宣示中外，咸使知聞。"鳳翔：州郡名，地當今陝西寶雞地區。《元和郡縣志·鳳翔府》："武德元年復爲岐州，至德元年改爲鳳翔郡，乾元元年改爲鳳翔府。"元稹《寄吳士矩端公五十韵》："昔在鳳翔日，十歲即相識。未有好文章，逢人賞顔色。"元稹《答姨兄胡靈之見寄五十韵》："憶昔鳳翔城，齠年是事榮……詩律蒙親授，朋遊忝自迎。"　陸姊夫：即元稹大姐的夫君陸翰，元稹有《夏陽縣令陸翰妻河南元氏墓誌銘》，可參閱。　栖栖勤勤：即"栖勤"，勤奮學習。《大唐西域記·瞿薩旦那國》："如來者有何德有何神，而汝烏栖勤苦奉？"周麟之《賀張右相》："某邈在巖，栖勤於斗仰，謂孺子可教也。"

⑩　明經：漢代以明經射策取士，隋煬帝置明經、進士二科，以經義取者爲明經，以詩賦取者爲進士，唐代因之。宋改以經義論策試進士，明經始廢。韋應物《送五經趙隨登科授廣德尉》："明經有清秩，當在石渠中。獨往宣城郡，高齋謁謝公。"鄭谷《送太學顏明經及第東歸》："平楚干戈後，田園失耦耕。艱難登一第，離亂省諸兄。"　先人舊書：這裏指已故世父親元寬編撰的《百葉書要》。元稹《夏陽縣令陸翰妻河南元氏墓誌銘》："嘗著《百葉書要》，以萃群言。秘牒一開，則萬卷皆廢，由是懼夫百氏之徒，一歸於我囿，所不樂也，故世莫得傳焉！"元稹《唐故朝議郎侍御史内供奉鹽鐵轉運河陰留後河南元君墓誌銘》："先府君叢集群言，裁成《百葉書抄》，君懼不得授，乃日一食以齋其心者一月，先太君憐而請焉！由是盡付其書。"兩者書名不同，疑

傳抄之失，或記憶之誤。　西窗：朝西的窗户。戎昱《長安秋夕》："昨夜西窗夢，夢入荊南道。遠客歸去來，在家貧亦好。"白居易《禁中聞蛩》："悄悄禁門閉，夜深無月明。西窗獨暗坐，滿耳新蛩聲。"元稹在長安靖安里家中的書房應該也有朝西的窗户，本文即是例證。另外元稹早年曾經在西窗外的院子裏栽下一棵小松，有《西齋小松二首》紀實，應該是元稹最早的詩篇之一，值得讀者關注，其二云："簇簇枝新黄，纖纖攢素指。柔苔漸依條，短莎還半委。清風日夜高，凌雲竟何已！千歲盤老龍，修鱗自茲始。"詩中流露了年少元稹的遠大志向，幸請讀者關注。　霑：謂挨上關係。杜甫《白小》："細微霑水族，風俗當園蔬。"受益，沾光。《韓非子·詭使》："今戰勝攻取之士，勞而賞不霑。"揚雄《長楊賦》："蓋聞聖主之養民也，仁霑而恩洽。"　一命：周時官階從一命到九命，一命爲最低的官階。《左傳·昭公七年》："三命兹益共，一命而僂，再命而傴，三命而俯。"杜預注："三命，上卿也。"《北史·周紀》："以第一品爲九命，第九品爲一命。"後亦用以泛指低微的官職。劉孝綽《上虞鄉亭觀濤津諸學潘安仁河陽縣詩》："無貲徒有任，一命忝爲郎。"白居易《松齋自題》："非賤亦非貴，朝登一命初。"

⑪ 上不能及烏鳥之報復：元稹八歲喪父，對父親的撫養未及回報，元稹《唐故朝議郎侍御史內供奉鹽鐵轉運河陰留後河南元君墓誌銘》有真實的描繪："先府君棄養之歲，前累月而季父侍御史府君捐館。予伯兄由官阻於蔡，叔季皆十年，而下遺其家唯環堵之宮耳！"元稹二十八歲擔任左拾遺，因直言進諫而被杜佑藉故將元稹出貶河南尉，元稹母親因驚嚇成病而亡故，元稹痛悔莫及，有《祭翰林白學士太夫人文》描述自己的心態："喘息將盡，心魂已飛。"　烏鳥：古稱烏鳥反哺，因以喻孝親之人子。傅咸《申懷賦》："盡烏鳥之至情，竭歡敬於膝下。"孟浩然《送王五昆季省覲》："斜日催烏鳥，清江照綵衣。"　報復：酬報，報答。《漢書·朱買臣傳》："悉召見故人與飲食諸嘗有恩者，皆報復焉！"《三國志·法正傳》："外統都畿，內爲謀主。一湌之

德，睚眥之怨，無不報復。”　　饑寒：飢餓寒冷，饑，通“飢”。杜甫《因崔五侍御寄高彭州適》：“百年已過半，秋至轉饑寒。爲問彭州牧，何時救急難？”于逖《憶舍弟》：“衰門少兄弟，兄弟唯兩人。饑寒各流浪，感念傷我神。”　　抱釁：亦作“抱釁”，處於嫌疑危難之中，負罪。《三國志·陳思王植傳》：“臣自抱釁歸藩，刻肌刻骨，追思罪戾，晝分而食，夜分而寢。”李商隱《爲王侍御瓘謝宣弔並賻贈表》：“此皆由臣等抱釁既深，就養無素，遂延家難，仰惻宸襟，止偷生於晷刻，亦何顏於天地！”　　偷活：偷生，苟且求活。劉向《戰國策序》：“苟以詐僞偷活取容，自上爲之，何以率下？”韓愈《鱷魚文》：“刺史雖駑弱，亦安肯爲鱷魚低首下心，伈伈睍睍，爲民吏羞，偷活於此邪！”

⑫ 李密：晉人。《晉書·李密傳》：“李密字令伯，犍爲武陽人也，一名虔。父早亡，母何氏改醮。密時年數歲，感戀彌至，烝烝之性，遂以成疾，祖母劉氏躬自撫養。密奉事以孝謹聞，劉氏有疾，則涕泣側息，未嘗解衣，飲膳湯藥，必先嘗後進，有暇則講學忘疲而師事譙周……泰始初，詔徵爲太子洗馬，密以祖母年高無人奉養，遂不應命，乃上疏曰：‘臣以險釁，夙遭閔凶。生孩六月，慈父見背。行年四歲，舅奪母志。祖母劉愍臣孤弱，躬見撫養……但以劉日薄西山，氣息奄奄，人命危淺，朝不慮夕。臣無祖母，無以至今日。祖母無臣，無以終餘年。母孫二人，更相爲命。是以私情區區，不敢棄遠。臣密今年四十有四，祖母劉今年九十有六，是臣盡節於陛下之日長，而養劉之日短也。烏鳥私情，願乞終養……’”陳子昂《諫用刑書》：“於是蕭銑、朱粲起於荊南，李密、竇建德亂於河北，四海雲搖，遂並起而隋族亡矣！”田錫《鄂公奪槊賦》：“於時擒李密，戮王充，靖隋之亂，致唐之功，非太宗不能得我之死力，非我不能赴太宗之指蹤。”　　奉養：侍奉，贍养。《管子·形勢解》：“主惠而不解，則民奉養。”《後漢書·吳榮傳》：“榮嘗躬勤家業，以奉養其姑。”　　雨涕：落淚。唐代無名氏《玉泉子》：“〔劉允章〕忽怒……舉席爲之懼，日休雨涕而已。”譚峭《譚子化書·

珠玉》：“悲則雨泪，辛則雨涕。”

⑬ 效職：盡職。韓愈《賀雨表》：“龍神效職，雷雨應期。”《宋史·選舉志》：“其風績有聞者，優與增秩；所蒞無狀者，罰之無赦。則賢者效職，而中下之才亦皆强於爲善矣！” 避禍：猶避害。焦贛《易林·家人之困》：“避禍逃殃，身全不傷。”《宋書·王景文傳》：“有心於避禍，不如無心於任運。” 臨事：特指治理政事。《管子·立政》：“臨事不信於民者，則不可使任大官。”韋昭《博弈論》：“其在朝也，竭命以納忠，臨事且猶旰食，而何暇博弈之足躭？” 致命：猶捐軀。《易·困》：“君子以致命遂志。”張九齡《敕四鎮節度王斛斯書》：“矢石之間，見危致命，良深嗟嘆，重其忠烈。”

⑭ 往歲：往年。《管子·國蓄》：“夫往歲之糶賤，狗彘食人食，故來歲之民不足也。”徐鉉《池州陳使君見示游齊山詩因寄》：“往歲曾遊弄水亭，齊峰濃翠暮軒橫。”這裏指元稹元和元年四月至九月間拜職左拾遺之事，亦即撰寫本文之前五年。 忝職：愧居其職，自謙之語。《魏書·李彪傳》：“而竊名忝職，身爲違傲，矜勢高亢，公行僭逸。”張九齡《與李讓侍御書》：“誤登射策之科，忝職藏書之閣。” 諫官：掌諫諍的官員。《漢書·蕭望之傳》：“陛下哀湣百姓，恐德化之不究，悉出諫官以補郡吏，所謂憂其末而忘其本者也。”杜甫《敬贈鄭諫議十韵》：“諫官非不達，詩義早知名。” 朝聽：指朝廷或帝王的聽聞。《晉書·桓温傳》：“操弄虛説，以惑朝聽。”《宋書·劉穆之傳》：“臣契闊屯泰，旋觀始終，金蘭之分，義深情密。是以獻其乃懷，布之朝聽。” 干：干犯，冲犯，干擾。《國語·晉語》：“河曲之役，趙孟使人以其乘車干行。”韋昭注：“干，犯也；行，軍列。”韓愈《永貞行》：“國家功高德且厚，天位未許庸夫干。”

⑮ “謫棄河南”三句：元稹在謫貶河南尉的途中，得到了母親因此病故的噩耗，痛苦無狀，立即西歸長安，料理母親的喪事。關於這次元稹自左拾遺貶謫河南尉，元稹另有《祭翰林白學士太夫人文》描

述：“逮積謫居東洛，泣血西歸，無天可告，無地可依。” 謫棄：猶謫
置。柳宗元《遊朝陽岩遂登西亭二十韵》：“謫棄殊隱淪，登陟非遠
效。”龐嚴《對賢良方正能直言極諫策》：“陛下尊敬師傅，拔用忠良，謫
棄奸貪，發散滯積，皆舜禹之心也。臣願陛下尊敬之不廢其道，拔用
之不廢其言，謫棄之今復用之，散發之今勿斂之。” 泣血：無聲痛哭，
淚如血湧，淚盡血出，形容極度悲傷。《易·屯》：“乘馬班如，泣血漣
如。”歐陽修《皇祐四年與韓忠獻王書》：“某叩頭泣血，罪逆哀苦，無所
告訴。” 無告：孤苦無處投訴，亦指無處投訴的人。《書·大禹謨》：
“不虐無告，不廢困窮。”孔穎達疏：“不苟虐鰥寡孤獨無所告者，必哀
矜之。”《孔子家語·弟子行》：“不侮不佚，不傲無告。”

⑯ 餘命：倖存的性命。《淮南子·主術訓》：“譬猶雀之見鷂而鼠
之遇狸也，亦必無餘命矣！”沈遼《秦穰侯就封圖贊》：“范雎何人，簣中
餘命！不煩半策，奪我樽柄。” 殞：損毀，死亡。《孟子·盡心》：“肆
不殄厥慍，亦不殞厥問，文王也。”賈誼《吊屈原文》：“遭世罔極兮，乃
殞厥身。” 冠纓：帽帶，結於頷下，使帽固定於頭上。《史記·滑稽列
傳》：“淳於髡仰天大笑，冠纓索絕。”喻指仕宦。李白《古風》一九：“流
血塗野草，豺狼盡冠纓。” 效死：捨命報效。《公羊傳·昭公十三
年》：“比之義，宜乎效死不立。”《新唐書·陸贄傳》：“陛下雖有股肱之
臣，耳目之佐，見危不能竭誠，臨難不能效死，是則群臣之罪也。” 揚
名：傳播名聲。《孝經·開宗明義》：“立身行道，揚名於後世，以顯父
母，孝之終也。”李白《東海有勇婦》：“豈如東海婦，事立獨揚名！” 地
下：指陰間。《呂氏春秋·直諫》：“夫差將死，曰：‘死者如有知也，吾
何面以見子胥於地下！’”杜甫《懷舊》：“地下蘇司業，情親獨有君。”

⑰ 嗚呼：亦作“嗚乎”、“嗚虖”，嘆詞，表示悲傷。《書·五子之
歌》：“嗚呼曷歸，予懷之悲。”葉適《厲領衛墓誌銘》：“虜既卒叛盟，而
君竟坐貶死。嗚呼！可哀也已！” “及其時而不思”三句：意謂我當
年沒有慮及，現在倒考慮到了，但已經來不及了，我已經無話可說了。

⑱ "今汝等父母天地"兩句：意謂現在你們的父母如天地一樣時時呵護著你們，而兄弟姐妹又成群結隊在互相呼應。　佩服：猶言遵循。白居易《祭李侍郎文》："代重名義，公能佩服。德潤行躔，溫溫鬱鬱。"朱熹《朱子語類》卷一一四："久侍師席，今將告違。氣質偏蔽，不能自知。尚望賜以一言，使終身知所佩服。"　詩書：《詩經》和《尚書》。《左傳·僖公二十七年》："《詩》、《書》，義之府也；《禮》、《樂》，德之則也。"泛指書籍。杜甫《聞官軍收河南河北》："却看妻子愁何在？漫捲詩書喜欲狂。"　榮達：位高顯達。《亢倉子·賢道》："窮厄則以命自寬，榮達則以道自正。"溫庭筠《渭上題詩三首》一："吕公榮達子陵歸，萬古烟波繞釣磯。"　"其爲人耶"兩句：意謂這難道是做人所應該的嗎？這難道還能算作人所應該做的嗎？　遊從：相隨同遊。陶潛《與殷晉安別》："負杖肆遊從，淹留忘宵晨。"秦觀《越州請立程給事祠堂狀》："南陽公嘗命畫史圖太子少師天水趙公並公與己遊從之像，號《三老圖》。"交往。葉紹翁《四朝聞見録·慶元黨》："至嘉定間，偶出於一時之遊從，或未嘗爲公之所知者，其迹相望於朝。"

⑲ "吾生長京城"五句：元稹出於對侄子們的愛護，在這裏循循善誘，加以教育，心情完全可以理解。但説他自己"未嘗"、"不曾"云云，却十足是善意的謊言，我們也不必爲尊者諱言。元稹十七歲之時，已經與管兒戀愛，有關的詩篇多不枚舉，如《仁風李著作園醉後寄李十》："朧明春月照花枝，花下鶯聲是管兒。却笑西京李員外，五更騎馬趁朝時。"就是其中的一個例子。元稹不久又和楊巨源一起與風塵女子廝混，其《贈別楊員外巨源》："憶昔西河縣下時，青山顛頷宦名卑。揄揚陶令緣求酒，結託蕭娘只在詩。"又《酬翰林白學士代書一百韵》："密携長上樂，偷宿静坊姬。"白居易《代書詩一百韵寄微之》："微伶皆絕藝，選妓悉名姬。"就是最明顯不過的例證。　朋從：朋輩。張華《上巳篇》："朋從自遠至，童冠八九人。"楊炯《唐同州長史宇文珽神道碑》："友于之義，伯淮與季江同寢；朋從之道，鮑叔與管仲推財。"

倡優：古代稱以音樂歌舞或雜技戲謔娛人的藝人。司馬遷《報任安書》："僕之先，非有剖符丹書之功，文史星曆，近乎卜祝之間，固主上所戲弄，倡優所蓄，流俗之所輕也。"《漢書・灌夫傳》："所好音樂狗馬田宅，所愛倡優巧匠之屬。"顏師古注："倡，樂人也。優，諧戲者也。"娼妓及優伶的合稱。倡，指樂人；優，指伎人。古本有別，後常並稱。李嗣真《諫於宣政殿會百官命婦疏》："臣以爲前殿正寢，非命婦宴會之地；象闕路門，非倡優進御之所。望詔命婦會於別殿，九部伎自東西門入。散樂一色，伏望停省。"韋承慶《重上直言諫東宮啓》："倡優雜伎，不息於前；鼓吹繁聲，亟聞於外。既喧聽覽，且黷宮闈。"　喧嘩：聲音大而雜亂。《後漢書・陳蕃傳》："今京師囂囂，道路諠嘩，言侯覽……等與趙夫人諸女尚書並亂天下。"歐陽修《別後奉寄聖俞二十五兄》："歡言正喧嘩，別意忽於邑。"　縱觀：恣意觀看。《史記・高祖本紀》："高祖常繇咸陽，縱觀，觀秦皇帝，喟然太息曰：'嗟乎！大丈夫當如此也！'"《北史・裴矩傳》："復令張掖、武威士女盛飾縱觀，填咽周亙數十里，以示中國之盛。"

　㉑吾終鮮姊妹：白居易《唐河南元府君夫人滎陽鄭氏墓誌銘》："夫人有四子二女：長曰沂，蔡州汝陽尉。次曰秬，京兆府萬年縣尉。次曰積，同州韋城尉。次曰稹，河南縣尉。長女適吳郡陸翰，翰爲監察御史。次爲比丘尼，名真一。二女不幸，皆先夫人歿。"元稹撰寫本文之時，元沂已經"不知所終"，元秬、元積尚在人世，而元稹大姐、二姐已經病故，身邊已經沒有任何姐妹，故言。　鮮：亦作"尠"，少，盡。《漢書・叙傳》："惟天墬之無窮兮，尠生民之晦在。"顏師古注："尠，少也。"元稹《琵琶歌》："平明船載管兒行，盡日聽彈無限曲。曲名無限知者鮮，霓裳羽衣偏宛轉。"　陸氏諸生：指元稹大姐與陸翰的兒子師道與師嶠，亦即元稹的外甥，因爲他們的母親已經謝世，故元稹分外挂念。元稹《夏陽縣令陸翰妻河南元氏墓誌銘》："二女：曰燕，曰迎，兩男：師道、(師)嶠。"　小婢子：即元稹大姐的女兒陸燕、陸迎，"小婢

子"是元稹代外孫女所言的自謙之詞。　歿身:終生。《後漢書·劉瑜傳》:"從幼至長,幽藏歿身。"蘇軾《代張方平諫用兵書》:"帝雖悔悟自克,歿身之恨,已無及矣!"　克己:謂克制私欲,嚴以律己。《漢書·王嘉傳》:"孝文皇帝欲起露臺,重百金之費,克己不作。"韓愈《賀太陽不虧狀》:"陛下敬畏天命,克己修身,誠發於中,灾銷於上。"　生次:生命的存在。元稹《告贈皇考皇妣文》:"追念顧復,若亡生次。"范成大《丙午新年六十一歲俗謂之元命作詩自貺》:"歲復當生次,星臨本命辰。四人同丙午,初度再庚寅。"　自發:自行奮發。杜甫《崔氏東山草堂》:"有時自發鐘磬響,落日更見漁樵人。"梅堯臣《詠苜蓿》:"黄花今自發,撩亂牧牛陂。"　斯須:須臾,片刻。《禮記·祭義》:"禮樂不可斯須去身。"鄭玄注:"斯須,猶須臾也。"杜甫《哀王孫》:"不敢長語臨交衢,且爲王孫立斯須。"

[編年]

《年譜》編年本文於元和五年,理由是:"《書》云:'……吾生三十二年矣。'又云:'吾謫竄方始,見汝未期,粗以所懷,貽誨於汝。'元和五年春撰。"《編年箋注》編年:"此《書》曾言'吾謫竄方始,見汝未期',則成於元和五年(八一〇)三月,貶爲江陵士曹參軍之際。"《年譜新編》編年本文於元和五年,没有説明理由。

我們以爲,關於本文編年,《年譜新編》的"元和五年"過於籠統,而《年譜》的"元和五年春"、《編年箋注》的"元和五年(八一〇)三月,貶爲江陵士曹參軍之際"也不够具體。就全文而觀,"謫竄方始"云云,是元稹已知自己出貶江陵。而元稹接到貶謫的詔命之後,並不允許他在長安有過多的停留,即刻回家帶上行李,連家中無人照料的女兒保子也來不及帶走,連最好朋友白居易也來不及話別,就匆匆就道奔赴貶所。白居易《和答詩十首并序》:"五年春,微之從東臺來,不數日又左轉爲江陵士曹掾。詔下日,會予下内直歸,而微之已即路,邂逅相遇於街衢中,自永壽寺南抵新昌里北,得馬上話別,語不過相勉,保方寸外形骸而已,因不暇及他。是夕足下次于山北寺,僕職役不得去,命季弟送行,且奉新詩一軸致於執事⋯⋯"我們以爲本文即撰作於元稹接到詔命之後在家中匆匆寫下,作爲這種論證的一個證據是:本文開頭"告崙等",而結尾却是"付崙鄭等",兩處的提法並不一致,這流露元稹撰作本文時那種慌促急迫的心境。元稹本年三月六日在陝府,有《元和五年予官不了罰俸西歸三月六日至陝府與吳十一兄端公崔二十二院長思愴曩游因投五十韵》爲證,從"陝府"到長安,據《元和郡縣志》記載,兩地距離爲"五百一十里",估計元稹三月十日之前已經到達長安,又經過白居易説的"不數日"的"廷争",時間已經到了三月十七日,元稹被貶官江陵。《舊唐書·憲宗紀》:"(元和五年)二月辛未朔,戊子⋯⋯東臺監察御史元稹攝河南尹房式於臺,擅令停務,貶江陵府士曹參軍。"推算干支,二月"戊子"亦即十七日貶官,此是決定元稹出貶江陵的日期,但不是元稹離開長安前往江陵的日期,因爲其時元稹還沒有離開洛陽。三月六日,元稹到達陝州,有《元和五年予官不了罰俸西歸三月六日至陝府與吳十一兄端公崔二十二院長思愴曩游因投五十韵》爲證。隨後到達華陰之西華州之東間的敷水驛,時間應該在三月十日前後,元稹有《郵竹》抒情,其夜即發生了著名的敷水驛事件。隨後遭到毒打的元稹急急忙忙趕赴長安,希望在朝廷上討回公道。經過"數日"的"廷争",但結果却事與願違,元稹被出貶爲江陵士曹參軍,計其日期,應該在三月十七日之時。元稹出貶江陵的日子,也是元稹匆匆回家告別的日期,也是詩人撰作本文此亦是元稹出貶江陵離開長安的日期。此日期亦即是本文撰作的具體日期,地點應該在元稹長安靖安里的家中,當時元稹的侄子不一定都在家中,故留下本文一再叮囑,並有"稹付崙鄭等"交待他人代轉。我們的推論應該大致符合當時的實際,因爲三月二十四日元稹已經到達前往江陵途中的商山曾峰館,元稹《三月二十四日宿曾峰館夜對桐花寄樂天》就是例證。

◎ 山竹枝（自化感寺携來，至清源，投之輞川耳）^{(一)①}

深院虎溪竹，遠公身自栽②。多慚折君節，扶我出山來③。貴托安危步^(二)，難將混俗材④。還投輞川水，從作老龍回⑤。

錄自《元氏長慶集》卷一五

[校記]

（一）自化感寺携來：楊本、叢刊本、《全詩》同，盧校宋本作“自感化寺携來”，王維有《遊化感寺》、《過化感寺曇興上人山院》詩，《舊唐書·義福傳》：“義福，姓姜氏，潞州銅鞮人，初止藍田化感寺處方丈之室，凡二十餘年，未嘗出宇之外。”不從不改。白居易有《感化寺見元九劉三十二題名處》：“微之謫去千餘里，太白無來十一年。今日見名如見面，塵埃壁上破窗前。”可備一説。《佩文齋廣群芳譜》題下無注文，僅備一説。

（二）貴托安危步：原本作“貴宅安危步”，楊本、叢刊本、《全詩》同，語義不佳，據《佩文齋廣群芳譜》改。

[箋注]

① 化感寺：寺名，在藍田。王維《遊化感寺》：“翡翠香烟合，琉璃寶殿平。龍宮連棟宇，虎穴傍檐楹。”《宋高僧傳·唐京兆慈恩寺義福傳》：“釋義福，姓姜氏，潞州銅鞮人也。幼慕空門，黍累世務，初止藍田化感寺處方丈之室，凡二十餘年未嘗出房宇之外。” 清源：寺名，在藍田輞川，原爲王維母奉佛山居時的草堂精舍。宋敏求《長安志·

藍田縣》：“清源寺：在縣南輞谷內，唐王維母奉佛山居，營草堂精舍，維表乞施爲寺焉！”耿湋《題清源寺（即王右丞故宅）》：“深房春竹老，細雨夜鐘疏。陳迹留金地，遺文在石渠。”白居易《宿清源寺》：“往謫潯陽去，夜憩輞溪曲。今爲錢塘行，重經茲寺宿。”　輞川：地名，在藍田。朱景玄《唐朝名畫録》：“王維，字摩詰，官至尚書右丞，家於藍田輞川。兄弟並以科名，文學冠絕當時。”王維《輞川閑居贈裴秀才迪》：“寒山轉蒼翠，秋水日潺湲。倚杖柴門外，臨風聽暮蟬。”

　　②“深院虎溪竹”兩句：王維《過化感寺曇興上人山院》：“暮持筇竹杖，相待虎溪頭。催客聞山響，歸房逐水流。”　深：從外到內距離大。陶潛《歸園田居六首》一：“狗吠深巷中，雞鳴桑樹巔。”王維《輞川集二十首·鹿柴》：“返景入深林，復照青苔上。”　遠公：晉代高僧慧遠，居廬山東林寺，世人稱爲遠公。孟浩然《晚泊潯陽望廬山》：“嘗讀遠公傳，永懷塵外蹤。”梅堯臣《訪礦坑老僧》：“莫貰遠公酒，余非陶令賢。”　身自：猶親自。《史記·吳王濞列傳》：“〔吳王〕乃身自爲使，使於膠西，面結之。”《後漢書·范式傳》：“乃營護平子妻兒，身自送喪於臨湘。”

　　③慚：羞愧。孟浩然《送韓使君除洪府都督》：“無才慚孺子，千里愧同聲。”歐陽修《和劉原父從幸後苑觀稻呈經筵諸公》：“衰病慚經學，陪遊與俊賢。”　折：折斷，摘取。《古詩十九首·庭中有奇樹》：“攀條折其榮，將以遺所思。”韓愈《利劍》：“使我心腐劍鋒折，決雲中斷開青天。”　節：竹節。《吕氏春秋·古樂》：“〔伶倫〕取竹於嶰谿之谷，以生空竅厚鈞者，斷兩節間，其長三寸九分，而吹之以爲黃鐘之宮。”高適《詠馬鞭》：“龍竹養根凡幾年？工人截之爲長鞭。一節一目皆天然，珠重重，星連連。”　扶：支援，幫助。《戰國策·宋衛策》：“若扶梁伐趙，以害趙國，則寡人不忍也。”高誘注：“扶，助也。”李德裕《憶藥苗》：“皆能扶我壽，豈止堅肌骨！”　山：這裏指藍田山。《元和郡縣志·藍田縣》：“藍田山一名玉山，一名覆車山，在縣東二十八里。”《長

安志》:"辋谷在縣西南二十里。"《年譜》在《辋川》詩下引録同一材料,誤"西南二十里"爲"南二十里",脱録一"西"字。

④ 托:依靠,寄託。元稹《鶯鶯傳》:"旅寓惶駭,不知所托。"辛棄疾《瑞鶴仙·賦梅》:"瑤池舊約,憐翁更仗誰托?" 安危:平安與危險。《管子·參患》:"君主之所以尊卑,國之所以安危者,莫要於兵。"干寶《晉紀總論》:"蓋民情風教,國家安危之本也。" 俗材:平庸之人。《新唐書·閻立本傳》:"既輔政,但以應務俗材,無宰相器。"平庸之材。羅倫《成化丙戌夏五月予得罪謫泉南提舉道經金鰲門生彭宜鑑夢中有作意若爲予者時九月二十一日也》:"墙角寒梅昨夜開,誰知春在雪中回?松筠到處爲貞友,桃李漫山總俗材。"

⑤ 辋川:水名,即辋谷水。宋之問《藍田山莊》:"辋川朝伐木,藍水暮澆田。獨與秦山老,相歡春酒前。"王縉《別辋川別業》:"山月曉仍在,林風涼不絶。殷勤如有情,惆悵令人別。" 老龍:狀如老龍之身。元稹《西齋小松二首》二:"清風日夜高,淩雲意何已?千歲盤老龍,修鱗自兹始。"齊己《小松》:"後夜蕭騷動,空階蟋蟀聴。誰於千歲外,吟繞老龍形?"本詩是形容竹子的行態。

[編年]

《年譜》編年本詩於元和五年"元稹赴江陵途中作",理由是:"題下注:'自化感寺携來,至清源,投之辋川耳!'"又附録白居易《感化寺見元九劉三十二題名處》:"微之謫去千餘里,太白無來十一年。"但没有向讀者説明"化感寺"與"感化寺"的異文。《編年箋注》編年:"元稹此詩作于元和五年(八一〇),貶江陵府士曹參軍由長安赴貶所途中。見下《譜》。"《年譜新編》編年本詩於元和五年"元稹貶江陵時所作詩",没有説明編年理由。

我們以爲,本詩確實應該作於元和五年元稹貶赴江陵途中,《年譜》、《編年箋注》、《年譜新編》的編年的年份不錯。但根據元稹出貶江陵的時間以及"化感寺"、"輞川"離開長安僅僅祗有數十里的距離，可以進一步明確本詩的具體寫作時間:《元和郡縣志·藍田縣》表明:"藍田山……在縣東二十八里。"《長安志》表明:"輞谷在縣西南二十里。"而藍田縣是京畿之縣，離開長安不遠。兩者相加，最多不過二三日的路程。《舊唐書·憲宗紀》:"(元和五年)二月辛未朔，戊子……東臺監察御史元稹攝河南尹房式於臺，擅令停務，貶江陵府士曹參軍。"推算干支，二月"戊子"亦即十七日貶官。但這僅僅是朝廷決定貶職元稹的日期，並非是元稹到達長安之後經過"廷争"之後貶職元稹的日期。其實元稹人在洛陽，貶職的命運已經決定，並不需要聽取元稹本人真實情況的説明。根據元稹《元和五年予官不了罰俸西歸三月六日至陝府與吳十一兄端公崔二十二院長思愴曩游因投五十韵》，三月六日元稹還在自洛陽西歸長安途中。白居易《和答詩十首序》:"五年春，微之從東臺來，不數日又左轉爲江陵士曹掾。詔下日，會予下內直歸，而微之已即路，邂逅相遇於街衢中。"而元稹《三月二十四日宿曾峰館夜對桐花寄樂天》又表明，三月二十四日元稹已經越過輞川。據此可知，元稹正式出貶江陵應該在元和五年三月十七日，經過輞川當在三月十八日或十九日，本詩即作於其時，籠統編年元和五年"貶赴江陵途中"是不合適的。

◎ 輞　川 (一)①

世累爲身累，閑忙不自由②。殷勤輞川水，何事出山流③?

録自《元氏長慶集》卷一五

[校記]

　(一)輞川:本詩存世各本，包括楊本、叢刊本、《萬首唐人絶句》、《全詩》，未見異文。盧校認爲："詩與題不合，疑有脫誤。"僅備一說。

[箋注]

① 輞川：水名，即輞谷水，諸水會合如車輞環湊，故名。在陝西省藍田縣南，源出秦嶺北麓，北流至縣南入灞水。王維從宋之問那兒購得此座輞川別業，成爲安居樂業之地。《新唐書·王維傳》："別墅在輞川，地奇勝，有華子岡、欹湖、竹里館、柳浪、茱萸沜、辛夷塢，與裴迪遊其中，賦詩相酬爲樂。"陳亮《青玉案》："黄犬書來何日許？ 輞川輕舸，杜陵尊酒，半夜燈前雨。"

② 世累：世俗的牽累。嵇康《六言·東方朔至清》："不爲世累所攖，所欲不足無營。"陸游《夜坐園中至夜分》："漸近秋清知病減，盡捐世累覺心平。" 身累：爲自身的俗念所牽累。張九齡《秋晚登樓望南江入始興郡路》："物生貴得性，身累由近名。内顧覺今是，追嘆何時平？"劉長卿《初到碧澗招明契上人》："漸老知身累，初寒曝背眠。白雲留永日，黄葉減餘年。" 閑忙：閑著和忙著。白居易《初到郡齋寄錢湖州李蘇州》："雪溪殊冷僻，茂苑太繁雄。唯此錢唐郡，閑忙恰得中。"皮日休《夏景無事因懷章來二上人二首》二："佳樹盤珊枕草堂，此中隨分亦閑忙。平鋪風簟尋琴譜，静掃烟窗著藥方。" 自由：由自己作主，不受限制和拘束。《北史·尒朱世隆傳》："既總朝政，生殺自由，公行淫泆，信任群小，隨情與奪。"劉商《胡笳十八拍》七："寸步東西豈自由？ 偷生乞死非情願。"

③ 殷勤：情意深厚。韋應物《答楊奉禮》："高天池閣静，寒菊霜露頻。應當整孤棹，歸來展殷勤。"姚係《秋夕會友》："迴風入幽草，蟲響滿四鄰。會遇更何時？ 持杯重殷勤。" 何事：爲何，何故。《新唐書·沈既濟傳》："若廣聰明以收淹滯，先補其缺，何事官外置官？"劉過《水調歌頭》："湖上新亭好，何事不曾來？"

[編年]

　　《年譜》編年本詩於元和五年"元稹赴江陵途中作",理由是:"《唐國史補》卷上《王維取嘉句》云:'王維好釋氏……得宋之問輞川別業,山水勝絕,今清源寺是也'《新唐書》卷三十七《地理志》一《關內道・商州上洛郡》云:'貞元七年,刺史李西華自藍田至內鄉開新道七百餘里,迴山取塗,人不病涉,謂之偏路,行旅便之。'《長安志》卷十六《縣》六《藍田》云:'輞谷在縣南二十里。''採谷在縣西南三十里,與輞谷並有細路通商州上洛縣。''清源寺在縣南輞谷內,唐王維母奉佛山居,營草堂精舍,維表乞施爲寺焉!'參閱《全詩》卷四三一白居易《宿清源寺》云:'往謫潯陽去,夜憩朝溪曲。'"我們耐著性子讀完了《年譜》嚕哩嚕蘇的一大推所謂的編年理由,却仍然不知《年譜》編年本詩於元和五年"元稹赴江陵途中作"的具體時間所在。説一句不太客氣的話,這些材料衹是舉出了本詩有關的背景材料,而與編年本詩的具體時間沒有任何直接的關係,衹是在白白浪費讀者的時間而已。《編年箋注》編年:"此詩作于元和五年(八一〇)貶江陵士曹途中。見下《譜》。"《年譜新編》編年本詩於元和五年"元稹貶江陵時所作詩",没有説明編年理由。

　　我們以爲,《年譜》、《編年箋注》、《年譜新編》的編年即使有充足的理由編年元和五年,但仍然失之過於籠統。我們以爲,本詩與《山竹枝》均提及"輞川"、"輞川水"、"投之輞川",兩詩應該爲同一時段的先後之作,也就是元和五年三月十八日或十九日。理由見上,不再重複,免得浪費篇幅。

◎ 思歸樂①

山中思歸樂(一)，盡作思歸鳴②。爾是此山鳥，安得失鄉名③？應緣此寄迹(二)，自古離人征④。陰愁感和氣，俾爾從此生⑤。我雖失鄉去，我不失鄉情(三)⑥。慘舒在方寸，寵辱將何驚⑦？浮生居大塊，尋丈可寄形⑧。身安即形樂，豈獨樂咸京⑨！命者道之本，死者天之平⑩。安問遠與近？何言殤與彭⑪？君看趙工部，八十支體輕⑫。交州二十載，始對長安城(四)⑬。長安不須臾(五)，復作交州行⑭。交州又累歲，移鎮值江陵(六)⑮。歸朝新天子，濟濟爲上卿⑯。肌膚無瘠色，飲食康且寧⑰。長安一晝夜(七)，死者如賈星⑱。喪車四門出，何關炎瘴縈⑲？況我三十餘(八)，百年未半程⑳。江陵道途近，楚俗雲水清㉑。遐想玉泉寺，久聞峴山亭(九)㉒。此去盡綿歷，豈無心賞并㉓！紅餐日充腹，碧澗朝析酲㉔。釀酒待賓客(一〇)，寄書安弟兄㉕。閑窮四聲韵，悶閱九部經㉖。身外無所求(一一)，眼前隨所營㉗。此意久已定，誰能苟求榮(一二)㉘？所以官甚小，不畏權勢傾㉙。傾心豈不易？巧詐神之刑㉚。萬物有本性，況復人至靈(一三)㉛！金埋無土色(一四)，玉墜無瓦聲㉜。劍折有寸利，鏡破有片明㉝。我可俘爲囚(一五)，我可刃爲兵㉞。我心終不死，金石貫以誠㉟。此誠患不立(一六)，雖困道亦亨(一七)㊱。微哉滿山鳥，叫噪何足聽㊲！

録自《元氏長慶集》卷一

［校記］

（一）山中思歸樂：原本作"我作思歸樂"，蘭雪堂本、叢刊本、《淵鑑類函》同。錢校云："嘉靖壬子東吳董氏用宋本翻雕，行款如一，獨以其空闕字樣，皆妄以己意揣摩填補，如首行'山中思歸樂'，原空二字，妄增云'我作思歸樂'，文義違背，殊不可通。"據此改。但應該説明："我作思歸樂"並不是"文義違背，殊不可通"，僅僅不過主體一爲詩人一爲鳥類的區别而已。

（二）應緣此寄迹：蘭雪堂本、叢刊本、《淵鑑類函》同，楊本、《全詩》作"應緣此山路"，兩句各有不同的含義，均可説通，不改。

（三）我不失鄉情：蘭雪堂本、叢刊本同，楊本作"我無失鄉情"，《全詩》亦同楊本，但在"無"字下注云："一作'不'。"其實兩句表達的意思相類，不改。

（四）始對長安城：蘭雪堂本、叢刊本同，楊本作"一到長安城"，《全詩》亦同楊本，但在"一到"詞下注云："一作'始對'。"其實兩句表達的意思基本相類，但"始對長安城"意思表達更加確切，不改。

（五）長安不須臾：原本作"長安不須叟"，明顯是刊刻之誤，據楊本、叢刊本、《全詩》改。

（六）移鎮值江陵：蘭雪堂本、叢刊本同，楊本作"移鎮廣與荆"，《全詩》亦同楊本，但在其下注云："一作'移鎮值江陵'。"趙昌確實有遷鎮"嶺南節度"的經歷，但詩歌不同于史傳，不必事事必書，"嶺南節度"可以略而不書，但荆南節度使却不可不書，可以不改。

（七）長安一晝夜：原本作"長安如晝夜"，與下句"死者如實星"意思不接，叢刊本作"人生如晝夜"，據楊本、《全詩》改。

（八）況我三十餘：蘭雪堂本、叢刊本同，楊本作"況我三十二"，《全詩》亦同楊本，但在"二"字下注云："一作'餘'。"元稹出貶江陵之年，確實是"三十二"歲，但"三十餘"的表達意思相類，可以不改。

（九）久聞峴山亭：原本、蘭雪堂本、叢刊本作"久欲登斯亭"，語氣與上句不接,據楊本改。《全詩》亦同楊本,但另有注文説明。

（一〇）釀酒待賓客：蘭雪堂本、叢刊本同,楊本、《全詩》作"開門待賓客",但《全詩》另有注文説明。兩者均通,不改。

（一一）身外無所求：蘭雪堂本、叢刊本同,楊本、《全詩》作"身外皆委順",但《全詩》另有注文説明。"身外無所求"表達的思想境界遠比"身外皆委順"要高,并與下句"眼前隨所營"意思連貫。楊本却與下句"眼前隨所營"有所重複,不改。

（一二）誰能苟求榮：叢刊本同,楊本、《全詩》作"誰能求苟榮",後者語義含混,不取不改。

（一三）況復人至靈：蘭雪堂本、叢刊本同,楊本、《全詩》作"況復人性靈",但《全詩》另有注文説明。兩者均通,不改。

（一四）金埋無土色：楊本、叢刊本、《全詩》諸本同,宋蜀本作"珠碎無土色",與下句"玉墜無瓦聲"語義重複,也與下面"金石貫以誠"不接,不從不改。

（一五）我可俘爲囚：蘭雪堂本、叢刊本、《全詩》諸本同,宋蜀本作"我可求爲俘",兩句語義相類,不改。

（一六）此誠患不立：蘭雪堂本、叢刊本同,楊本、《全詩》作"此誠患不至",但《全詩》另有注文説明。原本語義頗佳,而楊本語義不通,不從不改。

（一七）雖困道亦亨：蘭雪堂本、叢刊本同,楊本、《全詩》作"誠至道亦亨",但《全詩》另有注文説明。原本語義通順,不從不改。

[箋注]

① 思歸樂：杜鵑的別名,俗謂杜鵑鳴聲近似"不如歸去",故名。又指杜鵑的鳴聲,溫庭筠《河瀆神》："暮天愁聽思歸樂,早梅香滿山廓。回首兩情蕭索。離魂何處飄泊?"又作唐曲調名。如王溥《唐會要·諸樂》："思歸樂一章、傾杯樂一章、破陣樂一章、聖明樂一章、五

更轉樂章、玉樹後庭花樂章、從龍舟樂章、萬歲長生樂樂章、飲酒樂一章”。又作詞牌名，宋代柳永有《思歸樂》，詞云：“天幕清和堪宴聚。相得盡、高陽儔侶。皓齒善歌長袖舞。漸引入、醉鄉深處。　　晚歲光陰能幾許？這巧宦、不須多取。共君把酒勸杜宇。解再三、喚人歸去。”白居易有《和答詩十首》酬和，序云：“五年春，微之從東臺來，不數日又左轉爲江陵士曹掾。詔下日，會予下内直歸，而微之已即路，邂逅相遇於街衢中。自永壽寺南，抵新昌里北，得馬上話別，語不過相勉保方寸、外形骸而已，因不暇及他。是夕，足下次於山北寺，僕職役不得去，命季弟送行，且奉新詩一軸致于執事。凡二十章，率有比興，淫文艷韵無一字焉！意者欲足下在途諷讀，且以遣日時，消憂懑，又有以張直氣而扶壯心也。及足下到江陵，寄在路所爲詩十七章，凡五六千言。言有爲，章有旨，迨于宫律體裁，皆得作者風。發緘開卷，且喜且怪。僕思牛僧孺戒，不能示他人，唯與杓直、拒非及樊宗師輩三四人時一吟讀，心甚貴重。然竊思之，豈僕所奉者二十章遽能開足下聰明，使之然耶？抑又不知足下是行也，天將屈足下之道，激足下之心，使感時發憤而臻於此耶？若兩不然者，何立意措辭與足下前時詩如此之相遠也？僕既羡足下詩，又憐足下心，盡欲引狂簡而和之，屬直宿拘牽，居無暇日，故不即時如意。旬月來，多乞病假，假中稍閑，且摘卷中尤者繼成十章，亦不下三千言。其間所見，同者固不能自異，異者亦不能强同。同者謂之和，異者謂之答。並别録《和夢遊春詩》一章，各附與本篇之末，餘未和者亦續致之。頃者在科試間，嘗與足下同筆硯，每下筆時輒相顧，共患其意太切而理太周。故理太周則辭繁，意太切則言激。然與足下爲文，所長在於此，所病亦在於此。足下來序，果有辭犯文繁之説。今僕所和者，猶前病也。待與足下相見日，各引所作，稍删其繁而晦其義焉！余具書白。”從白居易的詩序，我們知道這十七首詩歌是元積現實主義詩風的重要作品，也是詩人諷喻詩的代表作品，更是元積詩風轉變的重要標誌。白居易有《和答詩十首・和思歸樂》酬和，詩云："山中不栖鳥，夜半聲嚶嚶。似道思歸樂，行人掩泣聽。皆疑此山路，遷客多南征。憂憤氣不散，結化爲精靈。我謂此山鳥，本不因人生。人心自懷土，想作思歸鳴。孟嘗平居時，娛耳琴泠泠。雍門一言感，未奏泪沾纓。魏武銅雀妓，日與歡樂並。一旦西陵望，欲歌先涕零。峽猿亦何意？隴水復何情？爲入愁人耳，皆爲腸斷聲。請看元侍御，亦宿此郵亭。因聽思歸鳥，神氣獨安寧。問君何以然？道勝心自平。雖爲南遷客，如在長安城。云得此道來，何慮亦何營！窮達有前定，憂喜無交爭。所以事君日，持憲立大庭。雖有回天力，撓之終不傾。況始三十餘，年少有直名。心中志氣大，眼前爵禄輕。君恩若雨露，君威若雷霆。退不苟免難，進不曲求榮。在火辨玉性，經霜識松貞。展禽任三黜，靈均長獨醒。獲戾自東洛，貶官向南荊。再拜辭闕下，長揖別公卿。荊州又非遠，驛路半月程。漢水照天碧，楚山插雲青。江陵橘似珠，宜城酒如餳。誰謂譴謫去，未妨遊賞行？人生百歲内，天地暫寓形。太倉一稊米，大海一浮萍。身委逍遙篇，心付頭陀經。尚達死生觀，寧爲寵辱驚？中懷苟有主，外物安能縈？任意思歸樂，聲聲啼到明。"白居易《和夢遊春》也高度評價元稹的作爲，詩云："糾繆静東周，申冤動南蜀。危言詆閽寺，直氣忤鈞軸。不忍曲作鉤，乍能折爲玉？捫心無愧畏，騰口有謗讟。只要明是非，何曾虞禍福！"白居易《和答詩十首序》以及白居易兩詩所云，可以與本詩參讀。我們以爲白居易與元稹既是唱和的詩友又是志同道合的同志，他對元稹的瞭解是深刻的。他在《和答詩十首序》、《和夢遊春》、《和思歸樂》詩中對元稹監察御史任上的評價也應該是中肯而恰當的，符合當時的歷史史實的。《淵鑑類函》卷四二八："宋石曼卿詩曰：'匹馬驅馳事薄遊，異鄉觸目動牢愁。春禽勸我歸休去，争奈功名未肯休！'"也可算作對本詩的一種評價。

②山中：大山之中，崇山峻嶺之中，這裏指元稹出貶江陵途中經過的大山，如商洛地區的崇山峻嶺。王維《送梓州李使君》："萬壑樹

參天，千山響杜鵑。山中一夜雨，樹杪百重泉。”儲光羲《詠山泉》：“山中有流水，借問不知名。映地爲天色，飛空作雨聲。”

　　③　“爾是此山鳥”兩句：意謂你們是生長在本地山嶺與山林中的鳥類，當地的人們怎麼會没有一個稱呼你們的名字？　　爾：代词，你们，你。鲍照《代陈思王京洛篇》：“寶帳三千所，爲爾一朝容。”白居易《東園玩菊》：“顧謂爾菊花，後時何獨鮮？誠知不爲我，借爾暫開顔。”鄉名：一個特定地區對某一動物或植物的特定稱呼，與學名相對。翁承贊《蒙閩王改賜鄉里》：“鄉名文秀里光賢，别向鈞台造化權。閥閲便因今日貴，德音兼與後人傳。”黄滔《奉和翁文堯員外文秀光賢晝錦之什》：“鄉名里號一朝新，乃覺台恩重萬鈞。建水閩山無故事，長卿嚴助是前身。”

　　④　應緣：猶言大概是。劉長卿《入百丈澗見桃花晚開》：“百丈深澗裏，過時花欲妍。應緣地勢下，遂使春風偏。”徐铉《柳枝词》：“仙樂春來按舞腰，清聲偏似傍嬌嬈。應緣鶯舌多情賴，長向雙成説翠條。”山路：出入于山嶺與山林之間的小路。孫逖《尋龍湍》：“仙穴尋遺迹，輕舟愛水鄉。溪流一曲盡，山路九峰長。”王維《闕題二首》一：“荆溪白石出，天寒紅葉稀。山路元無雨，空翠濕人衣。”　　自古：從古以來。《詩·小雅·甫田》：“我取其陳，食我農人，自古有年。”《論語·顔淵》：“自古皆有死，民無信不立。”曹丕《典論·論文》：“文人相輕，自古而然。”　　離人：離别的人，離開家園、親人的人。盧照鄰《送鄭司倉入蜀》：“離人丹水北，遊客錦城東。別意還無已，離憂自不窮。”李端《留别柳中庸》：“離人出古亭，嘶馬入寒樹。江海正風波，相逢在何處？”

　　⑤　“陰愁感和氣”兩句：意謂陰愁之氣衝突陽氣，形成四季，萬物則選擇適合自己的季節而生，你也由此而出。　　陰愁：天氣陰暗，令人生愁。高適《途中酬李少府贈別之作》：“柳色感行客，雲陰愁遠天。皇明燭幽遐，德澤普照宣。”元稹《初寒夜寄盧子蒙》：“月是陰愁鏡，寒

爲寂寞資。輕寒酒醒後，斜月枕前時。" 和氣：古人認爲天地間陰氣與陽氣交合而成之氣，萬物由此"和氣"而生。劉商《金井歌》："文明化合天地清，和氣氤氳孕至靈。"王安石《次韵和甫春日金陵登臺》一："萬物已隨和氣動，一樽聊與故人來。" 俾：使。《詩·邶風·綠衣》："我思古人，俾無訧兮。"毛傳："俾，使。"《新唐書·裴冕傳》："陛下宜還冕於朝，復俾輔相，必能致治成化。"

⑥ 失鄉：猶言離開家鄉，無家可歸，這裏指使詩人被迫離開朝廷，詩人的家鄉是長安，一語雙關。薛能《題逃戶》："幾世事農桑，凶年竟失鄉。朽關生濕菌，傾屋照斜陽。"徐鉉《王三十七自京垂訪作此送之》："失鄉遷客在天涯，門掩苔垣向水斜。只就鱗鴻求遠信，敢言車馬訪貧家！" 鄉情：思鄉的心情，這裏詩人以鄉情喻指留戀朝廷忠於皇上的忠誠。孫逖《淮陰夜宿二首》一："水國南無畔，扁舟北未期。鄉情淮上失，歸夢郢中疑。"皇甫曾《送裴秀才貢舉》："賓貢年猶少，篇章藝已成。臨流惜暮景，話別起鄉情。"

⑦ 慘舒：張衡《西京賦》："夫人在陽時則舒，在陰時則慘，此牽乎天者也。"後以"慘舒"指憂樂、寬嚴、盛衰等。鄭處誨《明皇雜錄》卷上："國忠恃勢倨貴，使人之慘舒出於咄嗟。" 方寸：指心，心處胸中方寸間，故稱。徐仁友《古意贈孫翃》："南望緱氏嶺，山居共澗陰。東西十數里，緬邈方寸心。"儲光羲《漢陽即事》："楚國千里遠，孰知方寸違？春遊歡有客，夕寢賦無衣。" 寵辱：榮寵與耻辱。王維《疑夢》："莫驚寵辱空憂喜，莫計恩讎浪苦辛。黄帝孔丘何處問？安知不是夢中身?"范仲淹《岳陽樓記》："登斯樓也，則有心曠神怡，寵辱皆忘，把酒臨風，其喜洋洋者矣！"

⑧ 浮生：語本《莊子·刻意》："其生若浮，其死若休。"以人生在世，虚浮不定，因稱人生爲"浮生"。張說《岳州城西》："潛穴探靈詭，浮生揖聖仙。至今人不見，迹滅事空傳。"李煜《書靈筵手巾》："浮生共顦顇，壯歲失嬋娟。汗手遺香漬，痕眉染黛烟。" 大塊：大自然，大

地。《莊子·齊物論》:"夫大塊噫氣,其名爲風。"成玄英疏:"大塊者,造物之名,亦自然之稱也。"《文選·張華〈答何劭〉二》:"洪鈞陶萬類,大塊禀群生。"李善注:"大塊,謂地也。"　尋丈:泛指八尺到一丈之間的長度。《管子·明法》:"有尋丈之數者,不可差以長短。"陸龜蒙《記事》:"瘦骨倍加寒,徒爲厚繒纊。晴来露青靄,千仞缺尋丈。"　寄形:寄託形體。李白《古風》四二:"搖裔雙白鷗,鳴飛滄江流……寄形宿沙月,沿芳戲春洲。"《雲笈七籤》一〇二:"女顯其道,爲王仰嘯,天降洪雨,注水至丈,於是化形隱景而去。仍更寄形王氏之胞,運未應轉,方又受生,還爲女身。"

⑨　身安:處處安逸,百事無憂。白居易《裴侍中晉公以集賢林亭即事詩三十六韵見贈猥蒙徵和才拙詞縡輒廣爲五百言以伸酬獻》:"乘舟范蠡懼,辟穀留侯饑。豈若公今日,身安家國肥。"白居易《春眠》:"枕低被暖身安穩,日照房門帳未開。還有少年春氣味,時時暫到夢中來。"　形樂:體現内心的快樂。高逸《無聲樂賦》:"故保和而遺飾,然後至樂之道。備樂不可以見,見之非樂也。是樂之形樂,不可以聞,聞之非樂也。"　豈獨:難道衹是,何止。《莊子·胠篋》:"然而田成子一旦殺齊君而盜其國,所盜者豈獨其國邪? 並與其聖知之法而盜之。"杜甫《有感五首》四:"終依古封建,豈獨聽簫韶?"　咸京:原指秦代京城咸陽,後人常用以借指長安。李乂《饯唐永昌》:"田郎才貌出咸京,潘子文華向洛城。"文天祥《平原》:"賊聞失色分兵還,不敢長驅入咸京。"

⑩　"命者道之本"兩句:意謂富貴都由命運註定,死生都是老天安排。劉敞《公是七經小傳》卷中:"死生有命(賢不必壽,不肖不必夭,是命也)富貴在天(無犯義以謀富貴,則富貴乃在天而已。天者,不可知之原)"　道本:立身行道、經世致用的根本。《周禮·地官·師氏》:"以三德教國子:一曰至德以爲道本,二曰敏德以爲行本,三曰孝德以知逆惡。"賈公彦疏:"至德以爲道本者,至德爲至極之德,以爲

行道之本也。"《三國志·魏明帝紀》:"其郎吏學通一經,才任牧民,博士課試,擢其高第者,亟用;其浮華不務道本者,皆罷退之。"儒家思想與主張的根本。《漢書·藝文志》:"唐虞之隆,殷周之盛,仲尼之業,已試之效者也。然惑者既失精微,而辟者又隨時抑揚,違離道本。"柳宗元《道州文宣王廟碑》:"惟公探夫子之志,考有國之制,光施彝典,革正道本。"

⑪ "安問遠與近"兩句:意謂問什麼任職之地的遠近,還講什麼夭折與長壽。 殤:未至成年而死。《儀禮·喪服》:"子女子子之長殤中殤。"鄭玄注:"殤者,男女未冠笄而死可殤者。"也謂非正常死亡。《文選·謝瞻〈張子房詩〉》:"力政吞九鼎,苛慝暴三殤。"李周翰注:"橫死曰殤。"王建《哭孟東野二首》二:"老松臨死不生枝,東野先生早哭兒。但是洛陽城裏客,家傳一本長殤詩。" 彭:即彭祖,傳說中的人物,因封于彭,故稱。傳說他善養生,有導引之術,活到八百高齡。見劉向《列仙傳·彭祖》。楊炯《庭菊賦》:"降文皇之命,修彭祖之術,保性和神,此焉終吉。"皇甫冉《彭祖井》:"上公旌節在徐方,舊井莓苔近寢堂。訪古因知彭祖宅,得仙何必葛洪鄉?"

⑫ 趙工部:即趙昌,具體事迹《舊唐書·趙昌傳》有記載,與元稹詩篇所述,大致相符:"趙昌字洪祚,天水人……李承昭爲昭義節度,辟昌在幕府。貞元七年爲虔州刺史,屬安南都護爲夷獠所逐,拜安南都護,夷人率化……憲宗即位,加檢校工部尚書,尋轉戶部尚書充嶺南節度。元和三年遷鎮荆南,徵爲太子賓客。及得見,拜工部尚書兼大理卿。歲餘讓卿守本官……在郡三年,入爲太子少保,九年卒,年八十五,贈揚州大都督,諡曰成。" 支體:指整個身體,亦僅指四肢。《史記·孝文本紀》:"夫刑至斷支體,刻肌膚,終身不息,何其楚痛而不德也,豈稱爲民父母之意哉!"權德興《安語》:"巖巖五岳鎮方輿,八極廓清氛祲除。揮金得謝歸里閭,象床角枕支體舒。" 輕:靈巧,輕便。銀雀山漢墓竹簡《孫臏兵法·十陣》:"從役有數,令之爲屬枇,必

輕必利。"庾信《和咏舞》："洞房花燭明，燕餘雙舞輕。"柳宗元《植靈壽木》："循玩足忘疲，稍覺步武輕。"

⑬　交州：地名。《元和郡縣志·嶺南道》："交州……古越地也，秦始皇平百越，以爲桂林象郡，今州即秦象郡地也……建安八年張津爲刺史，士燮爲太守，共表請立爲州，自此始稱交州焉！吳黃武五年，分交趾、日南、九真、合浦四郡爲交州，南海、鬱林、蒼梧三郡爲廣州，尋省廣州還併交州，以番禺爲交州理所……武德四年又改爲交州總管府，永徽二年改爲安南都護府兼置節度，至德二年改爲鎮南都護府，大曆三年罷節度，置經略使，仍改鎮南爲安南都護府，貞元六年又加招討處置使。"高適《李雲南征蠻詩》："瀘水夜可涉，交州今始通。歸來長安道，召見甘泉宮。"韓翃《送劉評事赴廣州使幕》："征南官屬似君稀，才子當今劉孝威。蠻府參軍趨傳舍，交州刺史拜行衣。"　二十載：二十年。元稹《寄吳士矩端公五十韵》："岐路各營營，別離長惻惻。行看二十載，萬事紛何極！"白居易《蜀路石婦》："十五嫁邑人，十六夫征行。夫行二十載，婦獨守孤煢。"　載：年，歲。蔡邕《獨斷》："唐虞曰載。載，歲也。言一歲莫不覆載，故曰載也。"杜甫《北征》："皇帝二載秋，閏八月初吉。杜子將北征，蒼茫問家室。"據《舊唐書·趙昌傳》，趙昌貞元七年（791）拜安南都護，至趙昌元和三年（808）轉任荊南節度使，至詩人撰寫《思歸樂》的元和五年（810），前後時間很長，"二十載"云云是概數而已。但這中間職務有所變動，但詩歌不同于史傳，不可能一一涉及，祇能概而言之。　一到長安城：意謂在這二十年間，趙昌祇回過一次長安，一直留在邊遠之地任職。張説《十五日夜御前口號踏歌詞二首》一："花萼樓前雨露新，長安城裏太平人。龍銜火樹千重熖，雞踏蓮花萬歲春。"崔顥《七夕》："長安城中月如練，家家此夜持針綫。仙裙玉佩空自知，天上人間不相見。"

⑭　"長安不須臾"兩句：這裏是指趙昌貞元十年回調長安，接着又出任安南都護一事，《舊唐書·趙昌傳》："（貞元）十年，因屋壞傷

脛，懇疏乞還，以檢校兵部郎中，裴泰代之，入拜國子祭酒。及泰爲首領所逐，德宗詔昌問狀，昌時年七十二，而精健如少年者。德宗奇之，復命爲都護，南人相賀。" 須臾：片刻，短時間。宋之問《有所思》："婉轉蛾眉能幾時？須臾鶴髮亂如絲。但看古来歌舞地，唯有黄昏鳥雀飛。"儲光羲《閑居》："悠然念故鄉，乃在天一隅。安得如浮雲，来往方須臾？"

⑮ "交州又累歲"兩句：《新唐書·趙昌傳》："憲宗初立，檢校户部尚書，遷嶺南節度使，降輯陬荒，以勞徙節荆南。"趙昌出任荆南節度使在元和三年，《舊唐書·憲宗紀》：元和三年"夏四月……乙亥，以嶺南節度使趙昌爲江陵尹荆南節度使，以户部侍郎楊於陵爲廣州刺史嶺南節度使，丁丑以荆南節度使裴均爲右僕射，判度支。" 交州：古州名，地當當時的廣州節度使府所轄，故唐人詩歌中常常借稱廣州。韓翃《送劉評事赴廣州使幕》："征南官屬似君稀，才子當今劉孝威。蠻府參軍趨傳舍，交州刺史拜行衣。"司空曙《送人遊嶺南》："萬里南遊客，交州見柳條。逢迎人易合，時日酒能消。" 累歲：歷年，連年。《後漢書·許揚傳》："楊因高下形勢，起塘四百餘里，數年乃立，百姓得其便，累歲大稔。"武元衡《長安叙懷寄崔十五》："超名累歲與君同，自嘆還隨鶺退風。聞説唐生子孫在，何當一爲問窮通！""憲宗初立"，時在貞元二十一年(805)八月，至元和三年(808)四月，二年有餘，故曰"累歲"。 移鎮：猶移藩。張籍《送李僕射愬赴鎮鳳翔》："旌幢獨繼家聲外，竹帛新添國史中。天子新收秦隴地，故教移鎮古扶風。"白居易《和令狐相公寄劉郎中兼見示長句》："日月天衢仰面看，尚淹池鳳滯臺鸞。碧幢千里空移鎮，赤筆三年未轉官。"

⑯ "歸朝新天子"兩句：事見《新唐書·趙昌傳》："召入再遷工部尚書兼大理卿……卒年八十五，贈揚州大都督，謚曰成。" 歸朝：返回朝廷。韋述《廣陵送別宋員外佐越鄭舍人還京》："朱綬臨秦望，皇華赴洛橋。文章南渡越，書奏北歸朝。"杜甫《將曉二首》二："壯惜身

名晚,衰慚應接多。歸朝日簪笏,筋力定如何。”　朝:這裏指臣下朝見君王。《左傳·成公十二年》:“百官承事,朝而不夕。”孔穎達疏:“旦見君謂之朝。”杜甫《野人送朱櫻》:“憶昨賜霑門下省,退朝擎出大明宮。”宋敏求《春明退朝録》卷中:“唐在京文武官職事九品以上,朔望日朝。其文官五品以上及監察御史、員外郎、太常博士,每日參。武官五品以上,仍每月五日、十一日、二十一日、二十五日參三品。”新天子:趙昌出任外職在貞元七年,當時的天子是唐德宗,而當趙昌“召入再遷工部尚書兼大理卿”之時,德宗已經故世,繼位的唐順宗也已經歸天,自己朝拜的已經是唐憲宗,故言。盧仝《月蝕詩》:“新天子即位五年,歲次庚寅。斗柄插子,律調黄鐘。”徐夤《宋二首》二:“百萬人甘一擲輸,玄穹惟與道相符。豈知紫殿新天子,只是丹徒舊嗇夫。”濟濟:整齊美好貌。《隋書·音樂志》:“昭昭車服,濟濟衣簪。”韋應物《西郊燕集》:“濟濟衆君子,高宴及時光。羣山靄遐矚,緑野布熙陽。”上卿:古官名,周制天子及諸侯皆有卿,分上中下三等,最尊貴者謂“上卿”。趙昌當時拜爲工部尚書,地位顯赫,工部尚書自然屬於“上卿”之列。《左傳·成公三年》:“次國之上卿,當大國之中,中當其下,下當其上大夫。小國之上卿,當大國之下卿,中當其上大夫,下當其下大夫。上下如是,古之制也。”也泛指朝廷大臣。王維《奉和聖製送不蒙都護兼鴻臚卿歸安西應制》:“上卿增命服,都護揚歸旆。雜虜盡朝周,諸胡皆自鄶。”高適《崔司録宅燕大理李卿》:“洛陽故人初解印,山東小吏來相尋。上卿才大名不朽,早朝至尊暮求友。”

⑰“肌膚無瘴色”兩句:事見《舊唐書·趙昌傳》:“(元和)六年,除華州刺史,辭於麟德殿,時年八十餘,趨拜輕捷,召對詳明,上退而嘆異,宣宰臣密訪其頤養之道以奏焉!”　肌膚:肌肉與皮膚。《史記·孝文本紀》:“夫刑至斷支體,刻肌膚,終身不息,何其楚痛而不德也,豈稱爲民父母之意哉!”杜甫《哀王孫》:“已經百日竄荊棘,身上無有完肌膚。”　瘴色:因瘴癘患病的氣色。韓愈《自袁州還京》:“面猶

含瘴色，眼已見華風。歲暮難相值，酣歌未可終。"元稹《酬樂天見寄》："三千里外巴蛇穴，四十年來司馬官。瘴色滿身治不盡，瘡痕刮骨洗應難。" 飲食：吃喝。《書·酒誥》："爾乃飲食醉飽。"韓愈《重雲李觀疾贈之》："小人但咨怨，君子惟憂傷。飲食爲減少，身體豈寧康？"孟郊《乙酉歲舍弟扶侍歸興義莊居後獨止舍待替人》："出亦何所求，入亦何所索。飲食迷精粗，衣裳失寬窄。" 康且寧：即康寧，健康。《書·洪範》："五福：一曰壽，二曰富，三曰康寧，四曰攸好德，五曰考終命。"孔傳："無疾病。"陸游《老學庵筆記》卷四："從舅唐仲俊，年八十五六，極康寧。"

⑱ 一晝夜：一個白日與黑夜，亦即十二個時辰二十四小時。張嵲《七月二日大風作一晝夜方止土人云此風潮信也》："風不終朝聞老氏，撼山今既一期（自旦至旦爲期）餘。得非造化誇能事，要使人無盡信書。"陳傅良《內引札子》："假如天德不健，而一晝夜三百六十五度之間或差頃刻……" 霣：有墜落、下降、喪失多種含義，亦作死的諱飾語。《公羊傳·莊公七年》："夜中，星霣如雨。"《史記·太史公自序》："惠之早霣，諸呂不台。"

⑲ "喪車四門出"兩句：意謂長安城中出殯的車子天天從四個方向的城門源源而出，但這些死去的人們又有幾個與南方濕熱致病的瘴氣有關呢？ 喪車：送葬者坐的車。《周禮·春官·巾車》："王之喪車五乘……及墓，嘽啓關陳車。"孫詒讓正義："喪車，生人所乘。"《禮記·雜記》："端衰、喪車皆無等。"孔穎達疏："喪車者，孝子所乘惡車也。"也指運載靈柩的車子。《穆天子傳》卷六："天子乃周姑繇之水，以圍喪車。"《南史·殷淑儀傳》："上自於南掖門臨，過喪車，悲不自勝，左右莫不掩泣。"韓愈《祭董相公文》："今公之歸，公在喪車。"四門：佛經有釋迦牟尼（凈飯王太子）出四門受天帝感化而出家修道的傳說。《文選·王中〈頭陀寺碑文〉》："殷鑒四門，幽求六歲。"李善注引《瑞應經》曰："太子至十四，啓王出遊，始出城東門，天帝化作病

人，即迴車，悲念人生俱有此患。太子出城南門，天帝化作老人，迴車而還，潛念人生丁壯不久。太子出城西門，天帝化作死人，迴車而還，潛念天下有此三苦。太子出城北門，天帝化作沙門，太子曰：‘善哉！唯是爲快。’即迴車還，念道清净，不宜在家。”而長安有諸多城門，《長安志·唐京城》：“外郭城：東西一十八里一百一十五步，南北一十五里一百七十五步，週六十七里，其崇一丈八尺。南面三門，正中曰明德門，東曰啓夏門，西曰安化門。東面三門，北曰通化門，中曰春明門，南曰延興門。西面三門，北曰開遠門，中曰金光門，南曰延平門。北面一門，曰光化門。皇城之東五門，皇城之西二門，當皇城西第一街曰芳林門，當皇城西第二街曰光化門。”這裏是指長安東南西北四個方向的城門，並非專指某四個城門。李嶠《車》：“天子馭金根，蒲輪闢四門。五神趨雪至，雙轂似雷奔。”孫逖《奉和御製登鴛鴦樓即日應制》：“玉輦下離宮，瓊樓上半空。方巡五年狩，更闢四門聰。”　炎瘴：南方濕熱致病的瘴氣。杜甫《寄岳州賈司馬六丈巴州嚴八使君兩閣老五十韵》：“地僻昏炎瘴，山稠隘石泉。”《宋史·許仲宣傳》：“會征交州，其地炎瘴，士卒死者十二三。”

⑳ “況我三十餘”兩句：意謂我現在衹有三十二歲，人生百年之路我還沒有走完一半，怎麽可以想到死亡想到歸去？　百年：指人壽百歲。《禮記·曲禮》：“百年曰期。”陳澔集説：“人壽以百年爲期，故曰期。”徐幹《中論·夭壽》：“顔淵時有百年之人，今寧復知其姓名也？”也指一生，終身。陶潛《擬古九首》二：“不學狂馳子，直在百年中。”杜甫《登高》：“萬里悲秋常作客，百年多病獨登臺。”　半程：一半的路程。徐鉉《貶官泰州出城作》：“滿朝權貴皆曾忤，繞郭林泉已遍遊。惟有戀恩終不改，半程猶自望城樓。”張嵲《次韵子直二首》一：“南北半程雲，澄江對蓽門。未能操井臼，試學牧雞豚。”

㉑ 道途：亦作“道塗”，指道路，路途。《禮記·儒行》：“道塗不争險易之利，冬夏不争陰陽之和。”白居易《王夫子》：“王夫子，送君爲一

尉,東南三千五百里,道途雖遠位雖卑,月俸猶堪活妻子。" 近:距離小。《韓非子·說林》:"慶封爲亂於齊而欲走越,其族人曰:'晉近,奚不之晉?'慶封曰:'越遠,利以避難。'"《文心雕龍·定勢》:"夫通衢夷坦,而多行捷徑者,趨近故也。"其實江陵距離長安有近二千里的路程,《舊唐書·地理志》:"荊州江陵府……在京師東南一千七百三十里,至東都一千三百一十五里。"詩人所以說"近",是爲了表明自己蔑視被打擊的決心。 楚俗:楚地的社會風俗。沈佺期《少遊荆湘因有是題》:"峴北焚蛟浦,巴東射雉田。歲時宜楚俗,耆舊在襄川。"元稹《賽神》:"楚俗不事事,巫風事妖神。"也引申亦指楚地的自然風土。李頎《春送從叔遊襄陽》:"客夢峴山曉,漁歌江水清。楚俗少相知,遠遊難稱情。"元稹《玉泉道中作》:"楚俗物候晚,孟冬纔有霜。早農半華實,夕水含風涼。" 雲水:雲與水。杜甫《題鄭十八著作丈故居》:"台州地闊海冥冥,雲水長和島嶼青。"陸游《長相思》:"雲千重,水千重,身在千重雲水中。"

㉒ 遐想:悠遠地想像或思索。袁宏《三國名臣序贊》:"孔明盤桓,俟時而動,遐想管樂,遠明風流。"元稹《玉泉道中作》:"遐想雲外寺,峰巒眇相望。松門接官路,泉脈連僧房。"超越現實境界的想法。杜甫《八哀詩·故著作郎貶台州司户榮陽鄭公虔》:"操紙終夕酣,時物集遐想。" 玉泉寺:在荆州當陽縣,祝穆《方輿勝覽》卷二九:"佛寺玉泉寺:在當陽縣西南二十里玉泉山,陳光大中浮屠知覬自天台飛錫來居此,山寺雄於一方,殿前有金龜池。"孟浩然《陪張丞相祠紫蓋山途經玉泉寺》:"想像若在眼,周流空復情。謝公還欲卧,誰與濟蒼生?"李白《答族姪僧中孚贈玉泉仙人掌茶序》:"余聞荆州玉泉寺近清溪諸山,山洞往往有乳窟,窟中多玉泉交流其中……" 久聞:很久就已經多次聽說。韓愈《南溪始泛三首》二:"即此南阪下,久聞有水石。扚舟入其間,溪流正清激。"朱慶餘《送浙東周判官》:"久聞從事滄江外,誰謂無官已白頭。來備戎裝嘶數騎,去持丹詔入孤舟。" 峴山

亭:在襄陽,據《晉書·羊祜傳》,羊祜出鎮荆州時多有善政惠及當地百姓,襄陽百姓爲他在峴山建廟立碑建亭,祭祀不斷。孟浩然《登峴山亭寄晉陵張少府》:"峴首風湍急,雲帆若鳥飛。憑軒試一問,張翰欲來歸?"崔元範《李尚書命妓歌餞有作奉酬》:"羊公留宴峴山亭,洛浦高歌五夜情。獨向柏臺爲老吏,可憐林木響餘聲。"

㉓"此去盡綿歷"兩句:意謂我這次貶謫,估計時間不會短暫,玉泉寺、峴山亭這些歷史名勝,我肯定有時間去觀賞去瞻仰,能够與古人對話,那心情一定很歡暢。 綿歷:謂延續時間長久。《北史·于謹傳》:"蕭氏保據江南,綿歷數紀。"李商隱《爲侍郎汝南公華州謝加階狀》:"貪叨華顯,綿歷光陰。" 心賞:心情歡暢。楊炯《李舍人山亭詩序》:"唯談笑可以遣平生,唯文詞可以陳心賞。"歐陽修《伊川獨遊》:"身閑愛物外,趣遠諧心賞。"

㉔紅餐:由紅米做成的飯食。紅米就是糙米,南方百姓主要的充腹糧食。王建《荆門行》:"看炊紅米煮白魚,夜向雞鳴店家宿。"充腹:充腸。《戰國策·燕策》:"人之飢所以不食烏喙者,以爲雖偷充腹,而與死同患也。"《尉繚子·治本》:"非五穀無以充腹,非絲麻無以蓋形。" 碧澗:碧緑的山間流水。謝靈運《入華子岡是麻源第三谷》:"銅陵映碧澗,石磴瀉紅泉。"《南史·隱逸傳論》:"故知松山桂渚,非止素玩;碧澗清潭,翻成麗矚。" 析酲:解酒,醒酒。《文選·宋玉〈風賦〉》:"清清泠泠,愈病析酲。"吕延濟注:"言風之清凉可以差病而解酒酲。"楊衡《經端溪峽中》:"搴茗庶蠲熱,漱泉聊析酲。"

㉕釀酒:造酒。《史記·孟嘗君列傳》:"〔馮驩〕乃多釀酒,買肥牛,召諸取錢者。"劉禹錫《和令狐相公初歸京國賦詩言懷》:"殿庭捧日影纏人,閣道看山曳履迴。口不言功心自適,吟詩釀酒待花開。"賓客:客人的總稱。儲光羲《同王十三維偶然作十首》八:"耽耽銅鞮宮,遥望長數里。賓客無多少,出入皆珠履。"姚合《晦日宴劉值録事宅》:"花落鶯飛深院静,滿堂賓客盡詩人。" 寄書:傳遞書信。庾信

《竹杖賦》："親友離絕，妻孥流轉；玉關寄書，章臺留釧。"韓愈《贈別元十八協律六首》六："寄書龍城守，君驥何時秣？" 弟兄：弟弟和哥哥。《墨子·非儒》："喪父母，三年其後，子三年，伯父、叔父、弟兄、庶子，其戚族人五月。"楊巨源《述舊紀勛寄太原李光顏侍中二首》一："弟兄間世真飛將，貔虎歸時似故鄉。"元稹在父親名下是最小的兒子，元稹在家族中間排行爲九，世人稱爲元九，應該是有兄長也有弟弟。這裏的弟兄，應該是指元稹的哥哥以及其他同輩的兄弟們而言。

㉖ 閑窮：閑着無事，就仔細研究某一事物。馬戴《贈祠部令狐郎中》："待制松陰移玉殿，分宵露氣静天臺。算棋默向孤雲坐，隨鶴閑窮片水迴。"梅堯臣《閑詠寄呈次道》："閑固不可常，吾觀與子然。吾與子嗜學，豈獨閑窮年！" 四聲：漢語字音的聲調，古漢語字音的聲調有平聲、上聲、去聲、入聲四種，總稱"四聲"。《南史·陸厥傳》："汝南周顒善識聲韻。約等文皆用宮商，將平上去入四聲，以此制韵，有平頭、上尾、蜂腰、鶴膝。"現代漢語普通話字音聲調的陰平、陽平、上聲、去聲四聲是由古四聲演變而來的。 悶閱：煩悶時看書。除了元稹本詩的書證之外，目前還沒有找到其他合適的書證。 九經：儒家治國平天下的九項準則。《禮記·中庸》："凡爲天下國家有九經。曰：'修身也，尊賢也，親親也，敬大臣也，體群臣也，子庶民也，來百工也，柔遠人也，懷諸侯也。'"孔穎達疏："治天下國家之道，有九種常行之事，論九經之目次也。"這裏指九部儒家經典，名目相傳不一。《漢書·藝文志》指《易》、《書》、《詩》、《禮》、《樂》、《春秋》、《論語》、《孝經》及小學。陸德明《經典釋文録》指《易》、《書》、《詩》、《周禮》、《儀禮》、《禮記》、《春秋》、《孝經》、《論語》。《初學記》卷二一所引九經，與《經典釋文》略異，有《左傳》、《公羊》、《谷梁》，無《春秋》、《孝經》、《論語》。齊己《酬九經者》："九經三史學，窮妙又窮微。"

㉗ 身外：自身之外。陸機《豪士賦序》："心玩居常之安，耳飽從諛之説。豈識乎功在身外，任出才表者哉！"杜甫《絶句漫興九首》四：

"二月已破三月來，漸老逢春能幾回？莫思身外無窮事，且盡生前有限杯。" 無所求：沒有什麼要求。追求。高適《邯鄲少年行》："以茲感嘆辭舊遊，更於時事無所求。且與少年飲美酒，往來射獵西山頭。" 岑參《初過隴山途中呈宇文判官》："萬里奉王事，一身無所求。也知塞垣苦，豈爲妻子謀！" 眼前：目下，現時。李白《笑歌行》："君愛身後名，我愛眼前酒。飲酒眼前樂，虛名何處有？"蘇軾《次韻參寥寄少遊》："巖栖木石已幡然，交舊何人慰眼前？素與畫公心印合，每思秦子意珠圓。" 隨所營：隨便別人處置。《大寶積經卷·沙門品第一》："我云何營事令不得罪，自無所損不害於他。持毗尼義比丘，應觀營事者心。隨所營事而爲説法，所謂是應作，是不應作？營事比丘於持律人所，一心生信禮敬供養。" 營：需求，謀求。蔡邕《釋誨》："安貧樂賤，與世無營。"陶潛《飲酒二十首》一一："傾身營一飽，少許便有餘。"

㉘ 此意：這個意思，這個主意，元稹這裏是指"身外無所求，眼前隨所營"而言。儲光羲《遊茅山五首》一："十年別鄉縣，西去入皇州。此意在觀國，不言空遠遊。"劉長卿《雜詠八首上禮部李侍郎·晚桃》："四月深澗底，桃花方欲然……此意頗堪惜，無言誰爲傳？" 苟求：任意求得，無原則地求取。《後漢書·朱浮傳》："有司或因睚眥以騁私怨，苟求長短，求媚上意。"杜甫《毒熱寄簡崔評事十六弟》："蘊藉異時輩，檢身非苟求。"

㉙ 所以：原因，情由。《文子·自然》："天下有始主莫知其理，唯聖人能知所以。"《史記·太史公自序》："《春秋》之中，弑君三十六，亡國五十二，諸侯奔走不得保其社稷者不可勝數。察其所以，皆失其本已。"韓愈《李花二首》一："問之不肯道所以，獨繞百匝至日斜。" 不畏：不怕。張潮《采蓮詞》："朝出沙頭日正紅，晚來雲起半江中。賴逢鄰女曾相識，並著蓮舟不畏風。"徐安貞《送王判官》："不畏王程促，惟愁仙路迷。巴東下歸櫂，莫待夜猿啼！" 權勢：權力和勢力。《莊

子·徐無鬼》:"錢財不積則貪者憂,權勢不尤則誇者悲。"杜甫《狂歌行贈四兄》:"兄將富貴等浮雲,弟切功名好權勢。"也指居高位有勢力的人。《北齊書·元孝友傳》:"性無骨鯁,善事權勢,爲正直者所譏。"王禹偁《殿中丞贈太常少卿桑公神道碑銘》:"隨鄉舉累上,爲權勢所軋,退耕肄業。"

㉚ "傾心豈不易"兩句:意謂取媚權貴,阿諛當局並不難於做到,但昧著良心做事做人,必將受到天神的懲罰。 傾心:原指葵藿之類植物本性傾向於太陽,比喻忠貞不二。劉長卿《游南園偶見在陰墻下葵因以成詠》:"太陽偏不及,非是未傾心。"這裏詩人是指喪失道德底綫,取媚權貴,阿諛當局。盧綸《天長地久詞五首》二:"辭輦復當熊,傾心奉六宫。君王若看貌,甘在衆妃中。"王昌齡《行路難》:"雙絲作綆繫銀瓶,百尺寒泉轆轤上。懸絲一絶不可望,似妾傾心在君掌。" 巧詐:機巧詐僞。《管子·牧民》:"故不逾節則上位安,不自進則民無巧詐,不蔽惡則行自全,不從枉則邪事不生。"皮日休《誚虚器》:"吾聞古聖王,修德來遠人。未聞作巧詐,用欺禽獸君。"

㉛ 萬物:統指宇宙間的一切事物。《史記·吕不韋列傳》:"吕不韋乃使其客人人著所聞,集論……二十餘萬言。以爲備天地萬物古今之事,號曰《吕氏春秋》。"杜甫《哀江頭》:"憶昔霓旌下南苑,苑中萬物生顔色。" 本性:固有的性質或個性。《荀子·性惡》:"然則禮義積僞者,豈人之本性也哉!"李白《贈宣城宇文太守兼呈崔侍御》:"白若白鷺鮮,清如清唳蟬。受氣有本性,不爲外物遷。" 至靈:極靈妙。班固《白虎通·封公侯》:"天雖至神,必因日月之光;地雖至靈,必有山川之化。"指極靈異的神物。郭璞《山海經圖贊·燭龍》:"天缺西北,龍銜火精。氣爲寒暑,眼作昏明。身長千里,可謂至靈。"

㉜ "金埋無土色"兩句:意謂真金雖然被深埋土中,但它不受泥土的污染,仍然保持真金的本色,閃閃發光。珠玉雖然偶爾掉在地上,碎成幾塊,但它破碎的聲音仍然清脆悦耳,不同於屋瓦破碎聲般

沉悶。元稹以真金自喻，以珠碎自比，形象而貼切，惟妙惟肖。　　土色：土壤的顏色。姚合《送王求》：“六月南風多，苦旱土色赤。坐家心尚焦，況乃遠作客！”劉叔《汜水關》：“四山環若屏，土色類堅石。青冥積靄間，古徑漏天隙。”　　瓦聲：屋瓦遭到擊打發出的聲音。蘇軾《和癸卯歲始春懷古田舍二首》二：“臨池作虛堂，雨急瓦聲新。客來有美載，果熟多幽欣。”陸游《病後暑雨書懷》：“水漲小亭無路到，雨多幽草上墙生。窗昏頓減儵書課，屋老時聞墮瓦聲。”

㉝“劍折有寸利”兩句：意謂利劍雖然因格鬥而破損折斷，失去了原來的長度，但斷成一段段的寶劍仍然鋒利無比，仍然可以格鬥，致敵死命。明鏡雖然破損，不能洞察一切，但碎成片片的鏡片，仍然可以照見他人的醜惡。元稹當時處於人生最困難的階段，但其政治理想沒有動搖，内心追求沒有改變，準備以“金埋無土色，玉墜無瓦聲。劍折有寸利，鏡破有片明”的精神迎接一切，誠爲可嘉！　　劍折：因格鬥而折斷的寶劍。皇甫曾《贈老將》：“白草黃雲塞上秋，曾隨驃騎出并州。轆轤劍折蚪犛白，轉戰功多獨不侯。”邵謁《覽孟東野集》：“蚌死留夜光，劍折留鋒鋩。哲人歸大夜，千古傳珪璋。”　　鏡破：破成數片的鏡子。吕温《冬夜即事》：“百憂攢心起復卧，夜長耿耿不可過。風吹雪片似花落，月照冰文如鏡破。”韋莊《閨怨》：“良人去淄右，鏡破金簪折。空藏蘭蕙心，不忍琴中説。”

㉞“我可俘爲囚”兩句：意謂我爲了追求自己的理想，不怕成爲朝廷的囚徒，不怕被朝廷的兵器所刃所殺所害。　　囚：犯人。《禮記·月令》：“〔仲夏之月〕挺重囚，益其食。”白居易《歌舞》：“豈知閿鄉獄，中有凍死囚！”　　刃：用刀劍殺、割。《左傳·襄公二十五年》：“請自刃於廟。”《舊唐書·裴延齡傳》：“譬猶操兵以刃人，天下不委罪於兵而委罪於所操之主。”　　兵：兵器。《詩·秦風·無衣》：“王於興師，修我甲兵，與子偕行。”《吕氏春秋·慎大》：“纍鼓旗甲兵。”高誘注：“兵，戈、戟、箭、矢也。”用兵器殺人。《左傳·定公十年》：“士兵之。”

杜預注：“以兵擊萊人。”《史記·伯夷列傳》：“左右欲兵之。”猶傷害。《呂氏春秋·侈樂》：“失樂之情，其樂不樂。樂不樂者，其民必怨，其生必傷。其生之與樂也，若冰之於炎日，反以自兵。”高誘注：“兵，災也。”陳奇猷校釋：“兵之原義爲持斤砍伐，自砍伐其性，則是自爲災害，故高訓兵爲災也。”

㉟“我心終不死”兩句：意謂雖然受到如此不公正的待遇，但我堅持理想的決心、堅持忠於皇上的立場絕不改變絕不動搖，如真金不變顏色如珍珠不改聲音一般，堅持始終。　金石：金和美石之屬。《大戴禮記·勸學》：“故天子藏珠玉，諸侯藏金石，大夫畜犬馬，百姓藏布帛。”常用以比喻事物的堅固、剛强，心志的堅定、忠貞。《荀子·勸學》：“鍥而舍之，朽木不折；鍥而不舍，金石可鏤。”《後漢書·獨行傳序》：“或志剛金石，而剋扞於强禦。”　誠：誠實，真誠，忠誠。《易·乾》：“閑邪存其誠。”孔穎達疏：“言防閑邪惡，當自存其誠實也。”《禮記·學記》：“今之教者，呻其佔畢，多其訊，言及于數，進而不顧其安，使人不由其誠，教人不盡其材。”孔穎達疏：“誠，忠誠。”心志專一，專一的心志。韓愈《學諸進士作精衛銜石填海》：“鳥有償冤者，終年抱寸誠。口銜山石細，心望海波平。”

㊱“此誠患不立”兩句：意謂這個真誠再怕的事情就是沒有樹立，一旦樹立，自己的處境儘管困難異常，但自己堅持的理想不會改變，自己奉行的信仰不會改變。　道：道德，道義。《孟子·公孫丑》：“得道者多助，失道者寡助。”韓愈《送何堅序》：“吾聞鳥有鳳者，恒出於有道之國。”　亨：通達，順利。《後漢書·周燮傳》：“夫修道者，度其時而動。動而不時，焉得亨乎？”元稹《答姨兄胡靈之見寄五十韻》：“分作屯之蹇，那知困亦亨。官曹三語掾，國器萬尋楨。”

㊲叫噪：亦作“叫譟”，喧鬧，喧叫。《後漢書·馬援傳》：“援陳軍向山，而分遣數百騎繞襲其後，乘夜放火，擊鼓叫譟，虜遂大潰。”溫庭筠《春日野行》：“野岸明媚山芍藥，水田叫譟官蝦蟆。”　“微哉滿山

鳥"兩句:意謂不管別人説什麽,我衹是向着原定的目標,走好自己的路,把他自己處逆境而不悲觀和受貶斥而不屈服的決心剖露無餘。這是詩人有生以來處在最最困難的時候,但元稹不改初衷,仍然樂觀地表示:"我雖失鄉去,我無失鄉情。慘舒在方寸,寵辱將何驚? 浮生居大塊,尋丈可寄形。身安即形樂,豈獨樂咸京!""我可俘爲囚,我可刃爲兵。我心終不死,金石貫以誠。"詩人雖受貶斥,但他已把個人的"榮辱"置之度外,也不把他人的"權勢"放在眼裏。在打擊的面前詩人的態度是:"金埋無土色,玉墜無瓦聲。劍折有寸利,鏡破有片明。"這種精神,無疑是難能可貴的。元稹在本詩裏説:"況我三十餘,百年未半程。"可惜詩人並未如願,五十三歲的他就匆匆告別親友離開人世。這是元稹個人的悲哀,也是中國文壇的悲哀。

[編年]

　　《年譜》編年本詩於元和五年"元稹赴江陵途中作",理由是:"元詩云:'況我三十二,百年未半程。江陵道途近,楚俗雲水清。'"《編年箋注》編年云:"憲宗元和五年,元稹由東臺監察御史貶江陵士曹參軍,此詩即成於赴貶所途中。見下《譜》。"《年譜新編》亦編年元和五年"元稹貶江陵時所作詩",理由同《年譜》所舉。

　　雖然"況我三十二",一本作"況我三十餘",不能作爲編年的唯一依據,但元稹此詩與白居易和篇均賦詠元稹出貶江陵途中所見所感,因此作於元稹元和五年貶赴江陵途中自然應該沒有問題。問題是這個途中起自何時? 又止於何時? 三月三日元稹在三泉驛,有《三泉驛》爲證。三月六日在陝州,有《元和五年予官不了罰俸西歸三月六日至陝府與吴十一兄端公崔二十二院長思愴曩遊因投五十韻》爲證。然後歸京廷辯,有史書以及白居易的《元稹第三狀》可證。據我們考證,元稹三月十七日前後出貶江陵,而三月二十四日已經越過商山,夜宿於曾峰館,有《三月二十四日宿曾峰館夜對桐花寄樂天》詩可證。

而元和五年六月十四日之前已經到達江陵，一些江陵的同僚爲他接風洗塵，有元和五年六月十四日所作的《泛江玩月十二韵》爲證。而本詩應該是十七首途中詩的第一篇，因此應該作於元和五年三月十七日之後、三月二十四日之前。

◎ 春　鳩①

春鳩與百舌，音響詎同年②？如何一時語，俱得春風憐③？猶知造物意⁽一⁾，當春不生蟬④。免教爭叫噪，沸渭桃花前⁽二⁾⑤。

録自《元氏長慶集》卷一

［校記］

（一）猶知造物意：蘭雪堂本、叢刊本、《淵鑑類函》、《石倉歷代詩選》、《佩文齋詠物詩選》同，楊本、《全詩》作“猶知化工意”，《全詩》在“化工”之下注云：“一作‘造物’”。“化工”指自然的造化者，語本賈誼《鵩鳥賦》：“且夫天地爲爐兮，造化爲工。”范成大《荔枝賦》亦云：“鍾具美於一物，繫化工之所難。”“造物”語義與“化工”相類，不改。

（二）沸渭桃花前：楊本、蘭雪堂本、叢刊本、《淵鑑類函》、《佩文齋詠物詩選》、《全詩》諸本同，《石倉歷代詩選》作“沸喟桃花前”。喟是嘆息，嘆聲之意。《楚辭·離騷》：“依前聖以節中兮，喟憑心而歷茲。”王逸注：“喟，嘆也。”《後漢書·杜篤傳》：“悽然有懷祖之思，喟乎以思諸夏之隆。”李賢注：“喟，嘆聲。”蘇軾《閻立本職貢圖》：“粉本遺墨開明窗，我喟而作心未降。”語義與“沸”不配，可能是刊刻之誤，不從不取。

[箋注]

① 春鳩:鳥名,古爲鳩鴿類,種類不一,常指山斑鳩及珠頸斑鳩兩種。《吕氏春秋·仲春紀》:"蒼庚鳴,鷹化爲鳩。"高誘注:"鳩,蓋布穀鳥也。"韋應物《東郊》:"依叢適自憩,緣澗還復去。微雨靄芳原,春鳩鳴何處?"

② 百舌:鳥名,善鳴,其聲多變化。《淮南子·説山訓》:"人有多言者,猶百舌之聲。"高誘注:"能易其舌效百鳥之聲,故曰百舌也。"蘇軾《安國寺尋春》:"卧聞百舌呼春風,起尋花柳村村同。城南古寺修竹合,小房曲檻敧深紅。" 音響:聲音。劉義慶《世説新語·言語》:"若不一叩洪鐘,伐雷鼓,則不識其音響也。"元稹《清都夜境》:"南廂儼容衛,音響如可聆。" 詎:副詞,表示反詰,相當於"豈"、"難道"。《莊子·齊物論》:"雖然,嘗試言之。庸詎知吾所謂知之非不知邪?庸詎知吾所謂不知之非知邪?"陶潛《讀山海經十三首》一○:"徒設在昔心,良辰詎可待?"《新唐書·突厥傳》:"卜不吉,神詎無知乎?我自決之。" 同年:"同年而語"的略語。《南史·趙知禮蔡景歷等傳論》:"趙知禮、蔡景歷屬陳武經綸之日,居文房書記之任,此乃宋齊之初傅亮、王儉之職。若乃校其才用,理不同年,而卒能膺務濟時,蓋其遇也。"劉知幾《史通·鑒識》:"加以二傳(《公羊傳》、《穀梁傳》)理有乖僻,言多鄙野,方諸左氏,不可同年。"

③ 如何:怎麽,爲什麽。《左傳·僖公二十二年》:"傷未及死,如何勿重? 若愛重傷,則如勿傷。"韓愈《宿龍宫灘》:"如何連曉語,一半是思鄉?" 一時:同時,一齊。《晉書·李矩傳》:"矩曰:'俱是國家臣妾,焉有彼此!'乃一時遣之。"猶一旦。《漢書·吳王濞傳》:"吳與膠西,知名諸侯也,一時見察,不得安肆矣!" 春風:春天的風。宋玉《登徒子好色賦》:"寤春風兮發鮮榮,絜齋俟兮惠音聲。"陳子昂《送客》:"故人洞庭去,楊柳春風生。相送河洲晚,蒼茫別思盈。"沈佺期《芳樹》:"啼鳥弄花疏,遊蜂飲香遍。嘆息春風起,飄零君不見。"

憐:喜愛,疼愛。張説《詠塵》:"夕伴龍媒合,朝遊鳳輦歸。獨憐范甑下,思繞畫梁飛。"曾鞏《趵突泉》:"已覺路傍行似鑑,最憐沙際湧如輪。"

④ 造物:這裏義同"造物者",特指創造萬物的神。韓愈《南山詩》:"還疑造物意,固護蓄精祐。"柳宗元《始得西山宴遊記》:"洋洋乎與造物者遊,而不知其所窮。" 當春:時當春天。孟浩然《和張丞相春朝對雪》:"迎氣當春至,承恩喜雪來。潤從河漢下,花逼艷陽開。"杜甫《春夜喜雨》:"好雨知時節,當春乃發生。隨風潛入夜,潤物細無聲。" 蟬:昆蟲名,夏秋間由幼蟲蛻化而成,吸樹汁爲生,雄的腹部有發聲器,能連續發聲,種類很多,俗稱蜘蟟、知了。徐陵《山池應令》:"猿啼知谷晚,蟬咽覺山秋。"李白《夏口諸從弟登汝州龍興閣序》:"夫槿榮芳園,蟬嘯珍木,蓋紀乎南火之月也,可以處臺榭,居高明。"

⑤ 叫噪:亦作"叫譟",喧鬧,喧叫。《後漢書·馬援傳》:"援陳軍向山,而分遣數百騎繞襲其後,乘夜放火,擊鼓叫譟,虜遂大潰。"元稹《元和五年予官不了罰俸西歸三月六日至陝府與吳十一兄端公崔二十二院長思愴曩遊因投五十韵》:"含詞待殘拍,促舞遞繁吹。叫噪擲投盤,生獰攝鯱使。" 沸渭:形容聲音喧騰嘈雜。元稹《有酒十章》:"鯨歸穴兮渤溢,鰲載山兮低昂。陰火然兮眾族沸渭,颶風作兮晝夜倡狂。"貫休《行路難五首》三:"雲飛雨散今如此,繡闥雕甍作荒谷。沸渭笙歌君莫誇,不應長是西家哭。"

[編年]

《年譜》元和四年"詩歌編年"欄内將本詩編入,原因是誤解了元稹的另一首《春蟬》詩"我自東歸日,厭苦春鳩聲。作詩憐化工,不遣春蟬生"中的"東歸"兩字的含義,認爲:"所謂'東歸',指自東川歸。"《編年箋注》編年元和五年,但却云:"此詩作於自東川歸京後。參閱卞《譜》。"元稹"自東川歸京"在元和四年五六月間,元和五年元稹不可能"自東川歸京"。而且"五六月",既不會有春風,也不會有"桃花",更不會有布穀鳥與百舌鳥出現,《年譜》、《編年箋注》之誤不必言。未見《年譜新編》編年本詩,"無法編年作品"中也不見存錄,大概是漏編。

　　我們以爲,首先"東歸"是元稹元和五年三月間從東都洛陽奉詔返回西京長安,不是"東川歸來"的意思。其次《春鳩》詩和《春蟬》詩都是元和五年元稹作於出貶江陵士曹參軍途中,在《元氏長慶集》卷一卷二中共十七首,在《全詩》卷三九六、三九七中也是十七首,其中都有《春鳩》、《苦雨》兩詩。其中"春風"與"桃花"的景物描寫,"布穀鳥"與"百舌鳥"的鳴叫聲,也非常切合元稹三月間出貶途中的景致。而"沸渭"云云,主要是喻指京城的政敵們在元稹該不該出貶的問題上百般巧辯,猶如簧舌;從編年角度上講,應該是詩人離開長安不久,剛剛開始自己的貶途。因此本詩當作於其時,時間在元稹離開京城的三月十七日之後、三月二十四日到達曾峰館之前。白居易《和答詩十首序》曾經高度評價云:"及足下到江陵,寄在路所爲詩十七章凡五六千言,言有爲章有旨,迫于宮律體裁皆得作者風。發緘開卷,且喜且怪。"還應指出《年譜》元和五年"詩歌編年"欄內,將《思歸樂》、《春蟬》、《桐花》、《陽城驛》等十五首詩歌編入,漏編《春鳩》、《苦雨》兩首,明顯與白居易《和答詩十首序》"十七章"云云不合;同時《年譜》在没有列舉有力證據的情況下,將《春鳩》編入元和四年,顯然不妥。

◎ 春　蟬①

　　我自東歸日,厭苦春鳩聲②。作詩憐化工,不遣春蟬生③。及來商山道,山深氣不平④。春秋兩相似,蟲豸百種鳴⑤。風松不成韵,蜩螗沸如羹⑥。豈無朝陽鳳,羞與微物爭⑦。安得天上雨，奔渾河海傾⁽一⁾⑧！蕩滌反時氣，然後好晴明⁽二⁾⑨。

録自《元氏長慶集》卷一

[校記]

（一）奔渾河海傾：楊本、蘭雪堂本、叢刊本、《石倉歷代詩選》、《全詩》、《佩文齋詠物詩選》、《古今事文類聚》諸本同，《唐文粹》作"奔渾河漢傾"，兩句表達的語義大致相同，不改。

（二）然後好晴明：楊本、蘭雪堂本、叢刊本、《石倉歷代詩選》、《全詩》、《佩文齋詠物詩選》諸本同，《古今事文類聚》作"然後好清風"。"晴明"與上句"安得天上雨"相接，不從不改。

[箋注]

① 春蟬：蟬是昆蟲名，夏秋間由幼蟲蛻化而成，俗稱蜘蟟、知了。沈佺期《遊少林寺》："紺園澄夕霽，碧殿下秋陰。歸路烟霞晚，山蟬處處吟。"陰行先《和張燕公湘中九日登高》："重陽初啓節，無射正飛灰。寂寞風蟬至，連翩霜雁來。"蟬本來是夏秋間才有，現在出現在春天，是反季節，故詩人稱作"春蟬"，有"作詩憐化工，不遣春蟬生"、"蕩滌反時氣，然後好晴明"的感嘆。

② 我自東歸日：這裏是指元稹元和五年三月從東臺監察御史任上奉詔從東都洛陽返回西京長安，行進的路綫是自東而西，故曰"東歸"。《年譜》："所謂'東歸'，指自東川歸。"這是非常荒謬的根本站不住腳的解釋，在唐代，被稱爲"東"的地名不少，如"浙東"、"山東"、"河東"……爲什麼一定是東川呢？　東歸：指回故鄉，因漢、唐皆都長安，中原、江南人士辭京返裏多言東歸。曹操《苦寒行》："延頸長歎息，遠行多所懷。我心何怫鬱，思欲一東歸。"鄭谷《送京參翁先輩歸

閭中》：“解印東歸去，人情此際多。名高五七字，道勝兩重科。”這裏
指元稹從洛陽回歸長安。李頎《送劉方平》：“洛陽草色猶自春，遊子
東歸喜拜親。漳水橋頭值鳴雁，朝歌縣北少行人。”　厭苦：厭煩某
事，苦恨某人。《後漢書·孟嘗傳》：“姑年老壽終，夫女弟先懷嫌忌，
乃誣婦厭苦供養，加鴆其母，列訟縣庭。”干寶《搜神記》卷一：“〔漢陰
生〕常於市中匄，市中厭苦，以糞灑之。”　鳩：鳥名。岑參《送二十二
兄北遊尋羅中》：“夜雪入穿履，朝霜凝敝裘。遙知客舍飲，醉裏聞春
鳩。”韓愈《過南陽》：“南陽郭門外，桑下麥青青。行子去未已，春鳩鳴
不停。”

　　③ 作詩：即“賦詩”，意即吟詩，寫詩。王維《慕容承携素饌見
過》：“紗帽烏皮几，閑居懶賦詩。門看五柳識，年算六身知。”李白《戲
贈杜甫》：“飯顆山頭逢杜甫，頂戴笠子日卓午。借問別來太瘦生，總
爲從前作詩苦。”　化工：指自然的造化者，語本賈誼《鵩鳥賦》：“且夫
天地爲爐兮，造化爲工。”白居易《和答詩十首·和大觜烏》：“誰能持
此冤，一爲問化工？胡然大觜烏，竟得天年終？”

　　④ 商山：山名，在今陝西商縣東，亦名商嶺、商阪、地肺山、楚山，
地形險阻，景色幽勝，是元稹從長安前往江陵的必經之路。陶潛《桃
花源詩》：“嬴氏亂天紀，賢者避其世。黃綺之商山，伊人亦云逝。”王
漳《送王閏》：“相送臨寒水，蒼然望故關。江蕪連夢澤，楚雪入商山。”
山深氣不平：詩人借商山的特殊氣候，影射當時混亂不堪的朝廷政治
氣候。　山深：深山高嶺之中。張說《岳州夜坐》“獨歌還太息，幽感
見餘聲。江近鶴時叫，山深猿屢鳴。”王維《遊化感寺》：“谷靜唯松響，
山深無鳥聲。瓊峰當户拆，金澗透林明。”

　　⑤ 春秋：春季與秋季。《禮記·王制》：“春秋教以《禮》《樂》，冬
夏教以《詩》《書》。”陶潛《移居二首》二：“春秋多佳日，登高賦新詩。
過門更相呼，有酒斟酌之。”　相似：相類，相像。蕭統《採蓮曲》：“桂
楫蘭橈浮碧水，江花玉面兩相似。”齊己《又寄彭澤晝公》：“聞君彭澤

住,結搆近陶公。種菊心相似,嘗茶味不同。" 蟲豸:小蟲的通稱。
盧仝《冬行三首》一:"蟲豸臘月皆在蟄,吾獨何乃勞其形?小大無由
知天命,但怪守道不得寧。"元稹《蟲豸詩七篇·蛬三首》三:"一鏡開
潭面,千峰露石稜。氣平蟲豸死,雲路好攀登。" 百種:各種各樣。
元稹《離思五首》五:"尋常百種花齊發,偏摘梨花與白人。今日江頭
兩三樹,可憐和葉度殘春。"范成大《四月十六日挂笏亭偶題》:"轉午
聞雞日正長,小亭方丈納空光。綠陰一雨濃如黛,何處風來百種香?"

⑥ 風松不成韵:意謂風入松林,呼呼作響,但却不成聲調,徒然
煩人心懷。岑參《自潘陵尖還少室居止秋夕憑眺》:"草堂近少室,夜
靜聞風松。月出潘陵尖,照見十六峰。"王叡《竹》:"庭竹森疏玉質寒,
色包葱碧盡琅玕……成韵含風已蕭瑟,媚漣凝渌更檀欒。" 蜩螗:蟬
的別名。詩人這裏借用蜩螗沸羹的典故:《詩·大雅·蕩》:"如蜩如
螗,如沸如羹。"後因以"蜩螗沸羹"形容聲音嘈雜喧鬧,好像蟬噪、水
滾、羹沸一樣,常以喻紛擾不寧。元稹《表夏十首》七:"百舌漸吞聲,
黄鶯正嬌小……莫厭夏蟲多,蜩螗定相擾。"齊己《移居西湖作二首》
二:"桃李別教人主掌,烟花不稱我追尋。蜩螗晚噪風枝穩,翡翠閑眠
宿處深。"

⑦ 朝陽鳳:"朝陽鳴鳳"的省稱,比喻品德出衆、正直敢諫之人,
詩人這裏有自喻之意。語出《詩·大雅·卷阿》:"鳳凰鳴矣!於彼高
岡。梧桐生矣!於彼朝陽。"張九齡《感遇十二首》一二:"朝陽鳳安
在?日暮蟬獨悲。浩思極中夜,深嗟欲待誰?" 微物:喻指卑下者。
王維《送綦母秘書棄官還江東》:"頑疏暗人事,僻陋遠天聰。微物縱
可采,其誰爲至公?餘亦從此去,歸耕爲老農。"韓愈《雙鳥詩》:"草木
有微情,挑抉示九州。蟲鼠誠微物,不堪苦誅求。"

⑧ 安得:怎麽能够得到。杜甫《洗兵馬》:"淇上健兒歸莫懶,城
南思婦愁多夢。安得壯士挽天河,净洗甲兵長不用!"顧況《酬本部
韋左司》:"寸心久摧折,別離重骨驚。安得凌風翰,蕭蕭賓天京。"

天上雨:即天雨,天降雨。《史記·老子韓非列傳》:“宋有富人,天雨墻壞。”張籍《懷别》:“君如天上雨,我如屋下井。無因同波流,願作形與影。”　奔渾:猶奔湧,渾,水流聲。元稹《書異》:“行過冬至後,凍閉萬物零。奔渾馳暴雨,驟鼓轟雷霆。”蘇轍《寄范丈景仁》:“留連四月聽鶗鴂,扁舟一去浮奔渾。”　河海:大江大海。富嘉謨《明冰篇》:“北陸蒼茫河海凝,南山闌干晝夜冰。素彩峨峨明月升,深山窮谷不自見。”吕温《代賀生擒李錡表》:“臣謬膺重寄,特荷殊恩,再逢河海之清,三睹鯨鯢之戮,志深除惡,義切同休,歡忭之誠,倍萬恒品。”

⑨ 蕩滌:冲洗,清除。《古詩十九首·東城高且長》:“蕩滌放情志,何爲自結束?”孟郊《旅次洛城東水亭》:“水竹色相洗,碧花動軒楹。自然逍遙風,蕩滌浮競情。”　時氣:氣候,天氣。《漢書·丙吉傳》:“方春少陽用事,未可大熱,恐牛近行用暑故喘,此時氣失節,恐有所傷害也。”韓愈《與孟東野書》:“春且盡,時氣向熱。”　晴明:晴朗,明朗,這是詩人對清明政治的出現寄予厚望。宋之問《雨從箕山來》:“雨從箕山來,倏與飄風度。晴明西峰日,緑縟南溪樹。”元稹《晴日》:“多病苦虚羸,晴明强展眉。讀書心緒少,閑卧日長時。”

[編年]

《年譜》編年本詩於元和五年,第一個理由是:“詩云:‘及來商山道,山深氣不平。春秋兩相似,蟲豸百種鳴。風松不成韵,蜩螗沸如羹。豈無朝陽鳳,羞與微物争。安得天上雨,奔渾河海傾!蕩滌反時氣,然後好晴明。’”但我們實在不明白如此引用本詩之全文而不作任何説明,究竟要告訴讀者什麽!第二個理由是:“白居易《和答詩十首》序云:‘及足下到江陵,寄在路所爲詩十七章’,《春蟬》、《兔絲》、《芳樹》、《賽神》、《青雲驛》與白居易所‘和’、‘答’之十首,風格一樣,似均爲元稹赴江陵途中作。”這個理由更加荒唐,風格一樣是編年詩文於同一年的理由嗎？一個詩人的詩篇風格基本上是"一樣"的，是不是都編年於一年之中？另外，《年譜》自己在打自己的嘴巴：既然白居易説"及足下到江陵，寄在路所爲詩十七章"，那末《年譜》爲何把《思歸樂》等十五首編年於赴江陵途中，而將《春鳩》、《苦雨》兩首另外編年呢？《編年箋注》編年云："此詩……作於元和五年（810）貶江陵途中。參閲卞《譜》。"《年譜新編》編年本詩於元和五年，理由是："及來商山道，山深氣不平。"《年譜》、《編年箋注》、《年譜新編》都没有具體賦詠的時間。

我們以爲，本詩"及來商山道"云云，説明本詩作於元稹元和五年出貶江陵途中經由商山之時，具體時間應該是元和五年三月十七日至三月二十四日間，亦即與元稹《三月二十四日宿曾峰館夜對桐花寄樂天》詩篇賦詠時間大致相同。

◎ 兔　絲①

人生莫依倚，依倚事不成②。君看兔絲蔓（一），依倚榛與荆（二）③。荆榛易蒙密，百鳥撩亂鳴（三）④。下有狐兔穴（四），奔走亦縱横⑤。樵童斫將去（五），柔蔓與之並⑥。翳薈生可恥，束縛死無名⑦。桂樹月中出，珊瑚石上生⑧。俊鶻渡海食（六），應龍升天行⑨。靈物本特達（七），不復相纏縈（八）⑩。纏縈竟何者（九）？荆棘與飛莖（一〇）⑪。

録自《元氏長慶集》卷一

[校記]

（一）君看兔絲蔓：宋蜀本、楊本、叢刊本、《全詩》、《全唐詩録卷》、《全芳備祖集》、《佩文齋廣群芳譜》、《古今事文類聚》、《御定淵鑑類函》同，《唐文粹》作"君看絲絲蔓"，語義相類，不從不改。

（二）依倚榛與荊：宋蜀本、楊本、叢刊本、《唐文粹》、《全詩》、《全唐詩録卷》、《佩文齋廣群芳譜》、《古今事文類聚》、《御定淵鑑類函》同，《全芳備祖集》作"依倚與荊榛"，語義相類，不從不改。

（三）百鳥撩亂鳴：宋蜀本、楊本、叢刊本、《唐文粹》、《全詩》、《全唐詩録卷》、《佩文齋廣群芳譜》、《古今事文類聚》、《御定淵鑑類函》諸本同，《全芳備祖集》作"百鳥繚亂鳴"。繚亂的語義是撩乱，纷乱之意。繚，通"撩"。杨凝《咏雨》："可憐繚亂點，濕盡滿宮花。"梅尧臣《禽言·提壺》："山花繚亂目前開，勸爾今朝千萬壽。"既然"撩"與"繚"兩字相通，那就不從不改。

（四）下有狐兔穴：宋蜀本、楊本、叢刊本、《全詩》、《全唐詩録卷》、《佩文齋廣群芳譜》、《古今事文類聚》、《御定淵鑑類函》、《全芳備祖集》諸本同，《唐文粹》作"下有孤兔穴"，語義難通，不從不改。

（五）樵童斫將去：宋蜀本、叢刊本、《唐文粹》、《全詩》、《全唐詩録卷》、《佩文齋廣群芳譜》、《古今事文類聚》、《御定淵鑑類函》、《全芳備祖集》諸本同，楊本作"樵童□將去"，有諸多版本可依，遵從原本。

（六）俊鶻渡海食：宋蜀本、楊本、叢刊本、《全詩》、《全芳備祖集》、《全唐詩録卷》、《佩文齋廣群芳譜》、《古今事文類聚》、《御定淵鑑類函》諸本同，《唐文粹》作"俊鶻度海食"，兩字相通，不改。

（七）靈物本特達：宋蜀本、楊本、叢刊本、《唐文粹》、《全詩》、《全唐詩録卷》、《佩文齋廣群芳譜》、《古今事文類聚》、《御定淵鑑類函》諸本同，《全芳備祖集》作"靈物本時達"，語義含混，不從不改。

（八）不復相纏縈：宋蜀本、楊本、叢刊本、《唐文粹》、《全詩》、《全唐詩録》、《佩文齋廣群芳譜》、《古今事文類聚》、《御定淵鑑類函》諸本同，《全芳備祖集》作"不敢相纏縈"，語義含混，不從不改。

（九）纏縈竟何者：宋蜀本、楊本、叢刊本、《唐文粹》、《全詩》、《佩文齋廣群芳譜》、《古今事文類聚》、《御定淵鑑類函》諸本同，《全唐詩録》作"纏縈竟何有",《全芳備祖集》作"相纏竟何者",語義相類,不改。

(一〇)荊棘與飛莖:宋蜀本、楊本、叢刊本、《唐文粹》、《全詩》、《全唐詩録》、《佩文齋廣群芳譜》、《古今事文類聚》、《御定淵鑑類函》同,《全芳備祖集》作"荊榛與飛莖",語義相類,不從不改。

[箋注]

① 兔絲:植物名,即菟絲子。《淮南子・説山訓》:"千年之松,下有茯苓,上有兔絲。"高誘注:"一名女蘿也。"杜甫《新婚别》:"兔絲附蓬麻,引蔓故不長。嫁女與征夫,不如棄路傍。"下文的"飛莖"亦即兔絲。

② 人生:指人的一生。韓愈《合江亭》:"人生誠無幾,事往悲豈奈。蕭條綿歲時,契闊繼庸懦。"劉希夷《覽鏡》:"青樓挂明鏡,臨照不勝悲。白髮今如此,人生能幾時?"亦指人。陳子昂《宴胡楚真禁所》:"人生固有命,天道信無言。青蠅一相點,白璧遂成冤。"張若虛《春江花月夜》:"江畔何人初見月? 江月何年初照人? 人生代代無窮已,江月年年祇相似。" 依倚:倚靠,依傍。張籍《征婦怨》:"婦人依倚子與夫,同居貧賤心亦舒。夫死戰場子在腹,妾身雖存如晝燭。"劉禹錫《武夫詞》:"依倚將軍勢,交結少年場。探丸害公吏,抽刃妒名倡。"

③ 蔓:草本蔓生植物的細長不能直立的枝莖。賈思勰《齊民要術・種瓜》:"蔓廣則歧多,歧多則饒子。"宋之問《發藤州》:"石髮緣溪蔓,林衣掃地輕。雲峰刻不似,苔蘚畫難成。" 榛:果木名,落葉灌木或小喬木,葉子互生,圓卵形或倒卵形,春日開花,雌雄同株,雄花黃褐色,雌花紅紫色,實如栗,可食用或榨油。《詩・邶風・簡兮》:"山有榛,隰有苓。"孔傳:"榛,木名。"張説《贈崔公》:"朝野光塵絶,榛蕪年貌秋。一朝驅駟馬,連轡入龍樓。" 荊:落葉灌木,種類甚多,如紫荊、牡荊。《左傳・襄公二十六年》:"聲子將如晉,遇之於鄭郊,班荊

相與食，而言復故。”杜預注：“布荆坐地，共議歸楚。”元稹《紅荆》：“庭中栽得紅荆樹，十月花開不待春。”

④ 蒙密：茂密，茂密的草木。范曄《樂游應詔詩》：“遵渚攀蒙密，隨山上崛嶔。”庾信《小園賦》：“撥蒙密兮見窗，行欹斜兮得路。” 百鳥：各種禽鳥。庾信《至老子廟應詔》：“野戌孤烟起，春山百鳥啼。”韓愈《感春四首》一：“春風吹園雜花開，朝日照屋百鳥語。” 撩亂：紛亂，雜亂。《出塞》：“瘦馬嬴童行背秦，暮鴉撩亂入殘雲。北風吹起寒營角，直至榆關人盡聞。”齊己《寺居》：“鄰井雙梧上，一蟬鳴隔墻。依稀舊林日，撩亂繞山堂。”

⑤ 狐兔：狐和兔，亦以喻壞人。揚雄《長楊賦》：“虎豹狖玃，狐兔麋鹿。”崔顥《古遊俠呈軍中諸將》：“地迥鷹犬急，草深狐兔肥。” 穴：動物的窩。王粲《七哀詩》：“狐狸馳赴穴，飛鳥翔故林。”韓愈《苦寒》：“虎豹僵穴中，蛟螭死幽潛。” 奔走：謂爲一定的目的而忙碌。《書·武成》：“丁未，祀于周廟，邦甸侯衛，駿奔走，執豆籩。”柳宗元《捕蛇者説》：“永之人爭奔走焉！” 縱橫：亦作“縱衡”，肆意橫行，無所顧忌。《後漢書·耿弇傳》：“諸將擅命於畿内，貴戚縱橫於都内。”《文選·陸機〈五等諸侯論〉》：“一夫縱衡，則城池自夷，豈不危哉！”李善注：“一夫謂董卓也。《漢書》曰：‘縱，恣意。’衡，古‘橫’字。”也作縱向和橫向解，南北曰縱，東西曰橫；經曰縱，緯曰橫。韓愈《送李翺》：“譬如浮江木，縱橫豈自知？”

⑥ 樵童：打柴的童子、童僕。杜甫《遣悶奉呈嚴公二十韵》：“藩籬生野徑，斤斧任樵童。”長孫佐輔《山居》：“星昏歸鳥過，火出樵童還。” 斫：用刀斧等砍或削。《韓非子·奸劫弑臣》：“賈舉射公，中其股，公墜，崔子之徒以戈斫公而死之。”杜甫《一百五日夜對月》：“斫却月中桂，清光應更多。” 柔蔓：柔弱的藤蔓。白居易《紫藤》：“柔蔓不自勝，嫋嫋挂空虛。豈知纏樹木，千夫力不如。”宋祁《綠蒲萄贊》：“西南所宜，柔蔓紛衍。縹穗綠實，其甘可薦（北方蒲萄熟則色紫，今此色

正綠云）。”

⑦ 翳薈：草木茂盛，可爲障蔽。《文選·張華〈鷦鷯賦〉》：“翳薈蒙蘢，是焉遊集。”李周翰注：“翳薈蒙蘢，蒿草密貌。”孟翔《奉和郎中遊仙山四瀑布兼寄李吏部包秘監判官》：“疏鑿意大禹，勤求聞軒轅。悠悠幾千歲，翳薈群木繁。”有時也指叢生的雜草。劉長卿《題虎丘寺》：“捫蘿披翳薈，路轉夕陽邊。虎嘯崖谷寒，猿鳴杉松暮。” 可恥：可爲羞恥。韓愈《落齒》：“憶初落一時，但念豁可恥。及至落二三，始憂衰即死。”劉猛《曉》：“朝梳一把白，夜淚千滴雨。可恥垂拱時，老作在家女。” 束縛：捆綁，指被拘囚。《史記·李斯列傳》：“李斯拘執束縛，居圉圄中。”陸游《書感》：“幸得還故園，快若解束縛。” 無名：沒有名聲，聲名不顯於世。《國語·晉語》：“爲人子者，患不從，不患無名。”白居易《初入峽有感》：“常恐不才身，復作無名死。”

⑧ 桂樹：桂花樹，這裏指月亮中的桂花樹。盧僎《題殿前桂葉》：“桂樹生南海，芳香隔楚山。今朝天上見，疑是月中攀。”劉長卿《過包尊師山院》：“賣藥曾相識，吹簫此復聞。杏花誰是主？桂樹獨留君。” 珊瑚：李時珍《本草綱目·珊瑚》：“珊瑚生海底，五七株成林，謂之珊瑚林。居水中直而軟，見風日則曲而硬，變紅色者爲上，漢趙佗謂之火樹是也。亦有黑色者，不佳，碧色者，亦良。昔人謂碧者爲青琅玕，俱可作珠。許慎《說文》云：‘珊瑚色赤，或生於海，或生於山。’據此説，則生於海者爲珊瑚，生於山者爲琅玕，尤可徵矣！”齊澣《長門怨》：“宮殿沈沈月欲分，昭陽更漏不堪聞。珊瑚枕上千行淚，不是思君是恨君。”李白《詠鄰女東窗海石榴》：“魯女東窗下，海榴世所稀。珊瑚映綠水，未足比光輝。”

⑨ 俊鶻：矯健之鶻。杜甫《朝二首》一：“俊鶻無聲過，饑烏下食貪。病身終不動，搖落任江潭。”元稹《有鳥二十章》二：“主人但見閑慢容，許占蓬萊最高閣。弱羽長憂俊鶻拳，疣腸暗著鵶雛啄。” 渡海：渡過大海。常建《古意》：“黃金作身雙飛龍，口銜明月噴芙蓉。一

時渡海望不見，曉上青樓十二重。"陶翰《送金卿歸新羅》："奉義朝中國，殊恩及遠臣。鄉心遙渡海，客路再經春。"　應龍：古代傳說中一種有翼的龍，相傳禹治洪水時，有應龍以尾畫地成江河，使水入海。《文選·班固〈答賓戲〉》："應龍潛於潢污，魚黿媟之。"呂延濟注："應龍，有翼之龍也。"任昉《述異記》卷上："龍，五百年爲角龍，千年爲應龍。"也指古代傳說中善興雲作雨的神。《後漢書·張衡傳》："夫女魃北而應龍翔，洪鼎聲而軍容息。"李賢注："女魃，旱神也。應龍，能興雲雨者也。"　升天：上升於天界。王充《論衡·龍虛》："世稱黃帝騎龍升天，此言蓋虛。"曹植《當墻欲高行》："龍欲升天須浮雲，人之仕進待中人。"渡海與升天，一渡海而食，一升天而行，但都憑藉自己的本領，不像"荆棘與飛莖"那樣，依靠別人過日子。

⑩　靈物：祥瑞之物。《後漢書·光武帝紀》："今天下清寧，靈物仍降。"韓愈《爲宰相賀白龜狀》："斯皆陛下聖德所施，靈物來效。"珍奇神異之物。《後漢書·南蠻西南夷傳論》："若乃藏山隱海之靈物，沈沙栖陸之瑋寶，莫不呈表怪麗，雕被宮幄焉。"神靈，神明。白居易《劉白唱和集解》："在在處處，應當有靈物護之。"范仲淹《滕子京以真錄相示因以贈之》："非有靈物持，此書安得全？"　特達：特出，突出。劉義慶《世說新語·言語》："此子珪璋特達，機警有鋒。"任華《雜言寄杜拾遺》："英才特達承天睠，公卿誰不相欽羨？"《舊唐書·李德裕傳》："德裕以器業自負，特達不群。"至爲明達，極其通達。《晉書·江統傳》："殿下天授逸才，聰鑒特達。"白居易《論考試進士事宜狀》："儻陛下垂仁察之心，降特達之命，明示瑕病，以表無私。"　纏縈：纏繞。白居易《江州赴忠州至江陵舟中》："虎尾憂危切，鴻毛性命輕。燭蛾誰救護？鹽繭自纏縈。"薛嶠《素上人圓鑑》："寒泉深夜轆轤静，素魄中天世界清。到此萬緣皆了了，笑他拂拭墮纏縈。"

⑪　"纏縈竟何者"兩句：意謂纏繞不休的究竟是哪一個？祇有榛、荆與菟絲子罷了。　纏縈：纏繞。白居易《江州赴忠州至江陵舟

中》："燭蛾誰救護？蠶繭自纏縈。斂手辭雙闕，迴眸望兩京。"劉基《題也先進德祖母徐氏節義傳》："君不見青松與兔絲，引蔓相纏縈。"飛莖：直生枝條。《文選·潘岳〈河陽縣作〉一》："落英隕林趾，飛莖秀陵喬。"張銑注："飛莖，直生枝也。"宋濂《憶山中》："疏峰挺飛莖，平楚下飢鶴。厓傾石似行，澗折泉如約。"

[編年]

《年譜》編年元和五年，然後引述本詩全詩作爲理由："詩云：'……'"但又不作一個字的説明，不知《年譜》究竟要讀者從中領悟什麼！《編年箋注》編年云："《兔絲》……作於元和五年（八一○）貶江陵途中。參閲卞《譜》。"《年譜新編》亦編年元和五年，沒有説明理由。

我們以爲，本詩應該作於元稹元和五年出貶江陵途中，具體時間應該是元和五年三月十七日至三月二十四日間，亦即與元稹《三月二十四日宿曾峰館夜對桐花寄樂天》、《春蟬》詩篇賦詠時間大致相同。

◎ 古　社①

古社基址在，人散社不神②。唯有空心樹，妖狐藏魅人③。狐惑意顛倒，臊腥不復聞④。丘墳變城郭，花草仍荆榛⑤。良田千萬頃，占作天荒田⑥。主人議茎斫，怪見不敢前⑦。那言空山燒，夜隨風馬奔（一）⑧。壯聲鼓鼙震（二），高焰旗幟翻⑨。逡巡荆棘盡，狐兔無子孫⑩。狐死魅人滅（三），烟消壇墠存⑪。繞壇舊田地，給授有等倫⑫。農收村落盛（四），社樹新團圓⑬。社公千萬歲，永保村中民⑭。

録自《元氏長慶集》卷一

1832

［校記］

（一）夜隨風馬奔：原本作“夜隨風長奔”，蘭雪堂本、叢刊本同，據楊本、《唐文粹》、《全詩》作“夜隨風馬奔”，語義更佳，據改。

（二）壯聲鼓鼙震：蘭雪堂本、叢刊本同，楊本、《全詩》、《唐文粹》作“飛聲鼓鼙震”，語義不佳，不從不改。

（三）狐死魅人滅：《全詩》同，楊本、《唐文粹》作“狐死魅人醒”，語義不佳，不從不改。叢刊本作“狐死魅人醒”，錄以備考，不改。

（四）農收村落盛：蘭雪堂本、楊本、《全詩》、《唐文粹》同，叢刊本作“農收村□□”，錄以備考，不改。

［箋注］

① 古社：白居易有《和答詩十首·和古社》酬和，詩云：“廢村多年樹，生在古社隈。爲作妖狐窟，心空身未摧。妖狐變美女，社樹成樓臺。黃昏行人過，見者心徘徊。饑雕竟不捉，老犬反爲媒。歲媚少年客，十去九不回。昨夜雲雨合，烈風驅迅雷。風拔樹根出，雷劈社壇開。飛電化爲火，妖狐燒作灰。天明至其所，清曠無氛埃。舊地葺村落，新田闢荒萊。始知天降火，不必常爲災。勿謂神默默，勿謂天恢恢。勿喜犬不捕，勿誇雕不猜。寄言狐媚者，天火有時來。”可與本詩並讀，實際上已經解答了本詩的題旨。　　社：社壇，古代封土爲社，各栽種其土所宜之樹，以爲祀社神之所在。《左傳·昭公十七年》：“伐鼓於社。”《漢書·齊懷王劉閎傳》：“嗚呼！小子閎。”顏師古注引張晏曰：“王者以五色土爲太社，封四方諸侯，各以其方色土與之，苴以白茅，歸以立社。”

② “古社基址在”兩句：意謂雖然祭祀土地神的基址還在，但人們已經各自忙碌，再也沒有人們前往祭祀。　　古社：古代的祭祀土地神的地方。《書·召誥》：“越翼日戊午，乃社於新邑，牛一羊一豕一。”

《禮記·月令》："〔仲春之月〕擇元日，命民社。"鄭玄注："社，后土也，使民祀焉！"權德輿《惠上人房宴別》："逸民羽客期皆至，疏竹青苔景半斜。究竟相依何處好？匡山古社足烟霞。" 基趾：亦作"基阯"、"基址"，建築物的地基、基礎。元稹《哭子十首》六："深嗟爾更無兄弟，自嘆予應絕子孫。寂寞講堂基址在，何人車馬入高門？"劉兼《長春節》："太平基址千年永，混一車書萬古存。更有馨香滿芳檻，和風遲日在蘭蓀。"

③"唯有空心樹"兩句：意謂古社祇剩下一片白地，祇留下一顆空心的古樹，成了迷惑人們妖狐的藏身之處。 妖狐：詭計多端、裝神弄鬼的狐狸。元稹《捕捕歌》："然後巡野田，遍張畋獵具。外無梟獍援，内有熊羆驅。狡兔掘荒榛，妖狐熏古墓。"白居易《哭王質夫》："江南有毒蟒，江北有妖狐。皆享千年壽，多於王質夫。" 魅人：迷惑人。洪邁《夷堅丁志·蛇妖》："蛇最能爲妖，化形魅人。"馮復京《六家詩名物疏》卷三八："《古今注》云：'蠍蜓一曰守宫，一曰龍子，善於樹上捕蟬食之。其長細五色者名蜥蜴，其短大者名蠑螈，一曰蛇毉，大者長三尺，色玄紺，善魅人，一曰玄蠍，一曰緣螈。'"

④"狐惑意顛倒"兩句：意謂某些人們被妖狐迷惑之後，神志不清，是非不分，思想混亂，連妖狐的惡臭也聞不到，反而成了值得欣賞的香味。 狐惑：爲狐妖所蠱惑。《朱子語類》卷七五："孔子只說群疑亡也，便見得上面許多皆是狐惑可疑之事而已。到後人解說，便多牽强。"《唐才子傳·盧弼傳》："有孫啓、崔珏同時，恣心狂狎，善爲唱和，頗陷輕薄，無退讓之風，惟盧弼氣象稍嚴，不遷狐惑。" 顛倒：上下、前後或次序倒置。酈道元《水經注·河水》："夫《琴操》以爲孔子臨狄水而歌矣！曰：'狄水衍兮風揚波，船楫顛倒更相加。'"《文心雕龍·定勢》："效奇之法，必顛倒文句，上句而抑下，中辭而出外，回互不常。"錯亂，混亂。《吕氏春秋·情欲》："胸中大擾，妄言想見，臨死之上，顛倒驚懼，不知所爲。"蘇舜欽《上范公參政書》："羌賊不庭，西

方用武，策畫顛倒，兵師敗没。"　臊腥：臭惡的氣味。李綱《自海陵泛江歸梁谿作》："去年狂寇起歔睦，江浙慘淡妖氛凝。百年涵養極繁盛，一日蕩析屯臊腥。"劉復《經禁城》："金石非汝壽，浮生等臊腥。不如學神仙，服食求丹經。"

⑤　"丘墳變城郭"兩句：意謂在這些神志不清人們的眼裏，陰森恐怖的墳墓轉眼之間成了人來人往的城市，而原本美麗的花花草草則反而成了扎手的荆榛。　丘墳：墳墓。《文選・班昭〈東征賦〉》："蘧氏在城之東南兮，民亦尚其丘墳。"李善注："《陳留風俗傳》曰，長垣縣有蘧鄉，有蘧伯玉冢。"韓愈《題楚昭王廟》："丘墳滿目衣冠盡，城闕連雲草樹荒。猶有國人懷舊德，一間茅屋祭昭王。"　城郭：原指城牆，城指内城的牆，郭指外城的牆。《禮記・禮運》："大人世及以爲禮，城郭溝池以爲固。"孔穎達疏："城，内城；郭，外城也。"杜甫《越王樓歌》："孤城西北起高樓，碧瓦朱甍照城郭。"本詩泛指城市。《史記・萬石張叔列傳》："城郭倉庫空虛，民多流亡。"蘇軾《雷州八首》六："殺牛擾鼓祭，城郭爲傾動。雖非堯頒曆，自我先人用。"　花草：泛指可供觀賞的花和草。《南史・蕭惠開傳》："寺内所住齋前，嚮種花草甚美。"李白《登金陵鳳凰臺》："鳳皇臺上鳳皇遊，鳳去臺空江自流。吳宮花草埋幽徑，晉代衣冠成古丘。"　荆：落葉灌木，如紫荆、牡荆等。韋應物《登樓寄王卿》："踏閣攀林恨不同，楚雲滄海思無窮。數家砧杵秋山下，一郡荆榛寒雨中。"杜甫《贈別賀蘭銛》："黄雀飽野粟，群飛動荆榛。今君抱何恨，寂莫向時人？"　榛：果木名，落葉灌木或小喬木。孫逖《丹陽行》："荆榛古木閉荒阡，共道繁華不復全。赤縣唯餘江樹月，黄圖半入海人烟。"李白《古風》："大雅久不作，吾衰竟誰陳？王風委蔓草，戰國多荆榛。"

⑥　良田：土質肥沃的田地。《商君書・墾令》："農逸則良田不荒。"陶潛《桃花源記》："土地平曠，屋舍儼然，有良田美池桑竹之屬。"千萬：形容數目極多。王粲《從軍詩五首》四："連舫逾萬艘，帶甲千萬

1835

人。"韓愈《秋懷詩十一首》三:"茫茫出門路,欲去聊自勸。歸還閲書史,文字浩千萬。" 頃:土地面積單位之一,百畝爲頃。《漢書·楊惲傳》:"田彼南山,蕪穢不治,種一頃豆,落而爲萁。"顏師古注引張晏曰:"一頃百畝,以喻百官。"杜甫《杜鵑》:"有竹一頃餘,喬木上參天。"也有十二畝半爲頃的説法。《公羊傳·宣公十五年》"什一者,天下之中正也"何休注:"凡爲田,一頃十二畝半,八家而九頃,共爲一井,故曰井田。" 天荒:指未經開闢的或後來荒蕪的。李賀《致酒行》:"馬周昔作新豐客,天荒地老無人識。空將箋上兩行書,直犯龍顔請恩澤。"郭祥正《謝餘干陸宰惠李廷圭墨》"集仙昔與文忠遊,文采聲鳴喧九州。鯤鵬未化忽塌翼。地老天荒雲海幽。"

⑦ "主人議芟斫"兩句:意謂君主正要與臣僚商議剿滅之事,妖狐突然恐怖現身,一個個都不敢向前更不敢説話。 主人:這裏指君主。韓愈《祭穆員外文》:"主人信讒,有惑其下;殺人無罪,誣以成過。"元稹《捕捉歌》:"歌此勸主人,主人那不悟!不悟還更歌,誰能恐違忤?" 芟:除草。《詩·周頌·載芟》:"載芟載柞,其耕澤澤。"毛傳:"除草曰芟,除木曰柞。"《宋史·蘇雲卿傳》:"披荊畬礫爲圃,藝植耘芟,灌溉培壅,皆有法度。"引申爲刈除,除去。張衡《東京賦》:"其遇民也,若薙氏之芟草,既蘊崇之,又行火焉!"《舊唐書·李元諒傳》:"芟林薙草,斬荊榛。"又作斬殺、消滅、清除解。陳琳《檄吳將校部曲文》:"折衝討難,芟敵搴旗。"曹唐《奉送嚴大夫再領容府二首》一:"劍澄黑水曾芟虎,箭劈黃雲慣射雕。" 斫:用刀斧等砍或削。《韓非子·奸劫弑臣》:"賈舉射公,中其股,公墜,崔子之徒以戈斫公而死之。"杜甫《一百五日夜對月》:"斫却月中桂,清光應更多。" 芟斫:即用刀斧砍伐。白居易《有木詩八首》四:"爲長社壇下,無人敢芟斫。幾度野火來,風迴燒不著。"周必大《趙子直丞相》:"凡費數月工夫,用錢數百千,雇人芟斫,始見缺陷去處,乃敢具稟。" 怪:即妖狐。劉禹錫《有僧言羅浮事因爲詩以寫之》:"又如廣樂奏,金石含悲辛。疑其

有巨靈,怪物盡來賓。"元稹《賽神》:"歲深樹成就,曲直可輪轅。幽妖盡依倚,萬怪之所屯。"　見:"現"的古字,顯現,顯露。《史記·刺客列傳》:"軻既取圖奏之,秦王發圖,圖窮而匕首見。"杜甫《茅屋爲秋風所破歌》:"嗚呼!何時眼前突兀見此屋,吾廬獨破受凍死亦足!"

⑧ 那言:豈知,豈料。竇庠《太原送穆質南遊》:"那言苦行役,值此遠徂征?莫話心中事!相看氣不平。"元稹《酬別致用》:"昨來竄荊蠻,分與平生瘝。那言返爲遇,獲見心所奇!"　空山:滿山遍野。張說《宿直溫泉宮羽林獻詩》:"寒木羅霜仗,空山響夜更。恩深靈液暖,節勁古松貞。"王維《山居秋暝》:"空山新雨後,天氣晚來秋。明月松間照,清泉石上流。"　空:罄盡,空其所有。《詩·小雅·大東》:"小東大東,杼柚其空。"毛傳:"空,盡也。"韓愈《送溫處士赴河陽軍序》:"夫冀北馬多天下,伯樂雖善知馬,安能空其群邪?"　風馬:原指疾馳如風的馬。《漢書·禮樂志》:"靈之下,若風馬,左倉龍,右白虎。"杜甫《朝享太廟賦》:"園陵動色,躍在藻之泉魚;弓劍皆鳴,汗鑄金之風馬。"引申指風。李紳《靈汜橋》:"能促歲陰惟白髮,巧乘風馬是春光。何須化鶴歸華表,却數凋零念越鄉?"薛季先《吳江放船至楓橋灣》:"風馬座中生,天幕波中出。高城多隱映,遠岫攢羅列。"

⑨ 壯聲:雄壯的聲音。韋驤《即事》:"花空葉自隕,梅重核初成。噱論無柔語,酣歌有壯聲。"陸游《秋懷》:"病樹有凋葉,殘蟬無壯聲。書生守故態,已復理燈檠。"　鼓鼙:古代軍中常用的樂器,指大鼓和小鼓。《禮記·樂記》:"君子聽鼓鼙之聲,則思將帥之臣。"《舊唐書·郭子儀傳》:"子儀遣六軍兵馬使張知節、烏崇福、羽林軍使長孫全緒等將兵萬人爲前鋒,營於韓公堆,盛張旗幟,鼓鞞震山谷。"　高焰:火光冲天貌。元稹《紅芍藥》:"芍藥綻紅綃,巴籬織青瑣。繁絲蟜金蕊,高燄當爐火。"梅堯臣《觀博陽山火》:"十月原野枯,連山起狂燒。高燄過危峰,飛火入遐嶠。"　旗幟:各種旗子的總稱。《墨子·雜守》:"候出置田表,斥坐郭內外立旗幟。"《史記·留侯世家》:"益爲張旗幟

諸山上，爲疑兵。"

⑩ 逡巡：徘徊不進，滯留。劉希夷《將軍行》："將軍闢轅門，耿介當風立。諸將欲言事，逡巡不敢入。"杜甫《寄薛三郎中據》："余病不能起，健者勿逡巡。上有明哲君，下有行化臣。" 荊棘：泛指山野叢生多刺的灌木。張載《七哀》："蒙籠荊棘生，蹊徑登童豎。"杜甫《別贊上人》："古來聚散地，宿昔長荊棘。相看俱衰年，出處各努力。" 狐兔：狐和兔，亦以喻壞人小人。劉希夷《洛川懷古》："昔時歌舞臺，今成狐兔穴。人事互消亡，世路多悲傷。"崔顥《古遊俠呈軍中諸將》："還家行且獵，弓矢速如飛。地迥鷹犬疾，草深狐兔肥。" 子孫：兒子和孫子，泛指後代，這裏借指狐兔的後代。儲光羲《田家雜興八首》一："不能自力作，黽勉娶鄰女。既念生子孫，方思廣田圃。"劉長卿《送嚴維赴河南充嚴中丞幕府》："暮情辭鏡水，秋夢識雲門。蓮府開花萼，桃園寄子孫。"

⑪"狐死魅人滅"兩句：意謂妖狐被燒死，它們奉行的那一套迷惑人們的伎倆也隨着灰飛烟滅，大火之後，烟霧散去，祇剩下祭祀的土壇。 魅人：被精怪迷住的人。《中華古今注·蝘蜓》："其長大者名曰蠑螈(蛇)醫，大者長三尺，其色玄紺，善魅人，一曰玄螈，一名綠螈。"《太平御覽·守宮》："崔豹《古今注》曰：蝘蜓，一曰守宮，一曰龍子，善於樹上捕蟬食之。其長細五色者名爲蜥蜴，其短大者名爲蠑螈，一曰蛇醫。大者長三尺，其色玄紺，善魅人。一曰玄螈，一名綠螈。" 壇墠：古代祭祀的場所，築土曰壇，除地曰墠。《禮記·祭法》："天下有王，分地建國，置都立邑，設廟祧壇墠而祭之。"王充《論衡·知實》："武王不豫，周公請命，壇墠既設，筴祝已畢，不知天之許已與不，乃卜三龜。"

⑫"繞壇舊田地"兩句：意謂原來分佈在祭祀土壇四周被荒廢的田地，按照一定的規矩、等級分配給有關的耕種者。 給授：給予，交付。《新唐書·李密傳》："民食興洛倉者，給授無檢。"曾鞏《救灾議

論》：“〔賑粟〕至於給授之際，有淹速，有均否，有真偽，有會集之擾，有辨察之煩，厝置一差，皆足致弊。”　等倫：同輩，同類，亦謂與之同等或同類。《漢書·甘延壽傳》：“少以良家子善騎射爲羽林，投石拔距絕於等倫。”杜甫《寄薛三郎中據》：“憶昔村野人，其樂難具陳。藹藹桑麻交，公侯爲等倫。”

⑬農收：農作物的收穫。《左傳·襄公十七年》：“宋皇國父爲大宰，爲平公築臺，妨於農收。”杜預注：“周十一月，今九月，收斂時。”元稹《茅舍》：“農收次邑居，先室後臺榭。”　村落：村莊。《三國志·鄭渾傳》：“入魏郡界，村落齊整如一。”張喬《歸舊山》：“昔年山下結茅茨，村落重來野徑移。”也泛指鄉村、鄉下。張孝祥《劉兩府》：“某以久不省祖塋，自宣城暫歸歷陽村落。”　社樹：古代封土爲社，各隨其地所宜種植樹木，稱社樹。《莊子·人間世》：“匠石之齊，至乎曲轅，見櫟社樹，其大蔽牛，絜之百圍，其高臨山，十仞而後有枝。”韓愈《奉酬振武胡十二丈大夫》：“傾朝共羨寵光頻，半歲遷騰作虎臣。戎旆暫停辭社樹，里門先下敬鄉人。”　團圓：圓貌，這裏指社樹重新得到村民的培育，枝繁葉茂。盧綸《送張成季往江上賦得垂楊》：“一穗雨聲裏，千條池色前。露繁光的皪，日麗影團圓。”元稹《高荷》：“颭閃碧雲扇，團圓青玉疊。亭亭自擡舉，鼎鼎難藏擪。”

⑭“社公千萬歲”兩句：意謂我希望土地老爺能够千秋萬世永遠永遠存在，保佑村民安居樂業，享受他們應有的平靜生活。　社公：舊謂土地神。《禮記·郊特牲》：“社祭土而主陰氣也。”孔穎達疏引許慎曰：“今人謂社神爲社公。”《後漢書·費長房傳》：“〔長房〕遂能醫療衆病，鞭笞百鬼及驅使社公。”　千萬歲：祝頌之詞，意爲千秋萬世，永遠存在。楊巨源《春日奉獻聖壽無疆詞十首》一：“鳳扆臨花暖，龍鑪旁日香。遙知千萬歲，天意奉君王。”李遠《翦綵》：“葉逐金刀出，花隨玉指新。願君千萬歲，無歲不逢春。”本詩採用感物寓意的寫作手法，意在借古社説事，爲李唐某些地方某些部門，比如藩鎮，

借著李唐最高統治者的名義，狐假虎威，以妖術矇騙百姓，以權勢欺壓人們。詩人對此甚爲擔憂，而面對無法無天的醜惡勢力，"主人"亦即李唐統治者祇是"議芟斫"，最終是"怪見不敢前"，缺乏徹底剿滅它們的決心。詩人希望上蒼有眼，用天火燒滅它們，爲百姓建立安居樂業的社會。

[編年]

《年譜》編年本詩於元和五年，沒有說明本詩賦詠的具體時間，也沒有說明編年理由。《編年箋注》編年云："《古社》……作於元和五年（八一〇）貶江陵途中。參閱卞《譜》。"《年譜新編》亦編年元和五年，沒有說明具體賦詠時間也沒有說明編年理由。

白居易有《和答詩十首·和古社》酬和本詩，證明本詩與白居易酬和的如《思歸樂》等其他九篇均作於元稹貶赴江陵途中。寫作時間大約與《思歸樂》等詩同時，大約在元和五年三月十七日至三月二十四日間。

◎ 松　樹①

華山高幢幢⑴，上有高高松②。株株遙各各，葉葉相重重③。槐樹夾道植⑵，枝葉俱冥蒙⑶④。既無貞直幹⑷，復有胃挂蟲⑤。何不種松樹？種之搖清風⑸⑥。秦時已曾種，憔悴種不供⑦。可憐孤松意，不與槐樹同⑧。閒在高山頂，樛盤蚪與龍⑨。屈爲大廈棟，庇蔭侯與公⑩。不肯作行伍，俱在塵土中⑪。

錄自《元氏長慶集》卷一

[校記]

（一）華山高幢幢：《全詩》、《佩文齋廣群芳譜》同，楊本、叢刊本作“華山高憧憧”，《全詩》在“憧憧”下注：“一作‘幢幢’。”“憧憧”語義不佳，不改。

（二）槐樹夾道植：宋蜀本、蘭雪堂本、叢刊本、《佩文齋廣群芳譜》、《全詩》同，楊本作“槐樹夾道值”，雖然“植”與“值”可通，但改動沒有必要。

（三）枝葉俱冥蒙：蘭雪堂本、叢刊本、《佩文齋廣群芳譜》、《全詩》同，楊本作“枝葉但冥蒙”，語義不通，不從不改。

（四）既無貞直幹：楊本、叢刊本同，《佩文齋廣群芳譜》、《全詩》作“既無貞直榦”，語義不佳，不從不改。

（五）種之搖清風：楊本、叢刊本、《佩文齋廣群芳譜》、《全詩》作“使之搖清風”，兩句語義均通，不改。

[箋注]

① 松樹：木名，松科植物的總稱，常綠或落葉喬木，少數爲灌木。樹皮多爲鱗片狀，葉子針形，毬果。材用很廣，種子可食用、榨油，松脂可提取松香、松節油。王維《戲題輞川別業》：“柳條拂地不須折，松樹披雲從更長。藤花欲暗藏猱子，柏葉初齊養麝香。”顧況《山中》：“野人愛向山中宿，況在葛洪丹井西。庭前有箇長松樹，夜半子規来上啼。”白居易有《和答詩十首·和松樹》，詩云：“亭亭山上松，一一生朝陽。森聳上參天，柯條百尺長。漠漠塵中槐，兩兩夾康莊。婆娑低覆地，枝幹亦尋常。八月白露降，槐葉次第黃。歲暮滿山雪，松色鬱青蒼。彼如君子心，秉操貫冰霜。此如小人面，變態隨炎涼。共知松勝槐，誠欲栽道傍。糞土種瑤草，瑤草終不芳。尚可以斧斤，伐之爲棟梁。殺身獲其所，爲君構明堂。不然終天年，老死在南岡。不願亞

枝葉,低隨槐樹行。"可與本詩參讀。

②　華山:山名,五嶽之一,在今陝西省華陰市南,北臨渭河平原,屬秦嶺東段,又稱太華山,古稱"西嶽",有蓮花(西峰)、落雁(南峰)、朝陽(東峰)、玉女(中峰)、五雲(北峰)等峰,爲遊覽勝地。關於"五嶽",在古書中記述略有不同,指東嶽泰山、南嶽衡山、西嶽華山、北嶽恒山、中嶽嵩山。《周禮·春官·大宗伯》:"以血祭祭社稷、五祀、五嶽。"鄭玄注:"五嶽,東曰岱宗、南曰衡山、西曰華山、北曰恒山、中曰嵩高山。"《史記·封禪書》、《漢書·郊祀志》説同。《初學記》卷五引《纂要》:"嵩、泰、衡、華、恒,謂之五嶽。"今所言五嶽,即指此五山。也有指東嶽泰山、南嶽霍山、西嶽華山、北嶽恒山、中嶽嵩山。《爾雅·釋山》:"泰山爲東嶽,華山爲西嶽,翟山爲南嶽,恒山爲北嶽,嵩高爲中嶽。"郭璞注:"〔霍山〕即天柱山。"按,天柱山在今安徽霍山縣西北。《史記·封禪書》載漢武帝"登禮灊之天柱山,號曰'南嶽'"。應劭《風俗通·山澤·五嶽》則謂"南方衡山,一名霍山"。另有指泰山、衡山、華山、嶽山、恒山爲"五嶽"。《周禮·春官·大司樂》:"凡日月食,四鎮、五嶽崩。"鄭玄注:"五嶽,岱在兖州、衡在荆州、華在豫州、嶽在雍州、恒在并州。"《爾雅·釋山》:"河南,華;河西,嶽;河東,岱;河北,恒;江南,衡。"郭璞注:"嶽,吳嶽。"但幾種説法中,華山均在其中,故引述如上。　　幢幢:高而團簇籠覆貌。楊衡《山齋獨宿贈晏上人》:"幢幢雲樹秋,黃葉下山頭。蟲響夜難度,夢閑神不遊。"徐積《華陽山和查教授五首》二:"玉井溫溫浸月華幢幢松檜聳高牙半峰已斷人間路絶頂自開天上花"　　高高:非常非常高。張九齡《登城樓望西山作》:"城樓枕南浦,日夕顧西山。宛宛鸞鶴處,高高烟霧間。"王昌齡《從軍行七首》二:"琵琶起舞換新聲,總是關山舊別情。撩亂邊愁聽不盡,高高秋月照長城。"

③　株株:猶言一株株。徐夤《畫松》:"枝偃只應玄鶴識,根深且與茯苓生,天台道士頻來見,説似株株倚赤城。"貫休《懷匡山道侶》:

"檉桂株株濕，猨猱個個啼。等閑成遠別，窗月又如珪。"　各各：各自。《玉臺新詠·古詩〈爲焦仲卿妻作〉》："執手分道去，各各還家門。"張籍《妾薄命》："君愛龍城征戰功，妾願青樓歡樂同。人生各各有所欲，詎得將心入君腹？"　葉葉：片片。王建《宮詞一百首》一七："羅衫葉葉繡重重，金鳳銀鵝各一叢。"晏殊《清平樂》："金風細細，葉葉梧桐墜。"　重重：猶層層。《西京雜記》卷六："洲上黏樹一株，六十餘圍，望之重重如蓋。"張説《同趙侍御望歸舟》："山庭迴迴面長川，江樹重重極遠烟。"

④ 槐樹：落葉喬木，羽狀複葉，小葉卵形至卵狀披針形，夏開蝶形花，色黃白，結莢果，圓筒形。材質緻密，可供建築和製造器皿用，花和果實可製造黃色染料，花蕾種子和根上的皮可入中藥。段懷然《挽湧泉寺僧懷玉》："我師一念登初地，佛國笙歌兩度來。唯有門前古槐樹，枝低只爲挂銀臺。"吳融《題湖城縣西道中槐樹》："零落欹斜此路中，盛時曾識太平風。曉迷天仗歸春苑，暮送鸞旗指洛宮。"　夾道：在道路兩旁。《史記·孫子吳起列傳》："於是令齊軍善射者萬弩，夾道而伏，期曰：'暮見火舉而俱發。'"李白《新林浦阻風寄友人》："昨日北湖梅，開花已滿枝。今朝東門柳，夾道垂青絲。"　枝葉：枝條和樹葉。《詩·大雅·蕩》："枝葉未有害，本實先撥。"元稹《種竹》："失地顏色改，傷根枝葉殘。"　冥蒙：濃密貌。吳少微《和崔侍御日用遊開化寺閣》："初入雲樹間，冥蒙未昭廓。漸出欄楯外，萬里秋景焯。"齊己《春雨》："靃霈農桑野，冥濛楊柳臺。何人待晴暖？庭有牡丹開。"

⑤ 貞直：忠貞正直。《後漢書·吳祐延篤等傳論》："夫剛烈表性，鮮能優寬，仁柔用情，多乏貞直。"儲光羲《泛茅山東溪》："望鄉白雲裏，發棹清溪側。松柏生深山，無心自貞直。"這裏以物喻人，以松樹、槐樹爲比，讚譽人世間的正直人士，抨擊奸邪之臣。　罥挂：纏繞懸挂，本詩指以吐絲的辦法挂在槐樹樹枝上的挂蟲。韋應物《灃上寄

1843

幼退》:"冒罳叢榛密,披玩孤花明。曠然西南望,一極山水情。"皇甫枚《三水小牘·王知古》:"少焉,有群狐突出,焦頭爛額者,罝羅冒挂者,應弦飲羽者,凡獲狐大小百餘頭以歸。"

⑥ 清風:原指清微的風、清凉的風。杜甫《四松》:"清風爲我起,灑面若微霜。"也指清惠的風化。《文選·張衡〈東京賦〉》:"清風協於玄德,淳化通於自然。"薛綜注:"清惠之風,同於天德。"蘇轍《賀致政曾太傅啓》:"出同憂患,措國步於安寧;歸共優遊,播清風於長久。"本詩是喻指高潔的品格。《文心雕龍·誄碑》:"標序盛德,必見清風之華。"李贄《豫約·感慨平生》:"夫陶公清風千古,余又何人,敢稱庶幾?"

⑦ "秦時已曾種"兩句:《漢書·賈鄒枚路傳》記載賈山之言,云:"(秦)爲馳道於天下,東窮燕齊,南極吳楚,江湖之上瀕海之觀畢至。道廣五十步,三丈而樹,厚築其外,隱以金椎,樹以青松,爲馳道之麗至於此!使其後世曾不得邪徑而托足焉!死葬乎驪山,吏徒數十萬人,曠日十年。"漢興,馳道漸漸荒廢,松樹也大多因無人管理而憔悴。憔悴:凋零,枯萎。焦贛《易林·需之否》:"毛羽憔悴,志如死灰。"元稹《別毅郎(此後工部侍郎時詩)》二:"愛惜爾爺唯有我,我今顦顲望何人? 傷心自比籠中鶴,翦盡翅翎愁到身。" 種:植物的種子。《逸周書·大匡》:"無播蔬,無食種。"方干《題盛令新亭》:"舉目豈知新智慧,存思便是小天臺.偶嘗嘉果求枝去,因得名花寄種來。"人或其他生物的族類。《戰國策·齊策》:"女無謀而嫁者,非吾種也。"《史記·陳涉世家》:"且壯士不死即已,死即舉大名耳,王侯將相,寧有種乎!"引申爲後嗣。《晉書·劉頌傳》:"及趙王倫之害張華也,頌哭之甚慟。聞華子得逃,喜曰:'茂生,卿當有種也!'" 供:侍奉,伺候。《逸周書·諡法》:"敬事供上曰恭。"孔晁注:"供,奉也。"閻選《再生記·顔畿》:"得病……不能言語,十餘年,家人疲於供護。"

⑧ "可憐孤松意"兩句:意謂孤松的志向決不肯同流合污,高潔

1844

的品格非常值得人們敬佩，與槐樹遇事隨勢而行的品行絕然不同。可憐：可愛。《玉臺新詠·無名氏古詩〈爲焦仲卿妻作〉》：“東家有賢女，自名秦羅敷。可憐體無比，阿母爲汝求。”杜甫《韋諷録事宅觀曹將軍畫馬圖歌》：“可憐九馬爭神駿，顧視清高氣深穩。”可喜。王昌齡《蕭駙馬宅花燭》：“可憐今夜千門裏，銀漢星回一道通。”白居易《曲江早春》：“可憐春淺遊人少，好傍池邊下馬行。”可羨。岑參《衛節度赤驃馬歌》：“始知邊將真富貴，可憐人馬相輝光。”白居易《長恨歌》：“姊妹兄弟皆列土，可憐光彩生門户。”　孤松：單獨生長的松樹。陶潛《歸去來兮辭》：“景翳翳以將入，撫孤松而盤桓。”張説《遙同蔡起居偃松篇》：“清都衆木總榮芬，傳道孤松最出群。”　同：相同，一樣。《易·暌》：“天地暌而其事同也。”司馬光《功名論》：“然則人主有賢不能知，與無賢同；知而不能用，與不知同；用而不能信，與不用同。”

⑨　樛盤：亦作“樛蟠”，曲折盤結。元稹《松鶴》：“蹋動樛盤枝，龍蛇互跳躍。俯瞰九江水，旁瞻萬里壑。”王禹偁《八絶詩·垂藤蓋》：“古藤何樛蟠！低蔭庶子泉。童童若青蓋，挂在絶壁前。”　虯：傳説中的一種無角龍。《楚辭·離騷》：“駟玉虯以桀鷖兮，溘埃風余上征。”王逸注：“有角曰龍，無角曰虯。”洪興祖補注：“虯，龍類也。”《文選·揚雄〈甘泉賦〉》：“駟蒼螭兮六素虯，蠖略蕤綏，灕虖參纚。”李善注引《説文》：“虯，龍無角者。”　龍：傳説中的一種神異動物，身長，形如蛇，有鱗爪，能興雲降雨，爲水族之長。《易·乾》：“雲從龍，風從虎，聖人作而萬物睹。”韓愈《陸渾山火和皇甫湜用其韵》：“水龍鼉龜魚與黿，鴉鴟雕鷹雉鵠鶤。”這裏以虯與龍的曲折盤結形狀比喻松樹樹枝在空中伸展的形態。

⑩　屈爲：委屈成爲。嚴維《九日登高》：“木奴向熟懸金實，桑落新開瀉玉缸。四子醉時争講德，笑論黄霸屈爲邦。”黄庭堅《雕陂》：“雕陂之水清且泚，屈爲印文三百里。呼船載過七十餘，褰裳亂流初不記。”　大廈：高大的房屋。王褒《四子講德論》：“大廈之材，非一丘

1845

之木；太平之功，非一人之略也。”蘇軾《謝兼侍讀表》：“大廈既構，尚求一木之支。” 庇廕：亦作“庇蔭”，遮蔽。《國語·晉語》：“木有枝葉，猶庇廕人，而況君子之學乎？”《詩·小雅·隰桑》“隰桑有阿，其葉有難”鄭玄箋：“其葉又茂盛，可以庇蔭人。” 侯：古代爵位名。《禮記·王制》：“王者之制祿爵，公、侯、伯、子、男，凡五等。”《魏書·官氏志》：“九月，減五等之爵，始分爲四，曰王、公、侯、子，除伯、男二號。” 公：古代五等爵位的第一等，一直至清代仍沿用。《易·大有》：“公用亨于天子，小人弗克。”《詩·小雅·白駒》：“爾公爾侯，逸預無期。”《禮記·王制》：“王者之制祿爵，公、侯、伯、子、男，凡五等。”

⑪ 行伍：本詩指朝臣排列的行列。《隋書·王劭傳》：“諸字本無行伍，然往往偶對。”戎昱《謫官辰州冬至日懷》：“夢隨行伍朝天去，身寄窮荒報國難。北望南郊消息斷，江頭唯有淚闌干。” 塵土：指塵世，塵事。沈亞之《送文穎上人遊天台》：“莫説人間事，崎嶇塵土中。”張端義《貴耳集》卷下：“及作舍人學士，日奔走於塵土中，聲利擾擾。”本詩也是感物寓意的作品，詩人以孤山之上的松樹説事，讚揚松樹的高尚品格，是含有自寓性質的詩篇，值得大家重視。

［編年］

《年譜》編年本詩於元和五年，沒有説明本詩賦詠的具體時間，也沒有説明編年理由。《編年箋注》編年云：“此詩……作於元和五年（八一〇）貶江陵時。參見下《譜》。”《年譜新編》亦編年元和五年，沒有説明具體賦詠時間也沒有説明編年理由。

白居易有《和答詩十首·和松樹》酬和本詩，證明本詩與白居易酬和的如《思歸樂》等其他九篇均作於元稹貶赴江陵途中。寫作時間應該與《思歸樂》等詩同時，大約在元和五年三月十七日至三月二十四日間。

◎ 芳　樹①

　　芳樹已寥落,孤英尤可嘉②。可憐團團葉(一),蓋覆深深花③。遊蜂競鑽刺(二),鬥雀亦紛拿④。天生細碎物,不愛好光華⑤。非無殲殄法,念爾有生涯(三)⑥。春雷一聲發,驚燕亦驚蛇⑦。清池養神蔡,已復長蝦蟆⑧。雨露貴平施,吾其春草芽⑨。

録自《元氏長慶集》卷一

[校記]

　　(一) 可憐團團葉:《樂府詩集》、錢校宋本、《全詩》同,楊本、叢刊本作"可憐團圓葉",語義難通,不從不改。

　　(二) 遊蜂競鑽刺:楊本、叢刊本、《樂府詩集》同,《全詩》卷三九六亦同,而《全詩》卷一七却作"遊蜂競攢刺",語義難通,不從不改。

　　(三) 念爾有生涯:楊本、叢刊本同,盧校本疑作"念爾生有涯",兩句語義近似,不改。

[箋注]

　　① 芳樹:泛指佳木,花木。李嶠《軍師凱旋自邕州順流舟中》:"芳樹吟羌管,幽篁入楚詞。全軍多勝策,無戰在明時。"李白《送友人入蜀》:"山從人面起,雲傍馬頭生。芳樹籠秦棧,春流繞蜀城。"也作樂府曲名,《漢鐃歌》十八曲之一,見《樂府詩集·漢鐃歌》。唐人沈佺期、盧照鄰、徐彥伯、韋應物、羅隱都以《芳樹》爲題,被《樂府詩集·漢鐃歌》一一選入,元稹的《芳樹》也列名其中。

　　② 寥落:稀疏,稀少。《文選·謝朓〈京路夜發〉》:"曉星正寥落,

晨光復泱漭。"李善注:"寥落,星稀之貌也。"谷神子《博異志·崔無
隱》:"漸暮,遇寥落三兩家,乃欲寄宿耳!"衰落,衰敗。陶潛《和胡西
曹示顧賊曹》:"悠悠待秋稼,寥落將賒遲。" 孤英:單獨的花。陳子
昂《感遇詩三十八首》二五:"群物從大化,孤英將奈何? 瑤臺有青鳥,
遠食玉山禾。" 可嘉:值得讚許。司馬相如《封禪文》:"白質黑章,其
儀可嘉。"孟郊《崢嶸嶺》:"古樹浮綠氣,高門結朱華。始見崢嶸狀,仰
止逾可嘉。"元稹《感石榴二十韻》:"俗態能嫌舊,芳姿尚可嘉。非專
愛顏色,同恨阻幽遐。"

③ 可憐:可愛。李如璧《明月》:"已悲芳歲徒淪落,復恐紅顏坐
銷鑠。可憐明月方照灼,向影傾身比葵藿。"元稹《種竹》:"可憐亭亭
榦,一一青琅玕。孤鳳竟不至,坐傷時節闌。" 團團:圓貌。班婕妤
《怨歌行》:"裁為合歡扇,團團似明月。"謝惠連《七月七日夜詠牛女》:
"團團滿葉露,析析振條風。" 蓋覆:覆蓋,遮蓋。元稹《桐花落》:"莎
草遍桐陰,桐花滿莎落。蓋覆相團圓,可憐無厚薄。"白居易《玩新庭
樹因詠所懷》:"靄靄四月初,新樹葉成陰。動搖風景麗,蓋覆庭院
深。" 深深:濃密貌。張說《贈別楊炯箴》:"杳杳深谷,深深喬木。"崔
櫓《華清宮三首》一:"草遮回磴絕鳴鸞,雲樹深深碧殿寒。"

④ 遊蜂:指飛舞遊動的蜜蜂。沈佺期《芳樹》:"啼鳥弄花疏,遊
蜂飲香遍。"蘇軾《和孔密州五絕·堂後白牡丹》:"何似後堂冰玉潔?
遊蜂非意不相干。" 鑽刺:鑽營,謀求。俞文豹《吹劍四錄》:"夤緣鑽
刺,奔競成風。"陳傑《讀邸報》二:"鑽刺逢迎狀似奴,是非羞惡一毫
無。蓋間老犬曾供喉,轞上新鷹正待呼。" 鬥雀:雀性好鬥,故名。
姚合《和裴令公游南莊》:"鬥雀翻衣袂,驚魚觸釣竿。"張祜《江南雜
題》:"怒蛙橫飽腹,鬥雀墮輕毛。" 紛挐:亦作"紛拏"、"紛拿",混亂
貌,錯雜貌。王粲《閑邪賦》:"情紛挐以交橫,意慘悽而增悲。"《舊唐
書·崔沔傳》:"於是群議紛挐,各安積習,太常禮部奏依舊定。"混戰,
互相扭扯。《史記·衛將軍驃騎列傳》:"時已昏,漢、匈奴相紛挐,殺

傷大當。"《文選·傅毅〈舞賦〉》:"簡惰跳踹,般紛挈兮。"李善注:"紛挈,相著牽引也。"

⑤ 天生:天然生成。《韓非子·解老》:"夫能自全也而盡隨於萬物之理者,必有在天生。天生也者,生心也。"白居易《長恨歌》:"楊家有女初長成,養在深閨人未識。天生麗質難自棄,一朝選在君王側。"　細碎:瑣碎,細小。韋昭《〈國語解〉叙》:"解疑釋滯,昭晰可觀,至於細碎,有所闕略。"齊己《劍客》:"勇死尋常事,輕讎不足論。翻嫌易水上,細碎動離魂。"　光華:光榮,榮耀。《文選·鮑照〈擬古〉》:"宗黨生光華,賓僕遠傾慕。"吕延濟注:"宗族鄉黨皆持其勢而生光榮。"《周書·李賢傳》:"非直榮寵一時,亦足光華身世。"光芒,光彩。阮籍《詠懷八十二首》七四:"色容艷姿美,光華耀傾城。"王安石《上邵學士書》:"譬之擷奇花之英,積而玩之,雖光華馨香,鮮縟可愛,求其根柢濟用,則蔑如也。"

⑥ 非無:不是沒有。張九齡《冬中至玉泉山寺屬窮陰冰閉崖谷無色及仲春行縣復往焉故有此作》:"靈境信幽絶,芳時重暄妍。再來及兹勝,一遇非無緣。"陳子昂《薊丘覽古贈盧居士藏用七首·郭隗》:"逢時獨爲貴,歷代非無才。隗君亦何幸,遂起黄金臺。"　殲殄:消滅,滅絶。《晉書·張軌傳》:"主簿謝艾,兼資文武,明識兵略,若授以斧鉞,委以專征,必能折衝禦侮,殲殄凶類。"《晉書·孫處傳》:"曾不旬月,妖凶殲殄,蕩滌之功,實庸爲大。"　生涯:語本《莊子·養生主》:"吾生也有涯,而知也無涯。"原謂生命有邊際、限度,後指生命、人生。沈炯《獨酌謠》:"生涯本漫漫,神理暫超超。"劉禹錫《代裴相公讓官第三表》:"聖日難逢,生涯漸短。體羸無拜舞之望,心在有涕戀之悲。"

⑦ 春雷:春天的雷。盧象《送綦母潛》:"離筵對寒食,別雨乘春雷。會有徵書到,荷衣且漫裁。"孟浩然《李氏園林卧疾》:"我愛陶家趣,園林無俗情。春雷百卉坼,寒食四鄰清。"　驚燕:附於畫軸的紙

條。梁紹壬《兩般秋雨盦隨筆·驚燕》："凡畫軸製裱既成,以紙二條附於上,若垂帶然,名曰驚燕。其紙條古人不粘,因恐燕泥點污,故使因風飛動以恐之也。見高江村《天禄識餘》。"這裏指因春雷的響聲驚動了還沒有北飛的燕子,元稹《酬盧秘書》"涸魚千丈水,殭燕一聲雷"就是這種意境的再現。盧綸《同耿拾遺春中題第四郎新修書院》："散帙燈驚燕,開簾月帶風。朝朝在門下,自與五侯通。" 驚蛇:喻筆墨飛舞。陸游《午晴試筆》："此去得非窮李廣,向來元是老馮唐。明窗攬筆聊揮灑,颯颯驚蛇又數行。"這裏也是因春雷驚醒了冬眠的蛇類。黃庭堅《以虎臂杖送李任道二首》一:"走送書堂倚絳紗,瘦藤七尺走驚蛇。晴沙每要交頭拄,尋遍漁翁野老家。"趙善括《戊戌十月初四夜夢作彌勒贊》:"叵耐這個彌勒,要向此中作賊。當初打草驚蛇,而今緣墻穴壁。"

⑧ 清池:清水洋溢的池子。沈佺期《古鏡》:"莓苔翳清池,蝦蟆蝕明月。埋落今如此,照心未嘗歇。"儲光羲《官莊池觀競渡》:"落日吹簫管,清池發櫂歌。船爭先後渡,岸激去來波。" 神蔡:大龜的美稱。蕭綱《納凉詩》:"落花還就影,驚蟬乍失林。游魚吹水沫,神蔡上荷心。"李嶠《爲杭州刺史雀元將獻綠毛龜表》:"臣聞五氣殊方,元龜列於玄武;四靈異稟,神蔡遊於紫泉。" 蝦蟆:青蛙和蟾蜍的統稱。《史記·龜策列傳》:"月爲刑而相佐,見食於蝦蟆。"杜甫《月三首》一:"魍魎移深樹,蝦蟆動半輪。故園當北斗,直指照西秦。"

⑨ 雨露:雨和露,亦偏指雨水。《後漢書·馬融傳》:"今年五月以來,雨露時澍。"元稹《代曲江老人百韵》:"暇日耕耘足,豐年雨露頻。" 平施:均平地施與。《易·謙》:"地中有山,謙。君子以裒多益寡,稱物平施。"孔穎達疏:"稱物平施者,稱此物之多少,均平而施。"陳亮《經書發題·〈詩經〉》:"道之在天下,平施於日用之間,得其性情之正者,彼固有以知之矣!" 春草芽:春天剛剛破土而出的草芽,詩人以春草芽自寓,盼望得到上蒼,亦即帝皇的雨露撫育。

［編年］

　　《年譜》編年本詩於元和五年，沒有說明本詩賦詠的具體時間，僅僅引述本詩"芳樹已寥落"以下八句作爲理由，但我們不明白這與本詩編年有什麼關係。《編年箋注》編年云："《芳樹》……作於元和五年(八一〇)貶江陵時。參見下《譜》。"《年譜新編》亦編年元和五年，沒有說明具體賦詠時間也沒有說明編年理由。

　　我們以爲本詩作爲十七首組詩之一，其寫作時間應該與《思歸樂》等詩同時，大約在元和五年三月十七日至三月二十四日間。

◎ 雉　媒①

　　雙雉在野時，可憐同嗜欲②。毛衣前後成，一種文章足(一)③。一雉獨先飛，衝開芳草綠④。網羅幽草中(二)，暗被潛羈束⑤。剪刀摧六翮，絲綫縫雙目(三)⑥。啖養能幾時？依然已馴熟⑦。都無舊性靈(四)，返與他心腹⑧。置在芳草中，翻令誘同族⑨。前時相失者，思君意彌篤⑩。朝朝舊處飛，往往巢邊哭⑪。今朝樹上啼，哀音斷還續(五)⑫。遠見爾文章，知君草中伏⑬。和鳴忽相召，鼓翅遙相矚⑭。畏我未肯來(六)，又啄礐前粟⑮。斂翮遠投君，飛馳勢奔蹙⑯。罥挂在君前，向君聲促促⑰。信君決無疑(七)，不道君相覆(八)⑱。自恨飛太高(九)，踈羅偶然觸⑲。看看架上鷹，擬食無罪肉⑳。君意定何如？依舊雕籠宿㉑。

錄自《元氏長慶集》卷一

[校記]

（一）毛衣前後成，一種文章足：楊本、叢刊本、《全詩》、《全唐詩録》同，《山堂肆考》、《古今事文類聚》無，不從不改。

（二）衝開芳草緑。網羅幽草中：楊本、叢刊本、《全詩》、《全唐詩録》同，《山堂肆考》、《古今事文類聚》無，不從不改。

（三）剪刀摧六翮，絲綫縫雙目：楊本、叢刊本、《全詩》、《全唐詩録》同，《山堂肆考》、《古今事文類聚》無，不從不改。

（四）依然已馴熟。都無舊性靈：楊本、叢刊本、《全詩》、《全唐詩録》同，《山堂肆考》、《古今事文類聚》無，不從不改。

（五）朝朝舊處飛，往往巢邊哭。今朝樹上啼，哀音斷還續：楊本、叢刊本、《全詩》、《全唐詩録》同，《山堂肆考》、《古今事文類聚》無，不從不改。

（六）鼓翅遙相矚。畏我未肯來：楊本、叢刊本、《全詩》、《全唐詩録》同，《山堂肆考》、《古今事文類聚》無，不從不改。

（七）信君決無疑：楊本、叢刊本、《全詩》、《全唐詩録》同，《山堂肆考》作“信君決不疑”，不從不改。

（八）不道君相覆：楊本、叢刊本、《全詩》、《全唐詩録》同，《山堂肆考》、《古今事文類聚》作“不道君反覆”，不從不改。

（九）自恨飛太高：本句及以下各句，《山堂肆考》、《古今事文類聚》無，不從不改。楊本、叢刊本、《全詩》、《全唐詩録》同原本，依遵原本。

[箋注]

① 雉媒：爲獵人所馴養用以誘捕野雉的雉。司空圖《南北史感遇十首》九：“景陽樓下花鈿鏡，玄武湖邊錦繡旗。昔日繁華今日恨，雉媒聲晚草芳時。”黄庭堅《大雷口阻風》：“暴殄天物悲，雕弓故在手。

鹿鳴猶念群，雉媒竟賣友。”白居易有《和答詩十首·和雉媒》相酬，詩云：“吟君雉媒什，一哂復一嘆。和之一何晚？今日乃成篇。豈唯鳥有之，抑亦人復然。張陳刎頸交，竟以勢不完。至今不平氣，塞絕派水源。趙襄骨肉親，亦以利相殘。至今不善名，高於磨笄山。況此籠中雉，志在飲啄間。稻粱暫入口，性已隨人遷。身苦亦自忘，同族何足言！但恨爲媒拙，不足以自全。勸君今日後，養鳥養青鸞。青鸞一失侶，至死守孤單。勸君今日後，結客結任安。主人賓客去，獨住在門闌。”可與本詩並讀，瞭解本詩題旨。何義門云：“元詩佳於和詩。”

　　② 雉：鳥名，通稱野雞，雄者羽色美麗，尾長，可做裝飾品，雌者尾較短，羽毛灰褐色。善走，不能遠飛。李時珍《本草綱目·雉》：“雉，南北皆有之，形大如雞，而斑色繡異。雄者文采而尾長，雌者文暗而尾短。”《易·旅》：“六五：射雉一矢亡。”韓愈《送區弘南歸》：“屓沈海底氣昇霏，彩雉野伏朝扇翬。” 在野：指在自然界。韋應物《觀田家》：“丁壯俱在野，場圃亦就理。歸來景常晏，飲犢西澗水。”杜甫《課小豎鉏斫舍北果林枝蔓荒穢淨訖移床三首》一：“病枕依茅棟，荒鉏淨果林。背堂資僻遠，在野興清深。” 可憐：可喜。王昌齡《蕭駙馬宅花燭》：“可憐今夜千門裏，銀漢星回一道通。”白居易《曲江早春》：“可憐春淺遊人少，好傍池邊下馬行。” 嗜欲：嗜好與欲望，多指貪圖身體感官方面享受的欲望。《荀子·性惡》：“妻子具而孝衰於親，嗜欲得而信衰於友，爵禄盈而忠衰於君。”《南史·沈約傳》：“約性不飲酒，少嗜慾，雖時遇隆重，而居處儉素。”

　　③ “毛衣前後成”兩句：意謂兩雉的羽毛先後豐滿，花紋顏色大致一樣。 毛衣：禽鳥的羽毛。《漢書·五行志》：“未央殿輅軨中雌雞化爲雄，毛衣變化而不鳴。”杜甫《杜鵑行》：“毛衣慘黑貌憔悴，衆鳥安肯相尊崇？” 前後：表示時間的先後。《史記·魯仲連鄒陽列傳》：“趙孝成王時，而秦王使白起破趙長平之軍前後四十餘萬，秦兵遂東圍邯鄲。”韓愈《論佛骨表》：“惟梁武帝在位四十八年，前後三度施

佛。” 一種：一樣，同樣。李白《江夏行》：“正見當壚女，紅粧二八年。一種爲人妻，獨自多悲悽。”元稹《遣行十首》六：“七過褒城驛，回回各爲情。八年身世夢，一種水風聲。” 文章：錯雜的色彩或花紋。《墨子·非樂》：“是故子墨子之所以非樂者，非以大鐘鳴鼓琴瑟竽笙之聲以爲不樂也；非以刻鏤華文章之色以爲不美也。”《後漢書·張衡傳》：“文章焕以粲爛兮，美紛紜以從風。”

④ “一雉獨先飛”兩句：意謂其中一隻羽毛首先豐滿，於是獨自搶先鑽出綠色的草叢，飛馳而出。 獨：單獨，獨自。杜甫《月夜》：“今夜鄜州月，閨中只獨看。遙憐小兒女，未解憶長安。”王安石《懷元度四首》二：“舍南舍北皆春水，恰似蒲萄初醱醅。不見秘書心若失，百年衰病獨登臺。” 先：超越，居前。《左傳·文公二年》：“禹不先鯀，湯不先契，文武不先不窋。”歐陽修《蘇主簿挽歌》：“布衣馳譽入京都，丹旐俄驚反舊閭。諸老誰能先賈誼？君王猶未識相如。” 飛：（鳥、蟲等）鼓動翅膀在空中活動。《詩·周南·葛覃》：“黃鳥於飛，集於灌木，其鳴喈喈。”李白《蜀道難》：“上有六龍回日之高標，下有衝波逆折之回川。黃鶴之飛尚不得過，猿猱欲度愁攀援。”衝：謂直朝某一方向而去。蔡琰《胡笳十八拍》：“殺氣朝朝衝塞門，胡風夜夜吹邊月。”劉延世《孫公談圃》卷中：“隋開汴河，其勢正衝今南京，至城外，迂其勢以避之，古老相傳爲留趙灣。至藝祖，以宋州節度使即帝位，乃其讖也。” 芳草：香草。班固《西都賦》：“竹林果園，芳草甘木。郊野之富，號爲近蜀。”白居易《郡中西園》：“閑園多芳草，春夏香靡靡。深樹足佳禽，旦暮鳴不已。”

⑤ 網羅：捕捉鳥獸的工具。《淮南子·兵略訓》：“飛鳥不動，不絓網羅。”鮑照《代空城雀》：“高飛畏鴟鳶，下飛畏網羅。”也指以網捕物。元稹《蜘蛛三首序》：“巴蜘蛛大而毒，其甚者，身邊數寸，而踦長數倍其身，網羅竹柏盡死。” 幽草：幽深地方的草叢。《詩·小雅·何草不黃》：“有芃者狐，率彼幽草。”韋應物《滁州西澗》：“獨憐幽草澗

邊生，上有黄鸝深樹鳴。” 　羈束：猶拘束。《文選·張協〈雜詩〉八》：
“述職投邊城，羈束戎旅間。”吕延濟注：“羈束，猶拘束也。”白居易《早
春遊曲江》：“散職無羈束，羸驂少送迎。”

　　⑥ 剪刀：兩刃交錯，可以開合，用來鉸斷布、紙、繩等東西的金屬
工具。賀知章《詠柳》：“碧玉妝成一樹高，萬條垂下緑絲縧。不知細
葉誰裁出？二月春風似剪刀。”杜甫《戲題王宰畫山水圖歌》：“尤工遠
勢古莫比，咫尺應須論萬里。焉得并州快剪刀，翦取吴松半江水。”
六翮：謂鳥類雙翅中的正羽，用以指代鳥的兩翼。《戰國策·楚策》：
“奮其六翮而凌清風，飄摇乎高翔。”蘇軾《與胡祠部遊法華山》：“君猶
鸞鶴偶飄墮，六翮如雲豈長鎩。” 　絲綫：以絲紡成的綫。李休烈《詠
銅柱》：“天門街裏倒天樞，火急先須卸火珠。計合一條絲綫挽，何勞
兩縣索人夫？”王建《織錦曲》：“回花側葉與人别，唯恐秋天絲綫乾。
紅縷葳甤紫茸軟，蝶飛參差花宛轉。”

　　⑦ 啖養：謂飼養。元稹《代諭淮西書》：“劉闢乘韋令饒衍之後，
廩藏穀帛以億萬計，啖養士卒，憑恃阻固，以仇良輔有樸厚不摇之心，
是以成其要害而授之兵。”張伯端《悟真篇·七言絶句六十四首以象
八八六十四卦之數》五三：“敲竹喚龜吞玉芝，鼓琴招鳳飲刀圭。近來
透體金光現，不與凡人話此規。”翁葆光註“啖養鉛汞，鉛汞日夕飲啖，
符火之氣而生金液之質，是爲金液還丹也。” 　幾時：多少時候。劉徹
《秋風辭》：“少壯幾時兮，奈老何！”韓愈《祭十二郎文》：“死而有知，其
幾何離；其無知，悲不幾時，而不悲者無窮期矣！” 　依然：依舊。《大
戴禮記·盛德》：“故今之人稱五帝三王者，依然若猶存者，其法誠德，
其德誠厚。”曹唐《劉阮再到天台不復見仙子》：“桃花流水依然在，不
見當時勸酒人。”形容思念、依戀的情態。高適《遇冲和先生》：“拊背
念離别，依然出户庭。”歐陽修《和對雪憶梅花》：“惟有寒梅舊所識，異
鄉每見心依然。” 　馴熟：十分馴服。文同《和子平吊猿》：“去年汶山
花平僧，求得匡猿遠相寄。來時野性已馴熟，趫捷輕便殊可意。”馬臻

《憶春三首》三:"岸柳分陰合小橋,杖藜徐步認鳴蜩。山雞來往渾馴熟,啄盡闌邊半夏苗。"

⑧ 都無:倘無,若無。宋之問《遊稱心寺》:"未憂龜負岳,且識鳥耘田。理契都無象,心冥不寄筌。"辛棄疾《鷓鴣天·讀淵明詩不能去手戲作小詞送之》:"晚歲躬耕不怨貧,隻雞鬥酒聚比鄰。都無晉宋之間事,自是羲皇以上人。"鄧廣銘箋注:"'都無'當作'倘無'解。陶淵明生於東晉末年,卒於劉宋初年。其時內多篡弒之禍,而北方則先後分處於十六國統治下……故稼軒作此設詞,以爲若無晉宋之間事,則彼自是羲皇上人耳!" 性靈:性情。元稹《有鳥二十章》二:"有鳥有鳥毛似鶴,行步雖遲性靈惡。"徐鉉《病題》:"性靈慵懶百無能,唯被朝參遣夙興。" 心腹:親信,在身邊參與機密的人物。陸機《辯亡論》:"周瑜、陸公、魯肅、呂蒙之儔,入爲心腹,出作股肱。"楊炯《廣溪峽》:"庸才若劉禪,忠佐爲心腹。設險猶可存,當無賈生哭。"

⑨ 芳草:香草。貫休《酬張相公見寄》:"周郎懷抱好知音,常愛山僧物外心。閉戶不知芳草歇,無能唯擬住山深。"齊己《送休師歸長沙寧覲》:"無窮芳草色,何處故山青? 偶泊鳴蟬島,難眠好月汀。"同族:同一種類。盧綸《赴池州拜覲舅氏留上考功郎中舅》:"孤賤易蹉跎,其如酷似何! 衰榮同族少,生長外家多。"白居易《和答詩十首·和雉媒》:"況此籠中雉,志在飲啄間。稻粱暫入口,性已隨人遷。身苦亦自忘,同族何足言!"

⑩ 前時:從前,以前。《史記·項羽本紀》:"曰:'前時某喪使公主某事,不能辦,以此不任用公。'衆乃皆伏。"韓愈《柳子厚墓誌銘》:"子厚前時少年,勇於爲人,不自貴重顧藉,謂功業可立就,故坐廢退。" 意彌篤:即"篤意",隆情厚誼。孔融《與諸卿書》:"先日,多惠胡桃,深知篤意。"嵇康《與呂長悌絕交書》:"康曰:'昔與足下年時相比,以數面相親。足下篤意,遂成大好。'"專心致志。蔡條《鐵圍山叢談》卷五:"我始悔不從之學,用是篤意於神仙事也。"

⑪ 朝朝：天天，每天。干寶《搜神記》卷一三："始皇時童謠曰：'城門有血，城當陷沒爲湖。'有嫗聞之，朝朝往窺。"孟浩然《留別王維》："寂寂竟何待？朝朝空自歸。"　舊處：原來的地方。岑參《送梁判官歸女几舊廬》："老竹移時小，新花舊處飛。可憐真傲吏，塵事到山稀。"杜甫《清明二首》一："胡童結束還難有，楚女腰肢亦可憐。不見定王城舊處，長懷賈傅井依然。"　往往：常常。《史記·十二諸侯年表序》："及如荀卿、孟子、公孫固、韓非之徒，各往往捃摭《春秋》之文以著書，不可勝紀。"曹唐《劉晨阮肇遊天台》："烟霞不省生前事，水木空疑夢後身。往往鷄鳴巖下月，時時犬吠洞中春。"

⑫ 今朝：今日。李隆基《旋師喜捷》："詐虜腦塗地，征夫血染衣。今朝書奏入，明日凱歌歸。"白居易《井底引銀瓶》："石上磨玉簪，玉簪欲成中央折。瓶沉簪折知奈何，似妾今朝與君別。"　哀音：悲傷之音。繁欽《與魏文帝箋》："潛氣內轉，哀音外激；大不抗越，細不幽散。"元稹《鶯鶯傳》："〔鶯鶯〕因命拂琴，鼓《霓裳羽衣序》。不數聲，哀音怨亂，不復知其是曲也。"　斷還續：義同"斷續"，時而中斷，時而接續。王融《巫山高》："烟霞乍舒卷，猿鳥時斷續。"劉知幾《史通·二體》："若乃同爲一事，分在數篇，斷續相離，前後屢出。於《高紀》則云語在《項傳》，於《項傳》則云事具《高紀》。"

⑬ 遠見：遠遠看見。張說《代書寄薛四》："孤雁東飛來，寄我紋與素……遠見故人心，一言重千金。"儲光羲《洛橋送別》："河橋送客舟，河水正安流。遠見輕橈動，遙憐故國遊。"　文章：這裏指錯雜的色彩或花紋。鄭綮《失白鷹》："白錦文章亂，丹霄羽翮齊。雲中呼暫下，雪裏放還迷。"李白《訕殷明佐見贈五雲裘歌》："粉圖珍裘五雲色，曄如晴天散彩虹。文章彪炳光陸離，應是素娥玉女之所爲。"　伏：隱藏，埋伏。《詩·小雅·正月》："魚在於沼，亦匪克樂。潛雖伏矣，亦孔之炤。"《史記·孫子吳起列傳》："於是令齊軍善射者萬弩，夾道而伏，期曰：'暮見火舉而俱發。'"

⑭ 和鳴：互相應和而鳴。蘇頲《侍宴安樂公主山莊應制》：“當軒半落天河水，繞徑全低月樹枝。簫鼓宸遊陪宴日，和鳴雙鳳喜來儀。”徐彥伯《擬古三首》一：“遙裔烟嶼鴻，雙影旦夕同。交翰倚沙月，和鳴弄江風。” 相召：義同“相招”，邀請。岑參《雪後與群公過慈恩寺》：“乘興忽相招，僧房暮與朝。”韓愈《病鴟》：“屋東惡水溝，有鴟墮鳴悲。青泥掩兩翅，拍拍不得離。群童叫相召，瓦礫爭先之。” 鼓翅：猶振翅。《戰國策·楚策》：“〔黃雀〕俯噣白粒，仰栖茂樹，鼓翅奮翼，自以爲無患，與人無爭也。”蘇軾《鴉種麥行》：“徐行俛仰若自矜，鼓翅跳踉上牛角。” 相矚：一再囑咐。温庭筠《晚歸曲》：“彎堤弱柳遙相矚，雀扇團圓掩香玉。蓮塘艇子歸不歸？柳暗桑穠聞布穀。” 相：遞相，先後。《史記·魏其武安侯列傳》：“天下者，高祖天下；父子相傳，此漢之約也。”《後漢書·侯霸傳》：“後千乘歐陽歙、清河戴涉相代爲大司徒。”表示一方對另一方有所施爲。《史記·魯仲連鄒陽列傳》：“臣聞明月之珠，夜光之璧，以暗投人於道路，人無不按劍相眄者。”杜甫《送高三十五書記》：“驚風吹鴻鵠，不得相追隨。”

⑮ “畏我未肯來”兩句：意謂生怕我不肯下來，還故意啄食眼前的粟米來引誘。 畏：害怕，恐懼。《韓詩外傳》卷九：“吾聞忠不畔上，勇不畏死。”韓愈《赴江陵途中寄贈三學士》：“颸起最可畏，訇哮簸陵丘。雷霆助光怪，氣象難比侔。”古謂因畏懼而死於非命。《禮記·檀弓》：“死而不弔者三：畏、厭、溺。”鄭玄注：“〔畏者〕人或時以非罪攻己，不能有以説之死之者。”陳澔集説：“先儒言明理可以治懼，見理不明者，畏懼而不知所出，多自經於溝瀆，此真爲死於畏矣！”孫希旦集解：“畏，謂被脅迫而恐懼自裁者。” 翳：目疾引起的障膜。玄應《一切經音義》卷一八引《三蒼》：“翳，目病也。”梅堯臣《秋雨篇》：“日月是天之兩目，忽然生翳無藥瘳。”

⑯ 斂翮：收攏翅膀，指回歸。陶潛《飲酒二十首》四：“厲響思清晨，遠去何所依。因值孤生松，斂翮遙來歸。”秦觀《陳令舉妙奴詩》：

"天欲文采老更昌,故使斂翮窺群翔。五十僅補尚書郎,浩歌騎牛倚
徜徉。"　飛馳:猶疾速。《文心雕龍・樂府》:"然俗聽飛馳,職競新
異,雅詠溫恭,必欠伸魚睨。"元稹《三嘆》:"飛馳歲雲暮,感念雛在
泥。"　奔蹙:猶奔迫。《宋書・禮志》:"而山川大神,更爲簡闕,禮俗
頹紊,人神雜擾,公私奔蹙,漸以滋繁。"宋之問《遊陸渾南山自歇馬嶺
到楓香林以詩代書答李舍人適》:"細岑互攢倚,浮巘競奔蹙。白雲遙
入懷,青靄近可掬。"

⑰ 胃挂:纏繞懸挂。元稹《松樹》:"既無貞直幹,復有胃挂蟲。"
皇甫枚《三水小牘・王知古》:"少焉,有群狐突出,焦頭爛額者,罝羅
胃挂者,應弦飲羽者,凡獲狐大小百餘頭以歸。"　向君:面對着自己
的同伴。喬知之《贏駿篇》:"特來報主不辭勞,宿昔立功非重利。丹
心素節本無求,長鳴向君君不留。"王維《新秦郡松樹歌》:"青青山上
松,數里不見今更逢。不見君,心相憶,此心向君君應識。"　促促:象
聲詞,禽蟲鳴聲。王建《當窗織》:"草蟲促促機下啼,兩日催成一匹
半。"李咸用《山中夜坐寄故里友生》:"蟲聲促促催鄉夢,桂影高高挂
旅情。"

⑱ 信君:相信您。寒山《詩三百三首》一〇二:"立身既質直,出
語無諂諛。保我不鑒壁,信君方得珠。"　無疑:沒有疑懼,沒有猜疑,
沒有疑問。嵇康《釋私論》:"行私者無所冀,則思改其非;立公無所
忌,則行之無疑。"孟浩然《陪張丞相自松滋江東泊渚宮》:"政成人自
理,機息鳥無疑。"　不道:猶不料。王昌齡《送姚司法歸吳》:"吳掾留
觴楚郡心,洞庭秋雨海門陰。但令意遠扁舟近,不道滄江百丈深。"杜
甫《寄岑嘉州》:"不見故人十年餘,不道故人無素書。願逢顏色關塞
遠,豈意出守江城居。"　相覆:掩蓋、蒙蔽。孔紹安《別徐永元秀才》:
"金湯既失險,玉石乃同焚。墜葉還相覆,落羽更爲群。"韓偓《六言三
首》一:"朝雲暮雨會合,羅韈繡被逢迎。華山梧桐相覆,蠻江荳蔻連
生。"這裏指與他人聯手伏擊。　覆:伏擊,襲擊。《左傳・成公十六

年》："夏四月，滕文公卒。鄭子罕伐宋，宋將鉏、樂懼敗諸汋陵。退舍
於夫渠，不儆。鄭人覆之，敗諸汋陵。"《孫子・行軍》："獸駭者，覆
也。"李筌注："不意而至曰覆。"杜牧注："凡敵欲覆我，必由他道險阻
林木之中，故驅起伏獸。駭，逸也。覆者，來襲我也。"《吳子・治兵》：
"常令有餘，備敵覆我。"埋伏。《左傳・桓公十二年》："楚人坐其北門
而覆山下，大敗之。"杜預注："覆，設伏兵而待之。"《北史・李洪之
傳》："至任，設禁奸之制……乃夜密遣騎分部覆諸要路，有犯禁者，輒
捉送州，宣告斬決。"關於元稹本句，白居易和詩作了最清楚不過的注
解："況此籠中雉，志在飲啄間。稻粱暫入口，性已隨人遷。身苦亦自
忘，同族何足言！"

⑲ 自恨：自己恨自己。張謂《辰陽即事》："愁中卜命看周易，病
裹招魂讀楚詞。自恨不如湘浦雁，春來即是北歸時。"戴叔倫《贈慧上
人》："仙槎江口槎溪寺，幾度停舟訪未能。自恨頻年爲遠客，喜從異
郡識高僧。" 偶然：事理上不一定要發生而發生的，與"必然"相對。
《後漢書・劉昆傳》："詔問昆曰：'前在江陵，反風滅火，後守弘農，虎
北度河，行何德政而致是事？'昆對曰：'偶然耳！'"李德裕《周秦行紀
論》："曆既有數，意非偶然，若不在當代，必在於子孫。"

⑳ "看看架上鷹"兩句：回頭看看鳥架上的鷹兒，正在貪婪地吞
噬着落入羅網的受害者。 看看：估量時間之詞，有漸漸、眼看着、轉
瞬間等意思。劉禹錫《酬楊侍郎憑見寄》："看看瓜時欲到，故侯也好
歸來。"王安石《馬上》："年光如水盡東流，風物看看又到秋。" 鷹：鳥
類的一科，一般指鷹屬的鳥類，上嘴呈鉤形，頸短，腳部有長毛，足趾
有長而銳利的爪，性兇猛，捕食小獸及其他鳥類。李時珍《本草綱
目・鷹》："鷹出遼海者上，北地及東北胡者次之。北人多取雛養之，
南人八九月以媒取之，乃鳥之疏暴者。"白居易《放鷹》："鷹翅疾如風，
鷹爪利如錐。本爲鳥所設，今爲人所資。"

㉑ "君意定何如"兩句：意謂你的意思又怎麼樣呢？你的處境又

如何呢？還不是像從前一樣，依舊被關在表面華麗而實際仍然是牢籠的籠子裏過着没有自由的日子。　　何如：如何，怎麼樣，用於詢問。《左傳・襄公二十七年》：“子木問於趙孟曰：‘范武子之德何如？’”《新唐書・哥舒翰傳》：“禄山見翰責曰：‘汝常易我，今何如？’”如何，怎麼樣，怎麼辦。《左傳・僖公九年》：“及里克將殺奚齊，先告荀息曰：‘三怨將作，秦晉輔之，子將何如？’”《漢書・叔孫通傳》：“數歲，陳勝起，二世召博士諸儒生問曰：‘楚戍卒攻蘄入陳，於公何如？’”如何，怎麼樣，用於陳述或設問。《史記・儒林列傳》：“爲治者不在多言，顧力行何如耳！”王若虚《送彭子升之任冀州序》：“凡得一職，必先審問其同僚者何如人。”　　依舊：照舊。《南史・梁昭明太子統傳》：“天監元年十一月，立爲皇太子。時年幼，依舊居内。”趙璜《題七夕圖》：“明年七月重相見，依舊高懸織女圖。”　　雕籠：指雕刻精緻的鳥籠。禰衡《鸚鵡賦》：“閉以雕籠，剪其翅羽。”杜甫《八哀詩・故著作郎貶台州司户滎陽鄭公虔》：“孔翠望赤霄，愁思雕籠養。”

［編年］

　　《年譜》編年本詩於元和五年，但没有説明本詩賦詠的具體時間，也没有説明編年理由。《編年箋注》編年云：“《雉媒》……作於元和五年（八一〇）貶江陵時。參見下《譜》。”《年譜新編》亦編年元和五年，没有説明具體賦詠時間也没有説明編年理由。

　　我們以爲本詩作爲十七首組詩之一，其寫作時間應該與《思歸樂》等詩同時，大約在元和五年三月十七日至三月二十四日間。

◎ 箭鏃①

箭鏃本求利,淬礪良甚難②。礪將何所用?礪以射凶殘③。不礪射不入,不射人不安④。爲盜即當射,寧問私與官(一)⑤?夜射官中盜,中之血闌干⑥。帶箭君前訴,君王悄不歡⑦。頃曾爲盜者,百箭中心攢⑧。競將兒女泪,滴瀝助辛酸⑨。君王責良帥(二),此禍誰爲端⑩?帥言發硎罪,不使刃稍刓⑪。君王不忍殺,逐之如迸丸⑫。仍令後來箭(三),盡可頭團團⑬。發硎去雖遠,礪鏃心不闌⑭。會射蛟螭盡,舟行無惡瀾⑮。

録自《元氏長慶集》卷一

[校記]

(一)寧問私與官:宋蜀本、蘭雪堂本、叢刊本、《全詩》同,楊本作"寧開私與官",語義難通,不從不改。

(二)君王責良帥:《全詩》同,楊本。叢刊本作"君王責良師",與本詩詩意不合,也與下句"帥言發硎罪"云云不合,不從不改。《元稹集》的意見是有道理的,而《編年箋注》雖然指出了楊本與馬本、《全詩》的不同,但仍然保持"君王責良師"不改,明顯是一個失誤。

(三)仍令後來箭:宋蜀本、蘭雪堂本、叢刊本、《全詩》同,楊本作"仍今後來箭",語義難通,不從不改。

[箋注]

① 箭鏃:安裝在箭頭上的金屬尖物,是射殺敵人的一種武器。

《後漢書·西域傳·西夜》:"〔西夜國〕地生白草,有毒,國人煎以爲藥,傅箭鏃,所中即死。"王建《射虎行》:"遠立不敢污箭鏃,聞死還來分虎肉。"白居易有《和答詩十首·答箭鏃》酬和,詩云:"矢人職司憂,爲箭恐不精。精在利其鏃,錯磨鋒鏑成。插以青竹簳,羽之赤雁翎。勿言分寸鐵,爲用乃長兵。聞有狗盜者,晝伏夜潛行。摩弓拭箭鏃,夜射不待明。一盜既流血,百犬同吠聲。猲猲噑不已,主人爲之驚。盜心憎主人,主人不知情。反責鏃太利,矢人獲罪名。寄言控弦者,願君少留聽:何不向西射?西天有狼星。何不向東射?東海有長鯨。不然學仁貴,三矢平虜廷。不然學仲連,一發下燕城。胡爲射小盜?此用無乃輕!徒沾一點血,虛污箭頭腥。"可與本詩並讀,有助對本詩題旨的瞭解。

　②本:副詞,本來,原來。《莊子·至樂》:"是其始死也,我獨何能無概然!察其始而本無生,非徒無生也而本無形,非徒無形也而本無氣。"《史記·陳丞相世家》:"陳丞相少時,本好黄帝、老子之術。"求:要求,需求。《詩·周頌·臣工》:"嗟嗟保介,維莫之春,亦又何求?"《元史·英宗紀》:"朕以幼沖,嗣承大業,錦衣玉食,何求不得。"利:鋒利,銳利。《易·繫辭》:"二人同心,其利斷金。"《荀子·勸學》:"木受繩則直,金就礪則利。"淬礪:淬火磨礪。元稹《三嘆》一:"淬礪當陽鐵,刻爲干鏌名。遠求鸊鵜瑩,同用玉匣盛。"陸龜蒙《樵斧》:"淬礪秋水清,携持遠山曙。丁丁在前澗,杳杳無尋處。"良:副詞,甚,很。《漢書·馮唐傳》:"上既聞廉頗、李牧爲人,良説。"王先謙補注引劉攽曰:"良説者,甚喜也。"蘇軾《乞醫療病囚狀》:"檢視或有不明,使吾元元横罹其害,良可憫焉!"難:困難,不易。劉勰《文心雕龍·樂府》:"《韶》響難追,鄭聲易啓。"寇準《陽關引》:"嘆人生裏,難歡叙,易離別。"

　③礪:磨,磨治。《書·費誓》:"備乃弓矢,鍛乃戈矛,礪乃鋒刃,無敢不善。"曹植《寶刀賦》:"然後礪以五方之石,鑿以中黄之壤。"

凶殘：指兇惡殘暴的人或事。歐陽建《臨終詩》：“下顧所憐女，惻惻中心酸。二子棄若遺，念皆遘凶殘。”元稹《授牛元翼深冀州節度使制》：“夫以爾之材力，而取彼之凶殘，是猶以火焚枯，以石壓卵。”

④“不礪射不入”兩句：意謂箭鏃如果不鋒利的話，就無法射傷射死那些強盜，而如果沒有殺死禍國害民的強盜，國家就不會長治久安，百姓就不會安居樂業。　　人：民，百姓。《後漢書·光武帝紀》：“皇天上帝，后土神祇，眷顧降命，屬秀黎元，爲人父母，秀不敢當。”《新唐書·李密傳》：“今主昏於上，人怨於下，銳兵盡之遼海，和親絕於突厥，南巡流連，空棄關輔，此實劉、項挺興之會。”另外，唐人避李世民之諱，故“人”也可以作“民”解。　　不安：不安定，不安寧。《論語·陽貨》：“食旨不甘，聞樂不樂，居處不安。”《荀子·正論》：“以是百官也，令行於境内，國雖不安，不至於廢易遂亡。”

⑤盜：這裏指指欺世惑衆的人。杜甫《醉時歌》：“儒術於我何有哉？孔丘盜蹠俱塵埃。不須聞此意慘愴，生前相遇且銜杯。”蘇洵《蘇氏族譜亭記》：“其輿馬赫弈、婢妾靚麗，足以蕩惑里巷之小人；其官爵、貨力足以搖動府縣；其矯詐修飾言語，足以欺罔君子：是州里之大盜也。”　　私：與“公”相對，私情，私心，屬於個人的。《書·周官》：“以公滅私，民其允懷。”孔傳：“從政以公平滅私情，則民其信歸之。”《韓非子·大體》：“不以智累心，不以私累己。”　　官：公，公有，與“私”相對。《漢書·蓋寬饒傳》引《韓氏易傳》：“五帝官天下，三王家天下，家以傳子，官以傳賢。”李肇《唐國史補》卷上：“日向暮，官私客旅群隊，鈴鐸數千，羅擁在後，無可奈何。”

⑥闌干：縱橫散亂貌，交錯雜亂貌。趙煜《吳越春秋·勾踐入臣外傳》：“王與夫人嘆曰：‘吾已絶望，永辭萬民，豈料再還，重復鄉國。’言竟掩面，涕泣闌干。”岑參《白雪歌送武判官歸京》：“將軍角弓不得控，都護鐵衣冷難著。瀚海闌干百丈冰，愁雲慘澹萬里凝。”

⑦“帶箭君前訴”兩句：意謂欺世盜名的“盜”受到打擊，帶着射

中自己的箭作爲證據來到君王之前哭訴，引得君王有幾分不快。　悄：憂傷貌，淒涼貌。《詩·陳風·月出》："舒窈糾兮，勞心悄兮。"毛傳："悄，憂也。"王逸《九思·逢尤》："望舊邦兮路逶隨，憂心悄兮志勤劬。"杜甫《乾元中寓居同谷縣作歌七首》七："嗚呼七歌兮悄終曲，仰視皇天白日速。"

⑧百箭：一百支箭，亦喻無數憂煩痛苦。《北齊書·神武帝紀》："追騎至，親信都督尉興慶曰：'王去矣，興慶腰邊百箭，足殺百人。'"歐陽修《讀書》："自從中年來，人事攻百箭。"　中心：心中。《詩·王風·黍離》："行邁靡靡，中心搖搖。"陳亮《酌古論·桑維翰》："雖能快中心之所欲，而後世之被其患蓋有不可勝道者。"

⑨兒女淚：偏指女兒之淚。鮑溶《羽林行》："臨風親戚懷，滿袖兒女淚。行行復何贈，長劍報恩字。"貫休《古離別》："離恨如旨酒，古今飲皆醉。只恐長江水，盡是兒女淚。"　滴瀝：流滴。杜篤《首陽山賦》："青羅落漠而上覆，穴溜滴瀝而下通。"孟郊《秋懷》："老泣無涕洟，秋露爲滴瀝。"象聲詞，水下滴聲。周徹《尚書郎上直聞春漏》："滴瀝疑將絕，清泠發更新。"吳淑《江淮異人錄·耿先生》："上自起，附耳聽之，果聞滴瀝聲。"　辛酸：辣味與酸味。張衡《七辨》："於是乃有芻豢腯牲，麋麖豹胎，飛鳧栖鷩，養之以時，審其齊和，適其辛酸。"比喻痛苦悲傷。阮籍《詠懷八十二首》一三："感慨懷辛酸，怨毒常苦多。"杜甫《垂老別》："子孫陣亡盡，焉用身獨完？投杖出門去，同行爲辛酸。"

⑩"君王責良帥"兩句：意謂君王責問懲辦盜賊的統帥，這件禍事誰是肇事者？　端：肇事者。《墨子·號令》："慎無敢失火，失火者斬其端。"孫詒讓閒詁："端，似言失火所始以爲事者。"

⑪發硎：謂刀新從磨刀石上磨出來。《莊子·養生主》："今臣之刀十九年矣！所解數千牛矣！而刀刃若新發於硎。"成玄英疏："硎，砥礪石也……其刀銳利，猶若新磨者也。"洪邁《容齋續筆·銅雀灌

硯》:"予向來守郡日所得者,刓缺兩角,猶重十斤,瀋墨如發硎,其光沛然,色正黃。" 刓:削去棱角。任昉《天監三年策秀才文》:"斲雕刓方,經綸草昧。"磨損,殘缺。白居易《與元九書》:"洎周衰秦興,採詩官廢,上不以詩補察時政,下不以歌泄導人情……於時六義始刓矣!"

⑫ 迸:通"屏",斥逐,排除。《禮記·大學》:"唯仁人放流之,迸諸四夷,不與同中國。"朱熹集注:"迸,讀爲屏,古字通用。迸,猶逐也。" 丸:泛稱小圓球形的物體。《逸周書·器服》:"二丸弇。"朱右曾校釋引丁嘉葆曰:"凡物圓轉者皆曰丸。"《漢書·蒯通傳》:"必相率而降,猶如阪上走丸也。"彈丸,彈子。《左傳·宣公二年》:"晉靈公不君,厚斂以雕墙,從臺上彈人而觀其辟丸也。"李白《少年子》:"金丸落飛鳥,夜入瓊樓臥。"古代競技遊戲用的一種球。韓愈《送高閑上人序》:"僚之於丸,秋之於奕,伯倫之於酒,樂之終身不厭,奚暇外慕!"

⑬ 盡可:都可以,完全可以。錢起《山花》:"山花照塢復燒溪,樹樹枝枝盡可迷。野客未來枝畔立,流鶯已向樹邊啼。"元稹《郡務稍簡因得整比舊詩并連綴焚削封章繁委篋笥僅逾百軸偶成自歎因寄樂天》:"近來章奏小年詩,一種成空盡可悲。書得眼昏朱似碧,用來心破髮如絲。"團團:圓貌,不鋒利貌。班婕妤《怨歌行》:"裁爲合歡扇,團團似明月。"謝惠連《七月七日夜詠牛女》:"團團滿葉露,析析振條風。"

⑭ "發硎去雖遠"兩句:意謂自己的箭鏃離開鋒利還差得很遠很遠,但自己磨礪箭鏃的決心絕不改變。 礪鏃:磨礪箭鏃。劉得仁《山中舒懷寄上丁學士》:"弱苗須雨長,懶翼在風吹。礪鏃端楊葉,光門待桂枝。" 闌:衰退,消沉。謝靈運《长歌行》:"亹亹衰期迫,靡靡壯志闌。"《续资治通鉴·宋徽宗宣和三年》:"黼及梁師成又與童貫更相矛盾,故帝心甚闌,而浮沈其辭如此。"

⑮ 蛟螭:猶蛟龍,亦泛指水族。宋之問《入瀧州江》:"孤舟泛盈盈,江流日縱橫。夜雜蛟螭寢,晨披瘴癘行。"杜甫《雨二首》一:"挂帆遠色外,驚浪滿吳楚。久陰蛟螭出,寇盜復幾許?" 惡瀾:險惡的波

瀾,義同"驚瀾"、"惡波"。王建《海人謠》:"海人無家海裏住,採珠殺象爲歲賦。惡波橫天山塞路,未央宫中常滿庫。"薛逢《上吏部崔相公》:"龍門曾共戰驚瀾,雷電浮雲出濬湍。紫府有名同羽化,碧霄無路却泥蟠。"本詩以感物寓意的手法,讚揚將士爲國除盜的正義行爲,揭露君王是非不分、庇護姑息盜賊的不當舉措。讀者肯定不會忘記,詩人前不久因爲在東川與洛陽的監察御史任上因懲辦違制的權貴、藩鎮、宦官而最後被出貶江陵的事情,情景與"良帥"的遭遇十分類似。在這裏詩人以"良帥"自喻,有力抨擊了不公平的社會現實。

[編年]

《年譜》編年本詩於元和五年,没有説明本詩賦詠的具體時間,也没有説明編年理由。《編年箋注》編年云:"《箭鏃》……作於元和五年(八一〇)貶江陵時。參見卞《譜》。""貶江陵時"云云,語義含混,給人誤解,似乎是出貶江陵之時。《年譜新編》亦編年元和五年,没有説明具體賦詠時間也没有説明編年理由。

　　我們以爲本詩作爲十七首組詩之一,其寫作時間應該與《思歸樂》等詩同時,大約在元和五年三月十七日至三月二十四日間。

◎ 大觜鳥①

　　陽鳥有二類,觜白者名慈②。求食哺慈母,因以此名之③。飲啄頗廉儉,音響亦柔雌④。百巢同一樹,栖宿不復疑⑤。得食先返哺⁽一⁾,一身長苦羸⁽二⁾⑥。緣知五常性,翻被衆禽欺⑦。其一觜大者,攫搏性貪痴⁽三⁾⑧。有力强如鶻⁽四⁾,有爪利如錐⑨。音聲甚夭喬,潛通妖怪詞⑩。受日餘光庇,終天無死期⑪。翱翔富人屋,栖息屋前枝⑫。巫言此鳥至,財産日豐宜⑬。主人一心惑，誘引不知疲⑭。轉見烏来集，自言家轉孳⑮。白鶴門外養，花鷹架上維⑯。專聽烏喜怒，信受若神龜⑰。舉家同此意，彈射不復施⑱。往往清池側，却令鸂鶒隨⑲。群烏飽粱肉（五），毛羽色澤滋⑳。遠近恣所往，貪殘無不為㉑。巢禽攫雛卵，廄馬啄瘡痍㉒。滲瀝脂膏盡，鳳皇那得知㉓？主人一朝病，爭向屋檐窺㉔。呦鶯呼群鵬，翩翩集怪鴟㉕。主人偏養者，嘯聚最奔馳㉖。夜半仍驚噪，鵁鶄逐老狸㉗。主人病心怯，燈火夜深移㉘。左右雖無語，奄然皆泪垂㉙。平明天出日，陰魅走參差㉚。烏来屋檐上，又惑主人兒㉛。兒即富家業，玩好方愛奇㉜。占募能言鳥，置者許高貲㉝。隴樹巢鸚鵡，言語好光儀㉞。美人傾心獻，雕籠身自持㉟。求者臨軒坐（六），置在白玉墀㊱。先問烏中苦，便言烏若斯（七）㊲。衆烏齊搏鑠（八），翠羽幾離披㊳。遠擲千餘里，美人情亦衰㊴。舉家懲此患，事烏逾昔時㊵。向言池上鷺，啄肉寢其皮㊶。夜漏天終曉，陰雲風定吹㊷。況爾烏何者（九），數極不知危㊸。會結彌天網，盡取一無遺（一〇）㊹。常令阿閣上，宛宛宿長離㊺。

録自《元氏長慶集》卷一

［校記］

（一）得食先返哺：楊本、叢刊本、《淵鑑類函》同，《全詩》作"得食先反哺"，語義相類，不改。

（二）一身長苦羸：楊本、叢刊本、《淵鑑類函》等諸本同，《全詩》作"一身常苦羸"，語義相類，不改。

（三）攫搏性貪痴：宋蜀本、叢刊本、《全詩》、《淵鑑類函》諸本同，楊本作"攫搏性貪痴"，語義不佳，不從不改。

（四）有力强如鶻：宋蜀本、叢刊本、楊本、《全詩》諸本同，《淵鑑類函》作"有力强如鶻"，語義相類，不改。

（五）群烏飽粱肉：《淵鑑類函》同，楊本、叢刊本、《全詩》作"群烏飽粱肉"。"粱"通"梁"，《素問·通評虛實論》："肥貴人則高梁之疾也。"王冰注："梁，粱字也。"黃庭堅《病起次韻和稚川進叔偶酬之什》："白髮生來驚客鬢，黃粱炊熟又春華。"不改。

（六）求者臨軒坐：宋蜀本、叢刊本、楊本、《全詩》諸本同，《淵鑑類函》作"求者臨軒出"，語義不同，不從不改。

（七）便言烏若斯：宋蜀本、叢刊本、楊本、《全詩》諸本同，《淵鑑類函》作"便言烏若斯"，語義不同，不從不改。

（八）衆鳥齊搏鑠：宋蜀本、叢刊本、《全詩》諸本同，楊本作"衆鳥齊搏鑠"，語義不通，不從不改。

（九）況爾烏何者：楊本、叢刊本、《全詩》、《淵鑑類函》諸本同，宋蜀本作"咒爾烏何者"，語義不通，不從不改。

（一〇）盡取一無遺：宋蜀本、叢刊本、楊本、《全詩》諸本同，《淵鑑類函》作"取盡一無遺"，語義不同，不從不改。

［箋注］

① 大觜鳥：陽鳥的一種。《本草綱目·大觜鳥（禽經）》："集解：時珍曰：烏鴉大觜而性貪鷙，好鳥善避繒繳。古有《鴉經》，以占吉凶。然北人喜鴉惡鵲，南人喜鵲惡鴉，惟師曠以白項者爲不祥，近之。"白居易《新樂府·秦吉了》："耳聰心慧舌端巧，鳥語人言無不通。昨日長爪鳶，今朝大觜鳥。"關於"大觜鳥"，元稹白居易的詩篇有清晰的説明，讀者可以參閱。白居易有《和答詩十首·和大觜鳥》酬和，詩云："烏者種有二，名同性不同。觜小者慈孝，觜大者貪庸。觜大命又長，生來十餘冬。物老顔色變，頭毛白茸茸。飛來庭樹上，初但驚兒童。

老巫生奸計，與烏意潛通。云是非凡鳥，遙見起敬恭。千歲乃一出，喜賀主人翁。祥瑞來白日，神靈占知風。陰作北斗使，能爲人吉凶。此鳥所止家，家産日夜豐。上以致壽考，下可宜田農。主人富家子，身老心童蒙。隨巫拜復祝，婦姑亦相從。殺雞薦其肉，敬若禋六宗。烏喜張大觜，飛接在虛空。烏既飽膻腥，巫亦饗甘濃。烏巫互相利，不復兩西東。日日營巢窟，稍稍近房櫳。雖生八九子，誰辨其雌雄？群雛又長成，衆觜逞殘凶。探巢吞燕卵，入蔌啄蠶蟲。豈無乘秋隼？羈絆委高墉。但食烏殘肉，無施搏擊功。亦有能言鸚，翅碧觜距紅。暫曾説烏罪，囚閉在深籠。青青窗前柳，鬱鬱井上桐。貪烏占栖息，慈烏獨不容。慈烏爾奚爲？來往何憧憧？曉去先晨鼓，暮歸後昏鐘。辛苦塵土間，飛啄禾黍叢。得食將母哺，饑腸不自充。主人憎慈烏，命子削彈弓。弦續會稽竹，丸鑄荆山銅。慈烏求母食，飛下爾庭中。數粒未入口，一丸已中胸。仰天號一聲，似欲訴蒼穹。反哺日未足，非是惜微躬。誰能持此冤？一爲問化工：胡然大觜烏，竟得天年終？”可以作爲本詩的注解同時參讀，領悟本詩題旨。元稹白居易詩中的“慈烏”與“鸚鵡”，應該是元稹白居易自身的寫照，尤其元稹因直言而被出貶江陵，遭遇與“鸚鵡”極其相似，故白居易憤憤不平，在和詩中大聲疾呼。

② 陽烏：神話傳説中在太陽裏的三足烏。《文選·左思〈蜀都賦〉》：“羲和假道於峻岐，陽烏回翼乎高標。”李善注：“《春秋元命包》曰：‘陽成於三，故日中有三足烏，烏者，陽精。’”李白《上雲樂》：“陽烏未出谷，顧兔半藏身。女媧戲黄土，團作愚下人。” 觜：鳥嘴。《文選·潘岳〈射雉賦〉》：“當味值胸，列膆破觜。”徐爰注：“觜，喙也。”杜甫《杜鵑行》：“穿皮啄朽觜欲秃，苦飢始得食一蟲。”

③ 慈母：古謂父嚴母慈，故稱母爲慈母。《戰國策·秦策》：“夫以曾參之賢與母之信也，而三人疑之，則慈母不能信也。”孟郊《遊子吟》：“慈母手中綫，遊子身上衣。臨行密密縫，意恐遲遲歸。誰言寸

草心，報得三春暉？"古稱撫育自己成長的庶母爲慈母。《儀禮·喪服》："慈母如母，傳曰：慈母者何也？傳曰：妾之無子者，妾子之無母者，父命妾曰：女以爲子；命子曰：女以爲母。若是，則生養之，終其身如母，死則喪之三年如母。"這裏指陽烏的母鳥。

　　④ 飲啄：飲水啄食。語本《莊子·養生主》："澤雉十步一啄，百步一飲，不蘄畜乎樊中。"成玄英疏："飲啄自在，放曠逍遙，豈欲入樊籠而求服養！譬養生之人，蕭然嘉遯，唯適情於林籟，豈企羨於榮華！"何承天《雉子游原澤篇》："雉子遊原澤，幼懷耿介心。飲啄雖勤苦，不願栖園林。" 廉儉：清廉節儉。《漢書·朱博傳》："博爲人廉儉，不好酒色遊宴。"《宋書·劉懷默傳》："在任廉儉，不營財貨，所餘公禄，悉以還官。"也指節省。孟雲卿《田園觀雨兼晴後作》："秋成不廉儉，歲餘多餒飢。" 音響：聲音。《列子·周穆王》："音響所來，王耳亂不能得聽。"元稹《清都夜境》："南廂儼容衛，音響如可聆。" 柔雌：猶"慈雌"，温和的母鳥。《淮南子·泰族訓》："卵之化爲雛，非慈雌嘔暖覆伏，累日積久，則不能爲雛。"

　　⑤ 栖宿：寄居，止息。吳均《春怨》："萬里斷音書，十載異栖宿。"張九齡《同綦母學士月夜聞雁》："栖宿豈無意？飛飛更遠尋。長途未及半，中夜有遺音。" 疑：懷疑，不相信。《穀梁傳·桓公五年》："《春秋》之義，信以傳信，疑以傳疑。"《後漢書·范升傳》："願陛下疑先帝之所疑，信先帝之所信，以示反本，明不專己。"

　　⑥ 返哺：烏鴉長成，能覓食餵養母鳥，借喻子女孝養父母。蔡邕《爲陳留太守上孝事狀》："且烏以返哺，託體太陽。"白居易《得甲去妻後妻犯罪請用子蔭贖罪甲怒不許》："二姓好合，義有時絕。三年生育，恩不可遺。鳳雖阻於和鳴，烏豈忘於返哺？" 苦羸：辛苦困憊。白居易《偶作二首》一："身爲三品官，年已五十八。筋骸雖早衰，尚未苦羸悴。"梅堯臣《舟中行自采枸杞子》："野岸竟多杞，小實霜且丹……助吾苦羸薾，豈必採琅玕！" 羸：衰病，瘦弱，困憊。《國語·魯語》："饑饉

薦降,民羸幾卒。"韋昭注:"羸,病也。"《漢書·鄒陽傳》:"今夫天下布衣窮居之士,身在貧羸。"顏師古注:"衣食不充,故羸瘦也。"

⑦ 五常:指舊時的五種倫常道德,即父義、母慈、兄友、弟恭、子孝。《書·泰誓》:"今商王受,狎侮五常。"孔穎達疏:"五常即五典,謂父義、母慈、兄友、弟恭、子孝,五者人之常行。"孟郊《吊元魯山》:"五常坐銷鑠,萬類隨衰微。以茲見魯山,道塞無所依。" 衆禽:諸鳥。禰衡《鸚鵡賦》:"配鸞皇而等美,焉比德於衆禽?"杜甫《畫鶻行》:"側腦看青霄,寧爲衆禽没。"

⑧ 攫搏:謂鳥獸以爪翅獵物。盧綸《臘日觀咸寧王部曲娑勒擒豹歌》:"苑中流水禁中山,期爾攫搏開天顏。非熊之兆慶無極,願紀雄名傳百蠻。"舒元輿《坊州按獄》:"攫搏如猛虎,吞噬若狂獒。" 貪痴:佛教語,謂貪欲與痴愚。蕭衍《遊鍾山大愛敬寺》:"二苦常追隨,三毒自燒然。貪痴養憂畏,熱惱坐焦煎。"元稹《有鳥二十章》一一:"有鳥有鳥名老烏,貪痴突諆天下無。田中攫肉吞不足,偏入諸巢探衆雛。"

⑨ 有力:有力氣,有力量。《詩·邶風·簡兮》:"有力如虎,執轡如組。"劉晏《詠王大娘戴竿》:"樓前百戲競爭新,惟有長竿妙入神。誰謂綺羅番有力,猶自嫌輕更著人?" 鶻:鳥類的一科,翅膀窄而尖,嘴短而寬,上嘴彎曲並有齒狀突起。飛得很快,善於襲擊其他鳥類。李時珍《本草綱目·鶻》:"鶻,小於鳩而最猛捷,能擊鳩、鴿,亦名鶻子,一名籠脱。"貫休《少年行》:"錦衣鮮華手擎鶻,閑行氣貌多輕忽。稼穡艱難總不知,五帝三皇是何物?" 錐:錐子。《管子·海王》:"行服連軺輂者,必有一斤一鋸一錐一鑿,若其事立。"白居易《四不如酒》:"刀不能剪心愁,錐不能解腸結。"也指像錐子一樣的東西。元稹《寄樂天》:"靈汜橋前百里鏡,石帆山宣五雲溪。冰銷田地蘆錐短,春入枝條柳眼低。"

⑩ 音聲:樂音,音樂。嵇康《琴賦》:"余少好音聲,長而玩之。"韓

愈《唐故檢校尚書左僕射右龍武軍統軍劉公墓誌銘》:"公不好音聲,不大爲居宅,於諸帥中獨然。"也泛指聲音。《列子·楊朱》:"夫耳之所欲聞者音聲,而不得聽者,謂之閉聽。"干寶《搜神記》卷一一:"又有鴛鴦,雌雄各一,恒棲樹上,晨夕不去,交頸悲鳴,音聲感人。" 呿:本詩原注:"婬聲。"《韓詩外傳》卷九:"君其遺之女樂以婬其志,亂其政,其臣下必疏。"《孔子家語·子路初見》:"陳靈公宣婬於朝,泄冶正諫,君殺之。" 喌:象聲詞,哭聲。目前沒有找到合適的書證。 潛通:暗通,私通。應劭《風俗通·皇霸·三皇》:"指天畫地,神化潛通。"《舊唐書·哥舒翰傳》:"〔哥舒翰〕誣奏戶部尚書安思順與禄山潛通。" 妖怪:恠怪異、反常的事物與現象。《孔叢子·執節》:"若中山之穀,妖怪之事,非所謂天祥也。"《漢書·龔遂傳》:"久之,宮中數有妖怪,王以問遂,遂以爲有大憂,宮室將空。"

⑪ 餘光:充足的光輝。《列子·周穆王》:"東極之北隅有國曰阜落之國,其土氣常燠,日月餘光之照,其土不生嘉苗。"《三國志·秦宓傳》:"誠知晝不操燭,日有餘光,但愚情區區,貪陳所見。"也謂多餘之光。《史記·樗里子甘茂列傳》:"臣聞貧人女與富人女會績,貧人女曰:'我無以買燭,而子之燭光幸有餘,子可分我餘光,無損子明而得一斯便焉!'今臣困而君方使秦而當路矣!茂之妻子在焉,願君以餘光振之。"後遂用爲美稱他人給予的恩惠福澤。《北齊書·魏收傳》:"會司馬子如奉使霸朝,收假其餘光。"曾鞏《賀轉運狀》:"鞏備官於此,託庇雲初。將承望於餘光,但欣愉於懦思。" 終天:終身。陶潛《祭程氏妹文》:"如何一往,終天不返!"白居易《病中哭金鑾子》:"莫言三里地,此別是終天!"久遠,謂如天之久遠無窮。潘岳《哀永逝文》:"今奈何兮一舉,邈終天兮不反。" 死期:死亡的日期。杜牧《見宋拾遺題名處感而成詩》:"竄逐窮荒與死期,餓唯蒿藋病無醫。憐君更抱重泉恨,不見崧山謫去時。"李商隱《景陽井》:"景陽宮井剩堪悲,不盡龍鸞誓死期。腸斷吳王宮外水,濁泥猶得葬西施。"

⑫ 翱翔：迴旋飛翔。《莊子·逍遙遊》：“翱翔蓬蒿之間，此亦飛之至也。”谷神子《博異志·陰隱客》：“五色鳥大如鶴，翱翔乎樹杪。”富人：富有錢財的人。《詩·小雅·正月》：“哿矣富人，哀此惸獨。”白居易《西行》：“常聞俗間語，有錢在處樂。我雖非富人，亦不苦寂寞。”栖息：止息，寄居。曹丕《鶯賦》：“託幽籠以栖息，厲清風而哀鳴。”韓愈《鳴雁行》：“天長地闊栖息稀，風霜酸苦稻粱微。”

⑬ 財產：屬於公有或私有的物質財富。賈誼《論積貯疏》：“生之者甚少而靡之者甚多，天下財產何得不蹶！”何遜《仰贈從兄興甯寘南》：“宗派已孤狹，財產又貧微。” 豐宜：豐收。宋祁《豐宜日中賦》：“觀豐則澤寖于無外，宜日則明被於群下，因一卦之義焉，見聖人之道也。”劉宰《通王侍郎》：“豪奪同乎寇攘，巧取甚於販夫販婦，其求之廣獲之豐宜，帑庾有贏，足爲方來之備。”

⑭ 一心：一個人的整個心思。《莊子·天道》：“其動也天，其静也地，一心定而王天下，其鬼不崇，其魂不疲，一心定而萬物服。”《孟子·告子》：“一人雖聽之，一心以爲有鴻鵠將至，思援弓繳而射之。”陸龜蒙《風人詩》：“十萬全師出，遙知正憶君。一心如瑞麥，長做兩岐分。” 惑：糊塗。《孟子·離婁》：“鄉鄰有鬥者，被髮纓冠而往救之，則惑也。”韓愈《與孟尚書書》：“進退無所據而信奉之，亦且惑矣！”迷戀。《詩·衛風·碩人序》：“莊公惑於嬖妾。”洪邁《夷堅丁志·臨卭李生》：“元夕觀燈，惑一遊女，隨其後不暫捨。”迷惑，迷失。《漢書·李廣傳》：“廣不謝大將軍而起行……惑失道，後大將軍。”顏師古注：“惑，迷也。”昏亂。《孫子·謀攻》：“不知三軍之事，而同三軍之政者，則軍士惑矣！”梅堯臣注：“不知治軍之務，而參其政，則衆惑亂也。”誘引：引誘。《後漢書·張奐傳》：“秋，鮮卑復率八九千騎入塞，誘引東羌與共盟詛。”白居易《郡齋暇日憶廬山草堂兼寄二林僧社三十韵多叙貶官已来出處之意》：“龍象投新社，鵷鸞失故行。沉吟辭北闕，誘引向西方。”

⑮ "轉見烏來集"兩句:意謂迷惑其中的主人家看見許許多多大
觜烏一起聚集在自家的大樹之上,認爲是自家繁榮昌盛的好兆頭。
孳:生育,繁殖。趙曄《吳越春秋・越王無余外傳》:"鯀娶於有莘氏之
女,名曰女嬉,年壯未孳。"柳宗元《種樹郭橐駝傳》:"橐駝非能使木壽
且孳也。"

⑯ 鶴:鳥綱鶴科各種類的統稱,我國常見的有:丹頂鶴、白鶴、灰
鶴、黑頸鶴、赤頸鶴、白頭鶴、白枕鶴、蓑羽鶴等,古代詩詞圖畫中常指
丹頂鶴或白鶴。李時珍《本草綱目・鶴》:"鶴大於鵠,長三尺,高三尺
餘,喙長四寸,丹頂赤目,赤頰青脚,修頸凋尾,粗膝纖指,白羽黑翎。
亦有灰色,蒼色者。嘗以夜半鳴,聲唳雲霄。"謝惠連《雪賦》:"皓鶴奪
鮮,白鷳失素。"虞世南《飛來雙白鶴》:"飛來雙白鶴,奮翼遠凌烟。俱
栖集紫蓋,一舉背青田。" 花鷹:鳥類的一科,毛色艷麗,上嘴呈鉤
形,頸短,脚部有長毛,足趾有長而銳利的爪,性兇猛,捕食小獸及其
他鳥類。蘇軾《送淵師歸徑山》:"溪城六月水雲蒸,飛蚊猛捷如花
鷹。"楊萬里《和彭仲莊七言》:"喜君詩思未渠薄,秋後花鷹兔邊落。
慚我短才澀欲無,霜餘冰澗流還涸。"

⑰ 喜怒:喜悦與愠怒。柳宗元《掩役夫張進骸》:"生死悠悠爾,
一氣聚散之。偶來紛喜怒,奄忽已復辭。"李山甫《風》:"喜怒寒暄直
不匀,終無形狀始無因。能將塵土平欺客,愛把波瀾枉陷人。" 信
受:信仰、相信並接受。《漢書・任孝恭傳》:"孝恭少從蕭寺雲法師讀
經論,明佛理,至是蔬食持戒,信受甚篤。"寒山《詩三百三首》二四一:
"汝今須改行,覆車須改轍。若也不信受,共汝惡合殺。" 神龜:傳説
中稱有靈異的龜。《莊子・秋水》:"楚有神龜,死已三千歲矣! 王巾
笥而藏之廟堂之上。"蕭穎士《仰答韋司業垂訪五首》三:"神龜在南
國,緬邈湘川陰。遊止蓮葉上,歲時嘉樹林。"

⑱ 舉家:全家。李頎《別梁鍠》"但聞行路吟新詩,不嘆舉家無擔
石。莫言貧賤長可欺,覆簣成山當有時!"趙彥衛《雲麓漫鈔》卷八:

"〔韓紼〕及到貶所，又爲將官韓京所招，舉家死。" 彈射：用彈丸射擊。《漢書·宣帝紀》："其令三輔毋得以春夏摘巢探卵，彈射飛鳥。"陸龜蒙《練瀆》："彈射盡高鳥，杯觥醉潛魚。"

⑲ 往往：常常。《史記·十二諸侯年表序》："及如荀卿、孟子、公孫固、韓非之徒，各往往捃摭《春秋》之文以著書，不可勝紀。"曹唐《劉晨阮肇遊天台》："往往雞鳴巖下月，時時犬吠洞中春。不知此地歸何處？須就桃源問主人。" 鶵：鶵雛。阮籍《答伏義書》："鸞鳳凌雲漢以舞翼，鳩鶵悅蓬林以翱翔。"元稹《有酒十章》一〇："欲鳳翥而鶵隨兮，欲龍亨而驥逐。" 鷺：鳥類的一科，嘴直而尖，頸長，飛翔時縮著頸，白鷺、蒼鷺較爲常見。李時珍《本草綱目·鷺》："鷺，水鳥也，林栖水食，群飛成序，潔白如雪，頸細而長，脚青善翹，高尺餘，解指短尾，喙長三寸，頂有長毛十數莖。"《詩·周頌·振鷺》："振鷺于飛，於彼西雝。"何晏《景福殿賦》："篁栖鵾鷺，瀨戲鰋鮋。"

⑳ 梁肉：梁肉，泛指美食佳餚。梁，通"粱"。《管子·小匡》："九妃六嬪，陳妾數千，食必梁肉，衣必文繡。"孟郊《出門行》："君今得意厭梁肉，豈復念我貧賤時。" 毛羽：鳥的羽毛。《東觀漢記·光武帝紀》："鳳凰五，高八尺九寸，毛羽五采。"儲光羲《雜詠五首·池邊鶴》："舞鶴傍池邊，水清毛羽鮮。立如依岸雪，飛似向池泉。" 色澤：顏色和光澤。《淮南子·俶真訓》："譬若鍾山之玉，炊以爐炭，三日三夜而色澤不變。"韋驤《再詠黃石榴花二首》一："花似新鵝色澤均，萼如柘繭亂紛紛。更臨返照遙凝目，翠幄無端惹瑞雲。"

㉑ 遠近：遠的地方與近的地方。元稹《靖安窮居》："喧静不由居遠近，大都車馬就權門。野人住處無名利，草滿空階樹滿園。"周弘亮《曲江亭望慈恩寺杏園花發》："江亭閑望處，遠近見秦源。古寺遲春景，新花發杏園。" 貪殘：貪婪凶殘。亦指貪婪凶殘的人。《逸周書·時訓》："歲有大寒，田鼠不化鴽，國多貪殘。"《漢書·刑法志》："至於末世，苟任詐力，以快貪殘。"

㉒ 攫：鳥獸以爪抓取。《漢書·黃霸傳》："吏出，不敢舍郵亭，食於道旁，烏攫其肉。"顏師古注："攫，搏持之也。"元稹《有鳥二十章》一："似鷹指爪唯攫肉，庋天羽翮徒翰飛。朝偷暮竊恣昏飽，後顧前瞻高樹枝。"　雛卵：小鳥和鳥蛋。王績《古意六首》六："鳳言荷深德，微禽安足尚？但使雛卵全，無令繒繳放！"《太平廣記·王仁裕》："漢高廟有長松古柏，上鳥巢不知其數。時中春日野賓解逸躍入叢林，飛趌于樹梢之間，遂入漢高廟，破鳥巢，擲其雛卵于地。"　廄馬：在馬廄裏餵養的馬。《漢書·成帝紀》："秋，罷太子博望苑以賜宗室朝請者，減乘輿廄馬。"韓翃《扈從郊廟因呈兩省諸公》："丹墀列士主恩同，廄馬翩翩出漢宮。奉引乘輿金仗裏，親嘗賜食玉盤中。"　瘡痍：創傷。葛洪《抱朴子·自叙》："弟與我同冒矢石，瘡痍周身，傷失右眼，不得尺寸之報；吾乃重金累紫，何心以安？"《陳書·世祖紀》："討陳寶應將士死王事者，並給棺槥，送還本鄉，並復其家。瘡痍未瘳者，給其醫藥。"也指瘡瘍。《法苑珠林》卷七八引《阿育王太子法益壞目因緣經》："身生瘡痍，口氣臭處，與人無親，曠地獄來。"洪邁《夷堅丙志·廬州詩》："張侯及內子，遍體生瘡痍。爬搔疼徹骨，脫衣痛粘皮。"

㉓ 滲瀝：同"淋瀝"，滴落貌。盧思道《祭灄湖文》："雨師止其淋瀝，雲將卷其蔚薈。"王泠然《蘇合山賦》："素手淋瀝而象起，玄冬涸沍而體成。"　脂膏：油脂。《禮記·內則》："脂膏以膏之。"孔穎達疏："凝者爲脂，釋者爲膏。"杜甫《黃魚》："脂膏兼飼犬，長大不容身。"鳳皇：即"鳳凰"，古代傳說中的百鳥之王，雄的叫鳳，雌的叫凰，這裏比喻權利持有者。張九齡《雜詩五首》一："高岡地復迥，弱植風屢吹。凡鳥已相噪，鳳皇安得知？"李嶠《鳳》："有鳥居丹穴，其名曰鳳皇。九苞應靈瑞，五色成文章。"

㉔ "主人一朝病"兩句：意謂主人家一旦有病，那些大觜烏紛紛探頭探腦窺探消息，探明情勢，隨時準備謀取對自己有利的私利。屋檐：房檐，房頂伸出墙外的部分。韓愈《赴江陵途中寄三學士》："白

日屋檐下,雙鳴鬥鶼鶼。"白居易《晏起》:"烏鳴庭樹上,日照屋檐時。"窺:暗中偷看。《禮記·少儀》:"不窺密,不旁狎,不道舊故。"鄭玄注:"嫌伺人之私也。密,隱曲處也。"《孟子·滕文公》:"鑽穴隙相窺,逾墙相從,則父母國人皆賤之。"

㉕ 呦:象聲詞,形容動物的叫聲。《詩·小雅·鹿鳴》:"呦呦鹿鳴,食野之蘋。"毛傳:"鹿得蓱呦呦然鳴而相呼。"曹丕《短歌行》:"呦呦遊鹿,銜草鳴麂。" 鷕:雌鳴声。《詩·邶風·匏有苦葉》:"有瀰濟盈,有鷕雉鳴。"毛傳:"鷕,雌雉聲也。"馬瑞辰通釋:"毛傳特望文生義,因詩下言求牡,遂以鷕爲雌雉聲耳!不知鷕本雉聲,不必定爲雌雉聲。"《文選·潘岳〈射雉賦〉》:"麥漸漸以擢芒,雉鷕鷕而朝鴝。"徐爰注:"鷕鷕,雉聲也。" 鵬:鳥名,似鴞。《文選·賈誼〈鵬鳥賦〉序》:"鵬似鴞,不祥鳥也。"李善注引《巴蜀異物志》:"有鳥小如雞,體有文色,土俗因形名之曰鵬,不能遠飛,行不出域。"劉長卿《朱放自杭州與故里相使君立碑回因以奉簡吏部楊侍郎製文》:"鵬集占書久,鸞回刻篆新。不堪相顧恨,文字日生塵。" 翩翻:上下飛動貌。王昌齡《灞上閑居》:"庭前有孤鶴,欲啄常翩翻。"朱淑真《春日行》:"何處飛來雙蛺蝶,翩翻飛入尋香徑?" 鴟:鳶屬,鷂鷹。李時珍《本草綱目·鴟》:"鴟似鷹而稍小,其尾如舵。極善高翔,專捉雞雀。"《詩·大雅·瞻卬》:"懿厥哲婦,爲梟爲鴟。"韓愈《祭馬僕射文》:"鳩鳴雀乳,不見梟鴟。"又謂猫頭鷹的一種。《莊子·徐無鬼》:"鴟目有所適,鶴脛有所節。"成玄英疏:"鴟目晝暗而夜開,則適夜不適晝。"《淮南子·主術訓》:"鴟夜撮蚤蚊,察分秋豪,晝日顛越,不能見邱山,形性詭也。"

㉖ 偏養:偏心餵養,寵愛有加。元稹《有鳥二十章》五:"有鳥有鳥名野雞,天姿耿介行步齊。主人偏養憐整頓,玉粟充腸瑤樹栖。"偏:不公正,偏袒。《書·洪範》:"無偏無陂,遵王之義。"《後漢書·霍諝傳》:"不偏不黨,其若是乎?" 嘯聚:互相招呼著聚集起來。盧照鄰《馴鳶賦》:"嘯聚於霞莊,時追飛於雲閣;荷大德之純粹,將輕姿之

陋薄。思一報之無階，欣百齡之有託。”《新唐書·北狄傳·室韋》：
“室韋，契丹別種……每弋獵即相嘯聚，事畢去。”　奔馳：猶奔波，奔
走。桓寬《鹽鐵論·憂邊》：“國君不安，謀臣奔馳。”王建《求友》：“敎
學既不誠，朋友道日虧。遂作名利交，四海爭奔馳。”

　　㉗ 夜半：半夜。《史記·孟嘗君列傳》：“孟嘗君得出，即馳去，更
封傳，變名姓以出關，夜半至函谷關。”白居易《長恨歌》：“七月七日長
生殿，夜半無人私語時：‘在天願作比翼鳥，在地願爲連理枝。’”　驚
噪：亦作“驚譟”，驚異鼓噪。《後漢書·五行志》：“〔延熹〕九年三月癸
巳，京都夜有火光轉行，民相驚譟。”《晉書·五行志》：“太安元年，丹
陽湖熟縣夏架湖有大石，浮二百步而登岸，民驚噪相告曰：‘石來！’”
鵂鶹：鴟鴞的一種，羽棕褐色，有橫斑，尾黑褐色，腿部白色。外形和
鴟鴞相似，但頭部沒有角狀的羽毛。捕食鼠、兔等，在古書中卻常常
視爲不祥之鳥。《梁書·侯景傳》：“所居殿常有鵂鶹鳥鳴，景惡之，每
使人窮山野討捕焉！”韓愈《赴江陵途中寄贈王二十補闕李十一拾遺
李二十六員外翰林三學士》：“白日屋檐下，雙鳴鬥鵂鶹。有蛇類兩
首，有蠱群飛遊。”　狸：同“貍”，豹貓，也叫狸貓、狸子、山貓等。形狀
似貓，圓頭大尾，頭部有黑色條紋，兩眼內緣上各有一白紋，軀幹有黑
褐色的斑點，以鳥、鼠等小動物爲食，常盜食家禽。《詩·豳風·七
月》：“一之日於貉，取彼狐狸，爲公子裘。”孔穎達疏：“一之日往捕貉，
取皮，庶人自以爲裘；又取狐與狸之皮爲公子之裘。”《新唐書·李祐
傳》：“祐喜養鬥鴨，方未反，狸齰鴨四十餘，絕其頭去。”也泛指貓。
《韓非子·揚權》：“使雞司夜，令狸執鼠，皆用其能，上乃無事。”葛洪
《抱朴子·廣譬》：“鼠住虎側，則狸犬不敢議。”

　　㉘ 病心：指人的心理行爲等發生異常狀態的疾病。張師正《括
異志·錢齋郎》：“一日，其妻被夫之衣冠，語言皆男子也，狀如病心。”
也指病中的心情。白居易《與微之書》：“上報疾狀，次序病心，終論平
生交分。”韋莊《婺州屛居蒙右省王拾遺車枉降訪病中延候不得因成

寄謝》："畫角莫吹殘月夜，病心方憶故園春。" 燈火：燃燒著的燈燭
等照明物，亦指照明物的火光。葛洪《抱朴子·極言》："夫損之者，如
燈火之消脂，莫之見也，而忽盡矣!"蘇軾《水調歌頭》："昵昵兒女語，
燈火夜微明。"

㉙ 左右：近臣，侍從。《左傳·宣公二十年》："〔楚子〕左右曰：
'不可許也，得國無赦。'"王維《羽林騎閨人》："行人過欲盡，狂夫終不
至。左右寂無言，相看共垂淚。" 無語：沒有話語，沒有說話。任翻
《惜花》："無語與花別，細看枝上紅。"蘇軾《惠山謁錢道人登絕頂望太
湖》："孫登無語空歸去，半嶺松聲萬壑傳。" 奄然：悲傷貌。于鵠《悼
孩子》："年長始一男，心亦頗自娛。生來歲未周，奄然却歸無。"李商
隱《代安平公遺表》："心存向闕，手尚封章，撫躬而氣息奄然，戀主而
方寸亂矣!"

㉚ 平明：猶黎明，天剛亮的時候。李嶠《酬杜五弟晴朝獨坐見
贈》："平明坐虛館，曠代幾悠哉。宿霧分空盡。朝光度隙來。"李白
《遊太山六首》三："平明登日觀，舉手開雲關。精神四飛揚，如出天地
間。" 出日：朝日。《書·堯典》："寅賓出日，平秩東作。"蔡沈集傳：
"出日，方出之日。"杜甫《寫懷二首》二："夜深坐南軒，明月照我膝。
驚風翻河漢，梁棟已出日。" 魅：舊時迷信認爲物老變成的精怪。
《左傳·宣公三年》："螭魅罔兩，莫能逢之。"杜預注："魅，怪物。"韓愈
《劉生》："青鯨高磨波山浮，怪魅炫耀堆蛟螈。"鬼怪。《荀子·解蔽》：
"〔涓蜀梁〕愚而善畏，明月而宵行，俯見其影，以爲伏鬼也，卬視其髮，
以爲立魅也。"干寶《搜神記》卷二："帝偶使三人爲之，侯乃設法，三人
登時僕地無氣。帝驚曰：'非魅也!朕相試耳!'" 參差：紛紜繁雜。
謝朓《酬王晉安》："悵望一塗阻，參差百慮依。"杜牧《阿房宮賦》："瓦
縫參差，多於周身之帛縷。"

㉛ 惑：義同"惑世"，迷惑世人。《書·舜典》："流共工於幽洲。"
孔傳："象恭滔天，足以惑世，故流放之。"又作"惑世誣民"解，蠱惑世

人。李白《繫尋陽上崔相渙三首》二:"毛遂不墮井,曾參寧殺人。虛言誤公子,投杼惑慈親。"

㉜ 家業:猶家産。《漢書·楊王孫傳》:"楊王孫者,孝武時人也。學黃老之術,家業千金,厚自奉養生,亡所不致。"《南史·何戢傳》:"〔戢〕家業富盛,性又華侈,衣被服飾,極爲奢麗。" 玩好:愛好。陸賈《新語·本行》:"璧玉珠璣不御於上,則玩好之物棄於下。"孟郊《遠遊》:"遠行少僮僕,驅使無是非。爲性玩好盡,積愁心緒微。" 愛奇:喜歡新奇的事物。殷文圭《鸚鵡》:"才子愛奇吟不足,美人憐爾繡初成。應緣是我邯鄲客,相顧咬咬別有情。"徐鉉《答左偃處士書》:"以鉉愛奇好古者也,故屢稱足下之行,亟誦足下之詩,相視欣然,以爲今猶古也。"

㉝ 占募:招募,募集。《南史·留異傳》:"侯景之亂,〔留異〕還鄉里,占募士卒。"柳公權《閶門即事》:"耕夫占募逐樓船,春草青青萬頃田。試上吳門看郡郭,清明幾處有新烟?" 能言:長於辯論,有獨到的見解。《鬼谷子·中經》:"能言者儔善博惠。"《世說新語·文學》:"晏聞弼名。"劉孝標注引《王弼別傳》:"弼字輔嗣,山陽高平人,少而察惠,十餘歲便好莊老,通辯能言,爲傅嘏所知。"這裏借喻大觜烏的巧言惑眾,欺騙世人。 貲:通"資",貨物,錢財。《史記·司馬相如列傳》:"〔司馬相如〕以貲爲郎,事孝景帝,爲武騎常侍,非其好也。"劉禹錫《賈客詞》:"高貲比封君,奇貨通倖卿。"

㉞ 隴樹:墓地的樹木。劉長卿《哭魏兼遂》:"歲時常寂寞,烟月自氛氳。隴樹隨人古,山門對日曛。"沈佺期《秦州薛都督挽詞》:"隴樹烟含夕,山門月對秋。古來鐘鼎盛,共盡一蒿邱。" 鸚鵡:鳥名,能效人語。段成式《酉陽雜俎·羽篇》:"鸚鵡,能飛,衆鳥趾前三後一,唯鸚鵡四趾齊分。凡鳥下瞼眨上,獨此鳥兩瞼俱動,如人目。"齊己《放鸚鵡》:"隴西蒼獻結巢高,本爲無人識翠毛。今日籠中强言語,乞歸天外啄含桃。"子蘭《鸚鵡》:"翠毛丹觜乍教時,終日無聊似憶歸。

近來偷解人言語,亂向金籠説是非。" 言語:言辭,話。《禮記·少儀》:"毋身質言語。"孔穎達疏:"凡言語有疑則稱疑,無得以身質成言語之疑者;其言既疑,若必成之,或有所誤也。"陸游《老學庵筆記》卷五:"安撫莫信,此是通判駡安撫飽食暖衣,逸居而無教,則近於禽獸。是甚言語!" 光儀:光彩的儀容,稱人容貌的敬詞,猶言尊顏。禰衡《鸚鵡賦》:"背蠻夷之下國,侍君子之光儀。"張鷟《遊仙窟》:"敢陳心素,幸願照知! 若得見其光儀,豈敢論其萬一!"

㉟ 美人:容貌美麗的人,多指女子。《六韜·文伐》:"厚賂珠玉,娛以美人。"顧況《悲歌》:"美人二八顏如花,泣向春風畏花落。" 傾心:嚮往,仰慕。庾肩吾《有所思行》:"悵望情無極,傾心還自傷。"王勃《送白七序》:"天下傾心,盡當年之意氣。"盡心,誠心誠意。《後漢書·章德竇皇后》:"后性敏給,傾心承接,稱譽日聞。"元稹《華之巫》:"使我傾心事爾巫,吾寧驅車守吾道。" 雕籠:指雕刻精緻的鳥籠。王建《傷韋令孔雀詞》:"池邊鳳凰作伴侶,羌聲鸚鵡無言語。雕籠玉架嫌不栖,夜夜思歸向南舞。"元稹《有鳥二十章》一四:"貴人妾婦愛光彩,行提坐臂怡朱顏。妖姬謝寵辭金屋,雕籠又伴新人宿。" 自持:自己維持,自己堅持。《漢書·公孫弘傳》:"今事少間,君其存精神,止念慮,輔助醫藥以自持。"皮日休《鹿門夏日》:"身外所勞者,飲食須自持。何如便絶粒,直使身無爲?"

㊱ 求者:即富家兒。李涉《春山三謁來》三:"小男學語便分別,已辨君臣知匹配。都市廣長開大鋪,疾來求者多相悞。" 臨軒:皇帝不坐正殿而御前殿,殿前堂陛之間近檐處兩邊有檻楯,如車之軒,故稱。王維《少年行四首》四:"天子臨軒賜侯印,將軍佩出明光宮。"這裏指在窗前,軒,窗檻。元稹《鶯鶯傳》:"張生臨軒獨寢,忽有人覺之。"杜光庭《虯髯客傳》:"公既去,而執拂者臨軒指吏曰:'問去者處士第幾? 住何處?'" 白玉墀:宮殿前的玉石臺階,亦借指朝堂。韋應物《逢楊開府》:"朝持樗蒲局,暮竊東鄰姬。司隸不敢捕,立在白玉

墀。"元稹《酬樂天》："君爲邑中吏，皎皎鸞鳳姿。顧我何爲者，翻侍白玉墀？"這裏指富家兒堂前的玉石臺階，其實，富家兒就是皇上的暗喻而已，故詩人故意借用宮殿中才有的物件。

㊲"先問鳥中苦"兩句：意謂求者也就是富家兒先問衆鳥之苦，衆鳥便數説大觜鳥的種種惡行。　便言：善於辭令，有口才。《玉臺新詠·古詩爲焦仲卿妻作》："年始十八九，便言多令才。"蕭子良《出家懷道門》："今聞出家之美，不得便言無惡。又聞俗人之惡，不可便言無善。"

㊳"衆鳥齊搏鑠"兩句：意謂衆多大觜鳥聽到衆鳥揭發它們的醜惡行徑，一齊前來攻擊衆多揭發者，一時間，毛羽紛紛而落，在天空中飄舞。　搏鑠：義同"攫搏"，即鳥獸以爪翅獵物，攻擊。權德輿《傷馴鳥賦》："悃心訝而未辯，欸狸狌之攫搏。俄斃踣而不勝，紛血灑以毛落。"孫復《諭學》："冥觀天地何雲爲？茫茫萬物争蕃滋。羽毛鱗介各異趣，披攘攫搏紛相隨。"　翠羽：鳥翼，這裏指被攻擊的鳥類的鳥翼。李昂《賦戚夫人楚舞歌》："黄泉白骨不可報，雀釵翠羽從此辭。君楚歌兮妾楚舞，脈脈相看兩心苦。"韋莊《歸國謡》："南望去程何許？問花花不語。早晚得同歸去。恨無雙翠羽。"　離披：分散下垂貌，紛紛下落貌。《楚辭·九辯》："白露既下百草兮，奄離披此梧楸。"朱熹集注："離披，分散貌。"郭震《惜花》："艷拂衣襟蕊拂杯，繞枝閑共蝶徘徊。春風滿目還惆悵，半欲離披半未開。"

㊴"遠擲千餘里"兩句：意謂衆鳥不僅羽毛紛飛，而且還被遠遠拋棄，一家人，包括女主人在内，不再顧及此事。　擲：引申指拋棄。陶潛《雜詩十二首》二："日月擲人去，有志不得騁。"韓愈《南溪始泛三首》三："羸形可輿致，佳觀安可擲？"　美人：喻君上。王逸《楚辭章句》卷一："故善鳥香草以配忠貞，惡禽臭物以比讒佞，靈修美人以媲於君，宓妃佚女以譬賢臣。"《楚辭·九章·抽思》："結微情以陳詞兮，矯以遺夫美人。"王逸注："舉與懷王，使覽照也。"

⑩ 舉家:全家。劉長卿《戲題贈二小男》:"未知門户誰堪主? 且
免琴書別與人。何幸暮年方有後,舉家相對却霑巾。"高適《封丘作》:
"拜迎官長心欲碎,鞭撻黎庶令人悲。歸來向家問妻子,舉家盡笑今
如此。" 懲:鑒戒。《詩·周頌·小毖》:"予其懲而毖後患。"鄭玄箋:
"懲,艾也。"《韓非子·難》:"不誅過,則民不懲而易爲非,此亂之本
也。"王安石《上仁宗皇帝言事書》:"臣願陛下鑒漢、唐、五代之所以亂
亡,懲晉武苟且因循之禍,明詔大臣,思所以陶成天下之才。"也作恐
懼解。《漢書·楚元王劉交傳》:"太夫人與竇太后有親,懲山東之寇,
求留京師,詔許之。"王安石《董伯懿示裴晉公平淮右題名碑詩用其韵
和酬》:"德宗末年懲戰禍,一矢不試塵蒙靫。" 事烏逾昔時:意謂侍
候大觜烏比過去更好更殷勤。 逾:超過,勝過。《史記·汲鄭列
傳》:"使黯任職居官,無以逾人。"《文心雕龍·序志》:"形同草木之
脆,名逾金石之堅。"韓愈《合江亭》:"樹蘭盈九畹,栽竹逾萬個。" 昔
時:往日,從前。《東觀漢記·東平王蒼傳》:"骨肉天性,誠不以遠近
親疏,然數見顔色,情重昔時。"杜甫《石笋行》:"恐是昔時卿相冢,立
石爲表今仍存。"

⑪ "向言池上鷺"兩句:意謂對池塘裏面的白鷺説,如果不聽從
警告,將面臨食肉剥皮的結局。 鷺:鳥類的一科,嘴直而尖,頸長,
飛翔時縮著頸,白鷺、蒼鷺較爲常見。駱賓王《蓬萊鎮》:"旅客春心
斷,邊城夜望高。野樓疑海氣,白鷺似江濤。"王維《積雨輞川莊作》:
"積雨空林烟火遲,蒸藜炊黍餉東菑。漠漠水田飛白鷺,陰陰夏木囀
黄鸝。"

⑫ 夜漏:夜間的時刻。漏,古代滴水記時的器具。《周禮·春
官·雞人》"大祭祀,夜呼旦以嘂百官"鄭玄注:"夜漏未盡,鷄鳴時也,
呼旦以警起百官,使夙興。"韋應物《驪山行》:"禁仗圍山曉霜切,離宮
積翠夜漏長。" 陰雲:陰沉沉令人不見天日的雲朵。喬備《出塞》:
"旌斷冰溪戍,笳吹鐵關城。陰雲暮下雪,寒日晝無晶。"沈佺期《被試

出塞》:“十年通大漠,萬里出長平。寒日生戈劍,陰雲拂旆旌。”

㊸“況爾烏何者”兩句:意謂你們這些大觜烏又算是有多大本領,多次作惡竟然不知道自己已經面臨老天即將懲罰你們的危險?極:盡頭,終了。《詩·唐風·鴇羽》:“悠悠蒼天,曷其有極?”鄭玄箋:“極,已也。”《吕氏春秋·制樂》:“故禍兮福之所倚,福兮禍之所伏,聖人所獨見,衆人焉知其極?”高誘注:“極,猶終。”　危:危險,危急。《易·繫辭》:“君子安而不忘危,存而不忘亡,治而不忘亂。”王昌齡《詠史》:“位重任亦重,時危志彌敦。”

㊹彌天:滿天,極言其大。《周禮·春官·占夢》:“七曰彌。”鄭玄注:“彌者,白虹彌天也。”應璩《報東海相梁季然書》:“頓彌天之網,收萬仞之魚。”　無遺:没有脱漏或遺漏。《管子·版法解》:“是故明君兼愛而親之……如此則衆親上鄉意,從事勝任矣!故曰兼愛無遺,是謂君心。”《唐語林·方正》:“明年,懿宗崩。京兆尹薛逢毁之(佛骨)無遺。”

㊺常令:固定的法令。《管子·七法》:“常令不審,則百匿勝;官爵不審,則奸吏勝。”《尉繚子·兵令上》:“出卒陳兵有常令,行伍疏數有常法。”　阿閣:四面都有檐霤的樓閣。《尸子》卷下:“泰山之中有神房阿閣帝王録。”楊炯《少室山少姨廟碑》:“豈直鳳巢阿閣,入軒後之圖書;魚躍中舟,稱武王之事業。”　宛宛:盤旋屈曲貌。《文選·司馬相如〈封禪文〉》:“宛宛黄龍,興德而升。”李善注:“《楚辭》曰:‘駕八龍之宛宛。’”柳宗元《哭連州淩員外司馬》:“宛宛淩江羽,來栖翰林枝。”　長離:即鳳,古代傳説中的靈鳥,一説爲神名。《漢書·司馬相如傳》:“左玄冥而在黔雷兮,前長離而後矞皇。”顔師古注“長離,靈鳥也。服虔曰:‘皆神名也。’”《後漢書·張衡傳》:“前長離使拂羽兮,委水衡乎玄冥。”李賢注:“長離,即鳳也。”後用以比喻才德出衆之人。《文選·潘岳〈爲賈謐作贈陸機〉》:“婉婉長離,淩江而翔,長離云誰,咨爾陸生。”李善注:“長離,喻(陸)機也。”《舊唐書·薛元敬傳》:“〔元

敬□少與收及收族兄德音齊名，時人謂之'河東三鳳'。收爲長離，德音爲鸑鷟，元敬以年最小爲鸑鶵。"本詩是借大觜烏感物寓意之作，其中的"主人"是人主的代名詞，忠臣自忠，奸臣自奸，象徵李唐當時的朝政。而值得注意的是詩中的鸚鵡，因爲説了真話，就遭到衆多大觜烏的搏擊，被驅逐於千里之外，與詩人被貶斥江陵的遭遇何其相似！

[編年]

《年譜》編年本詩於元和五年，没有説明本詩賦詠的具體時間與編年理由。《編年箋注》編年云："《大觜烏》……作於元和五年(八一〇)貶江陵時。參見下《譜》。"《年譜新編》亦編年元和五年，没有説明具體賦詠時間也没有説明編年理由。

我們以爲本詩作爲十七首組詩之一，其寫作時間應該與《思歸樂》等詩同時，大約在元和五年三月十七日至三月二十四日間。

◎ 四皓廟①

巢由昔避世，堯舜不得臣②。伊吕雖急病，湯武乃可君③。四賢胡爲者(一)？千載名氛氲④。顯晦有遺迹，前後疑不倫⑤。秦政虐天下，黷武窮生民⑥。諸侯戰必死(二)，壯士眉亦嚬(三)⑦。張良韓孺子，椎碎屬車輪⑧。遂令英雄意，日夜思報秦⑨。先生相將去，不復嬰世塵⑩。雲卷在孤岫，龍潛爲小鱗⑪。秦王轉無道(四)，諫者鼎鑊親(五)⑫。茅焦脱衣諫，先生無一言⑬。趙高殺二世，先生如不聞⑭。劉項取天下，先生遊白雲⑮。海内八年戰，先生全一身(六)⑯。漢業日已定，先生名亦振⑰。不得爲濟世，宜哉爲隱淪⑱。如何一朝起，屈作儲貳賓⑲？安存孝惠帝，摧頷戚夫人⑳。捨大以謀細，虬盤而蠖伸㉑。惠帝竟不嗣⁽⁷⁾，呂氏禍有因㉒。雖懷安劉志，未若周與陳㉓。皆落子房術⁽⁸⁾，先生道何屯㉔！出處貴明白⁽⁹⁾，故吾今有云㉕。

録自《元氏長慶集》卷一

［校記］

（一）四賢胡爲者：宋蜀本、錢校、楊本、叢刊本、《唐文粹》、《全詩》、《歷代名賢確論》同，《唐詩拾遺》作“四賢無爲者”，語義不同，不從不改。

（二）諸侯戰必死：楊本、叢刊本、《全詩》、《唐詩拾遺》、《歷代名賢確論》同，《唐文粹》作“諸侯戰心死”，語義不同，不改。

（三）壯士眉亦嚬：楊本、叢刊本、《全詩》、《唐詩拾遺》、《唐文粹》同，《歷代名賢確論》作“壯士眉亦顰”，“嚬”與“顰”通，都是“皺眉”的意思，不改。

（四）秦王轉無道：《全詩》、《唐文粹》同，楊本、叢刊本、《唐詩拾遺》、《歷代名賢確論》作“秦皇轉無道”，秦王稱皇帝在其後，不從不改。

（五）諫者鼎鑊親：楊本、叢刊本、《全詩》、《唐詩拾遺》、《歷代名賢確論》同，《唐文粹》作“諫者鼎鑊新”，語義不通，不從不改。

（六）先生全一身：宋蜀本、錢校、楊本、叢刊本、《唐文粹》、《歷代名賢確論》、《全詩》同，《唐詩拾遺》作“先生全一生”，語義不同，不改。

（七）惠帝竟不嗣：錢校、《全詩》、《唐詩拾遺》同，楊本、叢刊本作“惠帝競不嗣”，《唐文粹》、《歷代名賢確論》作“惠皇竟不嗣”，兩者語義均不通，不從不改。

（八）皆落子房術：宋蜀本、錢校、叢刊本、《唐文粹》、《歷代名賢確論》、《全詩》同，楊本作"□落子房術"，明顯是個脱字。

（九）出處貴明白：楊本、叢刊本、《唐文粹》、《歷代名賢確論》、《全詩》同，《唐詩拾遺》作"此處貴明白"，語義不同，不改。

［箋注］

① 四皓廟：《長安志·萬年縣》："四皓廟在終南山，去縣五十里，唐元和八年重建。"樂史《太平寰宇記·商州》："四皓墓在縣西四里，廟後高車山，在縣北二里。《高士傳》云：高車山上有四皓碑及祠，皆漢惠帝所立也。漢後使張良詣南山迎四皓之處，因名高車山。"而杜牧的詩篇《題商山四皓廟一絶》又云在商山，四皓名聞古今，各地建廟甚多，各説自然應該並存，説詳本詩編年。詩中的"商山四皓"即東園公、綺里季、夏黄公、角里先生。明人陳禹謨《駢志·商山四皓》："商山四皓：按四皓：東園公，姓唐名秉字宣明。綺里先生，字季。夏黄公，姓崔名廣字少通。角里先生，姓周名術字元道。前涼録張重華問索綏曰：'四皓既安太子，住乎？還山乎？'綏答：'未悉。'重華曰：'卿不知乎？四皓死於長安，有四皓冢，爲不還山也。'"清人宫夢仁所編《讀書紀數略》有記載云："商山四皓：東園公（姓唐名秉字宣明）、綺里先生（姓吳名實字子景）、夏黄公（姓崔名廣字少通）、角里先生（姓周名術字元道）。"四皓爲避秦末漢初之亂隱居於地形險峻風景綺麗的商山，至漢初年皆八十有餘，鬚眉皆白，時稱"商山四皓"。劉邦派人召見，不應。後來劉邦意欲廢太子，吕后用留侯之計迎四皓至朝輔佐太子，遂使劉邦中止廢太子之動議。歷代對四皓的評價極高極少異議，如曹植《商山四皓贊》云："嗟爾四皓，避秦隱形。劉項之争，養志弗營。不應朝聘，保節全貞。應命太子，漢嗣以寧。"元積的評價不僅開了後來杜牧等人"四皓安劉是滅劉"、"安吕非安劉"議論的先河，而就議論本身而言也比杜牧等人的論見獨具慧眼。如唐人蔡京《責商山四皓》云："秦末家家思逐鹿，商山四皓獨忘機。如何鬢髮霜相似，

更出深山定是非?"宋人葉廷珪《海錄碎事·淮陽老》云:"漢有應曜,隱於淮陽山中。與四皓俱徵,獨不至。時人語曰:'商山四皓,不如淮陽一老。'"他們僅僅從"商山四皓"應徵與否着眼,沒有涉及他們的功過是非。杜牧《題商山四皓廟一絕》詩雖對商山四皓有所批評,但尚欠深刻,詩云:"呂氏強梁嗣子柔,我於天性豈恩仇!南軍不袒左邊袖,四老安劉是滅劉。"元稹認爲四皓雖然有功更有過失,尖銳地指出:當秦始皇殘暴統治天下之時,四皓默不作聲;趙高殺害秦二世之日,四皓視而不見;劉項血戰八年,四皓避禍全身;漢業大定,四皓出山摘桃輔佐漢業,却成了殺害戚夫人的幫兇。詩人認爲他們根本不如人們想像的那樣是什麼濟世之才,他們四人對漢代的貢獻遠遠不如周勃和陳平。元稹《酬翰林白學士代書一百韻》:"譏題皓發祠。"自注云:"予途中……作《四皓廟》詩,譏其出處不常。"我們以爲元稹的評價大膽破除陳腐之論,敢於提出創見,富有新意,應予重視應予肯定。聯繫元稹所處的時代和他當時的具體環境,他寫這首詩又未嘗不是另有隱喻另有諷刺當代知名人物的意思在內。白居易有《和答詩十首·答四皓廟》:"天下有道見,無道卷懷之。此乃聖人語,吾聞諸仲尼。矯矯四先生,同禀希世資。隨時有顯晦,秉道無磷緇。秦皇肆暴虐,二世遭亂離。先生相隨去,商嶺採紫芝。君看秦獄中,戮辱者李斯。劉項爭天下,謀臣竟悅隨。先生如鸞鶴,出入冥冥飛。君看齊鼎中,燋爛者酈其。子房得沛公,自謂相遇遲。八難掉舌樞,三略役心機。辛苦十數年,晝夜形神疲。竟雜霸者道,徒稱帝者師。子房爾則能,此非吾所宜。漢高之季年,嬖寵鍾所私,冢嫡欲廢奪。骨肉相憂疑,豈無子房口,口舌無所施?亦有陳平心,心計將何爲?皓皓四先生,高冠危映眉。從容下南山,顧盼入東闈。前瞻惠太子,左右生羽儀。却顧戚夫人,楚舞無光輝。心不畫一計,口不吐一詞。暗定天下本,遂安劉氏危。子房吾則能,此非爾所知。先生道既光,太子禮甚卑。安車留不住,功成棄如遺。如彼旱天雲,一雨百穀滋。澤則在天下，雲復歸希夷。勿高巢與由，勿尚呂與伊。巢由往不返，伊呂去不歸。豈如四先生，出處兩逶迤。何必長隱逸？何必長濟時？由來聖人道，無朕不可窺。卷之不盈握，舒之亙八陲。先生道甚明，夫子猶或非。願子辨其惑，爲予吟此詩。”雖元稹本詩題旨白居易並不贊同，但仍然可與本詩並讀，從比較中得出自己的結論。《唐宋詩醇·答四皓廟》云：“元詩責四皓定惠帝以釀呂氏之禍，此事後之論未免過苛。假令當年廢長立愛，如意嗣位，所恃以托孤者獨一周昌耳！絳、灌諸人未必帖然心服，且產、祿輩根蒂深固，呂雉構患益急，保無意外之變耶？居易駁之，自是正論。起引孔子語，未又歸到聖人之道，前後照應，中間以子房作陪。蓋當劉、項逐鹿之時，群雄擾擾，皆功名之士，子房獨具入道之姿，其傑出者也，借賓定主，身分愈高。隨手帶出陳平，則賓中賓也。未又以伊、呂、巢、由作襯，議論瀾翻不竭，全是以作文法行之，直可當一篇四皓論讀。”議論各不相同，讀者可以作出自己的判斷。

②巢由：巢父和許由的並稱，相傳皆爲堯時隱士，堯讓位於二人，皆不受，因用以指隱居不仕者。皇甫謐《高士傳·巢父》：“巢父者，堯時隱人也，山居不營世利，年老以樹爲巢而寢其上，故時人號曰巢父。”許由，相傳堯讓以天下，不受，遁居於潁水之陽箕山之下。堯又召爲九州島長，由不願聞，洗耳于潁水之濱。《漢書·薛方傳》：“堯舜在上，下有巢由。”齊己《題鄭郎中谷仰山居》：“秦爭漢奪虛勞力，却是巢由得穩眠。” 避世：逃避塵世，逃避亂世。《莊子·刻意》：“此江海之士，避世之人，閑暇者之所好也。”《後漢書·竇丹傳》：“王莽時，常避世教授，專志不仕，徒衆數百人。”李頎《漁父歌》：“白首何老人，蓑笠蔽其身。避世長不仕，釣魚清江濱。” 堯舜不得臣：意謂堯舜不能夠讓他們作爲自己的臣僚。盧照鄰《詠史四首》二：“在晦不絶俗，處亂不爲親。諸侯不得友，天子不得臣。”李華《詠史十一首》三：“巢許在嵩潁，陶唐不得臣。九州尚洗耳，一命安能親！”

③伊呂：商伊尹輔商湯，西周呂尚佐周武王，皆有大功，後因並稱伊呂泛指輔弼重臣。《漢書·刑法志》：“故伊呂之將，子孫有國，與商周並。”《三國志·彭羕傳》：“羕於獄中與諸葛亮書曰：‘……足下，當世伊呂也，宜善與主公計事，濟其大猷。’”　急病：急於解救困難，解難。《國語·魯語》：“賢者急病而讓夷……今我不如齊，非急病也。”《宋書·何尚之傳》：“泉布廢興，未容驟議……自非急病權時，宜守久長之業。”　湯武：商湯與周武王的並稱。《易·革》：“湯武革命，順乎天而應乎人。”《史記·穰侯列傳》：“以三十萬之衆守梁七仞之城，臣以爲湯武復生，不易攻也。”　可君：有才德的，值得人們擁戴的君主。司馬光《請自擇臺諫劄子》：“晏子曰：‘君所謂可臣，亦曰可君……’”吳泳《可大受説》：“數以倍言，邵子法也。不知可君所傳，得之何師？而乃謂九倍爲帝，坐八倍爲王公，師相七，六五爲執政、侍從，其餘卿、監、郎、曹、監司、郡太守，莫不積倍數以推測，無一不靈。”

④四賢：指四皓。徐九皋《詠史》：“聖主稱三傑，明離保四賢。已申黃石祭，方慕赤松仙。”寶常《商山祠堂即事》：“奪嫡心萌事可憂，四賢西笑暫安劉。後王不敢論珪組，土偶人前枳樹秋。”　千載：千年，形容歲月長久。《漢書·王莽傳》：“於是群臣乃盛陳‘莽功德致周成白雉之瑞，千載同符’。”韓愈《歧山下》：“自從公旦死，千載閟其光。”　氛氳：盛貌。《文選·謝惠連〈雪賦〉》：“霰淅瀝而先集，雪紛糅而遂多，其爲狀也，散漫交錯，氛氳蕭索。”李善注引王逸《楚辭注》：“氛氳，盛貌。”李嶠《寶劍篇》：“淬綠水，鎣紅雲，五采焰起光氛氳。”

⑤“顯晦有遺迹”兩句：意謂雖然四皓隱逸與仕宦都有遺迹可考，但前後的言行却並不一致。　顯晦：比喻仕宦與隱逸。盧綸《和李中丞酬萬年房署少府過汾州景雲觀因以寄上房與李早年同居此觀》：“顯晦澹無迹，賢哉常晏如。如何警孤鶴，忽乃傳雙魚？”杜甫《萬丈潭》：“青溪合冥莫，神物有顯晦。龍依積水蟠，窟壓萬丈內。”　遺迹：指古代或舊時代的人和事物遺留下來的痕迹。王粲《贈文叔良》：

"先民遺迹,來世之矩。"《三國志·陸胤傳》:"胤天資聰朗,才通行絜,昔歷選曹,遺迹可紀。"酈道元《水經注·洹水》:"今池林絶滅,略無遺迹矣!" 不倫:不倫不類,即既不像這一類,也不像那一類的意思。《韓非子·難言》:"敦祇恭厚,鯁固慎完,則見以爲掘而不倫。"陳奇猷集釋:"倫,類也。不倫,即今語不倫不類。"白居易《昨以拙詩十首寄西川杜相公相公亦以新作十首惠然報示首數雖等工拙不倫重以一章用伸答謝》:"詩家律手在成都,權與尋常將相殊。翦截五言兼用鉞,陶鈞六義別開爐。"

⑥ 秦政:即秦始皇,名政,故言。《史記·秦始皇本紀》:"秦始皇帝者,秦莊襄王子也。莊襄王爲秦質子於趙,見吕不韋姬,悦而取之,生始皇。以秦昭王四十八年正月生於邯鄲,及生,名爲政,姓趙氏。"許渾《鴻溝》:"相持未定各爲君,秦政山河此地分。力盡烏江千載後,古溝芳草起寒雲。" 天下:古時多指中國範圍内的全部土地。《書·大禹謨》:"奄有四海,爲天下君。"《後漢書·朱穆傳》:"昔秦政煩苛,百姓土崩,陳勝奮臂一呼,天下鼎沸。" 黷武:濫用武力,好戰。《後漢書·劉虞傳》:"瓚既累爲紹所敗,而猶攻之不已,虞患其黷武,且慮得志不可復制,固不許行,而稍節其稟假。"李白《登高丘而望遠》:"子來攀登盜賊劫,寶玉精靈竟何能? 窮兵黷武今如此,鼎湖飛龍安可乘?" 生民:人民。曹操《蒿里行》:"白骨露於野,千里無雞鳴。生民百遺一,念之斷人腸。"白居易《寄唐生》:"惟歌生民病,願得天子知。未得天子知,甘受時人嗤。"

⑦ 諸侯:古代帝王所分封的各國君主,在其統轄區域内,世代掌握軍政大權,但按禮要服從王命,定期向帝王朝貢述職,並有出軍賦和服役的義務。《易·比》:"先王以建萬國,親諸侯。"《史記·五帝本紀》:"於是軒轅乃習用干戈,以征不享,諸侯咸來賓從。" 壯士:意氣豪壯而勇敢的人,勇士。《戰國策·燕策》:"風蕭蕭兮易水寒,壯士一去兮不復還!"《新唐書·張巡傳》:"〔賀蘭進明〕懼師出且見襲,又忌

巡聲威,恐成功,初無出師意。又愛霽雲壯士,欲留之。"

⑧ 張良韓孺子:《史記·留侯世家》:"良嘗閑從容步遊下邳,圯上有一老父衣褐,至良所,直墮其履圯下,顧謂良曰:'孺子,下取履!'良愕然,欲毆之,爲其老强忍,下取履。父曰:'履我!'良業爲取履,因長跪履之,父以足受,笑而去。良殊大驚,隨目之,父去里所復還,曰:'孺子可教矣!後五日平明,與我會此!'良因怪之跪,曰:'諾!'五日平明良往,父已先在,怒曰:'與老人期,後,何也?'去曰:'後五日早會!'五日雞鳴,良往,父又先在,復怒曰:'後,何也?'去曰:'後五日復早來!'五日,良夜未半往,有頃父亦來,喜曰:'當如是!'出一編書,曰:'讀此,則爲王者師矣!後十年興,十三年孺子見我濟北穀城山下,黃石即我矣!'遂去無他言,不復見。旦日視其書,乃《太公兵法》也。"　孺子:猶小子、豎子,含貌視輕蔑意。《史記·范雎蔡澤列傳》:"吾事之去留在張君,孺子豈有客習於相君者哉?"司馬貞索隱引劉氏云:"蓋謂雎爲小子也。"陳子昂《酬李恭軍崇嗣旅館見贈》:"未及馮公老,何驚孺子貧!青雲儻可致,北海憶孫賓。"　椎碎屬車輪:事見《史記·留侯世家》:"留侯張良者,其先韓人也。大父開地,相韓昭侯、宣惠王、襄哀王。父平,相釐王、悼惠王。悼惠王二十三年,平卒,卒二十歲,秦滅韓。良年少,未宦事韓。韓破,良家僮三百人,弟死不葬,悉以家財求客刺秦王,爲韓報仇,以大父、父五世相韓故。良嘗學禮淮陽,東見倉海君。得力士,爲鐵椎重百二十斤。秦皇帝東游,良與客狙擊秦皇帝博浪沙中,誤中副車。秦皇帝大怒,大索天下,求賊甚急,爲張良故也。良乃更名姓,亡匿下邳。"　椎:捶擊的工具,後亦爲兵器。《墨子·備城門》:"門者皆無得挾斧、斤、鑿、鋸、椎。"李白《經下邳圯橋懷張子房》:"子房未虎嘯,破產不爲家。滄海得壯士,椎秦博浪沙。"　屬車:帝王出行時的侍從車,秦漢以來,皇帝大駕屬車八十一乘,法駕屬車三十六乘,分左中右三列行進。高承《事物紀原·輿駕羽衛·屬車》:"週末諸侯有貳車九乘,貳車即屬車也,亦周制所

有。秦滅九國，兼其車服，故八十一乘。”李嶠《和周記室從駕曉發合璧宮》：“風長箛響咽，川迴騎行疏。珠履陪仙駕，金聲振屬車。”劉禹錫《君山懷古》：“屬車八十一，此地阻長風。千載威靈盡，赭山寒水中。”

⑨ 英雄：指才能勇武過人的人。《三國志·先主傳》：“是時，曹公從容謂先主曰：‘今天下英雄，唯使君與操耳！本初之徒，不足數也。’”杜甫《蜀相》：“出師未捷身先死，長使英雄淚滿襟。”指具有英雄品質的人。高適《辟陽城》：“何得英雄主，返令兒女欺？母儀良已失，臣節豈如斯？”岑參《送李副使赴磧西官軍》：“脫鞍暫入酒家壚，送君萬里西擊胡。功名祇向馬上取，真是英雄一丈夫。” 日夜：白天黑夜；日日夜夜。盧僎《初出京邑有懷舊林》：“回首思洛陽，喟然悲貞艱。舊林日夜遠，孤雲何時還？”儲光羲《登商丘》：“河水日夜流，客心多殷憂。維梢歷宋國，結纜登商丘。”

⑩ 先生：年長有學問的人。《孟子·告子》：“宋牼將之楚，孟子遇於石丘，曰：‘先生將何之？’”趙岐注：“學士年長者，故謂之先生。”《戰國策·齊策》：“孟嘗君宴坐，謂三先生曰：‘願聞先生有以補之闕者。’”姚宏注：“先生，長老，先己以生者也。”這裏的“先生”非一人，是四人，類《戰國策·齊策》中的“願聞先生有以補之闕者”，與下面“相將”相應。 相將：相偕，相共。王符《潛夫論·救邊》：“相將詣闕，諧辭禮謝。”儲光羲《酬李處士山中見贈》：“邀以青松色，同之白華潔。永願登龍門，相將持此節。” 嬰：接觸，觸犯。《荀子·議兵》：“延則若莫邪之長刃，嬰之者斷；兌則若莫邪之利鋒，當之者潰。”《韓非子·說難》：“夫龍之爲蟲也，柔可狎而騎也。然其喉下有逆鱗徑尺，若人有嬰之者，則必殺人。”王先慎集解：“嬰，觸。” 世塵：塵世，人間。王昌齡《題朱煉師山房》：“叩齒焚香出世塵，齋壇鳴磬步虛人。”也指世俗之事。杜甫《別贊上人》：“還爲世塵嬰，頗帶顦顇色。”

⑪ 孤岫：孤立的峰巒。徐浩《寶林寺作》：“茲山昔飛來，遠自琅

琊臺。孤岫龜形在，深泉鰻井開。"盧嗣立《望九華山》："九華深翠落
軒楹，迥眺澄江氣象明。不遇陰霾孤岫隱，正當寒日衆峰呈。"　小
鱗：小魚。劉長卿《至德三年春正月時謬蒙差攝海鹽令聞王師收二京
因書事寄上浙西節度李侍郎中丞行營五十韵》："家憐雙鯉斷，才媿小
鱗烹。滄海今猶滯，青陽歲又更。"梅堯臣《琴高魚和公儀》："大魚人
騎上天去，留得小鱗來按觴。吾物吾鄉不須念，大官常膳有肥羊。"
"秦政虐天下"十二句：意謂秦始皇登登位，施行暴政，窮兵黷武，百姓
遭殃，各國紛紛敗北，英雄壯士個個犯難。張良僅僅一介書生，竟然
敢於行刺秦始皇，可惜功敗垂成，但喚醒天下英雄報復秦國之心，最
終推翻秦朝暴政。但四皓這時却隱居深山，變作無所作爲的"小魚"，
没有任何推翻秦政權的言行。

⑫秦王：即秦始皇。嬴政於公元前二四六年爲秦王，二十五年
之後，亦即公元前二二一年才開始自稱始皇帝。李涉《六歎》："燕王
愛賢築金臺，四方豪俊承風來。秦王燒書殺儒客，肘腋之中千里隔。"
李商隱《玄微先生》："樹栽嗤漢帝，橋板笑秦王。徑欲隨關令，龍沙萬
里强。"　無道：不行正道，作壞事，多指暴君或權貴者的惡行。《韓非
子·外儲説》："吾聞宋君無道，蔑侮長老，分財不中，教令不信，余來
爲民誅之。"《後漢書·李固傳》："自頃選舉牧守，多非其人，至行無
道，侵害百姓。"　諫：諫静，規勸。《論語·里仁》："事父母幾諫，見志
不從，又敬不違，勞而不怨。"劉向《説苑·臣術》："有能盡言於君，用
則留之，不用則去之，謂之諫；用則可生，不用則死，謂之静"。指向天
子進諫之官。陳亮《中興論》："多置臺、諫，以肅朝綱。"　鼎鑊：古代
的酷刑，用鼎鑊烹人。《漢書·酈食其傳贊》："酈生自匿監門，待主然
後出，猶不免鼎鑊。"文天祥《正氣歌》："鼎鑊甘如飴，求之不可得。"

⑬茅焦脱衣諫：據《史記》記載：茅焦，戰國齊人，以敢諫見稱。
秦始皇母后私通嫪毒，毒以假父之尊專國事，驕縱爲亂，始皇取而車
裂之，遷太后於㰀陽宫，令曰："敢乙太后事諫者戮！"死者已二十七

人，而茅焦猶冒死上謁，解衣伏質，喻以利害，始皇悟而赦之，迎太后歸咸陽，尊焦爲上卿。李鍇《尚史》卷七六："茅焦者，齊客也。秦王政九年，太后與嫪毐亂，事覺，夷毐三族，殺太后所生兩子，遂遷太后於雍。明年，茅蕉說秦王曰：'秦方以天下爲事，而大王有遷母太后之名，恐諸侯聞之，由此倍秦也。'秦王乃迎太后於雍而入咸陽，復居甘泉宮。"又劉向《説苑》云："齊客茅焦乃往上謁，曰：'齊客茅焦願上諫皇帝！'皇帝使使出問：'客得無乙太后事諫耶？'茅焦曰：'然。'使者還白皇帝，曰：'走往告之，不見闕下積死人邪？'使者問茅焦，焦曰：'臣聞天有二十八宿，今死者已二十七人矣！臣所以來者，欲滿其數耳！走入白之！'茅焦邑子同食者盡負其衣物行，亡使者入白之。皇帝大怒曰：'是子故來犯吾禁，趣炊鑊煮之！是安得積闕下乎？召之入！'皇帝按劍而坐，口正沫，出使者召之入。茅焦不肯疾行，足趣相過耳！使者趣之，茅焦曰：'臣至前則死矣！君不能忍吾須臾乎？'使者哀之，茅焦至前，再拜謁，起稱曰：'臣聞之夫有生者不諱死，有國者不諱亡。諱死者不可以得生，諱亡者不可以得存。死生存亡，聖人所欲急聞也。陛下欲聞之不？'皇帝曰：'何謂也？'茅焦曰：'陛下有狂悖之行，陛下不自知！陛下車裂假父，有嫉妬之心；囊撲兩弟，有不慈之名；遷母蓁陽宮，有不孝之行；從蒺藜於諫士，有桀紂之治。令天下閑之，盡瓦解無向秦者。臣竊恐秦亡，爲陛下危之！'所言畢，乞行就質，乃解衣伏質，皇帝下殿手接之曰：'先生就衣！今願受事！'乃立焦爲仲父，爵之上卿，立駕自迎太后，歸於咸陽。太后大喜，大置酒待茅焦。及飲，太后曰：'抗枉令直，使敗更成，使妾母子復會，皆茅君之力也！'"蘇洵《諫論》："茅焦解衣危論，秦帝立悟。諷固不可盡，與直亦未易少之。"蘇軾《潁大夫廟》："千年惟茅焦，世亦貴其膽。不解此微言，脫衣徒勇敢。"

　　⑭ 趙高殺二世：趙高是秦國的宦官頭目，秦始皇死時，與丞相李斯合謀逼迫秦始皇長子扶蘇自殺，立少子胡亥爲二世皇帝。後來又

陷害李斯致死,接着殺害二世,立子嬰爲秦王。趙高操持秦國大政之
史事,見《史記·秦始皇本紀》:"李斯已死,二世拜趙高爲中丞相,事
無大小輒決於高。高自知權重,乃獻鹿,謂之馬。二世問左右:'此乃
鹿也!'左右皆曰:'馬也!'二世驚,自以爲惑,乃召太卜,令卦之。太
卜曰:'陛下春秋郊祀,奉宗廟鬼神,齋戒不明,故至於此。可依盛德
而明齋戒。'於是乃入上林齋戒。日遊弋獵,有行人入上林中,二世自
射殺之。趙高教其女婿咸陽令閻樂劾:'不知何人賊殺人移上林。'高
乃諫二世曰:'天子無故賊殺不辜人,此上帝之禁也,鬼神不享,天且
降殃,當遠避宮以禳之。'二世乃出居望夷之宮。留三日,趙高詐詔衛
士,令士皆素服持兵内鄉,入告二世曰:'山東群盜兵大至!'二世上觀
而見之,恐懼,高即因劫令自殺。引璽而佩之,左右百官莫從。上殿,
殿欲壞者三。高自知天弗與,群臣弗許,乃召始皇弟,授之璽。子嬰
即位,患之,乃稱疾不聽事,與宦者韓談及其子謀殺高。高上謁,請
病,因召入,令韓談刺殺之,夷其三族。子嬰立三月,沛公兵從武關
入,至咸陽,群臣百官皆畔,不適。子嬰與妻子自係其頸以組,降軹道
旁,沛公因以屬吏。項王至而斬之,遂以亡天下。"周曇《秦門·胡
亥》:"鹿馬何難辨是非? 寧勞卜筮問安危? 權臣爲亂多如此,亡國時
君不自知。"胡曾《咸陽》:"一朝閻樂統群兇,二世朝廷掃地空。唯有
渭川流不盡,至今猶繞望夷宮。"白居易《讀史五首》四:"弘恭陷蕭望,
趙高謀李斯。陰德既必報,陰禍豈虛施?"周曇《秦門·趙高》:"趙高
胡亥速天誅,率土興兵怨毒痛。豐沛見機群小吏,功成兒戲亦何殊!"
聞:聽見。《書·君奭》:"我則鳴鳥不聞,矧曰其有能格。"杜甫《贈花
卿》:"錦城絲管日紛紛,半入江風半入雲。此曲祗應天上有,人間能
得幾回聞?"

　⑮　劉項:劉邦、項羽的並稱,兩人分別是推翻秦朝兩支主力的領
軍人物。周曇《前漢門·高祖》:"愛子從烹報主時,安知強啜不含悲!
太公懸命臨刀几,忍取杯羹欲爲誰?"羅隱《望思臺》:"芳草臺邊魂不

歸,野烟喬木弄殘暉。可憐高祖清平業,留與閑人作是非。"徐夤《恨》:"事與時違不自繇,如燒如刺寸心頭。烏江項籍忍歸去?雁塞李陵長繫留。"周曇《秦門·項籍》:"九垓垂定棄謀臣,一陣無功便殺身。壯士誠知輕性命,不思辜負八千人。" 天下:古時多指中國範圍內的全部土地。薛業《洪州客舍寄柳博士芳》:"年年為客不到舍,舊國存亡那得知?胡塵一起亂天下,何處春風無別離?"王昌齡《詠史》:"荷畚至洛陽,杖策遊北門。天下盡兵甲,豺狼滿中原。" 白雲:喻歸隱。宋之問《緱山廟》:"王子賓仙去,飄飄笙鶴飛。徒聞滄海變,不見白雲歸。"崔湜《寄天台司馬先生》:"聞有三元客,祈仙九轉成。人間白雲返,天上赤龍迎。"

⑯ 海內八年戰:指劉邦與項羽為奪取天下而進行的八年戰爭,直到項羽在烏江自殺為止。 海內:國境之內,全國,古謂我國疆土四面臨海,故稱。《史記·貨殖列傳》:"漢興,海內為一。"王勃《杜少府之任蜀州》:"海記憶體知己,天涯若比鄰。無為在岐路,兒女共霑巾。" 全一身:亦即"全身",保全生命或名節。李紳《姑蘇臺雜句》:"伍胥抉目看吳滅,范蠡全身霸西越。寂莫千年盡古墟,蕭條兩地皆明月。"王禹偁《四皓廟碑》:"是知先生之出,非獨謀漢也,實將救時也。先生之退,非獨全身也,亦將矯世也。"

⑰ 漢業:漢家亦即劉邦爭奪天下的大業。許渾《題衛將軍廟》:"武牢關下護龍旗,挾槊彎弓馬上飛。漢業未興王霸在,秦軍纔散魯連歸。"吳筠《覽古十四首》八:"運籌康漢業,憑軾下齊城。既以智所達,還為智所烹。" "秦王轉無道"十二句:意謂芭蕉脫衣而諫之時,趙高殺害二世之際,劉邦項羽八年力戰爭奪天下的時候,四皓都沒有任何作為,而現在漢業大局已定,四皓卻出來扶立皇位,四人的名聲卻聞名天下?

⑱ 濟世:救世,濟助世人。《後漢書·盧植傳》:"性剛毅有大節,常懷濟世志。"溫大雅《大唐創業起居注·起義旗至發引凡四十八

日》：“帝素懷濟世之略，有經綸天下之心。”　隱淪：神人等級之一，泛指神仙。《文選·郭璞〈江賦〉》：“納隱淪之列真，挺異人乎精魄。”李善注引桓譚《新論》：“天下神人五：一曰神仙，二曰隱淪，三曰使鬼物，四曰先知，五曰鑄凝。”顏延之《五君詠·嵇中散》：“立俗迕流議，尋山洽隱淪。”隱居。謝靈運《入華子岡是麻源第三谷》：“既枉隱淪客，亦栖肥遯賢。”指隱者。杜甫《贈韋左丞丈》：“此意竟蕭條，行歌非隱淪。”也指隱沒身體不使人見。《後漢書·解奴辜傳》：“皆能隱淪，出入不由門户。”

⑲　如何：怎麼，爲什麼。《左傳·僖公二十二年》：“傷未及死，如何勿重？若愛重傷，則如勿傷。”韓愈《宿龍宮灘》：“如何連曉語，一半是思鄉？”也可表反詰，猶言那又是什麼。《左傳·襄公二十三年》：“夫鼠晝伏夜動，不穴於寢廟，畏人故也。今君聞晉之亂而後作焉！寧將事之，非鼠如何？”《公羊傳·宣公六年》：“爾爲仁爲義，人弒爾君，而復國不討賊，此非弒君如何？”　一朝：一時，一旦。《淮南子·道應訓》：“使者謁之，襄子方將食而有憂色，左右曰：‘一朝而兩城下，此人之所喜也；今君有憂色，何也？’”《魏書·劉靈助傳》：“靈助本寒微，一朝至此，自謂方術堪能動衆。”　儲貳：亦作“儲二”，儲副，太子。葛洪《抱朴子·釋滯》：“昔子晉舍視膳之役，棄儲貳之重，而靈王不責之以不孝。”周曇《獨孤后》：“腹生奚强有親疏？憐者爲賢棄者愚。儲貳不遭讒搆死，隋亡寧便在江都？”　“不得爲濟世”四句：意謂既然在應該發揮作用的時刻你們沒有發揮應有的作用，那末你們就應該一直隱淪山中，如何漢朝剛剛成立，你們四個就一起出來輔助太子成爲太子的師傅？

⑳　安存：安定生存。《韓非子·孤憤》：“與死人同病者，不可生也；與亡國同事者，不可存也。今襲迹於齊晉，欲國安存，不可得也。”焦贛《易林·乾之豫》：“禹鑿龍門，通利水源。東注滄海，民得安存。”安撫存恤。蘇轍《乞分別邪正劄子》：“蓋小人不可使在朝廷，自古而

然矣！但當置之於外，每加安存，使無失其所。" 孝惠帝：即漢惠帝
劉盈，劉邦與呂后的次子，劉邦病故之後登帝位，成爲漢惠帝。在位
期間，屢屢受制於呂后。 摧悴戚夫人：關於這段史實，《史記・呂后
本紀》有詳細記載："高祖十二年四月甲辰崩長樂宮，太子襲號爲
帝……呂后最怨戚夫人及其子趙王，乃令永巷囚戚夫人而召趙王。
使者三反，趙相建平侯周昌謂使者曰：'高帝屬臣趙王，趙王年少，竊
聞太后怨戚夫人，欲召趙王并誅之，臣不敢遣王。王且亦病，不能奉
詔。'呂后大怒，乃使人召趙相，趙相徵至長安，乃使人復召趙王。王
來未到，孝惠帝慈仁，知太后怒，自迎趙王霸上，與入宮，自挾與趙王
起居飲食。太后欲殺之，不得間。孝惠元年十二月，帝晨出射，趙王
少不能蚤起。太后聞其獨居，使人持酖飲之。犁明，孝惠還，趙王已
死……太后遂斷戚夫人手足，去眼煇耳，飲瘖藥，使居厠中，命曰'人
彘'。居數日，乃召孝惠帝觀'人彘'。孝惠見，問知其戚夫人，乃大
哭，因病歲餘不能起，使人請太后曰：'此非人所爲，臣爲太后子，終不
能治天下！'孝惠以此日飲爲淫樂，不聽政，故有病也。" 摧頹：義同
"摧悴"，猶憔悴。李白《澤畔吟序》："所謂大名難居，碩果不食，流離
乎沅湘，摧頹於草莽，同時得罪者數十人。"《太平廣記》卷二八一引
《河東記・獨孤遐叔》："中有一女郎，憂傷摧悴，側身下坐。"

㉑ "捨大以謀細"兩句：意謂注意了小事忘記了大事，讓龍盤著，
却使尺蠖施展身體。這是詩人的感慨，也是詩人對四皓的批評。
捨大謀細：義近"捨本求末"，放棄根本，追求末節。《關尹子・一宇》：
"殊不知捨源求流，無時得源。捨本求末，無時得本。"鄭觀應《盛世危
言・吏治》："爲百姓圖富教，爲國家謀久長，毋瞻徇私情……毋捨本
求末，毋畏難苟安，置身家性命、功名富貴於度外。"又義近"捨本逐
末"，捨棄本業，追求末業。古以農業爲本，視工商爲末。語本《呂氏
春秋・上農》："民舍本而事末則不令。"葛洪《抱樸子自敘》："洪稟性
尪羸，兼之多疾，貧無車馬，不堪徒行，行亦性所不好。又患弊俗，捨

本逐末，交遊過差，故遂撫筆閑居，守靜蓽門，而無趨從之所。"賈思勰《齊民要術序》："捨本逐末，賢哲所非；日富歲貧，飢寒之漸。故商賈之事，闕而不錄。" 蚪盤：亦作"虯盤"，虯龍盤曲，亦喻懷才隱居。獨孤授《漢武帝射蛟賦》："洶洶旭旭，蚪盤龍騁。"鮑溶《經秦皇墓》："左岡青蚪盤，右阪白虎踞。誰識此中陵？祖龍藏身處。" 蠖伸：尺蠖之伸其體，比喻人生遇時，得以舒展抱負。呂溫《凌烟閣勛臣頌·許譙公紹》："引忠歸誠，豹變蠖伸。金石之契，移爲君臣。"王惲《贈承旨唐壽卿》："蹇予自結髮，泛愛而親仁。當其立事歲，亦復求蠖伸。"

　　㉒ 不嗣：謂不足以繼承前人之位。《漢書·王莽傳》："事事謙退，動而固辭。《書》曰'舜讓于德，不嗣'，公之謂矣！"顏師古注："言舜自讓德薄，不足以繼帝堯之事也。" 呂氏禍：呂氏，原指漢高祖后呂雉，這裏也包括其侄呂產、呂祿等一族。意謂呂氏因篡權而自取其禍，事見《史記·呂太后本紀》："七月中，高后病甚，乃令趙王呂祿爲上將軍，軍北軍，呂王產居南軍。呂太后誡產祿曰：'高帝已定天下，與大臣約曰："非劉氏王者天下共擊之！"今呂氏王，大臣弗平。我即崩，帝年少，大臣恐爲變。必據兵衛宮，慎毋送喪，毋爲人所制。'辛巳，高后崩……呂祿、呂產欲發亂關中，內憚絳侯朱虛等，外畏齊、楚兵，又恐灌嬰畔之，欲待灌嬰兵與齊合而發，猶與未決。當是時，濟川王太、淮陽王武、常山王朝名爲少帝弟及魯元王呂后外孫，皆年少未之國，居長安。趙王祿、梁王產各將兵居南北軍，皆呂氏之人。列侯群臣莫自堅其命，太尉絳侯勃不得入軍中主兵……八月庚申旦，平陽侯窋行御史大夫事，見相國產計事。郎中令賈壽使從齊來，因數產曰：'王不蚤之國，今雖欲行尚可得邪？'具以灌嬰與齊楚合從，欲誅諸呂告產，乃趣產急入宮。平陽侯頗聞其語，乃馳告丞相、太尉。太尉欲入北軍，不得入。襄平侯通尚符節，乃令持節矯內太尉北軍。太尉復令酈寄與典客劉揭先說呂祿曰：'帝使太尉守北軍，欲足下之國，急歸將印辭去，不然禍且起。'呂祿以爲酈兄不欺己，遂解印屬典客，而

以兵授太尉。太尉將之入軍門,行令軍中曰:'爲呂氏右襢,爲劉氏左襢。'軍中皆左襢爲劉氏。太尉行至,將軍呂禄亦已解上將印去,太尉遂將北軍。然尚有南軍,平陽侯聞之,以呂產謀告丞相平,丞相平乃召朱虛侯佐太尉。太尉令朱虛侯監軍門,令平陽侯告衛尉:'毋入相國產殿門!'呂產不知呂禄已去北軍,乃入未央宮,欲爲亂。殿門弗得入,徘徊往來。平陽侯恐弗勝,馳語太尉。太尉尚恐不勝諸呂,未敢訟言誅之,乃遣朱虛侯謂曰:'急入宮衛帝!'朱虛侯請卒,太尉予卒千餘人。入未央宮門,遂見產廷中。日餔時,遂擊產。產走,天風大起,以故其從官亂,莫敢鬥。逐產,殺之郎中府吏廁中……馳入北軍,報太尉。太尉起,拜賀朱虛侯曰:'所患獨呂產,今已誅,天下定矣!'遂遣人分部悉捕諸呂男女,無少長皆斬之。"陸機《五等論》:"然呂氏之難,朝士外顧;宋昌策漢,必稱諸侯。"楊炯《唐恒州刺史建昌公王公神道碑》:"蕭何之後,居食禄而無聞;鄧禹之孫,在當途而不嗣。"

㉓ 安劉:指漢初商山四皓輔助太子,安定劉氏江山之事。竇常《商山祠堂即事》:"奪嫡心萌事可憂,四賢西笑暫安劉。後王不敢論珪組,土偶人前枳樹秋。"白居易《題四皓廟》:"臥逃秦亂起安劉,舒卷如雲得自由。若有精靈應笑我,不成一事謫江州。" 周與陳:即周勃與陳平。據《史記·高祖本紀》記載:"高祖擊布時爲流矢所中,行道病,病甚,呂后迎良醫,醫入見,高祖問醫,醫曰:'病可治。'於是高祖嫚罵之曰:'吾以布衣,提三尺劍取天下,此非天命乎!命乃在天,雖扁鵲何益!'遂不使治病,賜金五十斤罷之。已而呂后問曰:'陛下百歲後,蕭相國即死,令誰代之?'上曰:'曹參可。'問其次,上曰:'王陵可。然陵少戆,陳平可以助之。陳平智有餘,然難以獨任,周勃重厚少文,然安劉氏者必勃也,可令爲太尉。'呂后復問其次,上曰:'此後亦非而所知也。'……四月甲辰,高祖崩長樂宮。"後來呂后病死,呂氏兄弟謀奪漢朝政權,陳平與周勃合謀合力,周勃以太尉身份入主北軍,最終誅滅諸呂,穩定劉氏政權。

㉔ 皆落子房術：子房是張良的字，後來封爲留侯。此段史實，可參閱《史記·留侯世家》記載：“漢十二年，上從擊破布軍歸，疾益甚，愈欲易太子。留侯諫，不聽，因疾不視事。叔孫太傅稱説引古今以死爭太子，上詳許之，猶欲易之。及燕置酒，太子侍，四人從太子，年皆八十有餘，鬚眉皓白，衣冠甚偉。上怪之，問曰：‘彼何爲者？’四人前對，各言名姓曰：東園公、甪里先生、綺里季、夏黃公。上乃大驚曰：‘吾求公數歲，公辟逃我，今公何自從吾兒遊乎？’四人皆曰：‘陛下輕士善罵，臣等義不受辱，故恐而亡匿。竊聞太子爲人仁孝，恭敬愛士，天下莫不延頸欲爲太子死者，故臣等來耳！上曰：‘煩公幸卒調護太子！’四人爲壽已畢，趨去，上目送之。召戚夫人指示四人者曰：‘我欲易之，彼四人輔之，羽翼已成，難動矣！呂后真而主矣！’戚夫人泣，上曰：‘爲我楚舞，吾爲若楚歌！’歌曰：‘鴻雁高飛，一舉千里。羽翮已就，橫絶四海。橫絶四海，當可奈何？雖有矰繳，尚安所施？’歌數闋，戚夫人嘘唏流涕，上起去罷酒。竟不易太子者，留侯本招此四人之力也。”　術：權術，計謀。《呂氏春秋·先己》：“當今之世，巧謀並行，詐術遞用。”陳善《捫虱新話》卷一三：“以予觀之，使適之不貪富貴之謀，挺之不起大用之念，盧絢不憚交廣之遠，則林甫雖狡，亦安用其計？而三人者在其術中，竟以取敗，悲夫！”　屯：艱難，困頓。《莊子·外物》：“心若縣於天地之間，慰暋沈屯。”陸德明釋文引司馬彪云：“屯，難也。”項斯《落第後歸覲喜逢僧再陽》：“去曉長侵月，歸鄉動隔春。見僧心暫静，從俗事多屯。”

㉕ 出處：史實、詞語、典故等的來源和根據。《魏書·李業興傳》：“異曰：‘圓方之説，經典無文，何以怪方？’業興曰：‘圓方之言，出處甚明，卿自不見。’”陸游《老學庵筆記》卷二：“晉張望詩曰‘愁來不可割’，此‘割愁’二字出處也。”　明白：清楚，明確。《墨子·旗幟》：“建旗其署，令皆明白知之，曰某子旗。”《朱子語類》卷六七：“《易傳》明白，無難看。”確實。《史記·淮南衡山列傳》：“淮南王安甚大逆無

道,謀反明白,當伏誅。"《新唐書·安禄山傳》:"既總閑牧,因擇良馬内范陽,又奪張文儼馬牧,反狀明白。"

[編年]

《年譜》編年本詩於元和五年"元稹赴江陵途中作",理由有三,但各不相及,互相矛盾:一、"《通典》卷一七五《州郡》五《古梁州》上《上洛郡(商州)·上洛縣》云:'有商山……四皓所隱。'"二、"《長安志》卷十三《縣》三《咸陽》云:'四皓廟在縣東二十五里。'"三、杜牧有《題商山四皓廟一絶》。"《編年箋注》編年云:"《四皓廟》……作於元和五年(八一〇)貶江陵時。參見下《譜》。"《年譜新編》亦編年元和五年,没有説明具體賦詠時間也没有説明編年理由。

關於四皓廟的地址,宋敏求《長安志·萬年縣》卷一一:"四皓廟在終南山,去縣五十里,唐元和八年重建。"而杜牧的詩篇《題商山四皓廟一絶》又云在商山。四皓名聞古今,各地建廟甚多,各説都應該有根據。但元稹《四皓廟》詩所詠之廟,我們認爲還是應該信從杜牧的説法,應該在商山之中。我們以爲本詩作爲十七首組詩之一,其寫作時間應該與《思歸樂》等詩同時,大約在元和五年三月十七日至三月二十四日間。

◎ 青雲驛①

岧嶤青雲嶺,下有千仞溪②。徘徊不可上(一),人倦馬亦嘶③。願登青雲路,若望丹霞梯④。謂言青雲驛,繡户芙蓉閨⑤。謂言青雲騎,玉勒黄金蹄⑥。謂言青雲具,瑚璉并象犀(二)⑦。謂言青雲吏,的的顔如珪⑧。懷此青雲望,安能復久栖(三)⑨?路途信不易(四),風雨正凄凄⑩。已怪杜鵑鳥,先來山

下啼⑪。歸家塵霧黯（五），忽遇蓬蒿妻（六）⑫。延我開蓽戶，鑿竇
宛如圭⑬。逡巡來敘別（七），頭白顏色黧⑭。饋食頻叫噪，假器
仍乞醯⑮。嚮時延我者，共拾藋與藜（八）⑯。乘我群牁馬，蒙茸
大如羝⑰。悔為青雲意，此意良噬臍⑱。昔游蜀關下（九），有驛
名青泥⑲。聞名意慘愴（一○），若墜牢與狴⑳。雲泥異所稱，人
物一以齊㉑。復聞閶闔上，下視日月低㉒。銀城蕊珠殿，玉版
金字題㉓。大帝直南北，群仙侍東西㉔。龍虎儼隊仗，雷霆轟
鼓鞞㉕。元君理庭內，左右桃花蹊㉖。丹霞爛成綺，素雲輕若
綈（一一）㉗。天池光灔灔，瑤草綠萋萋㉘。眾真千萬輩，柔顏盡
如荑㉙。手持鳳尾扇，頭戴翠羽笄㉚。雲韶互鏗戛，霞服相提
攜㉛。雙雙發皓齒，各各揚輕袿㉜。天祚樂未極，溟波浩無
堤㉝。穢賤靈所惡，安肯問黔黎㉞？桑田變成海，宇縣烹為
鑿㉟。虛皇不願見，雲霧重重翳㊱。大帝安可夢？閶闔何由
躋㊲？靈物可見者，願以諭端倪㊳。蟲蛇吐雲氣，妖氛變虹
蜺㊴。獲麟書諸冊，豢龍醢為醞㊵。鳳皇占梧桐，叢雜百鳥
棲㊶。野鶴啄腥蟲，貪饕不如雞㊷。山鹿藏窟穴，虎豹吞其
麑㊸。靈物比靈境（一二），冠屨寧甚睽㊹。道勝即為樂，何慚居
稗稊㊺！金張好車馬，於陵親灌畦㊻。在梁或在火，不變玉與
鸚㊼。上天勿行行，潛穴勿悽悽㊽。吟此青雲諭，達觀終
不迷㊾。

錄自《元氏長慶集》卷二

[校記]

（一）徘徊不可上：楊本、叢刊本同，《全詩》作"裴回不可上"，"徘
徊"與"裴回"詞義相近，不改。

（二）瑚璉并象犀：蘭雪堂本、叢刊本同，楊本、《全詩》作"瑚璉雜象犀"，語義不同，不從不改。

（三）安能復久栖：叢刊本同，楊本作"安能復久稽"，語義難通，不從不改。《全詩》同楊本，但在"安能復久稽""稽"之下注云："一作'栖'。"

（四）路途信不易：叢刊本同，楊本作"攀援信不易"，語義不同，不改。《全詩》同楊本，但在"攀援信不易""攀援"之下注云："一作'路途'。"

（五）歸家塵霧黯：叢刊本同，楊本作"纔及青雲驛"，語義不同，不改。《全詩》同楊本，但在"纔及青雲驛"下注云："一作'歸家塵霧黯'。"《元稹集》、《編年箋注》失校。

（六）忽遇蓬蒿妻：楊本、叢刊本、《全詩》同，宋蜀本作"忽遇蓬蒿栖"，語義不同，不改。

（七）逡巡来叙別：楊本、叢刊本、《全詩》作"逡巡吏來謁"，語義不通，與下句"頭白顏色鱉"語義不接，不從不改。《元稹集》、《編年箋注》失校。

（八）共拾藋與藜：《全詩》作"共捨藋與藜"，楊本、叢刊本作"共捨藋與梨"，語義不通，不從不改。

（九）昔游蜀關下：叢刊本同，《天中記》引句亦同，楊本、《全詩》作"昔游蜀門下"，宋蜀本作"曾經蜀門下"，語義相類，不改。

（一〇）聞名意慘愴：楊本、叢刊本、《全詩》同，《天中記》引句作"聞之意慘愴"，語義相類，不改。

（一一）素雲輕若綈：宋蜀本、叢刊本同，楊本、《全詩》作"景雲輕若綈"，語義不同，不改。

（一二）靈物比靈境：楊本、叢刊本同，《全詩》作"靈物此靈境"，語義不佳，不改。

[箋注]

① 青雲驛:驛站名。蔣吉《次青雲驛》:"馬轉櫟林山鳥飛,商溪流水背殘暉。行人既在青雲路,底事風塵猶滿衣?"吳融《宿青雲驛》:"蒼黃負謫走商顏,保得微躬出武關。今夜青雲驛前月,伴吟應到落西山。"據吳融詩中所涉"出武關"、蔣吉詩中所云"商溪流水背殘暉"云云,青雲驛應該在"武關"之西、商溪附近,地當今陝西省丹鳳縣境內。元稹有《酬翰林白學士代書一百韵并序(此後江陵時作)》詩提及此事,詩云:"戲誚青雲驛。"自注云:"予途中作《青雲驛》詩,病其雲泥一致。"

② 岩嶤:高峻,高聳。曹植《九愁賦》:"踐蹊隧之危阻,登岩嶤之高岑。"張子容《巫山》:"巫嶺岩嶤天際重,佳期宿昔願相從。朝雲暮雨連天暗,神女知來第幾峰?"　青雲嶺:山嶺名,地點應該就在青雲驛所在地,青雲驛大概因此而得名。　千仞:形容極高或極深,古以八尺爲仞。《莊子·秋水》:"千里之遠不足以舉其大,千仞之高不足以極其深。"桓寬《鹽鐵論·刑德》:"千仞之高,人不輕凌。"　仞:古代長度單位,七尺爲一仞,一說八尺爲一仞。《論語·子張》:"夫子之牆數仞,不得其門而入者,不見宗廟之美、百官之富,得其門者或寡矣!"何晏集解引苞氏曰:"七尺曰仞也。"《漢書·食貨志》:"神農之教曰:有石城十仞,湯池百步,帶甲百萬而亡粟,弗能守也。"顏師古注:"應劭曰:'仞,五尺六寸也。'師古曰:'此說非也,八尺曰仞,取人申臂之一尋也。'"唐代以後多從顏師古説。徐陵《隴頭水》:"別塗聳千仞,離川懸百丈。"王之渙《涼州詞》:"黃河遠上白雲間,一片孤城萬仞山。"

③ 徘徊:往返迴旋,來回走動。張説《下江南向鄂州》:"城臨蜀帝祀,雲接楚王臺。舊知巫山上,遊子共徘徊。"劉長卿《別陳留諸公》:"戀此東道主,能令西上遲。徘徊暮郊別,惆悵秋風時。"　人倦:體力不支,精神困倦。劉長卿《使還至菱陂驛渡濊水作》:"清川已再涉,疲馬共西還。何事行人倦,終年流水間?"秦觀《春詞絶句五首》

一:"蒲萄褥暖蕙薰微,紅日窺軒睡覺時。人倦披衣雙燕出,青絲高冒木蘭枝。" 馬亦嘶:馬匹嘶鳴。王維《從軍行》:"吹角動行人,喧喧行人起。笳悲馬嘶亂,爭渡黃河水。"鮑溶《晚山蟬》:"山蟬秋晚妨人語,客子驚心馬亦嘶。能閱幾時新碧樹? 不知何日寂金閨?"

④ 青雲路:喻高位或謀求高位的途徑。張喬《別李參軍》:"嶺分中夜月,江隔兩鄉春。靜想青雲路,還應寄此身。"竇庠《醉中贈符載》:"白社會中嘗共醉,青雲路上未相逢。時人莫小池中水,淺處無妨有臥龍!" 丹霞梯:即丹梯,紅色的臺階,亦喻仕進之路。許渾《送上元王明府赴任》:"荒城樹暗沈書浦,舊宅花連罨畫溪。官滿定知歸未得,九重霄漢有丹梯。"亦指高入雲霄的山峰。李白《夜泛洞庭尋裴侍御清酌》:"明湖漲秋月,獨泛巴陵西。遇憩裴逸人,岩居陵丹梯。"王琦注引呂延濟曰:"丹梯,謂山高峰入雲霞處。"也指尋仙訪道之路。杜甫《贈特進汝陽王二十韻》:"鴻寶寧全秘,丹梯庶可淩。淮王門有客,終不愧孫登。"邵寶之注:"丹梯,山上升仙之路。"這裏三者兼而有之。

⑤ 謂言:以爲,説是。《玉臺新詠·古詩爲焦仲卿妻作》:"謂言無罪過,供養卒大恩。"宋庠《左散騎常侍東海徐公》:"謂言知爾晚,何此忠義激!" 繡户:華麗的門户,一般指女子的門户。徐夤《夢斷》:"玄燕有情穿繡户,靈龜無應祝金杯。人生若得長相對,螢火生烟草化灰。"薛醖《贈鄭女郎》:"艷陽灼灼河洛神,珠簾繡户青樓春。能弹箜篌弄纖指,愁殺門前年少子。" 芙蓉閨:女子的閨房。儲光羲《同王十三維偶然作十首》六:"逶迤歌舞座,婉孌芙蓉閨。"孫應時《和陳亮功張次夔二同年唱酬廉字誠字之作》:"銀鞍黃金絡,綺户芙蓉閨。"

⑥ 玉勒:玉飾的馬銜。庾信《三月三日華林園馬射賦》:"控玉勒而摇星,跨金鞍而動月。"高適《送渾將軍出塞》:"銀鞍玉勒繡蝥弧,每逐嫖姚破骨都。" 黃金蹄:黃金鑄就的馬蹄掌。暫無其他合適的書證。與"黃金羈"之類的馬匹用具相類,亦即以黃金爲飾的馬籠頭。

吳均《別夏侯故章》：“白馬黃金羈，青驪紫絲鞚。新知關山別，故人河梁送。”韓愈《汴泗交流贈張僕射》：“毬驚杖奮合且離，紅牛纓紱黃金羈。側身轉臂著馬腹，霹靂應手神珠馳。”

⑦ 瑚璉：瑚、璉皆宗廟禮器，用以比喻治國安邦之才。《論語·公冶長》：“子貢問曰：‘賜也何如？’子曰：‘女，器也。’曰：‘何器也？’曰：‘瑚璉也。’”《魏書·李平傳》：“寔廊廟之瑚璉，社稷之楨幹。”　象犀：指象牙和犀角，比喻珍貴的人才。蘇軾《表忠觀碑》：“吳越地方千里，帶甲十萬，鑄山煑海，象犀珠玉之富，甲於天下。”

⑧ 的的：分明貌。劉向《新序·雜事》：“故闔閭用子胥以興，夫差殺之而亡；昭王用樂毅以勝，惠王逐之而敗。此的的然若白黑。”賀鑄《河傳》：“彼美個人，的的風流心眼。”光亮、鮮明貌。徐陵《在北齊與楊僕射書》：“至於鐺鐺曉漏，的的宵烽。”陳子昂《宿空舲峽青樹村浦》：“的的明月水，啾啾寒夜猿。”　珪：即珪玉，泛指美玉，這裏比喻雪白的顏色。孟郊《清東曲》：“含笑競攀折，美人濕羅衣。采采清東曲，明眸艷珪玉。”韓翃《經月巖山》：“中有月輪滿，皎潔如圓珪。玉皇恣遊覽，到此神應迷。”

⑨ 安能：怎麼能夠。張說《奉和聖製幸韋嗣立山莊應制》：“西京上相出扶陽，東郊別業好池塘。自非仁智符天賞，安能日月共回光？”儲光羲《同王十三維偶然作十首》六：“黃河流向東，弱水流向西。趨舍各有異，造化安能齊？”　久栖：久久居留。錢起《春谷幽居》：“掃徑蘭芽出，添池山影深。虛名隨振鷺，安得久栖林？”孟郊《贈轉運陸中丞》：“衣花野菡萏，書葉山梧桐。不是宗匠心，誰憐久栖蓬？”

⑩ 路途：旅途。馮山《送鄧溫伯》：“長羨橫飛霄漢遠，多慚窘步路途窮。如何會合青天道，俱是衰遲白髮翁？”楊萬里《野炊白沙沙上》：“半日山行底路途，欲炊無店糴無珠。旋將白石支燃鼎，却展青油當野廬。”　風雨：風和雨。蘇軾《次韻黃魯直見贈古風二首》一：“嘉穀卧風雨，稂莠登我場。”颳風下雨。《書·洪範》：“月之從星，則

1909

以風雨。"干寶《搜神記》卷一四:"王悲思之,遣往視覓,天輒風雨,嶺震雲晦,往者莫至。"比喻危難和惡劣的處境。《漢書·朱博傳》:"〔朱博〕稍遷爲功曹,伉俠好交,隨從士大夫,不避風雨。" 淒淒:雲興起貌。《漢書·食貨志》:"其《詩》曰:'有渰淒淒,興雲祁祁。'"顏師古注:"淒淒,雲起貌也。"蘇軾《試筆》:"入我病風手,玄雲渰淒淒。"寒涼貌。《詩·鄭風·風雨》:"風雨淒淒,鷄鳴喈喈。"韓偓《寄遠》:"孤燈亭亭公署寒,微霜淒淒客衣單。"亦指涼風。《詩·小雅·四月》:"秋日淒淒,百卉具腓。"毛傳:"淒淒,涼風也。"

⑪ 杜鵑:鳥名,又名杜宇、子規,相傳爲古蜀王杜宇之魂所化。春末夏初,常晝夜啼鳴,其聲哀切。《太平御覽》卷一六六引揚雄《蜀王本紀》:"荆人鱉令死,其屍流亡,隨江水上至成都,見蜀王杜宇,杜宇立以爲相。杜宇號望帝,自以德不如鱉令,以其國禪之,號開明帝。"據《成都記》載:杜宇又曰杜主,自天而降,稱望帝,好稼穡,治郫城。後望帝死,其魂化爲鳥,名曰杜鵑。元稹《西州院(東川官舍)》:"牆上杜鵑鳥,又作思歸鳴。以彼撩亂思,吟爲幽怨聲。"王安石《將母》:"將母邗溝上,留家白紵陰。月明聞杜宇,南北總關心。"

⑫ 歸家:回到家,詩人以下描述的是夢境,或者是想像之詞。儲光羲《田家雜興八首》二:"山澤時晦暝,歸家暫閑居。滿園植葵藿,繞屋樹桑榆。"嚴維《送房元直赴北京》:"猶道樓蘭十萬師,書生匹馬去何之? 臨岐未斷歸家日,望月空吟出塞詩。" 塵霧:塵土和烟霧,塵土飛揚如霧。白居易《長恨歌》:"迴頭下望人寰處,不見長安見塵霧。"喻濁世污濁。袁宏《三國名臣序贊》:"琅琅先生,雅杖名節。雖遇塵霧,猶振霜雪。" 忽遇:忽然遇到,意外相逢。劉商《畫石》:"蒼蘚千年粉繪傳,堅貞一片色猶全。那知忽遇非常用,不把分銖補上天。"元稹《貽蜀五首·病馬詩寄上李尚書》:"萬里長鳴望蜀門,病身猶帶舊瘡痕……唯應夜識深山道,忽遇君侯一報恩。" 蓬蒿:蓬草和蒿草,亦泛指草叢與草莽。《莊子·逍遙遊》:"〔斥鷃〕翱翔蓬蒿之

間。"葛洪《抱朴子·安貧》："是以俟扶搖而登蒼霄者，不充詘於蓬蒿之杪。"借指荒野偏僻之處。李白《南陵別兒童入京》："會稽愚婦輕買臣，余亦辭家西入秦。仰天大笑出門去，我輩豈是蓬蒿人？"這裏是詩人謙稱自己已故的妻子韋叢。

⑬ 延：引導，引入，迎接。《禮記·曲禮》："主人延客祭，祭食，祭所先進。"鄭玄注："延，道也。"王昌齡《趙十四兄見訪》："客來舒長簟，開閣延清風。"　蓽戶：義同"蓽門"，用竹荊編織的門，常指房屋簡陋破舊。王維《山居即事》："寂寞掩柴扉，蒼茫對落暉。鶴巢松樹遍，人訪蓽門稀。"權德輿《自咎》："自咎咎何窮？飄然蓽戶中。清時名未立，稔歲室猶空。"　鑿竇：挖的洞，這裏喻韋叢的安葬之地。《舊唐書·代宗紀》："（永泰元年九月）庚戌，下詔親征。內官魚朝恩上言：請括私馬，京城男子悉單衣團結，塞京城二門之一。士庶大駭，有逾垣鑿竇出城者，吏不能禁。"《舊唐書·吐蕃傳》："吐蕃移營於醴泉縣九嵕山北，因攻掠醴泉，京城大駭，人皆空室，大戶鑿竇以出。"　圭：清潔，潔淨。《儀禮·士虞禮》："圭爲而哀薦之饗。"鄭玄注："圭，絜也。"鮮明。韓愈《祭湘君夫人文》："伏以祠宇毀頓，憑附之質，丹青之飾，暗昧不圭，不稱靈明。"馬其昶校注："圭與蠲同音，《集韻》：'蠲，潔也，明也，通作圭。'"

⑭ 逡巡：徘徊不進，滯留。《後漢書·隗囂傳》："舅犯謝罪文公，亦逡巡於河上。"李賢注："逡巡，不進也。"元稹《旱災自咎貽七縣宰》："符下斂錢急，值官因酒噴。誅求與撻罰，無乃不逡巡。"　叙別：叙話告別。張籍《送遠曲》："吳門向西流水長，水長柳暗烟茫茫。行人送客各惆悵，話離叙別傾清觴。"牟融《樓城叙別》："故人爲客上神州，傾蓋相逢感昔遊。屈指年華嗟遠別，對床風雨話離愁。"　頭白：頭髮蒼白。岑參《秋夕讀書幽興獻兵部李侍郎》："年紀蹉跎四十強，自憐頭白始爲郎。雨滋苔蘚侵階綠，秋颯梧桐覆井黃。"杜甫《酬孟雲卿》："樂極傷頭白，更長愛燭紅。相逢雖袞袞，告別莫忽忽！"　顏色：面

容,面色。江淹《古離別》:"願一見顏色,不異瓊樹枝。"元積《酬樂天勸醉》:"一杯顏色好,十盞膽氣加。半酣得自恣,酩酊歸太和。" 黧:色黑而黃,亦指使變黃黑色。杜甫《贈王二十四侍御契四十韻》:"會面嗟黧黑,含悽話苦辛。"《資治通鑑·晉穆帝升平元年》:"〔姚襄〕所乘駿馬曰黧眉騧。"胡三省注:"黑而黃色曰黧。"

⑮ 饋食:獻熟食,古代的天子諸侯每月朔朝廟的一種祭禮。《周禮·春官·大宗伯》:"以饋食享先王。"食物,熟食。《後漢書·陸續傳》:"續母遠至京師,覘候消息,獄事特急,無緣與續相聞,母但作饋食,付門卒以進之。"儲光羲《獄中貽姚張薛李鄭柳諸公》:"妻子垂涕泣,家僮日奔走。書詞苦人吏,饋食勞交友。" 叫噪:喧鬧,喧叫。《後漢書·馬援傳》:"援陳軍向山,而分遣數百騎繞襲其後,乘夜放火,擊鼓叫噪,虜遂大潰。"溫庭筠《春日野行》:"野岸明媚山芍藥,水田叫噪官蝦蟆。" 假器:借與器物。《左傳·昭公七年》:"晉人來治杞田,季孫將以成與之。謝息爲孟孫守,不可,曰:'人有言曰:"雖有挈瓶之知,守不假器,禮也。"夫子從君,而守臣喪邑,雖吾子亦有猜焉!'"因引申指委以地方官職。曾鞏《明州到任謝兩府啓》:"伏念鞏才無遠用,學殆小知,誤蒙假器之恩,愧乏當官之效。" 醯:醋。《論語·公冶長》:"孰謂微生高直?或乞醯焉!乞諸其鄰而與之。"邢昺疏:"醯,醋也。"《文選·謝惠連〈祭古冢文〉》:"盤或梅李,盎或醯醢。"呂向注:"醯,酸也。"

⑯ 嚮時:往昔,從前。杜甫《奉送王信州崟北歸》:"下詔選郎署,傳聲能典州。蒼生今日困,天子嚮時憂。"柳宗元《與楊京兆憑書》:"是用踴躍敬懼,類嚮時所被簡牘,萬萬有加焉!" 藿與藜:藿香和蒺藜,泛指野草。李白《玉真公主別館苦雨贈衛尉張卿二首》二:"飢從漂母食,閑綴羽陵簡。園家逢秋蔬,藜藿不滿眼。"嚴維《酬諸公宿鏡水宅》:"倖免低頭向府中,貴將藜藿與君同。陽雁叫霜來枕上,寒山映月在湖中。"

⑰ 牂牁馬：出産於牂牁的馬匹。牂牁是漢代的郡名，地當今貴州境內。那兒出産的馬匹矮小如羊，善於爬山，故稱。柳宗元《得盧衡州書因以詩寄》：“臨蒸且莫嘆炎方，爲報秋來雁幾行？林邑東迴山似戟，牂牁南下水如湯。”柳宗元《柳州寄京中親故》：“林邑山聯瘴海秋，牂牁水向郡前流。勞君遠問龍城地（龍城，柳州），正北三千到錦州。”　蒙茸：雜亂貌。《文選·揚雄〈甘泉賦〉》：“蚩尤之倫，帶干將而秉玉戚兮，飛蒙茸而走陸梁。”呂延濟注：“蒙茸、陸梁，亂走兒。”葱蘢。羅鄴《芳草》：“廢苑墻南殘雨中，似袍顏色正蒙茸。”　羝：公羊。《詩·大雅·生民》：“取羝以軷。”毛傳：“羝羊，牡羊也。”《漢書·蘇武傳》：“乃徙武北海上無人處，使牧羝，羝乳乃得歸。”

⑱ 青雲：原指青色的雲。《楚辭·九歌·東君》：“青雲衣兮白霓裳，舉長矢兮射天狼。”《漢書·揚雄傳》：“青雲爲紛，虹霓爲繯。”這裏喻謀取高位的途徑。張喬《別李參軍》：“靜想青雲路，還應寄此身。”噬臍：亦作“噬齊”，自齧腹臍，喻後悔不及。《左傳·莊公六年》：“亡鄧國者，必此人也。若不早圖，後君噬齊。”杜預注：“若齧腹齊，喻不可及也。”揚雄《太玄賦》：“豈恃寵以冒災兮，將噬臍之不及。”

⑲ “昔遊蜀關下”兩句：指元和四年三月元積奉詔出使東川，路經青泥驛一事。　蜀關：即劍門關，《佩文韻府·劍門關》：“《九域志》：嘉陵江在果州，出大散關南行劍門關，東向閬州與涪水會。汪元量詩：‘萬里橋西一回首，黑雲遮斷劍門關。’又蘇軾詩：‘少年狂興久已謝，但憶嘉陵繞劍關。’”戴叔倫《送少微上人入蜀》：“十方俱是夢，一念偶尋山。望刹經巴寺，持瓶向蜀關。”　青泥：這裏指青泥驛。李吉甫《元和郡縣志·興州》：“長舉縣……青泥嶺在縣西北五十三里，接溪山東，即今通路也。懸崖萬仞，山多雲雨，行者屢逢泥淖，故號爲青泥嶺。”武元衡《同洛陽諸公餞盧起居》：“赤墀方載筆，油幕尚言兵。暮宿青泥驛，煩君淚滿纓。”《舊唐書·李訓傳》：“中官陳弘慶者，自元和末負弒逆之名，忠義之士無不扼腕，時爲襄陽監軍，乃召自漢南，至

青泥驛,遣人封杖決殺。"

⑳ 聞名:聽到名字或名聲。《禮記·雜記》:"見似目瞿,聞名心瞿。"孔穎達疏:"聞他人稱名與父名同。"柳宗元《曹溪大鑒禪師碑》:"中宗聞名,使幸臣再徵,不能致。" 慘愴:心生害怕,神色緊張。高適《自淇涉黃河途中作十三首》七:"緬懷多殺戮,顧此生慘愴。聖代休甲兵,吾其得閑放。"杜甫《醉時歌》"儒術於我何有哉? 孔丘盜蹠俱塵埃。不須聞此意慘愴,生前相遇且銜杯。" 牢狴:監獄。狴,狴犴,傳説中獸名,古代常畫其形於獄門。李白《萬憤詞投魏郎中》:"蒼蒼之天,高乎視低。如其聽卑,脱我牢狴。"王琦注引《初學記》:"狴牢者,亦獄別名。"楊甲《庚寅再遊》:"竹寒沙碧夜來語,回首千載餘幽題。榮枯過眼如一夢,世網忽挂如牢狴。"

㉑ 雲泥:語出《後漢書·矯慎傳》:"〔吳蒼〕遺書以觀其志曰:'仲彥足下,勤處隱約,雖乘雲行泥,栖宿不同,每有西風,何嘗不嘆!'"雲在天,泥在地,後因用"雲泥"比喻兩物相去甚遠,差異很大。荀濟《贈陰梁州》:"雲泥已殊路,暄凉詎同節。"錢起《離居夜雨奉寄李京兆》:"寂寞想章臺,始嘆雲泥隔。" 人物:指人的品格、才幹。李肇《唐國史補》卷中:"貞元中,楊氏、穆氏兄弟人物氣概不相上下。"白居易《唐故通議大夫和州刺史吳郡張公神道碑銘序》:"或以人物著,或以閥閱稱。"也指人的志趣情性。吳曾《能改齋漫録·記詩》:"高秀實茂華,人物高遠,有出塵之資。" 一以齊:義同"一齊",意謂相等,均衡。《莊子·秋水》:"萬物一齊,孰短孰長?"《淮南子·主術訓》:"力勝其任,則舉之者不重也;能稱其事,則爲之者不難也。毋小大修短,各得其宜,則天下一齊,無以相過也。"

㉒ 閶闔:傳説中的天門。《楚辭·離騷》:"吾令帝閽開關兮,倚閶闔而望予。"王逸注:"閶闔,天門也。"韋嗣立《奉和初春幸太平公主南莊應制》:"主第巖扃架鵲橋,天門閶闔降鸞鑣。歷亂旌旗轉雲樹,參差臺榭入烟霄。" 下視:由高處往下看。揚雄《甘泉賦》:"攀琁璣

而下視兮，行遊目乎三危。"《舊唐書·王方慶傳》："山徑危險，石路曲狹，上瞻駭目，下視寒心。"　日月：太陽和月亮。《易·離》："日月麗乎天，百穀草木麗乎土。"韓愈《秋懷詩十一首》一："羲和驅日月，疾急不可恃。"

㉓ 銀城：義同"銀臺"，傳說中王母所居處。《文選·張衡〈思玄賦〉》："聘王母於銀臺兮，羞玉芝以療飢。"舊注："銀臺，王母所居。"江淹《空青賦》："銀臺之鳥，穆王之馬。"胡之驥注："銀臺，王母所居之處。"　蕊珠殿：即蕊珠宮。錢起《暇日覽舊詩因以題詠》："筐篋静開難似此，蕊珠春色海中山。"周邦彥《汴都賦》："蕊珠、廣寒、黃帝之宮，榮光休氣，朣朧往來。"　玉版：古代用以刻字的玉片，亦泛指珍貴的典籍。《韓非子·喻老》："周有玉版，紂令膠鬲索之，文王不予；費仲來求，因予之。"《史記·太史公自序》："周道廢，秦撥去古文，焚滅《詩》《書》，故明堂石室金匱玉版圖籍散亂。"裴駰集解引如淳曰："刻玉版以爲文字。"特指上有圖形或文字，象徵祥瑞、盛德或預示休咎的玉片。王嘉《拾遺記·唐堯》："帝堯在位，盛德光洽，河洛之濱，得玉版方尺，圖天地之形。"《晉書·慕容俊載記》："初，石季龍使人探策於華山，得玉版，文曰：'歲在申酉，不絕如綫。歲在壬子，真人乃見。'及此，燕人咸以爲俊之應也。"　金字：以金粉書就之文字，指銘刻於碑石、器物上的文字。《文選·陸倕〈新漏刻銘〉》："寧可使多謝曾水，有陋昆吾，金字不傳，銀書未勒者哉！"張銑注："金字銀書，謂碑銘之書也。"錢起《猷川雪後送僧粲臨還京時避世臥疾》："連步青溪幾萬重？有時共立在孤峰。齋到盂空餐雪麥，經傳金字坐雲松。"

㉔ 大帝：天帝。《公羊傳·宣公三年》"帝牲不吉。"何休注："帝，皇天大帝，在北辰之中，主總領天地五帝群神也。"李咸用《春雨》："大帝閑吹破凍風，青雲融夜流長空。天人醉引玄酒注，傾香旋入花根土。"　南北：南與北，南方與北方，意謂天下。《史記·天官書》："亢爲疏廟，主疾。其南北兩大星，曰南門。"《三國志·吴主傳》："魏文帝

出廣陵,望大江。"裴松之注引張勃《吳錄》:"是冬,魏文帝至廣陵,臨江觀兵……帝見波濤洶湧,嘆曰:'固天所以隔南北也。'"從南到北,南北之間,意謂天下。《國語‧周語》:"南北之揆七同也。"韋昭注:"自午至子,其度七同也。"古人以"午"爲"南",以"子"爲"北"。張華《博物志》卷四:"秦爲阿房殿,在長安西南二十里,殿東西千步,南北三百步。" 群仙:衆多神仙,也借喻品味高雅的人士。杜甫《遊子》:"厭就成都卜,休爲吏部眠。蓬萊如可到,衰白問群仙。"李吉甫《癸巳歲吉甫圜丘攝事合於中書後閣宿齋常負忝愧移止於集賢院會門下相公以七言垂寄亦有所酬短章絶韵不足抒意因叙所懷奉寄相公兼呈集賢院諸學士》:"淮海同三入,樞衡過六年。廟齋兢永夕,書府會群仙。" 東西:方位名,東方與西方,東邊與西邊。徐仁友《古意贈孫翃》:"南望緱氏嶺,山居共澗陰。東西十數里,緬邈方寸心。"元稹《東西道》:"天皇開四極,便有東西道。萬古閑行人,行人幾人老?"

㉕ 龍虎:龍與虎。王嘉《拾遺記‧顓頊》:"有曳影之劍,騰空而舒,若四方有兵,此劍則飛起指其方,則尅伐;未用之時,常於匣裏如龍虎之吟。"喻英雄俊傑。應璩《與尚書諸郎書》:"二三執事,以龍虎之姿,遭風雲之會。"李白《古風》一:"龍虎相啖食,兵戈逮狂秦。" 隊仗:儀仗隊。《宋書‧阮佃夫傳》:"帝每北出,常留隊仗在樂遊苑前,棄之而去。"元稹《連昌宮詞》:"百官隊仗避岐薛,楊氏諸姨車鬥風。"雷霆:震雷,霹靂。《易‧繫辭》:"鼓之以雷霆,潤之以風雨。"喻威猛、迅猛,亦指威猛迅猛的軍隊。《三國志‧王粲傳》:"當速發雷霆,行權立斷,違經合道,天人順之。"韓愈《送李尚書赴襄陽》:"縱獵雷霆迅,觀棋玉石忙。" 鼓鼙:古代軍中常用的樂器,指大鼓和小鼓。《禮記‧樂記》:"君子聽鼓鼙之聲,則思將帥之臣。"《舊唐書‧郭子儀傳》:"子儀遣六軍兵馬使張知節、烏崇福、羽林軍使長孫全緒等將兵萬人爲前鋒,營於韓公堆,盛張旗幟,鼓鼙震山谷。"

㉖ 元君:這裏是道教語,女子成仙者之美稱。吕巖《七言》四九:

"紫詔隨鸞下玉京,元君相命會三清。"《雲笈七籤》卷九七:"南極王夫人,王母第四女也,名林,字容真,一號南極紫元夫人,或號南極元君。"　左右:左面和右面。《史記·孫子吳起列傳》:"汝知而心與左右手背乎?"附近,兩旁。《詩·小雅·采菽》:"平平左右,亦是率從。"《左傳·宣公十二年》:"晉人逐之,左右角之。"　桃花蹊:桃花樹夾道的小路。曾幾《遊張公洞》:"欲看直上翠羽蓋,不惜扶下青雲梯。勁風翻動土囊口,暗水流出桃花蹊。"王恭《桃花蹊》:"幽蹊入林深,仙花滿高樹。笑謝滄洲人,來去桃源路。"《編年箋注》註釋云是陶淵明《桃花源記》中的"桃花溪",乃是想當然之詞。

㉗ 丹霞:紅霞。曹丕《丹霞蔽日行》:"丹霞蔽日,采虹垂天。"比喻紅艷的色彩。傅玄《艷歌行》:"白素爲下裾,丹霞爲上襦。"李商隱《和鄭愚贈箏妓二十韻》:"茜袖捧瓊姿,皎日丹霞起。"　綺:有花紋的絲織品。《古詩十九首·客從遠方來》:"客從遠方來,遺我一端綺。"韓愈《許國公神道碑銘》:"既至,獻馬三千匹,絹五十萬匹,他錦紈綺縠又三萬,金銀器千。"　素雲:白色的雲。李應《立春日曉望三素雲》:"玄鳥初來日,靈仙望裏分。冰容朝上界,玉輦擁朝雲。"陳師穆《立春日曉望三素雲》:"晴曉初春日,高心望素雲。彩光浮玉輦,紫氣隱元君。"　綈:厚實平滑而有光澤的絲織物,也指比綢子粗厚的紡織品。《管子·輕重戊》:"魯梁之民俗爲綈。"尹知章注:"繒之厚者謂之綈。"岑參《尚書念舊垂賜袍衣率題絕句獻上以申感謝》:"富貴情還在,相逢豈間然?綈袍更有贈,猶荷故人憐。"

㉘ 天池:天上仙界之池。韓愈《漫作二首》一:"玄圃珠爲樹,天池玉作砂。"指山頂之池。杜甫《天池》:"天池馬不到,嵐壁鳥纔通。"范仲淹《天池》:"嶽頂見天池,神異安可度?"這裏兩者兼而有之,詩人身在青雲嶺的山頂,如臨天池仙境,故言。　艷艷:明媚艷麗貌。蕭衍《歡聞歌》之一:"艷艷金樓女,心如玉池蓮。"李頎《絕纓歌》:"楚王宴客章華臺,章華美人善歌舞。玉顏艷艷空相向,滿堂目成不得語。"

瑤草:傳説中的香草。東方朔《與友人書》:"相期拾瑤草,吞日月之光華,共輕舉耳。"李賀《天上謠》:"王子吹笙鵝管長,呼龍耕烟種瑤草。"泛指珍美的草。《文選·江淹〈從冠軍建平王登廬山香爐峰〉》:"瑤草正翕赩,玉樹信葱青。"吕向注:"瑤草、玉樹,皆美言之。" 萋萋:草木茂盛貌。《詩·周南·葛覃》:"葛之覃兮,施于中谷,維葉萋萋。"毛傳:"萋萋,茂盛貌。"崔顥《黄鶴樓》:"晴川歷歷漢陽樹,芳草萋萋鸚鵡洲。"

㉙ 真:舊時所謂仙人。《説文·匕部》:"真,仙人變形登天也。"《樂府詩集·唐太清宫樂章》:"洪源長發,誕受天命。金奏迎真,瓊宫展盛。" 千萬:形容數目極多。王粲《從軍詩五首》四:"連舫逾萬艘,帶甲千萬人。"韓愈《秋懷詩十一首》三:"歸還閲書史,文字浩千萬。"輩:行輩,輩分。孔融《論盛孝章書》:"今之少年,喜謗前輩。"韓愈《答侯生問〈論語〉書》:"愈昔注解其書,而不敢過求其意。取聖人之旨而合之,則足以信後生輩耳!" 柔顔:柔嫩的容顔。皎然《妙喜寺達公禪齋寄李司直公孫房都曹德裕從事方舟顔武康士騁四十二韵》:"天上生白榆,葳蕤信好折。實可反柔顔,花堪養玄髮。"皎然《雜興六首》二:"柔顔感三花,凋發悲蔓草。月中伐桂人,是誰翻使年年不衰老?"黄:茅的嫩芽。《詩·邶風·静女》:"自牧歸荑,洵美且異。"毛傳:"荑,茅之始生也。"泛指草木萌生的葉芽。《管子·度地》:"草木荑,生可食。"《後漢書·徐登傳》:"炳復次禁枯樹,樹即生荑。"李賢注:"《易》曰:'枯楊生荑。'王弼注云:'荑者,楊之秀也。'"發芽,萌生。謝靈運《從遊京口北固應詔》:"遠巖映蘭薄,白日麗江臯。原隰荑緑柳,墟囿散紅桃。"

㉚ 鳳尾扇:用鳳凰羽毛裝飾起來的扇子,形狀也有如鳳凰的尾部。劉將孫《題譚梅屋所藏楊妃上馬圖》:"欲行未行望何遥,待來不來意如失……鳳尾扇開晴日早,龍珠節動暗塵銷。"李東陽《董尚矩以畫禽索詩留予家閲月間假予所持倭扇意若欲相易者既而返扇索畫則

贗扇也予既失扇又不敢留畫其計甚拙因憶坡老與王晉卿以仇池石易韓幹馬事頗相類竊步其韵一篇題于軸而并歸之》："吾家鳳尾扇,渡海自暘谷。知君熊掌心,二物皆所欲。" 翠羽:翠鳥的羽毛,古代多用作飾物。《文選·曹植〈七啓〉》:"戴金搖之熠燿,揚翠羽之雙翹。"劉良注:"金搖,釵也;熠爍,光色也;又飾以翡翠之羽於上也。"盧照鄰《劉生》:"翠羽裝劍鞘,黃金鏤馬纓。" 筓:簪,古時用以貫髮或固定弁、冕。《儀禮·士冠禮》:"皮弁筓,爵弁筓。"鄭玄注:"筓,今之簪。"《史記·張儀列傳》:"其姊聞之,因摩筓以自刺,故至今有摩筓之山。"

　　㉛雲韶:黃帝《雲門》樂和虞舜《大韶》樂的並稱,後泛指宮廷音樂。曹毗《江左宗廟歌·歌哀皇帝》:"愔愔雲韶,盡善盡美。"《隋書·許善心傳》:"馳聲南董,越響《雲》《韶》。"泛指美妙的樂曲。《晉書·潘尼傳》:"如彼和肆,莫匪瓊瑤。如彼儀鳳,樂我雲韶。"王涯《漢苑行》:"二月春風遍柳條,九天仙樂奏雲韶。"也指雲韶院。崔令欽《教坊記》:"樓下戲出隊,宜春院人少,即以雲韶添之。"辛文房《唐才子傳·李賀》:"〔李賀詩〕時無能效之者,樂府諸詩,雲韶眾工,諧於律呂。"唐代有雲韶院,是唐代宮中教習流行歌舞的場所之一。時宮中設教坊,有宜春院、雲韶院。宜春院歌舞藝伎常在皇帝前承歡,凡演習大型歌舞人數不足時,則由雲韶院的歌舞藝伎補充。段安節《樂府雜錄·雲韶樂》:"〔雲韶樂〕用玉磬四架,樂即有琴、瑟、築、簫、笢、籥、跋膝、笙、竽、登歌、拍板。樂分堂上、堂下,登歌四人,在堂下坐。舞童五,人衣繡衣,各執金蓮花引舞者。金蓮,如仙家行道者也。舞在階下,設錦筵,宮中有雲韶院。" 鏗戞:猶言鏗金戞玉。文天祥《生日》:"載酒出郊去,江花相送迎。詩歌和盈軸,鏗戞金石聲。" 霞服:輕柔艷麗的舞衣。胡助《壽吳間宗師》:"華旦開千祀,崇朝轉一陽。羽儀真肅肅,霞服偉煌煌。" 提携:携手,合作。張紘《行路難》:"君不見溫家玉鏡臺,提携抱握九重來。君不見相如綠綺琴,一撫一拍鳳凰音。"蘇軾《與子由同遊寒溪西山》:"與君聚散若雲雨,共惜此日相

提携。"

㉜ 雙雙:相並,成雙。張諤《延平門高齋亭子應岐王教》:"昨夜蒲萄初上架,今朝楊柳半垂堤。片片仙雲來渡水,雙雙燕子共銜泥。"蔣維翰《古歌二首》一:"美人怨何深? 含情倚金閣。不嚬復不語,紅淚雙雙落。"一對對。儲光羲《明妃曲四首》四:"彩騎雙雙引寶車,羌笛兩兩奏胡笳。若爲別得橫橋路,莫隱宮中玉樹花。"梁鍠《艷女詞》:"露井桃花發,雙雙燕並飛。美人姿態裏,春色上羅衣。" 皓齒:潔白的牙齒。《漢書·司馬相如傳》:"皓齒粲爛,宜笑的皪。"權德輿《六府詩》:"木蘭泛方塘,桂酒啓皓齒。" 各各:各自,個個。《玉臺新詠·古詩〈爲焦仲卿妻作〉》:"執手分道去,各各還家門。"元稹《出門行》:"兄弟同出門,同行不同志。悽悽分歧路,各各營所爲。" 袿:即長襦,婦女的上服。《釋名·釋衣服》:"婦人上服謂之袿,其下垂者,上廣下狹如刀圭也。"《後漢書·邊讓傳》:"被輕袿,曳華文,羅衣飄颻,組綺繽紛。"衣袖。《廣雅·釋器》:"袿,袖也。"王念孫疏證:"夏侯湛《雀釵賦》:'理袿襟,整服飾。'是袿爲袖也。"

㉝ 天祚:上天賜福。《左傳·宣公三年》:"天祚明德,有所厎止。"沈佺期《上巳日祓禊渭濱應制》:"寶馬香車清渭濱,紅桃碧柳祓堂春。皇情尚憶垂竿佐,天祚先呈捧劍人。" 未極:無窮遠處,沒有期限。王粲《登樓賦》:"惟日月之逾邁兮,俟河清其未極。"宋之問《端州別袁侍郎》:"合浦途未極,端溪行暫臨。淚來空泣臉,愁至不知心。"未到盡頭,未達極點。謝朓《遊敬亭山》:"我行雖紆組,兼得尋幽蹊。緣源殊未極,歸徑窅如迷。"李世民《冬日臨昆明池》:"寒野凝朝霧,霜天散夕霞。歡情猶未極,落景遽西斜。" 溟波:海濤。韓愈《送惠師》:"微風吹木石,澎湃聞韶鈞。夜半起下視,溟波銜日輪。"孟郊《哭劉言史》:"精異劉言史,詩腸傾珠河。取次抱置之,飛過東溟波。"無堤:猶無限。庾信《將命至鄴酬祖正員》:"我皇臨九有,聲教泊無堤。興文盛禮樂,偃武息氓黎。"王庭珪《正邦聞王師來駐辭歸禾山次

韻以別》:"潘才如海渺無堤,肯顧衡茅竹裏扉。閑釣一溪春水綠,尚容三寸白魚肥。"

㉞ 穢賤:猶鄙賤。《三國志·魏文帝紀》:"君其祗順大禮,饗兹萬國,以肅承天命。"裴松之注引劉艾《獻帝傳》:"況臣名行穢賤,入朝日淺,言爲罪尤,自抑而已。"《東觀漢記·竇固傳》:"羌胡見客,炙肉未熟,人人長跪前割之,血流指間,進之于固。固輒爲啗,不穢賤之,是以愛之如父母也。"　靈:神靈。《詩·大雅·生民》:"不坼不副,無菑無害,以赫厥靈。"鄭玄箋:"姜嫄以赫然顯著之徵,其有神靈審矣!"孔穎達疏:"是天意以此顯明其有神靈也。"《文選·揚雄〈甘泉賦〉》:"徘徊招搖,靈栖遲兮!"呂向注:"言神靈徘徊而栖遲於此也。"天,天帝。《楚辭·王褒〈九懷·思忠〉》:"登九靈兮遊神,静女歌兮微晨。"王逸注:"想登九天,放精神也。"《漢書·禮樂志》:"《郊祀歌》十九章,其詩曰:九重開,靈之斿。垂惠恩,鴻祜休。"　黔黎:黔首黎民,指百姓。應劭《風俗通·城陽景王祠》:"死生有命,吉凶由人,哀我黔黎,漸染迷謬,豈樂也哉?"李昂《上元日二首》二:"寰生三五葉初齊,上元羽客出桃蹊。不愛仙家登真訣,願蒙四海福黔黎。"

㉟ 桑田:指桑田滄海的相互變化,古代有桑田滄海的説法,葛洪《神仙傳·麻姑》:"麻姑自説云:'接侍以來,已見東海三爲桑田,向到蓬萊水淺,淺於往者會時略半也,豈將復還爲陵陸乎!'"後因以"桑田滄海"喻世事的巨大變遷。張九齡《經江寧覽舊迹至玄武湖》:"佳氣日將歇,霸功誰與修?桑田東海變,麋鹿姑蘇遊。"薛曜《送道士入天台》:"洛陽陌上多離別,蓬萊山下足波潮。碧海桑田何處在?笙歌一聽一遙遙。"　宇縣:猶天下。《史記·秦始皇本紀》:"大矣哉!宇縣之中,承順聖意。"裴駰集解:"宇,宇宙;縣,赤縣。"韓愈《賀冊尊號表》:"發號出令,雲行雨施,可謂妙而無方矣!三光順軌,草木遂長,可謂經緯天地矣!除剗寇盜,宇縣清夷,可謂戡定禍亂矣!"　齏:用醬醃漬的細切的韭菜。《東觀漢記·逢萌傳》:"萌素明陰陽,乃首戴

蠚器，哭於市曰：'辛乎！辛乎！'遂潛藏不見。"《太平御覽》卷八五五引服虔《通俗文》："淹韭曰蠚。"

㊱ 虛皇：道教神名。陶弘景《許長史舊館壇碑》："並證心清，俱漏身濁。離有離無，且華且樸。結號虛皇，筌法正覺。"吳筠《步虛詞十首》九："爰從太微上，肆覲虛皇尊。" 雲霧：雲和霧。《韓非子·難勢》："飛龍乘雲，騰蛇遊霧，吾不以龍蛇爲不託於雲霧之勢也。"王勃《別人四首》二："江上風烟積，山幽雲霧多。" 重重：猶層層。《西京雜記》卷六："洲上黏樹一株，六十餘圍，望之重重如蓋。"張說《同趙侍御望歸舟》："山庭迴迴面長川，江樹重重極遠烟。" 翳：遮蔽，隱藏，隱没。《楚辭·離騷》："百神翳其備降兮，九疑繽其並迎。"王逸注："翳，蔽也。"《漢書·揚雄傳》："於是乘輿乃登夫鳳凰兮翳華芝。"顏師古注："翳，蔽也，以華芝爲蔽也。"

㊲ 安可：怎麽可以。張說《同賀八送兗公赴荆州》："此別黄葉下，前期安可知？誰憐楚南樹，不爲歲寒移？"宋務光《海上作》"搜奇大壑東，竦望成山北。方術徒相誤，蓬萊安可得？" 夢：睡眠時局部大腦皮質還没有完全停止活動而引起的腦中的表像活動。王充《論衡·死僞》："且夢，象也。"杜甫《夢李白二首》二："故人入我夢，明我長相憶。"做夢。李白《夢遊天姥吟留別》："我欲因之夢吳越，一夜飛度鏡湖月。"比喻空想，幻想，想像。《荀子·解蔽》："不以夢劇亂知，謂之静。"楊倞注："夢，想像也。" 閶闔：傳說中的天門。《楚辭·離騷》："吾令帝閽開關兮，倚閶闔而望予。"王逸注："閶闔，天門也。"沈約《遊金華山》："若蒙羽駕迎，得奉金書召。高馳入閶闔，方睹靈妃笑。" 何由：從何處，從什麽途徑。王褒《四子講德論》："僕雖囂頑，願從足下。雖然，何由而自達哉！"王昌齡《送韋十二兵曹》："出處兩不合，忠貞何由伸？" 躋：升登，達到。《易·震》："躋於九陵。"孔穎達疏："躋，升也。"曹植《應詔》："西躋關谷，或降或升。騑驂倦路，載寢載興。"

㊳ 靈物:祥瑞之物。《後漢書·光武帝紀》:"今天下清寧,靈物仍降。"江淹《赤虹賦》:"彼靈物之詎幾,象火滅而出紅。"珍奇神異之物。《後漢書·南蠻西南夷傳論》:"若乃藏山隱海之靈物,沈沙栖陸之瑋寶,莫不呈表怪麗,雕被宮幄焉。"元稹《兔絲》:"靈物本特達,不復相纏縈。"神靈,神明。白居易《劉白唱和集解》:"在在處處,應當有靈物護之。" 端倪:頭緒,迹象。《莊子·大宗師》:"反覆終始,不知端倪。"朱駿聲《説文通訓定聲·解部》"倪":"《莊子·大宗師》'不知端倪',按耑者,草之微始;兒者,人之微始也。"孟郊《與王二十一員外涯遊枋口柳溪》:"萬株古柳根,擎此磷磷溪。野榜多屈曲,仙潯無端倪。"

㊴ 蟲蛇:泛指蛇和其他蟲類。《韓非子·五蠹》:"人民不勝禽獸蟲蛇,有聖人作,搆木爲巢以避群害,而民悦之。"高適《東平路中遇大水》:"蟲蛇擁獨樹,麋鹿奔行舟。" 雲氣:道家語,指人體内的穢濁之氣。《雲笈七籤》卷五三:"〔藏形匿影之術〕叩齒三十六通而微祝……畢,便九嚥,止;閉目,雲氣豁除,便服靈飛玉符。修之一年,形常隱空。"馬戴《送王道士》:"霓裳雲氣潤,石徑術苗香。一去何時見? 仙家日月長。" 妖氛:不祥的雲氣,多喻指凶災、禍亂。《左傳·昭公十五年》"吾見赤黑之祲"杜預注:"祲,妖氛也。"《隋書·衛玄傳》:"近者妖氛充斥,擾動關河。"妖氣,妖異之氣。王充《論衡·言毒》:"妖氣生美好,故美好之人多邪惡。" 虹蜺:即螮蝀,爲雨後或日出、日没之際天空中所現的七色圓弧。虹蜺常有内外二環,内環稱虹,也稱正虹、雄虹;外環稱蜺,也稱副虹、雌虹或雌虹。宋玉《高唐賦》:"仰視山顛,肅何千千,炫燿虹蜺。"葛洪《抱朴子·嘉遯》:"思眇眇焉若居乎虹霓之端,意飄飄焉若在乎倒景之流。"

㊵ 獲麟書諸册:《春秋左傳注疏》卷五九:"《經》:十有四年春,西狩獲麟。注:麟者仁獸,聖王之嘉瑞也。時無明王出而遇獲,仲尼傷周道之不興,感嘉瑞之無應,故因《魯春秋》而修中興之教,絕筆於'獲

麟'之一句所感而作,固所以爲終也。" 騄龍:古代名馬。《梁書·張
率傳》:"風被之域,越險效珍,輈服烏號之駿,騑騄龍之名。"元結《演
興四首序》:"商餘山有太靈古祠,傳雲騄龍氏祠,大帝所立。" 醢:古
代酷刑,將人剁成肉醬。《禮記·檀弓》:"孔子哭子路於中庭,有人吊
者,而夫子拜之。既哭,進使者而問故,使者曰:'醢之矣!'"《史記·
殷本紀》:"九侯有好女,入之紂。九侯女不憙淫,殺之,而醢九侯。"
臡:有骨的肉醬,亦泛指肉醬。《儀禮·公食大夫禮》:"昌本南,麇
臡。"鄭玄注:"三臡亦醢也。鄭司農曰:……或曰麇臡,醬也。有骨爲
臡,無骨爲醢。"孫詒讓正義:"三臡亦醢也者,對文則有骨爲臡,無骨
爲醢,散文則通。"朱彧《萍洲可談》卷一:"卒前白有羊肉酒,探腰間布
囊取一紙角視之,臡也。"

㊶鳳皇:即鳳凰,古代傳說中的百鳥之王,雄的叫鳳,雌的叫凰,
通稱爲鳳或鳳凰,羽毛五色,聲如簫樂,常用來象徵瑞應。《詩·大
雅·卷阿》:"鳳皇鳴矣!于彼高岡。"韓愈《與崔群書》:"鳳皇、芝草,
賢愚皆以爲美瑞;青天、白日,奴隸亦知其清明。" 梧桐:木名,落葉
喬木,古代以爲是鳳凰栖止之木。《莊子·秋水》:"夫鵷鶵發於南海,
而飛於北海,非梧桐不止。"聶夷中《題賈氏林泉》:"有琴不張弦,衆星
列梧桐。須知澹泊聽,聲在無聲中。" 叢雜:猶攢聚。馬融《長笛
賦》:"詳觀夫曲胤之繁會叢雜,何其富也。"《文心雕龍·總術》:"數逢
其極,機入其巧,則義味騰躍而生,辭氣叢雜而至。"雜亂,混雜。韓愈
《進撰平淮西碑文表》:"至於臣者,自知最爲淺陋,顧貪恩待,趨以就
事,叢雜乖戾,律呂失次。" 百鳥:各種禽鳥。《吳越春秋·越王無餘
外傳》:"天美禹德而勞其功,使百鳥還爲民田。"韓愈《感春四首》一:
"春風吹園雜花開,朝日照屋百鳥語。" 栖:禽鳥歇宿。《詩·王風·
君子于役》:"雞栖於塒,日之夕矣!羊牛下來。"韓愈《南山有高樹行
贈李宗閔》:"上有鳳皇巢,鳳皇乳且栖。"

㊷野鶴:鶴居林野,性孤高,常喻隱士。劉長卿《送方外上人》:

"孤雲將野鶴，豈向人間住。"韋應物《贈王侍御》："心同野鶴與塵遠，詩似冰壺見底清。"　貪饕：貪得無厭，貪吃，嘴饞。《戰國策·燕策》："今秦有貪饕之心，而欲不可足也。"白居易《自賓客遷太子少傅分司》："誠合知止足，豈宜更貪饕。默默心自問，於國有何勞？"

㊸山鹿：野鹿。常建《鄂渚招王昌齡張債》："山鹿自有場，賢達亦顧群。二賢歸去來，世上徒紛紛。"姚合《武功縣中作三十首》一："縣去帝城遠，爲官與隱齊。馬隨山鹿放，雞雜野禽栖。"　窟穴：動物栖身的洞穴。王充《論衡·辨祟》："鳥有巢栖，獸有窟穴，蟲魚介鱗各有區處，猶人之有室宅樓臺也。"杜甫《又觀打魚》："日暮蛟龍改窟穴，山根鱣鮪隨雲雷。"　虎豹：虎與豹。　虎：獸名，通稱老虎，哺乳類，猫科，毛黃褐色，有黑色橫紋，性兇猛，慣於捕食野獸，有時亦殘害人畜。《易·乾》："雲從龍，風從虎。"《詩·小雅·何草不黃》："匪兕匪虎，率彼曠野。"　豹：獸名，猫科動物，似虎而較小，毛黃褐色或赤褐色，有很多斑點或花紋，有赤豹、白豹、金錢豹等，性兇猛，能上樹，善奔走。常捕食其他獸類，傷害人畜，也叫豹子。《後漢書·劉陶傳》："陛下不悟，而競令虎豹窟於麢場，豺狼乳於春囿。"韋應物《京師叛亂寄諸弟》："羈離守遠郡，虎豹滿西京。"　麛：幼鹿。《儀禮·士相見禮》："上大夫相見以羔，飾之以布，四維之結于面，左頭如麛執之。"賈公彥疏："麛是鹿子，與鹿同時獻之。"盧綸《山中一絕》："飢食松花渴飲泉，偶從山後到山前。陽坡軟草厚如織，因與鹿麛相伴眠。"泛指幼獸。《北堂書鈔》卷一四二引劉劭《七華》："煮丹穴之卵……臠麒麟之麛。"韓愈《猛虎行》："身食黃熊父，子食赤豹麛。"

㊹靈境：莊嚴妙土，吉祥福地，多指寺廟所在的名山勝境。白居易《沃洲山禪院記》："自齊至唐，茲山浸荒，靈境寂寥，罕有人遊。"蘇軾《次韵孫職方蒼梧山》："或雲靈境歸賢者，又恐神功亦偶然。"　冠履：亦作"冠屨"，帽與鞋，頭戴帽，脚穿鞋，因以喻上下、尊卑。《史記·儒林列傳》："冠雖敝，必加於首；履雖新，必關於足。何者，上下

之分也。《楚辭·王逸〈九思·悼亂〉》:"茅絲兮同綜,冠屨兮失絇。"原注:"上下無別。" 寧:豈,難道。《左傳·成公二年》:"夫齊,甥舅之國也,而大師之後也,寧不亦淫從其欲以怒叔父,抑豈不可諫誨?"《顏氏家訓·歸心》:"釋一曰,夫遙大之物,寧可度量?" 暌:違背,分離。《文心雕龍·雜文》:"或文麗而義暌,或理粹而辭駁。"包佶《奉和常閣老晚秋集賢院即事寄贈徐薛二侍郎》:"始歡新遇重,還惜舊遊暌。"

㊺ 道:政治主張或思想體系。《論語·衛靈公》:"道不同,不相爲謀。"劉禹錫《學阮公體三首》一:"少年負志氣,通道不從時。" 樂:快樂,歡樂。《史記·刺客列傳》:"高漸離擊築,荆軻和而歌於市中,相樂也,已而相泣,旁若無人者。"歐陽修《醉翁亭記》:"然而禽鳥知山林之樂,而不知人之樂;人知從太守遊而樂,而不知太守之樂其樂也。" 何慚:無愧,有什麼慚愧。李伯魚《桐竹贈張燕公》:"鳳栖桐不媿,鳳食竹何慚! 栖食更如此,餘非鳳所堪。"李白《東海有勇婦》:"東海有勇婦,何慚蘇子卿? 學劍越處子,超騰若流星。" 稗稊:稗草和稊草,泛指雜草,這裏比喻卑微。韓愈《南內朝賀歸呈同官》:"君恩泰山重,不見酬稗稊。所職事無多,又不自提撕。"歐陽修《寄聖俞》:"悠悠百年一瞬息,俯仰天地身醯雞! 其間得失何足校! 況與鳧鶩爭稗稊。"元積這種"道勝即爲樂,何慚居稗稊"的精神,十分難得也非常可貴,難怪白居易要讚口不絕。

㊻ 金張:漢代金日磾、張安世二人的並稱,二氏子孫相繼,七世榮顯,後因用爲顯宦的代稱。《漢書·蓋寬饒傳》:"上無許史之屬,下無金張之托。"顏師古注引應劭曰:"金,金日磾也。張,張安世也。"杜牧《長安雜題長句六首》六:"豐貂長組金張輩,馹馬文衣許史家。白鹿原頭迴獵騎,紫雲樓下醉江花。" 車馬:車和馬,古代陸上的主要交通工具,這裏謂馳騁遊樂。《漢書·郊祀志》:"願明主時忘車馬之好,斥遠方之士虛語,遊心帝王之術,太平庶幾可興也。"王融《三月三

日曲水詩序》:"耆年闌市井之遊,稚齒豐車馬之好。"　於陵親灌畦:
事見皇甫謐《高士傳·陳仲子》:"陳仲子者,齊人也。其兄戴爲齊卿,
食祿萬鍾,仲子以爲不義,將妻子適楚,居於陵,自謂'於陵仲子'。窮
不苟求,不義之食不食。遭歲饑,乏糧三日,乃匍匐而食井上李實之
蟲者,三咽而能視。身自織履,妻辟纑以易衣食。楚王聞其賢,欲以
爲相,遣使持金百鎰至於陵聘仲子。仲子入謂妻曰:'楚王欲以我爲
相,今日爲相,明日結駟連騎,食方丈於前,意可乎?'妻曰:'夫子左琴
右書,樂在其中矣!結駟連騎,所安不過容膝。食方丈於前,所甘不
過一肉。今以容膝之安、一肉之味而懷楚國之憂,亂世多害,恐先生
不保命也!'於是出謝使者,遂相與逃去,爲人灌園。"杜甫《無家別》:
"宿鳥戀本枝,安辭且窮棲。方春獨荷鋤,日暮還灌畦。"

　　㊼"在梁或在火"兩句:意謂無論是水洲上的鵜鶘,還是烈火中
的真玉,它們的本性永遠不會改變。　在梁:意謂在水中之洲。《詩》
曰:"維鵜在梁,不濡其翼。"傳:"鵜,洿澤鳥也。梁,水中之梁。鵜在
梁,可謂不濡其翼乎?"箋云:"鵜在梁,當濡其翼而不濡者,非其常也,
以喻小人在朝,亦非其常,彼其之子不稱其服。"箋云:"不稱者,言德
薄而服尊。"　在火:意謂在熊熊烈火之中,玉永遠不熱。白居易回酬
元稹《放言五首》四曰:"試玉要燒三日滿(真玉燒三日不熱),辨材須
待七年期(豫章木生七年而後知)。"　玉:溫潤而有光澤的美石。
《詩·小雅·鶴鳴》:"它山之石,可以攻玉。"泛指玉石的製品,如圭
璧、玉佩、玉簪、玉帶等。《書·舜典》:"修五禮、五玉、三帛、二生、一
死贄。"孔穎達疏:"五玉,公、侯、伯、子、男所執之圭璧也。"《禮記·曲
禮》:"君無故玉不去身。"孔穎達疏:"玉,謂佩也。"　鵜:鵜鶘。《詩·
曹風·候人》:"維鵜在梁,不濡其翼。"李靖《乞解職表》:"畫一之譽,
無紀明時,維鵜之譏,日聞朝聽。"

　　㊽"上天勿行行"兩句:意謂得意不驕,失意不悲。　上天:這裏
指升天,登天,暗喻仕途順利。蔡孚《奉和聖製龍池篇》:"歌臺舞榭宜

正月,柳岸梅洲勝徃年。莫疑波上春雲少,祇爲從龍直上天。”李洞
《春日即事寄一二知己》:“浴馬池西一帶泉,開門景物似樊川。朱衣
映水人歸縣,白羽遺泥鶴上天。” 行行:剛強負氣貌。孟浩然《將適
天台留別臨安李主簿》:“泛泛隨波瀾,行行任艫枻。故林日已遠,群
木坐成翳。”李白《別内赴徵三首》三:“翡翠爲樓金作梯,誰人獨宿倚
門啼? 夜坐寒燈連曉月,行行泪盡楚關西。” 潛穴:深居,暗喻仕途
不利。元稹《楚歌十首》二:“陶虞事已遠,尼父獨將明。潛穴龍無位,
幽林蘭自生。” 淒淒:悲傷,淒慘。古樂府《皚如山上雪》:“淒淒復淒
淒,嫁娶不須啼。願得一心人,白頭不相離。”趙冬曦《奉答燕公》:“語
別意淒淒,零陵湘水西。佳人金谷返,愛子洞庭迷。”元稹“上天勿行
行,潛穴勿悽悽”兩句,反映了元稹達觀的人生態度,值得重視也值得
讚揚。

㊾ 青雲:喻謀取高位的途徑,也喻遠大的抱負和志向。《三國
志·荀彧荀攸賈詡傳論》:“其良平之亞歟。”裴松之注:“張子房青雲
之士,誠非陳平之倫。”也指青雲之士。杜甫《寄李十二白二十韵》:
“白日來深殿,青雲滿後塵。”仇兆鰲注:“青雲,指文士之追隨者。”謂
隱居。《南史·齊衡陽王鈞傳》:“身處朱門,而情遊江海;形入紫闥,
而意在青雲。”《雲笈七籤》卷一〇七:“遂拜表解職,求託巖林,青雲之
志,於斯始矣!” 達觀:謂一切聽其自然,隨遇而安。陸雲《愁霖賦》:
“考幽明於人神兮,妙萬物以達觀。”元稹《遣病》:“持謝愛朋友,寄之
仁弟兄。吟此可達觀,世言何足聽!”世人對元稹多所誤解,原因就在
於偏見,在於沒有認認真真讀讀元稹的詩篇與文章,可惜可嘆!

[編年]

《年譜》編年本詩於元和五年,沒有說明本詩賦詠的具體時間,也
沒有說明編年理由。《編年箋注》編年云:“此詩……作於元和五年
(八一〇)貶江陵途中。參閱卞《譜》。”《年譜新編》亦編年元和五年,

沒有說明具體賦詠時間也沒有說明編年理由。

　　我們以爲本詩作爲十七首組詩之一，其寫作時間應該與《思歸樂》等詩同時，大約在元和五年三月十七日至三月二十四日間，地點在貶江陵途中之青雲驛。

◎ 分水嶺^①

　　崔嵬分水嶺^(一)，高下與雲平^②。上有分流水，東西隨勢傾^③。朝同一源出，暮隔千里情^④。風雨各自異，波瀾相背驚^⑤。勢高競奔注，勢曲已迴縈^⑥。偶值當途石，蹙縮又縱橫^⑦。有時遭孔穴，變作嗚咽聲^⑧。褊淺無所用，奔波奚所營^⑨？團團井中水，不復東西征^⑩。上應美人意，中涵孤月明^⑪。旋風四面起^(二)，井深波不生^⑫。堅冰一時合，井深凍不成^⑬。終年汲引絕，不耗復不盈^⑭。五月金石鑠，既寒亦既清^⑮。易時不易性，改邑不改名^⑯。定如拱北極^(三)，瑩若燒玉英^⑰。君門客如水^(四)，日夜隨勢行^⑱。君看守心者，井水爲君盟^⑲。

錄自《元氏長慶集》卷一

［校記］

　　（一）"崔嵬分水嶺"以下二十句：楊本、叢刊本、《全詩》同，《記纂淵海》無，屬於他本根據需要節引，不從不改。

　　（二）"旋風四面起"以下十句：楊本、叢刊本、《全詩》、《記纂淵海》同。

　　（三）"定如拱北極"兩句：楊本、叢刊本、《全詩》同，《記纂淵海》

無,屬於他本根據需要節引,不從不改。

(四)"君門客如水"四句:楊本、叢刊本、《全詩》、《記纂淵海》同。

[箋注]

① 分水嶺:分水嶺應該是一個具體地名,唐人一般指嶓冢山。薛能《分水嶺望靈寶峰》:"千尋萬仞峰,靈寶號何從……嶺奇應有藥,壁峭盡無松。"溫庭筠《過分水嶺》:"溪水無情似有情,入山三日得同行。嶺頭便是分頭處,惜別潺湲一夜聲。"但詩人此處意在借此説事,對分水嶺究竟在何處不必過分較真。而白居易有《和答詩十首·和分水嶺》詩相酬,詩云:"高嶺峻棱棱,細泉流矗矗。勢分合不得,東西隨所委。悠悠草蔓底,濺濺石罅裏。分流來幾年?晝夜兩如此。朝宗遠不及,去海三千里。浸潤小無功,山苗長旱死。縈紆用無所,奔迫流不已。唯作嗚咽聲,夜入行人耳。有源殊不竭,無坎終難至。同出而異流,君看何所似?有似骨肉親,派別從兹始。又似勢利交,波瀾相背起。所以贈君詩,將君何所比?不比山上泉,比君井中水。"白居易對元稹詩篇歌頌的題旨非常贊同,"不比山上泉,比君井中水"已經點明了本詩的主旨。此後白居易多次讚揚元稹的這一品格,如其《贈元稹》詩云:"自我從宦遊,七年在長安。所得惟元君,乃知定交難……豈無要津水?咫尺有波瀾。之子異於是,久處誓不諼。無波古井水,有節秋竹竿……不爲同登科,不爲同署官。所合在方寸,心源無異端。"白居易的這兩首詩篇,可以作爲本詩的注釋來讀。

② 崔嵬:高聳貌,高大貌。《楚辭·九章·涉江》:"帶長鋏之陸離兮,冠切雲之崔嵬。"王逸注:"崔嵬,高貌。"張九齡《登總持寺閣》:"香閣起崔嵬,高高沙版開。攀躋千仞上,紛詭萬形來。" 分水嶺:河流的分界綫,多以山脈爲界,故名。盧照鄰《早度分水嶺》:"丁年遊蜀道,斑鬢向長安……層冰橫九折,積石凌七盤。"孟郊《過分水嶺》:"山壯馬力短,馬行石齒中。十步九舉轡,迴環失西東。" 高下:猶高矮、

長短。李頎《送劉十》:"三十不官亦不娶,時人焉識道高下? 房中唯有老氏經,櫪上空餘少遊馬。"張謂《西亭子言懷》:"數叢芳草在堂陰,幾處閑花映竹林……青山看景知高下,流水聞聲覺淺深。"

③ 分流:水分道而流。謝靈運《于南山往北經湖中瞻眺》:"石橫水分流,林密蹊絕蹤。"李郢《洞靈觀流泉》:"千巖萬壑分流去,更引飛花入洞天。" 東西:方位名,東方與西方,東邊與西邊。《墨子·節用》:"古者堯治天下,南撫交阯,北降幽都,東西至日所出入莫不賓服。"劉向《九嘆·遠逝》:"水波遠以冥冥兮,眇不睹其東西。"王維《白石灘》:"清淺白石灘,綠蒲向堪把。家住水東西,浣紗明月下。" 隨勢:依照體勢,依著地勢。《文心雕龍·定勢》:"宮商朱紫,隨勢各配。"周振甫注:"各體不同,好比音樂的分宮商,色采的分朱紫;即體成勢,各加詮配。"白居易《奉和裴令公新成午橋莊綠野堂即事》:"青山爲外屏,綠野是前堂。引水多隨勢,栽松不趁行。"

④ 朝:早晨。《易·坤》:"臣弒其君,子弒其父,非一朝一夕之故,其所由來者漸矣!"潘岳《秋興賦》:"遊氛朝興,槁葉夕殞。" 暮:日落時,傍晚。《國語·晉語》:"范文子暮退於朝。"韓愈《晚泊江口》:"郡城朝解纜,江岸暮依村。"

⑤ 風雨:風和雨。陳子昂《落第西還別魏四懍》:"山水一爲別,歡娛復幾年? 離亭暗風雨,征路入雲烟。"蘇軾《次韻黃魯直見贈古風二首》一:"嘉穀臥風雨,稂莠登我場。"比喻危難和惡劣的處境。《漢書·朱博傳》:"〔朱博〕稍遷爲功曹,伉俠好交,隨從士大夫,不避風雨。"陳子昂《夏日暉上人房別李參軍崇嗣》:"四十九變化,一十三死生。翕忽玄黃裏,驅馳風雨情。" 各自:指事物的各個方面。鮑照《擬行路難十八首》四:"瀉水置平地,各自東西南北流。"杜甫《秋行官張望督促東渚耗稻》:"上天無偏頗,蒲稗各自長。" 波瀾:波濤。馬融《長笛賦》:"波瀾鱗淪,窊隆詭戾。"范仲淹《岳陽樓記》:"春和景明,波瀾不驚。"波浪翻騰。謝靈運《石門新營所住》:"洞庭空波瀾,桂枝

徒攀翻。"齊己《題鶴鳴泉八韻》:"瀟湘在何處?終日自波瀾。"也比喻世事的起伏變化。宋儒醇《翌日湖中風雪轉甚》:"乾坤多畏途,何處無波瀾?" 相背:相違,相反。嵇康《與山巨源絕交書》:"簡與禮相背,懶與慢相成。"杜甫《公安送李二十九弟入蜀》:"檣烏相背發,塞雁一行鳴。"

⑥ 勢高:意謂水流處在高海拔地區。趙嘏《贈李秘書》:"束帶臨風氣調新,孔門才業獨誰倫?杉松韵冷雪溪暗,鸞鶴勢高天路春。"尚顏《峽中酬荊南鄭準》:"山齋西向蜀江濆,四載安居復有群。風雁勢高猶可見,雪猿聲苦不堪聞。" 奔注:奔流灌注。李乂《招諭有懷贈同行人》:"蜀山自紛糾,岷水恒奔注。臨泛多苦懷,登攀寡歡趣。"李白《早過漆林渡寄萬巨》:"漏流昔吞翕,遷浪競奔注。" 勢曲:水流彎彎曲曲貌。方干《題澄聖塔院上方》:"只訝窗中常見海,方知砌下更多山。遠泉勢曲猶須引,野果枝低可要攀?"張守《題畫》:"二松偃蓋勢曲拳,二松疏幹淩風烟。霜姿舒卷全於天,笑看草木爭春妍。" 迴縈:迴旋縈繞。鮑照《登廬山》:"千巖盛阻積,萬壑勢迴縈。"李白《憶舊遊寄譙郡元參軍》:"三十六曲水迴縈,一溪初入千花明。"

⑦ 當途:擋路。《晉書·王濬傳》:"夫猛獸當塗,麒麟恐懼。況臣脆弱,敢不悚慄!"權德輿《寓興》:"弱冠無所就,百憂鍾一身……豈伊當途者,一一由中人?" 蹙縮:退縮,踡縮。劉禹錫《踏潮歌》:"轟如鞭石矻且搖,亙空欲駕黿鼉橋。驚湍蹙縮悍而驕,大陵高岸失岧嶤。"陸游《夜讀隱書有感》:"平生志慕白雲鄉,俯仰人間每自傷。倦鶴摧頹寧望料,寒龜蹙縮且支床。" 縱橫:交錯貌。曹植《侍太子坐》:"清醴盈金觴,肴饌縱橫陳。"王安石《即事》:"縱橫一川水,高下數家村。"雜亂貌。《孫子·地形》:"將弱不嚴,教道不明,吏卒無常,陳兵縱橫,曰亂。"孟郊《弔國殤》:"徒言人最靈,白骨亂縱橫。"分散貌。《文選·王延壽〈魯靈光殿賦〉》:"縱橫駱驛,各有所趣。"李善注:"縱橫,四散也。"鮑照《代陳思王京洛篇》:"琴瑟縱橫散,舞衣不

復縫。"

⑧ 孔穴：洞孔，穴洞。班固《白虎通·情性》："山亦有金石累積，亦有孔穴出雲布雨，以潤天下。"元稹《有鳥二十章》九："有鳥有鳥名爲鴞，深藏孔穴難動搖。鷹鸇繞樹探不得，隨珠彈盡聲轉嬌。"　嗚咽：低聲哭泣，亦指悲泣聲。蔡琰《悲憤二首》一："觀者皆歔欷，行路亦嗚咽。"《顏氏家訓·後娶》："基諶每拜見後母，感慕嗚咽，不能自持，家人莫忍仰視。"形容低沉淒切的聲音。蔡琰《胡笳十八拍》六："夜聞隴水兮聲嗚咽，朝見長城兮路杳漫。"溫庭筠《更漏子》："背江樓，臨海月，城上角聲嗚咽。"

⑨ 褊淺：土地、水流等狹窄淺薄。李白《玉真公主別館苦雨贈衛尉張卿二首》二："園家逢秋蔬，藜藿不滿眼。蠨蛸結思幽，蟋蟀傷褊淺。"元稹《遣興十首》四："艷艷剪紅英，團團削翠莖。託根在褊淺，因依泥滓生。"　奔波：奔騰的波濤。葛洪《抱朴子·正郭》："況可冒衝風而乘奔波乎？"元稹《楚歌十首》九："三峽連天水，奔波萬里來。風濤各自急，前後苦相推。"　奚：疑問詞，猶何，什麼。《呂氏春秋·不屈》："蝗螟，農夫得而殺之，奚故？爲其害稼也。"陸游《老學庵筆記》卷一〇："吾兒遇蘇內翰，知舉不及第，它日尚奚望？"

⑩ 團團：圓貌。班婕妤《怨歌行》："裁爲合歡扇，團團似明月。"謝惠連《七月七日夜詠牛女》："團團滿葉露，析析振條風。"簇聚貌。韋莊《登漢高廟閑眺》："天畔晚峰青簇簇，檻前春樹碧團團。"梅堯臣《賀永叔得山桂》："團團綠桂叢，本自幽巖得。"　東西征：原指軍隊的東征西伐，這裏借喻水流的東奔西流。王惲《春溪小獵行》："將軍徃歲東西征，苦竹崖傾江島赤。高勛烈烈在雲臺，婉孌龍姿見平昔。"張憲《自臨安往富春過芝泥嶺示隨行李巡檢》："平明升肩輿，相與東西征。浮嵐翳遠道，宛在雲中行。"

⑪ "上應美人意"兩句：兩句借鏡比喻井水，手法巧妙。　美人：喻君上。《楚辭·九章·抽思》："結微情以陳詞兮，矯以遺夫美人。"

王逸注："舉與懷王，使覽照也。"品德美好的人。《孟子·盡心》："充實之謂美。"趙岐注："充實善信，使之不虛，是爲美人。"柳宗元《初秋夜坐贈吳武陵》："美人隔湘浦，一夕生秋風。"潘緯注："謂吳武陵。"孤月：指月亮，因明月獨懸天空，故稱孤月。王昌齡《送人歸江夏》："曉夕雙帆歸鄂渚，愁將孤月夢中尋。"楊萬里《月下梅花》："天恐梅花不耐寒，遣將孤月問平安。"

⑫"旋風四面起"兩句：意謂不管是東南風還是西北風，由於井水之面遠離地面，井水永遠波瀾不驚。　旋風：謂螺旋狀的疾風。岑參《懷葉縣關操姚曠韓涉李叔齊》："斜日半空庭，旋風走梨葉。去君千里地，言笑何時接？"高適《畫馬篇》："終未如他櫪上驄，載華轂騁飛鴻。荷君剪拂與君用，一日千里如旋風。"　四面：東、南、西、北四個方位。袁朗《和洗椽登城南阪望京邑》："是月冬之季，陰寒晝不開。驚風四面集，飛雪千里迴。"指四周圍。宋之問《答田徵君》："家臨清溪水，溪水繞盤石。綠蘿四面垂，裊裊百餘尺。"

⑬"堅冰一時合"兩句：意謂不管春夏，還是秋冬，井水遠離地面，始終如常不凍不冰。　堅冰：《易·坤》："初六，履霜堅冰至。象曰：履霜堅冰，陰始凝也；馴致其道，至堅冰也。"王弼注："始於履霜，至於堅冰，所謂至柔而動也。剛陰之爲道，本於卑弱而後積著者也。"後多以喻積過成禍，困難重重。《魏書·天象志》："自劉氏（劉裕）之霸，三變少微以加南宮矣……馴而三積，堅冰至焉！"范仲淹《上執政書》："蓋天下奸雄，無代無之……今明盛之朝，豈有大過，亦宜辨於毫末，杜其堅冰，或戚近撓權，或土木耗國，或祿賞未均，或綱紀未修，或任使未平，斯亦過之漸也。"　一時：猶一旦。《漢書·吳王濞傳》："吳與膠西，知名諸侯也，一時見察，不得安肆矣！"儲光羲《長安道》："鳴鞭過酒肆，袨服遊倡門。百萬一時盡，含情無片言。"

⑭終年：全年，一年到頭。《墨子·节用上》："久者終年，速者數月。"顧況《洛陽早春》："何地避春愁？終年憶舊遊。"　汲引：從下往

上打水。劉長卿《舊井》:"素綆久未垂,清凉尚含潔。豈能無汲引?
長訝君恩絕。"黃滔《景陽井賦》:"漁樵汲引,荊棘榮衰。"　不耗:不減
少。李華《雲母泉詩序》:"洞庭湖西玄石山……有雲母泉……大浸不
盈,大旱不耗。"王涯《廣宣上人以詩賀放榜和謝》:"延英面奉入春闈,
亦選功夫亦選奇。在冶只求金不耗,用心空學秤無私。"　不盈:不增
加。《易·坎》:"水流而不盈,行險而不失其信。"《诗·周南·卷耳》:
"采采卷耳,不盈頃筐。"

　　⑮ "五月金石鑠"兩句:意謂五月炎熱的天氣能够使金石熔化,
但井水並不因此改變自己,依然如前一樣,既陰凉又清冽。　金石:
金和美石之屬。《大戴禮記·勸學》:"故天子藏珠玉,諸侯藏金石,大
夫畜犬馬,百姓藏布帛。"常用以比喻事物的堅固、剛强,心志的堅定、
忠貞。《荀子·勸學》:"鍥而舍之,朽木不折;鍥而不舍,金石可鏤。"
《後漢書·獨行傳序》:"或志剛金石,而剋扞於强禦。"　鑠:熔化,銷
鑠。《墨子·經説》:"火鑠金,火多也。"韓愈《訟風伯》:"鑠之使氣不
得化,寒之使雲不得施。"

　　⑯ 易時不易性:意謂時代在變化,但自己的品行決不改變。許
有壬《題乘槎圖》:"環海周流不易時,有人乘去欲何爲? 如何取得支
機石? 更問偷桃玩世兒!"元稹《和李校書新題樂府十二首·馴犀》:
"玉盆金棧非不珍,虎嗷狌牢魚食網。渡江之橘逾汶貉,反時易性安
能長?"　易:改變,更改。《書·盤庚》:"今予告汝不易。"孔穎達疏:
"鄭玄雲:我所以告汝者不變易。"班固《答賓戲》:"風移俗易,乖迕而
不可通者,非君子之法也。"　時:時機,機會。《論語·陽貨》:"好從
事而亟失時,可謂知乎?"韓愈《寒食日出遊》:"桐花最晚今已繇,君不
强起時難更。"時運。《左傳·文公十三年》:"死之短長,時也。"《史
記·項羽本紀》:"力拔山兮氣蓋世,時不利兮騅不逝。"時代,時世。
《墨子·兼愛》:"吾非與之並世同時,親聞其聲,見其色也。"白居易
《與元九書》:"始知文章合爲時而著,歌詩合爲事而作。"時勢,時局。

鮑照《代出自薊北門行》:"時危見臣節,世亂識忠良。"王安石《次韻舍弟常州官舍應客》:"霜雪紛紛上鬢毛,憂時自悔目空蒿。" 性:人的本性。《易·繫辭》:"一陰一陽之謂道,繼之者善也,成之者性也。"孔穎達疏:"若能成就此道者,是人之本性。"《論語·陽貨》:"性相近也,習相遠也。"劉寶楠正義:"人性相近,而習相遠。"韓愈《原性》:"性也者,與生俱生也。" 改邑不改名:王弼《周易註》卷五:"井:改邑不改井(井以不變爲德者也)……改邑不改井,乃以剛中也(以剛處中,故能定居其所而不變也)。"盧仝《客謝井》:"改邑不改井,此是井卦辭。井公莫怪驚,説我成憨痴!" 改:變更,更改。《逸周書·常訓》:"天有常性,人有常順。順在可變,性在不改。"韓愈《與崔群書》:"足下之賢,雖在窮約,猶能不改其樂。" 邑:京城,國都。《文選·張衡〈東京賦〉》:"昔先王之經邑也,掩觀九隩,靡地不營。"薛綜注:"先王,謂周成王也。邑,洛邑也。"李白《爲宋中丞請都金陵表》:"臣又聞湯及盤庚,五遷其邑,典謨訓誥,不以爲非。"古代稱侯國。《左傳·桓公十一年》:"鄖人軍其郊,必不誡,且日虞四邑之至也。"杜預注:"四邑:隨、絞、州、蓼也。邑亦國也。"王應麟《困學紀聞·説經》:"孟子引費惠公之言,謂小國之君也。春秋時費爲魯季氏之邑。《史記·楚世家》有鄒、費、郯、邳。蓋戰國時以邑爲國,意者魯季氏之僭歟!"按,《説文·邑部》:"邑,國也。"段玉裁注:"《左傳》凡偁人曰大國,凡自偁曰敝邑。古國邑通偁。"指古代無先君宗廟的都城。《左傳·莊公二十八年》:"凡邑有宗廟先君之主曰都,無曰邑。"孔穎達疏:"小邑有宗廟,則雖小曰都,無乃爲邑。邑則曰築,都則曰城。爲尊宗廟,故小邑與大都同名。"《淮南子·時則訓》:"〔仲秋之月〕是月可以築城郭,建都邑。"高誘注:"國有先君之宗廟曰都,無曰邑。"人民聚居之處。大曰都,小曰邑,泛指村落、城鎮。《周禮·地官·里宰》:"里宰掌比其邑之衆寡與其六畜兵器,治其政令。"鄭玄注:"邑猶里也。"賈公彥疏:"邑是人之所居之處,里又訓爲居,故云邑猶里也。"蘇洵《六國論》:

“小則獲邑，大則得城。”名：名聲，名譽。《易·乾》：“不成乎名，遯
世無悶。”孔穎達疏：“不成乎名者，言自隱黜，不成就令名，使人知
也。”唐甄《潛書·受任》：“能成大功者，必不敗功；能成大名者，必
不敗名。”

⑰ 北極：指北極星。沈約《爲南郡王捨身疏》：“望北極而有恆，
瞻南山而同永。”《宋史·天文志》：“臣觀古之候天者，自雲南都護府
至浚儀大岳臺纔六千里，而北極之差凡十五度，稍北不已，庸詎知極
星之不直人上也？”後因以喻帝王。韓愈《奉和庫部盧四兄曹長元日
朝回》：“戎服上趨承北極，儒冠列侍映東曹。”蘇軾《上皇帝賀冬表》：
“臣久緣衰病，待罪江湖，莫瞻北極之光，但罄南山之祝。”指朝庭、朝
堂。杜牧《酬張祜處士見寄長句四韻》：“北極樓臺長入夢，西江波浪
遠吞空。”梅堯臣《贈王尚書挽詞二首》一：“周原開隴隧，鹵部葬名臣。
北極履聲絕，東朝車迹湮。”　玉英：玉之精英。《史記·孝文本紀》：
“欲出周鼎，當有玉英見。”郭璞《江賦》：“金精玉英瑱其裏，瑤珠怪石
琗其表。”古代有食玉英之説，謂能長生。《楚辭·九章·涉江》：“登
昆崙兮食玉英，與天地兮同壽，與日月兮同光。”王灣《奉使登終南
山》：“玉英時共飯，芝草爲余拾。”

⑱ “君門客如水”兩句：意謂京城鑽營仕途的人們多如牛毛，猶
如水流，日日夜夜費盡心機揣摩朝廷的内幕，謀劃自己飛黄騰達的機
會。　君門：猶宮門，亦指京城。曹植《當墻欲高行》：“願欲披心自説
陳，君門以九重，道遠河無津。”《新唐書·劉蕡傳》：“君門萬重，不得
告訴，士人無所歸化，百姓無所歸命。”　客：門客，寄食於貴族豪門的
人。《史記·魏公子列傳》：“諸侯以公子賢，多客，不敢加兵謀魏十餘
年。”《漢書·周昌傳》：“於是苟昌以卒史從沛公，沛公以昌爲職志，苟
爲客。”顔師古注引張晏曰：“爲帳下賓客，不掌官也。”　日夜：白天黑
夜，日日夜夜。鄭繇《經慈澗題》：“岸與恩同廣，波將慈共深。涓涓勞
日夜，長似下流心。”李頎《東京寄萬楚》：“潁水日夜流，故人相見稀。

春山不可望,黃鳥東南飛。" 隨勢:依照體勢。劉勰《文心雕龍·定勢》:"宮商朱紫,隨勢各配。"周振甫注:"各體不同,好比音樂的分宮商,色采的分朱紫;即體成勢,各加詮配。"白居易《奉和裴令公新成午橋莊綠野堂即事》:"青山爲外屏,綠野是前堂。引水多隨勢,栽松不趁行。"這裏作"趨炎附勢"解。

⑲ 守心:堅守節操之心,守志不移之志。《左傳·昭公二十八年》:"戊之爲人也,遠不忘君,近不偪同,居利思義,在約思純,有守心而無淫行。"蘇軾《次韵鄭介夫二首》一:"一落泥塗迹愈深,尺薪如桂米如金。長庚到曉空陪月,太歲今年合守心。" 井水:井水不同於河水、溪流,堅守一處,始終不動不變,決不順勢而行,猶如信守盟約的君子。元稹《種竹序》:"昔樂天贈予詩云:'無波古井水,有節秋竹竿。'予秋来種竹廳下,因而有懷,聊書十韵。"元稹《酬別致用》:"玉色深不變,井水撓不移。相看各年少,未敢深自悲。"元稹在這首詩歌中,採用感物寓意的手法,以分流水他喻,以井水自喻,向好友白居易表示:"易時不易性,改邑不改名。定如拱北極,瑩若燒玉英。君門客如水,日夜隨勢行。君看守心者,井水爲君盟。"元稹在最最困難的時刻,有此表示,並在今後堅持始終,誠爲可貴。

[編年]

《年譜》編年本詩於元和五年,沒有説明本詩賦詠的具體時間,也沒有説明編年理由。《編年箋注》編年云:"《分流水》⋯⋯作於元和五年(八一〇)貶江陵時。參見卞《譜》。"《年譜新編》亦編年元和五年,沒有説明具體賦詠時間也沒有説明編年理由。

酈道元《水經注·漾水》:"嶓冢以東,水皆東流;嶓冢以西,水皆西流。即其地勢源流所歸,故俗以嶓冢爲分水嶺。"元稹《渡漢江(去年春奉使東川,經嶓冢山下)》:"嶓冢去年尋漾水,襄陽今日渡江濱。山遙遠樹纔成點,浦静沉碑欲辨文。萬里朝宗誠可羨,百川流入渺難

分。鯢鯨歸穴東溟溢,又作波濤隨伍員。"元稹出使東川在元和四年,
印證本詩應該作於元和四年的明年,亦即元和五年,我們以爲本詩作
爲十七首組詩之一,其寫作時間應該與《思歸樂》等詩同時,大約在元
和五年三月十七日至三月二十四日間。

◎ 分流水^{(一)①}

古時愁別泪,滴作分流水^②。日夜東西流,分流幾千
里^③。通塞兩不見,波瀾各自起^④。與君相背飛,去去心
如此^⑤。

録自《元氏長慶集》卷五

[校記]

(一)分流水:楊本、叢刊本、《唐詩拾遺》、《石倉歷代詩選》、《全
詩》卷四〇〇同,《英華》、《全詩》卷二九三歸屬"司空曙",今遵從原
本,仍然歸屬元稹名下。

[箋注]

① 分流:水分道而流。司馬相如《上林賦》:"蕩蕩乎八川分流,
相背而異態。"李郢《洞靈觀流泉》:"千巖萬壑分流去,更引飛花入洞
天。"關於本詩"分流水"的具體地理位置,應該在商山之中。商山承
接秦嶺,爲南北水系長江與黄河諸多支流的分水嶺。元稹有《分水
嶺》詩,應該與本詩爲同期詩篇。杜牧《入商山》:"早入商山百里雲,
藍溪橋下水聲分。流水舊聲人舊耳,此迴嗚咽不堪聞。"可以作爲本
詩賦寫地點的有力旁證。

② 古時:昔時,過往已久的時代。鮑照《擬行路難十八首》一:

"不見柏梁銅雀上，寧聞古時清吹音。"白居易《登村東古冢》："高低古時冢，上有牛羊道。" 別淚：傷別之淚。庾信《擬詠懷二十七首》七："纖腰減束素，別淚損橫波。"杜甫《奉寄高常侍》："天涯春色催遲暮，別淚遙添錦水波。"

③ 日夜：白天黑夜，日日夜夜。張九齡《初發道中寄遠》："日夜鄉山遠，秋風復此時。舊聞胡馬思，今聽楚猿悲。"杜甫《悲陳陶》："群胡歸來雪洗箭，仍唱夷歌飲都市。都人回面向北啼，日夜更望官軍至。" 東西：方位名，東方與西方，東邊與西邊。《墨子·節用》："古者堯治天下，南撫交阯，北降幽都，東西至日所出入莫不賓服。"儲光羲《隴頭水送別》："相送隴山頭，東西隴水流。從來心膽盛，今日爲君愁。"本詩喻指黃河在北流入大海，長江在南流入大海，南北異域，相隔幾千里之遠。

④ 通塞：通暢與阻塞。杜甫《歸夢》："道路時通塞，江山日寂寥。"蘇軾《與王敏仲八首》六："聞遂作管引蒲澗水甚善，每竿上，須鑽一小眼，如菉豆大，以小竹針窒之，以驗通塞。"謂境遇之順逆。潘岳《西征賦》："生有脩短之命，位有通塞之遇。"李商隱《酬別令狐補闕》："人生有通塞，公等繫安危。" 波瀾：波濤。馬融《長笛賦》："波瀾鱗淪，窊隆詭戾。"范仲淹《岳陽樓記》："春和景明，波瀾不驚。"比喻世事的起伏變化。王維《酌酒與裴迪》："酌酒與君君自寬，人情翻覆似波瀾。白首相知猶按劍，朱門先達笑彈冠。"劉禹錫《竹枝詞九首》七："瞿塘嘈嘈十二灘，人言道路古來難。長恨人心不如水，等閑平地起波瀾。"

⑤ 相背：相違，相反。嵇康《與山巨源絕交書》："簡與禮相背，懶與慢相成。"杜甫《公安送李二十九弟入蜀》："檣烏相背發，塞雁一行鳴。" 去去：謂遠去。蘇武《古詩四首》三："參辰皆已沒，去去從此辭。"孟郊《感懷八首》二："去去勿復道，苦飢形貌傷。"

［編年］

未見《年譜》編年本詩，《編年箋注》在《三泉驛》編年："周相録考證此詩作于元和五年。下同。"《三泉驛》之後是《分流水》，意即《分流水》就作于元和五年。《年譜新編》在元和五年"元稹西歸途中所作詩"欄内列入《三泉驛》與《分流水》，但《三泉驛》之下無任何説明理由的文字。而在《分流水》題下僅作《分流水》歸屬元稹還是司空曙的考辨，並無編年理由的論證，不知《編年箋注》的"周相録考證此詩作于元和五年"的根據從何而來？

我們以爲，本詩應該作于元和五年元稹貶赴江陵途中途經商山之時，具體時間應該在元和五年三月十七日至三月二十四日間。當時元稹與白居易在西京街衢中話别，戀戀不捨地分手。白居易《和答詩十首序》："五年春，微之從東臺來，不數日又左轉爲江陵士曹掾。詔下日，會予下内直歸，而微之已即路，邂逅相遇於街衢中。自永壽寺南，抵新昌里北，得馬上話别。語不過相勉保方寸，外形骸而已，因不暇及他。是夕，足下次于山北寺，僕職役不得去，命季弟送行，且奉新詩一軸，致於執事，凡二十章，率有比興，淫文艷韵無一字焉！意者欲足下在途諷讀，且以遣日時，消憂懣，又有以張直氣而扶壯心也。"元稹來到商山，看到分流而東的溪水，自然而然想起了自己與白居易的情誼，賦詠了本詩，元稹《分水嶺》就是有力的旁證。

當然，雖然我們也認爲本詩作于元和五年，但與《編年箋注》與《年譜新編》的編年"元稹西歸途中所作詩"並不相同。而且，《編年箋注》與《年譜新編》也没有落實"君"到底是誰，不能不説也是一個遺憾，幸請讀者辨别。

◎ 陽城驛①

商有陽城驛,名同陽道州②。陽公没已久,感我泪交流③。昔公孝父母,行與曾閔儔④。既孤善兄弟,兄弟和且柔⑤。一夕不相見,若懷三歲憂⑥。遂誓不婚娶,没齒同衾裯⑦。妹夫死他縣,遺骨無人收⑧。公令季弟往,公與仲弟留⑨。相别竟不得,三人同遠遊⑩。共負他鄉骨,歸来藏故丘⑪。栖遲居夏邑(一),邑人無苟揄(二)⑫。里中競長短,来問劣與優⑬。官刑一朝耻,公短終身羞⑭。公亦不遺布,人自不盗牛⑮。問公何能爾(三),忠信先自修⑯。發言當道理,不顧黨與讎⑰。聲香漸翕習,冠盖若雲浮⑱。少者從公學,老者從公遊⑲。往来相告報,縣尹與公侯⑳。名落公卿口,湧如數萬舟(四)㉑。天子得聞之,書下再三求㉒。書中願一見,不異呈天虬(五)㉓。何以持爲聘?束帛藉琳球(六)㉔。何以持爲御?駟馬駕安輈㉕。公云自挺操,事殷不事周㉖。我實唐士庶,食唐之田疇㉗。我聞天子憶(七)。安敢專自由㉘?来爲諫大夫,朝夕侍冕旒㉙。希夷悼薄俗,密勿獻良籌㉚。神醫不言術,人瘼曾暗瘳㉛。月請諫官俸,諸弟相對謀㉜。皆曰親戚外,酒散目前愁㉝。公云不有爾,安得此嘉猷㉞?施餘盡沽酒,客来相獻酬㉟。日旰不謀食,春深仍敝裘㊱。人心良戚戚,我樂獨油油(八)㊲。貞元歲云暮,朝有曲如鈎㊳。風波勢奔蹙,日月光綢繆㊴。齒牙屬爲猾,禾黍暗生蟊㊵。豈無司言者?肉食吞其喉㊶。豈無司搏者(九)?利柄扼如韝(一〇)㊷。鼻復勢氣塞,不得辨薰蕕(一一)㊸。公雖未顯諫,惼惼如患瘤㊹。飛章八九上,

皆若珠暗投⑤。炎炎日將㷀，積燎無人抽⑥。公乃帥其屬，決
諫同報仇⑰。延英殿門外，叩閤仍叩頭⑱。且曰事不止，臣諫
誓不休⑲。上知不可遏，命以美語酬㊿。降官司成署^(一二)，俾
之爲贅疣○○。奸心不快活，擊刺礪戈矛○○。終爲道州去，天道
竟悠悠○○。遂令不言者，反以言爲訧○○。喉舌坐成木，鷹鸇化
爲鳩○○。避權如避虎，冠豸如冠猴○○。平生附我者，詩人稱好
逑○○。私來一執手，恐若墜諸溝○○。送我不出户，決我不迴
眸○○。惟有太學生，各具糧與糇○○。咸言公去矣，我亦去荒
陬○○。公與諸生別，步步駐行騶○○。有生不可訣，行行過閩
甌○○。爲師得如此，得爲賢者不○○？道州聞公來，鼓舞歌且
謳○○。昔公居夏邑，狎人如狎鷗○○。況自爲刺史，豈復援鼓
枹○○。滋章一時罷^(一三)，教化天下道○○。炎瘴不得老，英華忽
已秋○○。有鳥哭楊震，無兒悲鄧攸○○。惟餘門弟子，列樹松與
楸○○。今來過此驛，若弔汨羅洲○○。祠曹諱羊祜^(一四)，此驛何
不侔○○？我願避公諱，名爲避賢郵^(一五)○○。此名有深意，蔽賢
天所尤○○。吾聞玄元教，日月冥九幽○○。幽陰蔽翳者，永爲幽
陰囚^(一六)○○。

録自《元氏長慶集》卷二

［校記］

（一）栖遲居夏邑：楊本、《全詩》同，叢刊本、《唐文粹》作“栖遲居
下邑”，白居易和篇《和答诗十首·和阳城驿》有句云：“次言陽公迹，
夏邑始栖遲。鄉人化其風，少長皆孝慈。”元積本詩亦云：“昔公居夏
邑，狎人如狎鷗。”《新唐書·陽城傳》：“陽城，字亢宗，定州北平人。
徙陝州夏縣，世爲官族。”據此，《唐文粹》的改動是没有道理的，不從

不改。

（二）邑人無苟媮：《全詩》同，楊本、叢刊本作“邑人無苟偷”，語義相同，不改。

（三）問公何能爾：宋蜀本、《全詩》同，楊本作“問公何聽爾”，叢刊本、《唐文粹》作“問公何德爾”，兩者語義難通，不從不改。

（四）湧如數萬舟：蘭雪堂本、叢刊本同，楊本、《全詩》作“湧如波薦舟”，語義不同，不改。

（五）不異呈天虹：蘭雪堂本、叢刊本作“天異呈天虹”，楊本作“天異旱地虹”，《全詩》作“不異旱地虹”，語義不同，不從不改。

（六）何以持爲聘？束帛藉琳球：楊本、叢刊本、《全詩》同，《唐文粹》無。

（七）我聞天子憶：楊本、叢刊本、《全詩》同，《唐文粹》作“我聞天子意”，語義不同，不改。

（八）我樂獨油油：楊本、叢刊本同，《全詩》作“我樂獨由由”，語義相類，不改。

（九）豈無司搏者：叢刊本、《全詩》同，楊本作“豈無司搏者”，宋蜀本作“豈無司諫者”，錢校、《唐文粹》作“豈無司標者”，語義各不相同，不從不改。

（一〇）利柄扼如轎：楊本同，《全詩》、叢刊本作“利柄扼其轎”，語義不同，不改。

（一一）不得辯薰蕕：叢刊本、《全詩》同，楊本作“不得辨薰蕕”，《唐文粹》作“不可辨薰蕕”，語義相類，不改。

（一二）降官司成署：楊本、叢刊本、《全詩》同，宋蜀本作“降官司成者”，語義不同，不改。

（一三）滋章一時罷：楊本、叢刊本、《全詩》同，《唐文粹》作“滋彰一時罷”，語義不同，不改。

（一四）祠曹諱羊祜：楊本、叢刊本、《全詩》同。陳寅恪據《晉書·羊祜傳》，荆州百姓爲祜諱名，改"戶曹"爲"辭曹"，以爲"祠曹"疑爲"詞曹"之誤。但《晉書·羊祜傳》却云："荆州人爲祜諱名，屋室皆以門爲稱，改戶曹爲辭曹焉！"白居易《和答诗十首·和阳城驿》："荆人爱羊祜，户曹改为辭。一字不忍道，况兼姓呼之？"看來陳寅恪的懷疑缺乏足够的根據。

（一五）商有陽城驛，名同陽道州。陽公没已久，感我淚交流……祠曹諱羊祜，此驛何不倖？ 我欲避公諱，名爲避賢郵：《山堂肆考》、《唐宋詩醇》僅僅引録以上八句，其餘無。

（一六）永爲幽陰囚：楊本、叢刊本同，錢校、《唐文粹》、《全詩》作"永爲幽翳囚"，語義相類，不改。

［箋注］

① 陽城驛：古代驛站名稱，在商山地區武關之東。白居易《宿陽城驛對月（自此後詩赴杭州路中作）》詩云："親故尋回駕，妻孥未出關。鳳皇池上月，送我過商山。"據白居易此詩，知陽城驛在商山地區，從"親故尋回駕，妻孥未出關"的詩句，知道先期前行先行出關的白居易，在等待在後面緊緊追趕的白居易家眷，而這個"關"，應該是武關之東。這些情況與元稹本詩"商有陽城驛"一一相印證。白居易另有《和答詩十首·和陽城驛》，詩云："商山陽城驛，中有嘆者誰？ 云是元監察，江陵謫去時。忽見此驛名，良久涕欲垂。何故陽道州，名姓同於斯？ 憐君一寸心，寵辱誓不移。疾惡若巷伯，好賢如緇衣。沈吟不能去，意者欲改爲。改爲避賢驛，大署於門楣。荆人愛羊祜，戶曹改爲辭。一字不忍道，況兼姓呼之？ 因題八百言，言直文甚奇。詩成寄與我，鏗若金和絲。上言陽公行，友悌無等夷。骨肉同衾裯，至死不相離。次言陽公迹，夏邑始栖遲。鄉人化其風，少長皆孝慈。次言陽公道，終日對酒卮。兄弟笑相顧，醉貌紅怡怡。次言陽公節，謇謇居諫司。誓心除國蠹，決死犯天威。終言陽公命，左遷天一涯。道

州炎瘴地，身不得生歸。一一皆實錄，事事無孑遺。凡是爲善者，聞之惻然悲。道州既已矣！往者不可追。何世無其人，來者亦可思。願以君子文，告彼大樂師。附於雅歌末，奏之白玉墀。天子聞此章，教化如法施。直諫從如流，佞臣惡如疵。宰相聞此章，政柄端正持。進賢不知倦，去邪勿復疑。憲臣聞此章，不敢懷依違。諫官聞此章，不忍縱詭隨。然後告史氏，舊史有前規。若作陽公傳，欲令後世知。不勞叙世家，不用費文辭。但使國史上，全錄元稹詩。"白居易的詩篇，可與本詩並讀，進一步瞭解本詩的題旨。《唐宋詩醇·太原白居易詩》評論白居易和詩，兼及元稹此詩，評云："此詩分兩大段看：'商山陽城驛'至'事事無孑遺'，詳叙元詩。'凡是爲善者'至末，讚嘆之中自攄胸臆。中有所感，借題發揮，正合《緇衣》好賢之旨，不以理太周而辭繁爲嫌也。"明代王廷相《與郭价夫學士論詩書》："若夫子美《北征》之篇，昌黎《南山》之作，玉川《月蝕》之詞，微之《陽城》之什，漫敷繁叙，填事委實，言多趁帖，情出附轂，此則詩人之變體，騷壇之旁軌也。"可以進一步瞭解元稹《陽城驛》的特色。

　　② 陽道州：即中唐名臣陽城，下文的"陽公"也是陽城。《舊唐書·陽城傳》所言，採錄了元稹詩中的史實，我們已經引錄部份史實，作爲本詩的解讀之文，其餘傳文云："……在道州，以家人法待吏人，宜罰者罰之，宜賞者賞之，不以簿書介意。道州土地產民多矮，每年常配鄉戶貢以其男，號爲'矮奴'。城下車，禁以良爲賤，又憫其編甿歲有離異之苦，乃抗疏論而免之，自是乃停其貢，民皆賴之，無不泣荷。前刺史有贓罪，觀察使方推鞫之，吏有幸于前刺史者，拾其不法事以告，自爲功，城立杖殺之。賦稅不登，觀察使數加誚讓。州上考功第，城自署其第曰：'撫字心勞，徵科政拙，考下下。'觀察使遣判官督其賦，至州，怪城不出迎，以問州吏，吏曰：'刺史聞判官來，以爲有罪，自囚於獄，不敢出。'判官大驚，馳入謁城於獄曰：'使君何罪！某奉命來候安否耳！'留一二日未去，城因不復歸館，門外有故門扇橫

地,城晝夜坐臥其上,判官不自安,辭去。其後又遣他判官往按之,他
判官義不欲按,乃載妻子行,中道而自逸。順宗即位,詔征之,而城已
卒,士君子惜之。是歲四月,賜其家錢二百貫文,仍令所在州縣給遞
以喪歸葬焉!"《新唐書·陽城傳》記載更爲詳盡:"陽城,字亢宗,定州
北平人,徙陝州夏縣,世爲官族。資好學,貧不能得書,求爲吏隸集賢
院,竊院書讀之,晝夜不出戶,六年無所不通。及進士第,乃去隱中條
山,與弟階、域常易衣出。年長,不肯娶,謂弟曰:'吾與若孤惸相育,
既娶則間外姓,雖共處而益疏,我不忍。'弟義之,亦不娶,遂終身。城
謙恭簡素,遇人長幼如一。遠近慕其行,來學者迹接于道。閭里有爭
訟,不詣官而詣城決之。有盜其樹者,城遇之,慮其恥,退自匿。嘗絕
糧,遣奴求米,奴以米易酒,醉臥于路。城怪其故,與弟迎之,奴未醒,
乃負以歸。及覺,痛咎謝,城曰:'寒而飲,何責焉?'寡妹依城居,其子
四十餘,痴不知人,城常負以出入。始,妹之夫客死遠方,城與弟行千
里,負其柩歸葬。歲饑,屏迹不過鄰里,屑榆爲粥,講論不輟。有奴都
兒化其德,亦方介自約。或哀其餒,與之食,不納。後致糠麧數杯,乃
受。山東節度府聞城義者,發使遺五百縑,戒使者不令返。城固辭,
使者委而去,城置之未嘗發。會里人鄭俶欲葬親,貸於人無得,城知
其然,舉縑與之。俶既葬,還曰:'蒙君子之施,願爲奴以償德。'城曰:
'吾子非也,能同我爲學乎?'俶泣謝,即教以書,俶不能業,城更徙遠
阜,使頤其習。學如初,慚,縊而死。城驚且哭,厚自咎,爲服緦麻瘞
之。陝虢觀察使李泌數禮餉,城受之。泌欲辟致之府,不起,乃薦諸
朝,詔以著作佐郎召,并賜緋魚。泌使參軍事韓傑奉詔至其家,城封
還詔,自稱'多病老憊,不堪奔奉,惟哀憐。'泌不敢强。及爲宰相,又
言之德宗,於是召拜右諫議大夫,遣長安尉楊寧賚束帛詣其家。城褐
衣到闕下辭讓,帝遣中人持緋衣衣之,召見,賜帛五十匹。初,城未
起,縉紳想見風采。既興草茅,處諫諍官,士以爲且死職,天下益憚
之。及受命,它諫官論事苛細紛紛,帝厭苦,而城寖聞得失且熟,猶未

肯言。韓愈作《爭臣論》譏切之，城不屑。方與二弟延賓客，日夜劇飲。客欲諫止者，城揣知其情，強飲客，客辭，即自引滿，客不得已與酬酢，或醉仆席上，城或先醉臥客懷中，不能聽客語，無得關言。常以木枕布衾質錢，人重其賢，爭售之。每約二弟：'吾所俸入，而可度月食米幾何，薪菜鹽幾錢，先具之，餘送酒家，無留也。'服用無贏副，客或稱其佳可愛，輒喜舉授之。有陳萇者，候其得俸，常往稱錢之美，月有獲焉！居位八年，人不能窺其際。及裴延齡誣逐陸贄、張滂、李充等。帝怒甚。無敢言。城聞，曰：'吾諫官，不可令天子殺無罪大臣。'乃約拾遺王仲舒守延英閣上疏極論延齡罪，慷慨引誼，申直贄等，累日不止。聞者寒懼，城愈勵。帝大怒，召宰相抵城罪。順宗方爲皇太子，爲開救，良久得免，敕宰相諭遣。然帝意不已，欲遂相延齡。城顯語曰：'延齡爲相，吾當取白麻壞之，哭於廷。'帝不相延齡，城力也。坐是下遷國子司業，引諸生告之曰：'凡學者，所以學爲忠與孝也。諸生有久不省親者乎？'明日謁城還養者二十輩，有三年不歸侍者斥之。簡孝秀德行升堂上，沈酗不率教者皆罷。躬講經籍，生徒斤斤皆有法度。薛約者，狂而直，言事得罪，謫連州。吏捕迹，得之城家。城坐吏於門，引約飲食訖，步至都外與別。帝惡城黨有罪，出爲道州刺史，太學諸生何蕃、李償、王魯卿、李讜等二百人頓首闕下，請留城。柳宗元聞之，遺蕃等書曰：'詔出陽公道州，僕聞悒然。幸生不諱之代，不能論列大體，聞下執事，還陽公之南也。今諸生愛慕陽公德，懇悃乞留，輒用撫手喜甚。昔李膺、嵇康時，太學生徒仰闕執訴，僕謂訖千百年不可復見，乃在今日，誠諸生見賜甚厚，將亦陽公漸漬導訓所致乎！意公有博厚恢大之德，并容善僞，來者不拒。有狂惑小生，依託門下，飛文陳愚。論者以爲陽公過於納污，無人師道。仲尼吾黨狂狷，南郭獻譏；曾參徒七十二人，致禍負芻；孟軻館齊，從者竊屨。彼聖賢猶不免，如之何其拒人也？俞扁之門不拒病夫，繩墨之側不拒枉材，師儒之席不拒曲士。且陽公在朝，四方聞風，貪冒苟進邪薄之夫沮其志，雖微師尹之位,而人實瞻望焉!與其化一州,其功遠近可量哉!諸生之言非獨爲己也,於國甚宜。'蕃等守闕下數日,爲吏遮抑不得上。既行,皆泣涕,立石紀德。至道州,治民如治家,宜罰罰之,宜賞賞之,不以簿書介意。月俸取足則已,官收其餘。日炊米二斛,魚一大鬵,置甌杓道上,人共食之。州産侏儒,歲貢諸朝,城哀其生離,無所進。帝使求之,城奏曰:'州民盡短,若以貢,不知何者可供。'自是罷。州人感之,以'陽'名子。前刺史坐罪下獄,吏有幸於刺史者。拾不法事告城,欲自脱,城輒榜殺之。賦稅不時,觀察使數誚責。州當上考功第,城自署曰:'撫字心勞,追科政拙,考下下。'觀察府遣判官督賦,至州,怪城不迎,以問吏,吏曰:'刺史以爲有罪,自囚於獄。'判官驚,馳入,謁城曰:'使君何罪?我奉命來候安否耳!'留數日,城不敢歸,仆門闔,寢館外以待命。判官遽辭去,府復遣官來按舉,義不欲行,乃載妻子中道逃去。順宗立,召還城,而城已卒,年七十,贈左散騎常侍,賜其家錢二十萬,官護喪歸葬。"白居易《贈樊著作》:"陽城爲諫議,以正事其君。其手如屈軼,舉必指佞臣。"《新樂府·道州民》:"一自陽城來守郡,不進矮奴頻詔問。城云臣按六典書,任土貢有不貢無。"所有資料,都與元稹本詩一一切合。值得重視的是,陽城的史迹,經過元稹本詩的宣傳,更加廣爲人知,陽城也得以揚名後世,使後人師範其品德。

　　③ 没:通"歿",死。《論語·學而》:"父在,觀其志;父没,觀其行。"錢起《哭空寂寺玄上人》:"燈續生前火,爐添没後香。"謂壽終,善終。《左傳·僖公二十二年》:"楚王其不没乎!爲禮卒於無別,無別不可謂禮,將何以没?"《北史·梁士彦楊義臣等傳論》:"義臣時屬擾攘,功成三捷,而以功見忌,得没亦爲幸也。"　交流:謂江河之水匯合而流。杜甫《陪李北海宴歷下亭》:"修竹不受暑,交流空湧波。蘊真愜所遇,落日將如何?"仇兆鰲注:"《三齊記》歷水出歷祠下,衆源競發,與瀲水同入鵲山湖,所謂交流也。"韓愈《流水》:"汩汩幾時休?從

春復到秋。只言池未滿,池滿强交流。"這裏形容眼淚從橫交流貌。韋應物《寄别李儋》:"忽枉别離札,涕淚一交流。遠郡臥殘疾,凉氣滿西樓。"白居易《江樓夜吟元九律詩成三十韵》:"交流遷客淚,停住賈人船。闇被歌姬乞,潛聞思婦傳。"

④ 父母:父親和母親。《詩·小雅·蓼莪》:"哀哀父母,生我劬勞。"《史記·屈原賈生列傳》:"父母者,人之本也。" 曾閔:曾參與閔損(閔子騫)的並稱,皆孔子弟子,以有孝行著稱。蔡邕《陳留太守胡公碑》:"孝於二親,養色寧意,蒸蒸雍雍,雖曾、閔、顔、萊,無以尚也。"楊炯《原州百泉縣令李君神道碑》:"(李君之父)以顯慶元年十二月八日終於官舍,君年十一,丁内艱,朋友相哀,家人不識,昔稱曾閔,今日苟何近古以來未之有也!" 儔:輩,同類。王符《潛夫論·忠貴》:"此等之儔,雖見貴於時君,然上不順天心,下不得民意。"袁宏《後漢紀·靈帝紀》:"吾見士多矣!未有如郭林宗者也。其聰識、通朗、高雅、密博,今之華夏鮮見其儔。"

⑤ 孤:幼年喪父或父母雙亡。《孟子·梁惠王》:"幼而無父曰孤。"韓愈《胡良公墓神道碑》:"公早孤,能自勸學,立節概。"幼年喪母也叫孤。《後漢書·胡廣傳》:"廣少孤貧,親執家苦。"李賢注引《襄陽耆舊記》:"廣父名寵,寵妻生廣,早卒。寵更娶江陵黄氏,生康。"這裏指的是前者。 兄弟:哥哥和弟弟。《爾雅·釋親》:"男子先生爲兄,後生爲弟。"《詩·小雅·常棣》:"凡今之人,莫如兄弟。"鄭玄箋:"人之恩親,無如兄弟之最厚。"姐妹,古代姐妹亦稱兄弟;古代對姻親之間同輩男子的稱呼,因亦借指婚姻嫁娶,本詩所言,是第一種情況,即陽城的弟弟陽階、陽域。 和且柔:即"和柔",寬和柔順。《晏子春秋·問》:"事君之倫,知慮足以安國……和柔足以懷衆。"《資治通鑒·唐太宗貞觀十二年》:"世南外和柔而内忠直。"

⑥ "一夕不相見"兩句:此處化用《詩經·葛藟》"一日不見,如三秋兮"的詩意,意謂陽城兄弟之間感情深厚。 一夕:一夜。《左传·

僖公三十三年》：“居則具一日之積，行則備一夕之衛。”劉向《九歎·
逢紛》：“思南郢之舊俗兮，腸一夕而九運。”指極短的時間。蘇軾《徐
州上皇帝書》：“散冶戶之財以嘯召無賴，則烏合之衆，數千人之仗，可
以一夕具也。”　　相見：彼此會面。《禮記·曲禮》：“諸侯未及期相見
曰遇。”蘇軾《和子由除夜之日省宿致齋三首》一：“江湖流落豈關天？
禁省相望亦偶然。等是新年未相見，此身應坐不歸田。”　　懷：懷藏。
《禮記·曲禮》：“賜果於君前，其有核者懷其核。”《後漢書·桓榮傳》：
“後榮入會庭中，詔賜奇果，受者皆懷之，榮獨舉手捧之以拜。”隱藏，
隱忍。《論語·衛靈公》：“邦有道則仕，邦無道則可卷而懷之。”朱熹
集注：“懷，藏也。”韓愈《唐故朝散大夫越州刺史薛公墓志銘》：“冕惡
其異於己，懷之未發也。”　　三歲：三年，約數，非確數。楊炯《早行》：
“阡陌經三歲，閭閻對五家。露文沾細草，風影轉高花。”張説《巴丘春
作》：“島戶巢爲館，漁人艇作家。自憐心問景，三歲客長沙。”　　憂：憂
愁，憂慮。《詩·秦風·晨風》：“未見君子，憂心如醉。”《論語·述
而》：“其爲人也，發憤忘食，樂以忘憂，不知老之將至雲爾。”

　　⑦ 婚娶：嫁娶，結婚。《後漢書·周舉傳》：“順四節之宜，適陰陽
之和，使男女婚娶不過其時。”王建《自傷》：“衰門海内幾多人？滿眼
公卿總不親。四授官資元七品，再經婚娶尚單身。”　　没齒：終身。
《論語·憲問》：“奪伯氏駢邑三百，飯疏食，没齒無怨言。”杜甫《舟中
苦熱遣懷》：“吾非丈夫特，没齒埋冰炭。”　　衾裯：指被褥床帳等卧具，
語出《詩·召南·小星》：“肅肅宵征，抱衾與裯，寔命不猶。”白居易
《寒閨夜》：“夜半衾裯冷，孤眠懶未能。籠香銷盡火，巾淚滴成冰。”
《宋史·趙君錫傳》：“母亡，事父良規，不違左右，夜則寢於傍。凡衾
裯薄厚、衣服寒温……如《内則》所載者，無不親之。”

　　⑧ 妹夫：妹妹的丈夫。《三國志·袁紹傳》“〔董卓〕遣執金吾胡
母班……齎詔書喻紹，紹使河内太守王匡殺之。”裴松之注引謝承《後
漢書》：“班，王匡之妹夫。”韓愈《順宗實録》：“初，（陽）城之妹夫亡在

他處，家貧不能葬。” 遺骨：猶遺骸。劉向《列仙傳·甯封子》：“鑠質洪鑪，暢氣五烟，遺骨灰燼，寄墳寧山。”宗炳《明佛論》：“見有光明，鑿求得佛遺骨於石函銀匣之中，光曜殊常。”

⑨ 季弟：最小的弟弟，這裏指陽城最小的弟弟陽域。韋應物《送蘇評事》：“季弟仕譙都，元兄坐蘭省。言訪始忻忻，念離當耿耿。”《新唐書·李勣傳》：“季弟感，年十五，有奇操。” 仲弟：二弟，這裏指陽城的二弟陽階。柳宗元《故叔父殿中侍御史府君墓版文》：“夫人吳郡陸氏洎仲弟綜、季弟續、冢侄某等抱孤即位，牽率備禮，祗奉裳帷，歸於京師，以某年二月二十八日庚寅安厝於萬年縣之少陵原，禮也。”徐浩《唐尚書右丞相中書令張公神道碑》：“公仲弟九皋，宋襄廣三州刺史、採訪節度經略等使、殿中監。”

⑩ 相別：互相告別。杜甫《魏十四侍御就弊廬相別》：“有客騎驄馬，江邊問草堂。遠尋留藥價，惜別到文場。”戴叔倫《寄司空曙》：“北郭晚晴山更遠，南塘春盡水爭流。可能相別還相憶，莫遣楊花笑白頭！” 遠遊：謂到遠方遊歷。《論語·里仁》：“子曰：‘父母在，不遠游，游必有方。’”杜甫《季秋江村》：“遠遊雖寂寞，難見此山川。”

⑪ 他鄉：異鄉，家鄉以外的地方。《樂府詩集·飲馬長城窟行》：“夢見在我傍，忽覺在他鄉。”杜甫《江亭王閬州筵餞蕭遂州》：“離亭非舊國，春色是他鄉。” 歸來：回來。《楚辭·招魂》：“魂兮歸來！反故居些！”李白《長相思》：“不信妾腸斷，歸來看取明鏡前。” 故丘：家鄉的山丘，故鄉。杜甫《解悶四首》二：“一辭故國十經秋，每見秋瓜憶故丘。今日南湖采薇蕨，何人爲覓鄭瓜州？”牟融《客中作》：“醉吟愁裏月，羞對鏡中秋。悵望頻回首，西風憶故丘。”

⑫ 栖遲：遊息。《詩·陳風·衡門》：“衡門之下，可以栖遲。”朱熹集傳：“栖遲，遊息也。”劉長卿《長沙過賈誼宅》：“三年謫宦此栖遲，萬古惟留楚客悲。秋草獨尋人去後，寒林空見日斜時。”滯留。《後漢書·馮衍傳》：“久栖遲於小官，不得舒其所懷，抑心折節，意悽情悲。”

孔武仲《瓜步阻風》："門前白浪如銀山，江上狂風如怒虎。船痴艫硬不能拔，未免栖遲傍洲渚。"　夏邑：地名，即陝州夏縣。白居易《和答詩十首·和陽城驛》："次言陽公迹，夏邑始栖遲。鄉人化其風，少長皆孝慈。"《新唐書·陽城傳》："陽城，字亢宗，定州北平人。徙陝州夏縣，世爲官族。"　邑人：同邑的人，同鄉的人。《左傳·定公九年》："盡借邑人之車。"《史記·司馬相如列傳》："上讀《子虛賦》而善之，曰：'朕獨不得與此人同時哉！'得意曰：'臣邑人司馬相如自言爲此賦。'"　苟婾：同"苟偷"，"苟且偷安"之略語。曾鞏《策問二》："朕於士民，憓精刻意以待其善，而天下靡靡，便文苟偷而已。"陸游《成都府江瀆廟碑》："上漏旁穿，風雨入屋，支傾苴罅，苟偷歲月。"

⑬里中：指同里的人。《史記·張耳陳餘列傳》："秦詔書購求兩人，兩人亦反用門者以令里中。"張籍《傷歌行》："長安里中荒大宅，朱門已除十二戟。高堂舞榭鎖管弦，美人遙望西南天。"　長短：長處和短處。荀悦《漢紀·宣帝紀》："人各有長短，子欲學我亦不能，吾欲效子亦敗矣！"元稹《表夏十首》一："夏風多暖暖，樹木有繁陰。新笋紫長短，早櫻紅淺深。"　劣與優：即"優劣"，指強弱、大小、好壞、工拙等。班固《白虎通·號》："德合天地者稱帝，仁義合者稱王，別優劣也。"《南齊書·豫章文獻王嶷傳》："才有優劣，位有通塞，運有富貧，此自然理，無足以相陵侮。"謂評定高下好壞等。王讜《唐語林·品藻》："祐又有《觀獵》四句及《宮詞》，白公曰：'張三作獵詩以擬王右丞，予則未敢優劣也。'"

⑭"官刑一朝耻"兩句：意謂被官府責罰祗是一朝一夕之耻辱，如果被陽公批評，就是終身的羞辱。　官刑：官府所用之刑，亦指官府的刑法。常衮《滑州匡城縣令楊君墓誌銘》："故宗族稱其仁，朋友稱其信，鄉黨稱其敬，蓋君子之道歟！及長從吏，以寬服人，官刑不行，職事益辦。"釋契嵩《刑法》："故制五刑於其書曰：流宥五刑，鞭作官刑，撲作教刑，金作贖刑……"　一朝：一個早晨。《詩·小雅·彤

弓》：“鐘鼓既設，一朝饗之。”《漢書·賈誼傳》：“屠牛坦一朝解十二牛，而芒刃不頓者，所排擊剝割，皆衆理解也。”一時，一旦。《淮南子·道應訓》：“使者謁之，襄子方將食而有憂色，左右曰：‘一朝而兩城下，此人之所喜也；今君有憂色，何也？’”《魏書·劉靈助傳》：“靈助本寒微，一朝至此，自謂方術堪能動衆。” 耻：侮辱，羞辱。《左傳·昭公五年》：“耻匹夫不可以無備，況耻國乎？是以聖王務行禮，不求耻人。”《國語·越語》：“昔者夫差耻吾君於諸侯之國。” 短：謂指摘缺點，揭發過失。《史記·屈原賈生列傳》：“令尹子蘭聞之大怒，卒使上官大夫短屈原於頃襄王，頃襄王怒而遷之。”韓愈《順宗實錄》：“竇參深忌之，贄亦短參之所爲。”這裏指自己指摘自己，亦即自我反省。終身：一生。《禮記·王制》：“大夫廢其事，終身不仕，死以士禮葬之。”《漢書·司馬遷傳》：“蓋鍾子期死，伯牙終身不復鼓琴。” 羞：耻辱。《易·恒》：“不恒其德，或承之羞。”李陵《答蘇武書》：“殺身無益，適足增羞。”謂以爲耻辱。《孟子·公孫丑》：“柳下惠不羞污君，不卑小官。”杜甫《前出塞九首》九：“從軍十年餘，能無分寸功？衆人貴苟得，欲語羞雷同。”

⑮ 遺布：送人布匹，典出《後漢書·王烈傳》：“王烈，字彥方，太原人也。少師事陳寔，以義行稱鄉里。鄉里有盜牛者，主得之，盜請罪曰：‘形戮是甘，乞不使王彥方知也。’烈聞而使人謝之，遺布一端。或問其故，烈曰：‘盜懼吾聞其過，是有耻惡之心，既懷耻惡，必能改善，故以此激之。’”後用以指對盜賊寬容不懲，使其感化而改惡從善。《淵鑑類函·義感》：“王彥方使人遺布，能改盜心。”程文海《故登仕郎蔚州安定縣主簿馮君墓碣》：“公歿，千里赴弔於懷，欲廬其墓，諸生弗欲，懷人義之，遺布三百匹，曰：‘吾爲許先生來，因利之，弗忍爲也。’乃歸，服心喪三年，未嘗御酒肉。” 盜牛：偷牛。陸佃《通直郎邊公墓誌銘》：“又嘗直盜牛者之冤，今其家尚存，言輒流涕。”趙鼎臣《韓至之墓誌銘》：“俄有告翁屠牛者，亟執之，曰：‘若盜牛，奈何又以是誣

翁？'盜立服。"

⑯　忠信：忠誠信實。《史記・秦始皇本紀》："此四君者，皆明知而忠信，寬厚而愛人，尊賢重士，約從離衡。"歐陽修《朋黨論》："君子則不然，所守者道義，所行者忠信，所惜者名節。"　自修：修養自己的德性。《禮記・大學》："如琢如磨者，自修也。"《漢書・原涉傳》："或譏涉曰：'子本吏二千石之士，結髮自修，以行喪推財禮讓爲名，正復讎取仇，猶不失仁義，何故遂自放縱，存輕俠之徒乎？'"

⑰　發言：發表意見。《史記・滑稽列傳》："武帝時有幸倡郭舍人者，發言陳辭雖不合大道，然令人主和說。"元稹《寄隱客》："監察官甚小，發言無所裨。小官仍不了，譴奪亦已隨。"　當：適宜，適當。《禮記・樂記》："古者天地順而四時當，民有德而五穀昌。"孔穎達疏："當，謂不失其所。"吳兢《貞觀政要・公平》："夫淫洪盜竊，百姓之所惡也。我從而刑罰之，雖過乎當，百姓不以我爲暴者，公也。"　道理：事理，事物的規律。《文子・自然》："用衆人之力者，烏獲不足恃也；乘衆人之勢者，天下不足用也。無權不可爲之勢，而不循道理之數，雖神聖人不能以成功。"韓愈《京尹不臺參答友人書》："人見近事，習耳目所熟，稍殊異，即怪之，其於道理有何所傷？"規矩，情理，理由。《漢書・鄒陽傳》："竊聞長君弟得幸後宮，天下無有，而長君行迹多不循道理者。"《三國志・杜恕傳》："夫糾摘奸宄，忠事也，然而世憎小人行之者，以其不顧道理而苟求容進也。"　黨：朋黨，同夥。《左傳・僖公十年》："〔晉〕遂殺平鄭、祁舉及七輿大夫……皆里平之黨也。"《淮南子・氾論訓》："攝威擅勢，私門成黨，而公道不行。"高誘注："黨，群。"　讎：仇敵。《書・泰誓》："誕以爾衆士，殄殲乃讎。"韓愈《嗟哉董生行》："時之人夫妻相虐兄弟爲讎，食君之祿，而令父母愁。"

⑱　聲香：馨香，比喻美好的名聲。《隸釋・漢衛尉衡方碑》："維明維允，燿此聲香。"《隸篇》卷一二："《衡方碑》：燿此聲香。"翟雲升注引《金石後錄》："以聲作馨。"按，朱起鳳《辭通》卷九："馨、聲古互通。

《詩·唐風·椒聊》:'椒聊且,遠條且。'傳:'言聲之遠聞也。'此聲字當作'馨'……是兩字古本通用也。" 翕習:威盛貌。劉希夷《將軍行》:"獻凱歸京都,軍容何翕習!"《新唐書·李昭德傳》:"聲威翕習,天下杜口。" 冠蓋:泛指官員的冠服和車乘。冠,禮帽;蓋,車蓋。《史記·魏公子列傳》:"平原君使者冠蓋相屬於魏。"亦指仕宦,貴官。杜甫《夢李白二首》二:"冠蓋滿京華,斯人獨顦顇。" 雲浮:比喻盛多。《後漢書·崔駰傳》:"方斯之際,處士山積,學者川流,衣裳被宇,冠蓋雲浮。"王僧達《釋奠詩》:"異人鱗萃,淑美雲浮。"

⑲ 少者:年輕人。李賀《苦晝短》:"吾將斬龍足,嚼龍肉,使之朝不得迴,夜不得伏。自然老者不死,少者不哭。"元稹《和李校書新題樂府十二首·縛戎人》:"老者儻盡少者壯,生長蕃中似蕃悖。不知祖父皆漢民,便恐爲蕃心矻矻。" 學:學習。《詩·周頌·敬之》:"日就月將,學有緝熙于光明。"鄭玄箋:"且欲學於有光明之光明者,謂賢中之賢也。"陸游《示子遹》:"汝果欲學詩,工夫在詩外。" 老者:老年人。《論語·公冶長》:"老者安之,朋友信之,少者懷之。"劉寶楠正義:"老者,人年五十以上之通稱。"《國語·越語》:"令老者無取壯妻。"韓愈《答楊子書》:"然恐足下少年,與僕老者不相類。" 遊:遊覽,雲遊。《詩·唐風·有杕之杜》:"彼君子兮,噬肯來遊。"毛傳:"遊,觀也。"《論語·里仁》:"子曰:父母在,不遠遊,遊必有方。"劉寶楠正義引《詩·大雅·板》毛傳:"遊,行也。"

⑳ 往來:交往,交際。《老子》:"鄰國相望,雞犬之聲相聞,民至老死不相往來。"張九齡《九月九日登龍山》:"際會非有欲,往來是無妄。爲邦復多幸,去國殊遷放。" 告報:告知,報告。王充《論衡·薍筮》:"夫言問天,則天爲氣,不能爲兆;問地,則地耳遠,不聞人言。信謂天地告報人者,何據見哉?"蘇軾《乞增修弓箭社條約狀》:"弓箭社人户,遇出入經宿以上,須告報本社頭目及鄰近同保之人,違者罰錢三百文。" 縣尹:一縣的長官。《左傳·襄公二十六年》:"此子爲穿

封戍,方城外之縣尹也。"韓愈《燕河南府秀才得生字》:"鄙夫忝縣尹,愧慄難爲情。"　　公侯:公爵與侯爵。《禮記‧王制》:"王者之制禄爵,公侯伯子男凡五等。"班固《白虎通‧爵》:"所以名之爲公侯者何? 公者通,公正無私之意也;侯者候也,候逆順也。"泛指有爵位的貴族和官高位顯的人。《後漢書‧朱景王杜馬等傳論》:"自兹下降,迄於孝武,宰輔五世,莫非公侯。"李賢注:"自高祖至於孝武凡五代也,其中宰輔皆以公侯勳貴爲之。"白居易《歌舞》:"秦中歲雲暮,大雪滿皇州。雪中退朝者,朱紫盡公侯。"

㉑ "名落公卿口"兩句:意謂對陽城的讚揚之聲源源而來,如萬船齊發,不絕於耳。　　公卿:三公九卿的簡稱。《論語‧子罕》:"出則事公卿,入則事父兄。"《後漢書‧陳寵傳》:"及竇憲爲大將軍征匈奴,公卿以下及郡國無不遣吏子弟奉獻遺者。"泛指高官。荀悅《漢紀‧昭帝紀》:"始元元年春二月,黃鵠下建章宮太液池中,公卿上壽。"元稹《祭禮部庾侍郎太夫人文》:"公卿委累,賢彦駢繁。"

㉒ "天子得聞之"兩句:事見《舊唐書‧陽城傳》、《新唐書‧陽城傳》所記,《舊唐書‧陽城傳》:"陽城字亢宗,北平人也。代爲宦族,家貧不能得書。乃求爲集賢寫書吏,竊官書讀之,晝夜不出房,經六年,乃無所不通。既而隱於中條山,遠近慕其德行,多從之學。閭里相訟者,不詣官府,詣城請決。陝虢觀察使李泌聞其名,親詣其里訪之,與語甚悦,泌爲宰相,薦爲著作郎。"　　天子:古以君權爲神所授,故稱帝王爲天子,這裏的"天子"是指唐德宗。魏徵《述懷》:"杖策謁天子,驅馬出關門。請纓繫南粵,憑軾下東藩。"盧照鄰《中和樂九章‧歌明堂第二》:"追奔瀚海咽,戰罷陰山空。歸來謝天子,何如馬上翁!"

㉓ 不異:沒有差別,等同。羊祜《讓開府表》:"雖歷内外之寵,不異寒賤之家。"杜甫《兵車行》:"況復秦兵耐苦戰,被驅不異犬與雞。"虯:傳説中的一種無角龍。《楚辭‧離騷》:"駟玉虯以椉鷖兮,溘埃風余上征。"王逸注:"有角曰龍,無角曰虯。"洪興祖補注:"虯,龍類也。"

《文選·揚雄〈甘泉賦〉》："駟蒼螭兮六素虯，蠖略蕤綏，灕虖襂纚。"李善注引《説文》："虯，龍無角者。"

㉔ "何以持爲聘"兩句：事見《舊唐書·陽城傳》："德宗令長安縣尉楊寧，齎束帛，詣夏縣所居而召之。城乃衣褐赴京，上章辭讓，德宗遣中官持章服衣之，而後詔賜帛五十匹。" 何以：用什麼，怎麼。《詩·召南·行露》："誰謂雀無角？何以穿我屋。"《南史·陳後主紀》："監者又言：'叔寶常耽醉，罕有醒時。'隋文帝使節其酒，既而曰：'任其性，不爾何以過日？'"李世民《春日登陝州城樓俯眺原野迴丹碧綴烟霞密翠斑紅芳菲花柳即目川岫聊以命篇》："迹巖勞傅想，窺野訪莘情。巨川何以濟？舟楫佇時英。" 聘：聘請。《孟子·萬章》："伊尹耕於有莘之野而樂堯舜之道焉……湯使人以幣聘之。"《後漢書·徐稚傳》："靈帝初，欲蒲輪聘稚，會卒，時年七十二。" 束帛：捆爲一束的五匹帛，古代用爲聘問、饋贈的禮物。葛洪《抱朴子·欽士》："是以明主旅束帛於窮巷……而以致賢爲首務，得士爲重寶。"《資治通鑑·後晉齊王開運二年》："今優人一談一笑稱旨，往往賜束帛、萬錢、錦袍、銀帶，彼戰士見之，能不觖望？" 琳球：指美玉。《宋書·傅亮傳》："餞離不以幣，贈言重琳球。"顧況《酬漳州張九使君》："促膝墮簪珥，闖幌戞琳球。短題自兹簡，華篇詎能酬？"

㉕ 御：駕馭車馬，周時爲六藝之一。《詩·鄭風·大叔于田》："叔善射忌，又良御忌。"《周禮·地官·大司徒》："三曰六藝：'禮、樂、射、御、書、數。'" 駟馬：指駕一車之四馬。《老子》："雖有拱璧，以先駟馬，不如坐進此道。"《史記·管晏列傳》："其夫爲相御，擁大蓋，策駟馬，意氣揚揚，甚自得也。"指顯貴者所乘的駕四匹馬的高車，表示地位顯赫。許渾《將赴京師留題孫處士山居二首》一："應學相如志，終須駟馬回。"蘇舜欽《韓忠憲公挽詞二首》一："他年還駟馬，餘德在高門。" 輈：這裏指車。《楚辭·九歌·東君》："駕龍輈兮乘雷，載雲旗兮委蛇。"朱子奢《文德皇后輓歌》："神京背紫陌，縞駟結行輈。北

去橫橋道,西分清渭流。"

㉖ 挺操:堅守節操。劉攽《故朝議大夫充寶文閣待制王臨妻天興縣君盛氏可封仁壽縣君制》:"稟粹幽閑,挺操端粹。承夫則家事嚴整,訓子而母道慈篤。"　殷:朝代名,商王盤庚從奄(今山東曲阜)遷都殷,後世因稱商爲殷。至紂亡國,共歷八世,十二王,二百七十三年,整個商代亦稱爲商殷或殷商。周曇《前漢門·王莽》:"權歸諸呂牝雞鳴,殷鑒昭然詎可輕? 新室不因崇外戚,水中安敢寄生營?"李倫《顧城》:"不謹罹天討,来蘇豈忿兵? 誰云殷鑒遠? 今古在人程。"周:朝代名,姬姓,公元前十一世紀武王滅商建周,都城鎬京(今陝西西安),史稱西周。公元前七七一年,犬戎攻破鎬京,周幽王被殺,次年周平王東遷洛邑(今河南洛陽),史稱東周。公元前二五六年爲秦所滅,共歷三十四王,八百多年。姚合《文宗皇帝挽詞三首》一:"堯舜非傳子,殷周但蔔年。聖功青史外,刊石在陵前。"清遠道士《同沈恭子遊虎丘寺有作》:"我本長殷周,遭罹歷秦漢。四瀆與五岳,名山盡幽竄。"

㉗ 士庶:士人和普通百姓,亦泛指人民、百姓。《宋書·王弘傳》:"諸議云士庶緬絕,不相參知,則士人犯法,庶民得不知。若庶民不許不知,何許士人不知?"張叔良《長至日上公獻壽》:"化被君臣洽,恩霑士庶康。不因稽舊典,誰得紀朝章?"士族和庶族。《宋書·恩倖傳論》:"周漢之道,以智役愚,臺隸參差,用成等級;魏晉以來,以貴役賤,士庶之科,較然有辨。"沈約《奏彈王源》:"風聞東海王源,嫁女與富陽滿氏……竊尋璋之(滿璋之)姓族,士庶莫辨。"　田疇:泛指田地。《禮記·月令》:"〔季夏之月〕可以糞田疇,可以美土疆。"孫希旦集解引吳澄曰:"田疇,謂耕熟而其田有疆界者。"賈誼《新書·銅布》:"銅布於下,採銅者棄其田疇,家鑄者損其農事,穀不爲則鄰於饑。"

㉘ 憶:記住,不忘。《梁書·昭明太子傳》:"太子美姿貌,善舉止。讀書數行並下,過目皆憶。"元稹《除夜》:"憶昔歲除夜,見君花燭

前。今宵祝文上,重疊叙新年。" 安敢:怎麽敢,怎麽可以。張九齡《感遇十二首》一一:"但欲附高鳥,安敢攀飛龍?至精無感遇,悲惋填心胸。"李白《送蔡山人》:"我本不棄世,世人自棄我……燕客期躍馬,唐生安敢譏?" 專:主持,掌管。《禮記·檀弓》:"我喪也斯沾,爾專之,賓爲賓焉,主爲主焉?"鄭玄注:"專,猶司也。"元稹《唐故朝議郎侍御史内供奉鹽鐵轉運河陰留後河南元君墓誌銘》:"君泣曰:'太夫人專門户,不宜乏使令。'" 自由:由自己作主,不受限制和拘束。《玉臺新詠·古詩〈爲焦仲卿妻作〉》:"吾意久懷忿,汝豈得自由?"劉商《胡笳十八拍》七:"寸步東西豈自由?偷生乞死非情願。"

㉙ 諫大夫:這裹因詩歌字數限制,是"諫議大夫"的省稱。《舊唐書·陽城傳》:"尋遷諫議大夫。"諫議大夫:門下省官員之一。盧仝《觀放魚歌》:"常州賢刺史,從諫議大夫除。天地好生物,刺史性與天地俱。"《舊唐書·職官志》:"諫議大夫掌侍從賛相,規諫諷諭。凡諫有五:一曰諷諫,二曰順諫,三曰規諫,四曰致諫,五曰直諫。" 朝夕:早晨和晚上。《國語·晉語》:"朝夕不相及,誰能俟五?"韋昭注:"言朝恐不及夕。"沈佺期《赦到不得歸題江上石》:"風烟萬里隔,朝夕幾行啼?"謂早晚朝見。《詩·小雅·雨無正》:"邦君諸侯,莫肯朝夕。"鄭玄箋:"王流在外,三公及諸隨王而行者,皆無君臣之禮,不肯晨夜朝暮省王也。" 冕旒:原指古代大夫以上的禮冠。頂有延,前有旒,故曰"冕旒"。天子之冕十二旒,諸侯九,上大夫七,下大夫五。這裹專指皇冠,借指皇帝、帝位。沈佺期《和崔正諫登秋日早朝》:"雞鳴朝謁滿,露白禁門秋。爽氣臨旌戟,朝光暎冕旒。"王維《奉和聖製暮春送朝集使歸郡應制》:"萬國仰宗周,衣冠拜冕旒。玉乘迎大客,金節送諸侯。"

㉚ 希夷:《老子》:"視之不見名曰夷,聽之不聞名曰希。"河上公注:"無色曰夷,無聲曰希。"後因以"希夷"指虛寂玄妙,任其自然,無所追求。王昌齡《素上人影塔》:"物化同枯木,希夷明月珠。本來生

滅盡,何者是虛無?”白居易《病中宴坐》:“竟日悄無事,所居閑且深。外安支離體,中養希夷心。”　薄俗:輕薄的習俗,壞風氣。《漢書·元帝紀》:“民漸薄俗,去禮義,觸刑法,豈不哀哉!”《晉書·虞預傳》:“窮奢竭費謂之忠義,省煩從簡呼爲薄俗,轉相放效,流而不反。”　密勿:勤勉努力。《漢書·劉向傳》:“君子獨處守正,不撓衆枉,勉强以從王事……故其詩曰:‘密勿從事,不敢告勞。’”顏師古注:“密勿,猶黽勉從事也。”沈約《劉領軍封侯詔》:“內參嘉謨,外宣戎略,密勿劬勞,誠力備盡。”　良籌:良策。陳子昂《答洛陽主人》:“方謁明天子,清宴奉良籌。再取連城璧,三陟平津侯。”高適《東平路中遇大水》:“聖主當深仁,廟堂運良籌。倉廩終爾給,田租應罷收。”

㉛　神醫:醫術精妙的人。《列子·力命》:“季梁得疾,七日大漸……〔醫〕盧氏曰:‘汝疾不由天,亦不由人,亦不由鬼;稟生受形,既有制之者矣!亦有知之者矣!藥石其如汝何?’季梁曰:‘神醫也。’重貺遣之。”曾幾《次程伯禹尚書見寄韵》:“詩病無人與商略,澗腸浣胃付神醫。”　人瘼:人民的疾苦。錢起《送張中丞赴桂州》:“出守求人瘼,推賢動聖情。”《新唐書·陳子昂傳》:“九道出大使巡按天下,申黜陟,求人瘼,臣謂計有未盡也。”　瘳:病癒。《書·説命》:“若藥弗瞑眩,厥疾弗瘳。”韓愈《赴江陵途中寄三學士》:“癘疫忽潛遘,十家無一瘳。猜嫌動置毒,對案輒懷愁。”

㉜　月請:每月領取,“請”爲臣僚對皇上或者其他權重位高者恩賜的敬辭。孟郊《寄陜府鄧給事》:“戀人年六十,每月請三千。不敢等閑用,願爲長壽錢。”元稹《臺中鞫獄憶開元觀舊事呈損之兼贈周兄四十韵》:“月請公主封,冰受天子頒。開筵試歌舞,別宅寵妖嫻。”諫官:掌諫諍的官員。《漢書·蕭望之傳》:“陛下哀潛百姓,恐德化之不究,悉出諫官以補郡吏,所謂憂其末而忘其本者也。”杜甫《敬贈鄭諫議十韵》:“諫官非不達,詩義早知名。”　俸:俸祿,舊指官吏所得的薪給。《韓非子·奸劫弑臣》:“國有無功得賞者,則民……皆欲行貨

財、事富貴、立名譽以取尊官厚俸。"韓愈《雪後寄崔二十六丞公》:"秩卑俸薄食口衆,豈有酒食開容顏!" 諸弟:所有同宗之弟。王維《山中寄諸弟》:"山中多法侶,禪誦自爲群。城郭遙相望,唯應見白雲。"韋應物《寒食寄京師諸弟》:"雨中禁火空齋冷,江上流鶯獨坐聽。把酒看花想諸弟,杜陵寒食草青青。"這裏指所陽城的同胞弟弟陽階、陽域。 相對:面對面,相向。《後漢書·烏桓鮮卑傳》:"父子男女相對踞蹲。"元稹《與李十一夜飲》:"寒夜燈前賴酒壺,與君相對興猶孤。"

㉝ 親戚:與自己有血緣或婚姻關係的人。《左傳·僖公二十四年》:"昔周公吊二叔之不咸,故封建親戚,以屏藩周。"《南史·岑之敬傳》:"之敬年五歲,讀《孝經》,每燒香正坐,親戚咸加嘆異。"親愛,親近。阮籍《鳩賦》:"何依恃以育養,賴兄弟之親戚。" 目前:當前,現在。《後漢書·趙壹傳》:"安危亡於旦夕,肆嗜慾於目前。"眼睛面前,跟前。白居易《答崔侍郎錢舍人書問因繼以詩》:"誰謂萬里別,常若在目前?"

㉞ 嘉猷:治國的好規劃。《文選·王融〈永明九年策秀才文〉》:"寤寐嘉猷,延佇忠實。"李周翰注:"嘉,善;猷,道也。"《郊廟歌辭·中宫助祭》:"睿範超千載,嘉猷備六宫。"

㉟ 沽酒:從市上買來的酒,買酒。賀知章《題袁氏別業》:"主人不相識,偶坐爲林泉。莫謾愁沽酒,囊中自有錢。"張籍《別客》:"青山歷歷水悠悠,今日相逢明日秋。繫馬城邊楊柳樹,爲君沽酒暫淹留。"獻酬:謂飲酒時主客互相敬酒。《史記·孔子世家》:"獻酬之禮畢,齊有司趨而進曰:'請奏四方之樂。'"朱灣《奉使設宴戲擲籠籌》:"獻酬君有禮,賞罰我無私。"泛指斟飲。陸游《龜堂獨酌》二:"一榼蘭溪自獻酬,徂年不肯爲人留。"酬答,應答。《文心雕龍·書記》:"文明從容,亦心聲之獻酬也。"

㊱ 日旰:太陽始出貌。謝朓《酬王晉安》:"拂霧朝青閣,日旰坐彤闈。悵望一途阻,參差百慮依。"曹涇《代柬濟鼎同年約其早飯》:

"劉真長、王仲祖共行,日旰未食。有相識小人貽其餐,真長辭焉!仲祖曰:'聊以充虛。'"　謀食:猶謀生。《論語·衛靈公》:"子曰:'君子謀道不謀食。'"王維《與胡居士皆病寄此詩兼示學人二首》一:"胡生但高枕,寂寞與誰鄰?戰勝不謀食,理齊甘負薪。"　春深:春意濃郁,意謂即將進入夏季。儲光羲《釣魚灣》:"垂釣綠灣春,春深杏花亂。"秦觀《次韵裴仲謀和何先輩》:"支枕星河橫醉後,入簾飛絮報春深。"敝裘:破舊的皮衣。岑參《聞宇文判官西使還》:"塞花飄客泪,邊柳挂鄉愁。白髮悲明鏡,青春換敝裘。"韋應物《溫泉行》:"可憐蹭蹬失風波,仰天大叫無奈何。敝裘羸馬凍欲死,賴遇主人杯酒多。"

㊲ 戚戚:憂懼貌,憂傷貌。《漢書·韋玄成傳》:"今我度茲,戚戚其懼。"陶潛《五柳先生傳》:"不戚戚於貧賤,不汲汲於富貴。"　油油:和悅恭謹貌。《禮記·玉藻》:"禮已,三爵而油油以退。"鄭玄注:"油油,說敬貌。"悠然自得貌。劉向《列女傳·柳下惠妻》:"且彼爲彼,我爲我,彼雖裸裎,安能污我?油油然與之處,仕於下位。"劉禹錫《謝寶員外旬休早涼見示詩》:"四時冉冉催容鬢,三爵油油忘是非。更報明朝池上酌,人知太守字玄暉。"

㊳ 貞元:唐德宗在位時其中的一個年號,起自公元七八五年,止於公元八〇五年,共二十一個年頭。元稹《酬白樂天杏花園》:"劉郎不用閑惆悵,且作花間共醉人。算得貞元舊朝士,幾人同見太和春?"白居易《秦中吟十首序》:"貞元元和之際,予在長安,聞見之間,有足悲者,因直歌其事,命爲《秦中吟》。"《詩話總龜後集》卷六:"陽城德行道義,爲士林之所敬服,德宗以銀印赤綬起於隱所,驟拜諫官,可謂賢且遇矣!故學生聞道州之貶,投業而叫閣,賢士愴驛名之同,摛辭而頌德,可以知其賢不誣也。然退之《諫臣論》乃極口貶之,何哉?其言曰:'今陽子,實一匹夫,在諫位不爲不久,而未嘗一言及於政。視政之得失,若越人之視秦人之肥瘠。問其官,則曰諫議也。問其政,則曰我不知也。有道之士,固如是乎?考之本傳,以謂他諫官論事苟

細，帝厭苦，城漫聞得失且熟，猶未肯言。客屢諫之第，醉以酒而不答，蓋其意有所待矣！至德宗逐陸贄，欲相裴延齡，而城伏蒲之説始上，廷爭懇至累日不解，故元微之詩云：'正元歲云暮，朝有曲如鈎……飛章八九上，皆若珠暗投……且曰事不止，臣諫誓不休。'而白樂天亦云：'陽城爲諫議，以正事其君。其手如屈軼，舉必指佞臣。卒使不仁者，不得秉國鈞。'柳子厚亦云：'抗志厲義，直道是陳，蓋退之《諫論》乃在上裴延齡爲相之前，而三子頌美之言乃在陽城極諫之後也。'（宋代葛勝仲《丹陽集》）"　朝有曲如鈎：指裴延齡奸惡排斥宰相陸贄，欲自己爲相事，事情發生在貞元十二年之前，見《舊唐書·裴延齡傳》："時陸贄秉政，上素所禮重，每於延英極論其誕妄，不可令掌財賦。德宗以爲排擯，待延齡益厚。贄上書疏其失曰'……'書奏，德宗不悦，待延齡益厚。時鹽鐵轉運使張滂、京兆尹李充、司農卿李銛以事相關，皆證延齡矯妄。德宗罷陸贄知政事，爲太子賓客，滂、充、銛悉罷職左遷。十一年春暮，上數畋于苑中，時久旱，人情憂惴，延齡遽上疏曰：'陸贄、李充等失權，心懷怨望，今專大言於衆曰：天下炎旱，人庶流亡，度支多欠闕諸軍糧草，以激怒群情。'後數日，上又幸苑中，適會神策軍人訴度支欠廄馬芻草。上思延齡言，即時迴駕，下詔斥逐贄、充、滂、銛等，朝廷中外惴恐。延齡方謀害在朝正直之士，會諫議大夫陽城等伏閣切諫，事遂且止。贄、充等雖已貶黜，延齡憾之未已，乃掩捕李充腹心吏張忠，捶掠楚痛，令爲之詞云：'前後隱没官錢五十餘萬貫，米麥稱是，其錢物多結託權勢，充妻常於犢車中將金寶繒帛遺陸贄妻。'忠不勝楚毒，並依延齡教抑之辭，具於款占。忠妻、母於光順門投匭訴冤，詔御史臺推問，一宿得其實狀，事皆虛，乃釋忠。延齡又奏京兆府妄破用錢穀，請令比部勾覆，以比部郎中崔元嘗爲陸贄所黜故也。及崔元勾覆錢穀，又無交涉。延齡既銳意以苛刻剥下附上爲功，每奏對際，皆恣騁詭怪虛妄，他人莫敢言者，延齡言之不疑，亦人之所未嘗聞。德宗頗知其誕妄，但以其敢言無隱，且欲訪聞外事,故斷意用之。延齡恃之,謂必得宰相,尤好慢罵毀訾朝臣,班行爲之側目。及臥病,載度支官物置於私家,亦無敢言者。貞元十二年卒,時年六十九。延齡死,中外相賀,唯德宗悼惜不已,册贈太子少保。"

㉟ 風波:比喻糾紛或亂子。劉長卿《江州重別薛六柳八二員外》:"寄身且喜滄洲近,顧影無如白髮何?今日龍鍾人共棄,媿君猶遣慎風波。"鮑溶《行路難》:"入宫見妒君不察,莫入此地生風波。此時不樂早休息,女顏易老君如何?"　奔蹙:猶奔迫。《宋書·禮志》:"而山川大神,更爲簡闕。禮俗頹紊,人神雜擾。公私奔蹙,漸以滋繁。"元稹《雉媒》:"斂翮遠投君,飛馳勢奔蹙。"　綢繆:連綿不斷。《文選·張衡〈思玄賦〉》:"倚招摇、攝提以低回劉流兮,察二紀、五緯之綢繆遹皇。"李善注:"綢繆,連綿也。"劉過《六州歌頭》:"悵望金陵宅,丹陽郡,山不斷綢繆。"

㊵ 齒牙:牙齒。《漢書·東方朔傳》:"朔對曰:'臣觀其舌齒牙,樹頰胲,吐脣吻……臣朔雖不肖,尚兼此數子者。'"韓愈《赴江陵途中寄贈三學士》:"自從齒牙缺,始慕舌爲柔。"　猾:擾亂,侵犯。《漢書·王莽傳》:"詳考始建國二年胡虜猾夏以來,諸軍吏及緣邊吏大夫以上爲姦利增産致富者,收其家所有財産五分之四,以助邊急。"狡黠,奸詐,亦指奸狡之人。王讜《唐語林·政事》:"坊市奸偷宿猾屏迹。"弄,播弄。《國語·晉語》:"遇兆,挾以銜骨,齒牙爲猾,戎夏交捽。"韋昭注:"猾,弄也……骨在口中,齒牙弄之,以象讒口之爲害也。"海獸名。焦竑《焦氏筆乘·猾夏》:"猾無骨,入虎口,虎不能噬,處虎腹中,自内齧之。"　禾黍:禾與黍,泛指黍稷稻麥等糧食作物。《史記·宋微子世家》:"麥秀漸漸兮,禾黍油油。"《後漢書·承宫傳》:"後與妻子之蒙陰山,肆力耕種,禾黍將孰,人有認之者,宫不與計,推之而去,由是顯名。"《詩·王風·黍離序》:"《黍離》,閔宗周也。周大夫行役至於宗周,過故宗廟宫室,盡爲禾黍。閔宗周之顛覆,彷徨不

忍去而作是詩也。"後以"禾黍"爲悲憫故國破敗或勝地廢圮之典。許渾《金陵懷古》:"楸梧遠近千官冢,禾黍高低六代宮。" 蟊:吃苗根的害蟲。陳繼儒《珍珠船》卷三:"蔡邕以反舌爲蝦蟆,《淮南子》以蚉爲蠛蠓,《詩疏義》以蟊爲螻蛄,高誘以乾鵲爲蟋蟀。"俞正燮《癸巳類稿·〈説文〉重字考》:"蟲部,蟊,或從敄作蝥。"

㊶ "豈無司言者"八句:《舊唐書·陽城傳》記載曰:"初未至京,人皆想望風彩,曰:'陽城山人能自刻苦,不樂名利,今爲諫官,必能以死奉職。'人咸畏憚之。及至,諸諫官紛紜言事,細碎無不聞達,天子益厭苦之。而城方與二弟及客日夜痛飲,人莫能窺其際,皆以虛名譏之。有造城所居,將問其所以者,城望風知其意,引之與坐,輒强以酒,客辭,城輒引自飲,客不能已,乃與城酬酢。客或時先醉卧席上,城或時先醉卧客懷中,不能聽客語。約其二弟云:'吾所得月俸,汝可度。吾家有幾口,月食米當幾何,買薪菜鹽凡用度錢,先具之,其餘悉以送酒嫗,無留也!'未嘗有所蓄積,雖所服用有切急不可闕者,客稱其物佳可愛,城輒喜舉而授之。有陳某者,候其始請月俸,常往稱其錢帛之美,月有獲焉!" 司言:謂擔任中書舍人,唐代之中書舍人掌管詔令、侍從、宣旨、接納上奏文表等事,故云。劉禹錫《代裴相祭李司空文》:"度忝司言,公持化權。"錢起《和范郎中宿直中書曉玩清池贈南省同僚兩垣遺補》:"司言兼逸趣,鼓興接知音。" 肉食:指高位厚禄,亦泛指做官的人。《左傳·莊公十年》:"肉食者鄙,未能遠謀。"杜預注:"肉食,在位者。"陳子昂《感遇詩三十八首》二九:"肉食謀何失?藜藿緬縱橫。"本詩以肉類爲食物之人,亦指肉類食物。桓寬《鹽鐵論·國疾》:"婢妾衣紈履絲,匹庶粺飯肉食。"范成大《冬日田園雜興十二絶》七:"朱門肉食無風味,只作尋常菜把供。" 吞其喉:意謂肉食塞住了喉嚨,説不出話來,但目前没有找到合適的書證。

㊷ 司搏:伺機捕捉,偵察捉拿。司,通"伺"。《周禮·秋官·士師》:"以比追胥之事。"鄭玄注:"胥,讀如宿偦之偦。偦,謂司搏盜賊

也。"孫詒讓正義："司搏,與'伺捕'同。漢人多以'司'爲'伺',以'搏'爲'捕'。《小司徒》注作'伺捕'。"　利柄:財利大權。蘇轍《論發運司以糴糴米代諸路上供狀》："近歲有司分掌利柄,更相侵漁,以自爲功。"陳襄《論青苗錢第四狀》："陛下但慎選主計之臣,付與利柄,取天下賦入之籍,度縣官調度之數,百用爲之均節而歸之。"　韝:臂套,用皮製成,射箭、架鷹時縛於兩臂束住衣袖以便動作。《漢書·東方朔傳》："董君緑幘傅韝。"顔師古注引韋昭曰："韝形如射韝,以縛左右手,於事便也。"薛逢《俠少年》："緑眼胡鷹踏錦韝,五花驄馬白貂裘。"

㊸ 勢氣:義同"氣勢",氣焰,權勢。韓愈《送諸葛覺往隨州讀書》："臺閣多官員,無地寄一足。我雖官在朝,氣勢日局縮。"司馬光《請自擇臺諫》："且條例司之害民,呂惠卿之奸邪,天下之人誰不知之? 獨陛下與王安石未之寤耳! 豈可更爲之黜逐臺諫,以長其威福,成其氣勢,臣竊爲陛下寒心。"　辯:通"辨",辨別,區分。《易·繫辭》："辯吉凶者存乎辭。"高亨注："辯借爲辨,別也。"《周禮·秋官·鄉士》："辯其獄訟,異其死刑之罪而要之,旬而職聽於朝。"賈公彦疏:"辯,別也,獄謂爭罪,訟謂爭財。"　薰蕕:香草和臭草,喻善惡、賢愚、好壞等,語本《左傳·僖公四年》："一薰一蕕,十年尚猶有臭。"杜預注:"薰,香草;蕕,臭草。十年有臭,言善易消,惡難除。"《魏書·辛雄傳》："今君子小人薰蕕不別,豈所謂賞善罰惡,殷勤隱恤者也。"

㊹ 顯諫:謂公開諫諍。《禮記·曲禮》："爲人臣之禮,不顯諫。"《晉書·唐彬傳》："彬忠肅公亮,盡規匡救,不顯諫以自彰。"　惴惴:憂懼戒慎貌。《詩·小雅·小宛》："惴惴小心,如臨於谷。"《魏書·陽固傳》："心惴惴而慄慄兮,若臨深而履薄。"　瘤:謂人和動物體表或筋骨間組織增生所形成的肉疙瘩。《釋名·釋疾病》："瘤,流也,血流聚所生瘤腫也。"劉向《列女傳·齊宿瘤女》："宿瘤女者,齊東郭採桑之女,閔王之後也,項有大瘤,故號曰宿瘤。"樹木幹、根外皮隆起的塊狀物。庾信《枯樹賦》："載瘻銜瘤,藏穿抱穴。"倪璠注引《南方草木

狀》：“五嶺之間多楓木焉，久則生瘿瘤。”

⑤飛章：報告急變或急事的奏章。《後漢書·李固傳》：“以固爲議郎，而阿母宦者疾固言直，因詐作飛章以陷其罪，事從中下。”劉禹錫《同白二十二贈王山人》：“飛章上達三清路，受籙平交五嶽神。笑聽鼕鼕朝暮鼓，只能催得市朝人。”迅急上奏章。《舊唐書·劉悟傳》：“從諫深知内宫之故，乃自潞府飛章論之曰：‘臣聞造僞以亂真者，匹夫知之尚不可，況天下皆知乎？’”　珠暗投：義同“明珠暗投”，語出《史記·魯仲連鄒陽列傳》：“臣聞明月之珠、夜光之璧，以暗投人於道路，人無不按劍相眄者。何則？無因而至前也。”後多用“明珠暗投”比喻有才能的人得不到賞識和重用，或好人誤入歧途，亦比喻貴重的東西落到不識貨的人手裏。李白《留别賈舍人至二首》一：“遠客謝主人，明珠難暗投。拂拭倚天劍，西登岳陽樓。”高適《漣上别王秀才》：“何意照乘珠，忽然欲暗投？”

⑥炎炎：灼熱貌。焦贛《易林·乾之睽》：“陽旱炎炎，傷害禾穀。”丘爲《省試夏日可畏》：“赫赫温風扇，炎炎夏日徂。火威馳迥野，畏景爍遥途。”　熾：燃燒。《左傳·昭公十年》：“柳熾炭於位，將至，則去之。”張耒《冬日放言二十一首》一六：“温爐熾薪炭，永夜炎光流。”　燎：原意是放火燒田中雜草。《詩·小雅·正月》：“燎之方揚，寧或滅之。”鄭玄箋：“火田爲燎。”這裏轉義爲能够被火勢引燃的燃燒物。張説《岳州守歲》：“除夜清樽滿，寒庭燎火多。舞衣連臂拂，醉坐合聲歌。”韋應物《易言》：“洪爐熾炭燎，一毛大鼎炊。湯沃殘雪疾，影隨形不覺。”　抽：抽取，抽調。《楚辭·王褒〈九懷·思忠〉》：“抽庫婁兮酌醴，援瓟瓜兮接糧。”王逸注：“引持二星以斟酒也。”陳谿《彭州新置唐昌縣歇馬亭鎮等記》：“又置一鎮，抽武士三十人而禦之。”

⑦帥：統率，率領。《孟子·萬章》：“舜南面而立，堯帥諸侯北面而朝之。”沈亞之《秦夢記》：“亞之帥將卒前，攻下五城。”引導，帶頭。《論語·顔淵》：“子帥以正，孰敢不正！”　決諫：直言冒死進諫之言。

衛元嵩《元包經傳》卷二：“昔王由是省法於內，布澤於外，進決諫，逐
諛佞，廣乃聽，杜乃讒。”釋道宣《叙釋慧遠抗周武帝廢教事》：“於時沙
門大統等五百餘人，咸以王威震赫，決諫難從。”　報仇：亦作“報讎”，
採取行動打擊仇敵。《史記·刺客列傳》：“今智伯知我，我必爲報讎
而死。”高適《邯鄲少年行》：“千場縱博家仍富，幾處報讎身不死。”

⑱ 延英殿：亦省稱“延英”，唐代宮殿名，在延英門内。《唐六
典·工部》：“宣政之左曰東上閣，右曰西上閣，次西曰延英門，其内之
左曰延英殿。”肅宗時，宰相苗晉卿年老，行動不便，天子特地在延英
殿召對，以示優禮，後沿爲故事。白居易《寄隱者》：“昨日延英對，今
日崖州去。”一説“延英召對”始於唐代宗，見《新唐書·苗晉卿傳》：
“未幾，復拜侍中，玄宗崩，肅宗疾甚，詔晉卿攝冢宰。固讓曰：‘大行
遺詔，皇帝三日聽政，稽祖宗故事，則無冢宰之文。奉遺詔則宜聽朝，
惟陛下順變以幸萬國。’帝不聽，後數日，代宗立，復詔攝冢宰，固辭乃
免。時年老塞甚，乞間日入政事堂。帝優之，聽入閣不趨，爲御小延
英召對。宰相對小延英，自晉卿始。”　叩頭：伏身跪拜，以頭叩地，舊
時爲最鄭重的一種禮節。《史記·滑稽列傳》：“欲赴佗國奔亡，痛吾
兩主使不通。故來服過，叩頭受罪大王。”梁瓊《遠意》：“脈脈長攄氣，
微微不離心。叩頭從此去，煩惱阿誰禁？”

⑲ “且曰事不止”兩句：這是陽城最關鍵的一次進諫，《舊唐書·
陽城傳》有記載，文曰：“時德宗在位，多不假宰相權，而左右得以因緣
用事，於是裴延齡、李齊運、韋渠牟尋以奸佞相次進用，誣譖時宰，毀
詆大臣，陸贄等咸遭枉黜，無敢救者。城乃伏閣上疏，與拾遺王仲舒
共論延齡奸佞、贄等無罪。德宗大怒，召宰相入議，將加城罪。時順
宗在東宮，爲城獨開解之，城賴之獲免。於是金吾將軍張萬福聞諫官
伏閣諫，趨往至延英門，大言賀曰：‘朝廷有直臣，天下必太平矣！’乃
造城及王仲舒等，曰：‘諸諫議能如此言事，天下安得不太平？’已而連
呼：‘太平！太平！’萬福武人，年八十餘，自此名重天下。時朝夕欲相

延齡，城曰：'脱以延齡爲相，城當取白麻壞之！'"

⑤ 遏：抑制，阻止。葛洪《抱朴子·漢過》："忠謇離退，奸凶得志，邪流溢而不可遏也，僞塗闢而不可杜也。"韓愈《論佛骨表》："若不即加禁遏，更歷諸寺，必有斷臂、臠身以爲供養者。" 美語：好話，動聽的話。杜牧《江西觀察使武陽公韋公遺愛碑銘》："不督不程，誘以美語。未二周星，創數萬堵。"張九成《太甲論》："第聽君子之苦言，而絶小人之美語，使深思力行，一到元良之地，則萬國正矣！"

⑤ 降官司成署：事見《舊唐書·陽城傳》："竟坐延齡事，改國子司業。城既至國學，乃召諸生告之曰：'凡學者所以學，爲忠與孝也！諸生寧有久不省其親者乎？'明日告城歸養者二十餘人。" 降官：貶官。陸贄《奉天改元大赦制》："天下左降官，即與量移近處，已量移者更與量移。"韓愈《順宗實錄》："德宗自貞元十年已後，不復有赦令。左降官雖有名德才望，以微過忤旨譴逐者，一去皆不復叙用。" 司成：謂主管世子品德教育，這裏指國子監。《禮記·文王世子》："樂正司業，父師司成。"孔穎達疏："父師主太子成就其德行也。"梁蕭《祭李祭酒文》："乃拜司成，是勤是行。時則不幸，遘兹大病。薨於道路，孰識天命。" 贅疣：亦作"贅肬"，指附生於體外的肉瘤。葛洪《抱朴子·交際》："猶蚤虱之積乎衣，而贅疣之攢乎體也。"裴鉶《傳奇·崔煒》："謝子爲脱吾難，吾善灸贅疣，今有越井崗艾少許奉子，每遇疣贅，只一炷耳！不獨愈苦，兼獲美艷。"喻多餘無用之物。《楚辭·九章·惜誦》："竭忠誠以事君兮，反離群而贅肬。"洪興祖補注："贅肬，瘤腫也。"李清照《詠史》："兩漢本繼紹，新室如贅疣。"

⑤ 奸心：壞心思，作惡之心。《荀子·非十二子》："故勞力而不當民務，謂之奸事；勞知而不律先王，謂之奸心。"韓愈《黃家賊事宜狀》："今置在容州，則邕州兵馬必少，賊見勢弱，易生奸心。" 快活：高興，快樂。《北齊書·和士開傳》："陛下宜及少壯，恣意作樂，縱橫行之，即是一日快活敵千年。"白居易《想歸田園》："快活不知如我者，

人間能有幾多人?”　擊刺:用戈矛劈刺。《書·牧誓》:“不愆於四伐五伐六伐七伐。”孔傳:“伐謂擊刺。”孔穎達疏:“戈,謂擊兵;矛,謂刺兵,故云伐謂擊刺。”劉知幾《史通·模擬》:“王劭《齊志》述高季式破敵於韓陵,追奔逐北,而云‘夜半方歸,槊血滿袖’。夫不言奮槊深入,擊刺甚多,而但稱‘槊血滿袖’,則不聞者亦知其義矣!”　礪:磨,磨治。曹植《寶刀賦》:“然後礪以五方之石,鑒以中黃之壤。”《舊唐書·李密傳》:“惟木從繩,若金須礪。”　戈矛:戈和矛,亦泛指兵器。《詩·秦風·無衣》:“王於興師,修我戈矛,與子同仇。”張衡《東京賦》:“戈矛若林,牙旗繽紛。”

　　㊿“終爲道州去”兩句:揭示陽城出貶道州刺史的緣由,《舊唐書·陽城傳》:“有薛約者,嘗學於城,性狂躁,以言事得罪,徙連州,客寄無根蒂,臺吏以蹤迹求得之於城家,城坐臺吏於門,與約飲酒訣別,涕泣送之郊外。德宗聞之,以城黨罪人,出爲道州刺史。太學生王魯卿、季償等二百七十人詣闕乞留,經數日,吏遮止之,疏不得上。”　道州:州名,《元和郡縣志·江南道》:“道州……秦屬長沙郡,漢屬長沙國。武帝分長沙置零陵郡,吳分零陵置營陽郡,今州是也。以郡在營水之南,因以爲名。隋末陷寇賊,武德四年平,蕭銑置營州,貞觀八年改爲道州……管縣五:弘道、永明、延唐、大曆、江華。”劉長卿《送劉萱之道州謁崔大夫》:“沅水悠悠湘水春,臨岐南望一沾巾。信陵門下三千客,君到長沙見幾人?”杜甫《湘江宴餞裴二端公赴道州》:“白日照舟師,朱旗散廣川。群公餞南伯,蕭蕭秩初筵。”　天道:猶天理,天意。陳子昂《宴胡楚真禁所》:“人生固有命,天道信無言。青蠅一相點,白璧遂成冤。”高適《宋中十首》三:“三請皆不忍,妖星終自移。君心本如此,天道豈無知?”　悠悠:遼闊無際,遙遠。《詩·王風·黍離》:“知我者謂我心憂,不知我者謂我何求,悠悠蒼天,此何人哉?”毛傳:“悠悠,遠意。”杜淹《寄贈齊公》:“去去逾千里,悠悠隔九天。郊野間長薄,城闕隱凝烟。”

(54) 不言：不説。孫綽《天台山賦》："恣語樂以終日，等寂默於不言。"韓愈《秋懷詩十一首》九："空堂黄昏暮，我坐默不言。" 訧：罪過，過失。《詩・邶風・緑衣》："我思古人，俾無訧兮。"毛傳："訧，過也。"陸德明釋文："訧，音尤，本或作尤。"《梁書・劉孝綽傳》："臣資愚履直，不能杜漸防微，曾未幾何，逢訧罹難。"

(55) 喉舌：指口才，言辭。劉知幾《史通・雜説》："昔魏史稱朱異有口才，摯虞有筆才，故知喉舌翰墨，其辭本異。"齊己《詠鶯》："何事經年閟好音？暖風催出囀喬林。羽毛新刷陶潜菊，喉舌初調叔夜琴。" 鷹鸇：鷹與鸇，比喻忠勇的人。語出《左傳・文公十八年》："見無禮於其君者，誅之，如鷹鸇之逐鳥雀也。"杜甫《秋日夔府詠懷奉寄鄭監李賓客一百韵》："乘威滅蜂蠆，戮力效鷹鸇。"《舊唐書・王義方傳》："金風届節，玉露啓塗，霜簡與秋典共清，忠臣將鷹鸇並擊。" 鳩：鳥名，古爲鳩鴿類，種類不一，如雉鳩、祝鳩、斑鳩等，亦有非鳩鴿類而以鳩名的如鳲鳩（布穀），今爲鳩鴿科部分鳥類的通稱，常指山斑鳩及珠頸斑鳩兩種。《詩・衛風・氓》："於嗟鳩兮，無食桑葚。"毛傳："鳩，鶻鳩也。"《吕氏春秋・仲春紀》："蒼庚鳴，鷹化爲鳩。"高誘注："鳩，蓋布穀鳥也。"

(56) 避權：躲避權貴。羅隱《投宣武鄭尚書二十韵》"避權辭憲署，仗節出南宫。雁影相承接，龍圖共始終。"余靖《題劉太傅栖心亭》："宏構小侯第，避權長掩關。" 冠豸：戴豸冠，豸冠，即獬豸冠，古代御史所戴的帽子。孟郊《寄院中諸公》："冠豸猶屈蠖，匣龍期剸犀。千山驚月曉，百里聞霜鼙。"白居易《見蕭侍御舊山草堂詩因以繼和》："臺中蕭侍御，心與鴻鶴同。晚起慵冠豸，閑行厭避驄。"

(57) "平生附我者"兩句：意謂那些平日裏與我相處非常不錯的朋友，也就是被《詩經》的作者稱爲"好逑"的朋友們，這個時候又怎麼樣呢？ 平生：平素；往常。《論語・憲問》："見利思義，見危授命，久要不忘平生之言，亦可以爲成人矣！"杜甫《夢李白》："出門搔白首，若負平生志。冠蓋滿京華,斯人獨顦顇。"　詩人:指《詩經》的作者。《楚辭·九辯》:"竊慕詩人之遺風兮,願託志乎素餐。"也指寫詩的作家。白居易《馬上作》:"吳中多詩人,亦不少酒酤。"這裏是前者。　好逑:好配偶。《詩·周南·關雎》:"窈窕淑女,君子好逑。"陸德明釋文:"逑音求,毛云'匹也'。"元稹《有鳥二十章》四:"飛飛漸上高高閣,百鳥不猜稱好逑。有鳥有鳥名爲鳩,毛衣軟毳心性柔。"這裏借喻陽城的朋友。

⑱ "私來一執手"兩句:意謂陽城平日裏的朋友偷偷前來,匆匆忙忙拉拉手,隨即慌裏慌張告別而去,唯恐自己被人看見,捲入是是非非的深溝里難以自拔。　私來:不公開的,偷偷的。楊時《龜山集》卷八:"冬十有二月祭伯來:祭伯來,不稱使,非王命也,私來也。書之者,惡其外交也。"《唐詩紀事·朱灣》:"門人謂灣曰:'子私來耶? 公來耶?'若言公,僕實非公;若言私,公庭無私。"　執手:猶握手,拉手。《詩·鄭風·遵大路》:"遵大路兮,摻執子之手兮。"鄭玄箋:"言執手者,思望之甚也。"柳永《雨霖鈴》:"執手相看淚眼,竟無語,凝噎。"

⑲ 決:通"訣",辭別,告別。《史記·外戚世家》:"姊去我西時,與我決於傳舍中。"洪邁《夷堅丙志·王八郎》:"吾與汝不可復合,今日當決之。"　迴眸:又作"回眸",轉過眼睛,回顧。柳宗元《寄韋珩》:"初拜柳州出東郊,道旁相送皆賢豪。迴眸炫晃別群玉,獨赴異域穿蓬蒿。"劉禹錫《海陽十詠·吏隱亭》:"日軒漾波影,月砌鏤松陰。幾度欲歸去,回眸情更深。"

⑳ 太學生:在太學裏就讀的學生。太學是國學,我國古代設於京城的最高學府。西周已有太學之名,漢武帝元朔五年(公元前一二四年)立五經博士,弟子五十人,爲西漢置太學之始。東漢太學大爲發展,順帝時有二百四十房,一千八百五十室。質帝時太學生達三萬人。魏晉到明清,包括唐代,或設太學,或設國子學(國子監),或兩者

同時設立,名稱不一,制度亦有變化,但均爲傳授儒家經典的最高學府。儲光羲《洛中貽朝校書衡朝即日本人也》:"出入蓬山裏,逍遥伊水傍。伯鸞遊太學,中夜一相望。"韋應物《贈舊識》:"少年遊太學,負氣蔑諸生。蹉跎三十載,今日海隅行。" 糧與餱:即"餱糧",乾糧,食糧。《晉書·李壽載記》:"壽大悦,乃大修船艦,嚴兵繕甲,吏卒皆備餱糧。"《新唐書·陳君賓傳》:"去年關内六州穀不登,餱糧少,令析民房逐食。"

　　⑥ 咸言:異口同聲。王昌齡《塞下曲四首》二:"平沙日未没,黯黯見臨洮。昔日長城戰,咸言意氣高。"子蘭《秋日思舊山》:"咸言上國繁華,豈謂帝城羈旅。十點五點殘螢,千聲萬聲秋雨。" 荒陬:荒远的角落。左思《吳都賦》:"其荒陬譎詭,則有龍穴内蒸。"元稹《和李校書新題樂府十二首·蠻子朝》:"西南六詔有遺種,僻在荒陬路尋壅。"

　　⑥ 諸生:衆多有知識學問之士,衆多儒生。《管子·君臣》:"是以爲人君者,坐萬物之原,而官諸生之職者也。"尹知章注:"謂授諸生之官而任之以職也。生,謂知學之士也。"《漢書·叔孫通傳》:"夫儒者難與進取,可與守成。臣願徵魯諸生,與臣弟子共起朝儀。"衆弟子。韓愈《太學生何蕃傳》:"歲舉進士,學成行尊,自太學諸生推頌不敢與蕃齒,相與言於助教博士。"《新唐書·高智周傳》:"俄拜壽州刺史,其治尚文雅,行部,先見諸生,質經義及政得失,既乃録獄訟,考耕餉勤墮,以爲常。" 步步:一步又一步,緊緊相隨。劉長卿《晚次苦竹館却憶干越舊遊》:"故驛花臨道,荒村竹映籬。誰憐却迴首,步步戀南枝?"錢起《杪秋南山西峰題準上人蘭若》:"向山看霽色,步步豁幽性。返照亂流明,寒空千嶂净。" 行騘:指行進中的車馬。皇甫冉《同樊潤州遊郡東山》:"北固多陳迹,東山復盛遊。鐃聲發大道,草色引行騘。"蘇軾《壬寅二月寄子由》:"白刃俄生肘,黄金漫似丘。平生聞太白,一見駐行騘。"

㉓"有生不可訣"兩句：意謂其中有一個太學生，無論如何也不願不肯告別陽城返回，一路跟隨，路經浙江、福建，直達目的地道州。行行：不停地前行。《古詩十九首·行行重行行》："行行重行行，與君生別離。"張孝祥《鷓鴣天》："行行又入笙歌裏，人在珠簾第幾重？"閩：古種族名，生活於今浙江南部和福建一帶，後因稱福建爲閩。《周禮·夏官·職方氏》："辨其邦國、都鄙、四夷、八蠻、七閩、九貉、五戎、六狄之人民。"鄭玄注："閩，蠻之別也。"孫詒讓正義："閩，即今福建，在周爲南蠻之別也。"左思《吳都賦》："槁工楫師，選自閩禺。"陳亮《上孝宗皇帝第一書》："公卿將相大抵多江、浙、閩、蜀之人。"　甌：古代地區名，在今浙江省溫州一帶，後爲溫州的別稱。《山海經·海內南經》："甌居海中。"郭璞注："今臨海永寧縣，即東甌，在岐海中也。"袁珂校注："即今浙江省舊溫州府地。"道州在今湖南省道縣地區，陽城出貶道州，由長安出發，不應該經由閩甌，這是詩人的想象之詞。或者別有緣由，有待後來智者的破解。

㉔"爲師得如此"兩句：意謂作爲老師，能够得到學生如此的擁護與愛戴，難道還不是一位名副其實的賢者嗎？　賢者：即"賢人"，有才德的人。《史記·太史公自序》："守法不失大理，言古賢人，增主之明。"杜甫《述古三首》一："古來君臣合，可以物理推。賢人識定分，進退固其宜。"

㉕"道州聞公來"兩句：意謂道州的百姓聽說有德有才的陽城前來作他們的父母官，高興得又是唱歌又是擊鼓起舞。　鼓舞：擊鼓跳舞。《晏子春秋·外篇》："今孔丘盛聲樂以侈世，飾弦歌鼓舞以聚徒。"白居易《新樂府·西涼伎》："紫髯深目兩胡兒，鼓舞跳梁前致辭。應似涼州未陷日，安西都護進來時。"　歌且謳：即"歌謳"，謳歌，歌頌。《荀子·儒效》："近者歌謳而樂之，遠者竭蹷而趨之。"歌唱。《史記·張儀列傳》："今將以上庸之地六縣賂楚，以美人聘楚，以宮中善歌謳者爲勝。"

⑥⑥ 夏邑：地名，即陝州夏縣。《元和郡縣志·夏縣》："本漢安邑縣地，屬河東郡，後魏孝文帝太和十一年別置安邑縣，十八年改爲夏縣，因夏禹所都爲名。隋大業二年屬河東郡，武德元年又屬虞州（今陝州安邑縣是也），貞觀十七年隷絳州，大定元年割屬陝州，尋屬絳州，乾元三年屬陝州。"白居易《和答詩十首·和陽城驛》："次言陽公迹，夏邑始栖遲。鄉人化其風，少長皆孝慈。"孫公輔《新修夏邑縣城門樓記》："去年夏，聖人戒師於東方。宣武軍守臣劉公，慮以軍興勢危，賦重人困，易置官屬，紀綱事法。遂假參佐范陽盧士宣字伯通爲茲邑長。" 狎鷗：《列子·黃帝》："海上之人有好漚鳥者，每旦之海上，從漚鳥遊，漚鳥之至者百住而不止。其父曰：'吾聞漚鳥皆從汝遊，汝取來，吾玩之。'明日之海上，漚鳥舞而不下也。"後以"鷗鷺忘機"比喻淡泊隱居，不以世事爲懷。盧照鄰《晚渡渭橋寄示京邑遊好》："迸水驚愁鷺，騰沙起狎鷗。一赴清泥道，空思玄灞遊。"

⑥⑦ 刺史：古代官名，原爲朝廷所派督察地方之官，後沿爲地方官職名稱。漢武帝時，分全國爲十三部（州），部置刺史，成帝改稱州牧，哀帝時復稱刺史。魏晉於要州置都督兼領刺史，職權益重。隋煬帝、唐玄宗兩度改州爲郡，改稱刺史爲太守，後又改郡爲州，稱刺史，此後太守與刺史互名。《漢書·百官公卿表》："武帝元封五年初置部刺史，掌奉詔條察州，秩六百石，員十三人。"韓愈《論變鹽法事宜狀》："其餘觀察及諸州刺史、縣令、錄事、參軍多至每月五十千。" 鼓枹：鼓槌。《晉書·天文志》："旗端四星南北列，曰天桴，鼓枹也。"黃庭堅《明叔惠示二頌雲見七佛偈似有警覺乃是向道之端發於此故以二頌爲報》一："多聞成外道，只守即凡夫。欲聽虛空鼓，須彌作鼓枹。"

⑥⑧ 滋章：陳規舊章。王禹偁《謝賜御製道逍詠秘藏詮表》："臣等言伏蒙聖慈，賜臣等御製秘藏詮逍遙詠共四十一卷者。伏以竺乾之教，所以袪色相而示真，如老氏之書，所以去滋章而務清净，大不過四句偈，多不出五千言，始則殊途而同歸，終則枝分而派別。" 滋：黑，

污濁。《左傳・哀公八年》："初,武城人或有因於吳竟田焉! 拘鄫人之漚菅者,曰:'何故使吾水滋?'"杜預注:"滋,濁也。"江淹《雜體詩・效謝惠連〈贈別〉》:"摘芳愛氣馥,拾蕊憐色滋。"　一時:即時,立刻。劉義慶《世説新語・容止》:"始入門,諸客望其神姿,一時退匿。"同時,一齊。《晉書・李矩傳》:"矩曰:'俱是國家臣妾,焉有彼此!'乃一時遣之。"猶一旦。《漢書・吳王濞傳》:"吳與膠西,知名諸侯也,一時見察,不得安肆矣!"　罷:免去,解除。《晉書・魏舒傳》:"時欲沙汰郎官,非其才者罷之。"韓愈《河南府同官記》:"其後由工部侍郎至宰相,罷而又爲。"　教化:政教風化。《詩・周南・關雎序》:"美教化,移風俗。"元稹《和李校書新題樂府十二首・驃國樂》:"教化從來有原委,必將泳海先泳河。"教育感化。《禮記・經解》:"故禮之教化也微,其止邪也於未形。"玄奘《大唐西域記・憍賞彌國》:"世尊曰:'教化勞耶? 開導末世,實此爲冀。'"　天下:古時多指中國範圍内的全部土地,全國範圍。王珪《詠漢高祖》"漢祖起豐沛,乘運以躍鱗……高抗威宇宙,貴有天下人。"王績《詠懷》:"故鄉行雲是,虛室坐間同。日落西山暮,方知天下空。"　遒:堅固。《詩・豳風・破斧》:"周公東征,四國是遒。"毛傳:"遒,固也。"孔穎達疏:"遒,訓爲聚,亦堅固之義,故爲固也。言使四國之民心堅固……不流散也。"勁健,強勁。曹丕《與吳質書》:"公幹有逸氣,但未遒耳!"鄭愔《夜遊曲》:"漢室歡娛甚,魏國文雅遒。"

⑥⑨炎瘴:南方濕熱致病的瘴氣。杜甫《寄岳州賈司馬六丈巴州嚴八使君兩閣老五十韵》:"地僻昏炎瘴,山稠隘石泉。且將棋度日,應用酒爲年。"張子容《永嘉作》:"地濕梅多雨,潭蒸竹起烟。未應悲晚髮,炎瘴苦華年。"　英華:言花木之美,也引申爲在上者之德化。《文選・揚雄〈長楊賦〉》:"英華沈浮,洋溢八區。普天所覆,莫不沾濡。"李善注:"英華,草木之美者,故以喻帝德焉!"劉孝標《重答劉秣陵沼書》:"秋菊春蘭,英華靡絶。"

⑦ 楊震：後漢人，博學當世，有"關西孔子"之稱。爲官正直，遭到誣陷，免官自盡。傳說楊震死後，有大鳥前來哭吊，《後漢書·楊震傳》："歲餘，順帝即位，樊豐、周廣等誅死。震門生虞放、陳翼詣闕追訟震事，朝廷咸稱其忠。乃下詔除二子爲郎，贈錢百萬，以禮改葬於華陰潼亭，遠近畢至。先葬十餘日，有大鳥高丈餘，集震喪前，俯仰悲鳴，泪下霑地，葬畢乃飛去。"薛逢《潼關驛亭》："河上關門日日開，古今名利旋堪哀。終軍壯節埋黄土，楊震豐碑翳綠苔。"胡曾《關西》："楊震幽魂下北邙，關西蹤迹遂荒涼。四知美譽留人世，應與乾坤共久長。" 鄧攸：據《晉書·鄧攸傳》：鄧攸途中遇賊，擔其兒子及其弟之子綏，度不能兩全，最後棄子擔侄兒而逃命。元稹詩篇裏屢屢提及這一歷史故事，與詩人老年喪子、老年無子的慘痛人生經歷有着無法脱卸的聯繫。元稹《遣悲懷三首》三："閑坐悲君亦自悲，百年都是幾多時。鄧攸無子尋知命，潘岳悼亡猶費詞。"元稹《哭子十首》七："往年鬢已同潘岳，垂老年教作鄧攸。煩惱數中除一事，自兹無復子孫憂。"

⑦ 門弟子：謂乃門的弟子。《論語·泰伯》："曾子有疾，召門弟子。"韓愈《送王秀才序》："吾常以爲孔子之道，大而能博，門弟子不能遍觀而盡識也。" 列樹：成列的樹木。桓寬《鹽鐵論·和親》："鳳皇在列樹，騏驎在郊藪。"王粲《雜詩》："曲池揚素波，列樹敷丹榮。"謂成行地種植。東方朔《七諫·初放》："斥逐鴻鵠兮，近習鴟梟。斬伐橘柚兮，列樹苦桃。" 松與楸：即"松楸"，松樹與楸樹，墓地多植，因以代稱墳墓。謝朓《齊敬皇后哀策文》："陳象設於園寢兮，映輿鍐於松楸。"劉禹錫《酬樂天見寄》："若使吾徒還早達，亦應簫鼓入松楸。"特指父母墳塋。洪邁《容齋續筆·思潁詩》："〔歐陽修〕逍遙於潁，蓋無幾時，惜無一語及於松楸之思。"

⑦ 若：如，像。《書·盤庚》："若網在綱，有條而不紊；若農服田力穡，乃亦有秋。"《孟子·公孫丑》："凡有四端於我者，知皆擴而充之

矣,若火之始然,泉之始達。"顧況《棄婦詞》:"相思若循環,枕席生流泉。"　吊:祭奠死者或對遭喪事及不幸者給予慰問。賈誼《吊屈原文》:"造託湘流兮,敬吊先生。"韓愈《祭十二郎文》:"今吾使建中祭汝,吊汝之孤與汝之乳母。"　汨羅:江名,湘江支流,在湖南省東北部,上游汨水有東西兩源:東源出江西省修水縣境,西源出湖南省平江縣東北境龍璋山,兩源在平江縣城西匯合後稱汨羅江,西流到湘陰縣北注入洞庭湖。戰國時楚詩人屈原憂憤國事,投此江而死。《史記·屈原賈生列傳》:"〔屈原〕於是懷石遂自投汨羅以死。"劉向《九嘆·離世》:"惜師延之浮渚兮,赴汨羅之長流。"本詩借指屈原。杜甫《天末懷李白》:"文章憎命達,魑魅喜人過。應共冤魂語,投詩贈汨羅。"劉復《送黃曄明府岳州湘陰赴任》:"花縣到時銅墨貴,葉舟行處水雲和。遙知布惠蘇民後,應向祠堂吊汨羅。"

⑦ 祠曹諱羊祜:事見《晉書·羊祜傳》:"襄陽百姓於峴山祜平生遊憩之所建碑立廟,歲時饗祭焉!望其碑者,莫不流涕,杜預因名爲'墮淚碑'。荊州人爲祜諱名,屋室皆以門爲稱,改戶曹爲辭曹焉!"武元衡《冬日漢江南行將赴夏口途次江陵界寄裴尚書》:"蘭渚歇芳意,菱歌非應聲。元戎武昌守,羊祜幸連營。"白居易《裴侍中晉公以集賢林亭即事詩三十六韻見贈猥蒙徵和才拙詞縶輒廣爲五百言以伸酬獻》:"羊祜在漢南,空留峴首碑。柳惲在江南,祇賦汀洲詩。"　祠曹:祠部機構,隋唐時屬禮部。韋應物《移疾會詩客元生與釋子法朗因貽諸祠曹》:"對此嘉樹林,獨有戚戚顏。抱瘵知曠職,淹旬非樂閑。"王定保《唐摭言·怨怒》:"張楚與達奚侍郎書:'公任在臨淄,請僕爲曹掾……僕轉郎署,先在祠曹,公自臺端,俯臨禮部,昔稱同舍,今則同廳。'"　侔:齊等,相當。《史記·趙世家》:"趙名晉卿,實專晉權,奉邑侔於諸侯。"獨孤及《故左武衛大將軍郭知運謚議》:"茂勳崇名,與衛霍侔。"

⑦ "我願避公諱"兩句:對元積的意見,後人有贊同也有反對,如

杜牧有《商山富水驛（驛本名與陽諫議同名因此改爲富水驛）》詩，對元稹的避賢建議表示異議與反對，詩云：“益憨由來未覺賢，終須南去弔湘川。當時物議朱雲小，後代聲華白日懸。邪佞每思當面唾，清貧長欠一杯錢。驛名不合輕移改，留警朝天者惕然。”而宋人王禹偁《不見陽城驛（有序）》却表示認同，序與詩云：“予爲兒童時覽元白集，見唱和《陽城驛》詩。稹貶江陵過商山，感陽道州而作是詩也。且改驛爲避賢郵，不忍呼其諱也。樂天在翰林得而和之，又見杜紫薇《富水驛》詩，題下解云：‘富水驛舊名與陽諫議同。’卒章曰：‘驛名不合輕移改，留警朝天者惕然。’淳化二年秋九月予自西掖左宦商於，訪其驛即無有也。驗之圖經，求諸郡境，則富水地存而驛廢，陽城之號遂莫知矣！因作古風詩申明，有序三賢之作，且以“不見陽城驛”爲首句。至於道州之行事，元詩盡之矣！此不復云。‘不見陽城驛，空吟昔人詩。誰改避賢郵？唱首元微之。微之謫江陵，憔悴爲判司。路宿商山驛，一夕見嗟咨。所嗟陽道州，抗直貞元時。時亦被斥逐，南荒終一麾。題詩改驛名，格力何高奇！樂天在翰林，亦和遷客詞。遂使道州名，光與日月馳。是後數十年，借問經者誰？留題富水驛，始見杜紫薇。紫薇言驛名，不合輕改移。欲遣朝天者，惕然知在兹。一以諱事神，名呼不忍爲。一以名警衆，名存教可施。爲善雖不同，同歸化之基。邇來又百稔，編集空鱗差。我遷上雒郡，罪譴身縶維。舊詩猶可誦，古驛殊無遺。富水地雖在，陽城名豈知？空想數君子，貫珠若累累。三章詩未泯，千古名亦隨。德音苟不嗣，吾道當已而。前賢尚如此，今我復何悲？題此商於驛，吟之聊自怡。’”讀者兩兩對比，自可得出自己的結論。

⑦⑤ 深意：深刻的含意，深微的用意。《後漢書·李育傳》：“嘗讀《左氏傳》，雖樂文采，然謂不得聖人深意。”元稹《苦樂相倚曲》：“轉將深意諭旁人，緝綴疵瑕遺潛説。”　蔽賢：埋没賢能的人與事。《國語·齊語》：“於子之鄉，有拳勇股肱之力秀出於衆者，有則以告。有

而不以告,謂之蔽賢。"劉向《説苑・君道》:"多黨者進,少黨者退,是以群臣比周而蔽賢。"　天:古人以天爲萬物主宰者。《左傳・宣公四年》:"君,天也,天可逃乎?"韓愈《元和聖德詩》:"天錫皇帝,爲天下主。"　尤:責備,怪罪。司馬遷《報任安書》:"顧自以爲身殘處穢,動而見尤。"劉言史《苦婦詞》:"氣噎不發聲,背頭血涓涓。有時强爲言,祇是尤青天。"

⑦玄元教:道家所稱爲天地萬物本源的道。《晉書・李玄盛傳》:"涉至虛以誕駕,乘有興於本無,禀玄元而陶衍,承景靈之冥符。"李白《感時留别從兄徐王延年從弟延陵》:"玄元包橐籥,紫氣何透迤!"　日月:猶天地。鄭畋《馬嵬坡》:"玄宗回馬楊妃死,雲雨難忘日月新。"孫光憲《漁歌子》二:"經雪水,過松江,盡屬儂家日月。"　冥:昏暗,不明。《老子》:"窈兮冥兮,其中有精。"《史記・龜策列傳》:"正晝無見,風雨晦冥。"　九幽:極深暗的地方,指地下。謝莊《爲朝臣與雍州刺史袁顗書》:"德洞九幽,功貫三曜。"蘇軾《和子由韓太祝送遊太山》:"恨君不上東封頂,夜看金輪出九幽。"引申爲陰間。王安石《祭丁元珍學士文》:"請著君德,銘之九幽。以馳我哀,不在醆羞。"

⑦蔽翳:遮蔽,隱蔽。謝靈運《登永嘉緑嶂山》:"踐夕奄昏曙,蔽翳皆周悉。"元稹《苦雨》:"逡巡崔嵬日,杲曜東西隅。已復雲蔽翳,不使及泥塗。"　幽陰:幽暗陰濕之地,前一個"幽陰"用如動詞。劉希夷《巫山懷古》:"巫山幽陰地,神女艷陽年。襄王伺容色,落日望悠然。"王維《宮槐陌》:"仄徑蔭宮槐,幽陰多緑苔。應門但迎掃,畏有山僧來。"　囚:犯人。《尉繚子・將理》:"故善審囚之情,不笞楚而囚之情畢矣!"白居易《歌舞》:"豈知閿鄉獄,中有凍死囚!"

[編年]

　《年譜》編年本詩於元和五年,没有説明本詩賦詠的具體時間與編年理由。《編年箋注》編年云:"《陽城驛》······作於元和五年(八一〇)貶江陵途中。參閲下《譜》。"《年譜新編》亦編年元和五年,也没有説明具體賦詠時間與編年理由。

我們以爲本詩作爲十七首組詩之一,其寫作時間應該與《思歸樂》等詩同時,大約在元和五年三月十七日至三月二十四日間。白居易《初與元九别後忽夢見之及寤而書適至兼寄桐花詩悵然感懷因以此寄(元九初謫江陵)》:"云作此書夜,夜宿商州東。獨對孤燈坐,陽城山館中。"據此,本詩與元稹《三月二十四日宿曾峰館夜對桐花寄樂天》詩篇爲前後之作,具體時間應該是元和五年三月二十四日,地點在商州之東陽城山館中。

◎ 三月二十四日宿曾峰館 夜對桐花寄樂天(一)①

微月照桐花,月微花漠漠②。怨澹不勝情,低徊拂簾幕(二)③。葉新陰影細(三),露重枝條弱④。夜久春恨多(四),風清暗香薄⑤。是夕遠思君,思君瘦如削⑥。但感事睽違(五),非言官好惡⑦。奏書金鑾殿,步屧青龍閣⑧。我在山館中,滿地桐花落⑨。

録自《元氏長慶集》卷六

[校記]

(一)三月二十四日宿曾峰館夜對桐花寄樂天:楊本、叢刊本、《全唐詩録》、《全詩》、《石倉歷代詩選》、《淵鑑類函》、《佩文齋廣群芳譜》同,《歲時雜詠》作"三月二十四日宿曾峰館對花寄樂天",明顯是漏字,不從不改。

（二）低徊拂簾幕：楊本、叢刊本、《全唐詩録》、《歲時雜詠》、《淵鑑類函》、《佩文齋廣群芳譜》同，《全詩》作“低回拂簾幕”，《石倉歷代詩選》作“徘徊拂簾幕”，語義基本相通，不改。

（三）葉新陰影細：楊本、叢刊本、《全唐詩録》、《全詩》、《石倉歷代詩選》、《歲時雜詠》、《佩文齋廣群芳譜》同，《淵鑑類函》作“葉深陰影細”，不從不改。

（四）夜久春恨多：楊本、叢刊本、《全唐詩録》、《全詩》、《石倉歷代詩選》、《淵鑑類函》、《佩文齋廣群芳譜》同，《歲時雜詠》作“夜立春恨多”，語義不佳，不從不改。

（五）“但感事暌違”以下四句：楊本、叢刊本、《全唐詩録》、《全詩》、《石倉歷代詩選》、《歲時雜詠》、《佩文齋廣群芳譜》同，《淵鑑類函》無，不從不改。

［箋注］

① 三月二十四日宿曾峰館夜對桐花寄樂天：白居易有《初與元九別後忽夢見之及寤而書適至兼寄桐花詩悵然感懷因以此寄（元九初謫江陵）》詩酬和，讚揚元詩“珍重八十字，字字化爲金”，詩云：“永壽寺中語，新昌坊北分。歸來數行泪，悲事不悲君。悠悠藍田路，自去無消息。計君食宿程，已過商山北。昨夜雲四散，千里同月色。曉來夢見君，應是君相憶。夢中握君手，問君意何如。君言苦相憶，無人可寄書。覺來未及説，叩門聲礐礐。言是商州使，送君書一封。枕上忽驚起，顛倒著衣裳。開緘見手札，一紙十三行。上論遷謫心，下説離别腸。心腸都未盡，不暇叙炎凉。云作此書夜，夜宿商州東。獨對孤燈坐，陽城山館中。夜深作書畢，山月向西斜。月前何所有，一樹紫桐花。桐花半落時，復道正相思。殷勤書背後，兼寄桐花詩。桐花詩八韻，思緒一何深！以我今朝意，憶君此夜心。一章一遍讀，一句十回吟。珍重八十字，字字化爲金。”《唐宋詩醇》在白居易《初與元

九別後忽夢見之及寤而書適至兼寄桐花詩悵然感懷因以此寄》之後評云："一意百折,往復纏綿,極平極曲,愈淺愈深,覺兩人覿面對語,無此親切也。杜甫於李白,白居易於元微之,皆友誼中最篤者,故兩集中贈答詩真摯乃爾!'悲事不悲君'一句,見從前之上章,論救不係於私情也,此是篇中眼目。《舊唐書》本傳:居易與河南元稹相善,同年登制舉,交情隆厚。稹自監察御史謫爲江陵府士曹掾,翰林學士李絳、崔群於上前面論稹無罪,居易累疏切諫,不報。"白居易詩及《唐宋詩醇》之語,可以作爲閱讀元稹本詩的參考。 曾峰館:後來因爲當朝賢臣陽城"決諫同報仇"的事迹而改名爲陽城驛,元稹另有《陽城驛》詩抒發其感慨。元稹《桐孫詩序》:"元和五年,予貶掾江陵。三月二十四日宿曾峰館,山月曉時,見桐花滿地,因有八韵寄白翰林詩。"白居易《宿陽城驛對月(自此後詩赴杭州路中)》:"親故尋回駕,妻孥未出關。鳳凰池上月,送我過商山。"也可以作爲閱讀元稹本詩的參考。

② 微月:猶眉月,新月,指農曆月初、農曆月底的月亮。傅玄《雜詩》:"清風何飄颻,微月出西方。"杜甫《水會渡》:"微月没已久,崖傾路何難!" 桐花:桐樹的花。白居易《桐花》:"春令有常候,清明桐始發。何此巴峽中,桐花開十月?"梅堯臣《問答‧送九舅席上作》:"桐花正美喬雪亂,家庭玉樹須來儀。" 月微:月光微弱。王昌齡《途中作》:"遊人愁歲晏,早起遵王畿。墜葉吹未曉,疏林月微微。" 漠漠:迷蒙貌。王逸《九思‧疾世》:"時咄咄兮旦旦,塵漠漠兮未晞。"杜甫《茅屋爲秋風所破歌》:"俄頃風定雲墨色,秋天漠漠向昏黑。"鄭俠《烟雨樓》:"群岫西來烟漠漠,大江南去雨濛濛。"

③ 怨澹:淡淡的幽怨,暫時没有找到合適的書證。 勝情:盡情。薛稷《奉和送金城公主適西蕃應制》:"月下瓊娥去,星分寶婺行。關山馬上曲,相送不勝情。"王昌齡《長信秋詞五首》五:"長信宮中秋月明,昭陽殿下搗衣聲。白露堂中細草迹,紅羅帳裏不勝情。" 低

徊：徘徊，流連。《漢書·司馬相如傳》："低徊陰山翔以紆曲兮，吾乃今日睹西王母。"韓愈《駑驥》："駑驥不敢言，低徊但垂頭。"　簾幕：用於門窗處的簾子與帷幕。杜牧《題宣州開元寺水閣》："深秋簾幕千家雨，落日樓臺一笛風。"劉過《滿江紅·高帥席上》："樓閣萬家簾幕捲，江郊十裏旌旗駐。"

④ 葉新：新出的樹葉草葉。李商隱《和韋潘前輩七月十二日夜泊池州城下先寄上李使君》："桂含爽氣三秋首，蓂吐中旬二葉新。正是澄江如練處，玄暉應喜見詩人。"韓淲《桃花飄零滿澗》："細水收晴露淺沙，葉新枝上綠交加。春風誤得劉郎老，猶有心情數落花。"　陰影：陰暗的影子。元稹《遣春十首》三："岸柳好陰影，風裾遺垢氛。悠然送春目，八荒誰與群？"元稹《冬夜懷李侍御王太祝段丞》："浩露烟壒盡，月光閑有餘。松篁細陰影，重以簾牖疏。"　露重：濃重的露水。姚係《古離別》："涼風已嫋嫋，露重木蘭枝。獨上高樓望，行人遠不知。"戴叔倫《泊湘口》："湘山千嶺樹，桂水九秋波。露重猨聲絕，風清月色多。"　枝條：樹枝，枝子。應劭《風俗通·正失·封泰山禪梁父》："柘桑之林，枝條暢茂，烏登其上。"李咸用《同友生題僧院杜鵑花》："鶴林太盛今空地，莫放枝條出四鄰。"

⑤ 夜久：深更半夜。謝偃《踏歌詞三首》："夜久星沉沒，更深月影斜。裙輕纔動珮，鬢薄不勝花。"沈佺期《和元舍人萬頃臨池玩月戲爲新體》："半環投積草，碎璧聚流杯。夜久平無焕，天晴皎未隤。"　春恨：猶春愁，春怨。楊炯《梅花落》："行人斷消息，春恨幾徘徊。"韋莊《庭前桃》："五陵公子饒春恨，莫引香風上酒樓。"　風清：謂風輕柔而涼爽。蕭繹《鍾山飛流寺碑》："雲聚峰高，風清鐘徹。"戴叔倫《泊湘口》："露重猿聲絕，風清月色多。"　暗香：猶幽香。羊士諤《郡中即事三首》二："紅衣落盡暗香殘，葉上秋光白露寒。越女含情已無限，莫教長袖倚蘭干。"李清照《醉花陰》："東籬把酒黃昏後。有暗香盈袖。莫道不消魂，簾卷西風，人似黃花瘦。"

⑥ "是夕遠思君"兩句：意謂思念遠在長安的您，我深夜無眠，夢境中的您消瘦猶如刀削。　削：形容消瘦。裴鉶《傳奇·許栖巖》："有番人牽一馬，瘦削而價不高，因市之而歸。以其將遠涉道途，日加芻秣，而肌膚日削。"張元幹《滿江紅·自豫章阻風吳城作》："想小樓，終日望歸舟，人如削。"

⑦ "但感事暌違"兩句：這是發生在監察御史任上的事情：房式不顧朝廷典常，在洛陽爲所欲爲橫行不法。元稹按朝廷已有成例加以追攝，先令房式停止職務，罰其一月俸祿，繼飛表向長安奏聞。在這件事上，元稹所作所爲則是完全應該的，也是無可非議的，但對元稹早就不滿的朝臣、宦官以及宰相杜佑抓住了元稹操之過急的所謂"問題"，乘機復仇報怨。政敵以所謂"專達作威"的莫須有"罪名"先罰元稹一季俸祿，繼召元稹還京聽候處理。《舊唐書·元稹傳》文云："河南尹房式爲不法事，稹欲追攝，擅令停務。既飛表聞奏，罰式一月俸，仍召稹還京。"犯法的房式沒有得到嚴肅的處理，而執法的元稹卻被罷官，並且罰俸是房式罰一月俸料的三倍——罰一季俸祿。而且事情遠遠沒有結束，元稹秉公執法的結果是貶職江陵，而"有不法事"的房式又將如何？元稹貶職江陵以後橫行不法的房式不久即從河南尹轉任爲宣歙池觀察使，仍然受到重用，《舊唐書·憲宗紀》云："（元和五年）十二月丁卯朔，癸酉……以河南尹房式爲宣州刺史、宣歙池觀察、採石軍等使。"而以唐憲宗名義發佈的《與房式詔》，竭力稱讚房式在洛陽的"身績"："敕：房式：卿以良才，尹茲東洛。公忠無怠，聲績有聞。嘉嘆之深，寧忘痼瘝？宣城重寄，深在得人。藉卿政能，往就綏撫。授卿宣州刺史兼御史中丞充宣歙等州都團練觀察處置等使，並賜告身往。卿宜便起赴本道，勉修所任，以稱朕懷，想當知悉。"竟然肯定房式以"良才"治理東洛，因"政能"調往宣城："宣城重寄，深在得人。藉卿政能，往就綏撫。"一邊是貶謫有功無過的元稹，貶爲外州下僚；一邊是獎掖橫行不法的房式，委以劇鎮重任：這就是"公正"的

歷史,這就是無情的事實,這就是這兩句詩句的真實歷史背景。　　曖違:別離,隔離,乖離。何遜《贈諸遊舊》:"新知雖已樂,舊愛盡曖違。"姚合《寄陝府內兄郭冏端公》:"曖違逾十年,一會豁素誠。"　好惡:好壞:張籍《白頭吟》:"人心回互自無窮,眼前好惡那能定? 君恩已去若再返,菖蒲花生月長滿。"元積《解秋十首》七:"顏色有殊異,風霜無好惡。年年百草芳,畢竟同蕭索。"

　　⑧ 奏書:漢時在諸侯王國中,臣下向王公陳述意見的文書稱"奏書"。《文心雕龍·書記》:"戰國以前,君臣同書;秦漢立儀,始有表奏,王公國內,亦稱奏書。"《論文後編·目錄》:"奏之爲言進也,於天子曰奏,於王公曰奏書,於公府曰奏記。"泛指奏章。王安石《王中甫學士挽詞》:"同學金陵最少年,奏書曾用牘三千。"臣下向君主進呈文書。元積《沂國公魏博德政碑》:"臣拜稽首,退而奏書於陛下。"　金鑾殿:唐朝宮殿名,文人學士待詔之所。李白《贈從弟南平太守之遙二首》一:"承恩初入銀臺門,著書獨在金鑾殿。"沈括《夢溪筆談·故事》:"唐翰林院在禁中,乃人主燕居之所,玉堂、承明、金鑾殿皆在其間。"泛指皇宮正殿。亦省作"金鑾"。白居易《賀雨》:"小臣誠愚陋,職忝金鑾宮。"蘇軾《武昌西山》:"當時相望不可見,玉堂正對金鑾開。"　步屧:行走,漫步。司空圖《修史亭三首》一:"籬落輕寒整頓新,雪晴步屧會諸鄰。"王安石《牆西樹》:"牆西高樹結陰稠,步屧窮年向此留。"　青龍閣:疑是唐時所置九宮神壇的西北神壇名。《舊唐書·禮儀志》:"請於京東朝日壇東,置九宮貴神壇……東南曰招搖,正東曰軒轅,東北曰太陰,正南曰天一,中央曰天符,正北曰太一,西南曰攝提,正西曰咸池,西北曰青龍。"

　　⑨ 山館:山中館驛。李郢《送劉谷》:"郵亭已送征車發,山館誰將候火迎?"柳永《臨江仙引》:"況繡幃人靜,更山館春寒。今宵怎向漏永? 頓成兩處孤眠。"本詩的"山館"是指商山的曾峰驛館。　桐花:桐樹的花。韋莊《訪舍弘山僧不遇留題精舍》:"滿院桐花鳥雀喧,寂寥芳草茂

芊芊。吾師正遇歸山日,閑客空題到寺年。"劉雲《有所思》:"掩泪向浮
雲,誰知妾懷抱? 玉井蒼苔春院深,桐花落盡無人掃。"

[編年]

《年譜》編年本詩於元和五年,其下引録白居易酬和之篇以及元
稹元和十年的《桐孫詩序》。《編年箋注》編年云:"此詩作於元和五年
(八一○)貶江陵途中。見下《譜》。"《年譜新編》亦編年元和五年,引
録元稹《桐孫詩序》作爲理由。

我們以爲,有元稹自己清楚明白的詩題爲證,有元稹《桐孫詩序》
爲證,有本詩前八句以及最後兩句的詩句爲證,本詩的編年應該落實
到具體的日期:元和五年三月二十四日的晚上,應該給讀者一個清清
楚楚明明白白的交待,具體地點應該在元稹貶職江陵途中的曾峰館。

■ 貶謫江陵途中寄樂天書^{(一)①}

據白居易《初與元九別後忽夢見之及寤而書適至兼寄
桐花詩悵然感懷因以此寄》

[校記]

(一)貶謫江陵途中寄樂天書:所據白居易《初與元九別後忽夢
見之及寤而書適至兼寄桐花詩悵然感懷因以此寄》,見《白氏長慶
集》、《白香山詩集》、《才調集》、《古詩鏡·唐詩鏡》、《唐宋詩醇》、《全
詩》、《全唐詩録》,基本不見異文。

[箋注]

① 貶謫江陵途中寄樂天書:白居易《初與元九別後忽夢見之及

寤而書適至兼寄桐花詩悵然感懷因以此寄（元九初謫江陵）》：“永壽寺中語，新昌坊北分。歸來數行淚，悲事不悲君。悠悠藍田路，自去無消息。計君食宿程，已過商山北。昨夜雲四散，千里同月色。曉來夢見君，應是君相憶。夢中握君手，問君意何如？君言苦相憶，無人可寄書。覺來未及説，叩門聲鼕鼕。言是商州使，送君書一封。枕上忽驚起，顛倒著衣裳。開緘見手札，一紙十三行。上論遷謫心，下説離別腸。心腸都未盡，不暇叙炎涼。云作此書夜，夜宿商州東。獨對孤燈坐，陽城山館中。夜深作書畢，山月向西斜。月前何所有？一樹紫桐花。桐花半落時，復道正相思。殷勤書背後，兼寄桐花詩。桐花詩八韵，思緒一何深！以我今朝意，憶君此夜心。一章一遍讀，一句十回吟。珍重八十字，字字化爲金。”由白居易詩可知：元稹的書不是三言兩語，而是不長不短的“十三行”，内容論及“遷謫心”與“離別腸”，這就是元稹已經佚失的“書”，而今存元稹詩文未見，據補。　　貶謫：古代官吏因過失或犯罪而被降職或流放。劉長卿《初聞貶謫續喜量移登於越亭贈鄭校書》：“青青草色滿江洲，萬里傷心水自流。越鳥豈知南國遠，江花獨向北人愁。”封演《封氏聞見記·贊成》：“〔鄭虔〕由是貶謫十餘年，方從調選，授廣文館博士。”

［編年］

　　未見《元稹集》收録，也未見《編年箋注》收録與編年，《年譜》、《年譜新編》編年於元和五年“佚文”欄内，但顯得籠統有餘，精確不够。又自擬詩題爲《商州寄樂天書》，商州與元稹賦作本佚失之書的“曾峰館”、“陽城驛”不是同一回事，商州是商州，而“曾峰館”、“陽城驛”在商州之東，白居易《初與元九别後忽夢見之及寤而書適至兼寄桐花詩悵然感懷因以此寄（元九初謫江陵）》“云作此書夜，夜宿商州東。獨對孤燈坐，陽城山館中”就是明證。

　　由白居易詩可知：元稹在書的背面，附詩一首，那就是元稹的《三月二十四日宿曾峰館夜對桐花寄樂天》：“微月照桐花，月微花漠漠。
怨澹不勝情，低徊拂簾幕。葉新陰影細，露重枝條弱。夜久春恨多，
風清暗香薄。是夕遠思君，思君瘦如削。但感事暌違，非言官好惡。
奏書金鑾殿，步屧青龍閣。我在山館中，滿地桐花落。”元稹還有《桐
花》一詩，也作於同時，詩篇較長，不再過錄。而元稹的《三月二十四
日宿曾峰館夜對桐花寄樂天》作於元和五年三月二十四日夜，元稹寄
白居易的“書”亦應該賦成同時同地，亦即赴任江陵途中的“曾峰館”、
“陽城驛”中。

◎ 桐 花①

  朧月上山館，紫桐垂好陰②。可憐暗澹色，無人知此
心③。舜没蒼梧野，鳳歸丹穴岑(一)④。遺落在人世，光華那復
深⑤？年年怨春意，不競桃杏林(二)⑥。惟占清明後，牡丹還復
侵⑦。況此空館閉，云誰恣幽尋⑧？徒煩鳥噪集，不語山崟
岑(三)⑨。滿院青苔地，一樹蓮花簪⑩。自開還自落，暗芳終暗
沈⑪。爾生不得所，我願裁爲琴⑫。安置君王側(四)，調和元首
音⑬。安問宮徵角(五)？先辨雅鄭淫(六)⑭！宮弦春以君，君若
春日臨⑮。商弦廉以臣，臣作旱天霖⑯。人安角聲暢，人困鬥
不任(七)⑰。羽以類萬物，妖物神不歆⑱。徵以節百事，奉事罔
不欽⑲。五者苟不亂，天命乃可忱⑳。君若問孝理，彈作梁山
吟㉑。君若事宗廟，拊以和球琳㉒。君若不好諫，願獻觸疏
箴㉓。君若不罷獵，請聽荒於禽㉔。君若侈臺殿，雍門可沾
襟㉕。君若傲賢雋，鹿鳴有食芩㉖。君聞祈招什，車馬勿駸
駸㉗。君若欲敗度，中有式如金㉘。君聞熏風操，志氣在惛

悋㉙。中有阜財語，勿受來獻睬㉚。北里當絕聽，禍莫大於淫㉛。南風苟不競，無往遺之擒㉜。奸聲不入耳，巧言寧孔壬㉝？梟音亦云革，安得涔與祲㉞！天子既穆穆，群材亦森森㉟。劍士還農野，絲人歸織絍㊱。丹鳳巢阿閣，文魚遊碧潯㊲。和氣浹寰海，易若溉蹄涔（八）㊳。改張乃可鼓，此語無古今㊴。非琴獨能爾，事有諭因針（九）㊵。感爾桐花意，閑怨杳難禁㊶。待我持斤斧，置君爲大琛㊷。

錄自《元氏長慶集》卷一

［校記］

（一）鳳歸丹穴岑：楊本、叢刊本、《全詩》同，《全芳備祖集》、《山堂肆考》作“鳳歸丹穴吟”，語義難通，不從不改。

（二）不競桃杏林：楊本、叢刊本、《全詩》同，《全芳備祖集》、《山堂肆考》作“不競桃李林”，語義相類，不從不改。

（三）安置君王側：本句及以下，《全芳備祖集》、《山堂肆考》無。

（四）不語山嶔岑：楊本、叢刊本、《全詩》同，宋蜀本作“不語山嶔崟”，崟：高。酈道元《水經注·涑水》：“路出北巘，勢多懸絕，來去者咸援蘿騰崟，尋葛降深。”引申爲向上揚起，此指鯨鰲之首高昂。尖銳。《楚辭·劉向〈九歎·逢紛〉》：“揄揚滌盪，漂流隕往，觸崟石兮。”王逸注：“崟，銳也。”詞義與“岑”相類，不改。《石倉歷代詩選》作“不語山嶔岑”，語義難通，不從不改。

（五）安問宮徵角：此下五十八句，《石倉歷代詩選》無。

（六）先辨雅鄭淫：原本作“先辯雅鄭淫”，據楊本、叢刊本、《全詩》改。

（七）人困鬥不任：宋蜀本、蘭雪堂本、叢刊本、《全詩》同，楊本作“人因鬥不任”，語義難通，不從不改。

（八）易若溉蹄涔：楊本、叢刊本同，《全詩》作“易若溉蹄岑”，不從不改。

（九）事有諭因針：楊本、叢刊本、《全詩》同，何義門疑作“事有喻因箴”，“諭”與“喻”、“針”與“箴”均爲通假字，不從不改。

［箋注］

① 桐花：桐樹的花。白居易《桐花》：“春令有常候，清明桐始發。何此巴峽中，桐花開十月？”梅堯臣《問答・送九舅席上作》：“桐花正美喬雪亂，家庭玉樹須來儀。”白居易另有《和答詩十首・答桐花》酬和，詩云：“山木多蓊鬱，茲桐獨亭亭。葉重碧雲片，花簇紫霞英。是時三月天，春暖山雨晴。夜色向月淺，暗香隨風輕。行者多商賈，居者悉黎氓。無人解賞愛，有客獨屏營。手攀花枝立，足蹋花影行。生憐不得所，死欲揚其聲。截爲天子琴，刻作古人形。云待我成器，薦之於穆清。誠是君子心，恐非草木情。胡爲愛其華，而反傷其生？老龜被刳腸，不如無神靈。雄雞自斷尾，不願爲犧牲。況此好顏色，花紫葉青青。宜遂天地性，忍加刀斧刑！我思五丁力，拔入九重城。當君正殿栽，花葉生光晶。上對月中桂，下覆階前蓂。泛拂香爐烟，隱映斧藻屏。爲君布綠陰，當暑蔭軒楹。沈沈綠滿地，桃李不敢爭。爲君發清韻，風來如叩瓊。泠泠聲滿耳，鄭衛不足聽。受君封植力，不獨吐芬馨。助君行春令，開花應晴明。受君雨露恩，不獨含芳榮。戒君無戲言，剪葉封弟兄。受君歲月功，不獨資生成。爲君長高枝，鳳凰上頭鳴。一鳴君萬歲，壽如山不傾。再鳴萬人泰，泰階爲之平。如何有此用？幽滯在巖坰。歲月不爾駐，孤芳坐凋零。請向桐枝上，爲余題姓名。待余有勢力，移爾獻丹庭。”白居易和篇與元稹本詩有同有異，可與參讀。

② “朧月上山館”兩句：意謂朦朧的月亮之光灑滿山中的驛館，庭院裏的紫桐在月亮的映照下，落下好大一片樹影。　朧月：明月。

桐　花

白居易《清明夜》："好風朧月清明夜，碧砌紅軒刺史家。"范成大《諾惺庵枕上》："紙窗弄色如朧月，又了浮生一夜眠。"　山館：山中館驛。李郢《送劉谷》："寒澗渡頭芳草色，新梅嶺外鷓鴣聲。郵亭已送征車發，山館誰將候火迎?"柳永《臨江仙引》："況繡幃人靜，更山館春寒。今宵怎向漏永? 頓成兩處孤眠。"　紫桐：桐樹的一種。姚炳《詩識名解·桐》："宋……陳翥作《桐譜》，又分六種：謂紫花者名紫桐，花如百合。白花者名白桐，類穀花而不實。一種油桐，名膏桐，實可厭油。一種刺桐，文理細密，性喜拆裂，花側敷如掌，體有巨刺，如欓樹，實如楓一種。頳桐身青葉圓，大而長，高三四尺即有花，花色紅如火，無實。一種人家庭院所植，名梧桐，皮白葉青，子可噉。其概具見於此。"白居易《初與元九別後忽夢見之及寤而書適至兼寄桐花詩悵然感懷因以此寄(元九初謫江陵)》："夜深作書畢，山月向西斜。月下何所有? 一樹紫桐花。"白居易《寒食江畔》："聞鶯樹下沈吟立，信馬江頭取次行。忽見紫桐花悵望，下邽明日是清明。"

③ 可憐：可惜。盧綸《早春歸盩厔別業却寄耿拾遺》："可憐芳歲青山裹，惟有松枝好寄君。"韓愈《贈崔立之評事》："可憐無益費精神，有似黃金擲虛牝。"　暗澹：亦作"暗淡"，不鮮艳，不明亮。元稹《送孫勝》："桐花暗淡柳惺惚，池帶輕波柳帶風。"歐陽修《雁》："水闊天低雲暗澹，朔風吹起自成行。"　無人：沒有人，沒人在。《史記·范雎蔡澤列傳》："秦王屏左右，宮中虛無人。"應璩《與侍郎曹良思書》："足下去後，甚相思想。《叔田》有無人之歌，閴闕有匪存之思，風人之作，豈虛也哉!"柳永《鬥百花》："深院無人，黃昏乍拆鞦韆，空鎖滿庭花雨。"知：曉得，了解，理解。《孟子·梁惠王》："王如知此，則無望民之多於鄰國也。"柳宗元《封建論》："天地果無初乎? 吾不得而知之也。"　此心：詩人對桐樹既愛又恨的複雜情感。劉長卿《南楚懷古》："往事那堪問! 此心徒自勞。獨餘湘水上，千載聞離騷。"李頎《留別王盧二拾遺》："此別不可道，此心當報誰? 春風灞水上，飲馬桃花時。"

④ 舜没蒼梧野:《史記·五帝本紀》:"舜年二十,以孝聞。年三十,堯舉之。年五十,攝行天子事。年五十八,堯崩。年六十一,代堯踐帝位。踐帝位三十九年,南巡狩,崩於蒼梧之野,葬於江南九疑,是爲零陵。"常建《古意三首》一:"二妃方訪舜,萬里南方懸……不知蒼梧處,氣盡呼青天。"劉長卿《斑竹》:"蒼梧千載後,斑竹對湘沅。欲識湘妃怨,枝枝滿泪痕。" 鳳:傳説中的神鳥,雄的叫鳳,雌的叫凰,通稱爲鳳或鳳凰。《荀子·解蔽》:"《詩》曰:'鳳凰秋秋,其翼若干,其聲若簫。有鳳有凰,樂帝之心。'"楊倞注:"逸《詩》也,《爾雅》:'鶠,鳳,其雌凰。'"韓愈《送何堅序》:"吾聞鳥有鳳者,恒出於有道之國。"古代比喻有聖德的人。《論語·微子》:"鳳兮鳳兮,何德之衰也!"邢昺疏:"知孔子有聖德,故比孔子於鳳。"《楚辭·九辯》:"鳬雁皆唼夫粱藻兮,鳳愈飄翔而高舉。"王逸注:"賢者遯世,竄山谷也。" 丹穴:傳説中的山名。《山海經·南山經》:"丹穴之山……有鳥焉!其狀如雞,五采而文,名曰鳳皇。"張衡《東京賦》:"鳴女床之鸞鳥,無丹穴之鳳皇。"陳子昂《鴛鴦篇》:"鳳凰起丹穴,獨向梧桐枝。" 岑:小而高的山。《爾雅·釋山》:"山小而高曰岑。"阮籍《詠懷八十二首》六:"松柏翳岡岑,飛鳥鳴相過。"山峰,山頂。陸機《猛虎行》:"静言幽谷底,長嘯高山岑。"《文選·謝靈運〈晚出西射堂〉》:"步出西城門,遥望城西岑。"吕向注:"岑,峰也。"

⑤ "遺落在人世"兩句:意謂桐花因偶然的機會,遺漏在人世間,已經没有了往日的光輝。 遺落:猶言散失流落。王建《春去曲》:"就中一夜東風惡,收紅拾紫無遺落。老夫不比少年兒,不中數與春别離。"張蕭遠《觀燈》:"十萬人家火燭光,門門開處見紅妝……寶釵駿馬多遺落,依舊明朝在路傍。" 人世:人間,人類社會。陳子昂《同王員外雨後登開元寺南樓因酬暉上人獨坐山亭有贈》:"水月心方寂,雲霞思獨玄。寧知人世裏,疲病得攀緣。"李頎《贈蘇明府》:"不復有家室,悠悠人世中。子孫皆老死,相識悲轉蓬。" 光華:光輝照耀,閃

耀。張九齡《奉和聖製經孔子舊宅》：“恩加萬乘幸，禮致一牢祠。舊宅千年外，光華空在茲。”光榮，榮耀。張説《和魏僕射還鄉》：“富貴還鄉國，光華滿舊林。秋風樹不静，君子嘆何深！”光芒，光彩。楊浚《贈李郎中》：“焚香開後閣，起草閉前門。禮樂風流美，光華星位尊。”

⑥“年年怨春意”兩句：意謂桐花不跟桃花、杏花争奪春天的光輝，祇是在清明之後静静地開放。　年年：每年。崔湜《婕妤怨》：“容華尚春日，嬌愛已秋風……年年後庭樹，榮落在深宫。”李嶠《倡婦行》：“十年倡家婦，三秋邊地人……夜夜風霜苦，年年征戍頻。”　春意：春天的氣象。江淹《卧疾愁别劉長史》：“始懷未迴嘆，春意秋方驚。”韋應物《聽鶯曲》：“流鶯日日啼花間，能使萬家春意閑。有時斷續聽不了，飛去花枝猶裊裊。”　不競桃杏林：意謂由於桃花盛開，杏花怒放，桐花無法與它們争競春天，祇能被冷落在一邊。劉長卿《春過裴虬郊園》：“郊原春欲暮，桃杏落紛紛。何處隨芳草？留家寄白雲。”楊憑《春中泛舟》：“仙郎歸奏過湘東，正值三湘二月中。惆悵滿川桃杏醉，醉看還與曲江同。”

⑦“惟占清明後”兩句：意謂桐花祇是在清明之後開放，但就是這樣，不讓人後的牡丹還不時來侵奪擠佔。　清明：節氣名，時在西曆四月四、五或六日間。劉長卿《清明後登城眺望》：“風景清明後，雲山睥睨前。百花如舊日，萬井出新烟。”孟浩然《清明即事》：“帝里重清明，人心自愁思。車聲上路合，柳色東城翠。”　牡丹：古今著名的觀賞植物，在群花品中，牡丹第一，世謂牡丹爲花王。王建《長安春遊》：“不覺愁春去，何曾得日長？牡丹相次發，城裏又須忙。”武元衡《聞王仲周所居牡丹花發因戲贈》：“聞説庭花發暮春，長安才子看須頻。花開花落無人見，借問何人是主人？”

⑧“況此空館閉”兩句：意謂何況在這平常都是空無一人的終日荒涼的青苔遍地的山中驛館之内，又有誰前來尋勝探幽？　空館：空無一人的驛館。王昌齡《次汝中寄河南陳贊府》：“汝山方聯延，伊水

縷明滅。遙見入楚雲，又此空館月。"郎士元《送錢拾遺歸兼寄劉校書》："墟落歲陰暮，桑榆烟景昏。蟬聲靜空館，雨色隔秋原。"　幽尋：尋勝探幽。崔湜《唐都尉山池》："金子懸湘柚，珠房折海榴。幽尋惜未已，清月半西楼。"薛曜《奉和聖製夏日遊石淙山》："玉洞幽尋更是天，朱霞綠景鎮韶年。飛花藉藉迷行路，囀鳥遙遙作管弦。"

⑨ "徒煩鳥噪集"兩句：意謂桐花厭煩滿山遍野山鳥的日夜叫噪，祇好在崇山峻嶺裏默默無語，聽任它們胡言亂語。　噪集：雜亂的鳴叫。元稹《寺院新竹》："噪集倦鷗鳥，炎昏繁蠛蠓。未遭伶倫聽，非安子猷寵。"《舊唐書·王遂傳》："十四年七月，遂方宴集，弁誘集其徒，害遂於席，判官張實、李甫等同遇害。"　不語：默默無語。徐彥伯《孤燭嘆》："暖手縫輕素，嚬蛾續斷弦。相思咽不語，回向錦屏眠。"王昌齡《留別郭八》："長亭駐馬未能前，井邑蒼茫含暮烟。醉別何須更惆悵！回頭不語但垂鞭。"　嶔岑：高峻。陸厥《京兆歌》："邐迤傍無界，嶔岑鬱上千。"錢起《賦得青城山歌送楊杜二郎中赴蜀軍》："蜀山西南千萬重，仙經最説青城峰。青城嶔岑倚空碧，遠壓峨嵋吞劍壁。"也指高峻的山峰。宋之問《送楊六望赴金水》："借問梁山道，嶔岑幾萬重？遂州刀作字，絕壁劍爲峰。"

⑩ "滿院青苔地"兩句：意謂何況在這終日荒涼青苔遍地的空館之內，祇有如蓮花圖飾的簪子孤獨地靜靜地開放在那兒，並没有人們前來欣賞讚揚。　青苔：苔蘚。《淮南子·泰族訓》："窮谷之污，生以青苔。"高誘注："青苔，水垢也。"江淹《青苔賦》："嗟青苔之依依兮，無色類而可方。"宋之問《題鑒上人房二首》二："晚入應真理，經行尚未回。房中無俗物，林下有青苔。"　蓮花簪：蓮花圖飾的簪子，這裏比喻桐花。元稹《春晚寄楊十二兼呈趙八》："自無琅玕實，安得蓮花簪！寄之二君子，希見雙南金。"　簪：古人用來綰定髮髻或冠的長針，後來專指婦女綰髻的首飾。左思《招隱》："躊躇足力煩，聊欲投吾簪。"杜甫《春望》："白頭搔更短，渾欲不勝簪。"

⑪　"自開還自落"兩句：意謂桐花開了，無人欣賞，桐花落了，也無人光顧。最初桐花默默地開放，最後桐花默默地萎謝。杜甫《早花》："西京安穩未？不見一人來。臘日巴江曲，山花已自開。"呂巖《七言》一六："尋常學道説黄芽，萬水千山覓轉差。有畛有園難下種，無根無脚自開花。"劉長卿《長沙贈衡岳祝融峰般若禪師》："歸路却看飛鳥外，禪房空掩白雲中。桂花寥寥閑自落，流水無心西復東。"丁仙芝《長寧公主舊山池》："庭閑花自落，門閉水空流。追想吹簫處，應隨仙鶴遊。"　暗芳：不引人注意的花朵，本詩指桐花。宋之問《夜飲東亭》："暗芳足幽氣，驚栖多衆音。高興南山曲，長謡横素琴。"元稹《遣春十首》一："曉月籠雲影，鶯聲餘霧中。暗芳飄露氣，輕寒生柳風。"暗沈：亦作"暗沉"，意謂花葉在人們不經意中隕落。盧綸《陪中書李紓舍人夜泛東池》："夜村機杼急，秋水茇荷深。石静龜潛上，萍開葉暗沈。"彭孫遹《初從嶺外歸家兄仲謀有喜駿孫歸自嶺南之作次韵十首》四："空林緑遍文無艸，寒雨吹殘夜合花。雲葉暗沈經歲札，烟蘿深鎖故人家。"

⑫　爾：代詞，你們，你。《詩・小雅・無羊》："誰謂爾無羊？三百維群！"鄭玄箋："爾，女也。"元稹《哭子十首》一："維鵜受刺因吾過，得馬生灾念爾冤。獨在中庭倚閑樹，亂蟬嘶噪欲黄昏。"　不得所：不是地方。白居易《放魚》："一時幸苟活，久遠將何如？憐其不得所，移放於南湖。"白居易《春日閑居三首》二："聖人不得所，慨然嘆時命。"我願裁爲琴：意謂我願意將你改造成一把琴，物盡其才，發揮你的作用。　願：願意，情願。《論語・公冶長》："顔淵曰：'願無伐善，無施勞。'"韓愈《醉留東野（元和六年公爲河南令作）》："吾願身爲雲，東野變爲龍。四方上下逐東野，雖有離別無由逢。"　裁：裁製，剪裁。班婕妤《怨歌行》："新裂齊紈素，皎潔如霜雪。裁爲合歡扇，團團似明月。"謝惠連《搗衣》："裁用笥中刀，縫爲萬里衣。盈篋自餘手，幽緘候君開。"　琴：樂器名，指古琴，傳爲神農創制。琴身爲狹長形，木質音

箱，面板外侧有十三徽，底板穿"龍池"、"鳳沼"二孔，供出音之用。上古作五弦，至周增爲七弦，古人把琴當作雅樂。《詩·小雅·鹿鳴》："我有嘉賓，鼓瑟鼓琴。"王維《竹里館》："獨坐幽篁裏，彈琴復長嘯。深林人不知，明月來相照。"

⑬ "安置君王側"兩句：意謂讓桐樹製成漂亮的琴子，被送到君王的身邊，爲君王彈奏和諧的樂章，使君王治理好國家大事。此意與白居易《和答詩十首·答桐花》"生憐不得所，死欲揚其聲。截爲天子琴，刻作古人形。云待我成器，薦之於穆清。誠是君子心，恐非草木情"同一意思。 安置：安放，安排，謂使人或事物有著落。杜甫《簡吳郎司法》："有客乘舸自忠州，遣騎安置瀼西頭。古堂本買藉疏豁，借汝遷居停宴遊。"元稹《和劉猛古題樂府十首·將進酒》："妾爲此事人偶知，自慚不密方自悲。主今顛倒安置妾，貪天僭地誰不爲！" 君王：古稱天子或諸侯。《楚辭·招魂》："君王親發兮憚青兕。"王逸注："言懷王是時親自射獸，驚青兕牛而不能制也。"白居易《長恨歌》："楊家有女初長成，養在深閨人未識。天生麗質難自棄，一朝選在君王側。" 調和：協調、和諧，使和諧。王建《上李吉甫相公》："聖朝齊賀說逢殷，霄漢無雲日月真。金鼎調和天膳美，瑤池沐浴賜衣新。"元稹《連昌宮詞》："姚崇宋璟作相公，勸諫上皇言語切。燮理陰陽禾黍豐，調和中外無兵戎。" 元首：這裏指君主。《書·益稷》："股肱喜哉，元首起哉，百工熙哉！"孔傳："元首，君也。"王良士《南至日隔仗望含元殿香爐》："抗殿疏元首，高高接上元。節當南至日，星是北辰天。"司馬光《謝門下侍郎表》："臣避命弗獲，居寵爲憂，謹當承元首之明，竭股肱之力。"

⑭ 宮徵角：古代五聲音階的一、二、三音級，指代古代五聲音階宮、商、角、徵、羽。《宋書·律曆志》："楊子雲曰：'宮、商、角、徵、羽，謂之五聲。'"柳宗元《乞巧文》："駢四驪六，錦心繡口；宮沉羽振，笙簧觸手。" 雅鄭：雅樂和鄭聲，古代儒家以鄭聲爲淫邪之音，因以"雅

鄭"指正聲和淫邪之音,語本揚雄《法言·吾子》:"或問:交五聲十二律也,或雅或鄭,何也？曰:中正則雅,多哇則鄭。"曹植《當事君行》:"人生有所尊尚,出門各異情；朱紫更相奪色,雅鄭異音聲。"《隋書·音樂志》:"雖知操弄,雅鄭莫分。"引申爲正與邪、高雅與低劣。《文心雕龍·體性》:"然才有庸俊,氣有剛柔,學有淺深,習有雅鄭。"顔真卿《尚書刑部侍郎贈尚書右僕射孫逖公集序》:"雅鄭在人,理亂由俗。"

⑮"宮弦春以君"兩句:這是古代人們對音律的理解,《禮記·樂記》:"宮爲君,商爲臣,角爲民,徵爲事,羽爲物；五者不亂,則無怗懘之音矣！"以下十句,則據此而來。　宮:古代五声音階的第一音級。《莊子·徐無鬼》:"鼓宮宮動,鼓角角動,音律同矣！"《宋書·律曆志》:"揚子雲曰:'宮、商、角、徵、羽,謂之五聲。'"　春日:春天的太陽。《晉書·樂志》:"仁配春日,威踰秋霜。"杜牧《商山麻澗》:"雉飛鹿過芳草遠,牛巷雞塒春日斜。"

⑯商弦:弹奏商调的丝弦,即七弦琴的第二弦。《初學記·三禮圖》曰:"琴第一絃爲宮,次絃爲商,次爲角,次爲羽,次爲徵,次爲少宮,次爲少商。"《淮南子·覽冥訓》:"故東風至而酒湛溢,蠶咡絲而商弦絶,或感之也。"高誘注:"新絲出,故絲脆,商於五音最細而急,故絶也。"　旱天霖:事見騶忌子聽琴,吳曾《能改齋漫録·使騶忌聽琴事》:"元微之《桐花詩》云:'爾生不我得,我願裁爲琴。宮絃春以君,君若春日臨。商絃廉以臣,臣作旱天霖。'蓋取《史記》騶忌子聞齊威王鼓琴而爲説曰:'大絃濁以春温者,君也。小絃廉折以清者,相也。《西清詩話》乃云:'吳僧義海琴妙天下,而東坡聽唯賢琴詩,有'大絃春温和且平,小絃廉折亮以清'之句,至謂東坡未知琴趣,不獨琴爲然,殊不知亦取騶忌子聽琴之事耳！"《唐宋詩醇·聽賢師琴》》:"《復齋漫録》曰:元微之詩:爾生不我待,我願裁爲琴。宮絃春似君,君若春日臨。商絃廉似臣,臣作旱天霖。蓋取《史記》騶忌子聞齊威王鼓琴而爲説,曰:大絃濁以春温者,君也。小絃廉折以清者,相也。《西清

詩話》乃云：東坡聽惟賢琴，有大絃春溫和且平，小絃廉折亮以清之句，至謂東坡未知琴趣，不獨琴爲然，殊不知亦取驪琴之事耳！可謂不學！"

⑰ 人安：百姓安居樂業，旅人平安無事。劉長卿《酬李郎中夜登福州城樓見寄》："日照閩中夜，天凝海上寒。客程無地遠，主意在人安。"錢起《奉陪使君十四叔晚憩大雲門寺》："炎氛臨水盡，夕照傍林多。境對知心妄，人安覺政和。"　角聲：五聲之一。《管子·幼官》："君服青色，味酸味，聽角聲。"《宋書·樂志》："宮聲正方而好義，角聲堅齊而率禮。"　人困：人們遭遇困難。韓琦《再賦柳枝詞二闋》一："曲江風暖曉陰斜，翠色相宜拂鈿車。自是春眠慵未起，日高人困又飛花。"韓維《景仁雨中同遊南園》二："宿醉厭厭曉尚曛，卷簾清思滿風雲。久嫌日暖撩人困，却喜花香帶雨聞。"　不任：不能忍受，不能勝任。《後漢書·獻帝伏皇后壽》："操後以事入見殿中，帝不任其憤，因曰：'君若能相輔，則厚，不爾，幸垂恩相捨。'"張九齡《始興南山下有林泉嘗卜居焉荆州臥病有懷此地》："力衰在所養，時謝良不任。但憶舊栖息，願言遂窺臨。"

⑱ 萬物：統指宇宙間的一切事物。崔國輔《杭州北郭戴氏荷池送侯愉》："秋近萬物蕭，況當臨水時。折花贈歸客，離緒斷荷絲。"崔顥《遊天竺寺》："洗意歸清淨，澄心悟空了。始知世上人，萬物一何擾！"　祅物：反常怪異的事物。《太平廣記·陳僕射》："識者曰：'陳太師由閹宦之力，無涓塵之效，盜處方鎮，始爲祅物所憑，終亦自殆誅滅，非不幸也。'（出《北夢瑣言》）"　祅：反常怪異。《漢書·郊祀志》："伊陟曰：'祅不勝德。'"耿湋《送葉尊師歸處州》："群祅離分野，五嶽拜旌幢。"　歆：饗，嗅聞，謂祭祀時神靈享用祭品的香氣。《詩·大雅·生民》："其香始升，上帝居歆。"鄭玄箋："其馨香始上行，上帝則安而歆享之。"《左傳·僖公三十一年》："鬼神非其族類，不歆其祀。"杜預注："歆，猶饗也。"

⑲　百事：各種事務，事事。韋應物《永定寺喜辟強夜至》：“深爐正燃火，空齋共掩扉。還將一尊對，無言百事違。”劉禹錫《陪崔大尚書及諸閣老宴杏園》：“更將何面上春臺？百事無成老又催。唯有落花無俗態，不嫌憔悴滿頭來。”　奉事：侍候，侍奉。李公佐《南柯太守傳》：“前奉賢尊命，不棄小國，許令次女瑤芳，奉事君子。”司馬光《上皇帝疏》：“皇帝聖體平寧之時，奉事皇太后，承順顏色，宜無不如禮。”欽：尊敬，恭敬。《禮記·內則》：“欽有帥。”鄭玄注：“欽，敬也。”孔穎達疏：“當教之令其恭敬使有循善道。”謹慎，戒慎。袁宏《後漢紀·靈帝紀》：“又聞微行數出諸苑囿，觀鷹犬之勞，極般遊之樂，政事日隳，大化陵遲，忘乾乾不息，忽屢省之欽哉！”嚴肅，莊重。王安石《洪範傳》：“‘恭’則貌欽，故作肅。”敬佩，佩服。韓愈《韶州留別張端公使君》：“久欽江總文才妙，自嘆虞翻骨相屯。”欽羨，仰慕。嵇康《琴賦》：“慕老童於騩隅，欽泰容之高吟。”

⑳　“五者苟不亂”兩句：關於這兩句的含義，可參閱陳師凱《書蔡氏傳旁通》卷一：“聲音之道與政通，故審音以知樂，審樂以知政。《樂記》云：‘治世之音安以樂，其政和；亂世之音怨以怒，其政乖；亡國之音哀以思，其民困。聲音之道，與政通矣！宮爲君，商爲臣，角爲民，徵爲事，羽爲物，五者不亂，則無怗滯之音矣！宮亂則荒，其君驕；商亂則陂，其官壞；角亂則憂，其民怨；徵亂則哀，其事勤；羽亂則危，其財匱。五者皆亂，迭相陵謂之慢，如此則國之滅亡無日矣！鄭衛之音，亂世之音也！其政散，其民流，誣上行私而不可止也！凡音者，生於人心者也！樂者，通倫理者也！是故知聲而不知音者，禽獸是也；知音而不知樂者，衆庶是也；唯君子爲能知樂，是故審聲以知音，審音以知樂，審樂以知政，而治道備矣！”　苟：假如，如果，衹要。《史記·周本紀》：“子苟能，請以國聽子。”韓愈《江漢答孟郊》：“苟能行忠信，可以居夷蠻。”　天命：上天之意旨，由天主宰的命運。韓愈《爭臣論》：“彼二聖一賢者，豈不知自安佚之爲樂哉？誠畏天命而悲人窮

也。"羅大經《鶴林玉露》卷六:"且人之生也,貧富貴賤,夭壽賢愚,禀性賦分,各自有定,謂之天命,不可改也。" 忱:信任,相信,常於涉及天命、天意時用之。《詩·大雅·大明》:"天難忱斯,不易維王。"毛傳"忱,信也。"鄭玄箋:"天之意難信矣!"文瑩《玉壺清話》卷二:"不憚數千里之遠,負夫骨以歸,此節婦義女之爲,反斃於道。天乎!福善助順之理,信所以難忱也。"

㉑ 孝理:猶孝道,謂以孝治國教民。杜甫《橋陵詩三十韵因呈縣內諸官》:"孝理敦國政,神凝推道經。"劉禹錫《謝上連州刺史表》:"伏荷陛下孝理宏深,皇明照燭。" 梁山吟:即"梁山操",古琴曲名,抒寫對父母的思念之情。舊題蔡邕《琴操·梁山操》:"《梁山操》者,曾子之所作也……嘗耕泰山之下,遭天霖澤,雨雪寒凍,旬月不得歸,思其父母,乃作憂思之歌。"後亦稱《梁山吟》。梅堯臣《王氏昆仲歸寧》:"昨夜雪霏霏,梁山吟未歸。關河誰道遠?鴻雁自相依。"

㉒ 宗廟:古代帝王、諸侯祭祀祖宗的廟宇。《國語·魯語》:"夫宗廟之有昭穆也,以次世之長幼,而等冑之親疏也。"《史記·魏公子列傳》:"今秦攻魏,魏急而公子不恤,使秦破大梁而夷先王之宗廟,公子當何面目立天下乎?" 球琳:球、琳皆美玉名,亦泛指美玉。《書·禹貢》:"〔雍州〕厥貢惟球琳琅玕。"孔傳:"球、琳,皆玉名。"《淮南子·墜形訓》:"西北方之美者,有昆侖之球琳琅玕焉!"高誘注:"球琳琅玕,皆美玉也。"也指玉磬。韋驤《答宋茂宗詩卷》:"山水清音歸老筆,球琳秀氣滿新編。雖無健句酬來貺,終日吟哦興自全。"

㉓ 好諫:喜歡別人進諫。柳澤《諫復斜封疏》:"伏惟皇帝陛下聰明齊聖,孝悌通神,樂善好諫,除繁去惑,不邇聲色,不殖貨利,仁明睿哲,有過於堯舜。"李商隱《爲安平公謝除兗海觀察使表》:"伏惟皇帝陛下鈞陶庶匯,亭毒萬方,憂心同堯,好諫若禹。" 觸疏箴:指觸龍强顏進諫趙太后的故事,事見《戰國策·趙策》:"趙太后新用事,秦急攻之。趙氏求救於齊,齊曰:'必以長安君爲質,兵乃出。'太后不肯,大

臣強諫，太后明謂左右：‘有復言令長安君爲質者，老婦必唾其面！’左師觸讋願見太后，太后盛氣而揖之。入而徐趨，至而自謝曰：‘老臣病足，曾不能疾走，不得見久矣！竊自恕而恐太后玉體之有所郄也，故願望見太后。’太后曰：‘老婦恃輦而行。’曰：‘日食飲得無衰乎？’曰：‘恃鬻耳！’曰：‘老臣今者殊不欲食，乃自強步，日三四里，少益耆食，和於身也。’太后曰：‘老婦不能……’太后之色少解，左師公曰：‘老臣賤息，舒祺最少，不肖，而臣衰竊愛憐之，願令得補黑衣之數以衛王宮，没死以聞……’太后曰：‘敬諾！年幾何矣？’對曰：‘十五歲矣！雖少，願及未填溝壑而託之！’太后曰：‘丈夫亦愛憐其少子乎？’對曰：‘甚於婦人！’太后笑曰：‘婦人異甚！’對曰：‘老臣竊以爲媪之愛燕后，賢於長安君。’曰：‘君過矣！不若長安君之甚！’左師公曰：‘父母之愛子，則爲之計深遠。媪之送燕后也，持其踵，爲之泣，念悲其遠也，亦哀之矣！已行，非弗思也，祭祀必祝之祝曰：必勿使反！豈非計久長，有子孫相繼爲王也哉？’太后曰：‘然。’左師公曰：‘今三世以前，至於趙之爲趙，趙王之子孫侯者，其繼有在者乎？’曰：‘無有。’曰：‘微獨趙，諸侯有在者乎？’曰：‘老婦不聞也。’’此其近者禍及身，遠者及其子孫，豈人主之子孫則必不善哉？位尊而無功，奉厚而無勞，而挾重器多也。今媪尊長安君之位，而封之以膏腴之地，多予之重器，而不及今令有功於國，一旦山陵崩，長安君何以自託於趙？老臣以媪爲長安君計短也，故以爲其愛不若燕后。’太后曰：‘諾。恣君之所使之！’於是爲長安君約車百乘質於齊，齊兵乃出。子義聞之曰：‘人主之子也，骨肉之親也，猶不能恃無功之尊、無勞之奉而守金玉之重也，而況人臣乎！”

㉔ 罷獵：停止打獵活動。王維《和僕射晉公扈從溫陽》：“出遊逢牧馬，罷獵見非熊。上宰無爲化，明時太古同。”元稹《楚歌十首》四：“懼盈因鄧曼，罷獵爲樊姬。盛德留金石，清風鑒薄帷。”　荒於禽：事見吳兢《貞觀政要》卷八引張蘊古奏章曰：“勿内荒於色，勿外荒於禽，

勿貴難得之貨，勿聽亡國之音。内荒伐人性，外荒蕩人心，難得之物侈，亡國之聲淫。勿謂我尊而傲賢侮士，勿謂我智而拒諫矜己。"

㉕ 侈臺殿：熱衷於宮殿臺榭的豪華建造。劉長卿《登思禪寺上方題修竹茂松》："上方幽且暮，臺殿隱朦朧。遠磬秋山裏，清猨古木中。"李煜《渡中江望石城泣下》："江南江北舊家鄉，三十年來夢一場。吳苑宮闈今冷落，廣陵臺殿已荒凉。"　雍門可沾襟：雍門指雍門子周，古之善琴者，亦稱雍門子。《漢書·中山靖王劉勝傳》："雍門子壹微吟，孟嘗君爲之於邑。"顏師古注引張晏曰："齊之賢者，居雍門，因以爲號。"據劉向《説苑·善説》記載，有"雍門鼓琴"的故事流傳後世：相傳雍門子周以善琴見孟嘗君，孟嘗君曰："先生鼓琴亦能令文悲乎?"雍門子周曰："臣何獨能令足下悲哉……然臣之所爲足下悲者一事也。夫聲敵帝而困秦者君也，連五國之約南面而伐楚者又君也。天下未嘗無事，不從則橫。從成則楚王，橫成則秦帝，楚王秦帝，必報讎於薛矣！夫以秦楚之强而報讎於弱薛，譬之猶摩蕭斧而伐朝菌也，必不留行矣！天下有識之士無不爲足下寒心酸鼻者，千秋萬歲之後，廟堂必不血食矣!"孟嘗君聞之悲泪盈眶，子周於是引琴而鼓，孟嘗君增悲流涕曰："先生之鼓琴，令文立若破國亡邑之人也。"後因以"雍門琴"指哀傷的曲調。楊素《贈薛播州》："離心多苦調，詎假雍門琴。"李白《猛虎行》："腸斷非關隴頭水，泪下不爲雍門琴。"　可：應當，應該。《史記·陳丞相世家》："及平長，可娶妻，富人莫肯與者。"《三國志·鍾會傳》："但可敕　會取艾，不足自往。"　沾襟：浸濕衣襟，多指傷心落泪。《莊子·應帝王》："列子入，泣涕沾襟以告壺子。"白居易《慈烏夜啼》："晝夜不飛去，經年守故林。夜夜夜半啼，聞者爲沾襟。"

㉖ 賢隽：亦作"賢俊"、"賢儁"、"賢寯"，指才德出衆。《隋書·高祖紀》："開進仕之路，佇賢隽之人。"杜甫《遣興五首》一："昔時賢俊人，未遇猶視今。"也指才德出衆的人。《漢書·元帝紀》："延登賢俊，招顯側陋。"《晉書·忠義傳·王豹》："簡良才，命賢俊，以爲天子百

官。" 鹿鳴:指鹿鳴宴。耿湋《送郭秀才赴舉》:"鄉賦鹿鳴篇,君爲貢士先。新經夢筆夜,纔比棄繻年。"羅珦《行縣至浮查山寺》:"三十年前此布衣,鹿鳴西上虎符歸。行時賓從過前寺,到處松杉長舊圍。" 芩:蘆葦一類的植物。《詩·小雅·鹿鳴》:"呦呦鹿鳴,食野之芩。"朱熹集傳:"芩,草名,莖如釵股,葉如竹,蔓生。"

㉗ 祈招:詩篇名。陳師凱《書蔡氏傳旁通》卷六:"《左傳·昭公十二年》:楚右尹子革對楚靈王曰:'昔穆王欲肆其志,周行天下,將皆必有車轍馬迹焉!'祭公謀父作《祈招》之詩以止王心,王是以獲没于祇宮,其詩曰:'祈招之愔愔,式昭德音,思我王度,式如玉,式如金,形民之力而無醉飽之心。'"陳第《尚書疏衍》卷四:"又謂穆王巡遊無度,財匱民勞。至其末年,爲此一切權宜之術以斂民財,此又揣摩之過也。夫穆王欲以車轍馬迹遍天下,彼一時也,故讀《祈招》之詩,傷哉其言之矣!" 車馬:車和馬,古代陸上的主要交通工具。沈佺期《長安道》:"秦地平如掌,層城入雲漢。樓閣九衢春,車馬千門旦。"王維《過李楫宅》:"閑門秋草色,終日無車馬。客來深巷中,犬吠寒林下。"駸駸:馬疾速奔馳貌。陸機《挽歌詩三首》一:"翼翼飛輕軒,駸駸策素騏。"梅堯臣《送景純使北》:"驛騎駸駸持漢節,邊風慘慘聽胡笳。"

㉘ 敗度:敗壞法度。《書·太甲》:"予小子不明於德,自底不類,欲敗度,縱敗禮,以速戾於厥躬。"孔傳:"言己放縱情欲,毀敗禮儀、法度,以召罪於其身。"白居易《息遊惰策》:"念異貨之敗度,則寡欲,而人著誠矣!" 式如金:意謂金科玉律,法律條文。鄒浩《蔣彥回出所藏雷式琴求銘因爲之銘》:"賢哉,回也! 式如玉,式如金,金玉爾音,惟昭氏之琴。"陳植《心遠堂爲清夫賦》:"短髮已種種,衰年復駸駸。及此樹明德,願言式如金。"

㉙ 薰風操:即南薰曲,指《南風》歌,相傳爲虞舜所作,歌中有"南風之薰兮,可以解吾民之慍兮"等句。王維《大同殿賜宴樂敢書即事》:"陌上堯樽傾北斗,樓前舜樂動南薰。"陸龜蒙《雜諷九首》五:"永

播南熏音,垂之萬年耳。" 志氣:意志和精神。嵇康《與山巨源絕交書》:"且延陵高子臧之風,長卿慕相如之節,志氣所託,亦不可奪也。"韓愈《祭十二郎文》:"毛血日益衰,志氣日益微。"志向和氣概。《後漢書·賈復傳》:"賈君之容貌志氣如此,而勤於學,將相之器也。"劉禹錫《學阮公體三首》一:"少年負志氣,通道不從時。" 愔愔:和悅安舒貌。《左傳·昭公十二年》:"祈招之愔愔,式招德音。"杜預注:"愔愔,安和貌。"姚合《文宗皇帝挽詞三首》一:"垂拱開成化,愔愔雅樂全。千官方就日,四海忽無天。"

㉚ 中有阜財語:《南風》中的歌詞,《南風》云:"南風之薰兮,可以解吾民之慍兮! 南風之時兮,可以阜吾民之財兮!" 阜財:厚積財物,使財物豐厚。揚雄《法言·孝至》:"君人者,務在殷民阜財,明道信義。"李軌注:"阜,盛。"范仲淹《祠風師酬提刑趙學士見貽》:"願君入薰弦,上副吾皇志。阜財復解慍,即爲天下賜。" 勿:副詞,毋,不要,表禁止。《詩·大雅·行葦》:"敦彼行葦,牛羊勿踐履。"《孟子·梁惠王》:"百畝之田,勿奪其時,八口之家,可以無饑矣!" 受:接取。《儀禮·士喪禮》:"降衣於前,受用篋。"《禮記·內則》:"男不言內,女不言外,非祭非喪,不相授器。其相授,則女受以篚。" 獻:奉獻,進貢,指藩屬奉獻禮物。《書·旅獒》:"西旅獻獒,太保作《旅獒》。"孔傳:"西戎遠國貢大犬。"《三國志·魏文帝紀》:"二月,鄯善、龜兹、於闐王各遣使奉獻。" 琛:珍寶。《宋書·百濟國傳》:"浮桴驪水,獻琛執贄。"趙叔達《星回節避風臺驃信命賦》:"河潤冰難合,地暖梅先開。下令俚柔(百姓也)洽,獻琛弄棟(國名)來。"

㉛ "北里當絕聽"兩句:意謂《北里》之歌絕對不能聽取,灾禍之大莫大於淫亂好色。 北里:古舞曲名。《史記·殷本紀》:"帝紂……好酒淫樂,嬖於婦人。愛妲己,妲己之言是從。於是使師涓作新淫聲:北里之舞,靡靡之樂。"稱委靡粗俗的曲樂。曹植《七啓》:"亦將有才人妙妓,遺世越俗,揚北里之流聲,紹陽阿之妙曲。"葛洪《抱朴

子·崇教》:"濮上北里,迭奏迭起。"又唐代長安平康里位於城北,亦稱北里,其地爲妓院所在地,後因用以泛稱娼妓聚居之地。孫棨《北里志序》:"諸妓居平康里……比常聞蜀妓薛濤之才,必謂人過言,及覩北里二三子之徒,則薛濤遠有慚德矣!"辛文房《唐才子傳·張祐》:"同時崔涯亦工詩,與祐齊名,頗自行放樂,或乘興北里。"當:應該,應當。《三國志·諸葛亮傳》:"今南方已定,兵甲已足,當獎率三軍,北定中原。"杜甫《前出塞九首》六:"挽弓當挽强,用箭當用長。射人先射馬,擒賊先擒王。"　絕:杜絕,摒棄。《論語·子罕》:"子絕四:毋意,毋必,毋固,毋我。"韓愈《謝自然》:"輕生學其術,乃在金泉山。繁華榮慕絕,父母慈愛捐。"引申爲拒絕。《後漢書·張奐傳》:"董卓慕之,使其兄遺縑百匹。奐惡卓爲人,絕而不受。"元稹《感事三首(此後並是學士時詩)》三:"富貴年皆長,風塵舊轉移。白頭方見絕,遥爲一霑衣。"　聽:以耳受声。刘勰《文心雕龙·诔碑》:"觀風似面,聽辭如泣。"皮日休《霍山賦》:"静然而聽,凝然而視,其體當中,如君之毅。"聽憑,任憑。《莊子·徐無鬼》:"郢人堊慢其鼻端若蠅翼,使匠石斲之,匠石運斤成風,聽而斲之,盡堊而鼻不傷,郢人立不失容。"桓寬《鹽鐵論·疾貪》:"政教闇而不著,百姓顛蹶而不扶,猶赤子臨井焉,聽其入也。"

　　㉜"南風苟不競"兩句:事見《左傳·襄公十八年》:"晉人聞有楚師,師曠曰:'不害,吾驟歌北風,又歌南風,南風不競,多死聲,楚必無功。'"杜預注:"歌者吹律以詠八風,南風音微,故曰不競也。師曠唯歌南北風者,聽晉、楚之强弱。"後用以比喻力量衰弱,士氣不振。《南齊書·明帝紀贊》:"汋陽失土,南風不競。"賈至《燕歌行》:"君不見隋家昔爲天下宰,窮兵黷武征遼海。南風不競多死聲,鼓卧旗折黄雲横。"吳喬《雪夜感懷》:"馳來北馬多驕氣,歌到南風盡死聲。"　南風:古代樂曲名,相傳爲虞舜所作。《禮記·樂記》:"昔者舜作五弦之琴,以歌《南風》。"《孔子家語·辨樂解》:"昔者舜彈五弦之琴,造《南風》之詩。其詩曰:'南風之薰兮,可以解吾民之愠兮! 南風之時兮,可以

阜吾民之財兮！'"也指《詩經》中的國風。借指古代淳樸的詩風。殷璠《河嶽英靈集序》："開元十五年後，聲律風骨始備矣！實由主上惡華好樸，去僞從真，使海內詞場翕然尊古，《南風》《周雅》，稱闡今日。"又指南朝詩的風格。胡應麟《詩藪·遺逸》："蓋至是南風漸漬於北，而六代淫靡之音極矣！於是唐文挺出，一掃而汎空之。"本詩應該指後者。

㉝ 奸聲：奸惡的語言。元稹《和李校書新題樂府十二首·立部伎》："我聞此語嘆復泣，古來邪正將誰奈？奸聲入耳佞入心，侏儒飽飯夷齊餓。"《樂書·學記》："心之本，知六者之變，使奸聲不留。" 入耳：悅耳，中聽。葛洪《抱朴子·辭義》："夫文章之體，尤難詳賞；苟以入耳爲佳，適心爲快，誖知忘味之九成，雅頌之風流也。"蕭統《文選序》："譬陶匏異器，並爲入耳之娛。" 巧言寧孔壬：事見《書·皋陶謨》："能哲而惠，何憂乎驩兜，何遷乎有苗，何畏乎巧言令色孔壬！"孔傳："禹言有苗驩兜之徒甚佞如此。"孔穎達疏："巧言令色爲甚佞之人。"《後漢書·郅惲傳》："昔虞舜輔堯，四罪咸服，讒言弗庸，孔任不行，故能作股肱，帝用有歌。"李賢注："孔，甚也；任，佞也。" 巧言：表面上好聽而實際上虛僞的話。《詩·小雅·雨無正》："哿矣能言，巧言如流，俾躬處休。"《漢書·東方朔傳》："二人皆僞詐，巧言利口以進其身。" 孔壬：大奸佞。《後漢書·郅惲傳》："昔虞舜輔堯，四罪咸服，讒言弗庸，孔任不行，故能作股肱，帝用有歌。"李賢注："孔，甚也；任，佞也。"劉放《代魏秀才和》："無欺禮神意，不擾愛民心。直道容多梗，良時避孔壬。"

㉞ 梟音：邪惡之聲，惡逆之聲。孟郊《峽哀十首》六："讒人峽蛆心，渴罪呀然潯。所食無直腸，所語饒梟音。"《舊唐書·劉鄴傳》："劉積年既幼小，逆節未深，裴爲母氏，固宜誡誘，若廣說忠孝之道，深陳禍福之源，必冀虺毒不施，梟音全革。" 沴：舊謂天地四時之氣不和而生的災害。《莊子·大宗師》："陰陽之氣有沴。"《漢書·五行志》：

“氣相傷，謂之沴。沴猶臨涖，不和意也。”引申爲相害，相傷。葛洪《抱朴子·吳失》：“陰陽相沴，寒燠繆節。”　祲：日旁雲氣，古時迷信，認爲此由陰陽二氣相互作用而發生，能預示吉凶，常指妖氣、不祥之氣。《左傳·昭公十五年》：“吾見赤黑之祲，非祭祥也，喪氛也。”杜預注：“祲，妖氛也。”《戰國策·魏策》：“懷怒未發，休祲降於天。”韓愈《永貞行》：“江氛嶺祲昏若凝，一蛇兩頭見未曾?”

㉟　天子：古以君權爲神所授，故稱帝王爲天子。張説《奉和聖製幸鳳湯泉應制》：“周狩聞岐禮，秦都辨雍名。獻禽天子孝，存老聖皇情。”沈佺期《上之回》：“制書下關右，天子問回中。壇墠經過遠，威儀侍從雄。”　穆穆：端莊恭敬。《書·舜典》：“賓於四門，四門穆穆。”曾運乾正讀：“賓讀爲儐，四方諸侯來朝者，舜儐迎之也。四門穆穆，《史記》云：‘諸侯遠方賓客皆敬。’”《大戴禮記·五帝德》：“亹亹穆穆，爲綱爲紀。”儀容或言語和美。《詩·大雅·文王》：“穆穆文王，於緝熙敬止。”毛傳：“穆穆，美也。”《晉書·王澄傳》：“澄嘗謂衍曰：‘兄形似道，而神鋒太俊。’衍曰：‘誠不如卿落落穆穆然也。’澄由是顯名。”群材：衆多人才，這裏指衆多大臣們。杜甫《諸將五首》五：“主恩前後三持節，軍令分明數舉杯。西蜀地形天下險，安危須仗出群材。”姚向《奉陪段相公晚夏登張儀樓》：“秦相駕群材，登臨契上臺。查從銀漢落，江自雪山來。”　森森：嚴謹有序貌。杜甫《蜀相》：“丞相祠堂何處尋？錦官城外柏森森。映階碧草自春色，隔葉黃鸝多好音。”元結《酬裴雲客》：“符印隨坐起，守位常森森。縱能有相招，豈暇來山林?”

㊱　劍士：善於擊劍的勇士。《莊子·説劍》：“昔趙文王喜劍，劍士夾門而客三千餘人。”趙曄《吳越春秋·王僚使公子光傳》：“何須私備劍士，以捐先王之德?”　農野：村野，田野。班昭《東征賦》：“到長垣之境界，察農野之居民。”借指從事農耕。《後漢書·獻帝紀》：“結童入學，白首空歸，長委農野，永絶榮望。”劉禹錫《和浙西李大夫晚下北固山喜徑松成陰悵然懷古偶題臨江亭幷浙東元相公所和依本韻》：

"農野聞讓耕,軍人不使酒。用材當構廈,知道寧窺牖?" 絲人:治絲織綢的人。揚雄《法言·先知》:"禽獸食人之食,土木衣人之帛,穀人不足於晝,絲人不足於夜,之謂惡政。"司馬光《三勤論》:"吏苟得人,安有穀人不足於晝,絲人不足於夜者乎? 故爲人君者,謹於擇吏而已矣,佗奚足事哉!" 織紝:指織作布帛之事。《墨子·非攻》:"農夫不暇稼穡,婦人不暇紡績織紝。"《禮記·內則》:"執麻枲,治絲繭,織紝組紃,學女事,以共衣服。"孔穎達疏:"紝爲繒帛。"

㊲ 丹鳳:頭和翅膀上的羽毛爲紅色的鳳鳥。杜甫《病柏》:"丹鳳領九雛,哀鳴翔其外。鴟志意滿,養子穿穴內。"顧況《海鷗詠》:"萬里飛來爲客鳥,曾蒙丹鳳借枝柯。一朝鳳去梧桐死,滿目鷗鳶奈爾何?"阿閣:四面都有檐霤的樓閣。楊炯《少室山少姨廟碑》:"豈直鳳巢阿閣,入軒後之圖書;魚躍中舟,稱武王之事業。"孟郊《覆巢行》:"枝危巢小風雨多,未容長成已先覆。靈枝珍木滿上林,鳳巢阿閣重且深。"文魚:鯉魚,一說爲有翅能飛的魚。《楚辭·九歌·河伯》:"乘白黿兮逐文魚,與女遊兮河之渚。"王逸注:"言河伯遊戲,遠出乘龍,近出乘黿,又從鯉魚也。"洪興祖補注:"陶隱居云:鯉魚形既可愛,又能神變,乃至飛越山湖,所以琴高乘之。"《文選·曹植〈洛神賦〉》:"騰文魚以警乘,鳴玉鸞以偕逝。"李善注:"文魚有翅,能飛。"又作有斑彩的魚,金魚。《山海經·中山經》:"荊山之首曰景山……雎水出焉! 東南流注于江,其中多丹粟,多文魚。"郭璞注:"有斑采也。" 碧潯:綠水邊。楊師道《詠飲馬應詔》:"蹀躞依春澗,聯翩度碧潯。"鮑溶《南塘二首》二:"塘東白日駐紅霧,早魚翻光落碧潯。"

㊳ 和氣:古人認爲天地間陰氣與陽氣交合而成之氣,萬物由此"和氣"而生。《老子》:"萬物負陰而抱陽,冲氣以爲和。"《韓非子·解老》:"孔竅虛,則和氣日入。"劉商《金井歌》:"文明化合天地清,和氣氤氳孕至靈。" 寰海:海內,全國。江淹《爲建平王慶明帝疾和禮上表》:"仁鑄蒼岳,道括寰海。"韓愈《爲韋相公讓官表》:"毫厘之差,或

致弊於寰海；晷刻之誤，或遺患於歷年。”　蹄涔：語本《淮南子·氾論訓》：“夫牛蹄之涔，不能生鱣鮪。”高誘注：“涔，雨水也，滿牛蹄迹中，言其小也。”後以“蹄涔”指容量、體積等微小。郭璞《注〈山海經〉叙》：“蹄涔之遊，無以知絳虯之騰。”

㊣ 改張：即“改弦更張”，調換樂器上的弦綫，並重新調音。張，將弦繃緊，比喻改革制度或變更方法，語出《漢書·董仲舒傳》：“竊譬之琴瑟不調，甚者必解而更張之，乃可鼓也；爲政而不行，甚者必變而更化之，乃可理也。”《魏書·高崇傳》：“且琴瑟不韵，知音改弦更張；騑驂未調，善御執轡成組。”白居易《府酒五絕·變法》：“自慚到府來周歲，惠愛威稜一事無。唯是改張官酒法，漸從濁水作醍醐。”　古今：古代和現今。《史記·太史公自序》：“故禮因人質爲之節文，略協古今之變。”杜甫《登樓》：“錦江春色來天地，玉壘浮雲變古今。”

㊵ “非琴獨能爾”兩句：意謂不是琴子獨有的功能，而是其中包含着勸喻他人的道理。　琴：樂器名，指古琴，傳爲神農創制，琴身爲狹長形，木質音箱，面板外側有十三徽，底板穿“龍池”、“鳳沼”二孔，供出音之用。上古作五弦，至周增爲七弦，古人把琴當作雅樂。《詩·小雅·鹿鳴》：“我有嘉賓，鼓瑟鼓琴。”王維《竹里館》：“獨坐幽篁裏，彈琴復長嘯。”　針：規勸，譏刺。杜甫《雨》：“針炙阻朋曹，糠粏對童孺。一命須屈色，新知漸成故。”顧起元《客座贅語·詮俗》：“刺人之隱失曰‘針’。”“針”與“針”通。

㊶ “感爾桐花意”兩句：意謂深深感到桐花的一片深情厚意，但你被悠閑的怨恨還是難於排遣。孟郊《閑怨》：“妾恨比斑竹，下盤煩冤根。有笋未出土，中已含淚痕。”白居易《病中數會張道士見譏以此答之》：“病即藥窗眠盡日，興来酒席坐通宵。賢人易狎須勤飲，姹女難禁莫慢燒。”

㊷ 斤斧：斧頭。《管子·乘馬》：“其木可以爲棺，可以爲車，斤斧得入焉！”葛洪《抱朴子·廣譬》：“凡木結根於靈山，而匠石爲之寢斤

斧。” 琛:珍寶,常作貢物。《詩·魯頌·泮水》:“憬彼淮夷,來獻其琛。”毛傳:“琛,寶也。”杜甫《風疾舟中伏枕書懷三十六韵奉呈湖南親友》:“狂走終奚適? 微才謝所欽。吾安藜不糝,汝貴玉爲琛。”

[編年]

《年譜》編年本詩於元和五年,没有説明本詩賦詠的具體時間也没有説明編年理由。《編年箋注》編年云:“《桐花》······作於元和五年(八一〇)貶江陵時。參見下《譜》。”《年譜新編》亦編年元和五年,没有説明具體賦詠時間也没有説明編年理由。

本詩云:“朧月上山館。”又元稹《桐孫詩并序》也云:“元和五年予貶掾江陵,三月二十四日宿曾峰館。山月曉時,見桐花滿地······”所述景象一一相符,本詩應該作於元和五年三月二十四日元稹夜宿曾峰館之時,應該是與《三月二十四日宿曾峰館夜對桐花寄樂天》詩作於同時。白居易《和答詩十首·答桐花》云:“是時三月天,春暖山雨晴。”也從另一個側面提供了有力的旁證。

■ 武關南題山石榴花詩^{(一)①}

據白居易《武關南見元九題山石榴花見寄》

[校記]

(一)武關南題山石榴花詩:本佚失詩所據白居易《武關南見元九題山石榴花見寄》,分别見《白氏長慶集》、《白香山詩集》、《萬首唐人絶句》、《全詩》、《全唐詩録》,基本不見異文。

［箋注］

　　① 武關南題山石榴花詩：白居易《武關南見元九題山石榴花見寄》：“往來同路不同時，前後相思兩不知。行過關門三四里，榴花不見見君詩。”據此，白居易元和十年八月南貶江州司馬之時，曾經見到元稹元和五年三四月間南貶江陵士曹參軍經由武關時題詠的“山石榴花詩”，但今存元稹詩文集中未見，唯一的解釋是元稹這首“山石榴花詩”已經佚失，據補。　武關：地名，在今陝西商南縣西北，從東南西入長安的必經之地。揚雄《劇秦美新》：“會漢祖龍騰豐沛，奮迅宛葉，自武關與項羽戮力咸陽。”杜牧《題武關》：“碧溪留我武關東，一笑懷王迹自窮。”　山石榴：杜鵑花的別稱，花開紅色，也叫映山紅。稱山石榴的植物尚有金櫻子、小檗。白居易《山石榴寄元九》：“拾遺初貶江陵去，去時正值青春暮。商山秦嶺愁殺君，山石榴花紅夾路。”施肩吾《山石榴花》：“深色臙脂碎剪紅，巧能攢合是天公。莫言無物堪相比，妖豔西施春驛中。”

［編年］

　　元稹除元和五年出貶江陵經由武關外，元和十年自江陵西歸長安，也曾經由武關，其《西歸絕句十二首》二：“五年江上損客顏，今日春風到武關。兩紙京書臨水讀，小桃花樹滿商山。”但時當冬季，而“山石榴花”盛開在四五月間，故元稹題詠“山石榴花”的詩篇，不可能作於元和十年冬天，祇能作於元和五年的三四月間出貶江陵途徑武關之南時，具體時間應該在三月二十五日。

◎ 感　夢①

行吟坐嘆知何極，影絶魂銷動隔年⁽一⁾②。今夜商山館中夢，分明同在後堂前③。

録自《元氏長慶集》卷九

[校記]

（一）影絶魂銷動隔年：楊本、叢刊本、《全詩》同，《萬首唐人絶句》作"影絶魂消動隔年"，"消"通"銷"，熔化。兩字相通，不改。

[箋注]

① 感夢：謂受夢的啓發。王充《論衡·吉驗》："伊尹命不當没，故其母感夢而走。"謂感應於夢中。《南齊書·竟陵文宣王子良傳》："子良啓進沙門於殿户前誦經，世祖爲感夢，見優曇鉢華。"白居易有《感元九悼亡詩因爲代答三首·答山驛夢》詩次韻酬和元稹，詩云："入君旅夢來千里，閉我幽魂欲二年。莫忘平生行坐處，後堂階下竹叢前。"可以本詩並讀。

② 行吟：邊走邊吟詠。《楚辭·漁父》："屈原既放，游於江潭，行吟澤畔。"李群玉《長沙春望寄涔陽故人》："風暖草長愁自醉，行吟無處寄相思。"　坐嘆：悶坐焦慮嘆息。宋之問《送姚侍御出使江東》："帝憂河朔郡，南發海陵倉。坐嘆青春别，逶迤碧水長。"駱賓王《同辛簿簡仰酬思玄上人林泉四首》二："忘懷南澗藻，蠲思北堂萱。坐嘆華滋歇，思君誰爲言？"　何極：用反問的語氣表示没有窮盡與終極。《楚辭·九辯》："中瞀亂兮迷惑，私自憐兮何極？"潘岳《寡婦賦》："仰皇穹兮嘆息，私自憐兮何極？"　影絶魂銷：看不到身影，靈魂也已經

離開肉體，暗喻死亡。錢起《鑾駕避狄歲寄別韓雲卿》：“影絕龍分劍，聲哀鳥戀枝。茫茫雲海外，相憶不相知。”高蟾《長門怨》：“天上何勞萬古春？君前誰是百年人？魂銷尚魄金爐爐，思起猶慚玉輦塵。”隔年：隔了一個年頭。元稹的妻子韋叢病故於元和四年七月九日，至元和五年三月元稹出貶江陵，途中賦詩追念，時間如飛，已經“隔年”。

　　③ 商山：山名，在今陝西商縣東，景色幽勝，地形險阻，那裏設有驛館，唐時是自長安前往江陵、蘇州、浙西、浙東等地的必經之路。戴叔倫《灞岸別友》：“樵路商山館，漁洲楚帝祠。南登回首處，猶得望京師。”李端《送馬尊師》：“南入商山松路深，石床溪水晝陰陰。雲中採藥隨青節，洞裏耕田映綠林。”　分明：明明，顯然。蕭衍《遊仙詩》：“委曲鳳臺日，分明柏寢事。”杜甫《歷歷》：“歷歷開元事，分明在眼前。”　後堂：後面的堂屋。《漢書·張禹傳》：“禹性習知音聲，內奢淫，身居大第，後堂理絲竹筦弦。”李商隱《燕臺四首·夏》：“前閣雨簾愁不卷，後堂芳樹陰陰見。石城景物類黃泉，夜半行郎空柘彈。”

［編年］

　　《年譜》編年本詩於元和五年：“詩云：‘……’陳寅恪云：‘據其“影絕魂銷動來年”及“今夜商山館中夢”之句，知此詩爲微之於元和五年春貶江陵士曹參軍途經商山驛館時之所作也。’”《編年箋注》編年云：“此詩作於元和五年（八一〇）春貶江陵士曹參軍途經商山驛館時。說詳陳寅恪《元白詩中俸料錢問題》。見下《譜》。”《年譜新編》編年“元稹貶江陵時所作詩”，理由照錄《年譜》的文字。

　　我們早年也曾編年：本詩於元稹貶任江陵士曹參軍途經商山驛館時所作；但不同的是：元稹本年三月的活動頻繁，有據可查：三月三日在三泉驛，有《三泉驛》爲證。三月六日在陝州，有《元和五年予官不了罰俸西歸三月六日至陝府與吳十一兄端公崔二十二院長思愴囊遊因投五十韵》爲證。然後歸京聽候朝廷處置，聽任他人廷辯，有史書以及白居易的《元稹第三狀》可證。然後於三月十七日出貶江陵，而三月二十四日已經越過商山，夜宿於曾峰館，有《三月二十四日宿曾峰館夜對桐花寄樂天》詩可證。計其時日，元稹途經商山當在三月中下旬，此詩即作於其時，亦即元和五年的三月二十四日。"今夜商山館中夢"云云就是最有力的證據，夢醒而賦詩，應該是第二天早晨，本詩即應該賦成於元和五年三月二十五日，地點自然還在商山驛館。而《年譜》、《編年箋注》、《年譜新編》的編年顯得籠統，沒有給讀者一個清晰明確的時間概念，而要做到這一點其實並不困難，也是詩文編年作者不可回避的責任。

◎ 村花晚（庚寅）⁽一⁾①

　　三春已暮桃李傷，棠梨花白蔓菁黃②。村中女兒爭摘將，插刺頭鬢相誇張③。田翁蠶老迷臭香，曬暴皴皵熏衣裳④。非無後秀與孤芳，奈爾千株萬頃之茫茫⑤。天公此意何可量？長教爾輩時節長⑥。

録自《元氏長慶集》卷二六

[校記]

（一）村花晚：本詩存世之各本，包括楊本、叢刊本、《全詩》，均無異文。

[箋注]

① 村花：自然界野生的花。杜甫《寄李十四員外布十二韵》："渚柳元幽僻，村花不掃除。"白居易《醉後走筆酬劉五主簿長句之贈》："武里村花落復開，流溝山色應如故。"

②　三春：就是春季的三個月：農曆正月稱孟春，二月稱仲春，三月稱季春；亦指春季的第三個月，即暮春。盧照鄰《春晚山莊率題二首》一："顧步三春晚，田園四望通。遊絲橫惹樹，戲蝶亂依藜。"岑參《臨洮龍興寺玄上人院同詠青木香叢》："移根自遠方，種得在僧房。六月花新吐，三春葉已長。"　暮：這裏指時間靠後，將盡。李頎《送劉四》："歲暮風雪暗，秦中川路長。行人飲臘酒，立馬帶晨霜。"杜甫《歲晏行》："歲云暮矣多北風，瀟湘洞庭白雪中。"　桃李：桃花與李花。盧照鄰《山行寄劉李二參軍》："萬里烟塵客，三春桃李時。事去紛無限，愁來不自持。"宋之問《寒食還陸渾別業》："洛陽城裏花如雪，陸渾山中今始發。且別河橋楊柳風，夕臥伊川桃李月。"　棠梨：俗稱野梨，落葉喬木，葉長圓形或菱形，花白色，果實小，略呈球形，有褐色斑點，可用做嫁接各種梨樹的砧木。陸璣《毛詩草木鳥獸蟲魚疏·蔽芾甘棠》："甘棠，今棠梨，一名杜梨。"劉商《送元使君自楚移越》："露冕行春向若耶，野人懷惠欲移家。東風二月淮陰郡，唯見棠梨一樹花。"白居易《寒食野望吟》："棠梨花映白楊樹，盡是死生離別處。冥冥重泉哭不聞，蕭蕭暮雨人歸去。"　蔓菁：即"蕪菁"，植物名，塊根肉質，花黃色。塊根可做蔬菜，俗稱大頭菜。《東觀漢記·桓帝紀》："令所傷郡國，皆種蕪菁，以助民食。"韓愈《感春三首(元和十一年三月為中書舍人時作)》二："黃黃蕪菁花，桃李事已退。"

③　女兒：猶言女子。《史記·張耳陳餘列傳》："且趙王素出將軍下，今女兒乃不為將軍下車，請追殺之。"多指年輕的未婚女子。鮑照《代北風涼行》："北風涼，雨雪雱，京洛女兒多妍粧。"王維《洛陽女兒行》："洛陽女兒對門居，才可容顏十五餘。"　頭鬚：指頭髮。高適《薊門行五首》一："薊門逢故老，獨立思氛氳。一身既零丁，頭鬚白紛紛。"元稹《叙詩寄樂天書》："近世婦人暈淡眉目，綰約頭鬚，衣服修廣之度，及匹配色澤，尤劇怪豔。"　誇張：誇大，過甚其詞。《列子·天瑞》："又有人鍾賢世、矜巧能、修名譽、誇張於世而不知已者，亦何人

哉？"白居易《歲日家宴戲示弟侄等兼呈張侍御二十八丈殷判官二十三兄》："形骸潦倒雖堪嘆,骨肉團圓亦可榮。猶有誇張少年處,笑呼張丈喚殷兄。"

④"田翁蠶老迷臭香"兩句:意謂那些農夫蠶翁,迷戀野花的香味,紛紛在花樹之下晾曬衣裳,衣服飄飄灑灑大煞風景。　田翁:老農夫。杜甫《遭田父泥飲美嚴中丞》："田翁逼社日,邀我嘗春酒。"杜荀鶴《題田翁家》："田翁真快活,婚嫁不離村。"　蠶老:蠶寶寶即將結束一生結繭。李白《白田馬上聞鶯》："蠶老客未歸,白田已繰絲。驅馬又前去,捫心空自悲。"王周《采桑女二首》一："渡水采桑歸,蠶老催上機。札札得盈尺,輕素何人衣?"　臭:香,香氣。《易·繫辭》："同心之言,其臭如蘭。"《史記·禮書》："側載臭茝,所以養鼻也。"司馬貞索隱引劉氏曰："臭,香也。"

⑤"非無後秀與孤芳"兩句:意謂不是沒有後來開放的花樹,也不是沒有獨秀一時的花朵,但它們都無法與千頃萬畝千株萬樹茫茫一片的野花相比。　孤芳:獨秀的香花,常比喻高潔絕俗的品格。沈約《謝齊竟陵王教撰高士傳啓》："貞操與日月俱懸,孤芳隨山壑共遠。"韓愈《孟生詩》："異質忌處群,孤芳難寄林。"　萬頃:百萬畝,百畝爲一頃。《管子·揆度》："百乘爲耕,田萬頃爲戶。"常用以形容面積廣闊。任昉《齊竟陵文宣王行狀》："淵然萬頃,直上千仞。"楊萬里《過金沙洋望小海詩》："須臾滿眼賈胡舶,萬頃一碧波黏天。"　茫茫:廣大而遼闊。《關尹子·一宇》："道茫茫而無知乎?心儻儻而無羈乎?"王安石《化城閣》："俯視大江奔,茫茫與天平。"

⑥"天公此意何可量"兩句:意謂老天爺的用意實在捉摸不透,不知道爲什麼讓你們一代又一代繁衍下去,永無窮絕之時。　天公:天,以天擬人,故稱。《尚書大傳》卷五："烟氛郊社,不修山川,不祝風雨,不時霜雪,不降責於天公。"陸游《殘雨》："五更殘雨滴檐頭,探借天公一月秋。"　何可:怎麼可以。王昌齡《行路難》："美酒千鍾猶可

盡，心中片愧何可論。一聞漢主思故劍，使妾長嗟萬古魂。”岑參《江行夜宿龍吼灘臨眺思羑眉隱者兼寄幕中諸公》：“且欲尋方士，無心戀使君。異鄉何可住？況復久離群！”　量：用特定的標準工具，測定事物的長短、輕重、多少或其他性質。《莊子·胠篋》：“爲之斗斛以量之，則並與斗斛而竊之。”《漢書·律曆志》：“〔量者〕龠、合、升、斗、斛也，所以量多少也。”計算、查點(數目)。《左傳·昭公三十二年》：“己丑，士彌牟營成周，計丈數，揣高卑，度厚薄，仞溝洫，物土方，議遠邇，量事期，計徒庸，慮材用，書餱糧，以令役於諸侯。”劉勰《文心雕龍·指瑕》：“又《周禮》井賦，舊有疋馬，而應劭釋疋，或量首數蹄，斯豈辯物之要哉！”　長：長久，永久。桓寬《鹽鐵論·徭役》：“夫文猶可長用，而武難久行也。”溫庭筠《惜春詞》：“願君留得長妖嬈，莫逐東風還蕩搖。”常常，經常。賈島《落第東歸逢僧伯陽》：“相逢須語笑，人世別離頻。曉去長侵月，思鄉動隔春。”王安石《後元豐行》：“百錢可得酒斗許，雖非社日長聞鼓。吳兒踏歌女起舞，但道快樂無所苦。”　教：使，令，讓。《墨子·非儒》：“勸下亂上，教臣殺君，非賢人之行也。”王昌齡《出塞二首》一：“秦時明月漢時關，萬里長征人未還。但使龍城飛將在，不教胡馬度陰山。”　時節：時光，時候。孔融《論盛孝章書》：“歲月不居，時節如流。”《朱子語類》卷六九：“那時節無可做，只得恐懼。”

［編年］

　　《年譜》編年本詩於元和五年“在東都作”，理由是：“題下注：‘庚寅。’詩云：‘三春已暮桃李傷。’”《編年箋注》採納《年譜》意見：“庚寅：時當元和五年(八一〇)，元稹時在東臺監察御史任。”理由是：“見卜《譜》。”《年譜新編》亦編年元和五年“在洛陽作”，理由是：“題下注云：‘庚寅。’”

　　有元稹自己所加的題注“庚寅”，本詩編年元和五年應該沒有任何問題，但賦詩的地點並不是《年譜》所説的"東都"，也不是《年譜新編》認爲的"洛陽"，自然也不在《編年箋注》斷定的"東臺監察御史任"。本詩云："三春已暮。"而元稹元和四年六月至五年二月在洛陽監察御史任，三月三日元稹匆匆離開洛陽，來到洛陽西面壽安縣境内的三泉驛，有《三泉驛》詩發泄自己的不滿："三泉驛内逢上巳，新葉趨塵花落地。"上巳是我國古代的節日之一，時間應該在三月上旬的"巳日"。元和五年三月"辛丑朔"，"上巳日"應該是三月五日。而魏晉以後，"上巳日"則已經改爲三月三日。杜甫《麗人行》云："三月三日天氣新，長安水邊多麗人。"三月六日元稹在還京途中經由陝府與姨兄吳士矩制科同年摯友崔韶相會，有元稹之詩《元和五年予官不了罰俸西歸三月六日至陝府與吳十一兄端公崔二十二院長思愴囊遊因投五十韻》可證。在京城長安經過激烈而短暫的廷爭之後，最後元稹被出貶江陵，具體時間在三月十七日前後。三月二十四日晚元稹夜宿在商州之東的陽城驛（當時名曾峰館），有《三月二十四日宿曾峰館夜對桐花寄樂天》詩可證。如此看來，元稹元和五年的"三月"，是在自洛陽至長安與自長安至江陵途中度過的，本詩即應該作於兩個"途中"之一。而從"三春已暮"的語氣來看，從沿途的景色來看，我們以爲應該作於元稹自長安赴江陵途中，亦即經過商山曾峰館之後，具體時間應該在三月二十五日至三十日間。

◎ 貶江陵途中寄樂天枌直枌直以員外郎判鹽鐵樂天以拾遺在翰林（此後並在江陵士曹時詩枌直李建字）[一]①

想到江陵無一事，酒杯書卷綴新文②。紫芽嫩茗和枝採，朱橘香苞數辮分③。暇日上山狂逐鹿，凌晨過寺飽看雲④。算緡草詔終須解，不敢將心遠羞君⑤。

録自《元氏長慶集》卷一七

[校記]

（一）貶江陵途中寄乐天枸直枸直以員外郎判盐铁乐天以拾遗在翰林：《全詩》同，楊本、叢刊本詩題作"貶江陵途中寄乐天枸直以員外郎判盐铁乐天以拾遗在翰林"，脫"枸直"兩字，語義不通，《元稹集》、《編年箋注》失校，《年譜新編》同誤。

[箋注]

① 枸直：元稹白居易的朋友李建，字枸直，元稹明經及第之後，結識了楊巨源，又通過楊巨源結識了李遜、李建兄弟，後來因元稹、白居易與李建同在秘書省擔任校書郎而再次重逢。详细事迹请参阅元稹的《唐故中大夫尚书刑部侍郎上柱国陇西县开国男赠工部尚书李公墓志铭》。《新唐書·李建傳》："遜弟建，字枸直，與兄俱客荆州。鄉人爭門，不詣府而詣建，平決無頗。母憐其孝。每字之曰：'矮子勸吾食，吾輒飽；進藥，吾意其瘳。'貞元中補校書郎，德宗思得文學者，或以建聞，帝問左右，宰相鄭珣瑜曰：'臣爲吏部時，當補校書者八人，它皆藉貴勢以請，建獨無有。'帝喜，擢左拾遺、翰林學士。順宗立，李師古以兵侵曹州，建作詔諭還之，詞不假借。王叔文欲更之，建不可。左除太子詹事，改殿中侍御史，以兵部郎中知制誥。宰相有竄定詔藁者，亟請解職，除京兆少尹。會遜被讒，建申治之，出爲澧州刺史。召拜刑部侍郎，卒贈工部尚書。初建爲學時，家苦貧。兄造知其賢，爲營丐，使成就之，故遜、建皆舉進士。後雖通顯，未嘗置垣屋，以清儉稱。"白居易《贈枸直》："寂静夜深坐，安穩日高眠。秋不苦長夜，春不惜流年。"元稹《與樂天同葬枸直》："元伯來相葬，山濤誓撫孤。不知

他日事,兼得似君無?"

② "想到江陵無一事"兩句:詩人貶職江陵,知道作爲貶官,衹能無所事事,感嘆之餘,衹能爲自己安排喝酒、看書、撰文之類的事情。因此這一時期詩篇較多,而大約《元氏長慶集》編集之後散佚較少,一個必然的原因,加上另一個偶然的原因,所以元稹詩文集裏江陵時期的詩篇最多,大約就是這個原因。元稹《叙詩寄樂天書》説出了其中的一個緣由:"又不幸年三十二時有罪譴棄,今三十七矣!五六年之間,是丈夫心力壯時,常在閑處,無所役用。性不近道,未能淡然忘懷,又復懶懶於他欲,全盛之氣注射語言,雜糅精粗,遂成多大。" 酒杯:喝酒用的杯子。杜荀鶴《投鄭先輩》:"匣中長劍未酬恩,不遇男兒不合論。悶向酒杯吞日月,閑將詩句問乾坤。"徐夤《西寨寓居》:"閑讀南華對酒杯,醉携笻竹畫蒼苔。豪門有利人爭去,陋巷無權客不來。" 書卷:書籍,古代書本多作卷軸,故稱爲"書卷"。《南史·臧嚴傳》:"孤貧勤學,行止書卷不離手。"周孚《贈蕭光祖》:"田園一蚊睫,書卷百牛腰。" 新文:新近撰寫的文章。劉義慶《世説新語·雅量》:"適見新文,甚可觀。"李白《自梁園至敬亭山見會公談陵陽山水因有此贈》:"雪山掃粉壁,墨客多新文。"體式新穎别致的文章。杜甫《哭王彭州掄》:"新文生沈謝,異骨降松喬。北部初高選,東床早見招。"郎士元《奉和杜相公益昌路作》:"風吹畫角孤城曉,林映蛾眉片月斜。已見廟謨能喻蜀,新文更喜報京華。"

③ 紫芽嫩茗:意即剛剛發芽的茶葉,芽是嫩的,顏色是紫的。張籍《茶嶺》:"紫芽連白蕊,初向嶺頭生。自看家人摘,尋常觸露行。"裴度《涼風亭睡覺》:"飽食緩行新睡覺,一甌新茗侍兒煎。脱巾斜倚繩床坐,風送水聲來耳邊。" 芽:尚未發育成長的枝、葉或花的雛體。東方朔《非有先生論》:"甘露既降,朱草萌芽。"韓愈《獨釣四首》二:"雨多添柳耳,水長減蒲芽。"這裏指茶葉的幼芽嫩葉。 茗:茶芽,一説指晚采的茶。《説文·艸部》:"茗,荼芽也。"陸羽《茶經·源》:"茶

者,南方之嘉木也……其名一曰茶,二曰檟,三曰蔎,四曰茗,五曰荈。"泛指茶。皎然《山居示靈澈上人》:"晴明路出山初暖,行踏春蕪看茗歸。"　和枝:連枝帶葉。皮日休《早春以橘子寄魯望》:"個個和枝葉捧鮮,彩凝猶帶洞庭烟。不爲韓嫣金丸重,直是周王玉果圓。"王禹偁《新秋即事三首》一:"風蟬歷歷和枝響,雨燕差差掠地飛。縈滯不如商嶺葉,解隨流水向東歸。"　朱橘:橘子,橘成熟後常呈紅色,故稱。傅玄《橘賦》:"詩人睹王雎而詠后妃之德,屈平見朱橘而申直臣之志。"杜甫《峽隘》:"聞說江陵府,雲沙静眇然。白魚如切玉,朱橘不論錢。"　香苞:芳香的花苞。李商隱《自喜》:"綠筠遺粉籜,紅藥綻香苞。"孔武仲《館中桃花》:"相重朱户人稀到,半掩香苞蝶未知。"　數瓣:分瓣。吳寬《代荷花答》:"淡紅數瓣出天然,根託盆池强自連。風雨滿園香更遠,無人來看不須憐。"雷思霈《太和山記》:"望闕臺,復仰見之,若數瓣青芙蓉絶頂。"

　　④ 暇日:空閑的日子。《孟子·梁惠王》:"壯者以暇日修其孝悌忠信。"杜甫《北征》:"維時遭艱虞,朝野少暇日。"　上山:登山,到山上。曹丕《善哉行》:"上山采薇,薄暮苦飢。"李白《别山僧》:"何處名僧到水西? 乘舟弄月宿涇溪。平明别我上山去,手携金策踏雲梯。"逐鹿:《史記·淮陰侯列傳》:"秦失其鹿,天下共逐之,於是高材疾足者先得焉!"裴駰集解引張晏曰:"以鹿喻帝位也。"後因以"逐鹿"喻爭奪統治權,這裏是真正意義上的逐鹿,亦即打獵。李白《登梅岡望金陵贈族侄高座寺僧中孚》:"鍾山抱金陵,霸氣昔騰發……群峰如逐鹿,奔走相馳突。"　凌晨:迫近天亮的時光,清晨,清早。徐敞《白露爲霜》:"入夜飛清景,凌晨積素光。"杜甫《自京赴奉先縣詠懷五百字》:"凌晨過驪山,御榻在嵽嵲。"　過寺:拜訪寺院,經過寺院。盧綸《秋中過獨孤郊居》:"高樹夕陽連古巷,菊花梨葉滿荒渠。秋山近處行過寺,夜雨寒時起讀書。"姚合《送王建秘書往渭南莊》:"莊僻難尋路,官閑易出城。看山多失飯,過寺故題名。"　過:前往拜訪。《詩·

召南・江有汜》:"子之歸,不我過。"《史記・魏公子列傳》:"臣有客在市屠中,願枉車騎過之。" 看雲:意謂欣賞自然風光。杜甫《暮冬送蘇四郎徯兵曹適桂州》:"歲陽初盛動,王化久磷緇。爲入蒼梧廟,看雲哭九疑。"戴叔倫《過故人陳羽山居》:"向來携酒共追攀,此日看雲獨未還。不見山中人半載,依然松下屋三間。"

　　⑤ 算緡:古時税收的一種,這裏指"判鹽鐵"李建的職責。杜甫《和嚴中丞西城晚眺》:"帝念深分閫,軍須遠算緡。花羅封蛺蝶,瑞錦送麒麟。"亦作算緡錢,漢代所行税法之一,對商人、手工業者、高利貸者和車船所徵的賦税。課税對象爲商品或資產,"緡錢"爲計税單位。《漢書・武帝紀》:"〔元狩四年〕初算緡錢。"顏師古注引李斐曰:"緡,絲也,以貫錢也。一貫千錢,出算二十也。"張籍《賈客樂》:"金陵向西賈客多,船中生長樂風波⋯⋯金多衆中爲上客,夜夜算緡眠獨遲。"草詔:擬寫詔書,這裏指白居易的職責而言。李肇《翰林志》:"學士於禁中草詔,雖宸翰所揮,亦資檢討,謂之視草。"韋應物《和張舍人夜直中書寄吏部劉員外》:"西垣草詔罷,南宮憶上才。月臨蘭殿出,凉自鳳池來。" 不敢:謂没膽量,没勇氣,亦表示没有膽量做某事。《孟子・公孫丑》:"我非堯舜之道,不敢以陳於王前。"韓愈《此日足可惜贈張籍》:"主人願少留,延入陳壺觴。卑賤不敢辭,忽忽心如狂。"謙詞,猶不敢當。宋之問《度大庾嶺》:"山雨初含霽,江雲欲變霞。但令歸有日,不敢恨長沙。"宋之問《渡漢江》:"嶺外音書斷,經冬復歷春。近鄉情更怯,不敢問來人。" 不敢將心遠羨君:意謂自己被排斥被遠貶,已經不再指望自己還能夠回到長安回到皇上的身邊,像你們一爲皇上撰寫制誥,一爲皇上執掌財政。元稹在早先的《東臺去》中流露了同樣的心態:"千萬崔兼白,殷勤承主恩。" 不敢:謂没膽量,没勇氣,常常用作謙虚之詞。《孟子・公孫丑》:"我非堯舜之道,不敢以陳於王前。"韓愈《此日足可惜贈張籍》:"主人願少留,延入陳壺觴。卑賤不敢辭,忽忽心如狂。" 羨君:羨慕你們兩個,指

白居易與李建。當時"杓直以員外郎判鹽鐵,樂天以拾遺在翰林",故言。馬或《贈韓定辭》:"燧林芳草綿綿思,盡日相携陟麗譙。別後巑岏山上望,羨君時復見王喬。"吏部選人《送南中尉》:"羨君初拜職,嗟我獨無名。且是正員尉,全勝兼試卿。"　羨:因喜愛而希望得到,羨慕。《文選·張衡〈思玄賦〉》:"羨上都之赫戲兮,何迷故而不忘?"呂向注:"羨,慕也。"蘇軾《前赤壁賦》:"哀吾生之須臾,羨長江之無窮。"

[編年]

　　《年譜》編年本詩於元和五年,沒有説明理由。《編年箋注》云:"此詩作於元和五年(八一〇)貶江陵途中。見下《譜》。"《年譜新編》亦編年元和五年"元稹貶江陵時所作詩"。

　　我們以爲,本詩有元稹明白無誤的詩題加以揭示,編年自然不應該成爲問題。此詩雖然作於貶赴江陵途中,但從"想到江陵無一事,酒杯書卷綴新文"的詩歌口吻來看,從"紫芽嫩茗和枝採"的描寫來看,以前期途中較爲可能與合理,時間大約在三月下旬。

◎ 渡漢江(去年春奉使東川,經嶓冢山下)①

　　嶓冢去年尋漾水⁽一⁾,襄陽今日渡江濆②。山遥遠樹才成點,浦静沉碑欲辨文③。萬里朝宗誠可羨,百川流入渺難分④。鯢鯨歸穴東溟溢,又作波濤隨伍員⑤。

録自《元氏長慶集》卷一七

[校記]

　　(一)嶓冢去年尋漾水:原本作"嶓冢去年尋漢水",雖然也勉强可以說通，但語義不佳，故據楊本、叢刊本、《全詩》改。《元稹集》、《編年箋注》失校。

[箋注]

① 漢江：又稱漢水，長江最長支流，上源玉帶河出自陝西省西南的寧強縣，東流到勉縣東與褒河合流之後稱爲漢江，流經湖北省，在武漢市進入長江，全長三千里。李百藥《渡漢江》："東流既灠灠，南紀信滔滔。水激沈碑岸，波駮弄珠皋。"宋之問《漢江宴別》："漢廣不分天，舟移杳若仙。秋虹映晚日，江鶴弄晴烟。"

② 嶓冢去年尋漾水：毛晃《禹貢指南》卷二："漢水：漢出嶓冢之漾，漾水東南流爲沔，至漢中東行爲漢。"這是指元稹元和四年三月出使東川之時途經嶓冢山下的漢水。　嶓冢：山名，在今甘肅省天水與禮縣之間，古人誤以爲是漢水上源。《書·禹貢》："導嶓冢至於荆山。"《楚辭·九章·思美人》："指嶓冢之西隩兮，與纁黃以爲期。"洪興祖補注："指嶓冢之西隩，言日薄於西山也。"江淹《扇上彩畫賦》："空青出峨嵋之陽，雌黃出嶓冢之陰。"《元和郡縣志·興元府》："金牛縣……嶓冢山，縣東二十八里，漢水所出。"岑參《梁州對雨懷麴二秀才便呈麴大判官時疾贈余新詩》："江上雲氣黑，岶山昨夜雷。水惡平明飛，雨從嶓冢來。"梁洽《觀漢水》："發源自嶓冢，東注經襄陽。一道入溟渤，別流爲滄浪。"　漾水：出自嶓冢，在褒縣匯合褒水成爲漢江之水。李百藥《王師渡漢水經襄陽》："導漾疏源遠，歸海會流長。延波接荆夢，通望邇沮漳。"孟浩然《送王大校書》："導漾自嶓冢，東流爲漢川。維桑君有意，解纜我開筵。"　襄陽今日渡江濆：元和五年三月元稹出貶江陵，路經襄陽。而襄陽在漢水南岸，元稹祇有渡過漢水，才能到達襄陽。　襄陽：地名，地當今湖北省襄樊地區。《元和郡縣志·山南道》："襄州……春秋時地屬楚，秦兼天下，自漢以北爲南陽郡，今鄧州南陽縣是也。漢以南爲南郡，今荆州是也。後漢建安十三

年,魏武平荊州,置襄陽郡。自赤壁之敗,魏失江陵而荊州都督理無常處。吳將諸葛瑾、陸遜皆數入其境,自羊公鎮襄陽,吳不復入……武德七年廢行臺,置都督府。貞觀六年,廢都督府改爲州。永貞元年並爲大都督府……管縣七:襄陽、臨漢、南漳、義清、宜城、樂鄉、穀城。"張九齡《登襄陽峴山》:"昔年亟攀踐,征馬復來過。信若山川舊,誰如歲月何?"孟浩然《九日懷襄陽》:"去國似如昨,倐然經杪秋。峴山不可見,風景令人愁。"　江潯:江岸,亦指沿江一帶。陸雲《答吳王上將顧處微九章》四:"於時翻飛,虎嘯江潯。"李白《贈僧崖公》:"虛舟不繫物,觀化遊江潯。"

③ 山遙:祇是出現在視野裏但却很遠很遠的山嶺。張少博《雪夜觀象闕待漏》:"雪重猶垂白,山遙不辨青。鷄人更唱處,偏入此時聽。"杜牧《重送王十》:"執袂還應立馬看,向來離思始知難。雁飛不見行塵滅,景下山遙極目寒。"　遠樹:離開很遠的樹木。薛能《雨霽北歸留題三學山》:"遠樹平川半夕陽,錦城遙辨立危墻。閑思勝事多遺恨,却悔公心是謾忙。"陸龜蒙《酒樓》:"百尺江上起,東風吹酒香。行人落帆上,遠樹涵殘陽。"　沉碑:《晉書·杜預傳》:"預好爲後世名,常言:'高岸爲谷,深谷爲陵。'刻石爲二碑,紀其勛績,一沉萬山之下,一立峴山之上,曰:'焉知此後不爲陵谷乎?'"錢珝《江行無題一百首》三:"浦烟函夜色,冷日轉秋旻。自有沈碑石,清光不照人。"鮑溶《襄陽懷古》"襄陽太守沈碑意,身後身前幾年事? 湘江千歲未爲陵,水底魚龍應識字。"

④ 朝宗:比喻小水流注入大水流。《書·禹貢》:"江漢朝宗於海。"孔穎達疏:"朝宗是人事之名,水無性識,非有此義。以海水大而江漢小,以小就大,似諸侯歸於天子,假人事而言之也。"魏徵《奉和正日臨朝應詔》:"聲教溢四海,朝宗引百川。"張九齡《餞王司馬入計同用洲字》:"別筵鋪柳岸,征棹倚蘆洲。獨嘆湘江水,朝宗向北流。"百川:江河湖澤的總稱。《詩·小雅·十月之交》:"百川沸騰,山冢崒

崩。"李白《公無渡河》:"大禹理百川,兒啼不窺家。"

⑤ 鯢鯨:即"鯨鯢",即鯨,雄曰鯨,雌曰鯢。盧綸《奉陪渾侍中上巳日泛渭河》:"舟檝方朝海,鯨鯢自曝腮。"錢起《觀法駕自鳳翔迴》:"攙搶一掃滅,閶闔九重開。海晏鯨鯢盡,天旋日月來。" 東溟:東海。顏延之《車駕幸京口侍遊蒜山作》:"元天高北列,日觀臨東溟。"李白《古風》一一:"黃河走東溟,白日落西海。" 波濤:江河湖海中的大波浪。《淮南子·人間訓》:"及至乎下洞庭,鶩石城,經丹徒,起波濤,舟杭一日不能濟也。"張喬《望巫山》:"愁連遠水波濤夜,夢斷空山雨霅時。" 伍員:人名,字子胥。《史記·伍子胥列傳》:"伍子胥者,楚人也,名員。員父曰伍奢,員兄曰伍尚,其先曰伍舉,以直諫事楚莊王。"楚平王殺其父奢兄尚,子胥經宋鄭入吳,助闔廬奪取王位,整軍經武。不久攻破楚國,掘楚平王之墓,鞭屍三百。吳王夫差時,因力諫停止攻齊,拒絕越國求和,而漸被疏遠。後夫差賜劍命自殺,並以鴟夷革盛其屍浮於江上。《莊子·盜蹠》:"比干剖心,子胥抉眼,忠之禍也。"李白《行路難》:"子胥既棄吳江上,屈原終投湘水濱。"

[編年]

《年譜》編年元和五年"元稹赴江陵途中作",理由是:"詩云:'嶓冢去年尋漾水,襄陽今日渡江濆。'自注:'去年春奉使東川,經嶓冢山下。'"《編年箋注》編年:"此詩作於元和五年(八一〇)由京師貶江陵士曹途中。見下《譜》。"《年譜新編》編年元和五年"元稹貶江陵時所作詩",沒有列舉理由。

《年譜》、《編年箋注》、《年譜新編》的編年誠然不錯,但有點含糊。元稹三月二十四日夜宿在曾峰館,有元稹自己的《三月二十四日宿曾峰館夜對桐花寄樂天》詩爲證。元稹本次出貶江陵,估計是在商山地區順丹江而下,在丹江入漢水處,亦即襄陽北岸渡過漢江,來到襄陽。從曾峰館至襄陽北岸,雖有丹江之便,但路程較長。據《舊唐書·地理志》：商州“至京師二百八十一里”，襄州“在京師東南一千一百八十二里”，商州至襄州應該是九百零一里。又據《舊唐書·職官志》，“凡三十里一驛”，《新唐書》“乘傳者日四驛，乘驛者六驛”，即使以奉詔命出使的“乘傳”計，時間應該在八天上下，何況元稹是貶任外地之官，離開京師不許延誤，一日也不許停留；但赴任途中，却不同於奉詔命出使，不必急急趕路，因此元稹從商州到襄州，所費時日應該在十天以上。元稹三月二十四日在商州，到達襄州之時，時間應該已從三月進入四月。計其行程及時日，其到達漢水北岸的時間當在四月間，本詩即應該作於其時。

◎ 賽　神①

村落事妖神，林木大如村②。事來三十載，巫覡傳子孫③。村中四時祭，殺盡雞與豚(一)④。主人不堪命，積燎曾欲燔⑤。旋風天地轉，急雨江河翻⑥。採薪持斧者，棄斧縱橫奔⑦。山深多掩映，僅免鯨鯢吞⑧。主人集鄰里，各各持酒樽⑨。廟中再三拜，願得禾稼存⑩。去年大巫死，小覡又妖言⑪。邑中神明宰，有意效西門⑫。焚除計未決，伺者迷乘軒⑬。廟深荊棘厚，但見狐兔蹲⑭。巫言小神變，可驗牛馬蕃⑮。邑吏齊進說，幸勿禍鄉原⑯。逾年計不定，縣聽良亦煩⑰。憂虞神憤恨，玉帛意彌敦⑲。涉夏祭時至，因令修四垣⑱。我來神廟下，簫鼓正喧喧⑳。因言遣妖術，滅絶由本根㉑。主人中罷舞，許我重疊論㉒。蜉蝣生濕處，鷗鶂集黃昏㉓。主人邪心起，氣焰日夜繁㉔。狐狸得蹊徑，潛穴主人園㉕。腥臊襲左右，然後託丘樊㉖。歲深樹成就，曲直可輪轅㉗。幽妖盡依倚,萬怪之所屯㉘。主人一心好,四面無籬藩㉙。命樵執斤斧,怪木寧遽髡㉚。主人且傾聽,再爲諭清渾㉛。阿膠在末派,罔象游上源㉜。靈藥逡巡盡,黑波朝夕噴㉝。神龍厭流濁,先伐黿與鼉㉞。黿鼉在龍穴,妖氣常欝溫㉟。主人惡淫祀,先去邪與惛㊱。惛邪中人意,蠱禍蝕精魂㊲。德勝妖不作(二),勢强威亦尊㊳。計窮然後賽,後賽復何恩㊴!

録自《元氏長慶集》卷一

[校記]

(一)殺盡雞與豚:楊本、叢刊本同,《全詩》在"殺盡"下注云:"一作盡殺",語義相類,不從不改。

[箋注]

① 賽神:謂設祭酬神,是當時鄉村間普遍存在的迷信活動,各地形式不一,但騙人的目的則是一致的。李嘉祐《夜聞江南人家賽神因題即事》:"南方淫祀古風俗,楚嫗解唱迎神曲。鎗鎗銅鼓蘆葉深,寂寂瓊筵江水綠。雨過風清洲渚間,椒漿醉盡迎神還。帝女凌空下湘岸,番君隔浦向堯山。月隱回塘猶自舞,一門依倚神之祜。韓康靈藥不復求,扁鵲醫方曾莫睹。逐客臨江空自悲,月明流水無已時。聽此迎神送神曲,携觴欲吊屈原祠。"可以作爲元稹本詩的一種最好注解。另外元稹自己的另一首《賽神》詩,讀者也應該參看,有句云:"年年十月暮,珠稻欲垂新。家家不斂穫,賽神無富貧。"

② 村落:村莊。《三國志·鄭渾傳》:"入魏郡界,村落齊整如一。"張喬《歸舊山》:"昔年山下結茅茨,村落重來野徑移。"泛指鄉村,鄉下。張孝祥《劉兩府》:"某以久不省祖塋,自宣城暫歸歷陽村落。"

妖神：邪神，非正統的神。元稹《賽神》："楚俗不事事，巫風事妖神。事妖結妖社，不問疏與親。"《新唐書‧太宗紀》："禁私家妖神淫祀。"林木：樹林。《荀子‧勸學》："林木茂而斧斤至焉！樹成蔭而眾鳥息焉！"曹植《上疏陳審舉之義》："蚌蛤浮翔於淮泗，鼅鼄讙嘩於林木。"

　　③ "事來三十載"兩句：可見賽神之風，由來已久，根深蒂固。載：年，歲。《書‧堯典》："帝曰：往，欽哉！九載績用弗成。"孔傳："載，年也。"蔡邕《獨斷》："唐虞曰載，載，歲也，言一歲莫不覆載，故曰載也。"杜甫《北征》："皇帝二載秋，閏八月初吉。"　巫覡：古代稱女巫爲巫，男巫爲覡，合稱"巫覡"，後亦泛指以裝神弄鬼替人祈禱爲職業的巫師。《荀子‧正論》："出戶而巫覡有事。"楊倞注："女曰巫，男曰覡。"元稹《酬東川李相公十六韻》："請帝下巫覡，八荒求我魂。鸞鳳屢鳴顧，燕雀尚籬藩。"　子孫：兒子和孫子，泛指後代。徐振《古意》："擾擾都城曉又昏，六街車馬五侯門。箕山渭水空明月，可是巢由絕子孫？"皎然《仙女臺》："寂寂舊桑田，誰家女得仙？應無雞犬在，空有子孫傳。"

　　④ 四時：四季。沈佺期《題椰子樹》："叢生調木首，圓實檳榔身。玉房九霄露，碧葉四時春。"韋莊《晚春》："萬物不如酒，四時唯愛春。"也指一年四季的農時。《逸周書‧文傳》："無殺夭胎，無伐不成材，無墯四時，如此十年，有十年之積者王。"《淮南子‧本經訓》："四時者，春生夏長，秋收冬藏，取予有節，出入有時，開闔張歙，不失其叙，喜怒剛柔，不離其理。"　雞與豚：雞和豬。古時農家所養禽畜。《孟子‧梁惠王》："雞豚狗彘之畜，無失其時。"劉禹錫《武陵書懷五十韻》："來憂禦魑魅，歸願牧雞豚。"

　　⑤ 主人：財物或權力的支配者。陶潛《乞食》："主人解余意，遺贈豈虛來！"劉禹錫《機汲記》："瀕江之俗，不飲於鑿而皆飲之流。予謫居之明年，主人授館于百雉之內，江水茫茫……"　不堪：不能承當，不能勝任。《國語‧周語》："衆以美物歸女，而何德以堪之，王猶

不堪，況爾小丑乎！"岑參《巴南舟中夜市》："見雁思鄉信，聞猿積淚痕。孤舟萬里外，秋月不堪論。"忍受不了。《孟子·離婁》："顏子當亂世，居於陋巷，一簞食，一瓢飲，人不堪其憂，顏子不改其樂。"韋應物《鷦鴣啼》："南枝日照暖，北枝霜露滋。露滋不堪栖，使我夜常啼。"燎：指柴薪。元稹《陽城驛》："炎炎日將燉，積燎無人抽。公乃帥其屬，決諫同報仇。"和凝《宮詞百首》一："紫燎光銷大駕歸，御樓初見赭黃衣。千聲鼓定將宣赦，竿上金雞翅欲飛。"　燔：焚燒。《莊子·盜蹠》："子推怒而去，抱木而燔死。"《漢書·東方朔傳》："推甲乙之帳燔之於四通之衢。"顏師古注："燔，焚燒也。"

　　⑥ 旋風：作螺旋狀的疾風。《後漢書·王忳傳》："被隨旋風與馬俱亡。"王安石《破冢二首》一："埋沒殘碑草自春，旋風時出地中塵。"天地：天和地，指自然界或社會。《荀子·天論》："星隊木鳴，國人皆恐……是天地之變、陰陽之化，物之罕至者也。"《莊子·天地》："天地雖大，其化均也。"　急雨：猶疾風暴雨。岑參《早秋與諸子登虢州西亭觀眺》："殘虹挂陝北，急雨過關西。酒榼緣青壁，瓜田傍綠溪。"杜甫《絕句六首》四："急雨捎溪足，斜暉轉樹腰。隔巢黃鳥并，翻藻白魚跳。"　江河：這裏指大河流。杜甫《戲爲六絕句》二："楊王盧駱當時體，輕薄爲文哂未休。爾曹身與名俱滅，不廢江河萬古流。"劉威《遣懷寄歐陽秀才》："地上江河天上烏，百年流轉只須臾。平生門過日將日，欲老始知吾負吾。"

　　⑦ 採薪：砍柴。《漢書·賈山傳》："文王之時，豪俊之士皆得竭其智，芻蕘採薪之人皆得盡其力，此周之所以興也。"李白《雉朝飛》："麥隴青青三月時，白雉朝飛挾兩雌。錦衣綺翼何離褷！犢牧採薪感之悲。"　持斧：《漢書·王訢傳》："武帝末，軍旅數發，郡國盜賊群起，繡衣御史暴勝之使持斧逐捕盜賊，以軍興從事，誅二千石以下。"後以"持斧"指執法或皇帝派出的御史等執法之官。沈亞之《上家官書》："顧世之持斧之士，安足以摹哉！"王禹偁《賀馮起張秉二舍人》："繡衣

脱後休持斧,珠履抛來免過廳。”　縱橫:交錯貌。曹植《侍太子坐》:
“清醴盈金觴,肴饌縱橫陳。”雜亂貌。《孫子·地形》:“將弱不嚴,教
道不明,吏卒無常,陳兵縱橫,曰亂。”孟郊《吊國殤》:“徒言人最靈,白
骨亂縱橫。”分散貌。《文選·王延壽〈魯靈光殿賦〉》:“縱橫駱驛,各
有所趣。”李善注:“縱橫,四散也。”

　　⑧ 山深:深山大嶺之中。無可《送贊律師歸嵩山》:“禪意歸心
急,山深定易安。清貧修道苦,孝友別家難。”孟貫《夏日登瀑頂寺因
寄諸知己》:“曾於塵裏望,此景在烟霄。巖静水聲近,山深暑氣遙。”
掩映:遮蔽,隱蔽。楊凌《小苑春望宫池柳色》:“上苑閑遊早,東風柳
色輕。儲胥遙掩映,池水隔微明。”謂或遮或露,時隱時現。白居易
《夜泛陽塢入明月灣即事寄崔湖州》:“掩映橘林千點火,泓澄潭水一
盆油。”　鯨鯢:即鯨,雄曰鯨,雌曰鯢。盧綸《奉陪渾侍中上巳日泛渭
河》:“舟檝方朝海,鯨鯢自曝腮。”常常比喻兇惡的敵人。《資治通
鑒·晉湣帝建興元年》引此文,胡三省注曰:“鯨鯢,大魚,鉤網所不能
制,以此敵人之魁桀者。”

　　⑨ 鄰里:同一鄉里的人。王維《丁宇田家有贈》:“晨雞鳴鄰里,
群動從所務。農夫行餉田,閨妾起縫素。”杜甫《寄題江外草堂》:“尚
念四小松,蔓草易拘纏。霜骨不堪長,永爲鄰里憐。”　各各:個個,每
一個。孟郊《偷詩》:“餓犬齚枯骨,自喫饞饑涎。今文與古文,各各稱
可憐。”元稹《臺中鞫獄憶開元觀舊事呈損之兼贈周兄四十韵》:“歸來
五六月,旱色天地殷。分司別兄弟,各各泪潸潸。”　酒罇:亦作“酒
尊”、“酒樽”,古代盛酒器。《後漢書·王霸傳》:“(蘇)茂雨射營中,中
霸前酒樽,霸安坐不動。”羅隱《梅花》:“愁憐粉艷飄歌席,静愛寒香撲
酒罇。”

　　⑩ 再三:第二次第三次,一次又一次,一遍又一遍。《史記·孔
子世家》:“〔齊〕陳女樂文馬於魯城南高門外,季桓子微服往觀再三,
將受。”李白《南陽送客》:“揮手再三別,臨岐空斷腸。”　禾稼:穀類作

物的統稱。《墨子·天志》："刈其禾稼,斬其樹木。"白居易《詔下》："但喜今年飽飯吃,洛陽禾稼如秋雲。更傾一尊歌一曲,不獨忘世兼忘身。"

⑪ 去年:剛過去的一年。杜甫《前苦寒行二首》二:"去年白帝雪在山,今年白帝雪在地。"蘇軾《中秋月三首》一:"殷勤去年月,激灩古城東。憔悴去年人,臥病破窗中。" 大巫:指爲首的或法術高明的巫師。《史記·滑稽列傳》:"其巫,老女子也,已年七十。從弟子女十人所,皆衣繒單衣,立大巫後。"陸游《龍湫歌》:"明朝父老來賽雨,大巫吹簫小巫舞。" 覡:爲人禱祝鬼神的男巫,後亦泛指巫師。《國語·楚語》:"如是則明神降之,在男曰覡,在女曰巫。"韋昭注:"巫覡,見鬼者。《周禮》男亦曰巫。"《新唐書·安禄山傳》:"〔禄山〕母阿史德,爲覡,居突厥中。"王觀國《學林·巫覡》:"《國語》、《説文》、《漢書·郊祀志》、鄭康成注《周禮》、注《禮記》、《集韻》、《類篇》皆云:在男曰覡,在女曰巫。《玉篇》、《廣韻》皆云:在男曰巫,在女曰覡。觀國按:《周官》有司巫,掌群巫之政令。又有男巫,有女巫,通謂之巫,而不謂之覡。若言巫覡,則必有別矣! 今按《檀弓》曰:'歲旱,穆公召縣子而問然,曰:"天久不雨,吾欲暴巫而奚若?"曰:"天則不雨而望之愚婦人,於以求之,毋乃已疏乎?"'謂巫爲愚婦人,則女爲巫矣! 女爲巫,則男爲覡也。" 妖言:怪誕不經的邪説。《六韜·兵徵》:"妖言不止,衆口相惑。"《史記·淮南衡山列傳》:"熒惑百姓,倍畔宗廟,妄作妖言。"猶妄言,胡説。《韓詩外傳》卷二:"桀拍然而抃,盍然而笑,曰:'子又妖言矣! 吾有天下,猶天之有日也,日有亡乎?'"

⑫ 邑:人民聚居之處,大曰都,小曰邑,泛指村落、城鎮。《周禮·地官·里宰》:"里宰掌比其邑之衆寡與其六畜兵器,治其政令。"鄭玄注:"邑猶里也。"賈公彦疏:"邑是人之所居之處,里又訓爲居,故雲邑猶里也。"《史記·陳丞相世家》:"邑中有喪,平貧,侍喪,以先往後罷爲助。" 神明:明智如神。《淮南子·兵略訓》:"見人所不見謂

之明,知人所不知謂之神。神明者,先勝者也。"焦贛《易林·旅之漸》:"黃帝紫雲,聖且神明。"　宰:古代官吏的通稱。《周禮》有冢宰、大宰、小宰、宰夫、内宰、里宰,春秋卿大夫的家臣和采邑的長官也都稱宰。《公羊傳·隱公元年》:"宰者何? 官也。"後世亦以宰爲對官吏的敬稱。韓愈《送幽州李端公序》:"公天子之宰,禮不可如是。"　西門:複姓之一,戰國時代魏國有西門豹,曾任鄴令,有惠政,後因用作西門豹的代稱。《史記·滑稽列傳》:"魏文侯時,西門豹爲鄴令。豹往到鄴,會長老,問之民所疾苦。長老曰:'苦爲河伯娶婦,以故貧。'豹問其故,對曰:'鄴三老、廷掾常歲賦斂百姓,收取其錢得數百萬,用其二三十萬爲河伯娶婦,與祝巫共分其餘錢持歸。當其時,巫行視小家女好者,云是當爲河伯婦,即聘取。洗沐之,爲治新繒綺縠衣,閒居齊戒;爲治齋宮河上,張緹絳帷,女居其中。爲具牛酒飯食,行十餘日,共粉飾之,如嫁女床席,令女居其上,浮之河中。始浮,行數十里乃没。其人家有好女者,恐大巫祝爲河伯取之,以故多持女遠逃亡。以故城中益空無人,又困貧,所從來久遠矣! 民人俗語曰:即不爲河伯娶婦,水來漂没,溺其人民云……'西門豹曰:'至爲河伯娶婦時,願三老、巫祝、父老送女河上,幸來告語之,吾亦往送女。'皆曰:'諾。'至其時,西門豹往會之河上。三老、官屬、豪長者、里父老皆會,以人民往觀之者三二千人。其巫,老女子也,已年七十。從弟子女十人所,皆衣繒單衣,立大巫後。西門豹曰:'呼河伯婦來,視其好醜!'即將女出帷中,來至前。豹視之,顧謂三老、巫祝、父老曰:'是女子不好,煩大巫嫗爲入報河伯,得更求好女,後日送之。'即使吏卒共抱大巫嫗,投之河中。有頃,曰:'巫嫗何久也? 弟子趣之!'復以弟子一人投河中。有頃,曰:'弟子何久也? 復使一人趣之!'復投一弟子河中。凡投三弟子,西門豹曰:'巫嫗弟子是女子也,不能白事,煩三老爲入白之!'復投三老河中。西門豹簪筆磬折,嚮河立待良久,長老、吏傍觀者皆驚恐。西門豹顧曰:'巫嫗、三老不來還,奈之何? 欲復使廷掾與豪長者一人入趣之！'皆叩頭，叩頭且破，額血流地，色如死灰。西門豹曰：'諾，且留待之須臾。'須臾，豹曰：'廷掾起矣！狀河伯留客之久，若皆罷去歸矣！'鄴吏民大驚恐，從是以後，不敢復言爲河伯娶婦。西門豹即發民鑿十二渠，引河水灌民田，田皆溉。當其時，民治渠少煩苦，不欲也。豹曰：'民可以樂成，不可與慮始。今父老子弟雖患苦我，然百歲後期令父老子孫思我言。'至今皆得水利，民人以給足富。十二渠經絕馳道，到漢之立，而長吏以爲十二渠橋絕馳道，相比近，不可。欲合渠水，且至馳道合三渠爲一橋。鄴民人父老不肯聽長吏，以爲西門君所爲也，賢君之法式不可更也，長吏終聽置之。故西門豹爲鄴令，名聞天下，澤流後世，無絶已時，幾可謂非賢大夫哉！"

⑬ 焚除：燒毀。《資治通鑑·開皇十五年》："三月己未，至自東巡。仁壽宮成，丁亥上幸仁壽宮。時天暑，役夫死者相次於道，楊素悉焚除之，上聞之不悦。及至見制度壯麗，大怒曰：'楊素殫民力爲離宮，爲吾結怨天下！'"封演《封氏聞見記·剛王》："仁傑先致檄書，責其喪失八千子弟，而妄受牲牢之薦，然後焚除。"　未決：還沒有最後決定。白居易《醉後題李馬二妓》："有風縱道能迴雪，無水何由忽吐蓮？疑是兩般心未決，雨中神女月中仙。"于濆《沙場夜》："輕裘兩都客，洞房愁宿別。何況遠辭家，生死猶未決。"　乘軒：乘坐大夫的車子。《左傳·閔公二年》："衛懿公好鶴，鶴有乘軒者。"杜預注："軒，大夫車。"後用以指做官。劉向《説苑·善説》："前雖有乘軒之賞，未爲之動也。"鮑照《擬古八首》六："不謂乘軒意，伏櫪還至今。"

⑭ 荆棘：泛指山野叢生多刺的灌木。張載《七哀》："蒙籠荆棘生，蹊徑登童豎。"杜甫《晝夢》："桃花氣暖眼自醉，春渚日落夢相牽。故鄉門巷荆棘底，中原君臣豺虎邊。"　狐兔：狐和兔，亦以喻壞人、小人。崔顥《古遊俠呈軍中諸將》："地迥鷹犬疾，草深狐兔肥。腰間帶兩綬，轉盼生光輝。"王翰《春女行》："落花一度無再春，人生作樂須及辰。君不見楚王臺上紅顔子，今日皆成狐兔塵。"

⑮ “巫言小神變”兩句：意謂所有這些都是我小神所變化，大家從牛馬繁殖不息中就可得到證明。　小神：原指神仙謙虛的自稱，這裏指妖狐貌似謙虛的自稱。鄭剛中《祭白沙求雨文》：“旱乾、水溢、降災、降福，小神不能爲也，惟大神得司之。”樓鑰《文華閣待制楊公行狀》：“邑有豪民，武斷一方，蓄雄狡數十輩，分而爲三：曰大神者，爲之謀事，曰中神者，爲之行貨，曰小神者，則無賴善鬥之人也。”　蕃：生息，繁殖。《南史·孔琳之傳》：“降死之生，誠爲輕法，可以全其性命，蕃其產育。”茂盛，興旺。《左傳·僖公二十三年》：“男女同姓，其生不蕃。”楊伯峻注：“蕃，子孫昌盛之意。”韓愈《唐故朝散大夫越州刺史薛公墓誌銘》：“襄城有子二人皆貴，其後皆蕃以大。”

⑯ 邑吏：地方官府的小吏。呂溫《奉敕祭南嶽十四韻》：“禮成謝邑吏，駕言歸郡職。憩桑訪蠶事，遵疇課農力。”溫庭筠《郊居秋日有懷一二知己》：“稻田鳧雁滿晴沙，釣渚歸來一徑斜。門帶果林招邑吏，井分蔬圃屬鄰家。”　進説：向位高者、權重者陳詞。張籍《重與韓退之書》：“籍不以其愚，輒進説於執事。執事以導進之分，復賜還答，曲折教之。”蔡襄《辨邪佞》：“進説之臣，萬端人主，以要道持之，阿隨人主之意，而不論理道之是非，此佞臣也。”　鄉原：猶鄉土。白居易《東南行一百韻》：“飄零同落葉，浩蕩似乘桴。漸覺鄉原異，深知土俗殊。”王周《和程刑部三首·公會亭》：“均賦鄉原肅，詳刑郡邑康。官箴居座右，夙夜算難忘。”

⑰ 逾年：謂時間超過一年。《公羊傳·莊公三十二年》：“君薨稱子某，既葬稱子，逾年稱公。”韓愈《唐故贈絳州刺史馬府君行狀》：“夫人榮陽鄭氏……有賢行，侍君疾，逾年不下堂。”　計：計慮，考慮。嵇康《釋私論》：“言不計乎得失而遇善。”柳宗元《祭姊夫崔使君簡文》：“惟昔與君，年殊志匹，晝咨夕計，期正文律。”　良：長，久。曹植《七哀》：“君懷良不開，賤妾當何依。”杜甫《鹽井》：“我何良嘆嗟，物理固自然。”

⑱涉：至，到。王符《潛夫論·述赦》："雖蒙考覆，州郡轉相顧望，留苦其事，春夏待秋冬，秋冬復涉春夏，如此行逢赦者，不可勝數。"潘岳《閑居賦》："自弱冠涉乎知命之年，八徙官而一進階。"　祭時：祭祀祖先以及其他神靈固定的時日。李德裕《論九宮貴神壇狀》："臣等去月二十五日已於延英面奏，伏奉聖旨，令檢舊儀進來者。今欲及祭時，伏望令有司崇飾舊壇，務於嚴潔，謹録奏聞，伏候敕旨。"韓琦《慶曆甲申郊禮告成五言十韻》："聖饗申精意，靈心察至虔。因知齋次雪，爲顯祭時天。"　四垣：四周的圍墻。韓愈《祭湘君夫人文》："伏以祠宇毀頓……外無四垣，堂階頹落，牛羊入室。"韓愈《陸渾山火和皇甫湜用其韻》："天跳地踔顛乾坤，赫赫上照窮崖垠。截然高周燒四垣，神焦鬼爛無逃門。"

⑲憂虞：憂慮。陳子昂《秋園臥病呈暉上人》："懷挾萬古情，憂虞百年疾。綿綿多滯念，忽忽每如失。"杜甫《北征》："揮涕戀行在，道途猶恍惚。乾坤含瘡痍，憂虞何時畢！"　憤恨：憤怒痛恨。《北史·賀拔勝傳》："是歲，勝諸子在東者，皆爲神武所害。勝憤恨，因動氣疾，大統十年薨於位。"元稹《苦雨》："自顧方濩落，安能相詰誅？隱忍心憤恨，翻爲聲煦愉。"　玉帛：圭璋和束帛，古代祭祀、會盟、朝聘等均用之。《左傳·哀公七年》："禹合諸侯於塗山，執玉帛者萬國。"張説《豫和六首》五："天道無親，至誠與鄰。山川遍禮，宮徵惟新。玉帛非盛，聰明會真。正斯一德，通乎百神。"　敦：崇尚，注重。《左傳·僖公二十七年》："説禮、樂而敦《詩》《書》。"孔穎達疏："説，謂愛樂之；敦，謂厚重之。"《資治通鑑·唐太宗貞觀二年》："上遣杜如晦等諭旨曰：'匹夫猶敦然諾，奈何既許朕而復悔之！'"胡三省注："敦然諾，猶重然諾也。"也作勤勉解。《管子·君臣》："上惠其道，下敦其業。"獨孤及《唐故開府楊公遺愛碑頌》："人人得敦其業，而厚其生。"

⑳神廟：猶佛寺。酈道元《水經注·河水五》："趙建武八年，比釋道龍和上竺浮圖澄，樹德勸化，興立神廟。"元稹《和李校書新題樂

府十二首·縛戎人》：“半夜城摧鵷雁鳴，妻啼子叫曾不歇。陰森神廟未敢依，脆薄河冰安可越？”　簫鼓：簫與鼓，泛指樂奏。江淹《別賦》：“琴羽張兮簫鼓陳，燕趙歌兮傷美人。”張孝祥《水調歌頭·桂林集句》：“家種黃柑丹荔，户拾明珠翠羽，簫鼓夜沈沈。”　喧喧：形容聲音喧鬧。何遜《學古贈丘永嘉征還》：“龍馬魚腸劍，躞蹀起風塵。結客葱河返，喧喧動四鄰。”張九齡《入廬山仰望瀑布水》：“絶頂有懸泉，喧喧出烟杪。不知幾時歲，但見無昏曉。”

㉑　妖術：旁門左道用以欺人惑衆的法術。《魏書·孝文幽皇后傳》：“高祖又讓后曰：‘汝母有妖術，可具言之。’”《資治通鑑·漢靈帝光和六年》：“初，鉅鹿張角奉事黃老，以妖術教授，號‘太平道’。”　滅絶：毀滅斷絶，消滅乾净。《後漢書·張就傳》：“乃卧就覆船下，以馬通薰之，一夜二日，皆謂已死，發船視之，就方張眼大罵曰：‘何不益火，而使滅絶！’”貫休《續姚梁公坐右銘》：“福先禍始，好殺滅絶，不得不止。守謙寡慾，善善惡惡，不得不作。”　本根：根本，指事物的最重要部分。《莊子·知北遊》：“惛然若亡而存，油然不形而神，萬物畜而不知，此之謂本根。”成玄英疏：“亭毒群生，畜養萬物，而玄功潛被，日用不知，此之真力，是至道一根本也。”根基，基礎。《晉書·劉頌傳》：“借令愚劣之嗣，蒙先哲之遺緒，得中賢之佐，而樹國本根不深，無幹輔之固，則所謂任臣者化而爲重臣矣！”指基地。陸游《山南行》：“會看金鼓從天下，却用關中作本根。”本原，初始。韓愈《論淮西事宜狀》：“原其本根，皆是國家百姓，進退皆死，誠可閔傷。”指最初的。王充《論衡·正説》：“説《論語》者，但知以剥解之問，以纖維之難，不知存問本根篇數章目。”根由，根源。《漢書·張耳陳餘傳》：“具道本根所以，王不知狀。”

㉒　中罷：猶中止。沈德符《野獲編·河漕·膠萊便道》：“劉燾甚謝役，江陵亦無如之何，工遂中罷。”陳子龍《琴心賦》：“時揚清角，蕭寥玄夜。下里寡和，悵然中罷。”　重疊：引申爲再三。劉崇遠《金華

子雜編》卷下:"冀其可厚賂和解,勉諭重疊。"王讜《唐語林·補遺》:"衞公驚喜垂涕,曰:'大門官,小子豈敢當此薦拔?'寄謝重疊。"

㉓ 蜉蝣:亦作"蜉蝤",蟲名,幼蟲生活在水中,成蟲褐綠色,有四翅,生存期極短。《詩·曹風·蜉蝣》:"蜉蝣之羽,衣裳楚楚。"毛傳:"蜉蝣,渠略也,朝生夕死。"郭璞《遊仙詩》:"借問蜉蝣輩,寧知龜鶴年?" 濕處:潮濕的地方。元稹《蟲豸詩·蟻子三首》一:"蟻子生無處,偏因濕處生。陰霾煩擾攘,拾粒苦譽譚。"袁郊《露》:"湛湛騰空下碧霄,地卑濕處更偏饒。菅茅豐草皆霑潤,不道良田有旱苗。" 鴟鴞:鳥名,俗稱猫頭鷹,常用以比喻貪惡之人。《詩·豳風·鴟鴞》:"鴟鴞鴟鴞,既取我子,無毀我室。"《文選·曹植〈贈白馬王彪〉》:"鴟梟鳴衡扼,犲狼當路衢。"李善注:"鴟梟、犲狼,以喻小人也。" 黃昏:日已落而天色尚未黑的時候。《楚辭·離騷》:"曰黃昏以爲期兮,羌中道而改路。"李商隱《樂游原》:"向晚意不適,驅車登古原。夕陽無限好,只是近黃昏。"

㉔ 邪心:不正當的念頭。《荀子·大略》:"我先攻其邪心。"韓愈《利劍》:"利劍光耿耿,佩之使我無邪心。"廖瑩中輯注引方世舉曰:"《古今注》:'吳大帝有寶劍六,三曰辟邪。'" 氣燄:亦作"氣焰",原指開始燃燒、尚未成勢的火焰,常以比喻人或其他事物的威勢、聲勢。《左傳·莊公十四年》:"人之所忌,其氣燄以取之。"《新唐書·丘和傳贊》:"帝王之將興,其威靈氣燄有以動物悟人者。" 日夜:白天黑夜,日日夜夜。《周禮·夏官·挈壺氏》:"凡喪,縣壺以代哭者,皆以水火守之,分以日夜。"杜甫《悲陳陶》:"都人回面向北啼,日夜更望官軍至。"

㉕ 狐狸:獸名,狐和狸本爲兩種動物,後合指狐,常喻奸佞狡猾的壞人。《東觀漢記·張綱傳》:"侍御史張綱獨埋輪於雒陽都亭,曰:'犲狼當道,安問狐狸!'"杜甫《久客》:"狐狸何足道,犲虎正縱橫。"蹊徑:指小路。《呂氏春秋·孟冬》:"備邊境,完要塞,謹關梁,塞蹊

徑。"謝朓《和徐都曹》:"桃李成蹊徑,桑榆蔭道周。"門徑,路子。《荀子·勸學》:"將原先王,本仁義,則禮正其經緯蹊徑也。"錢起《紫參歌》:"蓬山才子憐幽性,白雪陽春動新詠。應知仙卉老雲霞,莫賞夭桃滿蹊徑。"　潛穴:深穴,暗穴。《文選·曹植〈七啓〉》:"出山岫之潛穴,倚峻崖而嬉遊。"李周翰注:"潛,深也。"張說《岳州城西》:"潛穴探靈詭,浮生揖聖仙。"深居。李遠《詠壁魚》:"潛穴河圖內,吞鉤乙字邊。"

㉖　腥臊:腥臭,腥臭的氣味。《荀子·榮辱》:"鼻辨芬芳腥臊,骨體膚理辨寒暑疾養。"李商隱《楚宮》:"空歸腐敗猶難復,更困腥臊豈易招!"　左右:左面和右面。《史記·孫子吳起列傳》:"汝知而心與左右手背乎?"附近,兩旁。《詩·小雅·采菽》:"平平左右,亦是率從。"《左傳·宣公十二年》:"晉人逐之,左右角之。"　丘樊:園圃,鄉村,亦指隱居之處。張九齡《酬王履震遊園林見貽》:"逶迤戀軒陛,蕭散反丘樊。舊徑稀人迹,前池耗水痕。"白居易《中隱》:"丘樊太冷落,朝市太囂喧。不如作中隱,隱在留司官。"

㉗　歲深:年代較長。許棠《憶江南》:"南楚西秦遠,名遲別歲深。欲歸難遂去,閑憶自成吟。"李建勛《題魏壇二首》一:"一尋遺迹到仙鄉,雲鶴沈沈思渺茫。丹井歲深生草木,芝田春廢臥牛羊。"　成就:成材,成器。焦贛《易林·乾之離》:"胎生孚乳,長息成就,充滿帝室,家國昌富。"《北齊書·高陽王湜傳》:"太后哭之哀,曰:'我恐其不成就,與杖,何期帶創死也。'"　曲直:彎曲和平直。孟郊《聽藍溪僧爲元居士說維摩經》:"古樹少枝葉,真僧亦相依。山木自曲直,道人無是非。"元稹《獻滎陽公詩五十韻》:"輪轅呈曲直,鑿柄取方圓。"　輪轅:指車輛。駱賓王《浮槎序》:"觀其根柢盤屈,枝幹扶疏,大則有棟梁舟楫之材,小則有輪轅榱桷之用。"黃滔《融結爲河嶽賦》:"舟檝風生,航利名於世也;輪轅雷起,駕禍福於人人。"

㉘　幽妖:隱藏的妖魔,常常比喻奸臣。韓愈《會合聯句》:"鬼窟

脱幽妖，天居覬清栱。”元稹《遭風二十韵》：“那知否極休徵至，漸覺宵分曙氣催。怪族潛收湖黯湛，幽妖盡走日崔嵬。” 依倚：倚靠，依傍。戴叔倫《酬贈張衆甫》：“分向空山老，何言上苑來！迢遥千里道，依倚九層臺。”元稹《兔絲》：“人生莫依倚，依倚事不成。君看兔絲蔓，依倚榛與荆。” 屯：聚集，積聚。《莊子・寓言》：“火與日，吾屯也。”成玄英疏：“屯，聚也。”曹植《七啓》：“鳥集獸屯，然後會圍。”

㉙ 一心：專心，一心一意。司馬遷《報任安書》：“日夜思竭其不肖之才，務一心營職，以求親媚於主上。”顔真卿《使過瑶臺寺有懷圓寂上人》：“上人居此寺，不出三十年。萬法元無着，一心唯趣禪。”四面：東、南、西、北四個方位。《禮記・鄉飲酒義》：“四面之坐，象四時也。”王維《臨湖亭》：“輕舸迎上客，悠悠湖上來。當軒對尊酒，四面芙蓉開。”指四周圍。柳宗元《至小丘西小石潭記》：“坐潭上，四面竹樹環合，寂寥無人，凄神寒骨，悄愴幽邃，以其境過清，不可久居，乃記之而去。” 籬藩：籬笆。蘇軾《吊徐德占》：“從來覓棟梁，未省傍籬藩。南山隔秦嶺，千樹龍蛇奔。”朱松《題臨賦軒》：“蒼山圍岑寂，下有一水奔。閉户卧風雨，束蒿翳籬藩。”

㉚ 斤斧：斧頭。《管子・乘馬》：“其木可以爲棺，可以爲車，斤斧得入焉！”葛洪《抱朴子・廣譬》：“凡木結根於靈山，而匠石爲之寢斤斧。” 怪木：姿態怪異或者品種罕見的樹木。林寬《寄省中知己》：“怪木風吹閣，廢巢時落薪。每憐吾道苦，長説向同人。”徐光溥《題黄居寀秋山圖》：“珍禽異獸皆自馴，奇花怪木非因植。崎嶇石磴絶遊蹤，薄霧冥冥藏半峰。” 髡：砍，截斷。杜恕《體論・君》：“且令人主魁然獨立，是無臣子也，又誰爲君父乎？是猶髡其枝而欲根之蔭，撝其目而欲視之明，襲獨立之迹而願其扶疏也。”

㉛ 傾聽：側着頭聽。《禮記・曲禮》：“立不正方，不傾聽。”孔穎達疏：“不得傾頭屬聽左右也。”細聽，認真地聽。鮑照《登廬山望石門》：“傾聽鳳管賓，緬望釣龍子。” 清渾：清澈和渾濁。權德輿《晨坐

寓興》:"亭柯見榮枯,止水知清渾。悠悠世上人,此理法難論。"張先《南鄉子·中秋不見月》:"潮上水清渾,棹影輕於水底雲。"是非,好壞。賀鑄《送蒲圻陳主簿彥升歸越》:"好在稽山北,因君訪故園。風流久衰歇,湖水自清渾。"

㉜　阿膠:中藥名,是用驢皮加水熬成的膠,原產山東省東阿縣,以阿井水煎黑驢皮製成,佳者帶琥珀色,透明無臭味,亦稱驢皮膠。沈括《夢溪筆談·辯證》:"東阿亦濟水所經,取井水煮膠,謂之阿膠。用攪濁水則清,人服之,下膈,疏痰,止吐。皆取濟水性趨下,清而重,故以治淤濁及逆上之疾。"李時珍《本草綱目·阿膠》:"氣味甘平無毒。主治心腹內崩,勞極灑灑如瘧狀,腰腹痛,四肢酸痛,女子下血,安胎。久服輕身益氣。"　末派:水的支流或下游。李華《雲母泉詩序》:"洞庭湖西玄石山,俗謂之墨山,山南有佛寺,寺倚松嶺,下有雲母泉,泉出石引流,分渠周遍庭宇發,如乳湩末派,如淳漿烹茶、淅蒸灌園……"羅隱《寄酬鄴王羅令公五首》二:"脈散源分歷幾朝?縱然官宦只卑僚。正憂末派淪滄海,忽見高枝拂絳霄。"　罔象:古代傳說中的水怪。《國語·魯語》:"水之怪曰龍、罔象。"韋昭注:"或曰罔象食人,一名沐腫。"梅堯臣《送聖民學士知登州》:"始皇安得長?陰怪役罔象。"　上源:上游;上流。任昉《述異記》卷上:"吳故宮亦有香水溪,俗云西施浴處,人呼爲脂粉塘,吳王宮人濯粧於此溪上源,至今馨香。"嚴維《奉和獨孤中丞遊雲門寺》:"絕壑開花界,耶溪極上源。光輝三石坐,登陟五雲門。"

㉝　靈藥:指傳說中的仙藥。《海內十洲記·長洲》:"長洲,一名青丘……一洲之上,專是林木,故一名青丘。又有仙草、靈藥、甘液、玉英,靡所不有。"李商隱《常娥》:"常娥應悔偷靈藥,碧海青天夜夜心。"　逡巡:頃刻,極短時間。白居易《重賦》:"里胥迫我納,不許暫逡巡。"張祜《偶作》:"遍識青霄路上人,相逢祇是語逡巡。"　黑波:指海浪。《雲笈七籤》卷一一四:"時叔申、道陵侍太上道君,乘九蓋之

車,控飛虬之軒,越積石之峰,濟弱流之津,渡白水,凌黑波,顧眒倏忽,謁王母於闕下。"戴良《渡黑水洋》:"舟行滄海上,魂斷黑波前。好似星沉夜,仍逢雨至天。"　朝夕:猶言從早到晚,整天,形容長時間。《詩·小雅·北山》:"陟彼北山,言采其杞。偕偕士子,朝夕從事。"荀悅《漢紀·哀帝紀》:"新近左右,玩習於朝夕。"

㉞ 神龍:即龍,相傳龍變化莫測,故有此稱。《韓詩外傳》卷五:"如神龍變化,斐斐文章,大哉《關雎》之道也!"《文選·張衡〈西京賦〉》:"若神龍之變化,章後皇之爲貴。"薛綜注:"龍出則昇天,潛則泥蟠,故云變化。"　厭:嫌棄,憎惡,厭煩。《論語·憲問》:"夫子時然後言,人不厭其言;樂然後笑,人不厭其笑;義然後取,人不厭其取。"《北史·周紀》:"天厭我魏邦,垂變以告,惟爾罔弗知。"　流濁:污濁不清的水流。姚合《題僧院引泉》:"洗藥溪流濁,澆花雨力微。朝昏長繞看,護惜似持衣。"曹松《送進士喻坦之遊太原》:"逗野河流濁,離雲磧日明。并州戎壘地,角動引風生。"　鼉:揚子鰐,也稱鼉龍、豬婆龍,爬行動物,體長丈餘,背部與尾部有角質鱗甲,穴居於江河岸邊和湖沼底部,其皮可以製鼓。《呂氏春秋·季夏》:"是月也,令漁師伐蛟取鼉。"杜甫《渼陂行》:"鼉作鯨吞不復知,惡風白浪何嗟及?"　黿:大鱉,俗稱癩頭黿。李時珍《本草綱目·黿》〔集解〕引蘇頌曰:"黿生南方江湖中,大者圍一二丈。南人捕食之。肉有五色,而白者多。"《楚辭·九歌·河伯》:"乘白黿兮逐文魚。"王逸注:"大鱉爲黿,魚屬也。"韓愈《陸渾山火和皇甫湜用其韵》:"水龍鼉龜魚與黿,鴉鴟雕鷹雉鵠鶤。"

㉟ 龍穴:傳說中龍所居住的洞穴。庾信《週五聲調曲·變宮調一》:"龍穴非難附,鸞巢欲可窺。"倪璠注:"龍居穴中,故以龍穴爲言。"喻指瀑布注入的深潭。曾鞏《瀑布泉》:"飛泉一支天上來,寒影沉沉瀉龍穴。"　妖氣:妖異之氣。王充《論衡·言毒》:"妖氣生美好,故美好之人多邪惡。"梅堯臣《和謝舍人洊震》:"沃然原隰洗妖氣,浩

爾溝瀆揚平流。”　醽：盛，充盈。裴鉶《傳奇·裴航》：“航接引之，真玉液也。但覺異香氤醽，透於户外。”滯積。秦觀《浩氣傳》：“凡物壅之則壹而相與醽，散之則疏而相與通。”腐臭變質。宋應星《天工開物·攻麥》：“凡麪既成後，寒天可經三月，春、夏不出二十日，則醽壞。”　溫：通“藴”，積蓄，含蓄。鍾嶸《詩品》卷上：“陸機所擬十四首，文溫以麗，意悲而遠。”王觀國《學林·藴》：“《廣韵》曰：‘藴，藏也，俗作藴。’……凡此或用藴字，或用溫字，或用醖字，皆讀於問切，有含蓄重厚之意。古人多假借用字，故藴、溫、醖三字雖不同，其義皆同於藴。”

㊱淫祀：不合禮制的祭祀，不當祭的祭祀，妄濫之祭。《禮記·曲禮》：“非其所祭而祭之，名曰淫祀。”孫希旦集解：“淫，過也。或其神不在祀典，如宋襄公祭次睢之社；或越分而祭，如魯季氏之旅泰山，皆淫祀也。”劉禹錫《南中書來》：“君書問風俗，此地接炎州。淫祀多青鬼，居人少白頭。”　邪：妖異怪誕之事。《吕氏春秋·孝行》：“夫執一術而百善至，百邪去，天下從者，其惟孝也。”《南史·袁君正傳》：“性不信巫邪。”　惛：神志不清，迷迷糊糊。《孟子·梁惠王》：“王曰：‘吾惛，不能進於是矣！’”趙岐注：“王言，我情思惛亂，不能進行此仁政。”《南史·宋孝武帝紀》：“帝末年爲長夜之飲……俄頃數斗，憑几惛睡，若大醉者。”洪邁《夷堅丁志·犬齧綠袍人》：“彭已困卧血中，惛不能知人，兩日而死。”謂認識糊塗，不明事理。《商君書·農戰》：“是以其君惛於説，其官亂於言，其民惰而不農。”賈誼《新書·先醒》：“彼世主不學道理，則嘿然惛於得失，不知治亂存亡之所由然。”欺蒙，迷惑。《管子·七臣七主》：“亂臣多造鐘鼓、衆飾婦女以惛上。”《韓非子·南面》：“事有功者必賞，則群臣莫敢飾言以惛主。”同“惽”，心亂。《大戴禮記·曾子立事》：“怒之而觀其不惛也。”王聘珍解詁引盧辯曰：“惛，亂也。”

㊲人意：人的意願、情緒。劉長卿《陪王明府泛舟》：“出没鳧成

浪,蒙籠竹亞枝。雲峰逐人意,來去解相隨。"嚴羽《滄浪詩話·詩評》:"唐人好詩,多是征戍、遷謫、行旅、離別之作,往往能感動激發人意。"   蠱:指與詛咒、祈禱鬼神等迷信有關的事。《漢書·江充傳》:"是時,上春秋高,疑左右皆爲蠱祝詛……充既知上意,因言宮中有蠱氣,先治後宮希幸夫人,以次及皇后,遂掘蠱於太子宮,得桐木人。"也指冶媚、妖艷之事。《文選·張衡〈西京賦〉》:"妖蠱艷夫夏姬,美聲暢於虞氏。"薛綜注:"蠱,音也,媚也。"   蝕:侵蝕。杜甫《石笋行》:"古來相傳是海眼,苔蘚蝕盡波濤痕。"毀壞。蘇舜欽《感興三首》一:"秦嬴蝕先法,乃復祭於墓。"   精魂:精神魂魄。王充《論衡·書虛》:"生任筋力,死用精魂……筋力消絕,精魂飛散。"李華《吊古戰場文》:"吊祭不至,精魂何依?"

㊳ 德:道德,品德。《易·乾》:"君子進德修業。"《周禮·地官·師氏》:"以三德教國子。"鄭玄注:"德行,內外之稱,在心爲德,施之爲行。"《論語·述而》:"德之不修,學之不講,聞義不能徙,不善不能改,是吾憂也。"行爲,操守。《左傳·成公十六年》:"民生厚而德正。"《論語·子張》:"子夏曰:'大德不逾閑,小德出入可也。'"干寶《晉紀總論》:"是以漢濱之女,守絜白之志;中林之士,有純一之德。"   勝:戰勝,勝利。《孫子·謀攻》:"上下同欲者勝。"杜甫《遣興三首》一:"漢虜互勝負,封疆不常全。"勝過,超過。《書·五子之歌》:"予視天下愚夫愚婦,一能勝予。"羊祜《讓開府表》:"然臣等不能推有德,進有功,使聖聽知勝臣者多,而未達者不少。"   妖:指動物或植物變成的精怪。干寶《搜神記》卷一八:"狐曰:'我天生才智,反以爲妖,以犬試我,遮莫千試萬慮,其能爲患乎?'"沈既濟《任氏傳》:"任氏,女妖也。"指邪惡之人。《荀子·大略》:"口言善,身行惡,國妖也。"   不作:不興起,不興盛。《禮記·樂記》:"暴民不作,諸侯賓服。"孔穎達疏:"不作,謂不動作也。"《孟子·滕文公》:"聖王不作,諸侯放恣。"趙岐注:"不作,聖王之道不興。"   勢:權力,權勢。《書·君陳》:"爾惟弘周公

丕訓，無依勢作威，無倚法以削。”韓愈《與鳳翔邢尚書書》：“布衣之
士，身居窮約，不借勢于王公大人，則無以成其志。”力量，氣勢。《國
語·吳語》：“請王勵士，以奮其朋勢。”陳琳《爲袁紹檄豫州》：“方今漢
室陵遲，綱維弛絶，聖朝無一介之輔，股肱無折衝之勢。”　威：顯示的
使人畏懼懾服的力量。《老子》：“民不畏威，則大威至。”高亨正詁：
“言民不畏威，則君之威權礙止而不通行也。”韓愈《黃家賊事宜狀》：
“長有守備，不同客軍，守則有威，攻則有利。”引申爲權勢，權力。《韓
非子·人主》：“所謂威者，擅權勢而輕重者也。”沈約《恩倖傳論》：“孝
建、泰始，主威獨運，空置百司，權不外假。”　尊：尊貴，高貴。《荀
子·正論》：“天子者，執位至尊。”韓愈《讀荀》：“始吾讀孟軻書，然後
知孔子之道尊。”

　　㊴　計窮：謂再無辦法可想。韓愈《試大理評事王君墓誌銘》：“翁
曰：‘誠官人邪？取文書來！’君計窮吐實。”元稹《有鳥二十章》五：“主
人頻間遣妖術，力盡計窮音響悽。當時何不早量分？莫遣輝光深照
泥！”　賽：舊時祭祀酬神之稱。《晉書·戴洋傳》：“公於白石祠中祈
福，許賽其牛，至今未解，故爲此鬼所考。”王安石《歌元豐五首》一：
“神林處處傳簫鼓，共賽元豐第一秋。”本詩借當時鄉村間存在的賽神
活動，感物而寓意，影射李唐朝廷姑息社會邪惡勢力，危害社會，爲禍
百姓。

[編年]

　　《年譜》編年本詩於元和五年，沒有説明本詩賦詠的具體時間
與編年理由，僅僅引述本詩部分詩句“主人惡淫祀，先去邪與惛。
惛邪中人意，蠱禍蝕精魂。德勝妖不作，勢强威亦尊。計窮然後
賽，後賽復何恩”，不太明白這些詩句與本詩編年有何關係。《編年
箋注》編年云：“《賽神》……作於元和五年（八一〇）貶江陵時。參
見下《譜》。”“貶江陵時”云云給人誤解，似乎是剛剛出貶江陵之時。

《年譜新編》亦編年元和五年,没有説明具體賦詠時間也没有説明編年理由。

我們以爲本詩作爲十七首組詩之一,其寫作時間應該與《思歸樂》等詩同時,大約在元和五年三月十七日之後。而本詩"涉夏祭時至,因令修四垣"云云,也爲本詩作於元和五年四月間提供了有力的證據。

● 薔薇架(清水驛)(一)①

五色階前架,一張籠上被②。殷紅稠叠花,半綠鮮明地③。風蔓羅裙帶,露英蓮臉泪④。多逢走馬郎,可惜簾邊思⑤。

錄自《才調集》卷五

[校記]

(一)薔薇架:本詩存世各本,包括叢刊本、《全詩》在内,未見異文。

[箋注]

① 薔薇架:"五色階前架"等八句,劉本《元氏長慶集》、馬本《元氏長慶集》均未見,但《才調集》卷五、《全詩》卷四二二等採録,故據補。 薔薇:植物名,落葉灌木,莖細長,蔓生,枝上密生小刺,羽狀複葉,小葉倒卵形或長圓形,花白色或淡紅色,有芳香。江洪《詠薔薇》:"當户種薔薇,枝葉太葳蕤。"韓愈《題于賓客莊》:"榆莢車前蓋地皮,薔薇蘸水笋穿籬。" 清水驛:驛站名,在襄陽附近。柳宗元《清水驛叢竹天水趙云余手種一十二莖》:"檐下疏篁十二莖,襄陽從事寄幽

情。衹應更使伶倫見,寫盡雌雄雙鳳鳴。"張嶠《金道鋪庭下竹十許枝因憶柳子厚清水驛絶句》:"庭下幽篁十數枝,令人偏記柳州詩。襄陽者舊消除盡,清水驛傍應斷碑。"

② 五色:青、赤、白、黑、黄五種顏色,古代以此五者爲正色。《書·益稷》:"以五采彰施於五色,作服,汝明。"孫星衍疏:"五色,東方謂之青,南方謂之赤,西方謂之白,北方謂之黑,天謂之玄,地謂之黄,玄出於黑,故六者有黄無玄爲五也。"泛指各種顏色。《老子》:"五色令人目盲,五音令人耳聾,五味令人口爽。"曹丕《芙蓉池》:"上天垂光采,五色一何鮮!"　架:支承或擱置東西的用具。賈思勰《齊民要術·種桃》:"葡萄:蔓延,性緣,不能自舉,作架以承之。"李涉《秋日過員太祝林園》:"望水尋山二里餘,竹林斜到地仙居。秋光何處堪消日? 玄晏先生滿架書。"　被:被子,睡眠時用以覆體。《楚辭·招魂》:"翡翠珠被,爛齊光些。"王逸注:"被,衾也。"傅玄《被銘》:"被雖温,無忘人之寒,無厚於己,無薄於人。"

③ 殷紅:深紅,紅中帶黑。杜甫《韋諷録事宅觀曹將軍畫馬圖歌》:"内府殷紅瑪瑙盤,婕妤傳詔才人索。"元稹《鶯鶯詩》:"殷紅淺碧舊衣裳,取次梳頭暗澹妝。"　稠疊:稠密重疊,密密層層。謝靈運《過始寧墅》:"巖峭嶺稠疊,洲縈渚連綿。"梅堯臣《和楊子聰會董尉家》:"古辭何稠疊! 無乃惜芳菲。"　半緑:淺緑。温庭筠《春愁曲》:"覺後梨花委半緑,春風和雨吹池塘。"許渾《題四皓廟》:"紫芝翳翳多青草,白石蒼蒼半緑苔。"　鮮明:色彩耀眼。《漢書·陳遵傳》:"公府掾吏率皆羸車小馬,不上鮮明。"《新唐書·李貞素傳》:"性和裕,衣服喜鮮明。"

④ 蔓:草本蔓生植物的細長不能直立的枝莖。賈思勰《齊民要術·種瓜》:"蔓廣則歧多,歧多則饒子。"陳子良《讚德上越國公楊素》:"關雲未盡散,塞霧常自生。川長蔓草緑,峰迥雜花明。"　羅裙:絲羅製的裙子,多泛指婦女衣裙。江淹《別賦》:"攀桃李兮不忍别,送

愛子兮霑羅裙。”白居易《琵琶行》：“鈿頭雲篦擊節碎，血色羅裙翻酒污。” 露英：露水，露珠。《漢書·揚雄傳》：“噏清雲之流瑕兮，飲若木之露英。”顏師古注：“露英，言其《英華》之露。”花卉，喻美女。張先《少年游》：“帽檐風細馬蹄塵，常記探花人。露英千樣，粉香無盡，驀地酒初醒。” 蓮臉：美如荷花的臉，形容貌美。薛道衡《昭君辭》：“自知蓮臉歇，羞看菱鏡明。”李華《詠史十一首》一〇：“電影開蓮臉，雷聲飛蕙心。”

⑤ 走馬：騎馬疾走，馳逐。杜甫《去秋行》：“去秋涪江木落時，臂槍走馬誰家兒？”孔平仲《孔氏談苑》卷一：“本猶慮其變也，檥舟三十里外待之。密約云：若事諧，走馬相報。” 可惜簾邊思：意謂可惜衹能是窗簾旁邊的思念而已，不得向匆匆而過的“走馬郎”傾訴自己的愛戀之情。 可惜：值得惋惜。袁宏《後漢紀·靈帝紀》：“甑破可惜，何以不顧？”王安石《送吳顯道五首》四：“忽憶舊鄉頭已白，牙齒欲落真可惜。臨江把臂難再得，江水江花豈終極！” 簾邊：門簾或窗簾旁邊。姜夔《題華亭錢參園池》：“花裏藏仙宅，簾邊駐客舟。浦涵滄海潤，雲接洞庭秋。”毛奇齡《寄江南觀察金君》：“開幕不離芳樂苑，全家只在石頭城。簾邊海氣穿雲起，樹裏江潮拂岸生。”

［編年］

《年譜》編年本詩于元和五年，理由是：“題下注：‘清水驛。’”以及柳宗元的《清水驛叢竹天水趙云余手種一十二莖》詩，又從柳宗元詩“檐下疏篁十二莖，襄陽從事寄幽情”兩句，“推測唐清水驛在襄州附近”。“元詩有‘殷紅稠叠花，半綠鮮明地’之句，與他元和五年赴江陵的季節亦合。”《編年箋注》未對本詩編年，也沒有說明理由，但仍然編列在元和五年。《年譜新編》編年本詩於“元稹貶江陵時所作詩”欄內，所據理由是“題下注”以及柳宗元詩。

《年譜》所舉理由大致可取，編年本詩一個最重要根據應該是元積的行蹤：元和五年春天元稹出貶江陵，應該路經襄陽，有《襄陽爲盧竇紀事》爲證。再結合元稹《三月二十四日宿曾峰館夜對桐花寄樂天》詩題以及《桐孫詩序》"元和五年予貶掾江陵，三月二十四日宿曾峰館"揭示的時間，本詩賦詠的具體時間應該在元和五年三月二十四日之後的四月之內，與《襄陽道》、《襄陽爲盧竇紀事》爲同期先後之作。柳宗元《清水驛叢竹天水趙云余手種一十二莖》："檐下疏篁十二莖，襄陽從事寄幽情。"張噲《金道鋪庭下竹十許枝因憶柳子厚清水驛絕句》："襄陽耆舊消除盡，清水驛傍應斷碑。"兩人的唱酬也告訴我們："清水驛"應該就在襄陽附近。

◎ 襄陽道(一)①

羊公名漸遠，惟有峴山碑②。近日稱難繼，曹王任馬彝③。椒蘭俱下世，城郭到今時④。漢水清如玉，流來本爲誰⑤？

錄自《元氏長慶集》卷四

[校記]

（一）襄陽道：本詩現存各本，包括楊本、叢刊本、《全詩》，均無異文。

[箋注]

① 襄陽道：道是古代行政區劃名，唐初分全國爲十道，後增爲十五道，襄陽道即是山南東道，首府襄陽。《舊唐書·地理志》："自隋季喪亂，群盜初附，權置州郡，倍於開皇、大業之間。貞觀元年悉令併省，始於山河形便，分爲十道：一曰關内道，二曰河南道，三曰河東道，

四曰河北道,五曰山南道,六曰隴右道,七曰淮南道,八曰江南道,九曰劍南道,十曰嶺南道……開元二十一年,分天下爲十五道,每道置採訪使,檢察非法,如漢刺史之職:京畿採訪使(理京師城內)、都畿(理東都城內)、關內(以京官遙領)、河南(理汴州)、河東(理蒲州)河北(理魏州)、隴右(理鄯州)、山南東道(理襄州)、山南西道(理梁州)、劍南(理益州)、淮南(理揚州)江南東道(理蘇州)、江南西道(理洪州)、黔中(理黔州)、嶺南(理廣州)。”岑參《錢王岑判官赴襄陽道》:“故人漢陽使,走馬向南荆。不厭楚山路,衹憐襄水清。”李賀《大堤曲》:“莫指襄陽道,綠浦歸帆少。今日菖蒲花,明朝楓樹老。”

②羊公:即羊祜,《晉書·羊祜傳》有傳,出鎮荆州時多有善政,惠及當地百姓,病故時家無餘財,襄陽百姓爲他建廟立碑,祭祀不斷。但時至中唐,羊祜已經慢慢爲人們所淡忘,衹留下峴山碑仍然高高矗立在峴山山頂。張九齡《登襄陽峴山》:“信若山川舊,誰如歲月何?蜀相吟安在?羊公碣已磨。”張子容《九日陪潤州邵使君登北固山》:“凌雲詞客語,迴雪舞人嬌。梅福慚仙吏,羊公賞下僚。”峴山碑:晉代羊祜任襄陽太守,有政績。後人以其常遊峴山,故於峴山立碑紀念,稱“峴山碑”。《晉書·羊祜傳》:“襄陽百姓於峴山祜平生遊憩之所建碑立廟,歲時饗祭焉!望其碑者莫不流涕,杜預因名爲墮淚碑。”李涉《過襄陽寄上于司空頔》:“歇馬獨來尋故事,逢人唯説峴山碑。”亦稱“峴首碑”。李商隱《泪》:“湘江竹上痕無限,峴首碑前灑幾多。”

③“近日稱難繼”兩句:曹王即李皋,字子蘭,曹王明玄孫。出鎮外地,知人善任,屢建功業,新舊《唐書》有傳。如《舊唐書·李皋傳》“皋察其詞氣,驗其有功,悉補大將,擢王鍔,委之中軍,以馬彝、許孟容爲賓佐,繕甲兵,具戰艦,將軍二萬餘。”《新唐書·李皋傳》:“扶風馬彝未知名,皋識之,卒以正直稱。張柬之有園圃在襄陽,皋嘗宴集,將市取之。彝曰:‘漢陽有中興功,今遺業當百世共保,奈何使其子孫鬻乎?’皋謝曰:‘主吏失詞,以爲君羞,微君安得聞此言!’”與上句連

讀,詩人是在感嘆近日難見李皋之舉,知人善任之風氣不再。　繼:延續,使之不絕。《論語‧堯曰》:"興滅國,繼絕世。"《韓詩外傳》卷五:"王道廢而不起,禮義絕而不繼。"前後相續,接連不斷。韓愈《論捕賊行賞表》:"況自陛下即位已來,繼有丕績。"

④ "椒蘭俱下世"兩句:椒蘭指椒與蘭,皆芳香之物,故以並稱,這裏比喻美好賢德者。韓愈《陪杜侍御遊湘西兩寺獨宿有題一首因獻楊常侍(愈自陽山北還過潭作,楊常侍,憑也,時觀察湖南)》:"靜思屈原沈,遠憶賈誼貶。椒蘭爭妬忌,絳灌共讒諂。"《舊唐書‧列女傳序》:"末代風靡,貞行寂寥,聊播椒蘭,以貽閨壼,彤管之職,幸無忽焉!"　下世:這裏作"去世"解。鮑照《代東武吟》:"將軍既下世,部曲亦罕存。"陳亮《普明寺長生穀記》:"事方就緒,而黃君與靖相繼下世。"　城郭:城牆,城指內城的牆,郭指外城的牆。李頎《古從軍行》:"野雲萬里無城郭,雨雪紛紛連大漠。胡雁哀鳴夜夜飛,胡兒眼淚雙雙落。"韋應物《登高望洛城作》:"吾生自不達,空鳥何翩翩? 天高水流遠,日晏城郭昏。"詩人感嘆當時好賢重德的風氣已經一去不返,祇有當初的城郭還依稀是當時模樣。

⑤ "漢水清如玉"兩句:兩句意謂世界是渾濁橫流,祇有漢水清純而來清澈而去,但您又是爲誰而來爲誰而去? 詩人在這裏自嘲自解,無奈之情溢於言表。　玉:本詩比喻漢江之水色澤晶瑩,如玉一般。李商隱《玉山》:"玉山高與閬風齊,玉水清流不貯泥。"曾鞏《早起赴行香》:"井轆聲急推寒玉,籠燭光繁秉絳紗。"

[編年]

《編年》編年本詩於元和五年"元稹赴江陵途中作",編年理由是:"詩云:'羊公名漸遠,惟有峴山碑……漢水清如玉,流來本爲誰?'白居易《代書詩》云:'賈生離魏闕,王粲向荊夷。水過清源寺,山經綺季祠。心摇漢皋佩,淚墮峴亭碑。'自注:'並途中所經歷者也。'參閱《全詩》卷八九張説《襄陽路逢寒食》詩。元詩之'襄陽道'即張詩之'襄陽路'。"《編年箋注》編年云:"此詩作於元和五年(八一〇)貶江陵時。詳下《譜》。"《年譜新編》編年本詩於元和五年,没有列舉理由。

我們以爲,《年譜》編年本詩於元和五年"元稹赴江陵途中作",《編年箋注》"作於元和五年(八一〇)貶江陵時。"《年譜新編》"元和五年"云云都顯得籠統含糊。元稹三月二十四日夜宿在曾峰館,有元稹的《三月二十四日宿曾峰館夜對桐花寄樂天》詩爲證,計其行程及時日,其到達襄陽當在四月間,本詩即應該作于其時,列在《渡漢江》之後。

● 襄陽爲盧竇紀事⁽一⁾①

帝下真符召玉真,偶逢遊女暫相親②。素書三卷留爲贈,從向人間説向人③。

風弄花枝月照階,醉和春睡倚香懷④。依稀似覺雙環動,潛被蕭郎卸玉釵⑤。

鶯聲撩亂曙燈殘,暗覓金釵動曉寒⑥。猶帶春酲懶相送,櫻桃花下隔簾看⑦。

琉璃波面月籠烟,暫逐蕭郎走上天⑧。今日歸時最腸斷,迴江還是夜來船⑨。

花枝臨水復臨堤,閑照江流亦照泥⁽二⁾⑩。千萬春風好擡舉,夜來曾有鳳凰栖⁽三⁾⑪。

録自《才調集》卷五

[校記]

(一)襄陽爲盧竇紀事:《全詩》同,《萬首唐人絶句》作"襄陽爲盧寶紀事二首”，選録本組詩第一、第五兩首，《佩文齋詠物詩選》作“襄陽爲盧竇紀事”，也選録本組詩第一首、第五首。叢刊本作“襄陽爲盧竇紀事五首”，《元稹集》、《編年箋注》據叢刊本也作“襄陽爲盧竇紀事五首”，但没有出校。

（二）閑照江流亦照泥：叢刊本、《萬首唐人絶句》、《佩文齋詠物詩選》同，《全詩》注作“閑照清江亦照泥”，《侯鯖録》、《古今事文類聚》、《説郛》、《山堂肆考》作“也照清江也照泥”，語義相類，不改。

（三）夜來曾有鳳凰栖：《全詩》注：“此首一作馬戴詩，題作《襄陽席上呈于司空》。”又在馬戴名下録有本詩，題作《襄陽席上呈于司空》，題下注明“一作元稹詩”，且詩句並不相同：“花枝臨水復臨堤，也照清江也照泥。寄語東君好擡舉，夜來曾伴鳳皇栖。”從嚴格意義上來説，元稹的詩與馬戴的詩可以認定爲並不相同的兩首詩篇。另外，本詩《才調集》、《萬首唐人絶句》、《侯鯖録》、《佩文齋詠物詩選》、《古今事文類聚》、《説郛》、《山堂肆考》均作元稹詩。我們以爲本詩符合元稹元和五年春天途經襄陽的實情，應該認定爲元稹之詩。

［箋注］

① 襄陽爲盧竇紀事：“帝下真符召玉真”五首二十句，劉本《元氏長慶集》、馬本《元氏長慶集》均未見，但《才調集》卷五、《萬首唐人絶句》卷七一、《全詩》卷四二二等採録，故據補。　襄陽：《舊唐書·地理志》：“隋襄陽郡，武德四年平王世充，改爲襄州，因隋舊名，領襄陽、安養、漢南、義清、南漳、常平六縣……天寶元年改爲襄陽郡，十四載置防禦使，乾元元年復爲襄州，上元二年置襄州節度使，領襄、鄧、均、房、金、商等州，自後爲山南東道節度使治所……在京師東南一千一百八十二里，至東都八百五十三里。”李百藥《王師渡漢水經襄陽》：“導漾疏源遠，歸海會流長。延波接荆夢，通望邇沮漳。”崔湜《襄陽早秋寄岑侍郎》：“江城秋氣早，旭旦坐南闈。落葉驚衰鬢，清霜换旅

衣。" 盧竇:《年譜》認爲:"'盧、竇'是盧貞(字子蒙)、竇□(字晦之)。"《編年箋注》也採信《年譜》之説。對此,我們難以苟同。我們估計《年譜》是根據元稹在《擬醉》詩題下的注"與盧子蒙飲於竇晦之。醉後賦詩共十九首,子蒙叙爲別卷。自此至《狂醉》皆是夕所賦"得出這一結論的。我們明確指出《擬醉》不是作於元稹元和五年夏天貶赴江陵途中的襄陽,而是作於元和四年九月的洛陽。因此本詩詩題中的"盧、竇"是否即是盧子蒙、竇晦之? 他們又是何時何因從洛陽來到襄陽的? 元稹又是因何原因,三月從長安出發,却在貶赴江陵的途中竟然逗留到"九月"而不去赴任江陵士曹參軍? 而事實是元和五年的六月十四日元稹在江陵與張季友、李景儉、王文仲、王衆仲等人泛江玩月,元稹《泛江翫月十二韵(并序)》"予以元和五年自監察御史貶授江陵士曹掾,六月十四日,張季友、李景儉二侍御,王文仲同録、王衆仲判官兩昆季,爲予載酒炙,選聲音,自府城之南橋,攀月泛舟,窮竟一夕,予賦詩以紀之"就是有力的證據。《年譜》對此標新立異的解釋,理應出示令人信服的證據才行,但遺憾的是在《年譜》中找不到這樣證據,僅强調"是一個晚上寫成的"是難以令人信服的,以《狂醉》、《同醉》、《擬醉》這些詩"有詠眼前景"、"有詠過去事"來解釋也是無法讓人同意的。我們以爲,元稹盧姓的朋友中,除盧子蒙之外,元稹與盧戡的友誼也不淺,元稹《誚盧戡與予數約遊三寺戡獨沉醉而不行》:"乘興無羈束,閑行信馬蹄。路幽穿竹遠,野迥望雲低。素帛茅花亂,圓珠稻實齊。如何盧進士,空戀醉如泥?"而盧戡一直活躍於江陵與襄陽地區,或許近之。元稹《送盧戡》:"紅樹蟬聲滿夕陽,白頭相送倍相傷。老嗟去日光陰促,病覺今年晝夜長。顧我親情皆遠道,念君兄弟欲他鄉。紅旗滿眼襄州路,此別泪流千萬行。"或許盧戡元和五年之後自襄陽而江陵,元和八年又從江陵而襄陽。當然,我們也衹是揣測而已,並無進一步的證據。同樣,衹有一個姓氏,連名字也没有留下的"竇□",我們也無從考證。但有一點是明確的,那就是他不可能是上年和本年與元稹剛剛在洛陽相會的竇晦之，他或許是竇晦之的兄弟，或許是竇鞏的兄弟，或許是竇姓的其他朋友，有待智者他日破解。　　紀事：記叙事實，紀，通"記"。席豫《江行紀事二首》一："飄飄任舟楫，迴合傍江津。後浦情猶在，前山賞更新。"竇鞏《江陵遇元九李六二侍御紀事書情呈十二韻》："學深通古字，心直觸危機。肯滯荆州掾，猶香柏署衣。"

②　帝：指主一方的天神。《莊子·應帝王》："南海之帝爲儵，北海之帝爲忽，中央之帝爲渾沌。"庾信《燕射歌辭·徵調曲》："衆仙就朝於瑤水，群帝受享於明庭。"　符：古代憑證符券、符節、符傳等信物的總稱。《戰國策·秦策》："穰侯使者，操王之重，決裂諸侯，剖符於天下，征敵伐國，莫敢不聽。"鮑彪注："符，信也，謂軍符。漢制，以竹，長六寸，分而相合……《漢文紀》云：'郡國守相爲銅虎符、竹使符。'《索隱》云：'《漢舊儀》，銅虎符發兵，竹使符出入徵發。'"《東觀漢記·郭丹傳》："從宛人陳洮買符入函谷關。"　玉真：謂仙人。陶弘景《真靈位業圖》："玉清三元宮……右位，太上玉真保皇道君。"張籍《靈都觀李道士》："泥竈煮靈液，掃壇朝玉真。"特指仙女。曹唐《劉阮再到天台不復見仙子》："再到天台訪玉真，青苔白石已成塵。"　遊女：出遊的婦女。張九齡《雜詩五首》四："湘水吊靈妃，斑竹爲情緒。漢水訪遊女，解佩欲誰與？"李白《惜餘春賦》："想遊女於峴北，愁帝子於湘南。"指妓女。孟浩然《大堤行寄萬七》："大堤行樂處，車馬相馳突……王孫挾珠彈，遊女矜羅襪。"梁洽《觀漢水》："發源自嶓冢，東注經襄陽……求思詠遊女，投吊悲昭王。"　相親：互相親愛，互相親近。《史記·管晏列傳論》："語曰：'將順其美，匡救其惡，故上下能相親也。'"蘇軾《留別雩泉》："二年飲泉水，魚鳥亦相親。"

③　素書：古人以白絹作書，故以稱書信。蔡邕《飲馬長城窟行》："呼兒烹鯉魚，中有尺素書。長跪讀素書，書中竟何如？"杜甫《暮秋遣興呈蘇渙侍御》："久客多枉友朋書，素書一月凡一束。"　人間：塵世，

世俗社會。蔡隱丘《石橋琪樹》："山上天將近,人間路漸遙。誰當雲裏見? 知欲渡仙橋。"李頎《送盧逸人》:"洛陽爲此別,携手更何時? 不復人間見,祇應海上期。"

④ 花枝:開有花的枝條。王維《晚春歸思》:"春蟲飛網户,暮雀隱花枝。"比喻美女。韋莊《菩薩蠻》:"此度見花枝,白頭誓不歸。"張景修《虞美人》:"旁人應笑髯公老,獨愛花枝好。" 香懷:這裏指少女的懷抱。李郢《張郎中宅戲贈二首》一:"薄雪燕翁紫燕釵,釵垂簾簌抱香懷。一聲歌罷劉郎醉,脱取明金壓繡鞋。"皇甫松《抛毬樂》:"幾回衝蠟燭,千度入香懷。上客終須醉,觥盂且亂排。"

⑤ 依稀:隱約,不清晰。謝靈運《行田登海口盤嶼山》:"依稀採菱歌,彷彿含嚬容。"梅堯臣《至和元年四月二十日夜夢覺而録之》:"滉朗天開雲霧閣,依稀身在鳳皇池。" 雙環:指女子的一對耳環。袁不約《病宫人》:"佳人卧病動經秋,簾幕繊綷不挂鈎。四體强扶藤夾膝,雙環慵整玉搔頭。"韋應物《行路難》:"荆山之白玉兮,良工琱琢雙環連。" 蕭郎:唐代崔郊之姑有一婢女,後賣給連帥,郊十分思慕她,因贈之以詩曰:"公子王孫逐後塵,緑珠垂淚滴羅巾。侯門一入深如海,從此蕭郎是路人。"後因以"蕭郎"指美好的男子或女子愛戀的男子。于鵠《題美人》:"胸前空戴宜男草,嫁得蕭郎愛遠遊。"張孝祥《浣溪沙》:"冉冉幽香解鈿囊,蘭橈烟雨暗春江,十分清瘦爲蕭郎。"玉釵:玉製的釵,由兩股合成,燕形。司馬相如《美人賦》:"玉釵挂臣冠,羅袖拂臣衣。"李白《白紵辭三首》三:"高堂月落燭已微,玉釵挂纓君莫違。"

⑥ 鶯聲:黄鶯的啼鳴聲。劉長卿《送張七判官還京覲省》:"春蘭方可採,此去葉初齊。函谷鶯聲裏,秦山馬首西。"司空圖《漫書五首》一:"長擬求閑未得閑,又勞行役出秦關。逢人漸覺鄉音異,却恨鶯聲似故山。"多比喻女子宛轉悦耳的語聲。李嘉祐《送袁員外宣慰勸農畢赴洪州使院》:"草色催歸櫂,鶯聲爲送人。龍沙多道裏,流水自相

親。"元稹《仁風李著作園醉後寄李十》："朧明春月照花枝，花下鶯聲是管兒。却笑西京李員外，五更騎馬趁朝時。"　撩亂：紛亂、雜亂。崔知賢《上元夜效小庾體》："今夜啓城闉，結伴戲芳春。鼓聲撩亂動，風光觸處新。"王昌齡《從軍行七首》二："琵琶起舞換新聲，總是關山舊別情。撩亂邊愁聽不盡，高高秋月照長城。"　曙燈：拂曉時分的燈。白居易《禁中曉卧因懷王起居》："遲遲禁漏盡，悄悄暝鴉喧……曙燈殘未滅，風簾閑自翻。"許渾《行次白沙館先寄上河南王侍御》："夜程何處宿？山疊樹層層。孤館閉秋雨，空堂停曙燈。"　金釵：婦女插於髮髻的金製首飾，由兩股合成。鮑照《擬行路難十八首》九："還君金釵玳瑁簪，不忍見之益愁思。"溫庭筠《懊惱曲》："兩股金釵已相許，不令獨作空成塵。"　曉寒：黎明時分的凉意。劉憲《奉和幸韋嗣立山莊侍宴應制》："東山有謝安，枉道降鳴鑾。緹騎分初日，霓旌度曉寒。"張籍《寒食內宴二首》二："城闕沈沈向曉寒，恩當令節賜餘歡。瑞烟深處開三殿，春雨微時引百官。"

　　⑦　春醒：春日醉酒後的困倦。楊億《黃少卿惠綠雲湯》："誰研露葉和雲液？幾宿春醒一啜消。"陳舜俞《南陽春日十首》四："未安去住千絲亂，已去悲歡一夢驚。擬入醉鄉銷此恨，快風無故析春醒。"　相送：送別朋友或客人。王建《長安別》："長安清明好時節，只宜相送不宜別。惡他床上銅片明，照見離人白頭髮。"朱放《亂後經淮陰岸》："荒村古岸誰家在？野水浮雲處處愁。唯有河邊衰柳樹，蟬聲相送到揚州。"　櫻桃：果木名，落葉喬木，花白色而略帶紅暈，春日先葉開放，核果多爲紅色，味甜或帶酸。張謂《春園家宴》："竹裏登樓人不見，花間覓路鳥先知。櫻桃鮮結垂檐子，楊柳能低入户枝。"顧況《櫻桃曲》："百舌猶來上苑花，遊人獨自憶京華。遙知寢廟嘗新後，勅賜櫻桃向幾家？"　花下：花樹之下或花樹之旁。楊巨源《贈渾鉅中允》："馬盤曠野弦開月，雁落寒原箭在雲。曾向天西穿虜陣，慣遊花下領儒群。"陳羽《同韋中丞花下夜飲贈歌人》："銀燭煌煌半醉人，嬌歌宛

轉動朱脣。繁花落盡春風裏,繡被郎官不負春。" 看:目送。孫逖《春日留別》:"春江夜盡潮聲度,征帆遙從此中去。越國山川看漸無,可憐愁思江南樹。"王維《闕題二首》二:"相看不忍發,慘淡暮潮平。語罷更携手,月明洲渚生。"

⑧ 琉璃:亦作"琉璃",一種有色半透明的玉石。《後漢書·大秦傳》:"土多金銀奇寶、有夜光璧、明月珠、駭鷄犀、珊瑚、虎魄、琉璃、琅玕、朱丹、青碧。"戴埴《鼠璞·琉璃》:"琉璃,自然之物,彩澤光潤逾於衆玉,其色不常。" 波面:有波紋的水面。白居易《竹枝詞四首》三"巴東船舫上巴西,波面風生雨脚齊。水蓼冷花紅簇簇,江蘺濕葉碧淒淒。"施肩吾《佚題》:"荷翻紫蓋搖波面,蒲縈青刀插水湄。" 籠:籠罩,遮掩。賈思勰《齊民要術·脯臘》:"脯成,置虛静庫中,著烟氣則味苦,紙袋籠而懸之。"秦觀《沁園春·春思》:"宿靄迷空,膩雲籠日,晝景漸長。" 烟:物質燃燒時產生的混合氣狀物,呈黑、白等色。《國語·魯語》:"既其葬也,焚,烟徹於上。"陸機《演連珠五十首》四二:"烟出於火,非火之和;情生於性,非性之適。"這裏比喻夜霧。元稹《雜憶五首》二:"花籠微月竹籠烟,百尺絲繩拂地懸。"

⑨ 歸時:回去之時。張九齡《道逢北使題贈京邑親知》:"故人憐別日,旅雁逐歸時。歲晏無芳草,將何寄所思?"崔國輔《中流曲》:"歸時日尚早,更欲向芳洲。渡口水流急,迴船不自由。" 腸斷:形容極度悲痛。岑參《玉關寄長安李主簿》:"東去長安萬里餘,故人何惜一行書! 玉關西望堪腸斷,況復明朝是歲除。"杜甫《九日》:"世亂鬱鬱久爲客,路難悠悠常傍人。酒闌却憶十年事,腸斷驪山清路塵。"

⑩ 花枝:開有花的枝條。岑參《稠桑驛喜逢嚴河南中丞便別得時字》:"馹馬映花枝,人人夾路窺。離心且莫問,春草自應知。"錢起《過裴長官新亭》:"茅屋多新意,芳林昨試移。野人知石路,戲鳥認花枝。"比喻美女。韋莊《菩薩蠻》:"此度見花枝,白頭誓不歸。"張景修《虞美人》:"旁人應笑髯公老,獨愛花枝好。"這裏應該是後者。 臨

水:靠近水邊。包融《賦得岸花臨水發》:"笑笑傍溪花,叢叢逐岸斜。朝開川上日,夜發浦中霞。"劉長卿《夏口送徐郎中歸朝》:"棹發空江響,城孤落日暉。離心與楊柳,臨水更依依。"　臨堤:臨近河堤。方干《柳》:"搖曳惹風吹,臨堤軟勝絲。態濃誰爲識? 力弱自難持。"強至《排岸判官以荷花爲覿書五十六字以謝》:"江國芙蕖夏最繁,臨堤每見尚盤桓。清淮況是稀疏有,江蕣争教取次看!"　江流:流動的江水。宋之問《入瀧州江》:"孤舟泛盈盈,江流日縱橫。夜雜蛟螭寢,晨披瘴癘行。"王勃《秋江送別二首》一:"早是他鄉值早秋,江亭明月帶江流。已覺逝川傷別念,復看津樹隱離舟。"

⑪ 千萬:猶務必,表示懇切丁寧。元稹《鶯鶯傳》:"千萬珍重,珍重千萬!"蘇洵《與歐陽内翰第三書》:"病中無聊,深愧疏略,惟千萬珍重!"　春風:春天的風。《發臨洮將赴北庭留别得飛字》:"聞説輪臺路,連年見雪飛。春風曾不到,漢使亦應稀。"沈宇《代閨人》:"楊柳青青鳥亂吟,春風香靄洞房深。百花簾下朝窺鏡,明月窗前夜理琴。"擡舉:扶持,照料。孫魴《柳十一首》一〇:"不是和風爲擡舉,可能開眼向行人?"趙與時《賓退録》卷六:"〔本朝張師錫〕《老兒詩》曰:'……擡舉衣頻换,扶持藥屢煎。'"　鳳凰:這裏比喻地位高貴或德才高尚的人。劉楨《贈從弟三首》三:"鳳凰集南嶽,徘徊孤竹根。"《南史·范雲傳》:"昔與將軍俱爲黄鵠,今將軍化爲鳳皇。"　栖:原指禽鳥歇宿。左思《詠史八首》八:"巢林栖一枝,可爲達士模。"韓愈《南山有高樹行贈李宗閔》:"上有鳳皇巢,鳳皇乳且栖。"

[編年]

《年譜》編年本詩於元和五年,理由是:"'盧、竇'是盧貞(字子蒙)、竇□(字晦之)。"《編年箋注》未對本詩編年,也未見其説明編年的理由,但將本詩編列在元和五年之内。未見《年譜新編》編年本詩。